U0037705

# 世界文學史

【圖文本】

徐峙・曾雙餘・馬躍◎編著

*History of the world literature*

# Preface 前言

爲了讓讀者輕鬆地學習和閱讀世界文學史，並滿足其更高審美和人文需求，我們編寫了這部《世界文學史》，以期走出一條文學史類書籍出版的新路。本書遵循著如下理念：哲學式的獨特視角，文學式的語言風格，藝術式的製作流程，圖片、文字、版式等多種要素有機結合，構建回歸歷史的通道，立體展示世界文學歷史，六者共同撐起一個博物館式的整體構架。此理念貫穿整個編寫和製作過程，以全面提升本書的觀賞價值、藝術價值及收藏價值。接下來，還是讓我們參觀一下這座博物館。

首先，關於這座博物館的殿堂設計，也即本書內容和圖片的設計。全書正文二十二萬五千字，收錄200餘位重要作家，300多篇傳世佳作，全面而重點突出地敘述了文學史中各個流派的萌芽、發展、形成、繁盛及衍變過程，很好地把握了世界文學發展的節律。另外，出於方便讀者閱讀的考慮，我們還對體例加以大膽創新，將正文中提及或未具體提及的知識點提煉出來，開闢專題、帶圖鏈結、文字鏈結、經典引文、名言警句、名人軼事等輔助欄目，對世界文學史中出現的專用術語、文學流派、某一時間段或某一文學領域進行解釋、總結、延伸，以及縱向或橫向的對比，不但豐富了內容，更使整個版面顯得新穎別致。

如此，宏大的殿堂已具備，構建文學歷史通道的圖片更是不可或缺。本書有500餘幅精美圖片與文字珠聯璧合，相輔相成，其囊括名著書影、作家畫像及舊照、作家珍貴手稿、相關繪畫及歷史文物照片等，立體形象地再現了世界文學的發展進程。同時配以準確精當的圖注文字，充分拓展讀者文化視野，開闢讀者思維想像空間，令讀者心隨圖動，如身臨其境，輕鬆愉悅地暢遊整個世界文學史。

接下來，讓我們讀一下解說館藏的文字。二十二萬五千字的正文既介紹了世界文學史的重要作家、主要作品、文學流派、歷史背景，又在全面的基礎上突出重點，著重討論了重要作家的代表作品，行文中參考權威人士的精闢分析，然後以獨特視角彰顯作品風格形成的源頭和形成一個文學流派的進程，以此啓發讀者，使之感同身受，眞正領悟文學史中每一流派發展、形成、衍變的全過程。另外，圖注文字亦從多方面對正文予以補充、釋讀。而所有文字均保持文學式的語言風格，避免了一些文學史學術味十足的風習，讀來抑揚頓挫，讓人興趣盎然。

當然，一座好的博物館還需要高水準的陳列設計。在這座博物館裏，將文字、圖片兩者有機結合的是版式，版式是本書藝術理念的承載體，它將歷史、文學、藝術、設計、文化融爲一體，使自身構架與世界文學發展之脈動相協調，爲讀者構架起一條回歸文學歷史的通道，徹底打破文學史類書籍的沉悶，在爲讀者提供更多審美感受之時，更達到了立體、形象地展示世界文學史的目的。

這就是這部《世界文學史》博物館式的整體構架。值此文學史類書籍亟待革故鼎新之際，願此套全新的蘊涵多種要素的《世界文學史》能成爲讀者有效、快速學習和閱讀世界文學史的理想讀本，使讀者如身處世界文學博物館，在輕鬆獲取知識的同時，也獲得更廣闊的文化視野、審美感受、想像空間及愉快體驗。

# Contents 目錄

## 第四編 茫茫九派
→19到20世紀的現代派文學

### 第一章 時間在心中流淌

### 第二章 表現主義：變形的世界

### 第三章 存在主義：他人即地獄

### 第四章 從「迷惘」到「垮掉」

## 第五編 深幽世界的萬象崢嶸
→20世紀文學的融合與超越

## 第一章 拉美：瑰奇的文學新大陸

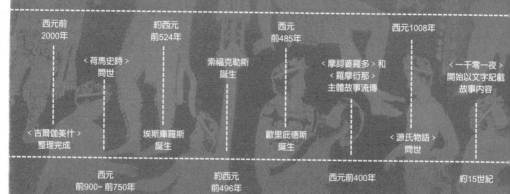

西元前
2000年

〈荷馬史詩〉
問世

約西元
前524年

索福克勒斯
誕生

西元
前485年

〈摩訶婆羅多〉和
〈羅摩衍那〉
主體故事流傳

西元1008年

〈一千零一夜〉
開始以文字記載
故事內容

〈吉爾伽美什〉
整理完成

埃斯庫羅斯
誕生

歐里庇德斯
誕生

〈源氏物語〉
問世

西元
前900~前750年

約西元
前496年

西元前400年

約15世紀

# 鴻蒙時代的神性光芒
## (13世紀前的蹣跚學步)

人類世界總是有許多神秘現象難以解釋，而文學在其最初的形態中也總是和一些超自然的神秘力量聯繫在一起。在人類還不能充分認識自然的時候，「神」總是他們所能求助的最佳對象。處於鴻蒙時期的人們，在「神」的光芒的指引下，一步步地從蒙昧走向了文明。而當遠古時代的巫師們在熊熊烈火邊狂舞歡唱時，誰又能想到，這些迷狂不清的唱詞會成為澤被萬世的文學源頭？

第一編

# 第一章
# 神話時代的涓涓細流

推薦閱讀

《希臘神話與傳說》，【德】斯威布著，楚圖南譯。

《新舊約全書》，中國基督教協會印發。

當一個兒童剛剛睜開他純眞而清澈的雙眼時，他面前的世界對他而言是那麼的新鮮而奇妙，所有的一切都有待於去發現、去經歷、去感受。無論是早晨林中如遊絲一般穿過樹葉的陽光，還是暮色四合後天穹裏擁擠而又寂寞的寒星；無論是形態各異的飛禽走獸，還是色澤迥殊的花草樹木，都讓他驚歎於造物的鬼斧神工。而一個成人則對此已然熟視無睹了，並不認爲這有什麼奇怪的──失去好奇，就標誌著一個人已經失去了童心。而恰恰是兒童那雙聰慧的眼睛，才能發現許多生活本質的美。

人類的祖先們來到這個世界上，就正如一個兒童剛剛降生。他們也用他們兒童似的眼光來看這個世界，而他們所看到的，毫無疑問有著我們如今已無法拉開距離來品味的美了，而這一美的發現卻還記錄在人類的一種原始記憶裏面，那便是文學的最初源頭──神話。

希臘神話與希伯來文學是世所公認的西方文學兩大源頭，而這二者又都是以其神話魅力而罩籠百態的。特別其中的希臘神話，正如馬克思所

→手持雷電的宙斯是「奧林匹斯眾神」之首，他是希臘人心中主管天空和氣候之神。

說，那是人類藝術的「一種規範和高不可及的範本。」

希臘人的想像力異常豐富，所以，他們的神話體系也龐大而完整。在他們那神的譜系中，最先產生了卡奧斯（混沌）、該亞（大地）、塔爾塔羅斯（地獄）與埃羅斯（愛）。前二者是人類所賴以生存的宇宙；而後二者則是希臘人從想像中抽象出來的兩大領域，此二者對後世影響之巨大與深遠每個人都能體會到：一方面是對罪惡者實行懲罰的場所，以警戒世人，昭告來者，並維繫現世的道德體系與基準；而另一方面則是褒獎與激勵人們的向善之心，為他們樹

→阿波羅和九個繆斯
阿波羅被古希臘人尊崇為靈感之神，他具有給人以詩歌、音樂和醫療天賦的神通。繆斯是希臘－羅馬宗教和神話中的一組女神姐妹中的某一女神，為宙斯和記憶女神摩涅莫緒涅所生，其分掌史詩、悲劇、音樂、天文等方面。相傳荷馬就曾不時祈求一位或全體繆斯保佑。

| 希臘/羅馬神話主要人物對照 | | |
|---|---|---|
| **希臘神話** | **羅馬神話** | **司掌範圍** |
| 宙斯 | 朱庇特 | 眾神之王，天神 |
| 赫拉 | 朱諾 | 宙斯之妻，婚姻女神 |
| 波塞冬 | 尼普頓 | 海神 |
| 雅典娜 | 彌涅耳瓦 | 戰神，智慧女神，工藝女神 |
| 阿波羅 | 阿波羅 | 太陽神，智慧和藝術神 |
| 阿爾忒彌斯 | 狄安娜 | 月神，狩獵女神 |
| 阿瑞斯 | 瑪爾斯 | 戰神 |
| 赫菲斯托斯 | 烏耳肯 | 火神，鐵匠 |
| 阿佛洛狄忒 | 維納斯 | 美神，愛神 |
| 伊洛斯 | 丘比特 | 維納斯之子，愛神，欲望神 |
| 哈台斯 | 狄斯派特耳 | 冥王 |
| 得墨忒耳 | 塞瑞斯 | 豐饒女神，穀物女神 |
| 狄奧尼索斯 | 巴克科斯 | 酒神，迷幻之神 |
| 赫爾墨斯 | 墨裘利 | 眾神的使者，旅行神 |
| 赫拉克勒斯 | 赫拉克勒斯 | |

立起與前者截然相反的至純至美至善至眞的高妙境界。於是，人類的一切都由此派生出來：卡奧斯生出了尼克斯（黑夜），然後又生出了太空與白晝；該亞生出了烏拉諾斯（天空）、高山和大海，而烏拉諾斯成爲了世界的主宰。而他又與地母該亞生出了六兒六女，其中兩個使天地間有了太陽、月亮與曙光。而他們的小兒子克羅諾斯則閹割了父親烏拉諾斯，並與其妹瑞亞結合，也生了六兒六女，而其最小的兒子便是最後新神系的萬神之主宙斯，宙斯與他的兄妹及子女一起構成了「奧林匹斯眾神」。

奧林匹斯眾神包括冥王哈台斯，海神波塞多，天后赫拉，智慧之神雅典娜，愛神阿佛洛狄忒，太陽神阿波羅，月神阿爾忒彌斯，戰神阿瑞斯。他們也與常人一樣，有自己的性格與喜怒哀樂，有爭勝之心，有嫉妒之心。在他們中間，產生了許許多多的故事。如宙斯的誕生就極具故事性。克羅諾斯怕自己被子女推翻，便把每一個出生的子女都吞進肚子裏去，宙斯出生後，瑞亞用一塊石頭把他替換出來，並藏到一個山洞裏，由兩位神女用山羊奶餵養。他長大後便強迫克羅諾

→創世紀　米開朗基羅　義大利
道是《創世紀》中上帝創造亞當的情景。亞當的左手顯得無力，緩緩前伸，像處於控制中；上帝則將右手食指伸出，賜予創造物以生命。

斯把吞下去的子女全吐了出來。這樣，他推翻了克羅諾斯的統治，建立了自己的主宰地位。

再如智慧女神雅典娜，她是宙斯與其第一個妻子墨提斯生下來的。預言說墨提斯將生下一個比宙斯還要強大的女兒，宙斯很恐懼，便把妻子吞進肚子裏去，但胎兒卻在他的頭顱中繼續生長，後來，宙斯感到頭痛，便讓匠神用斧頭劈開了他的頭顱，雅典娜便全副武裝地從宙斯頭中跳了出來。她就是威力與智慧的化身。

希伯來人的神話與傳說也異常豐富，它們基本都保留在《舊約全書》中。在其《創世紀》裏就記載了上帝創造天地萬物的神話，說上帝在第一天裏造了光，第二天造了氣和水……第六天裏造了人，第七天休息。上帝用塵土造了人類的始祖亞當，並用亞當的肋骨造了夏娃，又把他們放到無憂無慮的伊甸園裏去，但夏娃受了蛇的誘惑而吃了智慧樹上的果子，並讓亞當也吃了，因此，神把他們趕出了伊甸園。從此，人類便不得不受苦了。

還有大洪水的故事，說人類慢慢地滋長了極大的罪惡，上帝決心把他們消滅。於是，他只讓行善的諾亞一家進入方舟，並帶七公七母潔淨的鳥獸。然後便降了四十晝夜的大雨，所有的人都死了，只有諾亞一家活著。

總之，希臘神話與希伯來文學給後世的西方文學以不可估量的影響，它們的許多情節與場景，許多人物與性格特徵，許多意境與故事母題，都成為後世文學所一再反覆使用的潛在模本。

文學，這位人類心靈世界的王者，就這樣誕生了……

→埃及神話是以維護由尼羅河哺育的兩岸生靈和控制尼羅河氾濫為主展開的，它把國土的昌盛與強權和正義的統治相連。和印度神話相似，埃及的主神也都是三個一組，圖中作為豐饒神的奧西里斯(中)頭戴飾有羽毛的阿特夫王冠，作為其姐姐和妻子的伊希斯(右)則頭飾牛角和受神哈索爾的太陽轉盤；而頭戴皇家雙重王冠的何露斯(左)是他們的兒子，通常以隼或隼頭人作為象徵，他是法老的守護神，並與太陽神何露斯合二為一。

不同地域孕育了不同的神話，但它們都反映了人類最初對大自然的困惑、鬥爭與無邊的創造力。

→這是北美印第安神中能引起雷雨閃電的鳥其通過眼睛的張合製造閃電。

雷鳥拍打翅膀即能製造雷

人類祖先形象

→生命源自冰與火，並最終毀於此—這是北歐神話得以衍生的自然環境。北歐神祇分屬兩大家族；以奧丁為首的住在天上的阿斯爾爾族和以弗雷為首的住在地底和海底深處的瓦尼爾族。兩大神系長期爭戰。本圖即為北歐豐饒神弗雷。

→這是中美洲阿茲特克神話中的創世神羽蛇神奎札科特爾，他化身為一條羽毛華麗的雙頭蛇，保護著整個世界。阿茲特克人從瑪雅人那裏繼承了時間神聖輪迴的觀念，認為每一個日子都是由一位特別的神保佑著安然度過，只有向這些神靈不斷獻祭才能延緩世界末日的到來。

→這是矗立於加拿大斯坦萊公園裡眾多圖騰柱中的一個，圖騰柱被北美印第安人精心雕琢用來展現每個家族或部落的神系幻想。

道教
創始人
老子

玉皇大帝，中國神話中的眾神之首，其妻西王母為長生不老的蟠桃的守護神。

東岳帝君，即泰山之神。

→凱爾特神話講述了神性各族在愛爾蘭的連續統治。圖中長鬚者為凱爾特神話中眾神之父達格達，它領導達南族反抗福摩利安族的攻擊，長期掌握大權，成為凱爾特神話經久不衰的主題。

→中國神話的三種哲學教義組成，中國本土教道教認為宇宙元氣和所有的生命(神話中的原始混沌)由陰陽組成，儒家思想則認為好學者和自律者當得佳果，佛教的傳入又給中國神話注入了諸如轉世、善惡鬥爭等印度教的基本思想。

→這是印度吠陀神話和印度教裡的太陽神蘇爾雅，是印度著名的三神組風、火、日或雷、火、日之一，他是斬妖除魔的大能大善之神。印度的吠陀神話源於中亞，其主神因陀羅趕走了新國土上最早的居民，並將其變成魔鬼，而後發展成了印度教裡神與魔的無休止的鬥爭，和創世循環一起，以毀滅為創立新世界的前提而維繫著善與惡的平衡。

# 第二章
# 英雄時代的高山巨碑：史詩
2

推薦閱讀

《吉爾伽美什》，
趙樂譯。
《世界史詩叢書》。

在人類文學乃至於文化的歷史上，「史詩」已幾乎從一個「名詞」變成一個「形容詞」。她代表了我們對那種氣勢恢宏、內蘊深厚，而且在人類的成長歷程中發揮了巨大文化意義和原型意義的作品的崇高評價。其地位是如此之高，以至於成爲了橫亙在後世幾乎所有作家面前的高山巨碑。雖然其碩大無朋的陰影下籠罩著的，並不乏我們人類歷史上罕見的創作天才，但她仍然是我們公認的無法逾越的高峰和不可企及的範本。

在這個我們所擁有的幾乎是最早的成熟文學樣式裏，我們還能夠看到那些英雄們無數難以想像的輝煌業績，令人血脈賁張的戰爭與柔情，對世界的開拓與佔有，對生命的感悟與思索；看到偉岸的山巒，看到多情的海濤，看到與人來往的眾神，看到萬物均有靈……這不正是我們的原始初民眼中，這個他們剛剛帶著新奇與驚異來接收並主宰的絢爛世界嗎，這不也正是我們要竭力在文學中去描述、去渲染、去咀嚼、去記憶的世界嗎……正是這個世界的確立，從某種程度上規範了我們文學傳統的大體走向，也在更深的層次上規範了我們欣賞心理的格局。所以，對於我們，她永遠是鮮活的，是洋溢著全部生命華彩的文學聖典。

於是，我們真正的、綺麗的文學風景便要從這裏開始……

| 文學史上的著名史詩 |
|---|
| ●古巴比倫史詩《吉爾伽美什》　●古希臘史詩《伊里亞德》、《奧德賽》（作者荷馬） |
| ●拉丁史詩《埃涅阿斯紀》（作者維吉爾）　●盎格魯－撒克遜史詩《貝奧武甫》 |
| ●法國史詩《羅蘭之歌》　●西班牙史詩《熙德之歌》 |
| ●德國史詩《尼伯龍根之歌》　●英國彌爾頓所著史詩《失樂園》 |
| ●芬蘭民族史詩《卡勒瓦拉》 |

## 第一節　對永生奧秘的探求：《吉爾伽美什》

東方，是人類文明的曙光最先閃爍的地方，也是史詩驚釆絕豔的誕生地。

底格里斯河與幼發拉底河的河水長年流過西亞這塊富庶並且早熟的土地，她緩慢而又執著地帶來生生不息的動力、取之不竭的資源，當然，還有無法駕馭的洪水……但最重要的還是沖刷出了東方特有的「水」性文明。西元前19世紀，這裏便產生了一個盛極一時的夢幻式帝國：巴比倫。而世界上第一部完整的史詩也誕生在這裏，這就是那用楔形文字刻在十二塊泥板上的偉大作品：《吉爾伽美什》。

「吉爾伽美什」是烏魯克國王的名字，也正是其城邦時期蘇美人創建的烏魯克城邦的一個歷史中真實存在的國王。整部史詩共3000餘行，由三個部分組成：一是吉爾伽美什和恩奇都神奇的交戰與結交；二是人類文明史上眾口相傳的大洪水；三是恩奇都死後吉爾伽美什在陰曹地府的痛苦探求。

其大致情節是這樣的。吉爾伽美什

→這是來自番拉巴德的西元前8世紀亞述人的一幅淺浮雕，表現了吉爾伽美什正與一隻獅子搏鬥的場面。

雖然生活在人間，但他事實上卻三分之二是神體。做了烏魯克國王後，性情暴戾，荒淫無度。天神爲了管束他，就爲他創造了一個對手恩奇都，　這是一個野性未脫的人。二人交手後，不分勝負。最後，英雄相惜，結成了莫逆之交。而眞摯的友誼改變了吉爾伽美什，同時也改變了恩奇都。前者從一個殘暴的國王轉變爲一個爲民除害的英雄；後者則迅速地文明開化。

　　吉爾伽美什決心爲民除害，殺死巨妖芬巴巴，救出女神伊什塔爾。經過殘酷的戰鬥，吉爾伽美什和恩奇都終於取得了勝利。吉爾伽美什因此得到了百姓的敬佩，贏得了伊什塔爾的愛情。女神充滿激情地向英雄傾訴道：「請過來，做我的丈夫吧，吉爾伽美什！」女神還說，如果他接受她的愛情，就能享受無盡的榮華富貴。不料，吉爾伽美什拒絕了伊什塔爾。他不喜歡伊什塔爾的水性楊花，到處留情，而且不善待自己的愛人。伊什塔爾遭到拒絕後，由愛生恨，便請兇狠的天牛替她報受辱之仇。吉爾伽美什和恩奇都與天牛展開了生死搏鬥，最終一舉宰之於烏魯克城下。不幸的是，他們受到了伊什塔爾的父親、天神阿努的懲罰。天神決定懲罰恩奇都，便讓他患上致命的疾病，並於極度的痛苦中離開了人世。摯友的去世，使吉爾伽美什悲痛

## 文字的起源

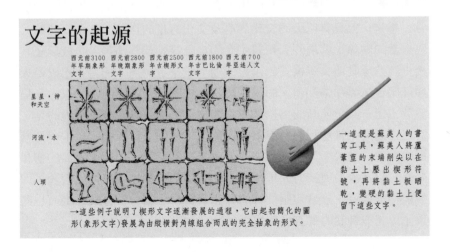

西元前3100年早期象形文字　西元前2800年晚期象形文字　西元前2500年古楔形文字　西元前1800年古巴比倫文字　西元前700年亞述人文字

星星，神和天空

河流，水

人頭

→這便是蘇美人的書寫工具，蘇美人將蘆葦草的末端削尖以在黏土上壓出楔形符號，再將黏土板晒乾，變硬的黏土上便留下這些文字。

→這些例子說明了楔形文字逐漸發展的過程，它由起初簡化的圖形（象形文字）發展為由縱橫對角線組合而成的完全抽象的形式。

→上圖中表現的是吉爾伽美什與恩奇都正要砍下芬巴巴頭顱的情景，而下圖則描繪了二人通力鬥天牛的情景。

欲絕，同時也充滿了對死亡的恐懼。吉爾伽美什決心到人類的始祖烏特納庇什丁那裏去探尋永生的秘密。在經過長途跋涉、歷盡千辛萬苦後，他終於找到了烏特納庇什丁。烏特納庇什丁向他講述了人類曾經歷大洪水的滅頂之災，但自己一家得到神助而獲得永生的經過。顯然，烏特納庇什丁獲得永生的秘密對吉爾伽美什毫無用處，因爲再也不可能有這種機遇了。後來，吉爾伽美什得到的返老還童的仙草又不幸被盜，最後只得萬分沮喪地回到了烏魯克。全詩以吉爾伽美什與恩奇都的靈魂對話而結束。

　　這是一部具有巨大的文化內涵及文化容量的作品，其所反映的人與自然的關係，體現的人類對生命的自覺探索及其痛苦，也成爲了其後史詩乃至其他文學樣式的永恆主題。有學者認爲，征討芬巴巴是人類征服自然界那強烈願望的集中反映：史詩把自然界的水、火、氣集於芬巴巴一身，使其成爲自然威力的象徵。而更具有象徵意義的是，芬巴巴還是大神恩利兒的屬下。而此後吉爾伽美什拒絕了女神伊什塔爾的求愛，並殺死了天神阿努的天牛，這都反映了人的主體性的初步覺醒，以及人力與神力的抗衡。由此，這部史詩也就與神話觀念，即無條件地信仰、崇拜和服從神的觀念，實行了第一次分離，從而也體現了史詩與神話的實質性差異。

而吉爾伽美什對死亡的恐懼與對永生的探求也具有無可置疑的重大意義，它標誌著人類對生命的正確認識已經開始確立，而這正是人類正確認知自身、評價自身的一個起點。

《吉爾伽美什》以其獨具的藝術魅力，對東西方文學均產生了深遠的影響，無法磨滅，歷久彌新。

> 英雄們、智慧的人們，就像初升的月亮，有其圓缺。人們將說，「有誰曾像他那樣用力量和權力進行著統治？」正如在沒有月亮或月缺的時候，只要沒有他，那裏就沒有光明。哦，吉爾伽美什，這就是你夢想的意義。你被賦予國王的地位，這是你命中注定的，但永生不是你命定的。
> ——《吉爾伽美什》

## 第二節　高華宏闊的史詩典範：《荷馬史詩》

在希臘神話中，有個故事是這樣的。大地女神忒提斯與密爾彌多之王佩琉斯結婚時，遍請諸神，但卻唯獨漏掉了不和女神厄里斯，厄里斯便來到席間扔下了一個所謂的「不和的金蘋果」，上面寫著「給最美麗的女人」。於是，天后赫拉、智慧女神雅典娜和愛神阿佛洛狄忒便爭奪起來，天神宙斯要她們找特洛伊王子帕里斯評判，三位女神都找到了帕里斯。赫拉允諾給他財富與權勢，雅典娜答應給他智慧與聲名，而阿佛洛狄忒則答應給他世間最美麗的女人作妻子，於是，帕里斯便把金蘋果判給了阿佛洛狄忒。後來阿佛洛狄忒便幫帕里斯去斯巴達並拐走了國王墨涅拉奧斯美貌的妻子海倫，希臘人氣憤之極，便由墨涅拉奧斯的哥哥邁錫尼國王阿伽門農倡議，召集各部族首領，組成希臘聯軍，共同討伐特洛伊人。他們調集了一千多艘船隻，渡過了愛琴海。於是，一場漫長而艱巨的戰爭開始了。

無論看過原作與否，接下來的故事卻幾乎盡人皆知。史詩作為一個民族童年那遙遠的記憶，已逐漸沉積在民族文化的心理深層。所以，當代的各個民族對自己民族的史詩整理都極為重視，近幾個世紀出現了許多不同類型、不同風格的史詩作品，其中的每一部作品都積

→帕里斯將金蘋果判給愛神阿佛洛狄忒。

聚了一個特異的民族文化暗記。然而，不能不承認的是，我們絕大多數對史詩所發的感慨卻都是對這兩部聲名尤著者而言的：那就是史詩的典範式作品：《伊里亞德》和《奧德賽》。

《伊里亞德》故事在開始時，已是特洛伊戰爭爆發後的第十個年頭了。一場可怕的瘟疫在希臘聯軍中蔓延開來，原來是主帥阿伽門農分得了在戰爭中俘獲的太陽神祭司克律塞斯最漂亮的女兒，克律塞斯帶著充足的贖金來贖取，但遭到了阿伽門農的拒絕，所以，太陽神阿波羅為之震怒，並降下了懲罰。這時忒提斯與佩琉斯的兒子阿奇里斯早已成長為聯軍中最為勇猛的英雄，他請求阿伽門農送還祭司的女兒，而阿伽門農當眾辱罵了他，並宣言「我要親自到你的營帳裏，把給你的獎賞，美麗的布里塞伊斯帶走，讓你清楚地知道，我比你強多少，也使其他人小心，不要顯得和我一樣，當面頂撞我。」此時的阿奇里斯異常憤怒，因為對方所搶去的不僅是他心愛的女奴，而且也損傷了他的榮譽與尊嚴。史詩正是從阿奇里斯的憤怒開始的。在全詩的開頭，詩人吟唱道：

女神啊，歌唱佩琉斯之子阿奇里斯致命的憤怒吧！
它給阿凱亞人帶來無窮的痛苦，
把許多英雄的魂靈拋向哈台斯，
軀體留作狗和飛禽的獵物。

# 奧德賽

「（宙斯）說你這裏有一位武士，
他受的苦難比任何人都多：武士們圍攻
普里安城9年之後，在第10年
（掠奪了城市）離去了。但是在歸途中，
他們得罪了雅典娜；雅典娜喚來了朔風巨浪，
他的朋友全都死了，只有他被風浪帶到了這裏。
宙斯命令你立即把他送走，
因為命運注定他不該遠離親友，客死異鄉，而是要
重回故鄉找自己的宮殿，
再見他的親友。」

—— 節選自荷馬《奧德賽》，卷五

就這樣，阿奇里斯憤而退出了戰鬥。他無動於衷地看著希臘聯軍節節敗退，甚至阿伽門農來與其和解，他也仍然坐在自己的帳篷裏。不過，他倒是把自己的甲冑借給了摯友派特羅克洛斯。但是，特洛伊的英雄赫克托爾不但殺死了派特羅克洛斯，而且還把這幅甲冑當作戰利品而挑釁，他十分悲痛，終於決定出戰。他的重新參戰，立刻扭轉了戰局。他們不僅打敗了特洛伊人，而且他也殺死了赫克托爾，爲亡友復仇，並把他的屍體拖在馬尾後，圍著特洛伊城奔馳。赫克托爾的父親普里阿摩斯來到阿奇里斯的營帳，痛哭著要求贖回兒子的屍體，阿奇里斯忽然想到了自己年邁的父親，便同意讓他帶走屍體，並答應休戰11天，讓他們從容地舉行葬禮。《伊里亞德》就在此時戛然而止。

當然，戰爭並未隨著溫情的復甦而結束，殘酷的戰爭仍在繼續：帕里斯用箭射死了阿奇里斯；而足智多謀的奧德修斯設下了木馬計，終於攻下了伊利昂城，結束了這場大戰。於是，離開本國10年之久的阿凱亞的首領們便紛紛回國。英雄的阿奇里斯已長眠於異國他鄉，不可能生還故土了，但另一個英雄那充滿奇幻色彩的返鄉歷程卻又被傳唱不衰，這就是另一部偉大而奇詭的史詩：《奧德賽》。

10年的漫長戰爭使奧德修斯對家鄉充滿了思念，他激動地踏上了

→阿奇里斯被阿伽門農當眾羞辱後憤而退出戰場，導致希臘聯軍戰事不利。阿伽門農不得不親自登門請求阿奇里斯返回戰場，這時因失意憤怒而縱意琴瑟的阿奇里斯已無意沙場。圖左人物為阿奇里斯，其右為摯友派特羅克洛斯，中為奧德修斯，最右為阿伽門農。

→圖中詩人荷馬端坐在王位上，正在接受繆斯女神賦予的桂冠。這表現了「荷馬之神化」在當時社會的普及，也反映了諸希臘化王國對文學不斷增長的興趣。荷馬生卒年代大約從西元前750年至前650年，可能出生於愛奧尼亞的一個城市。

歸鄉的路，但他沒有想到，這一歷程也依然要費去他10年的光陰。在這期間，他遇到了獨目巨人，幾個同伴便被吃掉了，他最後用計策擺脫了這個巨妖；神女喀爾刻把他幾個同伴又變成了豬；還碰到了女妖塞壬，她的迷人的歌聲會讓任何一個人神魂俱醉，從而永遠留下來，奧德修斯讓同伴把他綁在桅杆上，不但渡過了這一關，而且還聽到了那迷人的也許再也無法聽到的歌聲；他還躲過了海中巨怪，遊歷了冥土，並被仙女卡呂普索羈留了7年，最後，他終於回到了自己的王宮。而當地的一些貴族以為他已經死去，便一直向其妻佩涅洛佩求婚，企圖奪取王位和財產。他回國後便喬裝乞丐，與兒子一起殺死了那些求婚者。

　　兩部史詩均為24卷，一萬多行。如

此龐大而繁複的情節線索，史詩的作者卻能將其巧妙地結構起來，布局完整而精緻，令人驚歎。特洛伊戰爭持續了10年，而作者只寫了其第十年的51天，具體描寫也僅集中在4天的激戰中。全詩以阿奇里斯的憤怒與息怒貫穿，突出地表現了他的英勇。筆力集中，氣氛濃烈。奧德修斯也漂流了10年，但也只寫了最後42天發生的事情，作者一開篇便寫最後奧德修斯來到了菲埃克斯人的國土，他向國王講述了過去9年間他在海上那驚心動魄的經歷。這一結構藝術具有極鮮明的文學自覺意義，並且，它產生了巨大的藝術勢能，使得整部作品既鮮明集中，又完整而豐富。史詩所用的語言也質樸而自然。尤為醒目的是我們通常譽之為「荷馬式比喻」的那些精采語句，豐富而又貼切，生動而又新奇。

　　作為「英雄史詩」的代表作，這兩大史詩用簡潔而又極富表現力的藝術才能為後世讀者保存了一幀幀超凡的英雄影像，使我們還可以

→奧德修斯等人在西西里島靠岸時，出於勇敢和好奇，他來到島上，結果被這裏的霸主獨目巨人波呂斐摩斯捕獲，奧德修斯設計將巨人獨目刺穿得以逃脫。

**推薦閱讀**

《奧德修紀》，楊憲益譯（散文體譯本）。

《伊里亞德》《奧德賽》，羅念生、王煥生譯。

《伊里亞德》《奧德賽》，陳中梅譯。

感受到那個熱血沸騰的時代，觸摸到那光榮與尊嚴中燃燒起來的炙人熱量。黑格爾在其《美學》中就深入地分析了阿奇里斯那豐富而又統一的性格，他說：

*關於阿奇里斯，我們可以說：「這是一個人！高貴的人格的多方面性在這個人身上顯出了他的全部的豐富性。」荷馬所寫的其他人物性格也是如此，……（他們）每個人都是一個整體，本身就是一個世界，每個人都是一個完整的有生氣的人，而不是某種孤立的性格特徵的寓言式的抽象品。*

　　這是一個非常精采而又極為深刻的評價。文學是以塑造人物形象為指歸的：思想可能會陳腐，技巧可能會過時，對當時社會的揭露與批判可能在後世讀者眼中會變得不知所云，而只有其中的人物形象會獲得永久的生命力，與後世讀者血脈貫通。面對這些超越時空的鮮活生命，人人都將心領而神會。《荷馬史詩》正是在文學那霧

→阿奇里斯刺向赫克托爾。赫克托爾是特洛伊英雄，他曾經殺死了阿奇里斯的摯友派特羅克洛斯，這引起了阿奇里斯的極大憤怒，導致了他出戰並殺死了赫克托爾，也扭轉了特洛伊戰爭的局勢，使之向有利於希臘聯軍的方向發展。

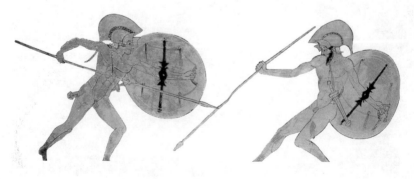

靄迷濛的源頭樹起的一座高
標。

## 第三節　印度心靈的鏡子：《摩訶婆羅多》和《羅摩衍那》

→這幅18世紀的繪畫表現的是《羅摩衍那》主人翁和他的兄弟羅什曼那到處尋找羅摩的妻子悉多的情景。

就在西方擁有了雄視千古的《荷馬史詩》之後，東方也產生了自己的巨幅畫卷，這就是印度的兩大史詩：《摩訶婆羅多》和《羅摩衍那》。

《摩訶婆羅多》主體故事的流傳應當在西元前幾個世紀就已有了，而且其中有些神話的來源當更早，但它的成書卻是在西元紀元以後。在西元後的幾百年間，它被不斷地積累、加工並形成定本。然而，這些定本有著不同的傳本，其文字與情節的歧異所在多有，直到20世紀60年代，經過印度許多學者的共同努力，才終於出版了精審的校本。

這部大史詩的作者，被認為是毗耶娑（即廣博仙人之意），但事實上他也是史詩中的人物之一，至多只能算是其編訂者之一。因為《摩訶婆羅多》全書共十萬頌，每頌兩行，每行16個音節，翻譯成中文應當在四百萬字左右，是世界上現已整理的最長的英雄史詩。其內容異常複雜，包羅萬象，印度古代史詩和往世書中重要的傳說故事幾乎都出現或被提到；還有印度教的教規和法典，甚至還有哲學、倫理、政治、法律等多層面的成分，這樣一部無所不包的宏篇巨制似乎不大可能是某一個人的獨立創作，而應該被看作是世代印度人民集體智慧的結晶。

這部史詩雖然篇幅巨大、內容龐雜，但其加工者卻使用了印度特

有的文學智慧，使其大致上仍可以算是一個整體。它是這樣來結構
的，全詩由一個「歌人」從頭唱來，而在歌唱的同時，又有不同的歌
者在敘述不同的故事，這樣一環套一環，便把整部作品有機地融合在
了一起。

　　「摩訶婆羅多」就是「偉大的婆羅多族故事」的意思，其主體情
節正是敘述婆羅多的後代兄弟之間為爭奪王位而進行的戰爭。婆羅多
有兩個兒子：持國和般度，持國在哥哥般度死後繼任國王。持國有一
百個兒子，稱為俱盧族，長子叫難敵；般度有五個兒子，稱為般度
族，長子叫堅戰。持國指定成年後的堅戰為王位繼承人，難敵兄弟對
此不滿，一再設法陷害般度族五兄弟，五人逃往般遮羅國，併合婆國
王的女兒黑公主為妻，以此同般遮羅國結盟。這樣，婆羅多國便不得
不分一半國土給他們，他們五兄弟便在國土上建起了天帝城，而堅戰
的三弟阿周那又娶了大神黑天之妹為妻。難敵十分嫉妒般度族的日益
強大，便使之在他所提出的一場賭博中輸掉了一切，五兄弟和黑公主
也淪為俱盧族的奴隸；在又一次的賭博中，般度族再次失敗並被放逐
森林13年，13年後，般度族要求歸還國土，難敵背信棄義，於是，一

→阿周那和克里希納有
「君王之歌」稱號的
《薄伽梵歌》以毗濕奴
神的化身克里希納和阿
周那之間的宗教哲學對
話著稱。對話的故事發
生在兩軍對壘的戰場
上，備受推崇的一方的
主角阿周那投身戰場
時，其道德立場出現了
動搖，他的車夫、友人
和顧問克里希納給他指
點迷津。

場毀滅性的大戰不可避免。雙方調兵遣將，並列陣於一望無際的「俱盧之野」。可怕的戰爭持續了18天，雙方著名的英雄接連死去，般度五子得勝，而俱盧一方則只剩下包括長子在內的兄弟四人，然而這幾個人又夜襲般度族殘軍，並將其全部消滅，般度五兄弟住在營外而倖免於難。大戰過後，雙方達成了和解，堅戰繼承了王位，但最後其五人同登雪山修道並升入天堂。

→本圖描繪《摩訶婆羅多》中俱盧軍隊正在進攻阿周那的兒子阿比馬紐的軍隊。

除了這些主要情節以外，書中還充滿了與主要情節有關或無關的大量插話，這些故事都是書中人物在談話中敘述或在介紹前因後果時提到的。這些插話包括了很多著名的故事，甚至包括了一個極爲著名的插話：《羅摩傳》，而這，恰是另一部史詩《羅摩衍那》的雛形。

如果說，《摩訶婆羅多》更多的是被當作歷史傳說而被傳頌的話，那麼，《羅摩衍那》才是從眞正意義上被當作史詩來看待的。正因如此，在印度文學史上，她被稱爲「最初的詩」。

**推薦閱讀**

《臘瑪延那·瑪哈帕臘達》，孫用譯。此書爲節縮本，選取了二書中的精華篇章，篇幅適中。

《羅摩衍那》（全七卷），季羨林譯。

《摩訶婆羅多著名插話選》，金克木等譯。

《羅摩衍那》的成書與作者問題也同《摩訶婆羅多》一樣遙遠而模糊，我們只能滿足於其大致的成書年代，即西元前4世紀到西元2世紀；作者也只能先認可傳說中的蟻垤仙人了。

這部史詩全長兩萬四千頌，共分7篇。第一篇是《童年篇》。講在阿逾陀城有個叫十車王的國王，他沒有兒子，所以請鹿角仙人舉行求子大祭，天神們也正想請大神毗濕奴下凡剪除羅刹王羅波那，於是，毗濕奴化身爲十車王的四個兒子：長子羅摩，二子婆羅多，三子羅什曼那。羅摩娶了遮那竭王的女兒悉多爲妻。接下來的《阿逾陀篇》主要是十車王的宮廷鬥爭。十車王決定立羅摩爲太子，而小王后吉伽伊想讓自己生的婆羅多即位，於是要求十車王流放羅摩14年，此前，十車王曾許諾，可以答應吉伽伊提出的兩個要求，便只好如此。羅摩是孝子，不願父親食言；悉多是賢妻，甘願陪同；羅什曼那是賢弟，情願陪侍兄嫂；而婆羅多也是好弟弟，在羅摩被流放的14年中，他堅決不肯登上王位，其間，他去森林勸羅摩回國執政，羅摩不肯，他便捧了羅摩的一雙鞋回來，作爲替身並代爲執政。羅摩等人在森林中的生活便是史詩的第三篇《森林篇》。森林中處處都有吃人的羅刹。羅刹王的妹妹首哩薄那迦愛上了羅摩，羅摩把她又介紹給三弟，羅什曼那卻一氣割去了她的鼻子和耳朵，她便慫恿羅波那去劫悉多，羅波那命小妖化作金鹿引開羅摩，並把悉多劫到了楞伽城。這時，金翅鳥王勸羅摩，若想救回悉多，便應與猴王結盟。於是，《猴國篇》就主要是羅摩與猴王結盟的故事。羅摩兄弟碰到了神猴哈奴曼，並在哈奴曼的說明下與猴王結盟。然後，他便率領猴兵

來到海邊，哈奴曼一躍過海，去探查情況。

　　第五篇《美妙篇》中，敘述哈奴曼跳過大海並來到了楞伽城，他變成了一隻貓，潛入城裏，最後來到王宮的御花園，看到了被囚禁的悉多是如何的堅貞不屈。他向悉多出示了羅摩的表記。最後他大鬧楞伽城，在被魔王擒住後，他仍然火燒了楞伽城，然後縱身跳過大海。《戰鬥篇》用了極長的篇幅描繪了羅摩率領猴兵與魔兵廝殺的情景。在戰鬥中，羅摩兄弟均受了傷，哈奴曼去採集仙藥，但仙草卻隱藏了起來，哈奴曼便把整座吉羅娑山拖了回來。打敗羅波那後，羅摩立了羅波那的弟弟維毗沙那爲楞伽王。羅摩懷疑悉多的貞潔，悉多投火自明，火神把她從烈焰中拖了出來，證明了她的純潔。最後是第七篇《後篇》，這時的羅摩又聽信謠言，遺棄了懷孕的悉多，蟻垤仙人收留了她，後來領她的兩個孩子去羅摩宮中吟唱《羅摩衍那》，羅摩終於發現這就是自己的孩子，蟻垤仙人也再次證明了悉多的貞潔，但羅摩仍不能相信她，悉多不得已求救於地母，大地立時裂開，悉多投身於大地母親的懷抱。最後，羅摩升天還原爲毗濕奴大神，並與妻兒在天堂重聚。

**毗濕奴**

在印度教中，最受人們敬畏的神靈毗濕奴從原始時代的各洲混沌中創造了世界，並提供了內部的結合，這種結合使宇宙緊緊地結合在一起。毗濕奴同數百個地方神和女神在一起，仍是今日印度寺廟供奉的衆神，受人膜拜。圖中宇宙魔鬼阿那特的一千顆頭向中的五顆伸向上帝，而毗濕奴的妻子拉科希米按著他的腳。最上面的神靈是梵天，他是古典印度教中的第一個生靈和萬物造物主。在白天到來的時候，梵天升起於來自毗濕奴的蓮花上，世界就開始了新的一頁。

　　《摩訶婆羅多》通過婆羅多族後代兄弟之間的戰爭，既表現了非法與正法之間的倫理鬥爭，還象徵性地表現了最高的自我與經驗的自我的鬥爭，弘揚了印度人在鬥爭中尋求和諧統一，尋求超脫，尋求與最高本體合一的生活理想。而這一點也同時反映在《羅摩衍那》中。

　　兩大史詩不僅在印度文學史，甚至在東方文學史中都具有極為重要的地位和意義。她們對印度的文化產生了全方位的影響，使其基本的宇宙觀、世界和人生觀均具有了極鮮明的民族特點。不僅如此，她還成為了印度文學全部創作的光輝典範和取之不盡、用之不竭的靈感之源。這也使她們成為了印度精神的一面聚光鏡——玲瓏剔透卻又五彩斑斕。

### 最早的梵語文獻：《梨俱吠陀》

　　《梨俱吠陀》（意思是知識的詩文集子）共收錄1028首詩頌，它是由不同的詩人於西元前2000～前1000年間著成，其一直以口傳方式流傳，而未曾以手抄形式記錄下來。《梨俱吠陀》中的梵文讚美詩除了講述征戰的眾神和印度——雅利安人對築有防禦工事的城市和定居地的進攻的故事外，還談及普遍的宗教和哲學主題以及更加實際的事情。這裏所選錄的5個片段展示了這部引人入勝的著作廣泛的涉獵範圍和抒情之美。

→在整個印度，大象意味著力量，它可用於戰爭、托運沉重的貨物、遊行或參加慶典，令人敬畏。而且，大象在很多地域的民俗中都被認為是智慧的象徵。本圖為濕婆聰明的象頭兒子伽奈什，當人們在旅行、經商或籌辦婚禮前總要向他獻祭，以祈求他向濕婆傳達人們的願望。

→弓箭摧毀了敵人的士氣，我用弓箭可以征服任何來犯者……每次射箭時，箭遠遠地飛出，帶著我們的祈禱向敵人飛去，沒有一個人可以生還。（引自《梨俱吠陀》）

↓賽馬來到屠宰場，心向著神沉思。它的親屬山羊，在前面引路……
……快樂地走向思念你的母馬，快樂地走向榮譽和天堂，快樂地走向最初的指令和真理，快樂地走向神，快樂地走向你的旅程。（引自《梨俱吠陀》）

## 賭徒的抱怨

她沒和我爭吵也沒生氣;她對我和我的朋友都很好。因為擲輸了一次骰子，我趕走了一位賢德的妻子。

我妻子的母親痛恨我，我妻子把我推到一邊;惹了麻煩的人沒有人來可憐。他們都說：「我發現一個賭徒就像人家要賣的老馬毫無用處。」

一個男人的財產若是被搾奪成性的骰子垂涎，他的妻子就會被別的男人霸佔。他的父親、母親和兄弟提起他都會這樣說：「我們不認識他，把他綁起來帶走吧。」

## 天與地

天與地讓人人皆受益，它們承載著秩序和空間的詩人。在天與地這兩個女神之間，在這兩個繁育出萬世萬物的大姊之間，純潔的太陽神依照自然法則運行著。

寬廣無邊、堅強有力、永不枯竭的父親和母親保護著宇宙。這世界的兩半恰如被父親打扮得花枝招展的少女，鮮豔奪目，美妙絕倫。

→大約2500年以前，書寫知識隨著操泰米爾語的商人的到來而傳入印度，至今已有200種不同的手稿仍在運用。這是一本18世紀的書稿，它來自印度北部喀什米爾地區。

## 治病的植物

茶色的植物誕生於遠古，比神明還早了三個時代。現在我要思考一下它們的107種類型。

母親，你們有千百個種類和療救的方法，你們讓這個男人完好無損。

歡樂吧，開花和結果的植物！就像在賽跑中獲勝的騾子，生長中的植物會幫我們渡過險境。

## 得勝的妻子

太陽升起來了，我的好運也到了。我是個聰明的女人，有能力獲勝;我已制服了我的丈夫。

我是旗幟，我是頭。我威風八面，一切全由我。既然我已高奏凱歌，我丈夫只好對我唯唯諾諾。

我的兒子們殺死了他們的敵人，我的女兒是個皇后，我大獲全勝。在我丈夫耳中我的聲音至高無上……

我殺死了與我爭風吃醋的姬妾;沒有她們，我便風騷獨領。我搶走了其他女人的魅力，就當那是輕浮女子的財富。

我征服了那些競爭者，取得了卓絕的勝利。現在我就可以作為女王統治這個英雄——我的丈夫和全體臣民。

第三章

## 酒神時代的命運悲歌：古希臘悲劇

3

**推薦閱讀**

《埃斯庫羅斯悲劇二種》，羅念生譯。

《埃斯庫羅斯悲劇集》，陳中梅譯。

西元前5世紀，這是一個應該被詛咒的年代，因爲征服的野心蒙蔽了人們的心靈，無邊的戰火燒紅了人們的雙眼。然而這又是一個讓人無限神往的時代，因爲人類的祖先已經學會了站在世界苦難的邊緣，對這個世界，對人類自身的命運進行深入地思考。在東方，出現了孔孟、老莊和釋迦牟尼，在西方，除了蘇格拉底等代表人類理性思維最高境界的哲學家之外，還出現了代表西方，乃至整個人類情感最高體驗的古希臘悲劇。在短短百餘年間，

→這是保存最完好的古希臘劇場之一，位於埃皮達魯斯（現在土耳其）阿斯克勒庇俄斯聖所的西元前4世紀劇場。

→手拿面具的演員在演出森林之神劇之前集合在一起。

## 古希臘戲劇

　　從純粹的歷史文獻角度來看，希臘戲劇最早應該出現於西元前534年的春天，這時，由官方指定的悲劇開始在雅典的酒神節上演出。

　　西元前5世紀時，每一座希臘城市都有劇場，且都座無虛席。劇場的焦點位置是舞台前供合唱隊使用的圓形平地，它的中心常有一座祭壇，演員與合唱隊在此登場。祭壇後面是後台，內有由門面遮擋的化妝屋和道具屋，而它突出的兩翼部份則可被布置成神廟或宮殿的背景。如左頁圖所示劇場位於埃皮達魯斯，可容納一萬七千名觀眾，劇場的傳音性能極好，甚至坐在最上排的人都能聽到地面合唱團最輕微的低吟。

　　演出由一個人和合唱隊之間進行的對話組成。後來，隨著劇情漸趨複雜，演員數目增加，在歐里庇德斯的劇本中，合唱減少至用以分割悲劇的主要劇幕。演出的戲劇還要舉行比賽，評判、評獎及對最優秀演員和劇作者的頒獎儀式一應俱全。幾乎所有這些悲劇在演出時均以三聯劇形式出現，後面緊跟的是所謂「森林之神」劇(亦稱「薩特戲劇」劇)——一種紀念酒神狄奧尼索斯的狂舞劇，演員要打扮成森林之神，就是酒神的那些長著馬耳朵和尾巴、獅鼻子及蓬亂頭髮的半人半獸隨從。另外，節日期間也上演喜劇，其內容經常是晦淫的，亦或是蠻橫無理的嘲諷，對於喜劇演員及劇作者沒有單獨的獎項。著名的喜劇作家有西元前5世紀的阿里斯托芬，以及西元前4世紀的喜劇詩人米南德，戲劇節也是重要的民主日，無論職位高低或是當天保釋的罪犯均可至此觀看演出，並且均免費觀看，城邦不僅要來富有市民為節日提供財源，而且還向觀眾發放看戲的費用。

→古希臘戲劇演員面具

→作為酒與狂歡之神的狄奧尼索斯很久以來就成為那些狂亂活動的崇拜對象（因為這些活動還包含有祭祀儀式）。在雅典的節日中，這些狂歡被獻祭公牛的儀式所代替。狄奧尼索斯劇場裏上演的戲劇則滿足了人們的心理欲望，但酒神的神奇力量仍沒有被人們忘卻。「這些恩賜都是他給予的，」劇作家歐里庇德斯這樣寫道，「當在這眾神的饗宴上美酒四溢之時，人們對著風笛開懷大笑，毫無顧忌。」

雅典相繼出現了三位舉世聞名的悲劇詩人：埃斯庫羅斯、索福克勒斯和歐里庇德斯。他們創作了近300部悲劇作品，留傳下來的32部以其不朽的成就，令後人心折嘆服，成為彪炳千秋的典範之作。

→劇作家埃斯庫羅斯是古雅典時期的劇作家，深受當時羅馬人的尊敬。

## 第一節　悲劇之父：埃斯庫羅斯

　　西元前492年，波斯的大流士王率領浩浩蕩蕩的鐵騎，越過重洋來到巴爾幹半島上，進行征服歐洲的軍事行動。亞洲和歐洲會戰的第一個回合開始了。經過馬拉松和溫泉關兩大戰役，希臘人最終大獲全勝。勝利後的希臘同盟，推選雅典為盟主，雅典的政治經濟勢力蒸蒸日上，伯里克利執政期間更是達到前所未有的繁榮。社會的繁榮也帶來了文化的繁榮。早期人類最輝煌的文學成就——古希臘的悲劇，就產生並興盛於這一時期。

　　就在雅典的奴隸主民主制度興起的時期，古希臘悲劇之父埃斯庫羅斯（約西元前525－約前456）誕生了。他出身於貴族家庭，親身經歷了雅典從一個普通城邦上升為德里亞聯盟「盟主」的歷史巨變。當波斯鐵騎入侵希臘時，埃斯庫羅斯鬥志昂揚地奔赴戰場，參加了著名的馬拉松戰役。在埃斯庫羅斯看來，他在戰場上的功勞要比在戲劇上的成就重要得多。而他的死則非常富有戲劇性：一天，有個術士警告他說，他將會被砸死在自己的房子裏。對術士的話深信不疑的埃斯庫羅斯立即離開城裏的家來到郊外，把床安放在遠離房屋建築的曠野上，露天而睡。而此時正好有一隻老鷹抓著一隻烏龜從那裏飛過，見到一個光禿禿的頭，以為是一塊大石頭，就把那隻烏龜丟到上面，想

把烏龜殼敲碎……可憐的古希臘悲劇之父就以這樣的喜劇方式結束了他的生命。

《普羅米修士》是埃斯庫羅斯歌頌雅典的民主自由，反對專制，力圖使先進思想與傳統觀念調和起來的結晶。它原本包括《被縛的普羅米修士》、《解放了的普羅米修士》和《帶火的普羅米修士》3部，但是後兩部並沒有流傳下來。《被縛的普羅米修士》取材於古希臘神話：普羅米修士曾把天上的火種偷來送給人類，並賦予人類以智慧和科學，使他們得以生存下去，不至於被宙斯毀滅。宙斯為此把普羅米修士釘在懸崖之上。《被縛的普羅米修士》就從這裏開始。宙斯為了讓普羅米修士屈服，並讓他說出那個會使宙斯喪失權力的秘密（即宙斯如果同某位女神結婚，他將被那位女神所生的兒子推翻），每天都讓餓鷹啄爛普羅米修士的心臟，晚上又長好，如此周而復始。受盡折磨的普羅米修士向蒼天和大地訴說自己的憤怒。河神奧克阿諾斯前來勸普羅米修士同宙斯妥協，被他拒絕了。神使赫爾墨斯前來強迫他說出宙斯的秘密，普羅米修士寧肯被打入地下深坑，忍受千萬年的痛苦，也不願意向宙斯屈服。最後，在雷電的轟鳴中，普羅米修士被打入萬丈深淵。

這是一場專制統治與反專制統治的鬥爭，反映了雅典工商民主派與土地貴族寡頭派之間的搏鬥。由於普羅米修士將天火送給人類，教導人類勞動，賦予人類智慧，因此被一

→《被縛的普羅米修士》雕塑

埃斯庫羅斯偉大的《奧瑞斯忒亞》三聯劇由《阿伽門農》、《奠酒人》和《復仇神》組成，講述了古老的阿特柔斯家族的故事。阿特柔斯是邁錫尼國王，他曾殺死其弟的孩子們，僅剩一個兒子埃基斯圖斯倖存。後來，阿特柔斯的兒子阿伽門農和墨涅拉奧斯分別娶了克里泰涅斯特拉和海倫姐妹為妻。後來海倫被特洛伊王子帕里斯帶走，於是兄弟倆開始遠征特洛伊，阿伽門農甚至殺死女兒作祭祀以使船隊順利到達特洛伊。在他外出征戰期間，其妻與埃基斯圖斯通姦並與其共同統治著邁錫尼。為了替自己的女兒報仇和維護自己的權力，她謀殺了阿伽門農。後來，阿伽門農之子奧瑞斯忒亞為父報仇，殺死了母親及其情人，結果招致復仇女神的追逐。不過，奧瑞斯忒亞幸運地獲得了雅典娜的投票而宣告無罪。雅典娜後來成功地將復仇女神變成仁慈女神歐曼妮底絲，以歡迎他們到雅典，並保證公理報應的功能將成為該邦基石，來解除她們的任務，平息她們的憤怒。右圖為《奧瑞斯忒亞》三聯劇的第三部《復仇神》的演出場面。

**奧瑞斯忒亞三聯劇**

心要消滅人類的宙斯綁在高加索山上，每天忍受難以想像的痛苦。但是他反抗宙斯的意志並未因此而發生動搖，他寧可死也不肯說出宙斯的秘密。埃斯庫羅斯把這場鬥爭提升到了事關人類命運的高度，從而把普羅米修士塑造成人類文明的締造者和人類的保護神，為了人類的進步，他不惜做出最大的犧牲，蒙受最殘酷的刑罰。他是為了正義事業，甘願忍受無邊痛苦的崇高精神的化身。這場劇上演於雅典民主派對貴族派的鬥爭取得勝利的時候，使默然的忍受、輝煌的爆發、人類罕見的人性和意志得到了淋漓盡致的表現，從而體現了早期人類的悲劇美，也為人類樹立了最高最美的道德規範。

埃斯庫羅斯開始創作時，希臘悲劇尚處於早期發展階段。他第一次把戲劇的演員從一個增加到兩個，而且加強了對白的部分。在舞臺演出上，他第一個採用了布景、道具和戲劇服裝，以浪漫和光怪陸離的景觀，譜寫濃墨重彩的唱段。他的詩句莊嚴、雄渾，帶有誇張色彩；他的語言優美，辭彙豐富，比喻奇特。這種風格是與他的悲劇中嚴肅而激烈的鬥爭和英雄人物的強烈感情相適應的。希臘悲劇的結構程式和藝術特色在他的劇中已經基本形成，因此，他被恩格斯譽為希臘「悲劇之父」。

## 第二節　藝術戲劇的荷馬：索福克勒斯

　　當人類的祖先擺脫了原始的蒙昧狀態，向著自由王國進發時，他們往往對自己身處的神秘世界感到困惑：是什麼讓人生、老、病、死？是什麼力量在冥冥之中伸出無所不能的大手，撥弄著人的生命？當人們無法給出一個合理答案的時候，只能在心中默默地供奉著一個比任何神靈都令人敬畏的名字：「命運女神」。代表著古希臘悲劇最高成就的《俄狄浦斯王》，就是人類的祖先對自身命運的追問與反思。

　　索福克勒斯（約前496～前406）出生於雅典附近的一個富商家庭。從少年時代起，他就以出眾的音樂天賦而引導過慶祝賀薩拉密斯海戰勝利的歌隊。他積極地參與政治活動，並於西元前440年當選為雅典十將軍之一，進入雅典的最高層。當時，以雅典為盟主的「德利亞聯盟」正在同斯巴達為首的聯盟進行戰爭，索福克勒斯曾經與民主派領袖伯利克里一起指揮雅典海軍，鎮壓企圖脫離提洛聯盟的薩摩斯人。索福克勒斯在希臘各城邦中都享有極高的聲譽，他死時，雅典與斯巴達之間正打得不可開交。斯巴達將軍聞訊，馬上下令停止戰爭，讓索福克

→在希臘神話中，斯芬克斯是厄喀德那和其子俄耳蘇斯所生的女兒，常被描繪成女人頭、獅身、雙鳥翼。她被諸神派到底比斯向路人問一個謎語：早上四隻腳，中午兩隻腳，下午三隻腳的動物是什麼。如果行人答不出來就會被她吃掉。最後，英雄俄狄浦斯解開此謎——人，因為初生的嬰兒是人生的早晨，用四肢爬行；成年是人生的中午，用雙腳走路；老年是人生的下午，扶杖而行。斯芬克斯隨即自殺。上圖即為法國畫家居斯塔夫·莫羅所繪的象徵主義畫作《俄狄浦斯和斯芬克斯》。

勒斯的遺體歸葬故里。在他死後兩年，雅典便被斯巴達人佔領。索福克勒斯一生創作了120多部劇本，但現在完整保留下來的悲劇只有《埃阿斯》、《安提戈涅》、《俄狄浦斯王》、《埃勒克特拉》、《特拉基斯少女》、《菲羅克忒忒斯》、《俄狄浦斯在科洛諾斯》等7部。

　　《俄狄浦斯王》是索福克勒斯流傳千古的名作。故事來源於古希臘的俄狄浦斯傳說，而又加入了索福克勒斯的藝術創造：太陽神預示，忒拜王拉伊俄斯的兒子俄狄浦斯長大後會殺父娶母。因此，俄狄浦斯一出生，就被他父親讓牧羊人拋棄在荒山，但是心懷不忍的牧羊人卻將俄狄浦斯送給了科林斯王的僕人。科林斯收養了他，還把他認做養子。俄狄浦斯長大成人後，知道了自己要殺父娶母的命運，便逃離了科林斯。然而冥冥之中自有天定，他在一個三叉路口失手打死了一位老人，這個老人正好是他的生父。一無所知的俄狄浦斯破解了斯芬克斯之謎，被推選為忒拜的國王，還娶了前王的妻子。後來，忒拜城裏發生了瘟疫，神示說只有找出殺害前王的兇手，瘟疫才能停止。而當地的先知說兇手就是俄狄浦斯。俄狄浦斯經過調查，找到了當年的牧人，才發現了實情的真相。在悲痛、羞恥、無奈之中，他刺瞎了自己的雙眼，將自己放逐，從此過著悲慘的生活。

→本圖即描繪俄狄浦斯解斯芬克斯之謎的情景。

　　在這部震撼了人類靈魂的悲劇中，「命運」是一種強大而可怕的力量，它在主人翁行動之前設下陷阱，使他步入罪惡的深淵。不幸的俄狄浦斯，希臘悲劇中最悲哀的形象，他本是一個高尚人物的典型，身上有著堅強的意志和正直的品格，有著睿智、英明的光芒和仁愛、勇武的色彩，卻命定要犯錯誤，受到命運的懲罰。這是為什麼呢？俄狄浦斯是自己父親的兇手，自己母親的

推薦閱讀

《索福克勒斯悲劇二種》，羅念生譯。

丈夫，又是斯芬克司之謎的解答者！這神秘的三聯命運究竟告訴我們甚麼呢？

答案就隱藏在俄狄浦斯解答斯芬克斯之謎的過程中。俄狄浦斯的回答宣告著，愛琴海域的古希臘人已經在自我意識中把自己從動物界中開始提升出來了，人類開始認識自身、反思自身了。然而，人類對自身的認識又是何等的有限，以至於根本無從把握那懸在他們頭頂的命運之網。俄狄浦斯看起來是猜中斯芬克斯之謎的勝利者，實際上，他是個失敗者。他儘管能夠回答出「人」這個謎底，卻並不真正理解人的含義。如果斯芬克斯繼續發問「人是什麼」，那麼最後跌入深淵的將不是斯芬克斯，而是俄狄浦斯。也正是因為人類對自身這種既初步又模糊的認識，才使得剛剛產生了自我意識的人類試圖擺脫命運的咒語，卻反倒使自己在命運的泥潭中陷得更深。這個神話好像要在我們耳邊私語：聰明，尤其是酒神狄奧尼索斯式的聰明，乃是反自然的壞事；誰憑自己的聰明把自然拋入毀滅的深淵，誰就勢必身受自然的毀滅——這就是這個神話對我們高聲疾呼的可怕的警告。

### 評價索福克勒斯

索福克勒斯的沉著、穩健和彬彬有禮等品德最為雅典人仰慕，並反映在其著作中。他得到「雅典之蜂」的稱呼，因為據說他能從文學中提煉出蜂蜜。阿里斯托芬在索福克勒斯死後一年首次上演的《蛙》中談到這位劇作家時寫道：「人世間如此隨和的人，其亡靈也必隨和。」羅德島的詩人西末阿斯為他所撰寫了一首貼切的碑銘：

常春藤呀，輕柔地覆蓋著墓地，
輕柔些，在索福克勒斯安息的地方；
借助你的青絲作為蔭庇；
玫瑰花瓣簇擁著他競相爭芳，
蔓藤呀，纏繞你那柔軟的捲鬚，
為讚誦他靈巧之舌而歌唱，
那甜蜜動聽的樂曲，
在三女神與九女神的伴隨下飄揚。

→索福克勒斯，希臘劇作家，他對神秘莫測的命運及宿命所擺布的人類道德問題深感興趣。

→在傳說中，伊阿宋是一個令人敬服的英雄，在美狄亞的幫助下，克服重重困難取回金羊毛，並娶美狄亞為妻。

俄狄浦斯為了躲避命運的安排，特意逃離了他生長的土地，流落他鄉。他本以為自己可以躲過命運加在他身上的惡毒詛咒了，然而他越是反抗，就越是一步步陷入命運的陷阱之中。俄狄浦斯的悲劇不在於他的結局有多麼悲慘，而是在於他掙扎──掙扎之無用的反抗過程中。個體的反抗意志在無所不在命運之網裏面，顯得是如此的渺小，如此的無助，悲劇的力量就這樣被凸現了出來。俄狄浦斯的反抗是人類試圖擺脫支配自己的異己力量而走向自由王國的最初的努力，他的悲劇說明，人類從必然王國走向自由王國的道路，注定是困難重重的。

以《俄狄浦斯王》為代表的索福克勒斯的悲劇藝術，標誌著希臘悲劇藝術的成熟。索福克勒斯善於把人物放在尖銳的衝突中，並通過人物對比的方式加以塑造，使得人物的性格更加突出。索福克勒斯又是一個擅長於結構布局的大師，他的作品結構複雜，波瀾起伏，卻絲毫沒有雜亂之感；布局巧妙，針線細密，而又不露斧鑿之痕。而且他還在悲劇中加入了第三個演員，

並使歌隊參與劇情，這就豐富了戲劇的情節和內容，使得古希臘悲劇在形式上基本定型。由於他在戲劇藝術方面的突出貢獻，他的悲劇被亞里斯多德稱為「十全十美的悲劇」，他也被文學史家稱為「戲劇藝術的荷馬」。

## 第三節　舞臺上的哲學家：歐里庇德斯

隨著人類社會的發展進步，人類理性的光芒必然衝破愚昧的包圍，將那些高高在上的眾神趕下神座，還他們以本來面目。從神，到英雄，再到人的時代，反映著人類與自然鬥爭的歷史，也反映著人類理性的勝利。這種嬗變，清晰地體現在歐里庇德斯的悲劇中。

歐里庇德斯（前485～前406）出身貴族，早年熱心於研究哲學，與進步的智者學派相接近，並深受影響，因而被後世稱為「舞臺上的哲學家」。他與索福克羅斯生活在同一時代，但他的作品大多都是在雅典內戰期間寫成的，反映的是雅典政治經濟危機時期人們的思想意識。晚年的歐里庇德斯因為反對雅典當局的暴政，反對侵略政策而為當局所不容。七十高齡的詩人流落在馬其頓王宮中，並客死在那裏。

相傳歐里庇德斯寫了92部劇

→這是法國象徵主義繪畫大師居斯塔夫‧莫羅所繪的關於伊阿宋與美狄亞合力取得金羊毛的畫作。

# 社會背景簡介

## 希臘婦女

1、在政治方面：希臘婦女被排斥在公民之外。根據雅典民主政治基本制度的規定，只有18歲或18歲以上男性、自由人、父母均為雅典人者，有權成為雅典公民。

2、在經濟方面:在雅典，婦女既不能繼承，也不能擁有財產，婦女經營的任何一項業務均不得超過價值一蒲式耳的穀物。

3、在婚姻家庭方面：雖然妻子有資格提出離婚訴狀，但似乎雅典婦女極少這樣做，而且實際上婦女獲准離婚比男人難，相反，男人休妻卻相當容易。並且，除富家之外，妻子大都過著苦役般的生活。

4、在社會生活方面：雅典婦女基本上都隱居家中，即使上層階級婦女也大多數時間如此，偶爾外出亦需人陪伴，在宴會上露面會危及她們的名聲。而只有那些專業演員和高等妓女才能過上正常社會生活並享有某種名望。

5、在教育方面：在古希臘，女孩子被認為不值得受教育，這就造就了她們成長的社會原始氛圍。

→女詩人薩福就曾被雅典人視為異己。薩福於西元前7世紀出生於列斯保島，她以自己那獨特的愛情詩和歌詠大自然的歡樂作品而聞名，據說曾被柏拉圖稱為第十位繆斯。

本，但流傳下來的只有18部。內戰問題、家庭問題和婦女問題是他關注的焦點，其中以《美狄亞》最為出名。這個故事的素材來源於希臘神話。美狄亞拋棄了自己的家庭，幫助王子伊阿宋盜取了金羊毛回來，懲罰了新國王，還拋棄故土和他私奔，甚至砍死了阻攔自己的兄弟。夫婦來到科林索斯，生了兩個兒子。但伊阿宋這時候卻變了心，他要作科林索斯國王的女婿，並要把妻兒趕出境外。美狄亞陷入了無國無家無親的境地，一怒之下，她設計毒死了公主和國王，又忍痛殺死兩個兒子絕了丈夫的後嗣，然後乘龍車飛往雅典。

作為這齣悲劇主人翁的美狄亞，是個敢做敢為、熱烈追求平等，帶有原始特點的潑辣女性。她原本是個多情的女性，把丈夫當作唯一心愛的男人，並心甘情願為他犧牲一切，甚至付出了背叛父親和殺死兄弟的代價。可是她所有的付出，得到的卻只是愛人的背叛。因此，當這一高昂代價被證明毫無意義時，她沒有像傳統女性那樣，在冰冷

推薦閱讀

《歐里庇德斯悲劇二種》，羅念生譯。

《歐里庇德斯悲劇集》，周作人譯。

的刀劍下「畏畏縮縮」，而是把熾熱的愛情化作仇恨的怒火，不顧一切地站在最強硬的立場上，採取屠夫一般的兇狠手段來進行報復。全劇通過一個血腥的復仇事件，描寫了一齣震撼人心的家庭悲劇，提出了「婦女地位」的社會問題，表現了劇作者對婦女命運的關切和同情，歌頌了主人翁為奪取平等權利的反抗鬥爭精神，反映了奴隸主民主制衰落時期社會道德淪喪，婦女遭受壓迫的生活現實。

伊阿宋則是一個由勇敢的英雄蛻化成卑鄙小人的人物。在傳說中，他原本是一個令人敬服的英雄，在美狄亞的幫助下，克服重重困難取回金羊毛，並娶美狄亞為妻。然而在歐里庇德斯筆下，他卻由一個既有英雄氣質也有兒女情長的鬥士，成了一個貪圖權勢和金錢的利己主義者，一個背棄盟誓、冷酷無情的小人。他把婚姻當作是奪取權勢的一種手段，背叛了為自己犧牲一切的妻子，最終卻遭到了原本對他死心塌地的妻子的最惡毒的報復。他的悲劇來自於他以不正當的方式追求個人利益的動機，來自不尊重別人的奉獻，來自於時而潛隱時而裸露的自私本質。歐里庇德斯把傳說中的英雄頭上耀眼的花冠摘掉，代之以荊棘編成的草帽，這是對神話英雄人物的一種顛覆和褻瀆。這個人物的出現，反映著當時社會貧富分化加劇和社會道德淪喪的真實狀況，並向世人宣告著：以往維繫社會、家庭的道德法則已經遭到了無情的破壞，這個世界，已經進入了醜陋不堪的世俗時代！

和他的前輩一樣，歐里庇德斯的悲劇也以古老的眾神傳說作為載體。然而到了他筆下，那些悲劇已經改變了往日炫目的神性面目和英雄氣息，而體現著更加強烈的現實的「人」的意義。對神和英雄的氣質的描寫削弱了，代之以人的意志和激情的刻畫。不可一世的眾神退化為無恥之徒，威嚴的古代英雄露出了卑鄙自私的面目，被壓迫的婦

→歐里庇德斯雖為悲劇詩人兼劇作家，
但他經常在自己創作的戲劇中扮演女主
角。

女受到了前所未有的尊重，受奴役的奴
隸開始登上了歷史的舞臺……他的創作
宣告著古希臘「英雄悲劇」時代的結
束。在他的作品中，現實主義的創作方
法被突出了，批判和探索的痕跡更加明
顯了，對於人物心理的分析更是爐火純
青，他因此而被稱為「心理戲劇鼻
祖」。同時，他還將鬧劇氣氛和浪漫情
調引進悲劇，一方面草創了悲喜劇，一
方面為新喜劇的發展鋪平了道路。

# 第四章
# 東方：敘事文學初試鋒芒

推薦閱讀

《佛本生故事選》，郭良、黃寶生譯。

《百喻經》，僧伽斯那撰，求那毗地譯。

《五卷書》，季羨林譯。

文學在其源起的時候，就已帶有了敘事、抒情與議論的多種因素，這與人類的認知結構是相契合的：當人類把文學當作自己生命中不可或缺的一部分時，文學也就帶有了人類本身的全部特點。然而，當我們翻開一部杳遠而蒼茫的文學史時，我們還是會驚訝地發現，文學在其還是涓涓細流的時代裏，便更多地爲詩體形式所籠罩。不可否認，這一點與當時記錄與傳播手段的貧乏有關，因爲帶有韻律的東西總是易記易傳的；但是，我們也要看到，這仍與當時人類思維世界疆域的局限有關，他們還不能把敘述中的虛幻世界當作人類眞實世界的藝術的、在某種程度上也是本質的反映來把握。直到人類的思維發現了虛構世界的奧秘之後，敘事文學的大潮才從地下的潛流奔騰而出，推衍激盪，匯爲浩淼的江海。

然而，當人們已經從對奇幻多彩的敘事文學的創作及閱讀過程中，切膚地體驗到了人類所有的痛苦與歡欣時，還有誰會想到那初萌時期的涓涓細流——那時它也許還難於浮起一根稻草！如果願意去尋找這包含了許多文化因數的源頭，我們會驚訝地發現，敘事文學的江河迤邐而來的地方仍然是那古老而神秘的東方！

→在印度，講故事是一門藝術。幾個世紀以來，那些民間傳說以及宗教故事都是以口頭形式流傳下來的，這也正是為什麼每一個印度人都知道《摩訶婆羅多》和《羅摩衍那》，即便沒有多少人能完整地讀下它們來。當那些故事被以書面形式記錄下來時，藝術家們又用插圖來裝飾書頁，以至於整體看上去像一幅畫。本圖為一個故事寶庫（kavad），它代表了以圖片來講故事的古老傳統。打開講故事者肚腹位置及兩旁裝有鉸鏈的門，一幅幅描繪民間傳統或民俗的畫面便展現開來。印度人認為毗濕奴再生了十次，第七次化身為黑天（即如本圖左面嵌板上所繪），而第八次則化身為羅摩（即史詩《羅摩衍那》中的英雄，如本圖右面嵌板所繪）。

## 第一節　民間故事的淵藪：印度故事

　　源遠流長的恆河哺育出了世界上最富有想像力的民族，他們對地獄與天界那豐富而奇異的想像與描述成為了我們這個世界中的一種文化傳統；同時，他們對想像世界的開拓也對人類思維的發展與深化產生了難以估量的意義。在敘事文學濫觴的時代裏，他們的想像力便在民間故事中遍地開花。印度，便理所當然地成為了民間故事與傳說的集散地——全世界的寓言與故事幾乎都可以在此找到「娘家」。

　　宗教資源的豐富也是印度文化一個不可忽視的特點，其中，具有最大影響力的當然是佛教。佛教大約形成於西元前6世紀，佛教典籍

中有專門講述其創始人釋迦牟尼（意為「釋迦族的聖人」）前世的故事。佛教認為，其成佛之前，還只是一個菩薩，並不能跳出輪迴，他要經歷無數的輪迴並積累善行方可正果，而這些講佛祖前生的故事便統稱之為「佛本生」。當時的佛教徒為了傳播佛教，便從大量的民間傳說中為佛的前生尋找可以利用的故事，如此，便形成了繁雜而龐大的故事家族。這些故事的正面形象都是成佛前的釋迦牟尼，他有著各種各樣不同的身分，或者天神，或者國王，甚至獅子、烏鴉；而故事的形式也多種多樣，有童話，有笑話，有寓言，有奇聞，也有滑稽故事，甚至較為不錯的短篇小說。這些故事大都是民間的寓言與傳說，但都經過了佛教徒的改造，他們把故事中的一個主要形象設定為佛祖的前身就可以了。

比如其《烏龜本生》的故事，本來是一個充滿民間情趣的故事。故事大致說有一隻烏龜，認識了幾隻天鵝，天鵝說有一個非常美麗的地方，烏龜想讓天鵝把它帶去，天鵝說你只要能閉緊嘴巴就行，烏龜答應了。於是，兩隻天鵝用嘴叼住一根木棍，讓烏龜咬住中間。當它們飛到一個地方時，有幾個兒童看到了，驚訝地叫「烏龜在天上飛」，烏龜忍不住就要說話，結果便摔死了。而佛教徒將其採入佛本生中，並說佛轉生為一個國王的宰相，國王問烏龜的事，佛便說「謹言慎行，饒舌喪生」。

其實，除了《佛本生故事》之外，佛教故事還有更有趣的《百喻經》。所謂「百喻」是指其共收近百篇故事，多用譬喻的方式來闡釋一些佛教的教義。此書共收98個故事，有許多都是大家耳熟能詳的。如《三重樓喻》，說一個富翁要蓋一座三層的樓房，卻偏要工匠們先蓋最上面的第三層，故事以此來嘲笑和諷刺那些好高鶩遠或本末倒置的人。還有吃了七個餅才飽的人遺憾自己怎麼沒直接吃第七塊餅的故事，為主人看門的僕人背了門去看戲而遭竊的故事等等，都是這本書中的篇目。

# 印度古典文學

　　印度古典文學並非特指某一時期或某一種類的作品，而是指以婆羅門教梵語在不同階段所做的作品。

　　梵語屬印歐語系的一支，於西元前2000年～前1000年間由一群來自西方自稱雅利安人的民族所引進。梵語的運用首先見於僧侶的詩文，然後推廣及於其他如宗教、科學，甚至娛樂性的作品。以年代先後可劃分成：吠陀梵語，最早的不朽文學作品即以此類語言撰著。比如，最早的一部梵語文獻是《梨俱吠陀》（意思是知識的詩文集子），收錄1028首詩頌（hymn），由不同的詩人於西元前2000～前1000年間著成。這些詩頌幾世紀來皆以口傳方式流傳，而未曾以手抄形式記錄下來。《梨俱吠陀》是頌讚諸神的作品，大體上是在嚴肅的火祭中吟唱；其次是早期科學散篇所用的早期古典梵語；最後是晚期古典或是後古典梵語，這類梵語用於純粹性不一的史詩中，及後來文學賴爲琢磨講究的詩和散文（這類梵語一直延續到20世紀，但其重要性卻隨時間而逐漸減小），比如，印度最早最重要的兩部敘事詩《摩訶婆羅多》和《羅摩衍那》、方言文學中的普拉克里特語文學和佛教學（比如《巴厘三藏》）等。印度最偉大的詩人和戲劇家迦梨陀娑就是用梵文創作的，其劇作《沙恭達羅》是首部被譯成歐洲語言的梵文文學作品。

　　梵語文學的價值在於以文字藝術將人類偉大的思想以文學形式保存，是極有價值的人類遺產之一。這項遺產的價值，如同其他人類創作一樣是相對性的，一個人必須捨棄所有西方美學觀念至上或絕對客觀想法後，才能眞正品嘗這類藝術作品價值的精髓。

警覺是不朽的王國：
疏忽是死亡的王國。**警覺者**
**不會死亡**；疏忽者
雖生猶死。
洞曉警覺的智者，
在貴族王國
**警覺而快樂。**

—— 節選自《達摩法達》中的「警覺篇」

→本書（Geet Govinda）講述了印度神黑天和一個美麗少女拉達的愛情故事。其中一張圖片經常包含兩個情節。如書中右頁圖片的右半部分描繪拉達正在和她的朋友講述她和黑天的交往，交往細節則在圖片的左半部分繪出。而書的左頁則爲以梵文書寫的宗教正文，實際上，絕大多數的宗教類書均以梵文書寫。

→記錄日常生活的書
有些人偏愛記錄日常生活，哪怕是每天在村莊中發生著的普通事。這樣的書均為文圖結合。本圖中書的左頁圖描繪一個男人正在榨油，而右頁中的一個女人正在洗澡，她的朋友正拿一襲幔紗欲掩其身。

「在你離開村子的時候
傷心的不只是你：
樹木都因你的離去而傷感。
你只需要看看：
鹿兒吃不下草，
櫻樹停止了舞蹈，
蘆葦落下了蒼白的葉子像是滴落的悲傷的眼淚。」
　　——節選自印度詩人迦梨陀娑的《沙恭達羅》

→抄寫工具
自從象頭神伽努什被認為用他的破損的象牙來書寫時，抄寫員們便使用各種工具來書寫文字，其中，包括可用來畫圖及弧線的金屬兩腳規。本圖最下面的書寫工具為象牙尖筆，依向上為蝕刻工具和黃銅兩腳規。

→樹皮卷軸
16世紀以前，文字不是書寫在紙上，而是寫在長條的樹皮上，這些樹皮可能來自樺樹、鐵杉樹；有時文字也寫在棕櫚樹葉上。

　　上述故事本來都是從民間來的，但都被塗抹了宗教的油彩，眞正樸素而本眞的民間故事集則要數《五卷書》了。它在印度被認爲是一部「教人世故和學習治國安邦術的教科書」。其書共分5卷，故稱爲《五卷書》。書前有一個序言，說有個國王非常厲害，但他卻有三個笨得要命的兒子，他說「在沒有生的、死掉了的和傻兒子中間，寧願讓兒子死掉和沒有降生，因爲這兩個兒子只帶來短期的痛苦，而一個傻兒子卻一輩子把你燒痛」。這時，一個智慧的婆羅門允諾六個月內把王子變得超群出眾，他的辦法便是寫了一本書給王子，這本書就是《五卷書》。

　　《五卷書》的故事安排具有鮮明的印度特色，即大故事套中故事，中故事套小故事的結構方式，這樣環環相套，鑲嵌穿插，極富有民族風韻和藝術美感。其故事也的確大多富有訓誡意味。如第十三個

→本圖描繪釋迦牟尼從一國太子而修身爲佛陀的過程。其中包括四出城門、削髮、於菩提樹下靜修等場景。關於釋迦牟尼修身成佛的經歷被人們傳唱，從而構成了印度民間故事中頗佔地位的佛教故事，這同時也豐富了世界文壇。

故事，說有個駱駝被丟在森林裏，它碰到了獅王及其三個屬下：豹子、狼和烏鴉，獅王收留了它們。一次，獅子受了傷，四個屬下便沒有東西可吃了。狼對獅子建議說可以拿駱駝來充饑，獅子大怒說它已成為自己的下屬，怎麼可以這樣呢。狼說，如果它自己願意被大王吃掉呢，獅子便同意了。於是，狼便約齊了同伴來到獅子面前。烏鴉先說，因為獅子都快餓死了，乾脆先把它吃掉吧；狼說那不行，你這麼小，吃了也填不飽肚子，還不如吃我呢；豹子又說，你個頭也不大，再說你有爪子，獅王可不能吃同類呀，還是吃我吧。這時，駱駝便想，它們都表示了忠心，而且並未被吃掉，自己也應當表現一下，於是，它便開口說話了，它說豹子也是有爪子的，也不可被獅王吃掉，還是吃自己比較好。盛情難卻的豹子們便迅速成全了它。這則故事既饒有趣味，讓人忍俊不禁，同時也極富深意，有著多種意義的闡釋可能。

《五卷書》對印度乃至於東方的敘事性文學產生了多方面的影響，不僅如此，它還通過一個有名的阿拉伯譯本把這一影響擴展到了西方，這個譯本便是西元8世紀伊本‧穆格發那個半改編半翻譯的本子《卡里來和笛木乃》。正是通過這個本子，西方世界了解了這部民間故事的傑作。

## 第二節 阿拉伯民族的紀念碑：《一千零一夜》

漁夫打出的五色魚，阿拉丁法力無邊的神燈，咒語「芝麻開門」的巨大威力，辛巴達奇幻迭生的七次航海冒險，會飛的烏木馬，神秘的魔術師⋯⋯這些故事都是那麼的熟悉而又充滿了惑人的魅力。一提到民間故事，我們大多數人就會想到這些名字、場景以及人物，這已幾乎成為了民間故事的代名詞。這就是宏偉壯觀的「史詩」：《一千零一夜》。

據這部故事集的引子說，古代有個國王叫山魯亞爾，有一次他發

**推薦閱讀**

《一千零一夜》
（全六卷），納訓
譯。

現他的王后與別人通姦，非常生氣，也對所有的女人產生了反感，於是，他每天娶一少女，到第二天早上就把她殺掉。後來，宰相的女兒山魯佐德爲拯救更多無辜的女子，便自願嫁給國王。她的妹妹也陪她入宮，她晚上給她的妹妹講了一個故事，但卻並不講完，國王也聽了，很感興趣，第二天早晨便先不殺她，於是，她就繼續講，就這樣，她的故事講了一千零一夜，終於感化了國王，國王悔過，並正式封她爲王后。而她所講的這些故事便是這本傑出的作品。

當然，這只是本書的一種藝術結構方式，並非眞正的成書與作者情況。其書故事的來源異常複雜。據學者考證，此書的來源大致有三：一是尙無法確定爲印度還是波斯所有的一個故事集《赫左爾·艾夫薩乃》（即「一千個故事」之意）；其二爲以巴格達爲中心的阿拔斯王朝的流行故事；其三爲埃及麥馬立克朝的流行故事。如此，則其絕非創作於一時一地的作品了。

而且這本書中包括了多種多樣的童話、寓言、神話、傳說、冒險故事、愛情故事等，人物形象也是三教九流，應有盡有。這樣龐大而又豐厚的故事之海也絕非一人之力可以匯聚而成。但是作爲結構方式，她的新穎與獨特也是有目共睹的。當然，我們可以發現這個特點與印度的故事體制有一脈相承的關係：即從《五卷書》而來的「連串插入式」藝術。但當我們對《一千零一夜》熟悉以後，便會發現，在《五卷書》這

→圖繪《一千零一夜》中水手辛巴達故事的一個場景，這是18世紀的波斯畫家圖畫手稿。

樣一個相當高的標準面前，她仍然前進了一大步，她的結構方式更爲龐大而繁複，也更爲自然而流暢。

看《一千零一夜》，我們首先便爲其豐富而奇異的想像力所震驚。如《辛巴達航海旅行的故事》，講了辛巴達的七次航海冒險，充滿了不可思議的事件和遭遇：他們一次出海，在一個小島上休息作飯，後來才發現那原來並非什麼小島，而是一條巨魚；還有房子一樣大的鳥蛋，可怕的海老人，堆滿山谷的財寶以及利用巨鳥來獲取這些財寶的方法，更爲奇異的是主人翁那多次無法置信的化險爲夷。而在別的故事中我們也看到了同樣奇異的情節：漁夫所打的五色魚竟然可以說話，一個行人隨便扔一個棗核竟可以殺死一個魔鬼的兒子，念一句咒語便可以將一個人變成驢或其他動物……那的確是一個充滿了奇情幻思的神奇土地！

→《一千零一夜》故事已深入人心，它們除了在世界各地以口頭和書面文字傳誦外，還被拍成電影。這就是1994年迪士尼公司推出的動畫片《阿拉丁神燈》的劇照。

　　《一千零一夜》中最爲人所熟悉並津津樂道的故事非《阿里巴巴和四十大盜》莫屬了。故事是這樣的，阿里巴巴和他的哥哥比鄰而居，他哥哥很富有，他很窮困，他哥哥卻並不願接濟他。有一次，阿里巴巴在後山發現了一夥強盜，他們對了石壁喊一聲「芝麻開門」，石壁便轟然中開，裏面堆滿了金銀財寶，等強盜們走後，阿里巴巴也用「芝麻開門」的咒語打開了石壁，並取回了許多財寶。回家後，由於金幣太多，他無法知道確切的數量，便從哥哥家借了一個斗來量，他的嫂子很精明，想知道他弟弟這麼窮，還有什麼東西需要用斗來量呢，便在斗底塗了一些蜂蜜。阿里巴巴量過後也沒細看便還了回去，他嫂子便在斗底赫然發現了一枚閃閃發光的金幣，他哥哥便非要知道這些金幣是從哪裏來的，阿里巴巴只好告訴了他，他便去山洞取財寶。但他太貪心了，光顧得裝財寶，卻忘了「芝麻開門」的咒語，後來便被強盜抓住並殺死了。同時，強盜們也輾轉地找到了阿里巴巴的家，他們裝作運油的商人，並把四十個強盜藏在油甕裏，準備等晚上動手殺死阿里巴巴全家。但阿里巴巴的女奴卻識破了他們，給每個油甕灌滿了燒沸的油，把四十個強盜都燙死在油甕裏，又在酒席前舞劍助興，乘機刺死了強盜頭目，從此以後，阿里巴巴一家便過著快樂而

## 《一千零一夜》尾聲摘選

**然**後她沉默不語了，國王山魯亞爾於是說道，「呵，山魯在德，這真是一個令人讚美的動人的故事！呵，故事充滿智慧，你教會我許多東西，使我明白了每個人都是由命運所支配的，你讓我思考已經故去的國王和先人們說過的話：你告訴了我許多新奇的故事，現在我的靈魂改變了，充滿了歡樂，它充滿了對生活的渴望。我感謝真主，他給了你的嘴如此雄辯的力量，使你的容貌充滿了如許的智慧！……呵，山魯在德，我向真主發誓，在這些孩子來到之前，你已經在我心裏了。他給了你才智，你用它們贏得了我的心：我真心真意地愛你，因為我發現你純潔，天真，敏感，雄辯，謹慎周到，充滿微笑，聰明機智。願阿拉保佑你！我親愛的，你的父母，你的家族和後代！呵，這一千零一夜比白天還要亮堂！

　　　　　　　　　　——《一千零一夜》「尾聲」摘選。

→阿拉伯文版的《一千零一夜》封面。

幸福的生活！

《一千零一夜》不但對阿拉伯文學，而且對世界文學產生了巨大而深遠的影響。在很早的時候，《一千零一夜》的故事已傳入了歐洲，但丁的《神曲》、薄伽丘的《十日談》、喬叟的《坎特伯雷故事集》、塞萬提斯的《唐·吉訶德》都受到過它的影響。在18世紀初，法國人首次把它譯成法文出版，接著，《一千零一夜》便出現了多種的歐洲譯本，並轟動了整個歐洲，掀起了一股「東方熱」。高爾基曾給予高度評價說，它是民間口頭創作中「最壯麗的一座紀念碑」。

《一千零一夜》，這顆璀璨的明珠，正如其在每篇故事的結尾中常說的那樣，會傳之久遠，「直至白髮千古」！

## 第三節　扶桑的空谷足音：《源氏物語》

很難有人會想到，文學史上第一部長篇小說會出自一位女作家之手。這就是來自扶桑的空谷足音：紫式部和她的《源氏物語》。

→她的頭髮「像瀑布一樣」誘人地散在「她的肩膀上」——這是源氏的外孫皇子對其新婚妻子夕霧之女中之君的第一印象。而且，他對新娘的侍女（左側）也很滿意。她是新娘的父親夕霧精心挑選的。「夕霧知道，他應該使自己的永不滿足的女婿高興，而且他對這一切細節進行的別出心裁的設計是要使一切都完美無瑕，他的這一設計的確令人驚異（有些人可能要說，太令人驚歎了）。」紫式部這樣寫道。

　　紫式部（約978～約1025）出生在日本一個書香世家，從小受到了良好的家庭教育和文學薰陶，形成了深厚的漢文學修養。她結婚不到三年丈夫就因病去世，她從此便和幼小的女兒過著孤苦的生活。為了排遣寂寞，她潛心寫作。後來又曾入宮作過女官之類的職務，不久後便溘然長逝。她的一生為世界文壇留下了最早的一部散文體長篇小說。

　　這部小說的創作時間較長，也得到了當時統治者的讚許和支持。宮廷裏天皇嬪妃之間的勾心鬥角，貴族內部的複雜矛盾和腐化墮落，給紫式部以很深的觸動，加深了她對人生和社會的思考，為《源氏物語》的創作提供了堅實的生活基礎。根據這些經驗，她在原來小說初稿的基礎上，進行了反覆修改。大約在1008年，這部傳世之作終於問世。

→在薰君滿50天的慶宴上，懷抱著薰君的源氏歎息著孩子的宿命。薰君是由源氏的妻子女三宮與另一個男人生的孩子，女三宮因羞愧難當而出家，而源氏則將薰君當作自己的孩子收養。

推薦閱讀
《源氏物語》，林文月譯，洪範書店。

這是一部反映宮廷內部糜爛生活的長篇小說，小說著墨最多的是對女色貪得無厭的源氏的生活經歷。而他和繼母藤壺的私通是通篇小說的主線，也是全文的第一推動力。因為他們私通，才有了後來的冷泉帝；有了冷泉帝的大權在握，才有源氏在政治上的中興和後來的榮華富貴。而源氏和小說女主人翁的結合，也是因為她和藤壺在外表上的相似。另一方面，藤壺和源氏的亂倫，又同後來柏木與女三宮私通有著千絲萬縷的聯繫。因為他們生下來的薰君成為第二部分的主人翁，小說從而得以繼續展開，這應該是源氏的現世報應。當然，這兩件事前後之間並不存在因果報應的關係。我們只能從中看出當時日本統治階級的徹底腐化和糜爛，他們對天地人

→當夕霧（源氏和其繼母藤壺所生的兒子，也是後來的天皇）的妻子偷偷地站在夕霧的身後時，他正讀一封信，這封信是他極力追求的一個女子的母親寫來的。在小說中，他的妻子走上前來，從他抓著信的雙手的空隙間搖視這封信，夕霧鼓勵她道：「讀吧，如果你感到如此好奇。它像一封情書嗎？它不是與你所期望的信一樣嗎？」夕霧得逞了，紫式部寫道：「他並不想露出他的手遮蓋的部分，他的妻子也不能使自己讀到這些話。」

倫都不放在眼裏，男女關係混亂已經成了他們習以爲常的行徑。源氏
由於女三宮的負疚出家和愛妻紫上的病逝，也看破紅塵，最後無法解
脫，終於抑鬱而死。

　　作者站在貴婦人的立場上，有力地鞭撻了一夫多妻的罪惡，對那
些陷於其中的女性表示了深刻的同情，同時也揭露了貴族社會政治和
生活上的腐敗，必然走向崩潰的趨勢。在處理源氏這個人物時，作者
是矛盾的。一方面，作者將他描繪成一個理想式的人物，他相貌堂
堂，多才多藝，溫文爾雅，光彩照人；但另一方面，他對色欲貪得無
厭，甚至無視人類最嚴重的忌諱，和自己的繼母藤壺私通，並且他用
情不專，對女性總是始亂終棄。他精心經營的六條院，表面上似乎其
樂融融，但卻灑滿了婦女辛酸的血淚。小說的後半部分明顯轉入了黯
淡和低沉的調子，故事發生的場所從繁華的名都轉到了偏僻荒涼的山
莊，人物和事件也失去了往日的光彩，薰君和身邊的女性之間的關係
也更爲哀怨和傷感。寫浮舟最後拒絕薰君的求愛而毅然出家，表明了
作者對貴族們冷酷和荒淫的否定和抗議。

　　源氏、薰君等人和事件構成了小說實體上的線索，愛和死亡則構
成了小說靈魂上的線索，貫穿了小說的全部。當然，由於小說所寫的
是宮廷生活，在那裏，男女之間的感情往往基於物質之上，而眞正的
愛情是很少的，所以作者筆下的男女關係，總顯得有些淒迷、絕望和
黯淡。而最讓人深深受到震撼的是小說中所寫到的種種的「死」：有
悲哀的死，有淒慘的死；有可怕的死，有清醒的死；有令人歡愡的
死，也有美麗動人的死。而源氏之死則是最爲奇特的，作者在這裏匠
心獨運，整整一篇中，作者只用了「雲隱」這個標題，而無內容。在
一個虛無縹緲的標題之下，一大片一大片的空白給讀者留下了無盡的
遐想，這種和作者主觀態度緊密聯繫的手法眞正達到了「不寫之寫」
的效果。聯繫源氏一生的種種劣跡和他與生俱來的一些優秀素質，他
的死以這樣一種方式寫出來，讓人難以相信這是十一世紀的女性作家
的手筆。

　　《源氏物語》宛如一幅長長的彩色畫卷，將當時的生活以一種原生態的方式呈現在讀者眼前。雖然作者在敘述過程中也有自己的見解，甚至滲入了佛家因果的宿命論思想，但作者對社會的表現深度和廣度已經遠遠地走在同時代的作家前面。小說規模龐大，涉及人物眾多，但細緻入微地刻畫了人物的性格特徵。全書情節富於變化，行文酣暢淋漓，文筆清新細膩，而且有一種感物興歎的傷感貫穿其中，千年之後，讀來仍可想見作者性情。這是女性作家的獨到之處。

### 奈良時代（710～794年）

從7世紀後半葉起的100年間，是抒情詩大放異彩的時期。《萬葉集》，日本文壇最重要的一部詩集，可能完成於8世紀下半葉；如果這部詩集不是由一人獨立完成，後人推測大半家持應是主要的編輯者。詩集的最後一首詩明確地記載著完成於759年。

論及《萬葉集》的傑出詩作，可分三代來說明。第一代最偉大的詩人是柿本人。他以長詩聞名，卻以輓歌為冠，充滿節奏和力量，後人幾出其右者；第二代著名詩人為大伴旅人（其作品受中國道教影響頗深）、山上憶良（其作品中滲透著中國儒家思想）和以自然無矯飾、充滿清新活潑風格的短篇田園詩著稱的山部赤人；第三代則當屬詩集的編纂者大伴家持為核心人物，他善用自然的象徵主義，這一論點為平安時代後期和鐮倉時代的詩歌指明了方向。可以說，如果沒有得到中國文化的引進與影響，《萬葉集》也不可能最終完成。然而，如說日本詩人那種與自然文化的強烈情感傾訴是源於中國則並不正確，它已經自成一格。

# 日本奈良時代和平安時代文字

→就平安時期的詩歌而言，紙墨字文樣樣重要。這一點在《西本願寺本三十六人集》中尤為明顯。書中有些頁面有五種紙剪接拼貼而成，如圖所示。有時詩歌配有插圖，即便這些繪畫不一定與詩的內容有關。本圖將紙質與繪畫巧妙結合，以群鳥飛越重山疏木的情景來創造沉鬱的氣圍，更有效地烘托出詩的意境：時光流轉，候鳥遷焉，此岸不可久居，久居未必可觀—— 一位著名詩人如是勸說昔日戀人不要試圖重溫舊情。

## 平安時代 (794～1192)

平安時代早期中國詩歌盛行,文壇競相模仿,致使日文詩歌沒沒無聞。直到約825～850年起,日文詩才有所抬頭。大約905年,第一部以日文撰寫的「敕撰和歌集」——《古今和歌集》在朝廷的旨義下集成,日文抒情詩從此奠定了至高無上的地位。這一歌集前後共計21部,體裁主要是31個字的和歌,其中戲劇性詩歌或敘事詩極少,由此可證明,抒情詩在日本文學傳統中佔有主要地位。《古今和歌集》的風格優雅而磊落,其理念為讓大自然受詩人主觀需要的控制而予以運用,這取代了原先與自然同化的思想。

● 日記與故事

10世紀時,散文故事在日本文學中的比重日益提升。有些作品被稱為「日記」,但嚴格來說卻名不副實。最好的著作應屬《和泉式部日記》,為與紫式部同時代的宮廷貴婦的女般人所做;另一種文體為「歌物語」,即以和歌為中心的一種故事集,其以一種漫談、片段的方式敘述故事,但著作的重點卻是抒情詩。這類體裁中最好也是最早的著作是《伊勢物語》。然而到了11世紀,《源氏物語》卻將日本的散文故事體裁發展到了極致。此書雖略有「歌物語」的那種插曲的、有抒情味的性質,然而卻超越了這類文體的限制,引用了大量令人深信的生活事實。而另一部非小說的散文著作《枕草子》在日本人眼裏,則堪與《源氏物語》爭雄,其著者清少納言也是宮廷內可與紫式部匹敵的對手。《枕草子》一書寫於10世紀末、11世紀初之間,內容或抒情動人,或文雅幽默,而且,它是第一部「隨筆」形式的著作。

● 平安時代後期的散文

這個時期主要有兩種體裁顏為新穎獨特:一是根據歷史改編的故事,帶有或多或少小說的味道,其中一套被稱為「鏡物」(因為它們的書名都有「鏡」一詞)的四部關於歷史的著作尤為聞名;另一種為短篇軼事,這類文章或為娛樂而作,或為教誨而寫,其中內容搜集最為豐富的當數《今昔物語》,內容涉及中、下階層的生活風貌,因而被一位近代作家比喻為一張載有各種醜聞的報紙。

● 平安時代後期的詩歌

這一時期脫離了《古今和歌集》主觀主義風格的框圍,田園詩再度興起,其間蘊含了佛教寂靜主義的寓意,以及大自然的各種意象,強調暗喻而輕明晰,著重情感的抑制、禁欲主義和點到為止的含蓄等美學的觀念也在這一時期孕育成形。完成於13世紀初的「敕撰和歌集」第八集《新古今和歌集》是闡揚這類風格最具體的代表作。

→ 這是平安時期眾多女詩人之一小大君的畫像,她也是「三十六歌仙」之一。

我怎能忍受聽著你的姐姐呼喚你的名字找你:
怎能忍受看著你母親此生中無盡的悲傷……
你的紫紅色弓懸在門楣上,還有那艾蒿的箭;
你的高蹺還在籬笆之上,還有你那葡萄藤的馬鞭;
在花園裏,我們嬉笑著播下花種:
在牆上,是你念誦的詞句和你寫的字比肩而現:
一個時辰,我都在回憶你的音容笑貌,你仍然在我身邊。
—— 和歌大師菅原道眞《一個兒子之死》

→ 元曆校本(萬葉集)

→「人們對我有不甚讚賞之評論—— 面容嬌美,」畫中人物紫式部如是寫道,「性偏羞澀,喜獨處而好古事……」

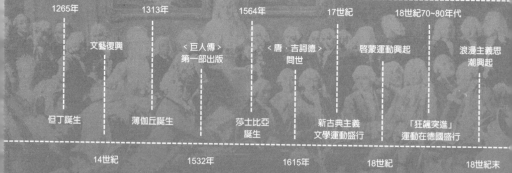

1265年     1313年     1564年     17世紀     18世紀70~80年代

文藝復興    ＜巨人傳＞    ＜唐‧吉訶德＞    啟蒙運動興起    浪漫主義思
第一部出版    問世      潮興起

但丁誕生    薄伽丘誕生    莎士比亞    新古典主義    「狂飆突進」
誕生    文學運動盛行    運動在德國盛行

14世紀     1532年     1615年     18世紀     18世紀末

# 從復興到巔峰

## （13到19世紀古典傳統文學的確立）

# 第二編

艱難地結束了長達千年的沉默，步履蹣跚地擺脫了宗教的束縛，西方終於迎來了它遲到的人性啟蒙。覺醒了的歐洲人民，以他們人性的力量挑戰著奧林匹斯山眾神高高在上的地位，用他們的生命寫下一個大大的「人」字。藝術女神在人類精神的各個領域撒下的種子，在這個嶄新的時代終於萌發；思想解放的風暴席捲歐羅巴，將黑沉沉的中世紀陰霾一掃而光。偉大的文藝復興時代終於來臨了，它所造就的不僅僅是一大批的文學巨匠，同時還有西方根深蒂固的人文思想。

# 第一章
# 啓蒙的時代

黑夜越是深沉，黎明的陽光就越燦爛；沉默得越久，爆發的力量也就越大。沉睡了千年的歐洲，在此刻終於甦醒了。當它突然發現自己身處一個死氣沉沉的世界的時候，它要以一聲驚天動地的怒吼，來驚醒沉睡的萬物，喚回一個生氣勃勃的天地。在第一聲怒吼之後，第二聲、第三聲也接踵而起。眾多覺醒的聲音匯合在一起，就形成了文藝復興啓蒙的浪潮。

## 歐洲中世紀文學

　　歐洲中世紀文學包括從5世紀到13世紀的那段文學，其最顯著的特徵就是基督教文化壟斷了一切精神生活領域，成為歐洲封建社會的精神支柱，而古希臘文化卻由於其世俗的性質而被排斥。當時的教會作家一般都用拉丁文寫作，只有世俗文學才用民族語言或方言來創作。

　　歐洲中世紀文學一般分為四種類型：教會文學、英雄史詩、騎士文學和城市文學。它們因各自的孕育背景不同而具不同特色。

## 騎士文學

　　是以騎士的冒險歷程和愛情經歷為內容的貴族文學，到12至13世紀時達到巔峰，其「騎士精神」雖然反映了此階層的寄生性和腐朽性，但騎士的榮譽觀念及對愛情自由的追求，很顯然是與中世紀的禁欲主義相背離的。騎士文學包含情詩和騎士文學兩種，前者以吟詠騎士對貴婦人愛慕和忠誠為基本主題。流行中心在法國、普羅旺斯，而後者則可被視為一種長篇敘事常以洋洋數千行描寫騎士的愛情觀念與榮譽觀念，其中最為後人所知的是關於亞瑟王和他的圓桌騎士的故事此類作品的中心在法國北方。

→騎士之夢　拉斐爾　義大利

→中世紀基督教祈禱時所用的書

## 城市文學

伴隨著歐洲各國城市的興起，市民階級的形成與
壯大及其對文化娛樂的需求應運而生，其形式多為民
間創作，以諷刺和嘲笑的手法來描寫日常的現實生
活，謳歌市民群眾的勇敢機智，將矛頭指向反動教會
和封建勢力，具有強烈的樂觀精神和現實精神，成為
文藝復興時期文學的先驅。城市文學的中心也在法
國，自12世紀至14世紀曾為此類作品的盛世，其中的
《玫瑰傳奇》(見左圖)、諷刺小說、市民戲劇及市民抒
情詩皆為後人敬仰。

## 英雄史詩

是中世紀文學的突出成就。前期的英雄史詩主要表現日
耳曼人在民族大遷移時期乃至更早時代的歷史事件及部落生
活，這類作品常具有濃郁的神話色彩。著名的日耳曼人的
《希爾德布蘭特之歌》，盎格魯─撒克遜人的《貝奧武甫》及
冰島的《埃達》和《薩迦》等皆為其代表作。後期作品是歐
洲各民族在封建化的發展進程產生的，洋溢這濃濃的愛國主
義精神和深厚的民族自豪感，且都用自己的民族語言寫就，
這類作品當為歐洲各民族文學的開山之作。其中法國的《羅
蘭之歌》、西班牙的《熙德之歌》、德國的《尼伯龍根之歌》
及古代俄羅斯的《伊戈爾遠征記》為佳作。

## 教會文學

主要以《聖經》為藍本，通過描寫《聖經》故事來普及基督教教義，宣揚神權至上和
禁慾主義。依文學形式來分，它包括韻文和戲劇兩種。韻文有耶穌故事、聖徒故事、禱告
文及讚美詩等等；戲劇則分為奇蹟劇和神祕劇。儘管如此，某些僧侶也寫一些詩作來表達
普通勞動者的思想感情，如英國的威廉·朗格蘭（約1300～1400）創作的長詩（農夫皮爾
斯）即揭露了社會的黑暗面，歌頌了下層人民勤勞誠實的品質。

→中世紀抄寫員使用的桌椅

**文藝復興**

文藝復興，原是法語，字面意義為「重生」，而作為一個專有名詞，文藝復興通常用在歐洲文明，特別是指從14世紀到16世紀的義大利文明，它不僅表明歐洲文明在這幾個世紀中出現一個光彩奪目、百花齊放的文化高潮，同時也表明這個時期是歷史進程中的決定性轉捩點，結束中世紀而進入現代。

## 第一節　神與人的界標：但丁

任何一個偉大時代的來臨，都需要一個偉大人物作號手，吹出第一聲振聾發聵的號角。1265年5月，歷史把重任落在了義大利佛羅倫斯一個小貴族家的新生兒身上，這就是但丁，上天派來結束中世紀黑暗的光明使者。

任何一個偉大人物的誕生，幾乎都是艱難困苦的產物，但丁也不例外。在但丁很小的時候，母親就離他而去。大約在他18歲那年，父親也去世了。幸運的是，但丁在童年、少年時期得到了良好的教育。他拜著名學者為師，學過拉丁文和古代文學，他特別崇拜古羅馬的一位重要詩人維吉爾，把他當作自己的精神導師。

與崇高的詩人身分相區別的是，但丁是一個世俗欲望非常強烈的人。在他9歲的時候，就愛上了容貌清秀、美麗動人的姑娘貝阿德麗采。但丁非常喜歡她，發高燒的時候都念著她的名字。隨著年齡的增長，但丁甚至把貝阿德麗采當作自己精神上永恆的愛慕對象。然而造化弄人，貝阿德麗采最終與一位銀行家結婚，並於不久後死去。悲傷萬分的但丁，寫下了一系列的悼念詩，在詩中把貝阿德麗采看作是上帝派來拯救他靈魂的天使。從此之後，貝阿德麗采成了但丁作品中一個象徵性的理想人物。

→天才之子但丁，義大利偉大的詩人，其著作《神曲》之手法廣為後人模仿。「早期文藝復興三傑」中的另兩位文學大家彼特拉克及薄伽丘，乃至英國的喬叟、法國的皮桑和西班牙的法蘭西斯科皆受其影響。

青年時期的但丁積極參加城邦的政治活動。由於反對教皇干涉城邦內政，1302年，但丁被加上莫須有的罪名，趕出了城邦，開始了近20年的流放生活。大約在1307年，在流亡生活最痛苦的時候，但丁開始了《神曲》的創作。愛情上的不幸、家庭生活的煩惱、政治上遭受的迫害和誣陷，以及長期的痛苦流亡生活，都像火山一樣淤積在但丁的心裏，使他最終要通過精神的探索，使

→文藝復興的偉大旗手但丁正在書房裏進行文學創作。

生活在這一世界的人們擺脫悲慘的遭遇，把他們引到幸福的境地。

《神曲》給但丁帶來了至高無上的榮譽，卻沒能幫助但丁結束流浪的生涯。1321年，這位偉大的詩人剛剛完成了《神曲·天國篇》的創作，就客死在拉文納，結束了他探索、追求的一生。

《神曲》採用中古文學特有的夢幻形式，敘述但丁在「人生的中途」所做的一個夢。在1300年復活節前的一個凌晨，但丁在一座黑暗的森林裏迷了路。黎明時分，他來到一座灑滿陽光的小山腳下。他正要登山，卻被三隻分別象徵著淫欲、強暴、貪婪的野獸豹、獅、狼攔住了去路，情勢十分危急。這時，古羅馬時代的偉大詩人維吉爾出現了。他受貝阿德麗采的囑託前來搭救但丁，然後又引導他遊歷了地獄和煉獄。地獄共九層，凡生前做過壞事的人的靈魂都被罰在地獄中受刑，並根據罪孽的大小安排在不同的層次，罪孽越重，越在下層，所受的刑也越重。能夠進入煉獄的，則是生前犯有罪過，但程度較輕，而且已經悔悟的靈魂，它們被按照傲慢、嫉妒、忿怒、怠慢、貪財、

貪食、貪色等七種人類大罪，分別在這裏洗練。每洗去一種罪過，就會向上升一級，逐層升向山頂。山頂上是一座地上樂園，維吉爾把但丁帶到這裏後就離開了。這時聖女貝阿德麗采接替了維吉爾引導但丁遊歷天堂。他們經過了天堂九重天之後，終於到達了上帝的面前，見到了聖父、聖母和聖子「三位一體」的奧秘。這時但丁大徹大悟，他的思想已與上帝的意念融洽無間。整篇史詩至此也就戛然而止了。

這便是《神曲》，一部融合了基督文化與古希臘人文意識的壯麗史詩，一部在天上人間苦苦探求真理的華美樂章。《神曲》以它反對蒙昧主義、提倡文化、尊重知識的思想，在茫茫黑暗包圍中的中世紀歐洲放射出第一道人文主義的思想曙光。但丁稱頌人的才能和智慧，他熱情洋溢地謳歌荷馬史詩中的英雄奧德賽在求知欲的推動下，離開家庭，拋棄個人幸福，歷盡千辛萬苦，揚帆去探險的事蹟。通過奧德賽的口，但丁指出：

*你們生來不是為了走獸一樣生活，*
*而是為著追求美德和知識。*

**維吉爾**

維吉爾（西元前70～前19），古羅馬詩人，他的聲譽主要在於他的民族史詩《埃涅阿斯紀》，該詩敘述羅馬傳說中建國者的故事，並且宣告羅馬在神的指引下教化世界的使命。隨著維吉爾學識淵博的名聲越來越高，出現了一種用《維吉爾占卜書》占卜的習俗，人們隨意地翻開《埃涅阿斯紀》，用最先讀到的詩句來預卜未來。

到了文藝復興時代，維吉爾又重新成為受敬仰的詩人；從那時起到現在，他對於歐洲詩歌的影響很大。但丁、喬叟、斯賓塞、彌爾頓、丁尼生、德萊頓及其他很多作家，都十分熟悉和敬仰維吉爾的詩作。

*羅慕洛為養母*
*那棕色的狼皮感到喜悅，*
*於是就統率起整個的部落，*
*修建了禦敵作戰用的城牆*
*並且根據自己的名字*
*把部落的民眾叫做羅馬人。*
*對於這些說法，*
*我不限定時間的空間，*
*它們將主宰到永遠永遠。*
*——選自維吉爾*
*《埃涅阿斯紀》*

推薦閱讀

《神曲》（散體譯本），王維克譯。

《神曲》（詩體譯本），朱維琪譯。

《神曲》（散體譯本），田德望譯。

隨著奧德賽揚帆遠航的過程，但丁升起了智慧的風帆，在探索人生、研究科學、討論藝術、追求眞理的道路上乘風破浪、一路遠行。他航行的足跡踏遍中古文化的各個領域，從而對中古文化作了藝術的總結。而奧德賽「求正道、求知識」的人生觀，則是把人類從蒙昧狀態中解放出來的第一聲發自內心的呼喊。但丁是一個偉大的竊賊，就像普羅米修士在天神的威嚴監視下把火種偷出來交給人類一樣，但丁從教會的嚴酷統治下，偷出了被教會竊取長達千年的人類靈魂，把它還給了人，使在黑夜中艱難探索的人類開始認識到自己的力量和尊嚴。但丁同情人類痛苦，關心人類命運，表現人的思想感情，頌揚個性解放，描寫自由愛情的偉力，洋溢著生活的氣息，體現了追求現世幸福的思想。這種以人爲本、重視現實生活價值的觀念，不但顛覆了中世紀宗教神學所宣揚的來世主義、神本位主義，而且吹響了文藝復興的第一聲嘹亮號角。

由中世紀向近代社會過渡時期的義大利社會政治變化和精神道德風貌，也眞實而廣泛地展現在《神曲》裏。但丁無情地抨擊了腐敗的封建官僚統治集團，痛斥這些人的暴虐無道、驕奢淫逸、貪贓枉法和爭權奪利造成了社會的動亂和人民的災難。在他的精神王國裏，他把這些暴君、昏王、贓官、汙吏通通打進了地獄，讓他們在永恆的沉淪中不得翻身，慢慢地品嘗自己在前世作孽所應得的惡報。同時，但丁也把筆觸伸向了新興的市民階級和正在形成中的資本主義關係，敏銳地捕捉到了新興資產階級的貪婪和自私，高利貸者的唯利是圖，重利盤剝。他指出，市民階級暴發戶充滿了「驕狂傲慢和放蕩無度之風」，田園詩的寧靜生活已經一去不返了：

*驕傲、嫉妒和貪婪是三顆星火，*
*使人心燃燒起來*

這是處於意識形態變革時期的社會現狀的真實寫照，它反映著舊的社會道德已經淪喪，新的道德體系尚未建立時期，整個社會上的世情百態。

然而但丁終究還是不能擺脫黑暗時代加在他身上的神秘咒語。身處於一個新舊交替的變革時代，但丁不得不在中世紀神學世界觀和新時代人文主義的夾縫中苦苦掙扎著。他極度地渴求人的解放，但又沒有強大的武器和足夠的力量完全掙脫出來；他大膽地揭露教會的罪惡，但他並不反對宗教本身；他對現世的生活極力地歌頌，但同時又把它作為來世生活的準備。《神曲》表現出來的這種兩重性，是但丁作為中世紀的最後一位詩人和新時代最初一位詩人的矛盾世界觀的鮮明反映。這正對應了恩格斯的那句評價：「封建的中世紀的終結和現

→但丁的小舟　德拉克洛瓦　法國
此圖描繪了《神曲·地獄篇》中的一節，表現了但丁（戴紅頭巾的男子）同維吉爾乘小舟渡過地獄之湖時，受到永久懲罰的死亡者企圖爬到小舟上的情景。

代資本主義紀元的開端，是以一位大人物為標誌的。這位人物就是義大利人但丁。他是中世紀的最後一位詩人，同時又是新時代的最初一位詩人」。而《神曲》的偉大之處就在於，它是中世紀文學中最早以豐富的形象、廣闊的畫面反映這一過渡時期的義大利現實，並發出新時代新思想的耀眼光芒的一部史詩。

## 第二節 人性復歸的第一聲吶喊：薄伽丘

作為但丁的故鄉，義大利理所當然地獨得風氣之先，成了文藝復興的發源地。由但丁埋下的人文主義火種，首先在亞平寧半島的土地上燃成一支火炬，而後才在整個歐洲燒成一片燎原大火。這熊熊的烈火最終燒穿了千年的黑暗，燒出了一片嶄新的天地。而薄伽丘，就是點燃火炬的人。

→薄伽丘，義大利作家、人文學者，其與但丁、彼特拉克並稱為「早期文藝復興三傑」。著名作品《十日談》、《但丁傳》等等。

如果用傳統的教會眼光來看，薄伽丘無疑是個雙重邪惡的產物。因為他是一個義大利商人和一個法國女人的私生子。他從小在商人和市民的圈子中間長大，這為他日後在作品中鮮明地表達新興市民階層的思想感情打下了基礎。大約在他14歲的時候，他被父親送到那不勒斯去學習經商。他混了6年，卻一無所獲。父親又叫他改行學習法律和宗教法規，因為這是有利可圖的行業。枯燥乏味的宗教法又耗去他6年歲月，卻依然不能讓他提起興趣。他從小就喜歡閱讀各種文學作品，他內心真正的願望，是做一個文學家。

在那個時期，薄伽丘憑藉他父親的力量，經常有機會參加宮廷的一些社交活動。當時的那不勒斯宮廷比較開明，在國王周圍，除了封建貴族、早期的金融家、遠洋歸來的航海家等外，還聚集著一批具有

人文主義思想的學者。同這些人的交遊，豐富了他的閱歷，擴大了他的文化視野，並進一步激起了他對古典文化和文學的濃厚興趣。

1348年，中世紀的歐洲爆發了有史以來最可怕的一場瘟疫。昔日無比繁華的都市佛羅倫斯喪鐘亂鳴，屍體縱橫，十室九空，人心惶惶，到處呈現著觸目驚心的恐怖景象，彷彿世界末日已經來臨……這場災難奪取了千萬人的性命，同時也催生了文藝復興時代的第一聲吶喊——薄伽丘的《十日談》。

《十日談》一開頭就真實地展現了這場恐怖的瘟疫肆虐時的悲慘氣氛。十個劫後餘生的青年男女在諾維拉教堂邂逅，他們相約一起逃出城外，到鄉村一所別墅避難。這裏風景優美，環境雅致，他們就在這賞心悅目的園林裏住了下來。除了欣賞風景、唱歌跳舞之外，他們還開起了故事會，每人每天輪著講一個故事，作為生活之餘的消遣，十天下來，一共講了一百個故事，這就是《十日談》。

## 人文主義

嚴格而言，是指文藝復興時期文學上崇拜的所謂「新學」，即希臘羅馬學術的再興。其「新」主要是在於探討古典著作本身的價值，而不是它們對基督教的效用，並堅信如此的學術研究——而非宗教，才是人類價值的最高度表現，以及發展自由且負責的個人的方法。此一名詞源自15世紀義大利文的humanista（人文學者）及humanities（人文科學）而來。

→15世紀時，T·克里威里為薄伽丘《十日談》手抄本所繪的細密畫。

推薦閱讀

《十日談》，方平、王科一譯。

如果說但丁是站在巨人肩上，因此比別人看得遠的話，那麼薄伽丘則是因為站在了但丁肩上，因而比但丁看得更遠。相比但丁而言，薄伽丘對中世紀黑暗的批判，顯得更加廣泛，也更加深刻。他把批判的矛頭直指代表當時最高話語權力的天主教會和宗教神學，毫不留情地揭開教會神聖的面紗，把僧侶們驕奢淫樂、聚斂財富、敲詐欺騙，甚至公開買賣聖職等種種黑暗無恥的勾當，都全部暴露在陽光底下。一個喪盡天良的壞蛋，身上一旦披上了一件法衣之後，居然就搖身變成了亞爾貝托神父，而且獲得了崇高的威望。他用一套胡編亂造的神話，把一個頭腦簡單的婦女騙上了手，使她還以為是蒙受加百列天使的垂愛而倍感榮幸。這隻披著羊皮的狼終於奸計敗露，他被當作一頭畜生牽到威尼斯廣場去示眾，成了人人喊打的過街老鼠。另一個惡貫滿盈的壞蛋，死後本應按照教義

# 彼特拉克

彼特拉克（Petrarch，1304～1374），義大利詩人、人文主義者兼學者。他是所有抒情詩人中最受敬仰的詩人之一，也是以彼特拉克體十四行詩聞名的義大利詩歌的宣導者，他對英國乃至歐洲詩歌的歷史及發展有著巨大而深遠的影響。

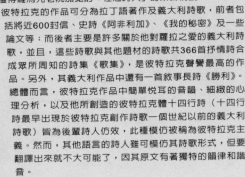

彼特拉克率先開始搜集古典名著手稿，他對西塞羅（Cicero）的狂熱使後來的人文主義者皆嘗試模仿西塞羅的風格。也正是由於其在復興古典傳統方面的重大貢獻及其未完成的一部拉丁史詩著作《阿非利加》（Africa）的創作，彼特拉克於1341年獲得羅馬元老院加冕的「桂冠詩人」的榮譽稱號。

彼特拉克的作品可分為拉丁語著作及義大利詩歌，前者包括將近600封信、史詩《阿非利加》、《我的秘密》及一些論文等；而後者主要是許多關於他對羅拉之愛的義大利詩歌，並且，這些詩歌與其他題材的詩歌共366首抒情詩合成眾所周知的詩集《歌集》，是彼特拉克聲譽最高的作品。另外，其義大利作品中還有一首敘事長詩《勝利》。

總體而言，彼特拉克作品中簡單悅耳的音韻、細緻的心理分析，以及他所創造的彼特拉克體十四行詩（十四行詩最早出現於彼特拉克創作詩歌一個世紀以前的義大利詩歌）皆為後輩詩人仿效，此種模仿被稱為彼特拉克主義。然而，其他語言的詩人雖可模仿其詩歌形式，但要翻譯出來就不大可能了，因其原文有著獨特的韻律和諧音。

下地獄去，然而憑藉他臨死前的一番胡吹，卻被教會封爲「聖徒」。他的聖名越傳越廣，以至於每逢患難時刻，人們都趕到教堂去，在他的神像前面祈禱。籠罩了歐洲近千年的宗教勢力，像一張無所不在的黑幕，把人們的思想、生活、行爲全都規範在裏面，也把它自身所有的罪惡都藏在裏面。薄伽丘卻在這裏撩起了黑幕的一角，讓大家睜眼看清楚了在這黑幕裏，那些披著神聖外衣的所謂神父，正在暗地裏幹著什麼罪惡的勾當；那些所謂的「聖徒」榮譽，是怎樣的徹頭徹尾的騙局；由天主教會一再煽動起的無數宗教狂熱，又是怎樣的荒謬而可笑。

在揭開中世紀教會統治的厚重黑幕的同時，薄伽丘把人文主義的燦爛陽光，通過《十日談》所掀起的縫隙帶進了這黑暗的世界。他大膽地歌頌男女之間的愛情，以鮮活的事例說明，黑暗中世紀宣傳神愛和天國幸福的禁欲主義，鼓吹愛情是罪孽的思想，是怎樣地扼殺人的天性，怎樣地違反自然規律的。青年西蒙原本呆頭呆腦，「像個白癡似的」，然而在偉大的愛情力量的感召下，他居然像脫胎換骨一般，變得聰明過人，才藝出眾。作品要告訴人們，愛情作爲人類的合理需求，具有滌蕩人類靈魂的偉大力量，能夠激發出人類身上潛藏著的才能。正因爲愛情的偉大感召力，《十日談》中的青年男女在追求愛情的道路上，在面對封建社會的重重阻礙時，都體現出一種百

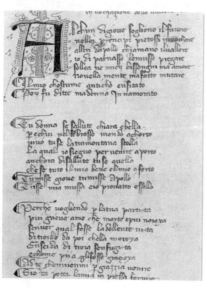

→薄伽丘於1340年以前在那不勒斯期間完成了兩部著作：《菲洛斯特拉脫》和《苔塞伊達》，前者改編自12世紀諾曼籍敘事詩人聖‧摩列的《特洛城的羅曼》。正是這兩部著作使薄伽丘的文藝地位在喬叟和莎士比亞之上，並獲得殊榮。此圖爲出版於14世紀的《菲洛斯特拉脫》詩集的首頁。

折不撓的意志，一種不追求到幸福誓不甘休的強烈欲望。在愛情的偉力下，一切的世俗阻礙都會被戰勝。儘管有時候只是道義上的勝利，那也是一個了不起的勝利。在同時代的作家中，沒有一個比薄伽丘更加熱烈、更加徹底地謳歌人世間的幸福生活，歌頌人性的正常需求。他把人們由一座觸目淒涼的死城，帶到了陽光燦爛、歌聲歡暢的人間樂園。在這柳暗花明又一村的境界裏，人們忽然發現，原來這姹紫嫣紅的現實世界是多麼美好，多麼值得歌頌啊！不容懷疑地統治了西歐近一千年的天主教會的權威，第一次在文藝領域內遭受到這樣嚴重的挑戰。整個歐洲的文藝復興聖火，也正是被《十日談》所點燃。

　　1362年，有一個狂熱的苦修教派的天主教僧侶，在臨死前派遣另一個僧侶對薄伽丘進行了最惡毒的咒罵、威脅和規誡。這件事給了薄伽丘極度的震動。這位文藝復興火炬的點燃者，也開始反思、懺悔了，他要賣掉自己所有的書籍，他要把包括《十日談》在內的所有著作都付之一炬，他甚至還打算皈依教會，與從前的光榮與輝煌劃清界限。幸虧好友彼特拉克勸阻了他。1373年10月，他抱病在佛羅倫斯大學《神曲》討論會上作了最後一次演講。第二年，好友彼特拉克病逝，他的精神受到重大的打擊。1375年冬天，薄伽丘在貧困和孤獨中離開人間。他晚年的懺悔並沒有贖去《十日談》對中世紀的宗教所犯下的「滔天大罪」，在他死後，連墳墓都被恨他入骨的天主教會挖掘掉，墓碑也被扔掉。而他所點燃的大火，卻再也沒有熄滅！

## 第三節　西方小說的春雷：拉伯雷

　　當文藝復興的火種於16世紀傳到了法國時，開始呈現出一種不同的景象來。自然科學領域的輝煌成就，爲燃燒中的文藝復興之火增添了新的燃料，從而綻放出更加絢爛的火焰。知識成爲人們批判封建專制和教會統治的有力武器，一種新人的理想開始形成。這一切，都反映在拉伯雷的《巨人傳》中。

推薦閱讀

《巨人傳》，
鮑文蔚譯。

拉伯雷出生在法國中部都蘭省希農城的一個律師家庭裏。他在父親的莊園裏度過了自由自在而快樂幸福的童年，然而到了少年時代，便像當時的許多富家子弟一樣，被送進修道院學習拉丁文和經院哲學，之後又進修道院當了修士。

刻板乏味的修士生活和教會清規戒律的束縛，使拉伯雷非常反感。他設法和一些人文主義學者取得了聯繫，並在暗中偷偷地學習希臘文。當時的希臘文化被教會視爲異端學說，因此修道院查抄了他所有的希臘文書籍。憤怒的拉伯雷離開了修道院，擔任了人文主義者、聖－比埃爾修道院院長德斯狄沙克的私人秘書和他侄子的家庭教師，並多次隨他在布瓦杜教會巡視。 1527年，他離開了布瓦杜地區兩次遊歷全國，更加清楚地看清了當時的法蘭西帝國所處的蒙昧狀態。

1530年，36歲的拉伯雷進入蒙彼利埃醫學院攻讀醫學，但他僅僅用了兩個月的時間，就獲得了學士學位，從此踏上了從醫的道路，並取得了巨大的成就。與此同時，他開始了《巨人傳》的創作。兩年後，《巨人傳》第一部出版了。這部書出版後立刻風靡一時，兩個月內的銷售數額就超過了《聖經》九年銷售數的總和。它強烈的批判性，使它受到了教會和貴族的極端仇視，並被法院宣布爲禁書。然而拉伯雷一旦邁開了巨人的腳步，闊步前進，便沒有任何力量可以阻止他。燃燒的激情使他把一切世俗的阻礙都視爲無物，堅持不懈地進行著《巨人傳》的創作。1545年，在國王的特許發行證的保護下，拉伯雷以眞實名姓出版了《巨人傳》的第三部。但國王不久死去，小說又被列爲禁書，出版商被燒

→法國作家拉伯雷所著的諷刺小說《巨人傳》第二卷的首版封面。

死，拉伯雷被迫外逃，直至1550年才獲准回到法國。回國後，拉伯雷擔任了宗教職務，業餘時間爲窮人治病，後又去學校教書。在學校教書期間，他完成了《巨人傳》的第四、第五部。

《巨人傳》取材於中世紀的民間傳說，敘述巨人國王卡岡都亞和他的兒子龐大固埃的故事。在滑稽可笑、荒誕不經，有些地方甚至顯得粗野鄙俗的故事情節後面，寓含著作者褻瀆神聖的勇氣和解放思想的深邃用心。卡岡都亞和龐大固埃是兩個無論在軀體上，還是在精神上都高大雄碩的巨人。他們軀體魁梧異常，飯量也大得驚人。卡岡都

→此圖爲描繪《巨人傳》情節的銅版畫。

→拉伯雷（1495～1553），法國人文主義作家，其著名的長篇諷刺小說《巨人傳》體現了他激進的人文主義思想。

亞在與敵人鬥爭時，拔起大樹來當武器，摧毀了敵人的堡壘、炮臺和高塔；龐大固埃和敵人鬥爭時，舉起巨人首領當武器，打敗了三百個巨人。這是歐洲文學史上，人的形象首次頂天立地站在神的面前，與神平起平坐的一次成功嘗試。與身體的巨人相適應的是，他們在思想上也是巨人。卡岡都亞開始接受的是教會的經院教育，然而十幾年下來，原本聰穎過人的他卻變得呆頭呆腦，見了人連話都不會說了。接受了嶄新的人文主義教育後，他不但恢復了以前的活潑，而且變得越來越聰明，在思想上、才幹上、知識上都超越了其他人，從而成為文化的巨人。憑藉著由人文主義帶來的強大生命力，他們克服了種種困難，最終到達了勝利的彼岸。如果說薄伽丘對教會的嘲諷還主要表現為對他們的道德敗壞的揭露的話，那麼到了拉伯雷這裏，則是以知識的全新標準來對抗教會的愚蠢。巨人的成長表明，人只有在肉體和精神兩個方面都得到解放，才能成為真正有價值的人。在拉伯雷玩世不恭的嬉笑怒罵中，他把一種全新的理想人類已經構建出來。這種新人的構架就是知識、真理和愛情，也就是真、善、美。

眞正的人文主義者都把反動神權作為人性解放之火要燒毀的第一所堡壘。拉伯雷在法國點燃了這把火。從無聊的經院哲學到愚昧的禁欲主義，從宗教裁判所的冷酷無情到教會對人民的盤剝勒索，從普通的修道院教士到至高無上的羅馬教皇，中世紀教會的黑暗和腐朽被

《巨人傳》盡收其中。神聖的法律文書被拉伯雷視為「糞汙」，不可一世的僧侶被他描述為「掃興的喪神」，主張「霹靂一聲的天雷把他們打得粉身碎骨」。而且，在毀滅了一個舊的世界之後，拉伯雷又建立了一個新的世界，那就是卡岡都亞父子在勝利之後，為酬謝約翰修士而開設的「德廉美修道院」。這是一個沒有高大的圍牆、沒有嚴格的禁令，不許偽善者、訟棍和守財奴進入的自由樂園，人們以「你愛做什麼，就做什麼」為唯一的標準，可以勞動，可以結婚，可以發財致富。這個烏托邦式的理想國度，是在黑暗中摸索前進的資產階級，要求結束舊時代、開闢新天地的最強呼聲。

為了《巨人傳》，拉伯雷花了20多年時間，先後四次受到教皇迫害，數次入獄，並流亡海外，窮困潦倒，臨死時身無長物。然而他還給黑暗世界和不平遭遇的，只有一個蔑視的微笑。1553年4月9日，拉伯雷在巴黎去世，臨終時他笑著說：「拉幕吧，戲演完了。」他把人生看作一場戲，他也確實是非常出色地演完了這齣戲。《巨人傳》作為法國的第一部長篇小說，它出色的諷刺手法，通俗活潑的語言，以及開創通俗小說先河的結構模式，都為後人留下了一個永遠蘊含著精采節目的大舞臺。

# 第二章
# 巨人的覺醒 2

經過了但丁的醞釀，薄伽丘、拉伯雷的開拓，偉大的文藝復興樂章終於迎來了它最波瀾壯闊的華彩部分。在歐洲大陸，是塞萬提斯；在英吉利海峽的西岸，則是莎士比亞—— 這兩位巨人高擎著前輩長途跋涉傳下來的火炬，把阿爾卑斯山頂的聖火點燃。文藝復興，終於可以畫上一個圓滿的句號了。

## 英國文藝復興旗手

喬叟（約1343～1400），英國中世紀最偉大的文學巨擘及詩人，被人稱為「英國詩歌之父」，同時也是世界文壇的頂尖人物。以《坎特伯雷故事集》聞名於世，這是一冊由倫敦前往坎特伯雷聖湯姆斯貝克特聖堂朝聖的信徒們在旅途上所講述的故事集。喬叟筆下的朝聖者是中古世紀末期英國社會上各色色人物最好的寫照，從他們所講述的故事可看出喬叟對於當時的宗教、愛情及婚姻態度的興趣。

喬叟寫作的那個時代裏，英文剛取代法文作為官方語言，而倫敦所使用的方言即是現代英文之濫觴。喬叟採用這種和現代英文有密切語言學上的關係的方言，加上他傑出的敘述觀念，創造人物栩栩如生的能力，對人性問題的了解和圓融成熟的風格，使他成為一位最平易且值得一讀的重要詩人。

有一位武士，是一個高貴的人物，
自從他乘騎出行以來，
始終酷愛武士精神，
以忠實為上，推崇正義，通曉禮儀，
為他的主子作戰，他十分英勇，
參加過許多次戰役，行跡比誰都遙遠，
不論是在基督教國家境內或是在異教區域，到處受人尊敬。
亞歷山大城被攻破佔領之時，他就在場，
在普魯士許多次他坐過首席，
位居其他武士之上；
他曾在立陶宛和俄羅斯參加戰事，
與他同等級的基督徒都比不上他所參與的
次數之多；
在格拉那達圍攻阿給西勒的時候，他也在那裏，
在柏爾馬利亞他曾縱橫馳騁；
攻下列亞斯和阿達里亞時他也在場，
在地中海岸許多次登陸的大軍中也有他一個。
　　——節選自傑佛瑞·喬叟的《坎特伯雷故事》「總引」

→羽管筆（下）、鋼尖筆（中）（19世紀始用）、自來水筆（上）。

→圖為傑佛瑞·喬叟用手指著其《坎特伯雷故事集》手稿的一頁，這是一由一群朝聖者講述的故事集。

## 第一節　上帝之後，他決定了一切：莎士比亞

　　文藝復興的接力棒終於傳到了莎士比亞手中，他不負眾望地跑到了文藝復興預期的終點。由於他的先驅薄伽丘和拉伯雷已經完成了對中世紀教會和政權的強烈批判，他已經不用在這些地方花心思了。他要做的，就是在前輩開拓的土地上，從容地採擷過去所有時代的文明花園中值得摘取的花朵，並將之醞釀成一顆沉甸甸的果實。莎士比亞做到了。帶著對「人」的自身的反思，莎士比亞站在了人類文化所能站到的最輝煌的頂點。

　　1564年4月26日，文藝復興的旗手莎士比亞出生在英國中部埃文河畔的斯特拉福鎮。他的父親是個經營羊毛、穀物的商人，曾被選為「市政廳首腦」，成了這個擁有兩千多居民、20家旅館和酒店的小鎮鎮長。不幸的是，在莎士比亞14歲的時候，他父親就破產了，為了償清債務，甚至將莎士比亞的母親作為陪嫁的田產變賣掉。小莎士比亞中途輟學，幫父親經商，在18歲時結了婚，兩年內便有了3個孩子，家境更加地艱難。

　　然而，在文藝復興前輩大師們的召喚下，兀傲的莎士比亞注定是不會憔悴於這個偉大時代的。1586年，他隨一個戲班子步行到了倫敦去謀生。他做過多種卑賤的職業，包括在劇院門口為騎馬的觀眾照看馬匹和出演三流丑角。憑藉著頭腦靈活和口齒伶俐，莎士比亞獲得了劇團的賞識，逐漸加入到劇團的一些事務性工作中，最後終於成為正式演員。在堅持學習演技的同時，莎士比亞還嘗試著寫些歷史題材的劇本。

→莎士比亞，英國戲劇家和詩人。無論古今和以任何語言創作的作家，一般都認為莎士比亞是最偉大的作家。

27歲那年，他寫了歷史劇《亨利六世》三部曲，劇本上演後大受觀眾歡迎，他贏得了很高聲譽，逐漸在倫敦戲劇界站穩了腳跟。

　　真正讓莎士比亞名滿天下的，是1595年的《羅密歐與茱麗葉》。劇本上演後，觀眾像潮水一般湧向劇場，在淚眼朦朧中觀看這部戲。這個故事發生於14世紀義大利的維洛耶城，城中蒙太古與凱普萊特兩大家族積有世仇，蒙太古家的羅密歐與凱普萊特家的茱麗葉在一次假面舞會中一見鍾情，並在神父勞倫斯幫助下秘密成婚。後來羅密歐為朋友復仇刺死了凱普萊特家的青年，被維洛耶親王驅逐出城。茱麗葉被迫許配給貴族青年，茱麗葉向勞倫斯神父求助，神父令她服下一種假死後能甦醒的藥，一面派人通知羅密歐。茱麗葉假死後被送往墓穴，羅密歐聞訊趕往墓穴，由於信沒能及

→「環球劇場」為八角形木結構建築，正廳上空露天，被三層包廂環繞，舞臺上有樓臺，既可作為《哈姆雷特》劇中的塔使用，也可當做《羅密歐與茱麗葉》劇中的陽臺。在劇場的頂樓上豎著一面旗幟，畫著古希臘的大力士赫拉克勒斯背負著地球，邊上有拉丁文的題詞「── 全世界是一個舞臺」。這一箴言不禁令人想起莎士比亞喜劇《皆大歡喜》中傑奎斯的那段臺詞：「全世界是一個舞臺，所有的男男女女不過是一些演員……」正是通過這些標誌和題詞，突出了「環球」這一名稱的含義。或許這也是世界上最早的劇院廣告之一。莎士比亞是該劇院的股東。

時到達羅密歐手中，他誤以爲茱麗葉已死去，遂服毒自殺。茱麗葉醒來後見羅密歐已死，也以羅密歐的匕首自殺殉情。二人死後，兩大家族終於達成和解。

羅密歐與茱麗葉的故事原是義大利古老的民間傳說，很多作家都寫過這個題材，但是當莎士比亞的劇本問世之後，就再也沒有人敢寫了。在這部洋溢著青春氣息、生活理想和青年人特有的純潔美好心靈的戲劇中，羅密歐與茱麗葉用年輕的生命詮釋著生命與愛情的眞諦。面對著愛情和幸福的召喚，這一對青春少年把保守的封建家長制度，把勢不兩立的家族恩怨全都拋在了九霄雲外，那樣主動、積極，那樣毫無顧忌、氣勢磅礡地渴望著、追求著。在他們年輕的心靈中，兩情相悅的愛情才是生命中彌足珍貴的神聖之物，與之相比，狹隘的家族私利顯得多麼的荒唐可笑，不值一哂。

他們熾熱的愛情就像一支火炬，儘管最終被熄滅在殘酷的黑暗中，但那燦爛的火焰卻爲寒冷漆黑的大地留下了青春的愛的溫暖。他們以自己短暫卻又驚心動魄的生命，證明了愛情和青春的崇高與美麗，從而譜寫了一曲激情洋溢的悲壯之歌。

《羅密歐與茱麗葉》不僅是一支愛的頌歌，更是覺醒的巨人以新興的人文主義作爲思想武器，向保守的封建觀念開戰的宣言書。對塵世歡樂與幸福的渴望，和對個性解放與人格尊嚴的追求，使得這一對少年顯示出在青春與愛情鼓舞下的巨大力量。在這種偉大力量的催動下，他們不但勇敢地衝破重重阻礙自由地戀愛、結合，而且還以愛的春風消融恨的堅冰，讓兩大家族化干戈爲玉帛。這是人文主義理想對封建傳統的勝利，它使人們隱隱約約地感受到，狹長黑暗的封建中世紀甬道即將走到盡頭，人們即將迎來新世界的曙光。

《羅密歐與茱麗葉》的成功，使莎士比亞在聲名遠播的同時也富裕了起來。1599年，莎士比亞成了「環球」劇院的股東。他還在家鄉買了漂亮的房子，是該鎮的第二大住宅。他把自己在倫敦的大部分收

## 莎士比亞作品

**戲劇**

| | |
|---|---|
| 1589～1592 | 《亨利六世》三部曲 |
| 1592～1593 | 《理查三世》,《錯誤的喜劇》 |
| 1593～1594 | 《泰特斯·安德洛尼克斯》,《馴悍記》 |
| 1594～1595 | 《維洛那二紳士》,《愛的徒勞》,《羅密歐與茱麗葉》 |
| 1595～1596 | 《理查二世》,《仲夏夜之夢》 |
| 1596～1597 | 《約翰王》,《威尼斯商人》 |
| 1597～1598 | 《亨利四世》二部曲 |
| 1598～1599 | 《無事生非》,《亨利五世》 |
| 1599～1600 | 《尤利烏斯·凱撒》,《皆大歡喜》 |
| 1600～1601 | 《哈姆雷特》,《溫莎的風流娘兒們》 |
| 1601～1602 | 《第十二夜》,《特洛伊羅斯與克瑞西達》 |
| 1602～1603 | 《終成眷屬》 |
| 1604～1605 | 《一報還一報》,《奧瑟羅》 |
| 1605～1606 | 《李爾王》,《馬克白》 |
| 1606～1607 | 《安東尼和克婁巴特拉》 |
| 1607～1608 | 《寇里奧拉努斯》,《雅典的泰門》 |
| 1608～1609 | 《佩里克利斯》 |
| 1609～1610 | 《辛白林》 |
| 1610～1611 | 《冬天的故事》 |
| 1611～1612 | 《暴風雨》 |
| 1612～1613 | 《亨利八世》,《兩個貴族親戚》 |

**詩集**

| | |
|---|---|
| 1593 | 《維納斯與阿多尼斯》 |
| 1594 | 《魯克莉絲受辱記》 |
| 1601 | 《鳳凰和班鳩》 |
| 1609 | 十四行詩 |
| 1609 | 《情人的怨訴》 |

→仿羽管筆的金屬筆
中世紀時人們用以大鳥的硬羽毛製成的羽
管筆來書寫,而圖示此種金屬尖的筆直到
19世紀30年代才開始普遍應用。

→ 《仲夏夜之夢》是莎士比亞喜劇劇作進入成熟階段的標
誌,故事發生在古希臘的雅典及其郊外的森林裏,由兩對年
輕人的愛情矛盾及森林仙王與仙后的感情糾葛穿插構成其故
事情節,故事最終以有情人終成眷屬得到美滿的結局。左圖
描繪仙王為報復驕傲的仙后而命令小精靈將「愛汁」滴在仙
后的眼皮上,使她瘋狂地愛上了被套上驢頭的織工波頓。

→《馬克白》是莎士比亞「四大悲
劇」中的最後一部，描寫蘇格蘭大
將馬克白與其妻子謀殺國王、篡奪
王位並陷害忠良，最後在一片討伐
聲中被殺死。通過馬克白的悲劇，
莎士比亞深刻揭示了個人野心的反
人性的實質。

我不顧一切跟命運對抗的行動可以代我向世人宣告，我因爲愛這
摩爾人，所以願意和他過共同的生活；我的心靈完全爲他的高貴
的德性所征服；我先認識他那顆心，然後認識他那奇偉的儀表；
我已經把我的靈魂和命運一起呈獻給他了。

——《奧瑟羅》

→《奧瑟羅》是莎士比亞「四大悲劇」之
一，劇中主人翁摩爾人奧瑟羅憑英勇善戰
而成為威尼斯的軍事將領。威尼斯元老勃
拉班修的女兒苔絲狄蒙娜衝破家族的障礙
與奧瑟羅結合。後因奧瑟羅提拔了凱西奧
為副將而引起了軍官伊阿古的嫉恨，奧瑟
羅中計而將苔絲狄蒙娜殺死。真相大白後
奧瑟羅自刎於妻子的身邊。此圖即表現奧
瑟羅在妻子的屍體邊痛苦的表情。

→在莎士比亞的「四大悲劇」中，《李爾王》以其強烈的感情和深刻的哲理
而著稱於世。劇中不列顛國王李爾王將其國土平分給花言巧語的兩個大女
兒，而剝奪了誠實的小女兒考狄利婭的繼承權。後來，兩個大女兒將李爾王
逼瘋。不久，考狄利婭從法國帶兵前來討伐兩個姐姐，卻被俘處死，李爾王
抱著她的屍體也悲痛地死去。右圖即為李爾王抱著考狄利婭的屍體悲痛不已
的情形。

吹吧，風啊！脹破了你的臉頰，
猛烈地吹吧！你，瀑布一樣的傾
盆大雨，儘管倒瀉下來，浸沒了
我們的尖塔，淹沒了屋頂上的風
標吧！你，思想一樣迅速的硫磺
的電火，劈碎橡樹的巨雷的先
驅，燒焦了我的白髮的頭顱吧！
你，震撼一切的霹靂啊，把這生
殖繁密的、飽滿的地球擊平了
吧！打碎造物的模型，不要讓一
顆忘恩負義的人類的種子遺留在
世上！

——《李爾王》

推薦閱讀

《莎士比亞全集》，朱生豪譯。

入投資在家鄉，或給家鄉辦福利事業。1601年，莎士比亞的兩個好友為了改革政治而發動叛亂，結果一個被送上絞刑架，另一個則被投入監獄。悲憤不已的莎士比亞傾注全力寫成了代表他自己，乃至整個文藝復興、整個人類文學最高成就的《哈姆雷特》，並在演出時親自扮演其中的幽靈。

哈姆雷特本來是丹麥的一個快樂王子。他從國外上大學回國後，正遇上陰狠的叔叔毒死了他的父王，篡奪了王位，並霸佔了他的母親。他父親的鬼魂告訴了他自己的被害經過，哈姆雷特在巧施計謀證實了叔父的罪惡後，下定決心復仇。然而一次偶然的失誤卻使他誤殺了自己情人的父親。他的叔父把他送到英國，想借英國國王的刀殺死他。哈姆雷特半路上跑了回來，又發現自己的情人因父親死去，愛人遠離而精神失常，誤入河中淹死。叔父唆使哈姆雷特情人的哥哥和哈姆雷特決鬥，結果兩人都中了敵人的詭計。臨死前，哈姆雷特奮力刺死了叔父，為父親報了仇，但最終沒能完成重整「顛倒混亂的時代」的大業。

哈姆雷特的悲劇反映了包括莎士比亞在內，整整一代人文主義者的悲劇。 哈姆雷特是一個在理想與現實矛盾中掙扎的人文主義者。他在威登堡大學念書時，接受了人文主義思想的薰陶，認為「人是了不起的傑作」，是「宇宙的精華，萬物的靈

→莎士比亞「四大悲劇」之一的《哈姆雷特》劇照。

→「在小溪之旁，斜生著一株楊柳……她一個人到那去，用毛茛、蕁麻、雛菊和紫羅蘭編成了一個個花圈，替她自己作成了奇異的裝飾。她爬上根橫垂的樹枝，想要把她的花冠掛在上面，就在這時候，樹枝折斷了，連人帶花一起落下嗚咽的溪水裏。她的衣服四散展開，使她暫時像人魚一樣漂浮水上；她嘴裏還斷斷續續唱著古老的謠曲，好像一點不感覺到什麼痛苦，又好像她本來就是生長在水中的一般。」這是王后形容哈姆雷特的情人奧菲莉婭死時的情景，即如本圖所繪。

長」，而這個世界也是光彩奪目的美好天地，是「一頂壯麗的帳幕」，是「金黃色的火球點綴著的莊嚴的屋宇」。然而，他一回國便面對著一個「顛倒混亂」的社會，而且父死母嫁、叔叔篡位的多重打擊接踵而來。嚴酷的現實，將他昔日的夢幻、他的人文主義理想剎那間擊得粉碎。他像一夜間遭到嚴霜襲擊的嬌花，成了一個精神無所寄託的「憂鬱王子」。在理想與現實的巨大反差中，他的行為變得遲疑不決，變成了「延宕的王子」。

　　哈姆雷特在復仇時行為上的拖延和猶豫，是幾百年來人們爭論的焦點，也是《哈姆雷特》最富有魅力的地方。在社會意義上，他的猶豫是因為在復仇過程中他已經認識到，自己的行動已不單是為父報仇，而是與整個國家與民族的命運聯繫在一起的。一旦復仇成功，他就有責任擔當起振興國家的重任。而他所面對的社會邪惡勢力過於強

### 巨人軼事

莎士比亞的父親約翰·
莎士比亞起初在斯特拉
福賣手套,兼做羊毛生
意。莎士比亞不忘自己
的出身和行業的傳統,
在作品裏常常提到手
套,例如在《第十二夜》
中,小丑費斯特這樣給
機智下定義:「對一個
機敏的人來說,一句話
好比一副小山羊皮手
套,裏子那面一下子就
可以翻轉成正面。」

大,作為新興資產階級代表的哈姆雷特,卻還沒有足夠強大的力量勝任「重整乾坤」、改造社會的歷史重任。然而在哲學和藝術層面上看,他的猶豫更多的是因為他對於人類生命本體的哲學探討,涉及到了人的生存、死亡與靈魂等形而上的問題。當他憂鬱的目光從天上那「覆蓋眾生的蒼穹」落到世間的枯骨荒墳時,他悲哀地認識到,人在本體意義上是多麼的醜惡不堪,人的心靈又是多麼的陰暗汙濁,以至於連自己的心靈都是同樣黑暗的;人世間的一切是

# 同時代戲劇作家

16世紀時,戲劇已成為一種習俗,一群年輕文人欲藉此出人頭地。最初是黎里(John Lyly),其劇本有以神話為題材的娛樂劇,如《月中人恩狄迷翁》(1591)和《加拉西亞》(1592);也有取材於民俗的喜劇,如《彭比大媽》(1594)。他也寫風格矯飾的小說。16世紀末流行於英國的尤弗伊斯體(euphuism)即來源於黎里的一部小說的主人翁尤弗斯之名,這是一種專指浮華綺麗的文體。另一位劇作家皮爾(George Peele)則以兩部著作聞名:一是牧歌風味的假面娛樂劇《帕里斯的審判》(1584),另一個是由騎士傳說而改編的《老婦之談》(1595)。

不過伊莉莎白時代的戲劇之所以能達到百家爭鳴的態勢,主要歸功於作家馬婁(Christopher Marlowe,左圖)和吉德,兩人均以寫戲劇張力極強的悲劇馳名。馬婁是一個渾身洋溢著文藝復興氣息的人,其作品主角無論是征服者帖木兒,還是幻想家浮士德,都渴望把知識或人的能力推向無限。莎士比亞發揚了馬婁華美誇張的風格,這在《亨利六世》中有明顯表現。而吉德在其以復仇為主題的《西班牙悲劇》中首創的一種寫作方式,也常被模仿:劇中主角海羅尼莫佯裝瘋狂,為了復仇而安排演出有流血場面的戲劇,然後假戲真做,達到復仇的目的。莎士比亞寫《泰特斯·安德洛尼克斯》時,便襲用了這種手法。

除此以外,還有當時莎士比亞的對手羅伯特·格林,他寫的劇本混雜神怪和史實,情節在多個層面上展開。而莎士比亞之後極有影響力的劇作家本·強生似乎在當時較莎士比亞更有影響力,在他的名字後面加上「戲劇家、桂冠詩人、假面具作家、學者」等一串頭銜,並不為過。

多麼的短暫，命運是多麼的強大；人是多麼的渺小，死亡是多麼地不可避免；世界是怎樣的一個「牢獄」和「荒原」；現實和理想的距離又是多麼的遙遠。在這深刻的精神危機中，「生存還是毀滅」這個經久不絕的痛苦的音符，就在他的靈魂深處奏響了。迷惘、焦慮、惶惶不安的情緒和心態，籠罩在哈姆萊特復仇的過程中，也就有了他行動上的

> 生存還是毀滅，這是一個值得考慮的問題；默然忍受命運的暴虐的毒箭，或是挺身反抗人世的無涯的苦難，在奮鬥中結束了一切，這兩種行為，哪一種是更勇敢的死了；睡著了；什麼都完了；要是在這一種睡眠之中，我們心頭的創痛，以及其他無血肉之軀所不能避免的打擊，都可以從此消失，那是我們求之不得的結局。死了；睡著了；睡著了也許還會做夢；嗯，阻礙就在這兒；因為當我們擺脫了這一具朽腐的皮囊以後，在那死的睡眠裏，究竟將要做些什麼夢，那不能使我們躊躇顧慮。
>
> ——《哈姆雷特》

猶豫和延宕，使他成了「思想的巨人」，「行動的矮子」。哈姆雷特在行動中體現出的迷惘與憂慮心態，同時也是歐洲文藝復興晚期人文主義信仰普遍失落的體現。伴隨著劇情的劇烈衝突而展開的人物心理衝突，以及由人物的大段內心獨白所體現出的對生與死、愛與恨、理想與現實、社會與人生等方面的哲學探索，作品凸現了巨大的藝術張力，在幾百年後還為人們津津樂道。在莎士比亞之前，還沒有哪個作家塑造出如此豐富的內心世界。

1616年，莎士比亞因病離開了人世。在整整52年的生涯中，他為世人留下了37個劇本、一卷14行詩和兩部敘事長詩。就莎士比亞的戲劇創作而言，把「空前絕後」這個詞用在他身上，是絲毫不過分的。為他贏得了至高無上榮譽的劇作就像一個波瀾壯闊、激情澎湃的生活海洋和文學海洋，這個海洋中包括了氣勢恢宏、激情洋溢的悲劇，戲謔恣肆、妙趣橫生的喜劇和場面宏大、波瀾壯闊的歷史劇，這些作品處處都閃耀著人文主義的理想的光輝，表現了那個時代甚至今天人類的一種理想。從淺層的表達方式、閱讀習慣，到深層的心理結構、精神生活，莎士比亞的戲劇已深深溶入了西方人的血液，成為一種深厚的、永久的文化底蘊。正是在這個意義上，西方著名學者哈樂

德‧布魯姆宣稱：「上帝之後，莎士比亞決定了一切。」

## 第二節 人文主義者的瘋子：塞萬提斯

　　當人文主義的火焰已經在歐洲大地熊熊燃燒的時候，鬥牛士的故鄉西班牙卻在國家統一的短暫繁榮之後陷入了再度的衰落。王權和教會的勢力頑固地鎮壓著一切進步的思想，使得西班牙的自由之聲在刀劍的鏗鏘聲中，在宗教裁判所的兇焰中被淹沒了。在這種荒謬的現實背景下，在西歐各國早已經銷聲匿跡的流浪漢小說和騎士小說，卻像發了瘋一樣地在這片土地上畸形地繁榮著，所有的角落裏都瀰漫著荒誕離奇的冒險經歷，所有的文學作品裏都充斥著千篇一律的傳奇色彩。宮廷和教會利用這種文學，鼓吹騎士的榮譽與驕傲，鼓勵人們發揚騎士精神，維護封建統治，去建立世界霸權，而許多人也沉湎在這種小說中不能自拔。直到塞萬提斯的出現，這種不正常的空氣才被一掃而光。

　　像所有喜歡探險、征服的西班牙人一樣，塞萬提斯（1547～1616）身上也流淌著鬥牛士冒險的血液。他一生的經歷，就是典型的西班牙人的冒險生涯。他出生於馬德里附近一個窮醫生的家庭，唯讀過幾年中學。21歲時，因為捲入薩拉曼卡城皇

→塞萬提斯，西班牙最偉大的文學天才，亦為世界文壇最受尊敬的人物之一。其著作《唐‧吉訶德》融合了文藝復興時的人文主義與巴洛克時期的覺醒、懷疑與批判的美學。塞萬提斯的風格是平衡16世紀感性的修辭與自然的口語而構成的和諧。

家院內的一次爭鬥，他被法院判以砍去右手的刑罰。為了躲避這災難性的判刑，他逃離自己的家鄉前往文藝復興的聖地義大利。他先是參加了羅馬軍隊，後又為西班牙神聖兵團作戰，參加了與土耳其人的多次戰役。在1571年那場著名的雷邦托海戰中，他胸部受傷，左手致殘，並因此被後人稱為「雷邦托的獨臂人」。1575年，當他帶著自己立功的獎章和西班牙國王的弟弟堂胡安寫給國王的推薦信回國的時候，卻在途中被土耳其海盜俘虜到阿爾及爾，在那裏度過了五年的苦役生活，直至1580年才被贖回，此時他已經33歲。

　　以一個英雄的身分回國的塞萬提斯，並沒有得到國王的重視。他在雷邦托戰役中的英雄事蹟早已經被人們遺忘，他的美好前景也成了泡影。他面臨著的是家庭的債務和失業。他兩次結婚都不幸福，為了養家糊口，他當過軍需官和納稅員，但是又因為徵稅得罪了權貴和教會而幾次被誣入獄。《唐·吉訶德》就是在塞維利亞監獄期間孕育出的作品。1605年《唐·吉訶德》的上卷出版後，立即風行整個西班牙，一年之內竟再版了七次。據說，西班牙菲力浦三世在皇宮陽臺上看到一個學生一面看書一面狂笑，就說：「這學生一定在看《唐·吉訶德》，要不然他一定是個瘋子。」差人過去一

→西班牙馬德里廣場上的塞萬提斯雕像（中間靠上坐者），而中間前面的兩個雕像為唐·吉訶德與桑丘·潘沙。

95

問，果然那學生在讀《唐·吉訶德》。1614年，當《唐·吉訶德》下卷才寫到59章的時候，社會上出版了一部僞造的續篇，站在教會與貴族的立場上，肆意歪曲、醜化小說主人翁的形象，並對塞萬提斯進行了惡毒的誹謗與攻擊。爲了回擊，塞萬提斯以卓越的才華迅速地完成了無論是在藝術上還是在思想上都更加成熟的下卷，並於1615年推出。

一直掙扎在社會底層的塞萬提斯親身體會了中世紀的封建制度給西班牙帶來的痛苦與災難。他深切地憎恨騎士制度和美化這一制度的騎士文學。他要喚醒人們不再吸食這種麻醉人們的鴉片，從脫離現實的夢幻中解脫出來，因此他在《唐·吉訶德》自序裏斬釘截鐵地宣稱，這部書的創作意圖就是「要把騎士文學的萬惡地盤完全搗毀」。

《唐·吉訶德》的小說主人翁叫拉·曼郤，是一個窮鄉紳。他閱讀當時風靡社會的騎士小說入了迷，自己也想仿效古代騎士去周遊天下、打抱不平。他從家傳的古物中，找出一付破爛不全的盔甲，自己取名唐·吉訶德，又物色了鄰村一個擠奶姑娘，作爲自己終生爲之效勞的意中人，然後騎上一匹瘦馬，離家出走，立志幫助那些被侮辱與被壓迫者。然而他第一次出馬就出師不利，被打得‘像乾屍一樣’，橫在驢身上被鄰居送回。家人看到他被騎士小說害到如此可憐地步，便把滿屋子的騎士小說一燒而光。第二次，他說服了一個農民桑丘·潘沙做他的侍從，答應有朝一日讓他做島上的總督，結果兩人在路上又做出許多荒唐可笑的事。第三次出馬，桑丘在公爵的一個鎮上當了「總督」。唐·吉訶德迫不及待地要實現他的改革社會的理想，結果反

倒使主僕二人受盡折磨，險些喪命。鄰居看他實在中毒太深，便讓自己的孩子假扮白月騎士和唐·吉訶德比武。唐·吉訶德被打敗後臥床不起，臨終時終於醒悟過來，他囑咐自己的外甥女，千萬不要嫁給讀過騎士小說的人，否則就不能繼承他的遺產。

　　杜斯托耶夫斯基在評論塞萬提斯的《唐·吉訶德》時這樣說：「到了地球的盡頭問人們：『你們可明白了你們在地球上的生活？你們該怎樣總結這一生活呢？』那時，人們便可以默默地把《唐·吉訶德》遞過去，說：『這就是我給生活做的總結。你們難道能因為這個而責備我嗎？』」

　　這段話十分巧妙地點出了《唐·吉訶德》的巨大價值。從表面上看來，唐·吉訶德是一個荒誕不經的騎士。他脫離實際，終日耽於幻想。在他眼裏，到處都是魔法、妖怪、巨人，到處都是他行俠仗義的奇景險境。他善良的動機往往得到相反的效果，有時候不但害了自己，而且還害了別人。他也常被訕笑戲弄，斷牙斷骨，丟了耳朵，削去指頭，他卻依然執迷不悟，認為這是騎士難免的失敗。如果從這個角度看，他無疑是個荒誕不經的夢想家，是個理想主義的瘋

→唐·吉訶德和桑丘·潘沙

**推薦閱讀**

《唐‧吉訶德》，
楊絳譯。

**流浪漢小說**

1554年，西班牙文學史上第一部奇特的小說──《小癩子》問世了，其一反從前騎士小說和田園小說的成規，通過主人翁的流浪歷史，以寫實的手法展示世態人情。《小癩子》的出現給歐洲敘事文學增添了一種樣式──流浪漢小說。在它之後，歐洲出現了許多類似的作品，對近代小說產生了深遠影響。美國文藝理論家吉列斯也曾說：「第一批重要的流浪漢小說的主要特點，是流浪漢自己以城市下層人物的身分直接用第一人稱講話。」

子。然而如果換一個角度來看，唐‧吉訶德則更是一個理想主義的化身，一個為了維護正義，拯救世人，甘願犧牲自身生命的無畏勇士。他執著於他那理想化的騎士道，從不怕人們議論與譏笑，更不怕侮辱與打擊，雖然四處碰壁，但卻百折不悔。他痛恨專制殘暴，同情被壓迫的勞苦大眾，嚮往自由，把消除人世間的不平作為自己的人生理想。他尊敬婦女，主張個性解放、男女平等、戀愛自由。他心地善良、幽默可親，學識淵博。這個隻身向舊世界挑戰的孤單的騎士，雖然屢戰屢敗，卻越戰越勇，不禁令人肅然起敬。

在唐‧吉訶德表面的喜劇因素之下，隱含著深刻的悲劇意蘊。清醒時是一個學識淵博的智者，糊塗時又是個胡衝亂殺的瘋子，這種極端矛盾的現象集中在唐‧吉訶德一個人的身上，就構成了他複雜、豐富的性格。這種性格，正是西班牙極端野蠻的君主專制制度社會裏產生的可悲現象。在扼殺人的一切美好願望的強大的封建黑暗勢力下，唐‧吉訶德對社會正義和人人平等的要求，是不可能得以實現的，他以過時的、虛幻的騎士道來改造現實社會，更是一個時代的誤會，完全不足為訓。他所追求的思想和他的崇高精神反映了正在興起的資產階級的要求，而當這種要求跟他所處的時代形成了格格不入的對立關係的時候，悲劇就不可避免地產生了。他的失敗，是一個人文主義者的悲劇。

《唐‧吉訶德》的偉大的藝術價值當然不僅限於對騎士文學的批判。更重要的是，它揭露了16世紀末到17世紀初正在走向衰落的西班

牙王國的各種矛盾，譴責了貴族階級的荒淫腐朽，展現了人民的痛苦和鬥爭，觸及了政治、經濟、道德、文化和風俗等諸方面的問題。通過可笑、可敬、可悲的唐‧吉訶德和既求實膽小又聰明公正的農民桑丘這兩個典型人物，塞萬提斯將現實主義和浪漫主義有機地結合起來，既有樸實無華的生活真實，也有滑稽誇張的虛構情節，在反映現實的深度、廣度上，在塑造人物的典型性上，都邁上了一個新的臺階。

造化之神總是從一個神秘的地方伸出手來，操縱著芸芸眾生的命運。《唐‧吉訶德》成了全世界最寶貴的財富，然而塞萬提斯卻從未因此而改善過自己的生活。小說雖然使他享有盛名，但他並沒有從中得到任何的實惠，依然貧困如洗。1616年4月23日，他因患水腫病而去世，被葬在三位一體修道院的墓園裏，但是沒人知道確切的墓址。

# 第三章
# 尋覓與開拓：站在巨人的肩膀上

偉大的文藝復興結束了，曾經支配著文藝復興的那種生氣勃勃的樂觀主義，也逐漸被一種奇特的矛盾心理所代替。靈與肉的衝突、現實與幻想的模糊、存在與虛無的交織……這種複雜的思想狀態中萌生出的追求嚴謹、整飭，壓制個人欲望，讚美服從原則的

→於1665年出版的莫里哀作品《唐璜》。

「新古典主義」思潮，一度佔領了整個歐洲。怎樣從現有的原則中找到新的方向，踩著巨人的腳步繼續前進，成了作家的一大難題。這時莫里哀出現了，他把古典主義推向了最高峰，又把它盡情地褻瀆了一番；丹尼爾‧笛福出現了，他把探索的目光投向了遠方。

## 第一節　「扭捏難堪的嘴臉」：莫里哀

　　儘管被一致稱爲法國歷史上的「偉大世紀」，但虛名之下的路易十三、十四王朝，仍然只能算作是一個平庸的時代。表面繁榮的背後，不過是行將就木的封建君主制，借助新興資產階級這劑強心劑，實現了一次短暫的迴光返照。由於飽經戰火之苦和動盪之痛，資產階級已經習慣了幽雅謹慎地過著井然有序的生活。強調理性的古典主義文學，也在此時佔據了法國社會的主流。而莫里哀，則做了一個既繼承古典主義的優秀因素，又褻瀆古典主義神聖法規的叛逆者。

　　莫里哀（1622～1673）天生就注定要和戲劇聯繫在一起。他是一個宮廷陳設供應商的兒子，父親希望他能繼承父業，或者做律師，然而戲劇才是莫里哀的最愛。21歲的時候，年輕的莫里哀離家出走，與朋友組建了「光耀劇社」，在巴黎演戲。然而由於不善經營，劇團負債累累，莫里哀因此而遭到債主控告，被拘押起來，直至由父親保釋出獄。癡心不改的莫里哀又加入了另一個劇團，在法國西南地帶輾轉流浪了13年，並在此期間成為了劇團的負責人，開始了劇本創作。劇團的聲譽蒸蒸日上，在巴黎都獲得了顯赫名聲。1658年，劇團應召來到巴黎，在羅浮宮為路易十四演出，得到賞識，從此在巴黎安定下來。1673年2月17日，莫里哀不顧嚴重的肺炎在身，堅持親自主演了他的最後一個劇本《無病呻吟》。他勉強把第四場演完，晚上十點鐘到家後，便咳破血管，與世長辭。

　　《偽君子》是莫里哀精心打造的經典之作。為了這個劇本，從1664年到1669年，莫里哀經過了五年的鬥爭，經歷了數次禁演風波，頂住了巨大的壓力，付出了無數的艱辛，才使這部五幕喜劇最終得以完整地呈現在世人面前。《偽君子》是莫里哀為封建教士準備的

→莫里哀　　　　　　　　　　　　　　→在聽一位先生朗讀莫里哀劇本的人們

一把鋒利的匕首，它一下子就剖開了
那些衣冠禽獸的漂亮外衣，直接指向
他們骯髒的本質。作品主人翁達爾杜
夫是一個衣冠楚楚的宗教騙子。他騙
得富商奧爾貢及其母親的信任，企圖
侵佔奧爾貢的財產。深受其騙的奧爾
貢不但把他請回家中做全家人的精神
導師，而且把逃亡朋友的秘密匣子
交給他保管，甚至撕毀女兒以前的婚
約，要把她嫁給達爾杜夫。可達爾杜
夫卻看中了主人的續妻艾爾密爾，他
調情的情景被奧爾貢的兒子看見，可
他卻惡人先告狀，反倒使奧爾貢中了
計謀，要剝奪兒子的繼承權，把財產
全部送給他。在這緊要關頭，艾爾密
爾設下了一個巧妙的圈套讓達爾杜夫

→這是關於莫里哀第一部世態喜劇《可笑的女
才子》的繪畫。在這部作品中，莫里哀主要以
有趣的戲劇動作表達準確的觀念，並盡量誇張
人物的特性。

鑽了進來，使奧爾貢親眼目睹了達爾杜夫的禽獸行徑。大夢醒來的奧
爾貢終於覺悟，要把達爾杜夫趕出去。達爾杜夫此時顯示出了流氓本
性，向國王舉報奧爾貢與逃匿的政治犯有瓜葛。但英明的國王洞察一
切，下令逮捕了騙子，並赦免了曾經勤王有功的奧爾貢。

　　通過這一形象，莫里哀深刻地揭示了教會和上流社會的偽善、狠
毒、荒淫無恥和貪婪，突出地批判了宗教偽善的欺騙性和危害性。達
爾杜夫平時在教堂裏表現得極為虔誠，宣稱整日不離《聖經》，以此
騙取了奧爾貢和他母親的信任。但實際上，他卻是個貪食貪睡貪財貪
色的惡棍。他口頭上宣揚「苦行主義」，但是一頓飯卻能吃兩隻鵪鶉
和半隻羊腿。他一見到桃麗娜就掏出手帕，讓她把頸項下面遮起來，
彷彿一個謙謙君子，可是一轉身，就去勾引主人的妻子。他當眾把募
來的錢施捨給窮人，一副仁慈善良的樣子，背後卻要謀奪主人的家

產，還要置人於死地。他巧言令色、見風使舵的本領令人眼花撩亂。他的行為昭示著：這樣的偽君子的產生絕非個別現象，也絕不是他一個孤立的個案，法律、宗教、官府、宮廷都有責任。偽善的社會，是產生這種偽君子的肥沃土壤。

達爾杜夫是封建社會貴族傳統和宗教體制下產生的怪胎。他本來是外省的破落貴族，由於揮霍無度，蕩盡產業，最終流落巴黎，形同乞丐，「連雙鞋都沒有」。同時他又是一個偽善的虔誠教徒的典型，依靠虛偽的表演和出色的演技，以「道德君子」的形象獲得了奧爾貢的寵信。貴族與教徒的雙重崇高身分，卻造就了一個偽善到了極點的騙子，這一形象暗含著深層的歷史意蘊。17世紀的法國貴族，在經濟上已經是日趨沒落，然而愛慕虛榮的心理卻使他們經常忘記自己的現實處境，在窮困落魄中依然追求所謂的體面。二者之間的反差本身就顯示出喜劇性的荒謬、滑稽來。可以說，古典主義文化所追求的崇高與唯理主義，在17世紀下半葉已經逐漸走向墮落而顯出虛偽的本質。當墮落的貴族和同樣墮落的教士結合在一起的時候，喜劇效果就產生

→莫里哀作品《吝嗇鬼》（1668）劇照。

# 法國新古典主義作家

**偉**大的世紀——人們這樣稱譽17世紀，而同時期的法國則被認為是歐陸最重要的一股勢力及西歐和中歐文化的領導者。路易十四於1661年接掌法國政權後，他所實行的君主專政是當時歐洲最進步及最有效率的政體，在他的統治下，法文取代了拉丁文而成為外交、藝術及文藝創作等方面的主要語言。

王權的統一性決定了文學創作的規範性，致使17世紀的法國出現了受許多不可逾越的法規桎梏的新古典主義文學。不過，由於當時一種彌漫歐洲的文學風潮「巴洛克」——強調動機、順暢和裝飾，體現了貴族階級的沒落意識，最早產生於義大利和西班牙——的影響，以及法國最偉大作家的強烈個人主義，以致該時期既有的文學表現方式和風格產生一連串富想像力及創新的表達方式。

真正算得上是新古典主義時期的兩位先驅是哲學家笛卡爾（1596～1650）及劇作家高乃依（Pierre Corneille，1606～1684）。與高乃依一樣，另一位本時期偉大的悲劇作家拉辛（Racine，1639～1699）也只是偶爾炫耀那些所謂規則，他認為最重要的是作品能否激起別人的興趣。他所寫的六七部偉大的悲劇作品，從《安德羅瑪克》（1667）到《菲德拉》（1677），都展現了其卓越的風格：結構完整、詩文發人深省，而在心理探討上能夠深及人類諸如貪婪、野心、愛情和嫉妒等最基本的情感。莫里哀也遵循著相同的原則。另外，這一時期著名的作家中還有因《沉思集》而流芳後世的巴斯卡（1623～1662）、以《克萊芙王妃》而繼承古典悲劇的拉斐德夫人（1634～1693）、以一部《詩藝》來全面系統地陳述古典主義理論的文學評論家布瓦洛（1636～1711）、以及獨創寓言文體的拉封登（1621～1695)等。這些完美而熟練的技巧和他們對人類內在生活的敏銳洞察力，令後世作家自伏爾泰到司湯達、波特萊爾、普魯斯特及卡繆等頗為推崇。

→高乃依塑像

了。莫里哀深刻地體會到了這種喜劇性的本質，把它高度概括在達爾杜夫的偽善性格中。這個形象也因為其深厚的歷史意蘊而獲得了長久的藝術生命。

魯迅曾說過：「悲劇是把有價值的東西毀滅了給人看，喜劇是把無價值的東西撕碎了給人看。」《偽君子》是一部喜劇，然而它又不僅僅是把無價值的東西撕碎了給人看。在奧爾貢幾乎家破人亡的情節中，我們可以感受到濃重的悲劇氣氛；隔牆偷聽、桌下藏人等情節，又是民間鬧劇的範式；奧爾貢的專斷、大密斯的反抗和被逐出家門，則具備了風俗喜劇的因素。《偽君子》獨具風格的喜劇手法，使作品既充滿了扣人心弦的緊張氣氛，又洋溢著幽默戲謔的情趣，也使得作

推薦閱讀

《喜劇六種》，
李健吾譯。

品登上了莎士比亞之後歐洲戲劇的另一座高峰。相傳路易十四曾經向古典主義的著名哲學家布瓦洛詢問：「在我統治期間，是誰在文學上爲我帶來最大光榮？」布瓦洛回答：「陛下，是莫里哀。」的確，莫里哀配得上這個殊榮。

## 第二節　對自身文明的失望：笛福

17世紀中期，游離於歐洲大陸之外的大不列顛群島，一場事關這個帝國命運的殊死搏鬥，在資產階級和封建貴族之間展開。儘管鬥爭最終以雙方的妥協而收場，但新型的君主立憲政權的建立，足以使原本在夾縫中掙扎的資本主義經濟獲得突飛猛進的發展。資本原始積累時期資產階級的冒險生涯，體現在文學作品中，就是丹尼爾·笛福的《魯濱遜漂流記》。

→笛福的一生大起大落，悲喜交集，充滿了傳奇色彩，這也是為什麼他將魯濱遜的經歷看作是自己一生的寫照。

丹尼爾·笛福（1660～1731）出身於一個中小資產階級家庭。他的父親經營屠宰業，是個不信國教的新教徒。他從二十多歲就開始經商，足跡踏遍歐洲很多國家的土地。1688年前後，他參加過反天主教國王的鬥爭，參加過威廉國王的軍隊。1692年，他的生意宣告破產，他陷入了嚴重的債務之中，不得不通過各種方式謀生，甚至做過政府的間諜。1702年，因爲發表了諷刺政府宗教政策的言論，他被逮捕並判枷刑示眾三次。在第一次枷示那天，他寫了一篇《立枷頌》的文章表示自己的抗議。在文章中他膽大包天地指出，應該站在受刑的地方被枷示的，是那些貪婪的財政家、爭權奪利的政客、放蕩的貴族公子哥、昏聵無能的將軍、巧語騙人的股票經紀人。他放肆的言論得到了群眾的支持，人們紛紛爲他獻花、祝

推薦閱讀

《魯濱遜漂流記》，徐霞村譯。

酒。後來，因爲大臣哈萊的疏通，他終於獲得了自由。然而不久以後，他再次陷入了破產漩渦中。此後他爲歷屆政府大臣出力，收集情報，編輯報刊，還寫了不少與時政和經濟有關的文章，因爲言論關係又三次入獄。他一生中的大部分時間都在負債中度日，臨死前，爲了躲避債務，他甚至離家出走，不久就客死他鄉。

1719年，笛福發表了《魯濱遜漂流記》。這篇小說在英國文學發展中開闢了現實主義的道路，也奠定了這種新型文學形式的基礎。從此，小說在18世紀文壇上迅速繁榮起來，成爲這一時期英國文學的主要形式。正因爲笛福對英國小說所做出的開創性功績，他被後人稱爲「小說之父」。

《魯濱遜漂流記》是資本原始積累時期資產者的一曲頌歌。主人翁魯濱遜是笛福時代英國商業資產者的典型。他不安於天命，不願在平凡舒適的家庭生活中消耗生命，而是積極大膽地四處探險。他三次出海，幾次險些喪命，但冒險的天性使他矢志不移。有一次出海，他流落在荒島上。在孤島上，他以令人難以置信的毅力，利用自己的雙手爲了生存而勞動和鬥爭，最終成爲荒島的所有者、全權統治者和立法者。在島上生存了14年之後，他終於有機會返回自己的國度，發現自己的巴西種植園安然無恙，自己已經在不知不覺中成了富翁。

→笛福的《魯濱遜漂流記》第一版的插圖。

　　魯濱遜這個人物的誕生，是一個歷史性的創舉，他是歐洲文學史上第一個正面的資產階級形象。他出身於中產階級，性格堅忍，富於冒險和進取精神，具有在任何情況下都能生存的能力，堪稱資本主義上升時期資產階級理想的英雄人物。

　　《魯濱遜漂流記》同其他航海故事有很多相似之處，然而在低矮的灌木叢中，唯獨它卻能拔群而出，成為一棵參天大樹，其中的奧秘就在於，它表現出了一種過去的任何作品都沒有表現過的人生價值觀念，即人活著，應該為增殖個人的物質財富而勤勉工作，應該善於經營，敢於冒險，敢於開拓。魯濱遜也信宗教，然而他相信，人只有忠於世俗的事務，才能獲得上帝的拯救。這種世俗的事務就是「偉大的商務」。

　　無論是荷馬筆下的阿奇里斯，還是但丁筆下的自己，抑或是塞萬提斯筆下的唐‧吉訶德，他們的人生追求都是真理、愛情、榮譽這些

→笛福在政治上樹敵甚眾，加之其匿名小冊子《懲治新教教徒的捷徑》的出版，因而遭到新教徒的逮捕，被處以空前的刑罰──巨額罰款，連續三天在倫敦三個不同的地點帶枷示眾。笛福非但沒有屈服，還靠朋友印出了他的《立枷頌》。笛福的勇敢和幽默贏得了許多人的同情，他被示眾時，群眾向他投來的不是石頭，而是鮮花。

# 同時代另一部著名小說

**諷**刺小說《格列佛遊記》是英國作家斯威夫特的力作，其內容描寫外科醫生格列佛四次出海遊歷的情形，他先後到達小人國、大人國、勒皮他、巴爾尼巴比、拉格奈格、格勒大錐、日本以及胡乙姆國等地。通過對小人國殘忍、黨爭、貪婪、勾心鬥角、戰爭和統治者對人民高壓政策的描述，嘲諷了英國的時政，影射了歐洲18世紀初的社會現實。而在對大人國的描述中，雖然斯威夫特提出了他理想中開明君主的形象，但其主要內容仍然是對英國統治階級的腐敗和不合理政治制度的批判和抨擊，進而表達了他的反戰思想。在這部小說中，最令人難忘的當屬第四卷，其中作者歌頌了胡乙姆國公正、誠實而又充滿理性的統治者馬群胡乙姆人，而另外供馬群驅使的牙呼人（指人）則無理性能力，只有一些可使其更殘暴的狡猾，通過對兩者的比較，表達了作者「我搜集這些素材以驗證『理性動物』此一定義的謬誤，並揭示唯有『理性能力』的問題……」（這是1725年斯威夫特寫信給蒲柏談及此書目的時的片段），斯威夫特意圖乃在警醒人們，使其不再因自認為理性的動物而自大自滿，並且讓他們清楚了解到人類犯錯、墮落和逞其獸性的能力也和理性的能力相當。小說自1726年問世以來，深受英國人的歡迎，兩百多年來它被譯成幾十種文字，在世界各國廣為傳誦。

斯威夫特（1667～1745），擁有英國和愛爾蘭血統的牧師、政治作家、詩人，也是世界文學史上最偉大的諷刺家之一。

高尚的東西。然而魯濱遜的追求則是最現實的財富，是物欲的滿足。他向上帝祈禱並不是因為他從屬於上帝，而是因為上帝幫了他的忙。在科學技術的幫助下，在資本化管理的推動下，這種魯濱遜式的資本主義精神，將資本主義生產日新月異地推進著。而正是這種魯濱遜式的挑戰、開拓、冒險精神，使得英國的資本主義瘋狂擴張，成就了19世紀幅員遼闊的日不落帝國。

魯濱遜的奮鬥史，就是一部人類文明史的縮影。他經歷了人類從

採集、漁獵、畜牧到種植等生產發展過程，徹底改變了自己無衣無食的苦難命運。正是魯濱遜式的探索和追求，才促進了人類的文明和進步。然而不可諱言的是，文明的背後也伴隨著罪惡與危機。魯濱遜出海遠航是為了販賣黑奴，他利用「聖經」和槍支來教育他的僕人「星期五」，他的冒險精神是他的私有欲的孿生兄弟……而且，與物質的征服和追求相伴隨的，是魯濱遜情感的枯竭，想像力的衰微，而且所有溫情脈脈的人情世態都成了赤裸裸的經濟關係。他的三個孩子的出生和妻子的去世都沒能讓他過分激動，唯一能使他熱血沸騰的就是金錢。魯濱遜作為一個正常的、具有七情六欲的人，已經被這無休止運轉的資本物化、異化了。他既是歷史的英雄，又是人類的悲劇。

# 第四章
# 德意志的狂飆

古老的日耳曼戰車，自中世紀以來就以野蠻殘忍、嗜殺成性而聞名。在想盡一切辦法摧毀對手的同時，它也摧毀著自己的文明。偉大的文藝復興在英格蘭產生了莎士比亞，在法國產生了拉伯雷，在義大利產生了薄伽丘，唯獨卻在歐洲大陸舉足輕重的德意志境內一無所獲。這片曾經產生過《尼伯龍根之歌》的土地，在18世紀初四分五裂，戰亂頻繁，征伐與殺戮、愚昧與荒淫、落後與貪婪像野草一樣蔓延在這片土地上。直到18世紀70～80年代，一些血氣方剛的青年，高舉著崇尚個性、重返自然的旗幟，向著封建堡壘作了「狂飆突進」式的衝擊，德意志才重新看到了熹微的晨光。

→歌德，德國最偉大的詩人，也是自文藝復興以來，世界文壇上的文學大師，其文學貢獻廣及各種文體。最為世人熟知的作品是《浮士德》。

## 第一節 魔鬼與太陽：歌德

與同處歐洲的其他國家相比，
德意志在18世紀以前的文學成就顯
得微不足道。由荷馬、但丁、莎士
比亞、塞萬提斯等人組成的歐洲文
學的天空已經群星璀璨，唯獨在德
意志上方依舊黯淡無光。黑暗的德
意志天空需要太陽的出現，來洗刷
這一恥辱。

歷史最終選擇了歌德作為大任
的承擔者。1749年，歌德生於萊茵
河畔的名城法蘭克福。他的外祖父
是這座城市的終生市長、首席官
員，他的父親是法學博士，有著淵

→這幅名為《歌德的誕生》的寓意畫，象徵了
真正的德國文學的降臨。

博的知識和皇家顧問的頭銜，母親精明活潑而富於幻想。他繼承了父
親的智慧和母親的仁愛精神，並在上流社會與市民生活的熔爐中鍛造
出魔鬼一般的氣質。他注定是一個早熟的天才。

1765年，歌德前往萊比錫大學攻讀法律，3年後便因病輟學。
1770年，他來到德國「狂飆突進」的策源地斯特拉斯堡繼續上學。在
這裏，他的收穫不僅僅是法學博士的學位，更有盧梭、斯賓諾莎的民
主思想，以及「狂飆突進」的領袖赫爾德的指引。

1774年，從事律師職業的歌德因公去維茲拉，在出席一次舞會的
途中偶然認識了一個叫夏綠蒂的少女，一見鍾情。夏綠蒂是歌德的朋
友凱士特南的未婚妻，時年15歲，她的丈夫卻比她大二十歲，是個有
五個兒女的鰥夫。歌德對夏綠蒂十分傾心，便不顧一切地向她表白了
愛情。這使夏綠蒂驚惶失措，她把歌德的表白告訴了未婚夫。痛苦萬
狀的歌德逃回法蘭克福，在對生活的厭棄與渴望中苦苦徘徊，甚至一

→《少年維特的煩惱》中女主人翁原型夏綠蒂・布甫水粉畫肖像。

→少年維特的煩惱　1911年版

度在床頭放一把利劍，嘗試著刺進自己的胸膛。幾個月以後，他的另一個朋友葉爾查林，因為愛上別人的妻子，受不了社會輿論的指責自殺了。葉爾查林的死，把年輕的歌德從夢中撼醒。他把自己與外界完全隔離起來，閉門謝客反思自己。反思的結果，是他最終決定把自己兩年來在愛情生活中所經歷和感受的全部痛苦都爆發出來。經過四個禮拜的奮筆疾書，《少年維特的煩惱》橫空出世了。

《少年維特的煩惱》敘述了少年維特的愛情悲劇。他本是個才思敏捷、熱情奔放、熱愛自然的人，然而在腐朽、頑固、鄙陋的現實中，他質樸純真的性格卻顯得格格不入。當他看到善良、賢淑的夏綠蒂時，他身上自然純真的本性被啟動了，他把自己全部的熱情都投在她身上。然而夏綠蒂無法擺脫世俗的困擾，寧願犧牲愛情而服從世俗。性格軟弱的維特陷入絕望，最終以自殺告別了這段在人世間不被允許的愛情。

維特的悲劇不僅是一部個人的戀愛悲劇，而且是整個時代的悲劇；維特的煩惱也不僅是個人的煩惱，而是一代德國年輕人的煩惱。1774年的歐洲大地，正處在黎明前的黑暗之中。在經歷了文藝復興、宗教改革和啟蒙運動的暴風雨的洗滌之後，新興市民階級已經覺醒，他們強烈要求打破等級界限，建立平等、合理的社會秩序。然而封建

勢力的瘋狂反撲，使得資產階級屢屢敗北。在社會黑暗與理想破滅的雙重打擊面前，一種悲觀失望、憤懣傷感的情緒，普遍地在年輕軟弱的資產階級中間蔓延。在這種時代氣氛下產生的《少年維特的煩惱》，不只述說出了年輕的資產階級的理想與現實之間的矛盾，而且在主人翁為理想的破滅而悲傷哭泣，憤而自殺的行為中，讓一代青年人回味了自己的遭遇，照見了自己的影子。《少年維特的煩惱》是當時方興未艾的「狂飆突進」運動中最豐碩的果實，從中已可聽到法國大革命的狂飆之前的淒厲風聲。

　　《少年維特的煩惱》在陰霾的日耳曼文學天空升起了一輪燦爛的紅日，也使得歌德聲名遠播。1775年，歌德應邀來到魏瑪，成了魏瑪公國的重臣，曾在一段時間裏主持公國的政務，致力於社會改革。整整十年間，他忙於行政事務而很少涉及文學創作。然而這畢竟不是一個天才作家的命定歸宿。在繁瑣的行政事務中，他經常被迫低下他那高貴的頭顱，對世俗做出妥協。1786年秋，終於無法再忍受這種生活的歌德不辭而別，改名換姓，獨自乘一輛馬車逃離魏瑪，逃往他嚮往已久的義大利，直到1788年6月才返回魏瑪。義大利之行使他開始反思自己過去的觀點，放棄了「狂飆」

→法國畫家E‧德拉克羅瓦所繪的油畫《靡菲斯特再訪浮士德》。

式的幻想而追求寧靜、和諧的人道主義思想。他辭去重要的政治職務，只負責文化藝術方面的工作，並開始了讓他的名字與荷馬、但丁、莎士比亞等巨人並列的巨著——《浮士德》的創作。

《浮士德》取材於16世紀德國的民間傳說。在傳說中，浮士德博學多才，曾經將靈魂出賣給魔鬼，從而創造了無數的奇蹟。歌德選擇了浮士德，但同時又創造了一個全新的浮士德。在這部長達12111行的詩劇裏，他賦予了浮士德啓蒙時代巨人的特徵。故事的開端是發生在天庭內、天帝和魔鬼靡菲斯特之間的一場爭論：人究竟是善還是惡，人在世界上

→歌德畫像及其代表作中的場景、人物，從左上角沿順時針方向依次為：《親和力》、《塔索》、《少年維特的煩惱》、《鐵手騎士葛茲‧封‧貝利欣》、《根埃格蒙特》、《邁斯特學習年代》、《浮士德》、《赫爾曼和多羅苔》、《克拉維戈》、《伊菲格尼》。

究竟是進取還是沉淪。天帝認為，進取是人的天性，像浮士德這樣的人，是一個永遠也不會滿足的探索者，「他在探索之中不會迷失正途」；而靡菲斯特的看法與天帝完全相反，他不相信歷史的發展與進步，認為人必然墮落，而且他確信自己能夠誘惑浮士德走入歧途。於是他們打了賭，靡菲斯特前去找浮士德。全劇沒有首尾緊密連貫的故事情節，而是以浮士德在「小宇宙」和「大宇宙」中不斷追求和探索貫穿始終。在經歷了知識的追求和知識的悲劇、感官的追求和愛情的悲劇、權勢的追求和從政的悲劇、美的追求和藝術的悲劇以及事業的追求和事業的悲劇之後，浮士德按照契約倒地而死。但是天帝卻派

推薦閱讀

《少年維特的煩惱》，楊武能譯。

《浮士德》，綠原譯。

「光明聖母」把他的屍體和靈魂一起接到了天堂。

浮士德就像自囚在無休止的推石運動裏的西西弗斯一樣，推著自己信念的石頭，向著真理的山頂進發。雖然永遠也沒有到達的時刻，但是他卻從來不曾放棄。他的一生，是不斷追求，而又不斷失敗的一生。他行為的動力來自於他刻骨銘心的矛盾和痛苦——渴望最大限度地實現人生價值而不得。一方面，生命的本能使他常常在名利、地位、權勢和美等現實的欲海中沉浮；另一方面，他又不甘於沉淪，一次次地從欲海中掙脫，一次次地超越自己，不斷地走向新生命。在這種絕望與期待的循環往復中，浮士德痛苦地掙扎著：

*有兩種精神居住在我的心胸，*
*一個要想同另一個分離！*
*一個沉迷在迷離的愛欲之中，*
*執拗地固執著這個塵世，*
*另一個猛烈地要離去凡塵，*
*向那崇高的心靈的境界飛馳。*

這是封建的學究氣息與資產階級知識份子的探索精神在激烈交鋒，是潛心治學的心情與追尋新生活的渴望在互相撕扯……夾縫中的浮士德成了一個肉體和精神、享樂和節制、趨惡和向善、感性與理性、必然與自由等矛盾對立的統一體。這是一種為絕望而期待，為期待而絕望的生命悲劇。絕望是最完美的期待，期待是最漫長的絕望。在浮士德悲劇的一生中，歌德對文藝復興至19世紀初300年來歐洲新興資產階級的精神發展歷程作了深刻地回顧與總結。浮士德身上這種「靈」與「肉」、「善」與「惡」、成與毀、上升與沉淪的矛盾，既體現了歌德的辯證法思想，又揭示了人類自身的複雜性和真實性，同時

# 啓蒙運動

　　啓蒙運動被歷史學家用以描述18世紀的思潮與生活層面，其特點在於某些歐洲作家致力於以理性批判，將心靈從偏見、未經檢驗的權威，以及教會或國家的壓制下解放出來；其目的則為動員廣大民眾參與剷除封建主義的偉大運動。啓蒙運動綜合了文藝復興人文主義、新教改革運動以及當時進步的科學力量，其標誌爲對傳統存疑、個人主義與經驗主義的趨向以及致力於科學的推論。這運動發展出許多支派宗教、政治、科學、道德，甚至美學，並且在18世紀後期，激發了法國大革命，將歐洲最強大的封建專制統治徹底擊垮，推進了全歐洲的民主平等運動。

> 懷疑是通向哲學殿堂的第一步
> ——德尼・狄德羅

## 啓蒙運動之濫觴

　　英國首先在政治、哲學和科學等領域奠定了整個歐洲啓蒙運動的基礎。牛頓的萬有引力定律的發現及瓦特的蒸汽機的發明標誌著英國自然科學進入高度發展的階段，也使人類重新認識了自身價值。而後又出現了洛克的經驗主義哲學（他認爲思想的來源是通過感覺而銘記於空白心靈的緣故）、霍布斯的反對「君權神授」以及關於「自然狀態」等理論強化了新的非宗教信仰。18世紀的英國正處於海外擴張的極盛時期，這一時期的英國文壇主要有三種風格的作品盛行：以笛福爲首的表現新興資產階級強烈地開拓新世界的欲望的作品；以斯威夫特、菲爾丁爲代表的揭露並批判當政的資産階級所暴露出來的種種罪惡的作品；還有由理查森首開先河、哥爾斯密爲代表的「感傷主義」文學通過描寫情感的小說達到諷惡勸善的目的。

## 啓蒙運動之中心

　　這時期的特色在法國是最顯然的，因爲統治階級的權勢正面臨嚴重的挑戰。只有在法國是有組織的運動，哲人所標舉的口號是理性、寬容與進步，維持現狀是其大敵。啓蒙主義思想家認識到，科學的發展、社會的進步都是人理性思維的產物，要改造社會，就要有理性和符合理性的科學知識來武裝頭腦。狄德羅組織大批啓蒙主義思想家以近30年的時間編撰了《百科全書》，就是要傳授所有的知識，因爲他們認爲知識「是通往幸福之路」。18世紀的法國文壇出現了哲理小說、書信體小說或對話體小說等新樣式，思想家們深入淺出的寫作手法令高深的理論變得易於接受。其間有孟德斯鳩的譏諷法國制度及祈求理性、正義與寬容的《波斯人信札》，有伏爾泰的描寫英國文學、思想及自由和寬容的《哲學書簡》，更有盧梭主張只有符合人民意願的政府才是唯一合法政府的《社會契約論》。

## 啓蒙運動之擴展

　　18世紀的德國「在政治和社會方面是可恥的，但是在德國文學方面卻是偉大的。」在英法的啓蒙主義思想以及「狂飆突進運動」的雙重影響下，德國偉大作家歌德、席勒等創造了歐洲文學的奇蹟。更有甚者，長期落後的俄羅斯也被啓蒙運動的春雷撼醒，經過彼得一世的改革和葉卡捷琳娜二世的統治，俄國農奴制進入極盛，文學也迎頭趕上，出現了感傷主義文學作家卡拉姆辛、詩人傑爾查文和諷刺文學的代表馮維辛等。

　　啓蒙運動影響最深遠的是其革命精神，它打破了人們習以爲常的神話，提出自身的新神話，並就人性本身尋求解決之道，認爲人類應在其本性所及範圍內，掌握自己的命運，使現世的人生更趨完善、更臻最高境界。

→在波茨坦的無憂宮，伏爾泰（桌前左三）與普魯士佛里德里克大帝共同進餐，伏爾泰後來回憶說：「世界上任何其他地方都不會像這裡一樣可以自由交談。」

人是生而自由的，但無往而不在枷鎖之中：自以為是其他的一切主人的人，反而比其他人更是奴隸。
　　——節選自盧梭《波斯人信箚》

→德尼·狄德羅是法國哲學家、諷刺作家、小說家、戲劇家和藝術批評家。他與阿朗貝爾（下圖）合作主編的《百科全書》引起了巴黎政界和宗教界的反對，但同時今此書的影響波及全球。

→雅克·盧梭生生於瑞士，是18世紀最偉大的歐洲思想家之一

→本圖繪知名的啟蒙主義思想家在喬弗朗夫人（前排右一）著名的文藝沙龍交流思想的情景。一位演員正在作者半身塑像下朗誦伏爾泰的劇本。在場的人中有哲學家盧梭和阿朗貝爾。

117

也反映了人類追求真理的艱巨性。這種混合著多種因素的思想，代表著他那個時代人類認識的最高峰。

浮士德衰老的身軀內燃燒著一個自強不息的火熱靈魂，浮士德探索的一生體現著人類永無休止的進取精神。為了追求人生的真義，為了體察那至善至美的，然而卻又是彈指一揮般的短暫一瞬，他不惜把自己的靈魂押在魔鬼手中，不惜以自己的鮮血作賭注。在他充滿了絕望與期待的一生中，時刻經受著外界的誘惑與考驗：與靡菲斯特打賭，使早已習慣於書齋的他重新點燃了探索的火焰；悲劇的戀愛結果使他不再追求感官的享受；從政的悲劇使他逃避現實，古典理想的破滅，使他重新回到現實中尋找實現理想的途徑。他追求的腳步一刻也不停止，他探索的心靈永遠在黑暗中閃光。他的身影是渴望擺脫愚昧、獲取真知而勇往直前的資產階級知識份子的寫照，他的追求是人類對社會、人生發出的終極追問。他以自己的一生，把一個大大的「人」字書寫在人類文明的天空。在荷馬的史詩、但丁的《神曲》、莎士比亞的劇本構築的堅實基礎上，歌德的《浮士德》構建了近代人類的精神大廈。

《浮士德》的第一部發表後，歌德停頓了20年，然後才繼續揮筆，嘔心瀝血，於他逝世的前一年完成了第二部。然而，此時的歌德並沒有發表《浮士德》第一部時的激動和喜悅，而是用繩子把它捆起來，然後蓋上自己的印章，將它束之高閣。他對自己的行為解釋道：「我們的現實生活是如此荒誕，無法理解。我早就相信，為了熬好這鍋稀奇古怪的熱湯，而付出這樣虔誠而長久的勞動，其結果是不好的，無人問津的。」可是令他始料未及的是，「這鍋稀奇古怪的熱湯」，卻成了「近代人的《聖經》」，與荷馬史詩、但丁的《神曲》和莎士比亞的《哈姆雷特》並列為歐洲文學最璀璨的四大星座。

## 第二節　鐵與火：席勒

如果天空中只有太陽，那麼太陽會非常孤獨；如果天空中只有月

亮，月亮也會十分寂寞。太陽和月亮
注定要出現在同一片天空下，就像歌
德和席勒要共同出現在德國的文學天
空下一樣。

　　在歌德出生後10年，席勒也出生
在內卡河畔的馬爾巴赫。他的父親是
部隊的軍醫，母親是麵包師的女兒。
在席勒年僅13歲的時候，就被公爵強
迫進入卡爾‧歐根軍事學校學法律。
席勒在這個管束極嚴、與外界隔絕的
「奴隸培養所」度過了8年青春歲月，
並在畢業後被派往斯圖加特某步兵旅
當軍醫。然而，具有詩人的浪漫氣質

→席勒，德國戲劇家、詩人、歷史學家、哲學
家和美學家，德國文學巨匠之一，與同時代的
歌德是德國古典主義的主要代表。

的席勒，堅決無法忍受這樣的生活，兩年後他便逃到了曼海姆，後來
在各地流浪。

　　他的流浪生涯正處於德國「狂飆突進」時期。席勒自由地呼吸著
暴風雨所帶來的清新空氣，他的靈魂也隨著那澄澈天地的風暴一起飛
揚。他不由自主地便成了風暴的一份子，以自己滿腔的怒火，對著腐
朽的專制統治發起了猛烈的衝擊。1782年，一部反抗封建暴政、充滿
狂飆突進精神的悲劇作品《陰謀與愛情》，誕生在這位熱血青年的筆
下。

　　正如這部劇本的名字一樣，《陰謀與愛情》寫的是一個與愛情有
關的陰謀。宰相華爾特是一個在封建朝廷權勢鬥爭中玩弄權術的老
手，曾經用陰謀害死他的前任。他的兒子費迪南愛上了提琴手密勒的
女兒露易絲，並把當時嚴格的封建門第觀念置之腦後，決心要和她結
婚。而這時，公爵出於政治目的考慮要娶一位夫人，為此他必須與他
的情婦表面上分手，給她找一個假丈夫，製造一個騙局。宰相為了進

推薦閱讀

《陰謀與愛情》，廖輔叔譯。

一步控制公爵，鞏固自己的地位，不惜犧牲兒子的幸福，讓費迪南與公爵的情婦結婚。為了使這一陰謀順利實現，宰相和他的秘書伍爾姆布又設置了一個陰謀，藉口密勒對公爵不敬，逮捕了密勒夫婦，以此要脅露易絲寫了一封給她不認識的宮廷侍衛長的情書，並且不能說出真相。不明真相的費迪南看到這封假情書後，跑來責問露易絲，但露易絲無法說出實情。悲慟之極的費迪南，竟下毒毒死了露易絲。露易絲臨死前才說出真相，這時費迪南後悔莫及，也服毒自盡。

宰相害死前任的陰謀、公爵與情婦的陰謀、宰相控制公爵的陰謀、以假情書拆散一對情侶的陰謀⋯⋯這些大大小小的陰謀組成了一個曲折悠長的迷宮。在這個由權力話語的掌握者所操縱的迷宮裏，可憐的費迪南和露易斯就像被冰冷的鐵絲縛住了自由的籠中之鳥一樣，縱然費盡了所有的氣力展翅高飛，卻依然無法擺脫那罪惡的囚籠。他們永遠也找不到迷宮的出口，只能徒勞無功地四處碰壁，最終懷著對

→1788年，席勒在為魏瑪的奧古斯特公爵表演並朗誦了他的《唐‧卡洛斯》的第一章後，公爵認命席勒為其領地的事務顧問，但公爵並沒有提供席勒所期望的財務幫助。

愛情的渴望累死在尋找的路上。在陰謀與愛情這一組象徵邪惡與正義、惡與美的矛盾衝突中，封建貴族的寡廉鮮恥與新興市民階級的軟弱性格被凸現了出來，作品強大的悲劇力量也因此得到了彰顯。

創作《陰謀與愛情》的80年代初，正是青年席勒的狂飆氣質最鮮明的時候。滿腔的反封建激情噴薄而出，造就了這部作品對腐朽的封建制度和墮落的封建貴族的強烈批判。宰相身為一國重臣卻陰險暴虐、厚顏無恥；伍爾姆布出身平民而墮落變質，與統治者狼狽為奸，圖謀私利。最高統治者公爵雖然沒直接出現，他醜惡的面目卻暴露無遺：他為了給情婦送結婚賀禮，竟然把7千名士兵賣給英國政府，讓他們當炮灰，參加美洲的殖民戰爭，然後用這筆收入為她從義大利購

**席勒主要作品**
●戲劇
《強盜》、《斐愛斯柯在熱那亞的謀叛》、《露易絲．密勒》（後改為《陰謀與愛情》）、《唐．卡洛斯》、
●詩歌
《激情的自由思想》（後改為《鬥爭》）、《聽天由命》、《歡樂頌》、《國外來的姑娘》、《地球的分裂》、《被束縛的珀伽索斯》、《理想》、《理想與人生》、《散步》、《信仰的言詞》、《鈴之歌》
●歷史劇
《瑪麗亞．斯圖亞特》、《奧爾良的姑娘》、《墨西拿的新娘》、《威廉．退爾》

得珠寶。由於這一場戲的揭露過於尖銳，所以每當上演時，總要被官方刪去。正是由於腐朽邪惡的封建貴族視人民如草芥、視良心為無物的專橫暴虐，才導致了悲劇的發生。這齣悲劇，是一個義憤填膺的熱血青年對黑暗世道的強烈控訴。因為其中蘊含著的尖銳的反封建氣息，這部作品被德國評論家認為「它達到了一個革命的高度，在它以前的市民階級戲劇還未達到這樣一個高度。」

與封建統治階級聯繫在一起的，是新興市民階層的獨立自尊意識和反抗精神。音樂師密勒雖然社會地位卑微，但他耿直、自尊，從不向權貴諂媚，面對統治者的迫害他也敢於當面對抗，甚至對宰相下逐客令。露易絲美麗而純潔、善良，她與費迪南的愛情完全是出於真摯的感情，而不是利益的驅動。她嚮往打破森嚴的等級界限，追求「人就是人」的美好未來，渴望人與人的平等和婚姻的自由。然而，市民

階級身上宿命的軟弱性，使得他們有自覺性而不完全，有反抗性而不徹底。密勒只求平安無事，保住家庭的安寧，並不想突破現有的社會秩序；露易斯無法忍受權貴的侮辱，但內心裏又缺乏積極主動的反叛精神。當黑暗力量向她襲來時，她對光明的未來毫無信心，寧可犧牲自己的愛情，而投入宰相設下的羅網。他們的軟弱折射著整個德國市民階層在政治上不成熟和經濟上不強大的歷史現狀。

　　費迪南的身分則比較特殊。他雖然出身於統治者階層，他的思想和行動卻顯示著他是封建貴族階層的逆子貳臣。他痛恨貴族門第的幌子下隱藏著的罪惡現實，拒絕繼承父親「造孽的家當」。他敢於蔑視封建貴族的等級偏見，大膽地對抗父權，追求自己的愛情。然而，他的悲劇就在於，長期的養尊處優使他無法領會到一個貧民女子的苦衷和露易絲與他父母之間那種相依為命的情感，因此一旦他看到那封信的時候，他自認為崇高無比的愛情就受到了致命打擊，使得嫉妒的毒蛇咬噬著他的靈魂，讓他失去理智，向敵人懺悔，毒死情人。他的悲劇說明，在資產階級新思想的衝擊下，封建社會的叛逆者開始從舊的封建壁壘中分化、決裂出來，從而使得封建關係從內部瓦解崩潰。然而一些先天的局限，使得他們還不能完全消除舊階級的烙印，從而為悲劇的最後發生點燃了導火線。

　　風暴之後，天地總會重新歸於寧靜與安詳。在結束了激情四射的、「狂飆」式的青年時代後，席勒開始了理性的思考與探索。1787年7月，他來到了當時的開明國度魏瑪，並於兩年後經歌德推薦任耶拿大學歷史教授。兩位巨人最終歷史性地走到了一起。他們在創作上互相鼓勵，互相促進，共同開創了德國文學史上的古典時期。他們也因此而成為德國文學史上最耀眼的雙子星座，幾百年來照耀著德意志的夜空。

## 第三節　豐饒奇突的詩才：海涅

　　歌德和席勒照亮了德意志文學的天空，然而落後腐朽的封建體制，卻依然使落後的德意志處在黑暗之中。1795年，席捲歐洲的拿破崙軍隊曾開進萊茵河流域，用改革的利刃刺進了德國頑固而衰朽的封建制度。儘管德法之間有著宿命的仇恨，儘管這位不可一世的天才軍事家受到了封建勢力的極端仇視，但打破了德國封建壁壘的拿破崙，卻無疑是德國革命原理的傳播者和舊的封建社會的摧殘人。儘管後來拿破崙失敗了，但他留下的革命精神卻長留在這片土地上。就在他的鐵騎開進德國後兩年，繼歌德之後最偉大的德國詩人海涅，就出生在萊茵河畔杜塞爾多夫一個破落的猶太商人家庭。

　　童年和少年時期經歷的拿破崙戰爭，使海涅年輕的靈魂很早就接受了法國資產階級革命思想的洗禮，這決定了他今後一生的思想與創作的方向。1819至1823年，海涅先後在波昂大學和柏林大學學習法律和哲學，在此期間開始了文學創作，以詩歌的武器為自由和進步奮鬥。「我跟一些人一樣，／在德國感到同樣的痛苦，／說出那些最壞的苦痛，也就說出我的痛苦。」（《每逢我在清晨》）這滾燙的詩句，凝結著封建專制下一個熱愛自由的個體所受到的壓抑以及找不到出路的苦惱。他的早期詩作《青春的苦惱》、《抒情插曲》、《還鄉集》、《北海集》等組詩，大都以個人遭遇和愛情苦惱為主

→海涅，德國詩人、評論家及新聞記者。其個性複雜且敏感，為浪漫及現實主義者；詩作情感強烈而細膩，但經常充滿諷刺與悲苦，是德國及世界文壇上最好的作品之一。

題，於1827年收集出版時，題名爲《詩歌集》。它們表現了鮮明的浪漫主義風格，感情淳樸眞摯，民歌色彩濃郁，受到廣大讀者歡迎，其中不少詩歌被作曲家譜上樂曲，在德國廣爲流傳，是德國抒情詩中的上乘之作。

　　1825年大學畢業後，海涅接受了基督教洗禮並獲得法學博士學位。之後因爲身體疾病的緣故，他前往黑爾戈蘭島養病。1830年7月，巴黎燃起了七月革命的戰火。正在養病的海涅受到了極大的鼓舞。他又重新拿起所向披靡的武器，準備「頭戴花冠去做殊死的鬥爭」。懷著對法國革命的無比嚮往，他離開故國流亡到巴黎，開始了新的生活。在巴黎他認識了巴爾札克、雨果、大仲馬、蕭邦等藝術大師，並在1843年結識了無產階級革命領袖馬克思。

　　1843年10月，海涅回漢堡看望母親。這是這位浪子在流亡法國13年之後第一次返回祖國。讓他日夜眷戀的祖國依然處於昏睡和停滯之中，到處瀰漫著中世紀、天主教和封建制度的霉爛氣息。在英國和法國早已經將這種落後制度扔進歷史的垃圾箱的19世紀，德國卻依然在這種制度的束縛之中舉步維艱。而德國的反動政府依然在苟延殘喘，企圖利用假像、僞善和詭辯來掩飾自己的

→這是埃羅爾德爲海涅著名詩歌《羅麗萊》中的主人翁羅麗萊創作的塑像，她被稱爲萊茵河少女，經常坐在萊茵河兩側的高山上引吭高歌，過往行人因其歌聲與美貌的吸引常忘我而導致船毀人亡的惡果。曾有許多詩人寫過關於她的詩作，唯有海涅的詩最爲別致。

罪行，把這種腐爛透頂的制度延續下去。這種逆歷史潮流而動的荒謬行爲，注定只能像童話故事中的一個幽靈的夢幻，注定要破滅。目睹了祖國現狀的海涅，在同年12月回到巴黎後，就熱情洋溢地把這一切反映在了他的作品中。這就是《德國——一個冬天的童話》。

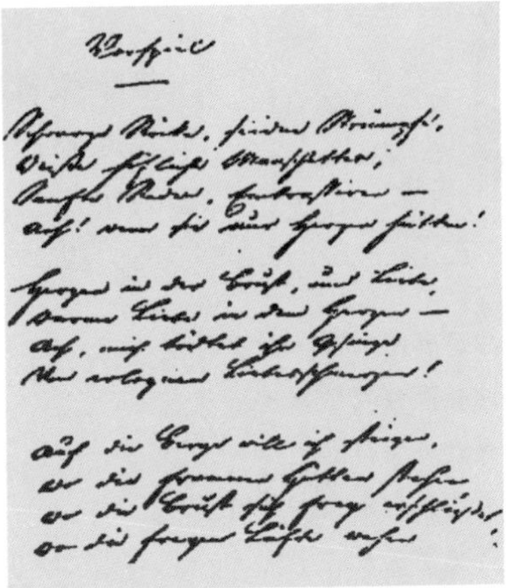

→海涅的經典作品《哈次山之旅》的序言手稿。

在這首傑出的長詩中，詩人以自己的行蹤爲線索，把德國的醜惡現實都剖現在陽光之下。當詩人一踏上故土，聽到彈豎琴的姑娘在彈唱古老的「斷念歌」和「催眠曲」時，他立刻感到，這些陳詞濫調與祖國的壯美山河，與日新月異的時代，與自己的思想感情都格格不入。於是，詩人立即唱出一支新的歌，來啓發人們在德意志的大地上建立「天上王國」的理想：人人都過著幸福的生活，「大地上有足夠的麵包、玫瑰、常春藤、美和歡樂」。當然，現實的德國根本不是「天上王國」，當姑娘正在彈唱時，詩人受到普魯士稅收人員的檢查。這種檢查並不是檢查什麼走私品，而是在竭力封鎖外來的進步思想。這種既惡毒又愚蠢的行爲，使詩人看在眼裏，恨在心裏。詩人盡情地嘲弄那些翻騰箱子的蠢人：

*可憐蟲們！你們竟在行李中搜查？！*
*在那兒什麼也找不到！*
*我從旅途上帶來的違禁品，*
*只在我頭腦裏藏著。*

寥寥數語，既刻畫出了那些「可憐蟲」的愚蠢，又展現了落後的封建制度對進步思想的恐懼。而作者對德國封建制度的批判也由此引

推薦閱讀

《海涅詩選》，張玉書編選。

出。詩人來到亞琛的時候，看到了驛站招牌上的一隻象徵普魯士統治的鷹。這隻鷹張牙舞爪、惡狠狠地俯視著詩人。瞬間，詩人的內心充滿了對它的仇恨，隨即憤怒地咒罵和嘲弄這隻「醜惡的凶鳥」說：

你這醜惡的鳥，什麼時候
你若落在我手裏，
我就撕去你的毛羽，
用利斧斬斷你的腳爪。
然後把你放在竿上，
高高向空中撐起，
再召集萊茵州的槍手，
來一次痛快的射擊。

在憤怒中，詩人許下諾言：誰要是把這隻凶鳥的屍首射下來，我就把王冠和權杖授給這個勇敢的人，並向他歡呼：「萬歲，國王！」這種充滿了革命激情的火熱語言，對封建專制的嘲諷是何等的大膽而露骨啊！

不在沉默中爆發，就在沉默中死亡！面對醜惡的現實，海涅隱隱地預感到了「山雨欲來風滿樓」的大革命徵兆。在長詩的第26首《德國將來的氣息》中，海涅描寫了他遇見漢堡女神的情景。在女神的指引下，詩人從女神祖傳的椅子下看到了德國的將來，嗅到了三十六個糞坑——德意志三十六個聯邦發出來的令人窒息的臭氣。詩人指出，治療德國的「沉重痾病」，「不能用玫瑰油和麝香」，只有轟轟烈烈的社會大革命才能滌蕩這三十六個糞坑的惡臭，才能還世界一個朝氣蓬勃的德意志。

晚年的海涅由於備受癱瘓的病魔困擾，一直在病榻上度過。歐洲革命的低潮，加上他肉體上的痛苦，使他在精神上也趨於消沉，最終

於1856年在巴黎與世長辭。然而晚年的矛盾心理，並不能抵消他激情四射的輝煌過去。作為一個革命性的詩人，海涅以他諷刺與幽默的風格，完成了對德意志的批判，也奠定了自己在德國文學史上的地位。他的諷刺與幽默，是對德國民間歌詩傳統的出色繼承。無論是敘事謠曲的運用，反浪漫立場的確立，還是諷刺與幽默的自由運用，都體現出海涅對這一偉大而自由的詩歌傳統的偉大理解與偉大創新。難怪天才的哲人尼采可以重估一切價值，唯獨卻對海涅詩歌與詩學理想推崇備至。

# 第五章
# 浪漫與清醒的二重奏

**顛**峰之後必然是低谷。在莎士比亞攀上了世界文學一個後人無法企及的高度後，英格蘭陷入了短暫的沉默之中。在莎士比亞之後的兩百年間，英格蘭只出現了菲爾丁和丹尼爾‧笛福兩位知名作家。在巨人的陰影下，英格蘭重新尋找著再現輝煌的可能性。到了19世紀，伴隨著他們早熟的資產階級革命，他們終於等來了英格蘭文學的第二華彩樂章。這是一曲浪漫與清醒的二重奏。

→薩丹納帕路斯之死　德拉克洛瓦　法國

《薩丹納帕路斯之死》取材於英國拜倫的長詩《薩丹納帕路斯》。長詩描述古敘利亞薩丹納帕路斯這位早年英武有為的君主，由於沉湎貪饕逐色的生活，逐漸專橫殘暴，最後弄得眾叛親離的故事。

這是一幅色彩繽紛、動人心弦的浪漫主義代表作。處於浪漫主義時期的藝術家們用陰森的色調來描繪東方的統治者，在他們的想像中，這些統治者都是些富有、好色的暴君，他們擁有奴隸和大量的女眷，這與西方上流社會的習慣和禮儀相悖。這種東方觀在法國藝術家德拉克洛瓦的繪畫，以及英國詩人拜倫的作品中均有明顯的滲透。

# 浪漫主義：追求精神的解放

整個自然界對你來說是陌生的，
你看不到任何機會和方向……
唯有一個真理是明瞭的：
凡事都有它的「理」。

　　這是英國最偉大詩人亞力山大·蒲柏對啟蒙主義時期的那種理性主義作出的概括。然而，並不是每個人都贊同這種秩序。18世紀法國的盧梭崇尚「高尚的野人」，德國作家歌德筆下的少年維特鄙視理性行為而成為當時社會的局外人，而且英國的感傷主義文學也帶有明顯的浪漫主義色彩。可以說，浪漫主義源於對18世紀唯理主義的違反，通常是指法國大革命爆發（1789）至英國國會通過第一次改革法案(1832)之間大約半世紀的時間。

　　浪漫主義最早發端於英國和德國，它經歷了三次大的浪潮：羅伯特·彭斯（1759～1796）（下圖）和威廉·布萊克（1757～1827）是英國浪漫主義的先驅。而1798年華茲華斯（1770～1850）和柯勒律治（1772～1834）（上圖）發表的《抒情歌謠集》的序言則成為了英國浪漫主義的宣言。另外，還有德國的施萊格爾兄弟的《雅典娜神廟》雜誌、法國的斯塔爾夫人的《論德國》等共同掀起了浪漫主義文學的第一個浪潮；第二個浪潮的旗手當數拜倫，其後有雪萊、濟慈，法國的拉馬丁、維尼，義大利的白爾潮以及德國的堆夫曼等；第三次浪潮的中心在法國，以雨果為首湧現了大批作家。此外，在19世紀上半葉，以普希金、萊蒙托夫、密茨凱維廳和裴多菲等為首的浪漫主義詩人托起了俄國和東歐的浪漫主義文學思潮。

　　浪漫主義文學的背景就像其情節一樣令人神往：

啊！那深深的巨壑斜呈著，
橫過青山……
這野蠻之地！既神聖又令人著魔，
有個女人在朦朧的月光下若隱若現，
她在為她的魔鬼情郎而哀號！

　　這是柯勒律治1816年在鴉片的作用下所做的夢幻詩《忽必烈汗》中的一段，它反映了浪漫主義文學不同於古典文學講求理性的鮮明特色。總體而言，浪漫主義文學的特徵可歸納如下：首先，突出個人的價值，強調個人感情的自由抒發，具有濃烈的主觀性。比如，英國作家柯勒律治和德·昆西從吸鴉片而產生的幻覺中汲取靈感，他們認為這樣才能把人從平常狹窄的理性的枷桎中解放出來。作家們把愛情作為人的內心世界的一個重要方面來大力表現，並且進一步通過夢境來展示非理性的精神表現。其次，浪漫主義的藝術表現形式以對民間文學的題材挖掘及對詩體長篇小說的創造為主。在俄羅斯，切爾克斯人的私情故事和吉普賽的民間傳說激發了普希金的詩歌創作靈感。而伴隨著中古熱出現的「東方主義」時尚則溶入了拜倫的詩中。第三，浪漫主義文學慣用誇張和對比，大力提倡獨特、創新及想像，重視醜的美學價值。這類作品中的人物往往是超凡、孤獨的叛逆形象，且情節離奇。最後，這一時期的文壇洋溢著憂鬱感傷的情調。作家們越來越嚮往沒有人類玷汙的荒野和過去簡潔、高尚的生活方式，因此對現實失望而轉向精神憂鬱。

　　浪漫主義者勇於探索心靈的非理性和潛意識方面的能力，但他們沒有從當時的階級關係和生產關係的演變中去探究解決問題的辦法，他們塑造出來的世界根本不可能存在，也無法實現，由此，後來的文學家基於對現實的觀察，發起了現實主義文學等派別。

## 第一節 孤傲的叛逆者：拜倫和雪萊

同樣是才華橫溢的詩人，同樣是熱情洋溢的戰士，卻同樣地遭到社會的傷害和命運的作弄，在最風華正茂的時候英年早逝。拜倫和雪萊身上，都印證了「天妒英才」這句咒語。他們驚人相似的悲愴命運令人們在百世之後仍然唏噓不已。幸好時間是公正的，他們燦爛的詩篇和他們偉大的精神，都已經在他們身後獲得了不朽。

### 一、青銅騎士：拜倫

拜倫（1788～1824）出生在英國一個古老的貴族家庭裏。拜倫生下時，一隻腳就帶有殘疾——這使他在年輕時候極為敏感、自

→海盜的女兒海蒂發現了唐‧璜，這時的唐‧璜經歷了長時間的海上漂流，後被海浪沖到了希臘的一個島嶼上被海蒂救起，從而引發了一段戀情。圖中地上躺著的男子是唐‧璜，他身旁俯身的女子為海蒂，而最左邊站立者為海蒂的女僕。

那張臉正緊湊著他，她的小嘴
像要探探他的嘴有沒有呼吸，
她以溫暖的青春的手搓著他，
把他的精神喚出了死之境域，
又不斷擦洗他冰冷的太陽穴，
想叫他的血活躍起來。而終於
在這小心照顧和溫柔的愛撫下，
他緩緩地舒一口氣作為回答。
　　——《唐‧璜》第二章，113）

卑，形成了孤獨、反叛、傲岸的性格。
他十歲時，他的叔祖，即「邪惡的」
拜倫勳爵，也去世了。拜倫繼承了
爵位，也繼承了大宗的產業，從此
移居倫敦。青少年時代的拜倫在
哈羅學校和劍橋大學學習，性格
怪僻的他在學校裏養了一隻熊，
而且還有其他一些與眾不同的古
怪行爲。在這期間，他出版了第
一本詩集《閒散的時光》，初步顯
露出他對抗反動勢力的叛逆個性。

→這是身著阿爾巴尼亞服飾的拜倫，這反
映了浪漫主義者對異國文化的嚮往。這幅
肖像畫準確地捕捉了他的浪漫神韻。

　　離開劍橋大學以後，拜倫啓程往
歐洲作長途旅行，漫遊了希臘和愛琴海
群島。當他二十三歲時，他的母親去世
了。他回到了家裏，在紐斯台德寺院安
頓了下來。他進入了倫敦社交界，在上議院發表演講。1812年2月，
他的成名作《恰爾德·哈羅德》第一、二章出版了，全城爲之轟動。
拜倫在一夜之間成了名，從此開始了一個創作的高峰。

　　然而，在當時的社會裏，拜倫的孤傲姿態和反叛性格注定是個異
數。反動陣營和幫閒文人對他極端地仇恨。他們利用拜倫和妻子分居
的家庭矛盾瘋狂地詆毀拜倫，迫使拜倫永遠地離開了英國。他先是到
了瑞士，在這裏認識了另一位偉大詩人雪萊，後來又到了正在爲民族
解放而戰的義大利，參加了義大利燒炭黨的秘密組織，並創作了他的
駭世傑作《唐·璜》。1823年，義大利燒炭黨運動在瘋狂鎮壓下失敗
了，拜倫離開義大利去希臘參加希臘人民的民族解放鬥爭。他變賣了
自己的財產籌備軍隊，並親自擔任指揮，顯示出卓越的組織才能。正
當希臘革命事業蓬勃發展的時候，他卻因淋雨患了熱病，不幸於1824
年4月19日逝世，年僅三十六歲。希臘人民將他的逝世視爲民族的不

幸，爲他舉行了國葬，全國哀悼三天，整個歐洲也爲這位英年早逝的戰士、詩人哀悼不已。

長篇敘事詩《唐‧璜》是一部將浪漫主義和現實主義完美結合起來的作品，也是拜倫一生中最傑出的成就。長詩的主人翁唐‧璜，原本是西班牙傳說中的色鬼、惡棍，但拜倫把他處理成一個天眞、熱情、善良的貴族青年。他因與貴婦朱麗亞的愛情暴露而逃離西班牙，在希臘的一個島上和海盜的女兒戀愛，然後又在君士坦丁堡的奴隸市場被賣到蘇丹後宮，逃出後參加了沙俄對伊茲密爾的襲擊，後來成爲俄國女皇凱薩琳二世的寵臣，被派出使英國，故事在一連串的陰謀事件中結束。

→自由與正義始終是拜倫思想的核心，這決定了他會成為一位資產階級的反叛者，歷史狂流的弄潮兒。拜倫的作品正是他這種激情的宣洩，其勢恰如弗里德里希的這幅《雲霧上的漫遊人》不同以往之處——真正的藝術作品應該表達獨特的個人感受。

自由啊，你的旗幟雖破而仍飄揚天空，
招展著，就像雷雨似的迎接狂風；
你的號角雖已中斷，餘音漸漸低沉，
依然是雷風雨後最嘹亮的聲音。

——拜倫

這是一部在廣闊的社會歷史背景中展開的政治抒情詩，也是一部辛辣的政治諷刺詩。拜倫塑造了唐‧璜這個人物，是爲了向英國資產階級僞善的清教徒道德以及虛僞的體面觀念開戰，向歐洲大陸的黑暗社會開戰。通過唐‧璜半生的行蹤和他的言論，詩人廣泛評論了歐洲的時弊，戳穿了所謂文明社會的膿瘡，滿腔憤怒地

推薦閱讀

《拜倫詩選》，
查良錚譯。

《唐·璜》，
查良錚譯。

揭露了歐洲各國政府的專制、殘暴、無能，議會民主的欺騙性和上流社會的虛偽。威嚴的女皇、淫威的皇后、諂媚的朝臣、驕橫專奢的將軍、腐化墮落的王公貴族……正是這些衣冠禽獸不可遏止的貪欲、野心和荒淫，才造就了無數的人間慘劇。懷著對他們的深深憎恨，詩人用輕蔑的口吻稱呼英國女王為「我們自己的半貞潔的伊莉莎白」，稱在滑鐵盧之役中打敗拿破崙的英軍統帥威靈頓為「惡棍頓」。他還控訴了神聖同盟所做的種種罪惡勾當，揭露它所策畫的野蠻的侵略戰爭及其為人民帶來的深重苦難。他義憤填膺地怒罵神聖同盟的君主們：

把那個禿頭的惡漢亞歷山大囚禁起來，
用船把神聖的三個傢伙押送到塞內加爾；
教訓他們‘即以其人之道，還治其人之身’，
並且問問他們做奴隸好不好受？

　　拜倫用他洪亮的革命的宣言打破了當時歐洲萬馬齊喑的局面。他高擎著在法國點燃的革命火炬，並把這熊熊的火焰攜往思想和藝術的領域。他那熱情的戰鬥詩歌，就像一把利刃，刺向人間一切黑暗腐朽勢力；又像激昂的號角，鼓舞人民在鬥爭中前進。他憎恨一切壓迫、剝削和偽善，同情在鬥爭中的各國人民。他始終與美國的黑奴、愛爾蘭的下層群眾、義大利和希臘的愛國志士站在一起。他成為整個歐洲自由戰士的代言人，也成了專制和暴政的死敵。

　　《唐·璜》體現了拜倫爐火純青的藝術技巧。全詩把豐富的思想寓於精美的藝術形式之中，既有對壯麗大自然的生動描繪，有對人世間各種現象的精闢評議，還插以對現實的訕笑和嘲諷。整部詩篇如江河奔騰，氣勢磅礴，跌宕流暢，成為舉世聞名的傑作。雪萊曾讚揚道：「英國語言中從來沒有過這樣的作品。」歌德認為《唐·璜》是

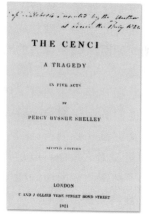

→雪萊的悲劇作品《欽契一家》的
封面上有他的筆跡。

「絕頂天才之作」。

按照拜倫原來的設想，唐·璜應該犧牲在法國的革命鬥爭烈火中。他多次表示要寫五十到一百章，但他只寫到了第十七章的十四節，死神就殘酷地中斷了他的創作。由於他天才橫溢的詩歌和他橫槍立馬、一往無前的革命精神，他被人們譽爲「詩國中的拿破崙」。

## 二、西風之子：雪萊

雪萊（1792～1822）有著和拜倫極其相似的經歷。他是一個貴族家庭的長子，原本有望成爲既富有又有爵位的人。然而雪萊天生就是爲了叛逆而存在的。在伊頓公學時，他就以「瘋子雪萊」和「無神論者雪萊」而聞名。在牛津大學讀書期間，他寫了一篇《無神論的必要性》的論文，宣傳無神論思想，結果被學校開除，並因此事和父親鬧翻。年僅十八歲的雪萊成了脫離家庭的遊子，他和一個十六歲女孩私奔並結婚，然後進行了一次唐·吉訶德式的遠征，前往都柏林去支持愛爾蘭人民反對英國統治的鬥爭。他寫了一部《人的權利》小冊子，用氣球散布了一部分，其餘的則放入瓶子裏，把瓶子扔到海裏去。在1813年，他個人印刷出版了一篇很奇特的長詩《麥布女王》，表白了他對宗教的抗議、對各種形式的專制制度的憎恨以及對未來必將出現一個新的黃金時代的信念。

雪萊的叛逆精神引起了統治階級的嫉恨。1814年，雪萊與妻子離婚，同第二任妻子結合。反動當局利用婚姻事件對雪萊進行了大肆中傷，迫使雪萊永遠地離開英國，後來長期旅居義大利。

和拜倫一樣，雪萊也是一名偉大的民主戰士。他以詩歌作爲武器，向一切不公正的社會現實開火，向著一切反動的統治階級開火，

推薦閱讀

《雪萊抒情詩選》，查良錚譯。

熱情地歌頌新生命，追求自由和幸福。在家喻戶曉的《西風頌》中，詩人以豪邁奔放的激情歌頌那以摧毀一切的狂暴氣勢滌蕩天地的西風：它以摧枯拉朽之勢，將地面上的殘枝敗葉席捲一空；它以磅礴之氣驅散高空的流雲，召來冰雹、大雨和雷電，爲黑夜的世界敲響喪鐘；它喚醒昏險的大海，掀起洶湧的浪波，震撼海底的花草樹木；它又在到處播種生命的種子，催促萬紫千紅的春天的到來。這自然界的西風，就是人間社會革命風暴的象徵。詩人讚美西風的同時，也是在讚美革命運動像西風一樣，將黑暗世界的邪惡勢力一掃而光，並爲新世界的誕生播下火種。詩人以自己的革命的號角，向人們傳播革命的思想，並預言出一個美好的未來：

*就把我的話語，像灰燼和火星*
*從還未熄滅的爐火向人間播撒！*
*讓預言的喇叭通過我嘴唇*
*把昏睡的大地喚醒吧！要是冬天*
*已經來了，西風呵，春天還會*
*遠嗎？*

→在卡拉卡拉的巴斯寫《解放了的普羅米修士》的雪萊

　　在短暫的一生中，雪萊寫下了大量歌唱自然、歌唱人生、歌唱理想、歌唱愛情的抒情短詩。這些作品大都格調清新、意境優美，在一種濃郁的抒情氛圍中表現出對光明、自由、幸福和美的熱烈追求，從而給人一種積極向上的鼓舞力量和藝術享受。在他的名篇《致雲雀》

裏，雪萊以「歡快的精靈」──雲雀自喻，展示了一個熱愛自由的靈
魂：

*你從大地一躍而起，*
*往上飛翔又飛翔，*
*猶如一團火雲，在藍天*
*平展著你的翅膀，*
*你不歇弛邊唱邊飛，邊飛邊唱。*

這隻在藍天上展翅高飛、放聲歌唱的雲雀身上，寄託著詩人的精
神境界、社會理想和藝術抱負。它那優美樸實的歌聲，訴說著詩人內
心的憂傷和愛，訴說著詩人對光明和自由的憧憬，同時也在大地上撒
播歡樂和希望。這正是鄙棄汙濁塵世的詩人雪萊的真實寫照。

1822年夏，雪萊和朋友去參加一個由拜倫倡議的雜誌的創辦。結
果在返航的途中，一陣突如其來的狂風暴雨，掀翻了正在海上急流勇
進的遊艇。在其中一具屍體的衣服口袋裏，人們發現了英國著名詩人
濟慈的詩集和希臘悲劇大師索福克勒斯的集子，最終證實人了們最不

---

**雪萊與「湖畔」詩人**

「把陰暗的樹枝留給夜鶯/那光輝的清靜空間屬於你/智者的典範，你高飛而不遊蕩/忠貞於蒼天也忠貞於你的家園」，這是偉大的「湖畔」詩人華茲華斯（如圖）獻給雲雀的佳作。由此我們可以聯想到雪萊的那首《致雲雀》，也可洞察到在他們的思想深處有相類似的東西：他們同樣以對資本主義社會黑暗面的強烈不滿與抗爭作為創作的動力，只是雪萊更具有批判精神，更多地關注現實，相比之下，「湖畔」詩人則顯得比較消極，他們是以逃回大自然的方式來躲避現代工業文明對人的種種奴役。

「湖畔」詩人於18世紀90年代初出現在英國詩壇上，其以華茲華斯、柯勒律治和騷塞為代表，因他們都曾在英國西北部山地的湖區住過一段時間，他們的詩作也大都描寫大自然的湖光山色，故此得名。「湖畔」詩人因其不僅樂此不疲於湖區的佳景，而且更留戀那裏保存著的宗法制度的舊習，他們雖厭惡工業革命以來技術進步所帶來的社會罪惡，但卻不能像雪萊和拜倫等人那樣以對現實的反叛來對抗現有秩序從而建立符合人性的「新天國」，故他們被後人稱為「消極的」浪漫主義詩人，無論如何，正是他們開創了浪漫主義文學的新潮。

---

願意看到的事情——那個人就是雪萊，英國最偉大的抒情詩人，與拜倫構成英格蘭詩歌雙子星座的雪萊。這一年，他才31歲。

## 第二節 永恆的女性：奧斯丁與勃朗特姐妹

　　從18世紀末到至19世紀初，英國小說處於一個青黃不接的過渡時期，在40年間沒有產生任何重要作品。感傷派小說和哥德傳奇小說雖然風靡一時，但是終因帶有明顯的感傷、神奇色彩而顯得有些蒼白無力。在這個歷史的空隙裏，幾位女性站了出來，爲英國，也爲整個女性文學填補了空白。

### 一、爐火邊的溫情世界：簡·奧斯丁

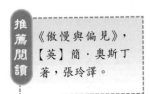

推薦閱讀

《傲慢與偏見》，【英】簡·奧斯丁著，張玲譯。

　　簡·奧斯丁（1775～1817）是英國，乃至整個文學史上都很奇特的一個現象。她沒有上過正規學校，只是在父母指導下閱讀了大量文學作品。她一生都生活在風景秀麗的英國鄉村，衣食無憂、日子安閒，與自己的父母、兄弟姐妹相親相愛，永遠寫愛情婚姻的題材——這就是奧斯丁的生活方式與寫作方式。她20歲左右開始寫作，25歲便停筆，卻留下了6部長篇小說；她終生未嫁，卻寫出了一本關於愛情和婚姻的經典著作，這就是《傲慢與偏見》。 有評論家斷言「奧斯丁之所以成爲偉大的藝術家，一定是因爲有種特殊的、從未被打破的平衡，賦予她足夠的冷靜、耐心、泰然和安逸心情。」的確如此。

　　《傲慢與偏見》是奧斯丁的代表作。這部作品以日常生活爲素材，一反當時社會上流行的感傷小說的內容和矯揉造作的寫作方法，生動地反映了18世紀末到19世紀初處於保守和閉塞狀態下的英國鄉鎮生活和世態人情。小鄉紳班納特有五個待字閨中的千金，他的太太整天想著爲女兒尋找乘龍快婿。其中小女兒伊莉莎白最爲出色，她不僅

聰慧、有膽識，而且有遠見，善於思考問題。在一次舞會上，富豪子弟達西以一幅高傲的姿態出現，引起了伊莉莎白的反感。自視頗高的達西唯獨愛上了伊莉莎白，但是他的求婚被拒絕了，因爲伊莉莎白認爲他太高傲。有人爲了贏得伊莉莎白的芳心，編造謊言中傷達西，使達西向伊莉莎白求婚受挫。達西在痛苦中留了一封信，使伊莉莎白明白了達西的誠意，謊言不攻自破，伊莉莎白在一連串發生的事變中，終於認識了達西的爲人，一對有情人終成眷屬。

　　小說的主人翁伊莉莎白是一個光彩照人的形象。她雖然身爲女子，卻自尊自信，聰敏機智，有膽識，有遠見，強過很多男子。就當時一個待字閨中的小姐來講，這是難能可貴的。正是由於這種品質，才使她在愛情問題上有獨立的主見。她拒絕了達西最初的追求，這不單是因爲誤會和偏見，更重要的是因爲達西目中無人的傲慢。這種傲慢來自於他的社會地位，只要這種傲慢還存在，他們之間就不可能有共同的思想感情，也不可能有幸福美滿的婚姻。伊莉莎白的拒絕，充分顯示出了一個女性對自己婚姻的理性把握和思考：爲了財產、金錢和地位而結婚是錯誤的；把婚姻當兒戲，完全不考慮上述因素也是愚蠢的，男女雙方感情才是締結理想婚姻的基石。因此，當伊莉莎白親眼觀察了達西的爲人處世，特別當她看到達西改變了過

「簡‧奧斯丁是世界上最重要的文學藝術家之一，而《傲慢與偏見》又是她的代表作。」
　　　　——威廉‧萊昂‧菲爾普斯

→簡‧奧斯丁
19世紀初，英國的小說創作漸衰，正是華特‧司各特和簡‧奧斯丁的作品扭轉了這一局面。

去那種驕傲自負的神態後，她對他的誤會和偏見完全消除了。他們最終走到了一起，締結了美滿的姻緣。伊莉莎白對達西先後幾次求婚的不同態度，反映了女性對人格獨立和平等權利的追求。

由於長期居住在鄉村小鎮，過著數十年如一日的平靜生活，平時接觸到的也是中小地主、牧師等人物以及他們恬靜、舒適的生活環境，因此，《傲慢與偏見》就像奧斯丁所有的作品一樣，不表現重大的社會矛盾，而是以女性特有的細緻入微的觀察力，真實地描繪自身周圍世界的小天地，尤其是紳士淑女間的婚姻和愛情風波。她的作品，沒有大仲馬式的驚心動魄的故事情節，也沒有拜倫式的慷慨激昂的抒情，但卻以其輕鬆詼諧的格調和理性的光芒照出了感傷、哥德小說的矯揉造作，使之失去容身之地。她的創作開啟了30年代現實主義小說的高潮。美國著名文藝評論家艾德蒙·威爾遜認為：最近一百多年以來，「英國文學史上出現過幾次趣味革命，文學口味的翻新影響了幾乎所有作家的聲譽，唯獨莎士比亞和簡·奧斯丁經久不衰。」

**感傷小說**

廣義而言，感傷小說指對所寫主題做隱晦或不切實際的表述，以激起讀者脆弱的感情、憐憫或同情心到不相稱地步的任何小說。嚴格地說，感傷小說是指18世紀歐洲小說的普遍傾向，它的出現在一定程度上是對新古典主義時期的嚴峻和理性主義的反動，它把情感放在理性之上，把對情感的分析提高到一種藝術境界。英國作家撒母耳·理查森的感傷小說《帕美勒》被教士推薦為感情教育的一本教科書。到了18世紀60年代，感傷小說發展成為「情感小說」，重點放在描繪對細膩的感覺十分敏感的人物上。

## 二、姐妹三文豪：勃朗特姐妹

在文學史上，曾出現過大仲馬和小仲馬這樣的父子作家，也出現過白朗寧和白朗寧夫人這樣的夫婦詩人。然而，一家三姐妹同登文壇、同留名作，卻是文學史上一種罕見的現象。

在1847年的英國文壇上，同時出現了三部重要作品，那就是夏洛蒂·勃朗特的《簡·愛》，艾米莉·勃朗特的《咆嘯山莊》和安妮·勃朗特的《艾格妮絲·格雷》。它們出自於勃朗特三姐妹的筆下。這

三位傑出的女性，沒有一個人的生命超過40歲。然而，在她們流星般短暫的生命中，卻爲後世留下了膾炙人口的名著。這其中最爲後人稱道的，就是《簡‧愛》和《咆嘯山莊》。

勃朗特姐妹生長在一個窮牧師家庭。1827年，她們的母親患肺癌去世，使這個貧窮的家庭陷入了不幸。所幸的是，她們的父親，那位窮牧師，是個學識淵博而又慈祥的人。他親自教她們讀書，指導她們看書讀報，這在她們心裏埋下了文學的種子。三年

→《理智與情感》的版畫。

後，以瑪麗亞爲首的四姊妹進寄宿學校讀書。然而由於生活環境和條件的惡劣，大姐瑪麗亞與二姐伊莉莎白先後患肺結核夭折，夏洛蒂與艾米莉倖存了下來，自此在家與兄弟勃蘭威爾、小妹安妮一起自學。這個家庭一向離群索居，四個兄弟姊妹便常以讀書、寫作詩歌，及杜撰傳奇故事來打發寂寞的時光。

由於家庭經濟的拮据，三姊妹不得不以教書或做家庭教師來貼補家用。1846年，她們自己籌款出版了一本詩集，卻只賣掉兩本。第二年，她們三姊妹的三本小說終於出版。然而只有《簡‧愛》在當時獲得了成功，得到了重視，《咆嘯山莊》和《艾格妮絲‧格雷》則長期被淹沒在塵囂中。

1848年，勃朗特家庭唯一的男孩勃蘭威爾由於長期酗酒、吸毒，也傳染了肺病，於九月份死去。沉浸在對勃蘭威爾的悼念中，使艾米莉也加速了走向墳墓的腳步。不久以後，她也得了肺病，但她拒絕治

療，在同年十二月撒手人寰。第二年五月，年紀最小的妹妹安妮也因肺病去世。這個家庭最後的成員只剩下了夏洛蒂和她的老父。1855年，三姐妹中生命最長的夏洛蒂，也因為肺病死去，年僅39歲。

《簡·愛》是夏洛蒂·勃朗特的代表作。小說主人翁簡·愛是個孤兒，從小寄養在舅母里德太太家。由於在這裏備受虐待，年幼的簡·愛萌發了反抗的意識。在勞渥德學校的8年裏，她遭受了非人的待遇，對此她採取的對策是「狠狠地回擊」。離開學校後，她到桑菲爾德地主莊園當家庭教師。後來，她和莊園主人羅切斯特相愛了。但是婚事卻受到了挫折，簡·愛痛苦地離開了桑菲爾德區獨立謀生。當她再次見到羅切斯特的時候，發現他已經在一場大火中眼瞎肢殘。但簡·愛並沒有嫌棄他，而是毅然與他結合，獲得了自己的幸福。

**哥特小說（或傳奇）**

之所以稱「哥德式」乃因啟發故事構思的是中世紀的建築與廢墟。哥德小說通常描述城堡或寺院，這些地方建有秘密通道、隱蔽的城垛、暗設的窗戶和活板門等裝置，充滿浪漫、神秘和恐怖氣息。在H·沃波爾極為成功的小說《奧特朗托堡》的影響下，這種體裁在英國風行一時，至18世紀90年代達到頂峰。後來早期哥德小說因其聳人聽聞的情節易遭譏諷而衰落，但哥德式氣氛的佈局繼續出現在著名作家的小說裏，如勃朗特姐妹、愛倫·坡、霍桑，甚至狄更斯的《荒涼山莊》和《遠大前程》等的作品中。

小說講述的是當時流行的關於小資產階級知識女性的不幸與奮鬥的故事，但在女性個體的自我認識、自我肯定上，在追求女性的獨立和自由上，卻顯示出迥異於其他任何作品的獨特性。簡·愛是一個覺醒了的女性，她不願放棄做人的尊嚴，敢於反抗專制自私的男權社會。在里德太太家裏，她反抗的是虐待她的表哥約翰；在寄宿學校，她反抗的是那位冷酷虛偽的校長；在姑表哥聖約翰家，她反抗的則是聖約翰的自私虛偽，尤其是他落後保守的婦女觀。她逐漸長大，她的反抗也逐漸由感性到理性，體現了一個女性的思想的逐步覺醒。不但如此，她對愛情也有著獨特的理解，認為愛情的前提不是門第，不是金錢，而是人格的平等。她之所以拒絕聖約翰那種「無愛」的求婚要求，是因為她認識到這種殉道式的結合，是一種失去精神獨立的自我

→艾米莉‧勃朗特

夏洛蒂曾這樣評價她的妹妹：「在她那天真無邪的性情、質樸無華的愛好與坦白率真的態度之下，隱藏著一股魄力、一團烈火，那是足以激勵著英雄的頭腦、點燃起英雄的熱血的。」而艾米莉的《咆嘯山莊》在內容與結構方面的內向性反映出浪漫主義時期作家的顯著特點：他們越來越注重人的內在本質，因而也越來越發現每個人都有黑暗和暴力的堅固的內核。

毀滅。她與羅切斯特的愛情，則是不以貴賤貧富、不以形貌醜美為轉移，建立在平等的基礎之上的。正因為具備了這種自尊、自強、自信的力量，因此，儘管她只是一個「低微、不美、矮小」的女孩子，卻獲得了人們的尊重；儘管她社會地位低下，卻勇敢地背叛傳統，以自食其力的生活顯示女性的自我存在，從而成為女權主義文學的最強

# 希斯克利夫和撒旦

隨著浪漫主義在歐洲作家中蔓延開來，在18世紀晚期和19世紀初期開始出現一種新的英雄，即所謂的撒旦式英雄。此人物形象如從前的英雄一樣強壯而富有創造性，但同時也是黑暗和不馴的激情的造物。

艾米莉‧勃朗特將黑暗和暴力描述成人類生活中真實、積極而且不可逃避的力量，在這樣的情景中，希斯克利夫一出場就被描述成「看上去是一個反常得古怪的人物。他皮膚黝黑，臉色陰沉，像一個吉卜賽人，可不管怎樣，他的服裝舉止卻顯示出他是一個鄉紳。他鬱鬱寡歡，行為也很拘謹，但他卻相貌堂堂，且身材挺直」；而兒時的他也被作者這樣形容：「黑黝黝的，就像是從地獄裏出來似的」。直到後來，他對成為孤兒的哈里頓說：「好一個孩子，現在你是屬於我的啦！咱們倒要瞧瞧，這一株樹是不是也會長得彎彎曲曲，跟另一株樹一個模樣──假使它也長在風口裏，讓猛風來扭曲它的樹枝樹幹。」然而，希斯克利夫內心是有著別人所不能比擬的愛的激情的，在他得知卡瑟琳死後，他叫道：「你說是我害死你的──那你的陰魂纏住我不放吧！……揪住我吧！──不管顯什麼形──把我逼瘋吧！只是別把我撇在這深淵裏，叫我找不到你！上帝啊！這可是說都說不清呀！我不能丟了我的生命而活著呀！我不能丟了我的靈魂而活著呀！」

這就是艾米莉筆下的一個有力的人物，一個撒旦式的人物，正如彌爾頓（右圖）描寫其無韻史詩巨著《失樂園》中的墮落天使撒旦一樣，他們可共用來分享彌爾頓的詩句：

*……他的身軀狀貌，在群魔之中/巍然聳立，好像一座高塔/他的姿容還沒有失去原來的光輝/仍不失為一個墮落的天使長/……他的臉上刻有雷擊的傷痕/憂慮盤踞在他憔悴的兩頰上/但眉宇之間還有準備復仇的/不撓的勇氣和傲岸的神色/他的眼光兇狠，但也顯示出/熱情和憐憫的光焰，注視/他的同謀者，其實是追隨者。*

彌爾頓（John Milton，1608～1674）英國詩人，他與莎士比亞、喬叟同為英國文學界三傑。彌爾頓的史詩《失樂園》（Paradise Lost）可能是英語文學中最深刻有力的詩。最早的浪漫主義作家之一、空靈詩人威廉‧布萊克曾這樣談論彌爾頓的《失樂園》：「彌爾頓在寫天使與上帝時束手束腳，在寫魔鬼與地獄時卻自由奔放，其原因在於他是一個真正的詩人，不自覺地做了魔鬼的同黨。」浪漫派的領袖雪萊則這樣寫道：「作為一個有道德觀念的人物，彌爾頓的魔鬼遠勝於他的上帝。」

音。簡‧愛的出現，標誌著歐洲文學史上新女性的誕生。

《咆嘯山莊》是艾米莉‧勃朗特唯一的長篇小說。《咆嘯山莊》的出版並不爲當時讀者所理解，甚至她自己的姐姐夏洛蒂也無法理解艾米莉的思想，但是在後世，卻爲她贏得了不朽的名聲。較之於同時代的作品，該小說顯示了卓爾不群的特點，因而被評論家驚奇地稱之爲「一代奇書」和「文學史上的斯芬克斯之謎」。

→夏洛蒂‧勃朗特

《咆嘯山莊》通過發生在呼嘯山莊中三代人的愛與恨的故事，向人們展示了一幅畸形社會的生活畫面，勾勒了被這個畸形社會扭曲了的人性及其造成的種種可怖的事件。吉卜賽棄兒希斯克列夫被山莊老主人收養，並在朝夕相處中與山莊的小姐凱薩琳形成了一種特殊感

你以爲因爲我窮、低微、不美、矮小，我就沒有靈魂，沒有心嗎？你想錯了！－我跟你一樣有靈魂，－也完全一樣有一顆心！……我現在不是憑著習俗、常規，甚至也不是憑著肉體凡胎跟你說話，而是我的心靈在跟你的心靈說話，就好像我們都已離開人世，兩人平等的一同站在上帝跟前－因爲我們本來就是平等的！

——《簡‧愛》

情。然而凱薩琳因爲虛榮、無知和愚昧，背棄了希斯克利夫，成了畫眉田莊的女主人。在絕望中，希斯克利夫把滿腔仇恨化爲報仇雪恥的計謀和行動，最終復仇成功並自殺身亡。小說場景有時安排在烏雲密布、鬼哭狼嚎的曠野，有時又是風狂雨驟、陰森慘暗的庭院。荒原、黑暗、尖叫、屍體，加上瘋狂的感情、令人震驚的雷電和幽靈般的身影，使整部小說充滿了陰森恐怖的氣氛。

在希斯克利夫「愛——恨——復仇——毀滅——人性的復甦」的人

推薦閱讀

《簡・愛》，【英】
夏綠蒂・勃朗
特著，祝慶英
譯。

《咆嘯山莊》，
【英】艾米莉・
勃朗特著，方
平譯。

我對林敦的愛，就像林中的樹葉。我很清
楚，當冬天使樹木發生變化時，時光也會使
葉子發生變化。而我對希斯克利夫的愛，恰
似腳下恆久不變的岩石……我就是希斯克利
夫！……他並不是作為一種樂趣（我對他沒
有比對我自己更感興趣），而是作為我自身存
在我的心中。

——《咆嘯山莊》

生歷程中，一種悲劇的力量被彰顯了出來。作
者打破了流行的「紳士淑女」型的人物模式，
代之以狂野不羈的新人物。這是對維多利亞時
代價值觀念的否定。男主人翁希斯克利夫雖然
外表上有著良好的紳士風度，但其內心深處卻
燃燒著「雷電和火」一般的激情。在瘋狂地復
仇成功之後，他選擇了以死來殉情，表達了一
種生不能同衾、死也求同穴的忠貞不渝的愛的
追求。而他臨死前放棄了在下一代身上報復的
念頭，表明他的天性本來是善良的，只是由於
殘酷的現實扭曲了他的天性，迫
使他變得暴虐無情。這種嶄新的
變化——人性的復甦，使這齣具有
恐怖色彩的愛情悲劇透露出一束
令人快慰的希望之光。這種人性
的復甦是一種精神上的昇華，閃
耀著作者人道主義的理想。而希
斯克利夫與凱薩琳不為世俗所壓
服、忠貞不渝的愛情，是對他們
所處的被惡勢力所操縱的舊時代的一種頑強的反抗。儘管他們的反抗
是消極無力的，但在作家筆下，他們的愛情卻最終超脫了生死境界，
達到了靈魂的昇華。而這位才華橫溢的女作家艾米莉・勃朗特便由於
她這部唯一的作品，在英國十九世紀文壇的燦爛星群中永遠放出獨特
的、閃著異彩的光輝！

## 第三節 幽默與悲憫：狄更斯

經過了奧斯丁與勃朗特姐妹的開拓之後，英國的小說視野更加擴
大了。廣泛地關注現實，在廣闊的社會生活的天空下捕捉藝術的靈

光，探索人生的眞諦，反映資產階級的最新動態，成爲作家的普遍傾向。正是在這種背景下，狄更斯出現了，以他的創作，爲英國，乃至整個世界文學史掀起了現實主義的新高潮。

查理斯·狄更斯（1812～1870）生於英國樸資茅斯一個貧苦家庭，父親是海軍小職員。小時候狄更斯曾經在一所私立學校接受過一段時間的教育，但在他10歲時，由於父親債臺高築，全家就被迫遷入債務人監獄。爲了減輕家庭的負擔，狄更斯12歲起就開始在鞋油作坊當學徒。由於小狄更斯包裝熟練，曾被雇主放在櫥窗裏當眾表演操作，作爲廣告任人圍觀。這給狄更斯心上留下了永久的傷痕，他感到自己「成名和爲人所愛」的心願破滅了。

好在父親後來繼承了一筆遺產還清債務而出獄，使得家庭經濟狀況有所好轉，狄更斯也才有機會重新回到學校。15歲時他從威靈頓學院畢業，隨後進入一家律師行作繕寫員，經常會因爲替事務所送信和傳遞消息而出入監獄和法院。後來他又進入新聞界，成爲一名報導國會辯論的記者。狄更斯並沒有接受很多的正規教育，然而在社會這所大學校裏，他學到了很多通過正規教育永遠也無法學到的東西。1837年，《匹克威克先生外傳》的發表使他一舉成名，從此他擺脫貧困生活，專門從事寫作。

→這是R·W·布士所繪的《狄更斯的夢》。狄更斯，英國小說家，在文學史上佔有崇高地位。其所創造的人物有許多成為傳奇人物，如韋勒、希普、米考伯、岡普等。

從1844年起，狄更斯便長期僑居瑞士、法國和義大利。除了進

行文學創作之外，他還自己主
辦報紙，以宣揚他人道主義的
觀點，並扶植培養青年作家。
1870年7月9日，他因腦溢血去
世，享年58歲。在他臨死的前
一天晚上，還在創作他的最後
一篇小說。

1850年發表的《大衛‧科
波菲爾》，是一部具有強烈的自
傳色彩的小說。狄更斯借用
「小大衛自身的歷史和經驗」，

→耶誕節前夕出版的《聖誕歡歌》之頭版封面。
這部小說很快便家喻户晓，它被當時英國著名作
家薩克雷評論為「一件全國的幸事，是獻給每位
男女讀者的個人的善心」。

從很多方面回顧和總結了自己的生活道路。科波菲爾幼年喪父，母親
改嫁以後因受繼父的虐待而死去。大衛被送到寄宿學校住讀，備受摧
殘。後來他又被送到工廠當學徒，因為不堪忍受屈辱的地位，他離開
工廠到姨婆家，由姨婆撫養，學習法律，以後成了作家，和他心愛的
女友結婚。

大衛‧科波菲爾是狄更斯的全部心血澆灌出來的花朵，一朵開在
資本主義的骯髒社會裏的奇葩。不論是他孤兒時代所遭遇的種種磨難
和辛酸，還是他成年後不屈不撓的奮鬥，都和狄更斯有著驚人的相
似。在經歷了大苦大難後，這個流浪的孩子終於嘗到了人間幸福和溫
暖，這些靠的是他真誠、直率的品性，積極向上的精神，以及對人的
純潔友愛之心。這是一個小人物在資本主義社會中尋求出路的痛苦歷
程，他的身上濃縮著狄更斯一生的辛酸與悲愴，奮鬥與輝煌。在大衛
一生的悲歡離合中，狄更斯把當時的英國社會的真實面貌一層層地剖
開來，突出地表現了金錢對婚姻、家庭和社會的腐蝕作用。小說中一
系列悲劇的形成都是金錢導致的。摩德斯通覬覦豐厚財產而騙娶大衛
的母親，愛彌麗經不起金錢的誘惑而私奔，希普在金錢誘惑下一步
步墮落，還有威克菲爾一家的痛苦，海穆的絕望……這些醜劇與悲

推薦閱讀

《大衛・科波菲爾》，張谷若譯。

《雙城記》，石永禮、趙文娟譯。

劇，無一不是拜金主義的土壤上生長出來的惡果。狄更斯正是從人道主義的思想出發，暴露了金錢的罪惡，揭開了「維多利亞盛世」的美麗帷幕，從而顯現出隱藏在其後的社會真相。

《大衛・科波菲爾》不靠曲折生動的結構吸引人，也不靠跌宕起伏的情節打動人，而是以一種現實的生活氣息和抒情的敘事風格來形成其迷人的藝術魅力。這部作品吸引人的是那有血有肉的人物形象，具體生動的世態人情，以及豐富鮮活的人物性格。

如果說《大衛・科波菲爾》是通過個人的奮鬥史來反映社會現實的話，那麼，到了《雙城記》中，狄更斯則是要在恢宏的社會背景中揭示個人的命運了。小說以法國革命為背景，真實地反映了革命前夕封建貴族對農民的迫害。法國貴族厄弗里蒙地侯爵兄弟恣意地蹂躪農家婦女，並殺害了她的弟弟。梅尼特醫生目睹了這一禽獸暴行，寫信向朝廷告發。不料，這封信卻落到了侯爵手裏，梅尼特醫生遭到迫害，在巴士底獄關了18年，直到法國大革命打破巴士底獄，他才重見天日。

早在創作《雙城記》之前很久，狄更斯就以一個進步作家的良知和激情，密切地關注著法國大革命。他對法國大革命的濃厚興趣發端於對當時英國潛伏著的嚴重社會危機的擔憂，這種擔憂清晰地體現在《雙城記》中。這部歷史小說的創作動機在於借古諷今，以法國大革命的歷史經驗為借鑒，給英國統治階級敲響警鐘。

小說深刻地揭露了法國大革命前深深激化了的社會矛盾，強烈地抨擊了以厄弗里蒙地侯爵兄弟為代表的封建貴族對人民犯下的滔天罪行。在憤怒的譴責聲中，狄更斯將一條真理揭示出來：人民群眾的忍耐是有限度的，在貴族階級的殘暴統治下，壓抑在法國農民心頭的憤怒，必將像火山一樣噴發出來，造就一場驚天動地的革命。小說還真

實地再現了起義人民攻擊巴士底獄等壯觀場景，表現了人民群眾的偉大力量。不過，狄更斯心頭根深蒂固的人道主義思想，使得他雖然期待革命，卻反對革命中的暴力行為。也就是說，他既反對殘酷壓迫人民的暴政，也反對革命人民反抗暴政的暴力。因此，在狄更斯筆下，革命者的形象是被扭曲的。例如德伐石的妻子狄安娜，她出生於被侮辱、被迫害的農家，對封建貴族懷著深仇大恨，在革命前，她悲慘的遭遇令人同情，她堅強的性格、卓越的才智和非凡的組織領導能力令人激賞。但當革命進一步深入時，她就成了一個冷酷、兇狠、狹隘的復仇者。尤其是當她到醫生住所搜捕路茜和小路茜時，表現得更像一

→《匹克威克先生外傳》插圖
狄更斯的親密朋友、後來的傳記作者福斯特回憶了他寫本書時的情景：「他的敏捷、銳利以及實幹能力，（他臉上）每個部位的那種渴望、不安靜、精力旺盛的樣子，看上去那麼不像一個文人或寫書的作者，卻那麼像世上的活動家和商人。」

個嗜血成性的狂人。最終，她死在自己的槍口之下。在人道主義者狄更斯筆下，整個革命被描寫成一場毀滅一切的巨大災難，它無情地懲罰罪惡的貴族階級，也盲目地殺害無辜的人們。通過對革命恐怖的極端描寫，狄更斯對心懷憤懣、希圖以暴力對抗暴政的人民群眾提出了警告，幻想為社會矛盾日益加深的英國現狀尋找一條出路。

不同於一般歷史小說的是，《雙城記》的人物和主要情節都是虛構的。狄更斯把虛構人物梅尼特醫生的經歷放在法國大革命廣闊的真實背景下，以巧妙的筆法把冤獄、愛情與復仇三個互相獨立而又互相關聯的故事交織在一起，並採取倒敘、插敘、伏筆、鋪墊等手法，造成了小說情節錯綜、頭緒紛繁而又結構嚴密、情節曲折的藝術效果，表現出了卓越非凡的藝術技巧。

**狄更斯主要作品**

●小說
《匹克威克先生外傳》
《奧列佛‧特維斯特》
《尼古拉斯‧尼克爾貝》
《老古玩店》《巴納比‧拉奇》
《聖誕歡歌》
《馬丁‧朱述爾維特》
《董貝父子》
《大衛‧科波菲爾》《荒涼山莊》《艱難時世》
《小杜麗》
《雙城記》《遠大前程》

●新聞
主辦《家常話》
《一年四季》

# 第六章
# 不朽的法蘭西 6

繆斯女神似乎格外地垂青法蘭西這片土地。在19世紀，當法蘭西的資產階級們拿起武器，在驚天動地的吶喊聲中衝向封建社會的堡壘時，法蘭西的時代歌手也接二連三地誕生了。從開拓者司湯達，到現實主義的巴爾札克，再到浪漫主義的雨果，法蘭西豐收的景象令人嫉妒。他們因法蘭西而成就，法蘭西也因他們而不朽。

## 第一節　「為20世紀而寫作」的大師：司湯達

→司湯達

　　巴黎七月革命的前夜，1828年，一位貧困的法國作家陷入了對社會、人生的深深絕望之中。他前後立下了6份遺囑，打算以自殺作為對這個世界的抗議和對自己的最後解脫。然而命運之神卻讓他活了下來。兩年後，一部震撼世界的名著就誕生在這位自殺未遂者手中，為這位作家贏得了「現代小說之父」的巨大聲譽。這部作品便是《紅與黑》，這位作家名叫司湯達。

　　司湯達（1783～1842）出生於法國格勒諾布勒城的一個資產階級家庭。他的本名叫亨利·貝爾。他早年喪母，父親是一個有錢的律師，信仰宗教，思想保守，脾氣暴躁，一心只想賺錢。這樣的家庭氛圍使思想活躍的司湯達感到分外的束縛和壓抑，因此從小就憎惡他父親。在當時轟轟烈烈的革命氛圍感染下，司湯達和當時所有的中下層階級的年輕人一樣熱血沸騰。他曾經為處死暴君路易十六而大聲歡呼，為雅各賓派激進的言論鼓掌叫好。而且他並不甘於只做一個革命

的旁觀者，而是要以自己的行動做一個革命的詮釋者。十七歲時，他便離開學校投筆從戎，三次跟隨拿破崙鐵騎的鷹徽南征北戰，橫掃歐洲各國的封建王朝。在義大利，他英勇戰鬥，大顯身手；在普魯士戰場，他出色地完成徵糧任務，博得拿破崙的讚賞；遠征莫斯科時，雖然法軍遭到了災難性的失敗，但司湯達卻在軍糧供應方面立了奇功。滑鐵盧一役的徹底失敗，使被打倒的貴族捲土重來，把法國又拉回到大革命前的黑暗年月。曾經擁護和支持拿破崙的人，這時遭到了通緝和鎮壓，從此司湯達流亡米蘭，正式開始了文字生涯。

　　儘管拿破崙失敗了，但他的革命精神卻一直留在司湯達心裏。司湯達從1816年便著手寫《拿破崙傳》，還敢於把自己寫的《義大利繪畫史》獻給被囚禁在聖赫勒拿島上的拿破崙。1821年，義大利燒炭黨人的起義遭到鎮壓，司湯達被當局視為危險分子，被迫離開米蘭回巴

→1830年的七月革命是一場資產階級反對封建復辟勢力的革命，雖然被金融資產階級掠奪了勝利果實，但這「光榮的三天」卻加快了封建勢力步入墳墓的進程，也鼓舞了文壇有志之士更大的創作熱情。同月，《紅與黑》付梓，它反映了作者對復辟王朝的憎惡、對拿破崙時代的追念以及對自由平等的追求。

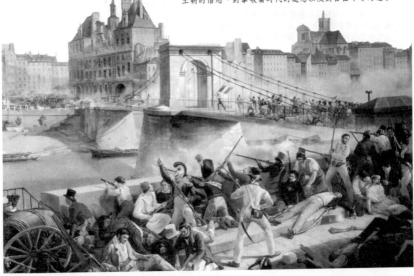

**《紅與黑》書名的由來**

《紅與黑》最初叫「于連」，但因為這個名字缺乏吸引力而被出版商建議另換一個。一次司湯達的一位朋友來看他，問及此事，這使司湯達突發奇想，拍案而起：「好啦，我們就叫它《紅與黑》吧！」朋友不解其意，司湯達解釋道：「『紅』指的是紅色軍裝，象徵拿破崙的英雄時代；『黑』意指僧袍，象徵教會勢力猖獗的封建復辟時期。《紅與黑》這一深刻的名字恰恰概括了小說所反映的時代特徵和主人翁所經歷的人生道路。」

黎。在這個萬馬齊喑的年代，他一邊寫作，一邊關注著支持各國的革命活動。他深信，貴族的統治不會長久，復辟只是貴族階級暫時的迴光返照。憑著這種直覺和信念，他思索著，他醞釀著。終於，素材來了。

1828年10月，司湯達在《司法公報》上讀到一起謀殺案的報導：格勒諾布爾神學院的青年學生昂圖瓦納在一個貴族家當家庭教師，誘姦了這家人的女兒。醜事被揭發後他遭到了神學院的開除。絕望之中，他槍殺了這家主婦然後舉槍自殺。不久，司湯達又在《羅馬漫步》上讀到另一則消息：一個叫拉法格的巴黎木匠，殺死了企圖用金錢勾引他的妻子的資產者。

→這是一幅名為《思考者的俱樂部》的諷刺畫，成因源於卡爾斯巴特會議，在這次會議上討論了一些鎮壓政策：對媒體要作有預防性的指責；對大學進行監視；設立調查委員會以防範有顛覆性的陰謀等。此圖中成員們正在思考一個非常重要的問題：到什麼時候思想才能自由？

這兩個案件使長期醞釀的司湯達靈感忽至。他敏銳地捕捉到了這兩起案件中隱藏著的亮點：偉大情感和行動能力在上流社會那裏已經丟失，卻依然完好無損地保留在下等階級中。在短短幾個月裏，他就完成了這部19世紀歐洲批判現實主義的奠基作品。

→司湯達作品《羅西尼傳》的封面。

《紅與黑》圍繞主人翁于連個人奮鬥的經歷與最終失敗，尤其是他的兩次愛情的描寫，廣泛地展現了「19世紀初30年間壓在法國人民頭上的歷屆政府所帶來的社會風氣」，強烈地抨擊了復辟王朝時期貴族的反動，教會的黑暗和資產階級新貴的卑鄙庸俗，利慾薰心。主人翁于連·索雷爾是一個木匠的兒子。他聰穎好學，從小受到啓蒙思想的影響，渴望像拿破崙那樣去奮鬥，改變自己的地位。一個偶然的機會，他被市長德·雷納請去當孩子們的家庭教師。由於和市長夫人產生了曖昧關係，他被迫離開小城，進了貝尚松神學院學習。在恩師的推薦下，他做了侯爵的秘書。憑藉著出色的才幹和謹慎的作風，他贏得了侯爵的賞識，並獲得了侯爵女兒的好感，兩人發生了關係，並使侯爵女兒懷孕。老於世故的侯爵立即將于連封爲貴族，並安排他儘早結婚。正當于連沉浸在對未來的憧憬之中時，市長夫人的一封揭發信毀掉了他的輝煌前程。在痛恨之下，他在星期天趕到教堂，向德·雷納夫人連開兩槍。事後他才知道，這封信是德·雷納夫人在他的懺悔神父的強迫下寫的。悔恨不已的于連在獄中不斷申訴，而且拒絕接待探監的小姐，而只願意和夫人相處。他最終被送上了斷頭臺，夫人也在三天後死去。

在于連短暫的一生中，充滿著善與惡、正與邪、美與醜等多方面的激烈衝突與矛盾統一。他有時像匹暴躁不安的烈馬，毫無畏懼地朝著自己的目標奔馳；有時候卻又像是一個自暴自棄的懦夫，對自己妄

推薦閱讀

《紅與黑》，聞家駟譯。

《紅與黑》，郝運譯。

《巴馬修道院》，郝運譯。

自菲薄。當他在為自己成功地進入上流社會階層而沾沾自喜時，在靈魂的深處，一種原始的純真卻譴責自己為了野心而喪失了良心。種種跡象表明，他一度曾想要改變本性，向上流社會作徹底的屈服與妥協，然而內心深處的理智卻使他浪子回頭。在監獄中，他真誠地反省了自己，為自己的過去懺悔，表明他認清了社會的本質，重返內心的自我完善。而他最後的選擇是死而不是生，更顯示出他與自己追求半生的上流社會生活決裂的勇氣和決心。總之，他是一個自尊、自愛、勇敢、真誠，而又自卑、怯懦、虛偽的矛盾的統一體。他一生都在追求，但他卻不是命運的寵兒，每一次勝利在望的時候都受到沉重的打擊。他身上體現著法國復辟時期小資產階級知識份子個人奮鬥的典型。然而他既不同於那些甘願出賣靈魂、與上流社會同流合汙者，也不同於那些碌碌無為、只求溫飽者。他屬於那種在資產階級革命思想的薰陶下，有遠大理想和抱負，不滿於現狀，要求民主平等，富於反抗精神的青年。于連的兩次愛情都在成功的邊緣功虧一簣，是因為在復辟時期，封建勢力對市民階層進行了猖狂地反撲。于連不是統治階級圈子裏的人，那個階級絕不會容忍于連那樣的人實現其宏願。他的悲劇揭示了資產階級革命的深刻影響、資產階級咄咄逼人的上升勢頭、平民階層的激烈反抗和貴族教會的腐敗統治等時代的綜合因素。于連可以說是以愛情為武器，向上層社會進攻的拿破崙。他射向德·雷納夫人的兩顆子彈就是射向整個上層社會的，他在法庭上的演說，更是向上層社會挑戰的檄文。

在1830年七月革命的前夕產生的這部作品，表現了司湯達驚人的歷史預感和敏銳的社會洞察力。曾親身經歷了三次革命，並目睹了多次政權更迭的司湯達注意到，現代工業的誕生與發展，將會給社會變革注入強大的動力。在那個風雲變幻、暗流湧動的動盪時代，舊的秩

序己被打亂，新的秩序尚未建立，法國社會期待著一場風暴來改變醜惡的現實。社會在逼迫于連這些個人為了生存、為了幸福而鬥爭的同時，也給了他們成功的機會。果然，就在《紅與黑》付梓的1830年7月，巴黎數十萬下層人民走上街頭，用浴血奮戰來追求于連要用不太光彩的手段達到的目的。《紅與黑》敢於大膽地描寫一個品德卑下、做事不擇手段，然而才能突出的主人翁，展示一種陰暗與血腥，然而充滿奮鬥精神的美，這對統治了人們幾百年的傳統審美情趣是一種顛覆性的突破。司湯達的偉大之處就在於，它不僅僅是把這種醜陋的美展示給世人看，而且還從深層次上揭示了這種醜陋的社會根源。在于連追求——幻滅——再追求——再幻滅的人生悲劇中，一種嚴密的內在邏輯性把貴族、富人、教士的腐朽墮落，與受過教育、富有才幹的下層青年對立起來，把上流社會的虛榮、謊言、保守、自私，與資產階級青年摧毀性的自信對立起來。于連的卑下、虛偽，為的是對抗整個社會的卑下、虛偽，使自己免遭傷害。總之，于連的「惡」是整個社會的「惡」的產物，于連的悲劇，是當時整個資產階級的悲劇。

司湯達從觀念學的先驅那裏，演繹發展出一種精益求精的藝術加工技藝來。它要求排除滿紙激情，然而又不切實際的空想和幻想，在對現實的真實描摹中反觀人類自身，用細節、事實來獲得一種呼之欲出的質地感。這種現實主義的追求，形成了《紅與黑》冷靜客觀地描寫人物以及如抽絲剝繭般引出內心獨白的寫作方法。現實主義作家都強調細節的真實，但與巴爾札克不一樣的是，司湯達並不致力於人物生活的客觀環境的描繪，而是盡可能地把人物的內心活動刻畫得細緻而逼真。他經常對人物的內心活動進行洋洋灑灑、不惜筆墨的描寫，對愛情心理的描寫更是絲絲入扣，動人心弦，而對人物行動、周圍環境則是惜墨如金，常常只用三言兩語就交代過去。這種方法給20世紀的作家提供了借鑒。我們從意識流作家喬伊絲、普魯斯特和60年代法國新小說派作家那裏都可見到他的影響。正是因為他在《紅與黑》中表現出的卓越的心理描寫天才，他被後代的評論家稱為「現代小說之父」。

## 第二節　民族的秘史：巴爾札克

　　1799年的5月20日，在文藝復興巨人拉伯雷的故鄉木爾城，上帝爲「美麗的法蘭西」帶來了一個忠實的書記官，他的一生注定就是爲法蘭西的歷史準備的。他以如椽的巨筆，精確地描摹出19世紀上半葉的法蘭西五彩斑斕的社會畫卷。這就是巴爾札克和他的《人間喜劇》。

　　巴爾札克（1799～1850）的父親原是個進城的農民，後來在大革命時代靠著巧妙鑽營大發橫財，成了暴發戶。他母親的生活信條是「財產於今就是一切」。巴爾札克從小就被父母所厭棄，2歲時被送到一個員警家裏寄養，8歲時又被送到當地的一所教會學校寄讀。學校的環境骯髒閉塞，教師冷漠殘酷，學習單調乏味，制度嚴格古板，天性活潑好動的巴爾札克只有靠看書來打發時光，學習成績總是處於下游。父母和老師對他都不抱任何希望，覺得他將來不會有什麼出息。整個童年時代，巴爾札克都是在這樣一種缺少關愛的冰冷世界中度過。這種心理的永恆創傷，爲他在後來的作品中大量地揭露資本主義社會的人情冷漠奠定了基調。

→巴爾札克，法國作家，被公認是最偉大的小說家之一。其畢生最重要的作品《人間喜劇》在小說史中佔有突出的地位。巴爾札克以其無盡精力，和拿破崙般的複雜性格，獨闢蹊徑，與同期之文學巨匠雨果、大仲馬等天才型人物並駕齊驅。

　　1816年，巴爾札克根據父母的旨意進入巴黎大學法律系讀書，課餘時間在律師事務所當文書。巴爾札克後來把這些事務所稱爲「巴黎最可怕的魔窟」。通過這個魔窟的視窗，他初次看到了千奇百怪的巴黎社會，豐富了生活的經驗。大學畢業後，他堅決地放棄了當時人人羨慕的律師職業，宣布要當作家。他和父母達成協定：給他兩年時間從事

文學創作，如果他成功了，就讓他當作家；如果不成功，就重操法律的舊業。兩年中，他寫了很多浪漫主義作品，但都沒引起多大迴響。然而巴爾札克不甘心就此放棄當作家的理想，父母也因此斷絕了他的經濟來源。為了生存，他曾經做過出版商，出版莫里哀和拉封丹的作品，也辦過印刷廠，但結局都是債臺高築。幾年經商下來，他欠下了高達6萬法郎的債務。飽嘗了失敗的痛苦後，他決定重返文學的家園。他在自己書房的壁爐上放了一尊拿破崙像，並在雕像的劍柄上面刻著自己的一句話：「這把長劍所沒有完成的事，我要用筆來完成。」

從1829年起，巴爾札克雄心勃勃地開始實施一個宏偉的創作計畫：寫137部小說，分風俗研究、哲理研究、分析研究三大部分，全面反映19世紀法國社會生活，為後人提供一部法國的社會風俗史。他給這一個偉大的計畫起名叫《人間喜劇》。為了完成他的曠世巨著，也為了還清他一屁股的債務，他辛勤地寫作，平常每天都要創作10多個小時，而在1834年11月間，每天甚至要寫20小時。一部作品完成了，立即開始寫第二部，而且常常好幾部同時進行。而且一旦他創作起來，又是那麼的專心專意，心無旁顧，甚至連去他的情婦那裏時，都能夠保持僧侶式的生活規律。長期的辛勞嚴重損害了巴爾札克的健康，剛過50歲，他就重病纏身了。1850年8月18日晚上11點半，巴爾札克永遠閉上了他那雙洞察一切的眼睛，結束了他辛勤勞累的一生。到他逝世時，《人間喜劇》已完成了91部小說。這些小說中最有名的就是《歐也妮·葛朗台》和《高老

→下圖是巴爾札克筆下的著名人物形象——高老頭，一個在物欲橫流的資本主義社會中被金錢毀滅了的父愛的典型形象。

頭》。

　　《歐也妮‧葛朗台》是巴爾札克「最出色的畫幅之一」。小說描寫了外省一個貪婪、吝嗇的暴發戶如何毀掉自己女兒一生的幸福。老葛朗台原來是個箍桶匠，在大革命期間，他靠著渾水摸魚、投機鑽營發了大財。他不擇手段地攫取金錢，成了百萬富翁。他雖然有錢，卻從不捨得花，家裏過著窮酸的日子，甚至連自家的樓梯壞了也不修一修。他把自己的女兒當作魚餌，誘惑那些向女兒求婚的人，自己好從中漁利。他的女兒歐也妮像隻潔白的羔羊一樣純潔，她愛上了自己的堂兄弟查理，老葛朗台卻將查理從家裏趕走，還把歐也妮關在閣樓上懲罰她，每天只讓她喝冷水，吃劣質麵包，冬天也不生火。後來，老頭在黃金崇拜的狂欲中死去。給女兒留下1800萬法郎的遺產，可女兒已失去了青春、愛情和幸福。

　　通過葛朗台這一形象，巴爾札克把資產階級罪惡、血腥的發跡史展現在人們面前，也把由金錢崇拜帶來的社會醜惡與人性淪喪展現在人們面前。葛朗台在大革命期間暴發後，利用商業投機和高利貸盤剝、公債投資、囤積居奇等罪惡手段大量地聚斂財物。這個典型的資產階級暴發戶的發跡史，每一個腳印都刻著骯髒兩個字。他的歷史說明，當時的資產階級「新貴」是依靠侵奪大革命的勝利果實和剝奪人民的財富而發家致富的。在金錢的驅動下，他表現得貪婪、狡獪、陰狠而又極其吝嗇。甚至對自己最親的家人，他也沒有任何感情可言，一切都以金錢為衡量標準。這位生前在家庭和社會生活中奴役別人的人，在精神上卻受著金錢和致富欲的奴役。巴爾札克指出了發財的欲望怎樣使葛朗台心靈空虛，禽獸的本能又怎樣在他身上蔓延並把他身上人類的感情摧殘殆盡。對金錢的貪婪吝嗇使他成了吝嗇鬼中的吝嗇鬼，他的發跡正是資產階級暴發戶的血腥罪惡史。

　　如果說《歐也妮‧葛朗台》是以簡潔的構思蘊含動人心弦的力量見長的話，那麼，在另一部巨作《高老頭》裏面，巴爾札克則通過紛

繁的頭緒表現社會各階層的現狀而更顯現實主義的功力。《高老頭》的故事發生在1819年末至1820年初的巴黎。在偏僻的伏蓋公寓，聚集著各色各樣的人物。年輕的大學生拉斯蒂涅從外省來巴黎求學，客居伏蓋公寓，和退休商人高里奧老頭為鄰。高老頭是個靠饑荒牟取暴利發家的麵粉商。他有兩個女兒，一個嫁給了雷斯托伯爵，一個成了銀行家紐沁根的太太。高老頭對兩個女兒寵愛有加，並給她們巨額陪嫁，然而兩個女兒卻將父親視為搖錢樹，像吸血鬼似的榨取父親的錢財。當高老頭被榨得一貧如洗，臥病在床時，兩個女兒卻置之不理。拉斯蒂涅守在高老頭身邊，將他埋葬。

　　高老頭是在物欲橫流的資本主義社會中被金錢毀滅了的父愛的典型形象。通過高老頭的悲劇，作者批判了建築在金錢基礎上的「父愛」和「親情」，對物欲橫流、道德淪喪的社會給予了有力地抨擊。在這個時代裏，金錢是衡量一切的標記，而親情則成了過時的宗法制殘留。高老頭就在這兩者之間輪流出演角色。在社會上，他是個順應時

→這是《歐也妮‧葛朗台》的情景繪畫，表現了老葛朗台用女兒來作誘餌，誘惑那些求婚者，以便從中漁利。

代、追逐金錢的資產者，在家庭內，他卻是個落伍於時代的父親。他對亡妻依然心存眷戀，他對女兒的溺愛更是達到了病態的、瘋狂的地步。然而，他雖然把親情擺到高於金錢的地位上，但是這種親情卻是以大量的金錢爲媒介的。這個父性的基督，最終就像野狗一樣，慘死在公寓裏，正是因爲他的金錢絕了，由金錢鋪墊的親情也隨之而絕。高老頭的慘死，正是資本主義社會金錢關係毀滅人性、敗壞良心、破壞家庭的明證，他的悲劇，是封建宗法觀念被資產階級金錢至上的道德原則戰勝的悲劇。

> **拉封丹**
>
> 拉封丹（1621～1695），法國17世紀寓言詩人。以其《寓言詩》（1668）聞名於世。《寓言詩》約有240篇，其中扮演著不同角色的普通農民、希臘神話中的英雄以及故事中常出現的動物皆具有超越時代的普遍意義。《寓言詩》內容之豐富，諷刺之尖銳，達到了驚人的地步，是當時社會各階層的鏡子，反映了時代的思想和政治問題。在法國，《寓言詩》家喻戶曉、雅俗共賞，獲得20世紀著名作家紀德、瓦萊里和季洛杜等的高度評價。

《高老頭》的另一條線索是青年野心家拉斯蒂涅的墮落史。拉斯蒂涅出生於外省破落的貴族家庭，原本是個涉世未深、未被汙染的好青年。他原打算來巴黎求學，可是剛到巴黎就掉進了社會的大染缸，產生了找女人作靠山向上爬的邪念。在他向上爬、找女人過程中，遇到兩個老師。第一個老師是他的遠房表姐，上流社會的社交皇后鮑賽昂子爵夫人。她以溫文爾雅的貴族語言教導他用不見血的合法手段「利己拜金」。第二個老師是苦役犯伏特冷，他用赤裸裸的強盜語言教導他用血淋淋的非法手段「利己拜金」。在這兩個老師的教唆下，在上流社會揮金如土、燈紅酒綠的糜爛生活的刺激下，他發現，不管是「高貴的門第」還是「膽略與智謀」，不管是「眞摯的愛情」還是「崇高的父愛」都鬥不過金錢。他的良心開始萎縮，野心開始膨脹，墮落開始加劇。他埋葬了高老頭的同時，也隨之埋葬了他作爲年輕人的最後一滴眼淚，從此他良心泯滅，欲火炎炎地投向利己拜金的賭場，由貴族青年蛻變爲資產階級野心家。《高老頭》中主要描寫了他野心家性格形成的過程，在《人間喜劇》以後的一系列作品中，他更加地一發不可收拾，靠出賣道德和良心、靠下作的手

**推薦閱讀**

《歐也妮·葛朗台》、《高老頭》，傅雷譯。

《幻滅》，傅雷譯。

《人間喜劇》，傅雷、袁樹仁等譯。

段和卑劣的行徑，竟當上了副國務秘書和貴族院議員。由貴族到資產階級是他階級屬性的改變，由純樸的外省青年變成寡廉鮮恥的野心家則是他道德品質的墮落。拉斯蒂涅的蛻變表現出貴族子弟經不起金錢的引誘，投入資產者懷抱的時代變遷。這正是貴族衰亡的一個表現和途徑。

《高老頭》是巴爾札克的典範之作，《人間喜劇》的基本主題在此得到體現，其藝術風格最能代表巴爾札克的特點。它就像《人間喜劇》的一個樞紐，開啓著通往歷史長廊的大門。在這篇小說中，作者第一次使用他創造的「人物再現法」，讓一個人物在許多部作品中連續不斷地出現。這樣的藝術手法不僅使我們得以從宏觀上看到人物性格形成的不同階段，而且也使一系列作品構成一個血肉相連、骨架完備的整體，成爲《人間喜劇》的有機部分。這扇大門一打開，一些主要人物如拉斯蒂涅、鮑賽昂子爵夫人、伏特冷紛紛登場亮相，《人間喜劇》由此拉開了序幕。

《人間喜劇》是一部人被金錢異化的「人」的悲劇史。葛朗台一生只認金錢不認人，他把愛奉獻給了金錢，把冷漠無情留給了自己，成了家中的絕對權威，也成了索莫城經濟上的主人；高老頭的女兒榨乾了父親的血汗後，踩著父親的屍體登上了巴黎社會的高層；呂西安出賣靈魂而平步青雲，大衛爲了堅守良知

→本圖描繪當時貴族舉辦沙龍的情形。

161

而鄉鐺入獄，身敗名裂……諸如此類的跡象表明，在資本的力量面前，人性遭到了前所未有的異化，倫理和道德的約束被人們忘得一乾二淨，名利成了人們的行爲準則。誰能將靈魂交出來，把金錢的上帝請進自己的身軀，誰就能成爲英雄。在藝術性的誇張中，巴爾札克把握了資本時代人性異化的本質特徵，並隱喻著人類發展中的悖論模式：人類在征服自然的艱苦鬥爭中創造物質文明，物質文明反過來又吞噬人類，使人類成爲物的奴隸；在金錢的召喚下產生的物欲，驅動著人們瘋狂地積累財富，而欲望之火又反過來將人類吞沒；歷史的進步是在創造財富的動力下取得的，而創造財富的過程則是人性失落的過程。在對人的生存與發展的現狀與歷史作了深入的思考後，巴爾札克深刻地展示了人類文明的發展過程中所要付出的異化的慘痛代價。

## 第三節　永遠的人道主義者：雨果

1885年5月22日，一位經歷過波旁王朝復辟、七月政變、霧月政變、歐洲大革命以及巴黎公社革命的法國作家，因爲患肺充血而去世，在昏迷狀態中還念叨著：「人生就是白晝與黑夜的鬥爭。」6月1日，法蘭西共和國政府爲他舉行了國葬，有兩百萬人參加了這次葬禮。這是法蘭西有史以來最爲隆重的一次葬禮。這個最高級別的葬禮獻給一位人道主義者，一位民主戰士，一位偉大的作家：他就是維克多‧雨果。

雨果於1802年出生在法國東部的貝尚松。他的父親曾隨拿破崙的大軍轉戰南北，獲得將軍頭銜，母親則是波旁王朝的忠實擁護者。由於父親常年征戰沙場，無暇顧及家庭，因此年幼的雨果在母親的影響

下，也成了保皇主義的忠實信徒。他從小崇拜法國早期浪漫主義作家夏多布里昂，立誓「要麼成為夏布多里昂，要麼一事無成」。

　　20年代法國自由主義思潮的高漲，使青年雨果的思想開始發生了轉變。他由保皇主義逐漸轉向自由主義的立場，開始攀登「光明的梯級」。1827年，他發表了韻文劇本《克倫威爾》和《<克倫威爾>序言》。劇本因故未能上演，但是「序言」卻成了法國浪漫主義戲劇運動的宣言，雨果也因此成了浪漫主義的領袖。1830年，他據序言中的理論寫成第一個浪漫主義劇本《歐那尼》，它的演出標誌著浪漫主義對古典主義的勝利。當劇本在劇院裏上演的時候，擁護古典主義和支持浪漫主義的兩派觀眾在劇院裏大打出手，史稱「歐那尼事件」。雨果以他的劇本打破了古典主義戲劇用理性壓制感情、只歌頌王公貴族的清規戒律，提出了將滑稽醜怪與崇高優美進行對照的審美原則，使愛情壓倒了理性，最終推翻了古典主義的統治地位。27歲的雨果也因此成為浪漫主義的領袖，成為法蘭西文壇上的一顆燦爛的新星。

→放逐者的懸臺
這是雨果的兒子夏爾於1853年在澤西島上為他拍攝的，雨果在鏡頭中展現了他的孤單的同時，也塑造了他的傳奇。

　　眞正奠定了雨果不朽地位的，是1831年發表的《巴黎聖母院》。這是雨果第一部大型浪漫主義小說。它以美與醜對照的原則，描繪了15世紀法國的一幅光明與黑暗鬥爭的畫面：一個貧窮妓女巴格特的私生女愛斯梅拉達從小被吉卜賽女人偷走，長大後來到巴黎賣藝。她的美貌與歌舞給勞苦大眾帶來歡樂，也激起了聖母院克羅德・孚羅洛副主教的情欲。他瘋狂地追逐愛斯梅拉達，不能如願就橫加迫害。儘管乞丐們竭力相救，愛斯梅拉達最後仍慘死在絞刑架下。凱西莫多看透了義父孚羅洛的淫邪和兇殘，將他摔死，自己抱著愛斯梅拉達的屍體殉情而死。

→雨果

　　《巴黎聖母院》無情地揭露禁欲主義思想對人的腐蝕和毒害，具有強烈的反封建、反宗教色彩。小說以孚羅洛在聖母院鐘樓上手刻的「宿命」兩字為開端，探討這痛苦的靈魂為何一定要把這個罪惡的、或悲慘的印記留在古老教堂的額角上之後才肯離開人世。孚羅洛年輕時深受宗教禁欲主義的影響，唯讀書本，不近女色。但人的天性、人的情欲是禁錮不了的，愛斯梅拉達的出現激起了他對愛情的嚮往，但這種人性的追求與根深蒂固的宗教思想產生了深刻的矛盾。正常的人類情感不能宣洩，造成了他扭曲變態的畸形戀情，由瘋狂的愛變成瘋狂的恨，同時他自己也長時間地忍受著痛苦的煎熬。他既是宗教思想的迫害狂，又是禁欲主義的犧牲品。讀者從小說的總體構思與重點著墨中都可看出

→雨果的第一部戲劇，韻文劇
《克倫威爾》，此作因其序而聞
名。

雨果的反宗教傾向。作者對孚羅洛的痛苦挖掘越深，其對宗教思想的批判就越犀利。小說揭露了宗教的虛偽，宣告禁欲主義的破產，歌頌了下層勞動人民的善良、友愛、捨己爲人，反映了雨果的人道主義思想。

1848年的歐洲大革命，徹底粉碎了雨果對君主立憲不切實際的幻想。當大多數資產階級代表人物站到了反革命方面，反動派陰謀消滅共和時，雨果卻成了堅定的共和主義者。1851年，路易‧波拿巴發動政變，雨果試圖組織抵制活動，失敗後不得不逃到比利時，從此開始了長達19年的流亡生活。苦難的流亡生涯沒能使雨果放棄他的人道主義理想。1861年6月，在大西洋上的蓋納西島流亡的雨果，完成了他又一部氣勢恢宏的巨著──《悲慘世界》。

→本圖描繪「歐那尼事件」的場面。因雨果浪漫主義劇作《歐那尼》的上演，引發了古典主義擁護者和浪漫主義擁護者之間的大打出手，甚至前來為雨果助威的巴爾札克頭上也挨了一棵白菜根。不過，演出仍以喝采聲及雷鳴般的掌聲大獲全勝。

→法國畫家E‧巴阿德為雨果《悲慘世界》作的插畫。

《悲慘世界》就像一部波瀾壯闊的英雄史詩，展示了一個勞動者坎坷、艱辛而富有傳奇色彩的一生。主人翁冉阿讓原本是個善良純樸的工人，由於失業，收入無法養家糊口，不得已打破櫥窗的玻璃偷麵包，結果被抓住並判了5年刑。由於他一再越獄，他最終在監獄中度過了19年的苦役生活。獲得假釋後他無事可做，擺在他面前的只有繼續行竊一條路。然而米里哀主教的慈善感化了他，使他決定改邪歸正。他改了名字，辦起了企業，成功後還被推為市長。但不久卻因為暴露了身分而再次被捕。他開始了新的逃亡生活。一次，他從一個壞蛋手中救出了已故女工芳汀的孤女珂賽特，帶她逃往巴黎。

　　從1793年大革命高潮的年代，到1832年的巴黎巷戰，《悲慘世界》將整整半個世紀歷史過程中，法蘭西的社會悲慘現狀一一展現了出來。黑暗的監獄，可怕的法庭，恐怖的墳場，悲慘的貧民窟，陰暗的修道院，郊區寒愴的客店，慘屬絕倫的滑鐵盧戰場，戰火紛飛的街壘，藏汙納垢的下水道⋯⋯這是一個充滿了不幸和痛苦的悲慘世界。雨果在《悲慘世界》的序言中曾經說：「只要因法律和習俗所造成的社會壓迫還存在一天，在文明鼎盛時期人為地把人間變成地獄並使人類與生俱來的幸運遭受不可避免的災禍；只要本世紀的三個問題——貧窮使男子潦倒，饑餓使婦女墮落，黑暗使兒童羸弱——還得不到解決；只要在某些地區還可能發生社會的毒害，換句話說，同時也是從更廣的意義來說，只要這世界上還有愚昧和困苦，那麼，和本書同一性質的作品都不會是無益的。」這幾句話道出了形成這個悲慘世界的根本原因：社會壓迫。冉阿讓、芳汀和珂賽特，則是這個悲慘世界的

三個典型。冉阿讓本是一個本性善良的勞動者，他被監禁19年，所犯的「罪行」只不過是偷了麵包而已。芳汀本是個天眞善良的姑娘，被貴族家的公子哥欺騙有了私生女之後，就被工廠開除，丟了飯碗。爲了活命，她流落街頭，從賣頭髮、賣牙齒，一直到賣身，最後貧病交加而死。小珂賽特在兒童時代就遭受非人的待遇。她才五歲就要辦雜事，打掃房間、院子和街道，洗杯盤碗盞，甚至搬運和她弱小的身體極不相稱的重物，而且隨時隨地都會受到主人的虐待。冉阿讓、芳汀和珂賽特，男人、女人、兒童——他們三個人代表了所有的窮人，代表了整個下層社會的悲慘世界。由他們三個人的蹤跡所展示的社會場景，就是一幅窮人受難圖。

> **夏多布里昂**
>
> 夏多布里昂（1768～1848），法國外交家和浪漫主義作家，也是法國早期浪漫主義的最早代表，對當時的青年影響至深，他所著回憶錄爲傳世之作。他一生所著以《基督教真諦》（1802）最爲後人稱頌，當時曾經獲得保皇黨和拿破崙的好評。《基督教真諦》充滿了對歷代帝王的陳跡舊習的描繪和讚頌，對中世紀衰朽事物的無限緬懷和崇拜，這反映了夏多布里昂對美的看法：恐懼、神秘和神聖。在他的影響下，復古頹廢的情調成爲早期浪漫主義文學的典型特徵。

雨果之所以描寫這個悲慘世界，根本的目的就在於要消滅這個悲慘世界。雨果是一位充滿人道主義激情的作家。他的人道主義思想，不僅是他同情勞動人民的出發點，也是他進行社會批判的一種尺度。他將階級對立視爲一種道德問題，認爲法律懲罰不能消除犯罪，只有通過饒恕來感化靈魂，才能從根本上消除社會罪惡。雨果還把人道主義的感化力量視爲改造人性與社會的手段，企圖以仁愛精神去對抗邪惡。小說中的米里哀主教是一個理想的人道主義者，在他的感化下，冉阿讓後來也幡然悔悟，最終成了大慈大悲的化身。在他們身上不僅有無窮無盡的人道主義愛心，而且他們這種愛，還能感化兇殘的匪幫，甚至統治階級的鷹犬。與此同時，作者在悲慘世界裏創建了濱海蒙特勒伊這樣一塊窮人的福地，眞正的「世外桃源」。人道主義的仁愛在小說裏就成爲了一種千靈萬驗、無堅不摧的神奇力量。法國人在紀念雨果的時候，認爲雨果的思想是法蘭西共

推薦閱讀

《巴黎聖母院》，
陳敬容譯。

《悲慘世界》，李
丹譯。

《九三年》，鄭永
慧譯。

和國的價值基礎，其實雨果對人性的追求和人道的關懷是整個現代文明的價值理念基礎。他雖然是一個法國作家，但卻有一種世界的胸懷。

在雨果的流亡期間，他曾經輕蔑地拒絕了拿破崙第三做出的大赦。他發誓，只要這個政權一天不滅亡，他就一天不回法國。1870年，法蘭西第二帝國終於倒臺。就在法蘭西第三共和共成立後的第二天，雨果結束了自己長達19年的流亡生涯，回到了闊別已久的祖國。1881年2月26日，也就是他80歲的生日那天，大約60萬仰慕者走過雨果巴黎寓所的窗前，慶祝這位民主戰士、偉大作家的壽辰。4年後的春天，他帶著一生的迷惘與痛苦、輝煌與榮耀離開了這個世界，留給世界的，是永遠挖掘不盡的人類精神寶藏。

| 雨果作品 | |
|---|---|
| 小說 | |
| 1823 | 《冰島魔王》 |
| 1829 | 《一個死囚的末日》 |
| 1831 | 《巴黎聖母院》 |
| 1834 | 《窮漢克洛德》 |
| 1862 | 《悲慘世界》 |
| 1866 | 《海上勞工》 |
| 1869 | 《笑面人》 |
| 1874 | 《九三年》 |
| 戲劇 | |
| 1827 | 《克倫威爾》 |
| 1829 | 《瑪麗蓉‧德洛麥》 |
| 1830 | 《歐那尼》 |
| 1832 | 《逍遙王》 |
| 1833 | 《呂克萊斯‧波爾吉》、《瑪麗‧都鐸爾》 |
| 1835 | 《昂傑羅》 |
| 1838 | 《呂伊‧布拉斯》 |
| 1843 | 《衛戍官》 |
| 詩集 | |
| 1822 | 《頌詩集》 |
| 1824 | 《新頌詩集》 |
| 1831 | 《秋葉集》 |
| 1835 | 《黃昏之歌》 |
| 1837 | 《心聲集》 |
| 1840 | 《光與影》 |
| 1853 | 《懲罰集》 |
| 1856 | 《靜觀集》 |

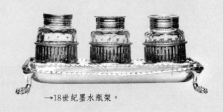

→18世紀墨水瓶架。

對苦難人們的愛活在我的心中，
情同手足，我和他們心心相印；
可是啊，怎樣捍衛窮人的權利？
怎樣幫助彷徨漂泊的人們？
用什麼語言安慰他們，使人平靜？
痛苦，貧窮，還有繁重的勞動
── 這一切問題讓我永遠憂心如焚。
　　　　　　　　　　　── 雨果

→雨果時代的法國是浪漫主義的中心，而
巴黎更是偉大的浪漫主義者聚集的地方。
圖中演奏鋼琴者為著名的鋼琴大師李斯
特，周圍是雨果（左二）、大仲馬（左
一），以及法國浪漫主義女小說家喬治‧
桑（右一）、義大利作曲家與19世紀主要
小提琴演奏大師帕格尼尼（左三）等。

# 第七章
# 俄羅斯的熹微晨光

相比起歐洲其他國家，俄羅斯文學的高潮，就像它現代化的腳步
一樣姍姍來遲。就在歐洲大多數國家已經完成了資產階級革命
的時候，這片苦難的土地卻依然在農奴制的枷鎖中掙扎；就在歐羅巴
的文學天空已經群星璀璨的時候，唯獨在這片世界最遼闊的天空裏卻
是漆黑一片。而這一切都到了要結束的時候了！在長久的沉寂中積蓄
的俄羅斯力量，最終要在19世紀匯成一曲驚天動地的壯歌，唱出俄羅
斯早晨的美麗景象！

## 第一節　俄國的太陽：普希金

→莫斯科普希金紀念像。

一切溢美之詞在這個名字前面都
顯得黯淡無光。無論是在野蠻的沙皇
時代，還是在強大的蘇聯時代，抑或
是在眼下動盪不定的俄羅斯，普希金
都是這個世界最遼闊的國度上最受愛
戴的詩人。他的作品既天真爛漫、充
滿幻想地伴隨孩童成長，又忠實誠懇
地陪著俄羅斯人度過漫長的一生。他
升起了俄羅斯文學的第一輪太陽。

1799年，「俄國文學之父」普希
金出生在莫斯科一個沒落貴族的家
庭。耽於享樂的父母對普希金關心很
少，普希金很小的時候就被交給一個
深諳民間文學的奶媽照管。這位農奴

出身的善良婦女不但用自己的乳汁哺育了普希金，而且也用民間故事和傳說的養料滋養著年少的普希金，在他幼小的靈魂深處種下了想像力和民間立場的種子。

　　在普希金12歲的時候，他被送入彼得堡近郊的貴族子弟學校皇村中學學習。在這，他受到了法國啓蒙主義思想的薰陶，並和一些十二月黨人有了接觸。衛國戰爭中俄羅斯人民的愛國熱情和隨後瀰漫全國的改革思潮，開啓了普希金的民主主義思想，使他在今後的人生中，逐步成長爲一個堅定的民主戰士。

　　從皇村中學畢業後，普希金到俄羅斯外交部任職。他參加了由十二月黨人直接領導的綠燈社，與十二月黨人建立了生死交情。在他們的愛國熱情和追求自由的熱情的鼓舞下，普希金寫下了大量反對暴政、歌頌自由的政治抒情詩，如膾炙人口的《自由頌》、《致恰達耶夫》、《致普柳斯科娃》等閃爍著浪漫主義光輝的詩篇。在《自由頌》中，普希金毫不掩飾地表達著自己對農奴制度的痛恨：

→俄國貴族在19世紀愈益歐洲化，意識形態開始認同烏托邦式的法國社會主義、浪漫主義和德國的理想主義。這幅畫表現了1830年知識份子們在聖彼德堡沙龍品茶的情景。

你專制獨裁的暴君，
我憎恨你，憎恨你的寶座！
我以嚴峻和歡樂的目光，
看待你的覆滅，你兒孫的死亡！

在《致普柳斯科娃》中，普希金則盡情地展現著自己追求自由的不屈靈魂：

我只願歌頌自由，
只向自由奉獻詩篇，
我誕生到世上，而不是為了
用羞怯的豎琴討取君王的歡心。

詩句自然、樸素，卻又充滿了火熱的激情；語言簡潔明瞭，卻又富有獨特的音韻美；既洋溢著一種「深刻而又明亮的悲哀」，又充滿了強烈的反叛精神；既體現出一種明朗的憂鬱，又透露著堅定的追求自由的信念。這些綜合的因素，形成了普希金詩歌獨特的抒情詩品質。這些詩篇就像閃電劃過黑暗如漆的俄羅斯夜空，點燃了鬱積在人民心中的反抗怒火，鼓舞人民奮起抗爭，去追求自己的幸福和自由。它們在十二月黨人和進步的貴族青年中間廣為流傳，那篇著名的《致恰達耶夫》中的詩句，甚至被刻在十二月黨人秘密的徽章後面。激進的普希金常常在公開場合抨擊農奴制，甚至公然表示：如果革命爆發，他將親自在農奴主的脖子上勒緊絞索。他的行為激怒了沙皇。亞歷山大一世曾經憤恨地說：「應該把普希金流放到西伯利亞去，他弄得俄羅斯到處都是煽動性的詩，所有的青年都在背誦這些詩。」由於一些教師的說情，普希金才免於被流放西伯利亞，而是被放逐到南俄，在這裏度過了4年的艱苦歲月。

1826年9月，雙手沾滿十二月黨人鮮血的新沙皇尼古拉一世在莫斯科召見了普希金。沙皇問普希金：「如果12月14日你在莫斯科，你

**岡察洛夫**

岡察洛夫（1812～1891），俄國小說家和遊記作家，他的作品反映了俄國的社會變革，最顯著的成就是他的三部長篇小說：《平凡的故事》、《奧勃洛莫夫》和《懸崖》，其中以《奧勃洛莫夫》為冠，主人翁奧勃洛莫夫是一個稟性寬宏但優柔寡斷的貴族青年，將自己心愛的女人輸給了講求實效而朝氣蓬勃的朋友。這個形象有著普希金筆下的奧涅金的影子，亦從此衍生出了俄國術語「奧勃洛莫夫性格」。

→普希金，俄國詩人，被評論為俄國歷史上重要的作家，如同英國的莎士比亞、義大利的但丁。他為19世紀俄國藝術和文學的繁榮創造了各種技巧和水準，並使俄國文學的語言不再局限於上流社會中。

會參加起義嗎？」普希金毫不猶豫地說：「我的朋友都參加了，我一定會參加的。」氣急敗壞的沙皇加強了對普希金的限制和監控。在半軟禁的狀態下，普希金寫出了歌頌農民起義領袖的《斯金卡·拉辛之歌》、《阿里昂》，以及聞名世界的《致西伯利亞的囚徒》等詩篇。

1829年，普希金在一次舞會上認識了美麗的岡察洛娃，經過兩年的追求，他獲得了對方家庭的許可，準備結婚。1830年秋天，普希金到波爾金諾辦理父親贈送給他的財產過戶手續，正遇上該地區霍亂流行，交通斷絕。普希金只得在波爾金諾待了3個月。不料，這3個月卻成就了文學史上有名的「波爾金諾」之秋。在這短短的3個月裏，普希金完成了包括《驛站長》等5個短篇小說在內的《別爾金小說集》，還有4個小悲劇，1部長詩，1部小說，30多首抒情詩，為普希金，乃至整個俄羅

→1815年1月8日公開學術演講會上的普希金。

## 萊蒙托夫

萊蒙托夫（1814～1841），俄國詩人及小說家，其詩人地位僅次於普希金，被視為俄國浪漫主義的先驅，散文方面則樹立了心理寫實的傳統。1837年1月，普希金在決鬥中受傷致死，萊蒙托夫寫了一首輓歌《詩人之死》，表達對已故詩人的愛戴，以及對兇手和宮廷貴族的譴責，這導致其被尼古拉一世逮捕並流放到高加索。在那裏，他以當地的主題和形象寫就俄國第一本心理寫實小說《當代英雄》。該書充滿傳奇色彩，主人翁畢巧林是一位自視為命運代理人的青年軍官。

一提到普希金的名字，就立刻會想到俄羅斯民族詩人。事實上，在我們的詩人中，沒有一個及得上他，而且沒有一個人能更適宜於被稱為民族詩人……在他身上，俄羅斯的大自然，俄羅斯的精神，俄羅斯的語言，反映得這樣的純潔，這樣的淨美，猶如凸出的光學玻璃上面所反映出來的風景。

—— 果艾理

斯文學都添上了光輝的一頁。最重要的是，他完成了他的代表作，也是俄羅斯現實主義文學的奠基之作：詩體小說《葉甫蓋尼·奧涅金》。

《葉甫蓋尼·奧涅金》的主人翁是彼得堡的一個貴族青年。當他厭倦了上流社會空虛無聊的生活的時候，他年邁的伯父正好病故。為了繼承伯父財產，他來到了風光秀美的鄉村，開始了新的生活。鄰村女地主拉林娜的女兒達吉亞娜被他不同凡響的貴族氣之所吸引，向他表白了愛情，卻遭到他的拒絕。這時，奧涅金的好友連斯基愛上達吉亞娜。奧涅金惡作劇般地向達吉亞娜獻殷勤，結果激怒了連斯基，兩人發生了決鬥。結果在決鬥中奧涅金將連斯基打死。良心受到譴責的奧涅金離開村莊四處漂泊，歷經波折後回到莫斯科，發現達吉亞娜已經成了將軍夫人。這時的奧涅金心中反倒燃起了愛情，給她寫了一封熱情洋溢的信。得到的答覆卻是：我已經嫁人了，我將對他永遠忠實。絕望的奧涅金開始了新的流浪。

奧涅金是俄國封建農奴制社會貴族青年的一種典型。他雖然受過資產階級民主思想的啓蒙，卻沒有自己明確的政治主張；他不滿於貴族社會的庸碌，但是在現實生活中又找不到別的出路；他和周圍的人格格不入，卻早已經在貴族的生活中被淘空了靈魂；他希望改變現狀，但又不可能與這個社會徹底決裂。這些綜合的因素形成了他的苦

推薦閱讀

《普希金詩選》，高莽等譯。

《葉甫根尼·奧涅金》，智量譯。

悶、彷徨、憂鬱、痛苦，以及內心深處的極端脆弱。其結果，就是面對現實無能為力，毫無作為。像他這樣徒有聰明才智、在社會中找不到自己的位置，甚至在愛情上也失敗的貴族青年，大量地充斥在俄羅斯的街頭。奧涅金是俄國文學中第一個「多餘人」的形象，開啓了俄羅斯文學的「多餘人」人物系列。在此後，不管是萊蒙托夫筆下的畢巧林，屠格涅夫筆下的羅亭，還是岡察洛夫筆下的奧勃洛莫夫，他們身上無不或多或少地有著奧涅金的影子。這一系列人物，是19世紀俄羅斯文學的獨特成就。

在俄羅斯文學史上，普希金第一個把詩的抒情性和散文的敘事性有機地結合起來，從而創造出他所說的「自由的形式」的「詩體長篇小說」。在這部巨著中，既有濃郁的抒情性，又有對人物性格的精細刻畫。這種全新的藝術形式，是普希金的獨創。作品採用四音步抑揚格十四節詩行的詩體格律，既有利於表達詩人內心豐富的情感，又體現了一種清新自然的風格，讀來奔騰起伏、自然流暢，富有音樂感，後人也因此而把這種詩節稱為「奧涅金詩節」。《葉甫蓋尼·奧涅金》真實地展現了普希金的情感、觀念和理想，是普希金最真誠的作品，是富有浪漫氣質的詩人「幻想的寵兒」。

1831年2月，普希金終於和岡察洛娃結婚了。在結婚的那天，他手中的蠟燭曾經突然熄滅。普希金嚇得臉色蒼白，他預感到自己的婚姻將會不幸。而命運也不幸地驗證了這一可怕的徵兆。當時，包括沙皇尼古拉在內的很多人都對岡察洛娃的美貌垂涎三尺。從法國逃亡來的軍官丹特士則幾次公開地追求詩人的妻子。為了捍衛家族的榮譽，為了自己不可侵犯的尊嚴，也為了妻子的名聲，忍無可忍的普希金選擇了最直接，也最殘酷的方式──決鬥。1837年2月8日，普希金在決鬥中受了重傷，兩天后便不治而亡。俄羅斯詩歌的太陽就這樣隕落了，但他反對專制、追求自由的精神卻激勵著一代又一代的俄羅斯人民。

## 第二節　含淚的微笑：果戈理

1836年春天的一個晚上，俄羅斯的彼得堡大劇院正上演一齣戲。這是個諷刺喜劇，劇本寫得很精采，演員的表演也非常出色，觀眾完全被征服了，不時爆發一陣陣歡快的笑聲和熱烈的掌聲。

→果戈理，俄國19世紀最偉大的寫實作家之一，其作品試圖揭露俄國社會中的不公平。但對大多數讀者而言，其影響尤為深遠的作品是劇本《欽差大臣》。

這時，從一個豪華包廂裏站起來一個人，他是沙皇尼古拉一世。只聽他恨恨地對身邊的王公大臣說：「這叫什麼戲！我感到它在用鞭子抽打我們的臉，其中把我抽打得最厲害。」說罷，他出了包廂，氣呼呼地回到了宮中。貴族大臣們早就感到不痛快了，戲好像專門諷刺他們似的，沙皇走了，他們一個個都溜掉了。戲還在演，觀眾還在熱烈地鼓掌和歡笑。這是部什麼樣的戲，爲什麼沙皇如此討厭他，而觀眾卻又如此地喜歡它？寫這部戲的究竟是什麼人？

這部名爲《欽差大臣》的傑作出自於俄羅斯批判現實主義文學奠基人果戈理（1809～1852）的筆下。他出生在烏克蘭波爾塔瓦省的一個地主家庭裏。從中學時代起，深受普希金詩歌和法國啓蒙學者著作影響的果戈理，就立下了要爲祖國服務、造福人民的志向。由於父親早逝，家境窘迫，他在20歲那年便離家去彼得堡謀生。幾經周折，才謀得了一份抄寫公文的工作。在飽嘗了世態炎涼和小職員度日的艱辛之後，嚴酷的社會現實使他從理想的夢幻中漸漸覺醒過來。透過京城那富麗堂皇的外表，他看清了官場的黑暗與腐敗以及普通民眾身受

的苦難和不平。

在彼得堡，果戈理有幸結識了當時著名的詩人茹可夫斯基和普希金，這對於他走上創作道路有很大的影響，特別是他與普希金的友情與交往被傳爲文壇的佳話。1831年至1832年間，年僅22歲的果戈理發表了一部以《狄康卡近鄉夜話》爲題的短篇小說集，步入文壇。這部小說集是優美的傳說、神奇的幻想和現實的素描的精美結合，以明快、活潑、清新、幽默的筆調，描繪了烏克蘭大自然的詩情畫意，謳歌了普通人民勇敢、善良和熱愛自由的性格，同時鞭撻了生活中的醜惡、自私和卑鄙。它是浪漫主義與現實主義創作相結合的產物，被普希金譽爲「極不平凡的現象」，從而奠定了果戈理在文壇的地位。

> **茹可夫斯基**
>
> 茹可夫斯基（1783～1852），俄國詩人、翻譯家，在形成俄國的詩風和詩歌語言方面是普希金最重要的前輩之一，同時他也是浪漫主義文學運動領袖Ｎ・卡拉姆津的追隨者，反對古典主義，認爲詩歌應當成爲一種感情的表達方式。茹可夫斯基在1812年曾參加過拿破崙戰爭，1815年成爲沙皇的侍從之一，後於1841年退居德國，他一生翻譯了眾多英國、德國著名作家的作品。他的4卷文集於1959～1960年出版。

1834年秋，果戈理曾在聖彼德堡大學任教職，一年多以後即棄職專門從事文學創作。在此期間，他又相繼出版了《密爾格拉德》和《小品集》（後來又稱爲《彼得堡故事》）兩部小說集。作家一改在《狄康卡近鄉夜話》中對恬靜的田園生活的迷醉之情，而將諷刺的筆觸轉向了揭露社會的醜惡、黑暗和不平，對社會底層的小人物的命運寄予了深切的同情，標誌著他的創作走上了一個新階段。特別是1837年普希金不幸逝世之後，果戈理將批判現實主義的創作方法推向了新的高度，無愧地站在普希金遺留下的位置上，共同成了俄國批判現實主義文學的奠基人。

1836年，果戈理發表了諷刺喜劇《欽差大臣》，它改變了當時俄國劇壇上充斥著從法國移植而來的思想淺薄、手法庸俗的鬧劇的局面。《欽差大臣》描繪了一幅封建農奴制度下的官場群醜圖：市長平

# 俄羅斯民間文學

俄羅斯有豐富多彩的文學傳統，而先於書面文學的民間文學曾對俄羅斯數代文壇偉人產生巨大影響，尤其是普希金，他的作品廣泛取材於充滿抒情與魅力的民間文學。另外，民間文學的題材與形象也出現在芭蕾舞劇和歌劇中。

俄羅斯民間文學中有一類重要的文體是壯士歌，是一種抑揚頓挫的長篇敘事詩。這類文體的主題大多是與1552年的喀山包圍戰有關的歷史事件，或是傳說中的英雄事蹟，如《伊里亞·穆羅梅茨》（Ilya of Murom）。現在最早的文本是由英國人詹姆斯（Richard James）於1620年根據口述記錄下來的。演唱這種作品的是到處旅行的專業藝人。而另一種與壯士歌的風格有某種聯繫的「靈修詩篇」是由四處漂泊的苦行僧吟誦的。

俄羅斯民間傳說還包括許多優美的民歌，在豐收慶典、節日、婚禮、喪葬儀式以及形式各異的迷信活動中演唱。短歌中以四行詩這種形式最為流行，這是一種要押韻的四行抒情詩。然而，俄羅斯民間傳說中最為發達的當數民間故事，亦稱民間童話。它與西歐的童話故事極為相似，只是在這之中仙女從不露面，而且它們一向是由口述的方式來傳播，內容異常豐富：食人妖魔、怪龍、神秘的火鳥（伊戈爾·斯特拉溫斯基的芭蕾創作就是因它而獲得靈感）、長相奇異的女巫、王子和公主，還有使用魔力贏得公主的愛的愚蠢的伊凡。許多俄羅斯民間故事已經編輯成書並已出版，其中足以稱道的當數阿法納西耶夫（1855～1863年編纂）和翁丘科夫（1903年編纂）所編之書。在這些書中，那些故事裏超自然的人物及超自然的情節被展示得活靈活現，巧妙生動。

→俄羅斯民間童話中關於水下王國的情形。

→這是一本帶插圖的出版於1901年的俄羅斯童話故事書，其主人翁大多為人們所知，如伊凡王子、火鳥以及灰狼等等。

→這是一幅18世紀手繪畫，圖繪半人半鳥的悲傷之神阿孔諾斯，她以其美麗的容貌和婉轉的歌聲施展魔法，或施予人們保護，或置人於死地。

→騎著灰狼的伊凡王子懷裏抱著公主，他用魔力贏得了公主的心。關於伊凡王子的故事在俄羅斯民間廣為傳頌，婦孺皆知。

時貪汙受賄，做賊心虛，成天擔心受到清算。他召集手下大大小小的官吏開會，第一句話就是：「欽差大臣要來了。」於是這些人個個心驚膽戰，因為他們平時作惡多端，唯恐被戳穿後受到處罰。這時，有個彼得堡的小官吏赫列斯達可夫路過小縣城。官僚們以為他就是欽差大臣，爭先恐後地奉迎巴結，排著隊向他行賄。市長把他請進家裏，甚至把女兒許配給他。赫列斯達可夫起初莫名其妙，後來索性假戲真唱，在猛撈了一大筆錢之後偷偷溜了，市長這才明白自己上了當，正要派人追趕赫列斯達可夫，這時真正的欽差大臣到了。官僚們聽了這個消息面面相覷，個個呆若木雞。

　　《欽差大臣》就像把鋒利的匕首一樣，一下子剖開了腐朽的封建

→果戈理出生在烏克蘭波爾塔瓦省的一個地主家庭裏，這裏大自然的詩情畫意、人民的善良樸實以及熱愛自由的性格給果戈理留下了深刻的印象，這些出現在後來他的作品《狄康卡近鄉夜話》中。下圖即為俄羅斯畫家庫茵芝所繪《烏克蘭的傍晚》。

農奴制度的乾屍，把它骯髒的實質展現在世人面前：法官收受賄賂，督學不學無術，慈善醫院的院長陰險殘忍，郵政局局長專愛偷拆別人的信件。至於那個市長，則更是幹盡了貪汙受賄、敲詐勒索的無恥勾當。果戈理用喜劇這面鏡子照出了當時社會達官顯貴們的醜惡原形，從而揭露了農奴制俄國社會的黑暗、腐朽和荒唐反動。正是因為劇本的這種批判性和顛覆性，才出現了劇院裏的那一幕。

《欽差大臣》震驚了俄國，也使果戈理感到不安。他的本意是要以「笑」達到勸善懲惡的目的，他原本是想把他所知道的「俄羅斯的全部醜惡集成一堆來同時嘲笑這一切」。因此，當俄國官僚和反動批評界猛烈攻擊《欽差大臣》的時候，果戈理的思想陷入了深深的苦悶

推薦閱讀

《果戈理選集》，滿濤、許慶道譯。

《死魂靈》，魯迅譯。

之中。他匆匆離開祖國，先後旅居德國、瑞士、法國、義大利等地，繼續他在《欽差大臣》之前就已經開始的《死魂靈》的創作。

《欽差大臣》和《死魂靈》的題材都是普希金提供給果戈理的。《死魂靈》構思於1835年，完成於1842年。這部傑作被公認為「自然派」的奠基石，「俄國文學史上無與倫比的作品。」它的問世，就像響徹長空的一聲霹靂，震撼了整個俄羅斯。

小說描寫「詭計多端」的投機家乞乞科夫為了發財致富而想出一套買空賣空、巧取豪奪的發財妙計，在Ｎ市及其周圍地主莊園賤價收購在農奴花名冊上尚未註銷的死農奴，並以移民為藉口，向國家申請無主荒地，然後再將得到的土地和死農奴名單一同抵押給政府，從中漁利。作者通過乞乞科夫遍訪各地主莊園的過程，展示了俄羅斯外省地主的肖像畫廊。通過對地主種種醜惡嘴臉的生動描寫，作者令人信服地表明，俄國農奴制已到了氣息奄奄的垂死階段，滅亡是它最後的歸宿。由於思想的局限，果戈理並未指出俄國的出路在哪裏，但《死魂靈》以俄國「病態歷史」而震撼了整個俄羅斯。它的意義和價值，就在於第一次對俄國封建農奴制度進行這樣無情地揭露和批判。因此，《死魂靈》歷來被認為是19世紀俄國批判現實主義文學的奠基作品。

《死魂靈》出版後引起了比《欽差大臣》更加激烈的鬥爭。反動文人對這部小說加以大肆的詆毀和誣衊，說「它充塞著一些不尋常的和空洞的細節……其中人物每一個都是前所未有的誇大」，因而是不能稱之為藝術的。在壓力下果戈理的思想開始動搖。再加上晚年的果戈理遠離祖國，脫離了俄國進步勢力，在他的周圍都是保守的斯拉夫派，因此他頭腦中根深蒂固的地主階級意識和宗教意識開始抬頭。在

這種矛盾的精神狀態下，果戈理構思和創作了《死魂靈》第二部，企圖讓乞乞科夫成爲改過從善的地主階級的英雄。然而這樣的形象無疑是違背現實和歷史潮流的，他一再地修改，一再地重寫，也沒有使自己滿意。1852年，果戈理在貧困、疾病和精神的折磨中去世，臨終前把全部手稿付之一炬，維護了《死魂靈》第一部的崇高聲譽。

在果戈理20年的創作生涯中，他創作了一系列佳作，極大地豐富了俄羅斯文學的寶庫，終於成爲19世紀俄國現實主義文學的一代宗師，並影響了一大批批判現實主義作家。杜斯托耶夫斯基曾坦言道：「我們所有的人都是從果戈理的《外套》中孕育出來的。」果戈理被譽爲「俄國散文之父」，而普希金是俄國文學中的詩歌之父，因此，他們兩人一向被譽爲俄國文學史上的雙璧。

## 第三節　詩的控訴書：屠格涅夫

在徒勞的掙扎中，曾經給俄羅斯大地帶來了帝國輝煌的沙皇統治，勉強地苟延殘喘到了19世紀50年代。雖然它還想和新鮮的時代氣息作一番殊死較量，但是在每個毛孔裏都充滿了腐爛氣息的農奴制的崩潰已不可挽回。苦難的俄羅斯民族到底該走向何方？這個問題像大山一樣橫亙在每一個進步知識份子的心頭。每一個有識之士都在爲民族的出路探索著，思考著。屠格涅夫的長篇小說，就是在這個時期醞釀構思和呈獻給讀者的。屠格涅夫既是這些知識份子的編年史作者，又是他們的歌手和裁判者。

→屠格涅夫，俄國小說家、詩人、劇作家。其著作一般為主題鮮明並具有承諾性的文學，所描寫的優美的愛情故事及犀利的人物心理刻畫具有普遍的感染力。

推薦閱讀

《羅亭・貴族之家》，戴驄譯。

《前夜・父與子》，巴金、麗尼譯。

1818年，屠格涅夫出生在俄羅斯中部奧略爾省的一個貴族家庭。他的父親是個性情溫和的退職軍官，母親則是個脾氣暴躁的農奴主。在他很小的時候，父親就去世了，母親的暴戾和任性都在年幼的屠格涅夫腦海裏留下了陰暗的回憶。9歲的時候，他隨全家遷居莫斯科，並於1833年考入莫斯科大學文學系。在這裏他受到了資產階級啓蒙思想的影響，對農奴制度的罪惡有了清醒地認識。

從1847年開始，屠格涅夫經常住在國外。席捲歐洲的1848年大革命在他的心裏投下了一枚重磅炸彈，激起了他革命的激情，儘管他只是革命的旁觀者，但他一直站在人民的立場為革命歡呼，為革命的

→屠格涅夫與列夫・托爾斯泰和為《現代人》雜誌撰稿的作家們在一起，前排左二為屠格涅夫，後排左一為托爾斯泰。

→19世紀俄國的教育狀況仍然十分落後，儘管政府也做出改革，但收效甚微，圖為當時俄國的鄉村課堂。

### 巴枯寧

巴枯寧（1814～1876），俄國著名的革命鼓動者，19世紀無政府主義的主要宣傳家和多產的政論作家。他曾去莫斯科參加別林斯基、屠格涅夫、赫爾岑等人的文學活動。1864年初移居義大利，提出了無政府主義的主要學說。巴枯寧的兩部主要著作《德意志專制帝國》及《國家與無政府狀態》直接反映了他與馬克思的衝突，他始終鼓吹以暴力手段推翻現有的秩序，但反對中央集權的政府和對革命領袖的服從，他的無政府主義終於成為馬克思的共產主義的對立物。巴枯寧和蒲魯東並稱為19世紀無政府主義的鼻祖，但巴枯寧始終沒有闡明一個完整的思想體系。

失敗而歎息。1850年，母親去世後，屠格涅夫繼承了巨額的財產。他立刻在自己的莊園中進行農奴制改革。1852年果戈理去世後，屠格涅夫不顧當局的嚴令禁止，發表了悼念果戈理的文章。爲此，他被逮捕並遭回原籍流放一年半。在此期間，他開始了長篇小說的創作。

　　《羅亭》是屠格涅夫的第一部長篇小說。1853至1856年的克里米亞戰爭俄國遭到慘敗，這既徹底暴露了沙皇制的無能腐敗，讓人們深刻地爲農奴制下俄國軍事和經濟的落後而感到刻骨的悲哀，又迫使人們去思考祖國的命運和前途，尋求能夠改造社會的力量並探索強國富民之路。《羅亭》就是這樣一個時代的產物。

　　小說主人翁羅亭是當時貴族青年的一個典型，他身上集中體現著40年代俄國進步貴族知識份子的優點和缺點。他受過良好教育，接受了當時哲學思想中最主要思潮的影響，有很高的美學修養；他信仰科學，關心重大社會問題，追求崇高的人生目標並有爲理想而奮鬥的決

心；他熱情洋溢，才思敏捷，口才出眾，能感染人、吸引人。然而他
徒有過人的天賦和才智，卻不會將其正確運用；他縱有先進的思想，
卻缺乏付諸鬥爭、實踐的勇氣和毅力；他想改變現實，但他的行為卻
脫離了人民，因此他一切的改革嘗試都失敗了，成為「語言的巨人和
行動的侏儒」。羅亭的不幸在於脫離人民，得不到人民的支持，因而
注定一事無成。

　　由於社會的黑暗和自身的缺點，羅亭最終不能實現自己的理想和
抱負，因此成了一個「多餘人」。在追求——幻滅的過程中，他表現
出了積極或消極的奮爭和反抗精神，體驗到了苦悶、彷徨、欲進不
能、欲罷不能的情緒。而恰恰是這種真實的精神面貌和情緒狀態，展
現出了高度的概括性和典範形，因而成了後世一筆豐厚的財產。屠格
涅夫將自己同時代許多進步知識份子如巴枯寧、赫爾岑、格拉諾夫斯
基等等的性格特徵都融合到了他的身上，展現了整個時代的追求與理
想、苦惱和迷惘。

→列賓的著名油畫《伏爾加河上的縴夫》反映了19世紀中後期俄國人民的苦難生活。

如果說在《羅亭》中，屠格涅夫是在著力表現貴族知識份子在風起雲湧的社會變革中的思想狀態的話，那麼到了60年代，在時代趨勢的要求下，他已經把自己睿智的目光轉移到了代表更決絕的鬥爭精神的平民知識份子身上。

《父與子》描寫的是父輩與子輩衝突的主題。年輕的貴族基爾沙諾夫大學畢業後，回到自己的田莊，同時帶來了自己的同學、平民出身的巴札羅夫。巴札羅夫的到來在一向平靜如水的基爾沙諾夫莊園掀起了波瀾。他冷漠的性格、粗魯的舉動和蔑視一切的思想幾乎使莊園的每一個老貴族都無法忍受。基爾沙諾夫的大伯父巴威爾‧基爾沙諾夫挑起了與巴札羅夫的

### 赫爾岑

赫爾岑（1812～1870），社會哲學家、政治評論家和回憶錄作者，19世紀俄國知識份子急進傳統的創立者之一。他提出走向社會主義的獨特的俄羅斯方式及農民民粹主義的理論。1857年，在倫敦創辦了第一個俄羅斯刊物《鐘聲》，其目的是為了引起政府和民眾關心農民的解放和俄羅斯社會的自由化。另外，赫爾岑還以散文形式創作了論述他生涯的偉大作品《往事與沉思》。

# 喬治‧桑

喬治‧桑（1804～1876），原名阿芒丁－奧羅爾－呂西爾‧杜德望，喬治‧桑是其筆名。法國浪漫主義女小說家，以她的鄉村小說和許多風流韻事而聞名。她的婚姻最初幾年比較幸福，可後來她對她那心地善良但感情有些遲鈍的丈夫感到厭倦。她先後與一個年輕的法官保持柏拉圖式的友誼，及與一個鄰居陷入熱戀，而從中得到安慰。這多少反映在她的使她聲名鵲起的小說《安蒂亞娜》中，它反映了她對那種不顧妻子的感受而將其束縛在丈夫身邊的社會傳統觀念的強烈抗議，也是為女主人翁拋棄不幸婚姻而自尊愛情之舉所作的辯護。後來，她曾與著有《卡門》的法國文學家梅里美、法國詩人兼劇作家繆塞以及波蘭作曲家蕭邦琴家蕭邦有過戀情。在此期間也激發了她的創作激情，《瓦朗丁》、《萊莉亞》、《她和他》、《一個旅行者的書信》、《馬約凱的冬天》、《莫普拉》、《里拉琴的七根弦》及《魔沼》、《棄兒弗朗索瓦》、《小法岱特》等皆為這一時期的佳作。晚年，她回到老家諾昂，成為人們眼裏的「善良的諾昂夫人」，寫出了一系列小說和劇本，比如，《我的一生》和《一位老奶奶的故事》。

自然給了我們的生命，
智慧使得生活美好。
美是最高的善；
創造美是最高級的樂趣。

決鬥，結果卻是自己受了傷。後來在一次舞會上，巴札羅夫愛上了富有的貴族遺孀奧金佐娃，卻遭到了拒絕。後來，巴札羅夫在解剖一具因為傷寒而死的屍體時，不慎割破手指，感染而死。

巴札羅夫已經不再是貴族知識份子的追隨者，而是一個全身都充滿了革命細胞的新時代主人。他充滿自信，生氣勃勃，具有銳利的批判眼光。在第一次與巴威爾的交鋒中，巴札羅夫便以他特有的簡潔、粗魯的話語進行了強有力的反擊，顯示出一種初生之犢不畏虎的可貴精神。他有著自己獨立的人格和評判事物的標準，絕不盲目地屈從於權威，體現了年青一代無所畏懼的鬥爭精神和獨立思考的處世態度。儘管他也不可避免地帶有年輕人在由稚嫩走向成熟的過程中的固有弱點——極端和偏頗，但他還是以毋庸置疑的精神優勢壓倒了對手。當然，如果這個人物僅僅停留在這個層面上的話，那他很可能又是一個羅亭。他身上已經體現出與羅亭的根本不同，那就是：他既是精神的強者，又是行動的巨人。他抨擊貴族的泛泛空談，自己首先從小事做起；他具有突出的實踐意識和良好的實踐能力，注重對自然科學的研究；他以自己的價值標準來支配自己的行動，「凡是我們認為有用的事情，我們就依據它行動」。這些特徵都把他和那些「多餘人」區別開來。

巴札羅夫代表了19世紀60年代的年輕一代——激進的平民知識份子。而巴威爾和尼古拉則代表了保守的自由主義貴族的老一代。尼古拉是一個溫和派，希望與子輩有所溝通，希望跟上這個瞬息萬變的新時代，只不過他自身的階級屬性已經決定了他不會成功。巴威爾則是一個固執的保守派，他信奉貴族自由主義，對年輕人的反叛耿耿於懷。巴札羅夫與巴威爾之間的衝突，是兩種文明、兩個階層的衝突。而最後巴札羅夫的勝出，是血氣方剛的新生代對那些躲在衰朽的農奴制的溫棚裏苟延殘喘的封建貴族的勝利。通過巴札羅夫的形象，屠格涅夫向這個時代驕傲地宣布：貴族地主階級已經沒落，徹底失去了生命力，成了社會前進的絆腳石；具有強大生命力的平民知識份子，才

是這個未來時代的主人，俄羅斯的新時代就要到來了！

　　從60年代後，屠格涅夫就長年居住在法國。這期間他認識了許多法國作家，喬治・桑、福樓拜、左拉、莫泊桑都和他交往密切。1883年8月，他因為脊椎癌而病逝於巴黎附近的巴熱瓦爾。按照他的遺囑，他的遺體被運回祖國，安葬在彼得堡沃爾科夫公墓別林斯基的墓旁。

# 第八章
## 美洲的拓荒者

美洲，那是一片肥沃而又擁有著悠久文明的熱土，在雄偉壯麗的安第斯山脈與浩淼無際的密西西比河哺育下，這裏的人民創造出了獨具特色的文化傳統。然而，瑪雅文明卻早已消蝕在歷史的霧靄裏了，新的文學命脈需要普羅米修士的火種，而這粒火種就來自金色的歐羅巴——邪惡的殖民者卻充當了一次盜火者！

所以，最早的美洲文學裏，一直閃爍的是歐洲的靈光，但是，環境在其更深刻的意義上爲這種文學注入了新的質素。正是這微不足道的新鮮質素，後來卻日見昌大，終於衍爲洪波巨浪，成爲美洲文學園地那最初的拓荒者。

## 第一節　現代主義的先驅：愛倫‧坡

→愛倫‧坡，美國詩人和作家。他是人類心靈陰暗角落的第一位偉大的開拓者，其作品展現了在人類的幽暗心靈中，脫俗之美與帶有瘋狂夢魘的潛意識交織纏繞的現象。

愛倫‧坡（1809～1849）生於波士頓一個流浪藝人的家庭。他的父親因爲難於維持家計，酒後出走，從此杳無音訊。禍不單行，在他3歲那年，母親也與世長辭。孤苦無依的愛倫‧坡由富商愛倫太太收養，從此接受了良好的教育，過上了舒適的生活。但是因爲酗酒和怠忽職守，他先後被多所學校開除，其中包括著名的西點軍校。

離開西點軍校後，愛倫‧坡開始了長期的寫作生涯，他寫過詩歌、小說，也寫過文學批評。他發現哥德式的恐怖小說很

推薦閱讀

《愛倫·坡短篇小說集》，陳良廷、徐汝椿譯。

暢銷，所以將注意力轉向了這個方面，並取得了不俗的成績。在事業走上坡路的時候，愛倫·坡的個人生活卻極為不幸。1835年，他和表妹喜結良緣，但十餘年後，心愛的妻子因病去世，他從此終日借酒澆愁，酗酒無度。1849年，愛倫·坡在巴爾的摩再次酗酒，在一次徹底的痛醉中結束了自己才華橫溢卻又短暫淒涼的一生。

愛倫·坡在1846年提出了「為藝術而藝術」的口號。他認為，文藝的任務不是反映客觀現實，也不是抒寫作家的內心世界，而是在於製造某種特殊氣氛，給人以美的享受。他把藝術看作是表現純主觀思維的過程。他的創作早期集中於詩歌，他的詩往往從懷才不遇的情緒出發，描寫古怪、奇特、病態的現象，表現出濃重的憂鬱、低沉和頹廢的色彩。

從30年代起，愛倫·坡開始寫小說，他一共創作了70個短篇，後來都收進《述異集》中。這些小說大致可以分為兩類：一類是恐怖小說，如《厄舍古屋的倒塌》、《黑貓》等；一類是推理小說，如《莫格街的謀殺案》、《金甲蟲》等。這些小說中不少是他所推崇的「哥德式小說」，它們的特點是色調陰暗，氣氛恐怖，情節荒誕，形象病態，手法特別，充滿了悲觀和神秘色彩。作品常以犯罪、死亡、頹敗和變態

→愛倫·坡的很多作品都以推理的語調來演繹哥德式的恐怖。如下圖所繪的《血色死亡的面具》即講述在遭受一場瘟疫後，貴族統治開始衰敗的故事。

→英國連環漫畫家魯賓遜為愛倫‧坡的詩歌《烏拉盧盧姆》設計的插圖。

心理為主要內容，力圖表現「邪惡本來就是人心的原始動機」這一奇特的主題。

《厄舍古屋的倒塌》就是最典型的例子。為了達到預先設置的效果，作者一開始就進行有效的鋪墊。從荒涼的垣牆，枯萎的橡樹，到陰森森的水池，以及從這些死寂的景物中散發出來的毒霧都給人一種陰暗、窒息的壓抑。而牆上彎曲的不規則的裂縫更是讓人聯想起題目中的「倒塌」一詞，作者通過這一系列獨特的布景，向人傳達一種強烈的不祥之兆。

而公館內的情景尤其讓人透不過氣來，四壁的黑幔，殘破的傢俱，這一切的一切都在向人預示著這是它的末日。公館的主人洛德瑞德是家庭的單傳，也是這個世家最後一位成員。這種孤獨本身已給人濃厚的衰亡感，而他們世代相傳的病症更是剝奪了他最後起死回生的希望。

這篇小說主要是為了營造一種恐怖的效果，因此小說所有的構成因素如時間、地點、人物、情節、氣氛和筆調都圍繞著這種目的而發揮著自己的作用。通過一系列的烘托和鋪墊，小說最後進入了高潮──瑪德玲在極為恐怖的氣氛中死而復活，公館轟地倒塌，這就造成了作者所要達到的異乎尋常的恐怖氣氛。

推理小說也是愛倫‧坡小說中的重要組成部分，但和恐怖小說一意宣揚恐怖心理不同的是，在推理小說中，他虛構了一個業餘偵探杜賓的形象，讓主人翁運用嚴謹的邏輯，設身處地地進行犯罪推理，使罪犯不得不承認自己犯罪的事實，然後再口若懸河地解釋犯人犯罪的全部過程。這種敘述方式基本上形成了後來一百多年偵探小說的模

式，從這個意義上，愛倫・坡可以說是現代偵探小說的鼻祖。

愛倫・坡刻意地遵循著自己的寫作原則進行創作，同時公開宣稱自己的寫作原則是把「滑稽提高到荒誕，把害怕發展到恐懼，把機智誇大為嘲弄，把奇特變成怪異和神秘」。他的創作理論和實踐，是西方現代主義的先聲，對西方現代派的詩歌和現代派小說的發展產生了深遠的影響。

## 第二節　心理羅曼史：霍桑

霍桑（1804～1864）生於美國東部新英格蘭一個以航海為業的家庭。還在他少年時候，父親就去世了，一家人過著拮据的生活，在他外祖父的資助下，他進入了大學學習。畢業後，他決心從事文學事業。

然而霍桑的文學之路並不平坦，在他38歲的時候，霍桑以健壯的體格、瀟灑的儀表，贏得了蘇菲婭・庇包狄的青睞，他們組成了一個

→這是一幅1864年的作品，是當時著名的想像畫。圖中均為著名的美國文學家，中間蹺腿坐著的是美國首位文學家華盛頓・歐文，其餘從左至右分別是塔克曼、霍姆斯、西姆斯、哈勒、霍桑、朗費羅、威利斯、普萊斯考特、保爾丁、愛默生、布賴恩特、甘乃迪、庫柏、班克羅特。

幸福的小家庭。在謀求種種職業都失敗了後，霍桑陷入了生活的重壓之中。在最困難的時候，他的妻子開導他、鼓勵他潛心寫作，而朋友們經濟上的幫助，出版商的合作，終於使他能夠信心百倍地寫完他的成名之作《紅字》。作品的發表，為他贏得了空前的聲譽，也奠定了他在文壇中的地位。1860年他回到美國後，在進行另一個長篇的寫作時突然去世。《紅字》以發生在新英格蘭殖民地時期的一個愛情悲劇為素材，通過海斯特·白蘭和狄姆斯台爾之間的情愛關係，探討了一個深刻而現實的問題：他們所做的一切，究竟是不是犯罪？我們應該如何對待他們的行為？

→霍桑，美國作家，作品種類涉及小說、短篇故事和雜文等。其經典之作《紅字》為他奠定了19世紀美國本土小說家的領導地位。

　　小說的女主人翁海斯特·白蘭無論外表還是內心，都不像是一個罪犯，而更像是一個聖者。她五官端正，面貌姣好，儀態萬方。因為不合理的婚姻制度，她嫁給了一個年老、陰沉、畸形的人，因而無法感受到愛情或者情愛。對於自己的感受，她也從不隱瞞，她積極地為自己尋找新的真正的目標。就這樣，青年牧師狄姆斯台爾走進了她的世界，他們終於走到了一起，並且生下了私生女珠兒。但從此以後，她不得不面對來自夫權、教權和政權的重重壓力，不得不忍受來自世俗的輕蔑侮辱和孤立包圍。但她並沒有屈服，更沒有退縮。她只是以自己的目光和心靈法則來判斷這世間的一切並決定自己的行動，她主

推薦閱讀

《紅字》，
侍桁譯。

動邀狄姆斯台爾一起逃走，但狄姆斯台爾卻無法承受這種犯罪的壓力，倒在地上溘然長逝，她獨自承擔了所有的一切。

海斯特·白蘭從不以怨報德，對每一個人都樂善好施，純潔無瑕，以致人們都不相信她胸前佩戴的紅字「A」是「通姦」的意思，他們把這個「A」字解釋爲能幹。作者在這裏大膽地讚美了海斯特·白蘭寶石一樣的品質和水晶一樣的心靈。

小說中的另一個人物狄姆斯台爾是作爲海斯特·白蘭的陪襯而塑造的。他長於辭令，富於宗教熱情，英俊瀟灑，但性格軟弱，不能承受精神上的打擊和恐嚇。他在當地教區是一位受人尊敬的牧師，他有著強大的自制能力，可是仍不能遏止對海斯特·白蘭的愛情。他們有了關係後，海斯特·白蘭被人們公開懲罰，而狄姆斯台爾則因爲隱瞞自己的過錯而受到良心上強烈的譴責。他經常對自己的過錯進行反省，更爲自己不能承認自己犯罪的事實而焦灼不安。在這樣長期的折磨中，他終於提前走到了人生的盡頭，在臨死前袒露了自己和海斯特·白蘭之間的愛情。

作者通過兩位主人翁之間痛苦的愛情悲劇，滿懷同情地控訴了宗教法律殘酷無情地扼殺了人性中與生俱來的愛情，並危害了人性中的善良。宗教的清規戒律使得美麗善良的海斯特·白蘭不得不面對醜惡和羞辱之間的艱難選擇，也使青年牧師狄姆斯台爾一生都背上了沉重的道德十字架：在雙重壓力下，他過早地失去了自己的生命和美好的年華。作品以震撼人心的力量披露了殖民地政教合一統治的荒謬性和殘酷性，作者對兩位主人翁之間痛苦的愛情悲劇的描寫充滿了浪漫主義的色彩，以詩一樣的筆調讚揚了人性的美好，品德的高尚與心靈的純潔。主人翁的人性美像一道閃電劈開了世界的黑暗。作品最後說道：「一片黑地上，刻著血紅的A字。」這是對人性之美的希冀和憧

憬，顯示了作者美好而博大的胸襟和善良的願望。

在藝術成就方面，《紅字》是一部寓意深刻、耐人尋味的浪漫主義傑作，在人物心理刻畫和分析方面獲得了獨特的成就。這部作品眞正打動讀者的不是生動的細節描寫，也不是緊張的故事情節，而是作品裏發自內心的呼喊式的心理獨白。這是故事中主人翁的呼喊，也是作者的呼喊，更是當時善良的人們共同的呼喊。

作品在思想和藝術上也存在著一些不足。作者意在控訴宗教對人性的傷害，卻又流露出濃厚的宗教意識；在心理分析和象徵手法的運用上又不時表現出悲觀和神秘的灰暗色彩。但從整體上看，《紅字》作爲當時名噪一時的佳作，它在揭示人物心理衝突，探索潛伏在事物背後的隱秘的意義方面，做出了光輝的典範，因此人們稱他的小說爲「心靈的羅曼史」。作爲心理分析小說的開山之作，《紅字》在小說史上的地位是不容忽視的。

## 第三節　帶電的肉體：惠特曼

眞正的美國詩歌是從一個偉大的詩人開始的，這位詩人就是沃爾特・惠特曼（1819～1892）。

惠特曼出生在一個海邊的小村莊，小時候家境貧寒，只上了5年學，但已經飽嘗了生活的酸甜苦辣。而此後的人生道路更爲艱難——他當過信差，當過排字員，在艱難的生活中不斷地學習，積累了豐富的知識；他任過鄉村教師，和孩子們建立起了深厚的感情；他還當過編輯，對文學產生了強烈的興趣。

1841年以後，惠特曼開始在事業上取得了驕人的成就。他成了一家大報的主筆，他不斷撰寫反對奴隸制的文章，在政治上爲南北戰爭創造了良好的輿論氣氛。當西歐革命的消息傳來後，他寫了不少詩歌謳歌革命，表達自己的激動和熱情。1850年後，他離開了新聞界，在從事木匠和建築師這些職業的同時，創作了他的詩集《草葉集》。這

爲他成爲美國乃至世界的著名詩人打下了基礎。南北戰爭後，他寫了大量詩篇來讚美北方的奴隸解放措施，對林肯慘遭暗殺寫下了沉痛而充滿鬥志的詩《哦，船長，我的船長！》，在當時引起了強烈的迴響。

由於一生都過著顛沛流離的生活，再加上在南北戰爭中勞累過度，1892年，惠特曼因病辭世，享年73歲。

《草葉集》最後出版時共收錄了惠特曼的383首詩歌。詩人自己曾說過，全集最核心的內

→惠特曼，美國詩人，代表作為《草葉集》。

容就是「民主」。是的，謳歌民主和自由是《草葉集》的主要內容，而作者將詩集命名爲「草葉」，是有深刻寓意的。在其中最長的詩《自己之歌》的第六節，一個孩子問道：

草是什麼呢？

詩人從幾個方面作了回答。首先，草代表理想和希望：

我猜想它必是我的意向的旗幟，由代表希望的碧綠色物質所織成。

其次，它在各族人民中間同樣生長：

在寬廣的地方和狹窄的地方都一樣發芽。

在黑人和白人中都一樣生長。

最後，它還象徵著發展，象徵著發展中的美國和全人類：

推薦閱讀

《草葉集》，
楚圖南、李
野光譯。

**惠特曼詩歌技巧**

惠特曼可被視為美國文學無韻詩之父，他很少使用押韻。其中他的一首歌頌林肯的詩歌《哦，船長，我的船長！》中，他在歌劇的宣敘部、英文聖經、莎士比亞及希臘和拉丁演講術的翻譯材料中找到適合其詩歌內容的形式典範，同時漫無邊際地從其他語言中，尤其是法語中自由地尋找習慣片語詞彙、選定的單詞。其詩一般使用口語形式，在韻律和音調方面從慷慨激昂的演講到模仿鳥喉的詠歎調，都有很大變化。

一切都向前和向外發展，沒有什麼東西會消滅。

在惠特曼看來，「草葉」是最普通，也最富於生命力的東西，是普通人的象徵，是發展中美國的象徵，是他心目中民主和自由的理想和希望。《草葉集》中所有的詩的主題，就是通過一個普通美國人的生活、情感、思想，來表現他的國家和他的時代的普通人。這個普通人就是作品中看不見而又無處不在的「我」。

在惠特曼的筆下，出現最多的是普通的勞動人民，詩人對他們的純樸、強壯、沉靜和漂亮都進行了毫無保留的讚揚。因為勞動人民總是和自然緊緊聯繫在一起，所以惠特曼詩歌中對大自然也就充滿了熱烈的讚美和奔放的激情。詩人熱情洋溢地歌頌美國壯麗的山河，美麗的草原，靜靜的田野，奔騰的大海。在作者樂觀的筆下，祖國的一切都是那樣美好，那樣可愛，從而激發人民不由自主的愛國情感。

《草葉集》的思想和內容都離不開民主和自由，而它給讀者的印象也是民主和自由的化身。具體來說，詩集中的民主精神首先表現在廢除農奴制的立場上。詩人順應歷史潮流，堅決參加廢奴運動，用火一樣的詩歌點燃了廢奴運動的熱情。詩集的民主精神還表現在詩人對勞動人民的熱愛和同情之中。在他的詩集中，趕車人、船夫、屠夫、鐵匠、黑人、木匠、紡紗女、排字員、築路者等等，無一不是健康而壯美的。這種健康和壯美也就是作者心中的民

主觀念在他們身上的具體體現。也正是這種民主精神，詩人一再宣揚「人類之愛」，並以樂觀主義的筆調描寫大自然，意氣風發地歌唱人，歌唱人生，歌唱人的世界。

惠特曼的詩歌衝破了英國文學的影響，以其廣闊的現實主義畫面，濃重的浪漫主義筆調，用一種健康的、時代迫切需要的資本主義民主開創了一代詩風。他的詩沒有什麼清規戒律，顯得豪放粗獷，十分接近散文和口語形式，但卻有一股內在的激情貫穿其中。他的詩不是以形式或辭藻取勝的，他是憑藉一種對民主的渴望與呼籲來表達自己的思想。

# 第九章
# 另一抹光影

十九世紀的文學就如同一棵枝繁葉茂的大樹，由詩歌、小說、戲劇構成的樹幹，在世紀風雨的洗禮中長得勢可參天。而童話、科幻小說、通俗小說這些枝葉，則在龐大的樹幹邊上不甘寂寞地生長著，居然也蔚爲大觀。儘管在很多時候，人們提起文學的時候並不把他們當作正統，然而在人類的精神世界，他們起著同樣重要的作用。

## 第一節 灰姑娘的火柴天堂：安徒生與格林兄弟

在人類文學的大家庭裏，童話就像個臉上還掛著鼻涕的小孩，在那些由詩歌、小說、戲劇構成的大人世界面前顯得稚嫩而天眞，不受重視。然而它又是這個大家庭中最重要的一員，它啓迪著人類最初的幻想和智慧。童話值得我們給予更多的重視，這不僅因爲它的文學創

→格林兄弟常聆聽民間流傳的動人故事作爲童話創作的素材。

作價值和故事本身的可愛，而是因爲它所屬於的童年時光。它如黃金般的戒律以及愉快的記憶，伴隨每一個人的人生道路。千百年來，它一直與人類的記憶共同存在。

一、灰姑娘的溫情世界：格林兄弟與《兒童與家庭童話集》

在中外文學史上，恐怕很難再找到像格林兄弟這樣性情契合、志趣相投、攜手一輩子而共創出偉大文學事業的兄弟搭檔了。雅各‧格林與威廉‧格林分別於1785年和1786年出生於德國哈瑙一個官員家庭。從小他們就同床睡覺，同桌學習，當學生時同住一間房。從青年時代起，他們又一同開始了民間文學和童話故事的研究。1812年，兩兄弟根據口述材料改編的《格林童話》第一集出版了，這部包含了86篇童話故事的小集子，是世界上第一次對這類口頭傳述故事進行的系統彙編。在此後近二十年間，雅各通過志願者的協助，搜集19世紀當時所流傳的童話故事，然後彙整到弟弟威廉那兒，再由威廉加以系統整理和文字潤飾，使之符合當時的語言習慣，並在這過程中發展出一種「童話故事」的散文體。在兄弟兩人的通力合作下，這部小冊子內容不斷擴充，最終形成了包含211則故事的《獻給孩子和家庭的童話》。時至今日，它是除了馬丁‧路德翻譯的《聖經》

→本圖描繪灰姑娘受到繼母虐待的情形。

推薦閱讀

《格林童話全集》，魏以新譯。

《安徒生童話全集》，葉君健譯。

之外，德國發行最大的書籍，它已經成爲受到全世界人民喜愛的文學作品。

《灰姑娘》是《格林童話》中最爲出名的一篇，幾百年來一直激動著無數善良的人們。在灰姑娘很小的時候，她的媽媽就死了。在臨死之前，媽媽告訴她，一定要堅持忠實、善良。後來她父親娶了繼母，還帶來了兩個妹妹，從此她苦難的日子就開始了。她受盡了繼母和妹妹的虐待，經常偷偷跑到媽媽的墳上去哭。後來她把一根樹枝插在媽媽的墳頭，在淚水的灌溉下，這根樹枝很快長成了大樹，樹上有隻小鳥，每次都可以滿足她的一個願望。有一次國王爲王子選新娘，召開了大型的舞會，兩個妹妹都打扮得漂漂亮亮去參加，卻留下灰姑娘一個人在家裏。灰姑娘便跑到媽媽墳前，讓小鳥給了她華美的衣服，前去參加舞會，結果吸引了王子。王子想挽留灰姑娘，卻被她偷偷溜了。後來王子利用柏油黏住了灰姑娘的一隻鞋子，然後跟蹤到她家去，最終找到了灰姑娘，從此灰姑娘和王子幸福地生活在一起。而兩個惡毒的妹妹，則被小鳥啄瞎了眼睛。

這個故事雖然情節很簡單，但是其中包含著的資訊卻十分豐富。爲什麼

→這是《格林童話》之《白雪公主》封面。

灰姑娘的經歷會引起人們的強烈共鳴？那是因為，人們在灰姑娘的故事中能夠反觀自身。人們在同情灰姑娘的悲慘遭遇的同時，往往也在心中回味著自身的坎坷與挫折；人們在感歎灰姑娘得到鳥兒的幫助的時候，往往也在期待著自己生命的轉折出現；而當人們看到堅持著忠誠、善良的灰姑娘最終能夠與王子結合的時候，則更堅定了追求美好前途的信心。美妙的幻想和奇異的虛構，彷彿一泓沙漠裏的清泉，又像一場久旱後的甘霖，撫慰了在現實的泥潭中掙扎的人類的靈魂，安慰了人們在現實中傷痕累累的心靈，重新鼓舞人們對於前途和明日的嚮往，增強了人們面對困難的勇氣。

格林兄弟對民間童話的搜集整理並不像很多浪漫派一樣，是通過對童話進行大肆的刪削和篡改，來印證自己的觀點。對他們來說，在情節、精神、語言、風格的方面還童話以本來面目才是最重要的。因此，《格林童話》的每一篇都是從質樸開始，到詼諧結束，沒有人工斧鑿的痕跡。然而就在這種像流水一樣自然的敘述過程中，《格林童話》形成了一個取之不盡、用之不竭的人類靈感之源，一個人類精神的無窮寶庫。

格林兄弟還是日耳曼語言學的奠基人。1852年，兄弟兩人被任命為皇家科學院院士，提出了編纂《德文大字典》的偉大計畫。不過，這次他們沒能實現兄弟倆人的共同願望，死亡打斷了他們的合作。弟弟威廉在1759年先哥哥而去，享年73歲。五年後，雅各也離開了人世，享年78歲。為了紀念這一對偉大的兄弟，人們把他們同葬於西柏林馬太教堂墓地。

二、火柴裏的天堂：安徒生與《安徒生童話》

在丹麥，如果你不知道國王的名字，人們對你不會有任何意見；如果你不知道丹麥的乳酪，你會受到人們的指責；但如果你不知道安徒生是誰，那麼你可能會挨耳光。

1805年，安徒生出生在丹麥歐登塞的一間矮小破舊的平房裏。他

## 兒童文學

兒童文學作品有些是專為兒童創作的，有些是兒童涉獵成人文學的領域而尋獲的。最早的兒童書是問卷式練習簿的手抄本，始於15世紀中期尚未有活字排版印刷之前。甚至在活字印刷術發明之後300年，才見到純供兒童閱讀的圖書，配上生動活潑具有表達文意的插圖，很受兒童喜愛。到了19世紀則為少年讀物帶來想像、歡笑與寫實的空間。

### 起源

最早為兒童設計的一種圖書是教科書《繪本世界大觀》（Orbis sensualium pictus，1658），作者是捷克教育家與神學家誇美紐斯（Comenius），本書於1659年被譯成英文。到了1697年，在法國有一本非凡的小書出版，它就是《好久以前的故事或傳說及其寓意》，由8個故事組成，其中包括《睡美人》、《灰姑娘》、《小紅帽》、《穿長靴的貓》等孩子們喜聞樂見的故事。本書封面插圖上標有「鵝媽媽傳說」。關於此書作者一般認為是法國學士院院士佩羅（Charles Perrault）。

### 18世紀

→這是20世紀20年代所繪的極為時髦的愛麗絲形象。當優雅的白兔先生和她相遇時，被她的時尚形象驚得連扇子和手套都掉到了地上。

進入18世紀，英國的兒童讀物開始在世界範圍內領先。1744年，倫敦著名作家、印刷業者和出版商紐伯里（John Newbery）出版《為湯米小少爺和美麗的波麗小姐之教學及娛樂而作的精美袖珍書》，此書大小規格為6.5×9.5公分，配上燙金印花紙的封面。全書包含韻文體的寓言、來自「巨人剋里傑克」的書信，還有163條兒童行為規範等內容。紐伯里去世後，其後人繼續經營出版社，並推出了《鵝媽媽之歌》或名《搖藍詩》（約1780），本書雖與佩羅的書同名，卻並未收錄其書中任何故事，而是集結了52首古老童謠，並配上16首莎士比亞詩歌，封面則燙上漂亮的紐伯里式紋花燙金。這或許可以看作是「鵝媽媽」之名與古老英國童謠相連結的開始。我們現在熟知的「紐伯里獎」（Newberry Medal）即為紀念紐伯里為兒童文學的貢獻而設，它從1922年起，每年頒發一次，以獎勵前一年在美國出版的最傑出兒童圖書。

→下面的書稿為《愛麗絲夢遊仙境》的首稿，現藏於倫敦大英博物館。書中插圖及下圖均為漫畫家坦尼爾（John Tenniel）和作者在巨細靡遺的溝通配合下繪出的，作者卡羅爾認為它們即為心中所想。

→這種展示動作變化及連續的插圖書總是很流行，當你翻開書時，彷彿圖中事物從畫中游離出來，那條狗好像向你游來。

## 19世紀

19世紀初英美出版的一些新書，對突破編採造作與冷酷說教的模式有很大助益，旋即受到歡迎。稍後又出現了諸如《格林童話》和安徒生所著之《童話故事集》等童話圖書，其意在於賦予兒童活力並增益心智，但格林兄弟和安徒生的童話故事大多充滿哀傷之氣，這是工業革命和維多利亞時代初期所特有的情懷。其後出現了一系列被稱為「瞎掰、狂想」風格的兒童書籍，比如：利爾（Edward Lear）的《瞎掰集》（Book of Nonsense，1846）、卡羅爾（Lewis Carroll，本名C. L. Dodgson，數學家與牛津教師）的《愛麗絲夢遊仙境》。同時，又有一批傑出的插圖畫家如坦尼爾（John Tenniel）、格里納韋（Kate Greenaway）、考爾德科特（Randolph Caldecott）湧現出來，尤其是後者，其繪畫因背景單純又有動感，頗富現代風尚。為了表達對這位畫家的崇敬，從1938年起，每年均頒發考爾德科特獎章給前一年在美國出版的最佳兒童圖書。除此以外，當時的寫實小說也有一些被作為兒童文學的經典之作，比如美國作家阿爾柯特（L.M.Alcott）的《小婦人》、馬克·吐溫的《湯姆·索亞歷險記》和《哈克貝里·費恩歷險記》。在兒童詩方面，這一時期的代表之作是羅塞蒂（Christina Rossetti）的《歌唱》(1872)及斯蒂文森（R.L.Stevenson）的《童詩園地》(1885)，這距1789年的第一批為兒童而作的真正抒情詩集、英國著名詩人布萊克（W.Blake）的《天真之歌》的出版晚了將近百年。

## 20世紀

自20世紀初始進入了兒童文學創意的奠基、興盛期，一直以來被以讀後感方式追加的插圖，這時已成為圖書故事的部分經緯，出現了水彩圖畫、石版畫、鋼筆線畫、手工析色畫等多種創意插圖形式，而且到了二次大戰後更出現了拼貼帶圖案的紙片等各式技法。這一時期的兒童經典之作有《兔子彼得的傳說》、《千百萬隻貓》、《天鵝絨般的兔子》、《穿長靴的貓》及至1962年贏得考爾德科特獎章的《原本是老鼠》等。

就書籍題材來說，民間傳說、吹牛故事及幻想奇譚等故事在20世紀日漸盛行，知名的作品有巴里的《彼得潘》（即《小飛俠》，1904）、路易士的《獅子、巫婆和更衣室》(1950) 等奇幻故事，以及1963年獲紐伯里獎的林格倫的《及時妙方》等帶有科幻小說色彩的美國幻想故事。另外，20世紀與兒童文學相關的當代寫實主義作品及詩歌繼續發展。隨著科技的發展，現代廣播、電視以及錄音資料帶給了兒童們以更豐富的欣賞材料。

→此為安托·德·聖－埃克蘇佩里最出名的一部童話故事《小王子》中的小王子最瀟灑的形象。《小王子》講述一個飛行員與一位來自B-612號小行星的王室兒童的故事。

→俄羅斯的兒童文學作品異常豐富，其中有怪誕而恐怖的女巫Baba Yaga等為兒童所喜聞樂見的形象。而右圖中的狗熊則是俄羅斯童話故事中極受喜愛的角色。

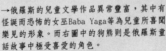

→給很小的孩子設計的書有時會在布上印刷而不是在紙上，因為布總是比紙結實。這樣的書就是所謂的布條書（Rag Books）。上圖的布條書展示的是一些日常生活中易於被兒童識別的物體。

的父親是個窮鞋匠，在他11歲的時候就早逝了，當洗衣工的母親不得不改嫁。小安徒生從小就為貧困所折磨，先後在幾家店鋪做學徒，也沒有接受過正規的教育。不過年少的他對舞臺產生了濃厚的興趣，幻想自己將來能夠成為一名歌唱家、演員或劇作家。1819年，年僅14歲的安徒生背井離鄉，隻身前往首都哥本哈根謀生、闖蕩。他先是在哥本哈根皇家劇院當了一名小配角，後來因為嗓子失潤而被解雇，他的演員夢就此破滅。不得已，他開始學習寫作，寫劇本，寫童話。

儘管安徒生童話在後世享有了至高無上的地位，然而在當時，他的作品常常是在國外享有盛譽——包括海涅、大仲馬、雨果、格林兄弟、狄更斯等大作家都毫不掩飾對他的讚譽，而在他自己的祖國，人們卻反應平淡，甚至批評不斷。30歲的時候，安徒生出版了自己的第

→這是位於美國紐約中央公園的安徒生塑像，是專為兒童樹立的地標。

這是安徒生著名的童話故事《醜小鴨》的插圖。

一本童話集《講給孩子們聽的故事集》第一部，本以為會贏得好評，但國內評論界對此卻很不以為然，甚至對於安徒生出版這樣一部作品表示「遺憾」。他們認為，安徒生在此之前發表的小說《即興詩人》剛剛為他點燃了一星希望，他原本有可能寫出一些「有價值」的東西來，沒想到他又恢復了自己的「孩子氣」，評論家們「懇求」他不要再把時間浪費在這些童話上。這些壓力並沒有使安徒生放棄，他堅持認為，童話使自己的才華「找到了一個全新的出發點」，他要把自己的天才和生命獻給「未來的一代」。而他的堅持終於得到了回報，等到他的第三本童話集出版時，他終於因為其中的《美人魚》等作品而受到普遍的矚目，乃至於人們逐漸接受了這樣的事實：每年的聖誕樹上都不能沒有安徒生的童話集。安徒生終生沒有結婚，1875年，他在哥本哈根閉上了那雙愛幻想的眼睛，留給後世的，是168篇童話故事，和一個絢爛多姿的五彩世界。

**安徒生主要作品**

●小說
《即興詩人》
《奧‧特》
《不過是個提琴手》
《兩位男爵夫人》
《生與死》
《在西班牙》
《葡萄牙之旅》

●詩歌
《垂死的小孩》

●童話
（後收入《我一生的童話》）
《賣火柴的小女孩》
《豌豆公主》
《小克勞斯和大克勞斯》
《國王的新衣》
《醜小鴨》
《美人魚》
《夜鶯》
《白雪公主》等。

　　《賣火柴的小女孩》是安徒生最富有盛名的作品，它講述了一個悲愴得令人心碎的故事：在寒冷的耶誕節夜晚，一個賣火柴的小女孩卻無法回家享受美味的晚餐和家庭的溫暖。惡毒的繼母規定她，如果不賣完火柴，她就不能回家。小女孩在風雪中瑟瑟發抖，為了取暖，她不停地劃著火柴，在微弱的火光中幻想著豐盛的聖誕晚餐，回味著在媽媽懷抱中的溫暖。第二天，當人們在街角發現她的時候，她已經在饑餓與寒冷中死去。

　　彷彿熹微的燈光穿過黑暗，彷彿燦爛的流星劃過子夜。在不知不覺中，我們的淚水已經流了下來。這個可憐的孩子，原本應該在母親

→《安徒生童話集》的封面　1895年。

的懷裏撒嬌，原本應該享受著可口的美味佳餚，然而，她卻只能任人情的嚴寒冰凍她羸弱的身軀，獨自在寒冷的冬夜用火柴溫暖自己的心。她的死讓人不禁要發問：是誰把她害死的？是饑餓？是寒冷？是黑暗？不，都不是。她的死亡，直接原因是殘忍的繼母，深層原因則是不公平的資本主義社會。看看在小女孩凍死的旁邊那燈紅酒綠的櫥窗，那奢侈豪華的聖誕物品，再看看小女孩身上的破衣爛衫，一切都不言而喻！

安徒生來自社會的最底層，他切身地感受到了社會弱肉強食、貧富不均的殘酷現實，因此，在他所創造的童話世界裏，他在那些看似「幼稚」的事物身上注入了人的思想感情，從一種新的角度來反映卑賤者的純樸天真和高貴者的可憎可厭。在《醜小鴨》、《看門人的兒子》中，他既如實地展現了窮苦人的悲慘生活，歌頌他們純潔善良的品質，又以一種富有浪漫氣息的筆調為他們營造一個火柴中的美麗天堂；而在《國王的新衣》、《豌豆公主》中，則對於國王的昏庸無能、朝臣的阿諛奉迎和貴族的無知脆弱進行了不遺餘力的揭露。安徒生童話就像是天堂裏傳來的悠遠鐘聲，為社會不公而鳴，為百姓苦難而鳴，使得傳統觀念中天真浪漫的童話成為厚重的社會價值載體，從而在幾百年後依然能夠激動人們，感動人們！

## 第二節　傳奇父子：大仲馬與小仲馬

很多時候，人們提起通俗小說難免會不屑一顧，因為與那些嚴肅、艱深的純藝術作品相比，它們似乎難登大雅之堂。然而不可否認的是，它們畢竟說出了絕大多數人的喜怒哀樂，在構造絕大多數人的精神家園方面，起著很多高雅藝術所不能替代的作用。而法國的傳奇父子大仲馬與小仲馬，無疑是通俗文學在19世紀最大的收穫。

→大仲馬
大仲馬喜歡歷史但不尊重歷史，他曾這樣調侃道：「歷史是什麼？是我掛小說的釘子。」

大仲馬（1803～1870）的經歷就和他的小說一樣具有傳奇色彩。他的父親亞歷山大·仲馬是一個伯爵和一個女黑奴所生——仲馬是這黑祖母的姓，後來成為一名法蘭西的將軍，並和一個小旅館主人的女兒生下了大仲馬。他過世的時候，大仲馬才4歲。與母親相依為命的大仲馬，到了13歲還沒念過什麼書，經常在森林裏遊蕩。他只是在一個瑞典貴族子弟朋友的引導下，才初窺文學殿堂，立志要成為一個作家。

20歲時，大仲馬拿著打彈子贏來的九十法郎，到巴黎打天下。看在已故的亞歷山大·仲馬將軍的面上，他父親的舊時戰友富華將軍，推薦他到奧爾良公爵——也就是後來的路易·菲利浦國王——府裏當文書，他才能夠勉強糊口。1823年，大仲馬與跟他一樣地位卑微的縫衣女工卡特琳娜·拉貝相愛、同居，並於次年7月生下了小仲馬。由於他們從未履行過結婚手續，因此小仲馬也沒有合法的身分，一直被人們視為私生子。

大仲馬的文學創作為他帶來了名聲和金錢，也使他逐漸看不起這位普通的縫衣女工了。他開始出入巴黎的上流社會，整日同那些貴婦

人、女演員廝混，而把卡特琳娜和小仲馬母子兩人忘得一乾二淨。1831年春天，大仲馬與一位女演員同居生下了一個女兒，這位女演員要求大仲馬通過法律形式承認女兒的合法地位。直到此時，大仲馬方才記起自己還有過一個兒子，於是他找到了已經7歲的小仲馬，通過法律形式認領了他。

1844年《基督山恩仇記》的發表使大仲馬家喻戶曉，從此聲名不墜。這部小說講述了法國革命前後的一個復仇故事。主人翁鄧蒂斯因為替那不勒斯國王穆拉特(拿破崙的妹夫)送一個包裹給拿破崙，並且受拿破崙之託，送一封密信給正在策畫起事的巴黎拿破崙黨人，不幸被人告密並被打入死牢，在監獄裏度過了14年。他的獄友在死之前給他留下了一大筆財富。在越獄成功後，他憑藉著這財富，最終報了

→在浪漫主義時期，雨果(右二)成為少數進入法蘭西學院的人士之一。阿爾弗烈德‧維尼伯爵曾被拒絕了5次，而大仲馬(左舉手者)則從未進入。

210

仇：他讓愛金錢勝於生命的銀行家鄧格拉司在金融投機中一次次蝕本，直至徹底破產；他揭發了好以其高貴身世自炫的馬瑟夫伯爵叛賣希臘總督的卑劣行徑，使之身敗名裂；他把以「鐵面無私」的執法者自居的維爾福作為殺人犯推上被告席。

> 我希望自己能像一個百萬富翁似地愛您，但是我力不從心，您希望我能像一個窮光蛋似地愛您，我卻又不是那麼一無所有。那麼讓我們大家都忘記了吧，對您來說是忘卻一個幾乎是無關緊要的名字，對我來說是忘卻一個無法實現的美夢。
>
> ——《茶花女》

透過鄧蒂斯蒙冤的故事，大仲馬把他的資產階級革命信念和反封建復辟的強烈情緒，都盡情地宣洩在其中。押運員鄧格拉司和漁民弗南告發鄧蒂斯，代理檢察官維爾福必欲置之於死地而後快，雖然有著不同的個人動機，但歸根結底還是他們在政治上都站在反動的復辟政權一邊。而受害者鄧蒂斯雖然對包裹和密信的內容一無所知，但他在感情上傾向於拿破崙是毫無疑問的。鄧蒂斯的蒙冤，像一朵跳躍在風頭浪尖的小小浪花，透過它，我們可以窺見激盪在整個復辟王朝社會

→這是大仲馬的出生地——法國維萊科特雷。

→小仲馬,法國作家,最著名的作品為《茶花女》。作家認為應在劇作中負起宣揚道德的責任,然而,這卻導致過於突顯說教目的而顯得笨拙,且缺乏幽默及詩意。他的許多劇作於19世紀後半期在法國、俄國、英格蘭及斯堪的那維亞國家廣為流傳。

的政治波濤。在鄧蒂斯的蒙冤和他最終復仇成功的漫長歷程中,大仲馬鮮明地舉起了反封建的旗幟,猛烈地抨擊了復辟勢力對反復辟人民的殘酷迫害。

與此同時,大仲馬以犀利的筆鋒勾畫了被七月王朝上流社會引為驕傲的「精英」人物的罪惡發跡史。鄧格拉司靠倒賣軍糧成為暴發戶,復辟王朝末年,他為行將垮臺的國王籌款而得寵,受封為男爵。在金融貴族掌權的七月王朝,為了探測政治風向,以利金融投機,他甚至讓妻子勾搭內政部長的秘書。弗南原本是西班牙移民,他在復辟時成為少尉,在法西戰爭時竟去對祖國人民作戰,並因幫西班牙保王黨上臺有功,升為上尉,獲得伯爵頭銜。維爾福不但一手鑄成鄧蒂斯冤案,而且在第二次復辟期間賣力地為王室效命,成為七月王朝鎮壓人民的劊子手。這些呼風喚雨的當權者,他們發跡的歷史滿紙卑汙,他們的金錢、紋章和頂冠,無不浸透著人民的鮮血。《基督山恩仇記》寫作和發表於1844～1845年,那時是七月王朝統治的後期,它敢於通過這三個反面人物的刻畫,對本朝統治階級的罪惡作這樣切中要害的針砭,應該說是難能可貴的。

當然,大仲馬的局限也清楚地體現在這部小說中。基督山伯爵聲稱:「我用兩種東西來達到我的希望——我的意志和我的金錢。」但實際上,他最終能夠復仇成功,全仗著他有一座「比金山還值錢」的

**大仲馬主要作品**

●小說
《三個火槍手》
《二十年後》
《基督山恩仇記》
《瑪戈皇后》

●戲劇
《亨利三世及其宮廷》
《安東尼》
《內斯勒塔》
《基恩》

→小仲馬的作品《茶花女》的封面。

小山。金錢在他報恩復仇的每個關鍵環節都起著決定性的作用。他剷除邪惡的動機雖然是正義的，但他使用的方法卻令人不敢苟同。當大仲馬借助金錢的力量來糾正資本主義社會的不平世道時，他就忘記了他筆下的鄧格拉司這句頗有道理的話：「要弄倒我，必須有三個政府垮臺」，而陷入了妄圖用金錢勢力反對金錢勢力、用金錢統治代替金錢統治的矛盾。這是大仲馬資產階級局限性的最主要表現，也是他沒能成為巴爾札克、雨果這樣巨匠的原因。

小仲馬從小和母親在貧困屈辱的生活環境中相依為命，原本是一個純樸的少年。但回到父親身邊之後，在父親驕奢淫逸的生活方式的影響下，涉世不深的小仲馬也開始嘗試那種追逐聲色犬馬的荒唐生活。幸好在童年的艱難歲月，他曾經從母親那裏接受過良好、正直的教育，因此他的生活雖然放蕩，良知卻尚未完全泯滅。就在大仲馬發表《基督山恩仇記》的這年9月，小仲馬與出身貧苦、被逼為娼的巴黎名妓瑪麗·杜普萊西一見鍾情。瑪麗珍重這份感情，但為了生計，仍得同闊佬們保持關係。小仲馬對此無法接受，一氣之下就寫了絕交信去出國旅行。當他3年後回國的時候，才知道瑪麗已經離開了人世，在她病重時，昔日的追求者都棄她而去，死後只有兩個人為她送葬！殘酷的現實悲劇深深地震動了小仲馬，他滿懷悔恨與思念，將自己囚禁於郊外，閉門謝客，僅用了一個月，就寫出了凝集著永恆愛情的《茶花女》。

《茶花女》是小仲馬對自己情感經歷的懺悔書。小說以女主人翁

推薦閱讀

《三個火槍手》，
李青崖譯。

《基督山伯爵》，
韓滬麟譯。

《茶花女》，王振
孫譯。

瑪格麗特・戈蒂耶的生活經歷爲主線，眞實生動地描寫了一位外表與內心都像白茶花那樣純潔美麗的少女被摧殘致死的故事。出身微寒的巴黎名妓「茶花女」瑪格麗特與稅務局長杜瓦先生的兒子阿芒相愛。阿芒的父親爲了讓阿芒離開茶花女，故意把阿芒騙走，然後謊稱他們的關係影響到了女兒的婚事，逼茶花女和阿芒斷交。爲了阿芒和他的家庭，茶花女只好做出犧牲，發誓與阿芒絕交，並回到巴黎開始了昔日的荒唐生活。心有不甘的阿芒失魂落魄地來到巴黎，找到了瑪格麗特，用難堪的語言侮辱了她。茶花女百口莫辯，一病不起。彌留之際，她不斷地呼喊著阿芒的名字。然而她始終沒有再見到她心愛的人，死後只有一個好心的鄰居米利爲她入殮。後來，阿芒從日記中了解到了茶花女的高尚心靈。他懷著無限的悔恨與惆悵，專門爲瑪格麗特遷墳安葬，並在她的墳前擺滿了白色的茶花。

《茶花女》一經出版就轟動了全國，儘管上流社會惱怒地批評這本書渲染妓女生活，「淫蕩墮落」，「低級下流」，但更多的人們則爲眞切感人的故事所征服。妓女瑪格麗特的悲慘命運，她的靈魂悲號，以及男主人翁阿芒痛徹肺腑的悔恨，都強烈地打動了讀者的心弦，令人心神飛越。《茶花女》率先把一個混跡於上流社會的風塵妓女納入文學作品描寫的中心，開創了法國文學「落難女郎」系列的先河。而它那關注情愛墮落的社會問題的題材，對19世紀後半葉歐洲寫實主義問題小說的產生，對於寫實性風俗劇的潮起，也產生了極爲深遠的影響。《茶花女》情節動人而曲折，作者巧妙地設計了一個個扣人心弦的懸念，使人不忍釋卷。作品中洋溢著的濃烈的抒情色彩和悲劇氣氛，更使得作品充滿了感人至深的藝術魅力。

《茶花女》的出版使小仲馬一舉成名，他接下來又把小說改編爲劇本。1852年，五幕劇《茶花女》上演了，演出的當天劇場爆滿，萬

人空巷。興奮不已的小仲馬立刻將這一好消息發電報告訴遠在比利時的父親，電報上寫道：「第一天上演時的盛況，足以令人誤以為是您的作品。」大仲馬的回電是：「兒子，我最好的作品正是你!」雖然小仲馬後來發表的無數優秀問題劇，如今都已經被淹沒，但這一部作品就足以使他取得和他父親一樣的名聲。

## 第三節　人類未來的預言者：凡爾納

「挽起你的弓吧，向相反的方向各射出一支羽箭。當它們在飛行中相交的時候，世界就不是原來那個樣子了！」智慧女神雅典娜這樣告訴人類。是的，當科學和藝術的羽箭從相反的方向飛越了遙遠、遼闊的時間和空間，如今果真在一點上相交的時候，科幻小說就產生了。

儒勒‧凡爾納（1828～1905）是智慧女神派到人間來預言未來的人。他出生在法國西部海港南特。呼吸著海邊新鮮的空氣，每天枕著地中海的濤聲入睡，凡爾納從小就把海洋當成了自己的生命。他的父親是位知名的大律師，一心希望子承父業。然而凡爾納的理想是升起遠航的帆，到未知的遠方去探險。在11歲時，小凡爾納就背著家人，偷偷地溜上一艘開往印度的大船當見習水手，準備開始他夢寐以求的冒險生涯。不料他的宏偉計畫被父親及時察覺，並在輪船抵達下一個港口時趕上了他。這次膽大包天的旅行換來的是嚴厲的懲罰、更為嚴格的管教，以及躺在床上流著淚發誓：「以後保證只躺在床上在幻想中旅行。」小凡爾納徹底喪失了成為冒險家的可能性，然而刻骨

→凡爾納，法國小說家，首開科幻小說之先河。

銘心的大海情結，卻促使他在長大後走上了科幻小說的道路，在自由的幻想之中實現自己年少時的夢想。

在凡爾納18歲的時候，他按照父親的意願到巴黎攻讀法律。然而血液中流淌著大海氣質的凡爾納對法律毫無興趣，卻對文學和戲劇情有獨鍾。一次，凡爾納參加了一場晚會，下樓時不小心撞在一位胖紳士身上。他忙不迭地道歉，並隨口詢問對方吃飯沒有，對方的回答是剛吃過南特炒雞蛋。年輕的凡爾納聽罷直搖頭，聲稱正宗的南特炒雞蛋在巴黎根本就沒有，因為他本人就是地道的南特人，而且對這道菜非常拿手。胖紳士聞言大喜，誠邀凡爾納登門獻藝，兩人從此結下深厚友誼。後來凡爾納才知道，這位胖紳士就是大名鼎鼎的大仲馬。在這位老前輩的鼓舞下，凡爾納決心寫地理方面題材的小說。他的第一部著作《氣球上的五星期》，連投了15家出版商都遭到了拒絕。一怒之下，凡爾納將稿子扔進火中，他的妻子急忙從爐中將稿子搶了出來，再三勸說他再試一次。結果第16家出版商接受了這部作品。賞識此書的編輯赫茨爾與凡爾納簽訂了合同，一年為他出版兩本科幻小說。

這本書的出版，成了凡爾納生命中最重要的轉捩點，他從此一發不可收拾，進入了一個高產多收的創作期。從《地

→《從地球到月球》封面 1865年
凡爾納主要寫關於海洋、山脈及山腳下的深谷等的作品，但這部著作卻表現了太空探險的情節。

心遊記》、《從地球到月球》，到《環繞月球》、《海底兩萬里》，從《神秘島》、《八十天環繞地球》到《太陽系歷險記》、《兩年假期》，他天馬行空般的思維縱橫陸地、海洋和天空，跨越時間、空間界限。隨著聲望的增高，凡爾納的財富也在迅速增

> 實在是難以形容，難以描繪的景象！啊！為什麼我們不能交換彼此所感到的印象！為什麼我們關禁在這金屬玻璃的圍區中！為什麼我們被阻止，彼此不能說話！至少，希望我們生活能跟繁殖在海水中的魚類一樣，或更進一步，能跟那些兩棲動物一樣，它們可以在長時間內，隨它們的意思，往來地上，游泳水中！
>
> ——《海底兩萬里》

長。當他有了一個兒子後，一家便由巴黎遷居到亞眠。他買了一條當時最大的遊艇，建造了一所有高塔的樓房，塔上有一間像船艙一樣的小屋。這間屋裏擺滿了書籍和地圖，他就在這間屋裏度過他一生的後40年。

　　1872年，《巴黎時報》連載了凡爾納最出名的作品《八十天環遊地球》。小說的主人翁福克與人打賭，要在80天之內環遊地球。為了贏得這次打賭，他爭分奪秒地趕路。在路上，福克經歷了許許多多的波折：他救了一個要焚身殉夫的印度寡婦，和她發生了愛情，為此幾乎耽誤了旅程；他在穿過美國大陸時，受到了來自印第安人的襲擊；而當他費盡九牛二虎之力趕到紐約時，他所要搭乘的那條駛往英國的輪船，已經遠遠地消失在天邊了。故事連載到這裏的時候，每一家橫渡大西洋的輪船公司都向凡爾納提出，只要他能安排福克先生最後乘坐他們公司的船出行，就送給他一大筆錢。凡爾納一一拒絕了這些誘惑，而讓福克自己租了一條船離開紐約。途中，這條船燃料用盡，最後全靠著燒甲板木料和艙內傢俱完成了航程。當福克先生到達位於倫敦的目的地時，離約定的限期只差幾秒鐘。就在時鐘的鐘擺擺動第六十下之前，福克先生出現在眾人面前，以沉著的聲音說：「先生們，我來到了。」故事到此結束。

　　這部異想天開的作品一經發表就轟動了法國，引得紐約和倫敦的

推薦閱讀

《凡爾納選集》。

記者每天都要用電報報告虛構的福克先生的所在地；小說曲折動人、波瀾起伏的故事情節，則使得當時許多人也在打賭福克會不會按時趕到倫敦。凡爾納曾經說過，「凡是人能夠想像到的事情，總有人最終能夠實現它。」 《八十天環遊地球》就是這樣一種積極進取的思想的產物。主人翁福克和人打賭80天環遊地球，這在當時是不可思議的事情，然而通過不懈的努力，經歷了千難萬險之後，他終於完成了宏偉的計畫。他的身上體現著19世紀「機器時代」人們征服自然、改造世界的意志和幻想，他的成功預言著人類後來的成功。就在這篇小說發表17年後，紐約一家報紙派了一名女記者奈麗‧布萊做了一次環球旅行去打破福克的紀錄，她用了73天。後來由於西伯利亞鐵路的建成——那是凡爾納在許多年前就預言過的，一個法國人環遊地球用了43天。

凡爾納是一個對未來事物的偉大設想者，幾乎沒有一樣20世紀的奇蹟沒有被這位維多利亞女王時代的人物預見到的。他在無線電發明之前就已經想到了電視，他給它起了一個名字叫「有聲傳真」；他在萊特兄弟造出飛機半個世紀之前已經設想了直升飛機。還有坦克、潛水艇、導彈、霓虹燈、登月、太空探測……毫無疑問，他是科學幻想之父。他將日後出現的奇蹟寫得那樣詳細準確，頭頭是道，以致許多學術機構也對他所說的現象進行討論，數學家們經常花幾個星期對他列舉的數字進行推算。那些後來受到他的啟發的人都樂於稱道他。海軍上將伯德在飛越北極後回來說，凡爾納是他的領路人。法國著名的利奧台元帥在一次對下議院的講話中也說：現代科學只不過是將凡爾納的預言付諸實踐的過程而已。

凡爾納的晚年過的並不是很愉快。儘管他是那個時代法國最博學的作家，然而由於他所從事的科幻寫作被學術界看不起，因而未能被推選進入法國科學院。1905年，凡爾納因糖尿病引發的綜合症去世，

巴黎的一家報紙使用了這樣兩句話來描述他的去世:「這位講故事的老人死去了。這就和飛馳而過的聖誕老人一樣。」這是對凡爾納一生的最好概括。

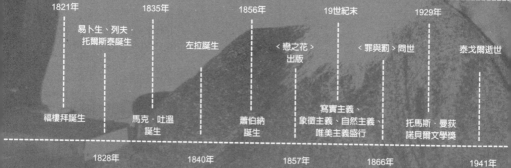

1821年
易卜生、列夫‧
托爾斯泰誕生

1835年
左拉誕生

1856年
〈戀之花〉
出版

19世紀末

1929年
〈罪與罰〉問世

泰戈爾逝世

福樓拜誕生

馬克‧吐溫
誕生

蕭伯納
誕生

寫實主義、
象徵主義、自然主義、
唯美主義盛行

托馬斯‧曼獲
諾貝爾文學獎

1828年

1840年

1857年

1866年

1941年

# 壁立千仞的大家氣象
## （19到20世紀傳統文學的發展）

# 第二編

如果說，從文藝復興開始，西方文學已經進入了暖意融融的春天，那麼，從19世紀開始，我們便不得不承認，西方文學的全面繁榮正好比那充滿了濃烈色彩的地中海之夏。在工業革命歡快的馬達聲中，西方文學以一種與資本主義的瘋狂擴張相頡頏的旺盛勢頭高歌猛進，從而開拓了一個全面輝煌的時代。正是在這個世紀，雨後春筍般的大家們爲後世奠定了文學史的基本格局，甚至規定了文學的基本面貌。我們對於文學的基本認識和概念，無疑都是從這兒來的。正是19世紀以來那一個個春雷般響亮的名字，爲我們薄薄的文學史增加了永遠無法衡量的重量。

# 第一章

# 法蘭西：全新的號角

在法蘭西的歷史上，從來沒有一個時代像19世紀這樣充滿著如此多的動盪與不安。七月革命，拿破崙戰爭，霧月政變，巴黎公社……頻繁爆發的革命和戰爭，使得整個社會瀰漫在永無休止的硝煙之中。然而，也沒有一個時代能在文學方面取得19世紀這樣輝煌的成就。由巴爾札克、雨果這些大師組成的群峰看起來已經高不可攀了，福樓拜、波特萊爾、莫泊桑等人卻依然能夠走出另一條陽光大道來。不同於那些大師的是，他們已經開始走出傳統小說的理念，探索著法蘭西現代小說的可能性。

## 第一節 醫生般冷靜的藝術家：福樓拜

在七月王朝和第二帝國時期，曾經風光一時的法國資本主義社會，開始褪去其炫目的七彩光環，暴露出腐朽的本質來。醜惡的社會現實，使一位年輕的作家內心充滿了深深的失望和由衷的憎恨。他把自己所目睹的醜惡現實深刻地揭示在虛擬的藝術世界中，用自己的小說吹響了法蘭西藝術全新的號角。這就是《包法利夫人》，一紙反映七月王朝和第二帝國在「經濟繁榮」的掩蓋下殘酷剝削農民的檄文，一部揭露社會平庸卑劣、腐化墮落風氣的力作。他的作者就是福樓拜。

居斯塔夫·福樓拜（1821～1880），生於法國西北部盧昂城一個世

→福樓拜，法國著名小說家，有寫實小說家之稱，堪稱19世紀最偉大的文學大師之一。

代行醫的家庭。他的父親是盧昂市立醫院院長兼外科主任，他的童年就在父親的醫院裏度過。早年他一度受過盧梭感傷主義的影響，曾經「在瘋狂和自殺之間徘徊」。然而，外科醫生的家庭背景，醫生世家的冷靜風格，都已經在他靈魂的深處種下了理性的種子。在成長中，他逐漸變得像外科醫生一樣冷靜起來，以至於在以後的文學創作中也明顯帶有醫生的細緻觀察與剖析的痕跡。

　　福樓拜從中學時代起就開始嘗試文學創作。1841年他就讀於巴黎法學院，然而在22歲時，他被懷疑患有癲癇病，並從此輟學，一直住在家鄉盧昂，專心從事創作，終生未婚。

　　正如塞萬提斯的《唐‧吉訶德》是對騎士小說的清算一樣，在某種程度上，《包法利夫人》是對浪漫主義與浪漫小說的清算。小說敘述了一個很簡單的故事：愛瑪‧包法利是外省一個富裕農民的女兒，在青年時代，她和當時大多數年輕女性一樣進入修道院學習。然而這最刻板最壓抑的地方，卻無法撲滅一個少女心靈深處幻想與浪漫的火

→關於《包法利夫人》的繪畫。

→上 《包法利夫人》的插圖。
下 1869年福樓拜的作品《情感教育》
的插畫。

種。令人窒息的宗教神秘氣息，使她壓抑的情感通過另一種形式更加猛烈地爆發出來。她對修道院的枯燥生活感到厭倦，於是向一位老婦借小說看。當時社會上流行的夏多布里昂、拉馬丁等的作品，使她沉醉於貴族情調和羅曼蒂克的幽會的幻想之中。儘管成年後嫁給了平庸、遲鈍、不解兒女柔情的鄉鎮醫生包法利，但這種不切實際的浪漫主義火焰卻一刻也沒有熄滅過。她厭惡沒有變化的鄉下，厭惡愚劣的小資產階級，更厭惡單調乏味的鄉下生活，一心想過上自己理想中的幸福日子。她滿腦子都是浪漫主義的愛情奇遇，渴望有一天遇到自己真正的幸福。終於，她遇到一個難得的機會離家出走，先後成爲風月老手、地主羅多爾夫與書記員萊昂的情人。爲了取悅萊昂，維持奢華的生活，她揮霍了丈夫的財產，還借了高利貸。然而她得到的回報卻是欺騙與拋棄，高利貸也不斷地向她逼債。在現實世界和精神世界的雙重打擊下，她吞下了砒霜，結束了自己悲慘的一生。

這便是愛瑪——一個由單純走向墮落的女性。《包法利夫人》一誕生，就有人指責愛瑪是個無恥的蕩婦。然而發出這些評論的人，都沒有勘透作者在虛構人物背後隱藏著的良苦用心。如果愛瑪沒有進過修道院，如果她沒有嫁給包法利，如果沒有那個趁火打劫的債主，愛瑪會是這樣的結局嗎？作者用一個血淋淋的悲劇事實書寫了一個大大的問號——真正殺死愛瑪的是誰？是她自己嗎？不，是愛瑪所生活的殘酷環境，是人們置身於其中的黑暗社會。

19世紀中葉的法國外省，是個單調沉悶、狹隘閉塞的世界，它容

## 拉馬丁

拉馬丁（Alphonse de Lamartine，1790～1869），法國詩人兼政治領袖，法國浪漫主義運動的領導人物之一。他曾當過外交官，1848年革命時期為臨時政府成員，任外交部長，最終全身心投入文學創作。1820年他的第一卷詩《沉思集》出版，立即獲得成功。這卷表達個人情感及宗教信仰的詩集，以其新穎的音樂節奏及生活熱情，與枯萎的18世紀詩歌形成強烈對比，正是這卷詩集使他成為法國文學史中浪漫主義運動的主要人物之一。1823年又有《新沉思集》及《蘇格拉底之死》問世。他欣賞英國詩人拜倫，這種感情滲透於《哈羅爾德遊記終曲》（1825）中。1829年當選為法蘭西學院院士。翌年出版的《詩與宗教的和諧集》是充滿宗教熱忱的讚美詩。後期作品有《吉倫特史》（1847，8卷），以及關於法國王政復辟史、1848年革命史和記錄當時其他事件的著作。拉馬丁晚年光景異常淒涼，不得不為還債而寫作。1869年在巴黎去世時，幾乎已經被人們遺忘。

啊！危險的女人，啊！誘人的風光，我不會愛你的雪，又愛你的霜？我可從嚴寒的冬天裏獲得那種快樂，它比冰和鐵更刺人心腸。

——《烏雲布滿的天空》

不得半點對高尚的理想的追求，更不要說像愛瑪這種對虛幻的「幸福」的渴望了。愛瑪一心要追求傳奇式的愛情，卻成了別人的玩物；她想模仿貴族風雅的生活，卻成了高利貸盤剝的對象；她想律師求援，卻被律師乘機佔有……她一次次地被騙，又一次次地遭到遺棄，最終以自殺結束了自己悲劇的命運。愛瑪，不過是冷酷無情的資本主義社會中受摧殘的婦女中的一個而已。

福樓拜自稱是藝術家，而他也的確配得上這個稱號。他寫作《包法利夫人》，共花了4年零4個月，每天工作12小時，正反兩面的草稿共寫了1800頁，到了最後定稿的時候，卻總共剩下了不到500頁。他對小說語言藝術的要求可以說是極度地苛求，每一章，每一節，每一句，甚至每一個字，都是他嘔心瀝血的結果，每一個場景、每一個細節都來自他仔細的觀察或親身體驗。「一句好的散文應該同一句好詩一樣，是不可改動的，是同樣有節奏，同樣響亮的。」福樓拜響亮的宣言，道出了他藝術世界的真諦。

推薦閱讀

《包法利夫人》，李健吾譯。

「這本19世紀的小說宣告了20世紀小說的誕生。」法國作家梅爾勒這樣評價《包法利夫人》。這部在今天進入文學教科書的不朽作品，一經發表就引起了當時文壇的轟動，然而在它發表的第二年，卻遭到了當局的指控，罪名是敗壞道德、誹謗宗教。多虧了辯護律師塞納的崇高名望和精采辯護，才使得法庭最後無奈地宣布福樓拜無罪。這場官司的結果，是《包法利夫人》成為當時最暢銷的書，也使福樓拜的名字更加炫目地走向世界。

## 第二節 邪惡之花：波特萊爾

自從啓蒙的閃電劃破黑暗的中世紀夜空後，西方世界的先行者就借助理性的波濤，滌蕩著《聖經》為人類規定的「原始罪惡」，力圖以人類本體的力量達到至善至美。從但丁到莎士比亞，從拜倫到雨果，這些生命力極度強大的詩人，紛紛以居高臨下的姿態盡情地詛咒現實世界的污濁與腐惡，並以先知的眼光勾畫一個美好的未來世界。而波特萊爾卻顚覆了這一傳統，他就像佛教中著名的維摩詰一樣，跟著污濁的世俗一起污濁，隨著邪惡的世道一起邪惡。他是第一個掘出人類內心裏的那個地獄的人。

1821年，波特萊爾生在一個受過法國大革命洗禮的美術教師家中。6歲喪父，7歲時母親改嫁，繼父奧皮克上校獨斷專橫，幼小的波特萊爾從此陷入了憂悒之中，被一種「永遠孤獨的命運感」支配了一生。由於拒絕踏上繼父所設定的人生道路，他被家庭斷絕了經濟來源。在巴黎路易大帝中學就讀時他成績優異。然而在他18歲時，由於拒絕揭發一個同學，他被學校開除，並於次年跌入了一個猶太妓女的掌握之中，從此他開始了自己的墮落。

22歲時，為反抗冷漠無情的繼父家庭，波特萊爾帶著先父的遺產

離家出走，過起了浪跡天涯的花花公子生活。他揮霍無度，整天花天酒地、吸食大麻，很快就把遺產揮霍一空；他身患梅毒，心情壓抑，曾多次企圖自殺。在他四十幾歲的時候，他看上去已經比一個60歲的老人還要蒼老。這個曾以雄辯的口才和清晰的思路而聞名整個歐洲的天才，在他生命的晚年已是身患梅毒、癱瘓、失語等重症。在他病重時，他先是被收容在天主教辦的療養院，後來返回家中，在母親的陪伴下他過了最後的時光。1867，這位開創了一個時代的詩人，這個在極度縱欲和極度痛苦中耗盡了自己全部生命的浪子，在母親的懷中微笑著閉上了眼睛，年僅46歲。

使波特萊爾在生前遭受了惡名，但在身後卻贏得了至高聲譽的《惡之花》，就創作於他浪跡天涯的過程中。1857年，這本象徵主義詩歌開山之作的出版使波特萊爾一舉成名，也使他背上了「惡魔詩人」的罵名。法蘭西帝國法庭曾以「有傷風化」和「褻瀆宗教」罪起訴，查禁《惡之花》並對波特萊爾判處罰款。

《惡之花》是在資本主義社會醜陋、罪惡的病態土壤中結出的病態花朵。波特萊爾曾經說：「在這部殘酷的書中，我注入了自己全部的思想，全部的心靈，全部的信仰以及全部的仇恨。」是的，《惡之花》要做的，就是把過去人們在文學作品中最忌諱的「醜」當作一種殘酷的美來描寫，從中挖掘由「惡」所產生的資本主義善惡關係。這裏的惡指的不但是邪惡，而且還有在「惡」包圍下所產生的憂鬱、痛苦和病態之意，而花則是善與美的象

→波特萊爾，法國詩人，象徵主義運動的先驅，被視為20世紀初期最具影響力的現代詩人，最著名的詩集為《惡之花》。

推薦閱讀

《惡之花‧巴黎的憂鬱》，錢春綺譯。

徵。與浪漫派認為大自然和人性中充滿和諧、優美的觀點相反的是，在波特萊爾看來，「自然是醜惡的」，自然事物是「可厭惡的」，罪惡「天生是自然的」；美德是人為的，善也是人為的；惡存在於人的心中，就像醜存在於世界的中心一樣。他認為應該寫醜，從中「發掘惡中之美」，表現「惡中的精神騷動」。波特萊爾以驚世駭俗的反叛姿態，推翻了統治人類千百年的善惡觀，以一種前所未有的獨特視角來觀察惡，認為它既有邪惡的一面，又散發著一種特殊的美。它一方面腐蝕和侵害著人類，另一方面又充滿了挑戰和反抗精神，激勵人們與自身的懶惰和社會的不公作鬥爭。這朵花之所以病態，邪惡，是跟它所生長的病態、邪惡的環境密不可分。因此，要得到真正的善，只能通過自身的努力從惡中去挖掘。探擷惡之花就是在惡中挖掘希望，從惡中引出道德的教訓來。波特萊爾這種以醜為美，化醜為美的觀點，在美學上具有開天闢

## 象徵派作家

象徵派作家（Symbolists）是指19世紀末的一群法國和比利時作家，他們反對被他們視為過度僵化的、法國傳統詩歌的修辭原則。他們拋棄因襲的藝術觀念，致力於直接傳達個人獨特感情經驗的根本性質，這一點與印象派畫家相似。他們在外部世界裏探求真與美的內心世界的象徵。

象徵派運動產生於對波特萊爾的《惡之花》的普遍讚美，同時也受到了愛倫‧坡的批評理論和詩歌創作實踐的影響。重要的象徵派作家還有蘭波（Arthur Rimbaud）、魏爾蘭（Paul Verlaine）、馬拉美（Stephane Mallarme）、拉弗格（Jules Laforgue）等。其中，比利時的劇作家梅特林克(Maurice Maeterlinck)將象徵派理論運用於戲劇；古爾蒙（Remy de Gourmont）將其運用於評論；胡斯曼（Joris-Karl Huysmans）將其運用於小說。後來的克洛岱爾（Paul Claudel）被看作這一運動的直接繼承人，而普魯斯特（Marcel Proust）的小說一般被認為是象徵派的生活方式和美學觀點的偉大壓軸戲。

到了1900年以後，象徵主義逐漸衰退，發展成為頹廢的、過度追求裝飾的藝術形式。這時的許多象徵派作家一度自稱為「頹廢派」（decadent），他們以其極度精緻的文明含意表達對於唯物主義社會的蔑視。葉慈（William Butler Yeats）、艾略特（T.S.Eliot）以及喬伊絲（James Joyce）與此運動相聯繫，並且經由他們的作品使象徵主義影響了現代文藝思想的廣闊領域。

地的創新意義，而由他所開創的這種美學觀點，則成了20世紀現代派文學遵循的原則之一。

詩人對惡之花的採擷，首先從對自身的醜的大膽剖析開始。正如《惡之花》中開頭的《致讀者》這首詩中所說的那樣：

*倘若兇殺、放火、投毒、強姦*
*還沒有用它們可笑的素描*
*點綴我們可憐的命運這平庸的畫稿，*
*唉，那只是我們的靈魂不夠大膽。*

作為一個在資本主義的泥潭中打滾的縱欲者，波特萊爾寫作《惡之花》全憑著一種驚人的勇氣，一種將自己內心的惡昭然於人面前，讓別人看到一個真實而醜陋的靈魂的勇氣。他曾經說，「透過粉飾，可以掘出一個地獄來」，他就是首先掘出了自己內心裏的那個黑暗地獄。這是一種直接切入事物本質的方式，讓人類惡的本性直接暴露在陽光下。與那些表面上從事著光明的事業，內心世界卻一片黑暗的人比之起來，這更是一種值得欽佩的率真，一種值得回味的真實。這種刀鋒般犀利的態度抒情方式，真正宣告了文學的現代性的到來。

> 長長的送葬行列，沒有鼓聲也沒有音樂，在我的靈魂裏緩緩行進，被戰勝的希望在哭泣，而殘酷暴虐的苦惱又在我低垂的頭上豎起它黑色的旗幟。
>
> ——《憂鬱之四》

→這幅反對教權主義的法國卡通畫揭示了教會與其反對者之間的對抗，這種對抗影響了19世紀和20世紀初的社會政治生活，同時也對知識份子的創作發揮了關鍵性的作用。

VOILA L'ENNEMI !

在展現人類內心世界的醜惡的同時，詩人把資本主義社會的殘酷、腐朽現實也剖現在人們面前。在詩人筆下，那浪漫、華糜的巴黎風光在本質上是陰暗而神秘的，整個城市都充滿了被社會拋棄的窮人、盲人、妓女，甚至不堪入目的女屍。醜惡的現狀令人窒息，糜爛的生活令人絕望，這是資本主義社會的真實寫照。尤其典型的是，在《憂鬱之四》一章中，鍋蓋、黑光、潮濕的牢獄、膽怯的蝙蝠、腐爛的天花板、鐵窗護條、卑汙的蜘蛛、蛛網、遊蕩的鬼怪、長列柩車、黑旗等令人噁心的、醜陋的，具有不祥意味的意象紛至遝來，充塞全詩，既展示了資本主義社會糜爛醜惡的現狀，也顯示出了被醜惡現實所折磨的叛逆者的「精神的騷動」。

作為一個以詩歌來狙擊整個現實社會的詩人，波特萊爾是一個即使是走到上帝面前，也有足夠的資本微笑的叛逆者。當他把詩歌的藝術力量張揚到美好和邪惡的臨界境地的時候，他已經可以不朽。高爾基把波特萊爾列入那些「具有尋求真理和正義的願望的」藝術家中，認為是「生活在邪惡中卻熱愛著善良」，阿爾蒂爾·蘭波則在他那篇著名的《洞察者的信》中有這樣的名言：「波特萊爾是最初的洞察者，詩人中的王者，真正的神。」

→1891年，左拉描繪金融的小說《金錢》發表。這裏，枯燥的股票交易所變成了吸引人的戰場，變成了一個令人瘋狂的金錢世界。它被拍成電視劇並且保有充足的日發行量。本圖即為關於此書的宣傳海報。

## 第三節　自然，並且主義：左拉

19世紀的工業革命，不僅以它強勁的馬達，把在落後的生產方式中苦苦掙扎的人類拽出了泥濘，同時也給人類帶來了科學的認識論和方法論。法國哲學家孔德在批判神學和形而上學的基礎上創立的實證主義哲學，掀起了一股崇尚科學精神、強調眞實和精確的思潮；而人類科學進步的里程碑，達爾文的《物種起源》的出版，更是以它嚴謹的科學精神震撼了全世界。一時間，科學主義蔚然成風，自然科學的方法被推廣應用到生活的各個方面。自然主義，就是在這種科學主義的影響下，在浪漫的法蘭西王國出現的寫實流派。而左拉，就是這一流派理論體系的建構者和創作的集大成者。

愛彌爾·左拉1840年4月生於巴黎。7歲時，他的父親患肺炎離開了人世，從此孤兒寡母就過著饑寒交迫的生活。19歲時，左拉在巴黎參加中學畢業會考失敗，加之家境貧寒，他從此失去了上學的機會。青年時代的左拉經常處於流浪和無所事事中，有時候做抄寫員，有時候在郊區流浪，有時候又窮得到當鋪典當衣物。在這樣艱苦的條

→在左拉的葬禮上，法國文壇19世紀後期的重要人物法朗士曾激動地說：「左拉的文學作品篇幅浩瀚……他的作品不僅形式上龐大，思想上也很充沛。這是善良的精神，左拉是個善良的人。他有顆崇高的心，單純和簡樸。他有高尚的情操。他描寫罪惡，既有艱辛，也有正直良心……」；上面筆跡為左拉親筆手書。

件下，他一邊用麵包蘸著植物油充饑，裹著毯子禦寒，一邊仍堅持著他心愛的文學創作。

1862年，左拉進入了阿舍特出版社工作，從此他的人生出現了轉機。一開始他在發行部做打包裹的差使。由於他突出的文學才華，他很快便被調到廣告部任職，不久又被提升為廣告部主任。其間，他結識了很多作家和新聞記者，並為出版社寫些散文和中短篇小說。1865年，他的第一部長篇小說《克洛德的懺悔》發表了。這本書被官方斥之為「有傷風化」，員警還因此而搜查了他的辦公室，發現他和一些進步人士交往密切，還為政府反對派的報紙撰寫文章。為了不連累出版社，左拉在1866年辭去了出版社的工作，從此走上了專業創作的道路。

受當時風靡法國的實證主義哲學、遺傳論以及實驗醫學的影響，左拉初步形成了自己再現現實、描摹現實的自然主義文藝創作理論。為了實踐自己的理論，他決心創作一部像巴爾札克的《人間喜劇》那樣多卷本的巨著。從1868年《盧貢家的發跡》的成書，到1893年《巴斯加醫生》的脫稿，經過長達25年的辛勤耕耘，左拉終於完成了這部包括20部小說的宏偉史詩──《盧貢－馬卡爾家族》。

《盧貢－馬卡爾家族》著力展現的，是第二帝國時代一個家族的自然史與社會史。深切地感受著社會動盪不安、社會形態劇變的左拉，一方面要通過一個家族血緣遺傳與命定性的科學研究，展示生物意義上的人類怎樣互相聯繫、互相爭鬥，並形成以生物性為紐帶的社會，這個社會又是怎樣地反過來制約人類；另一方面，他要如實地展現從1851年拿破崙第三發動政變，到1870年普法戰爭結束，這段充

推薦閱讀

《娜娜》，鄭永慧譯。

《萌芽》，黎柯譯。

滿了瘋狂與恥辱的時代的社會風俗長卷，從中揭示「第二帝國」的腐朽本質和生產方式變遷所帶來的社會動盪。

《盧貢－馬卡爾家族》的第九部《娜娜》，是左拉「自然史」的代表，其單行本首發日一天就售出5萬5千冊，不愧爲左拉的傑作。小說的主人翁娜娜是個歌劇院的女演員。喜歡酗酒的父親經常在醉後對她施以暴力，不堪忍受的她最終離家出走。而一旦她進入了紙醉金迷的上層社會，便沾了種種惡習而不能自拔。作爲演員，她演出了下流喜劇，誘惑了無數公子王孫，腐蝕了巴黎的整個上層社會；作爲妓女，她用自己的肉體迷惑男人，使他們心甘情願地爲她揮霍大量金錢。她的肉體是腐蝕劑，是生活在底層社會的賤民對上層社會的報復。作者從生理學的角度揭示出，娜娜由一個可憐的女孩變成一個「落在誰身上就把誰毒死」的淫蕩娼妓，是有著遺傳因素的。由

→在拿破崙三世統治下突如其來的商業革命中出現了眾多的大型商場，在那裏商品豐富、品種齊全，而且價格固定。小說家愛彌爾．左拉從中提取主題寫成小說《婦女樂園》。

233

於遺傳，娜娜「在生理上與神經上形成一種性欲本能特別旺盛的變態」。左拉的這樣的藝術安排並非一時的心血來潮，而是先通過家族史的第7部《小酒店》描寫娜娜父母的酗酒，然後引出娜娜的墮落。酗酒的原因是貧窮，而酗酒則又會導致返祖遺傳。貧窮──酗酒──賣淫，構成了一部完整的墮落史。

你那資產者的面孔多麼唯肖！沒有一個不成功的：高尼岱絕妙而且真實；滿臉小麻子的修女，好極了；而伯爵，口稱「我親愛的孩子」；還有那結尾！可憐的妓女哭泣著，而另一位在唱《馬賽曲》，妙！
── 節選自福樓拜讀完《羊脂球》樣稿後給莫泊桑的信

當然娜娜身上也有一些可取之處：她厭惡賣笑生活，憧憬過一夫一妻的小康生活；她同情、憐憫窮人，把僅有的錢捐給窮人；她是一個慈愛的母親，為了兒子的安全而死於天花。然而這些閃光點最終未能形成一束劃破黑暗的耀眼光芒，她始終未能與紙醉金迷的娼妓生活一刀兩斷。娜娜個人悲劇的深層原因就在於，第二帝國時期的法國社會太腐敗，惡勢力太強了，憑藉她個人的力量無法擺脫那萬惡腐朽的環境，無法打破套在她身上的枷鎖。

這部家族史的第十三部《萌芽》，則是「社會史」的經典之作。它的創作有著現實的基礎。1884年，法國北部的採煤區發生大罷工，左拉聞訊趕往現場，進行實地調查，回來後便創作了這部文學史上第一次正面表現產業工人罷工鬥爭的自然主義巨著。作者鋒利的筆觸深入到了資本主義生產關係中的工人惡劣的勞動環境和極度貧困的生活：資方為了追求最大的利潤，讓設備年久失修，危機四伏；坑道在幾百公尺深的地底下，工人必須跪著、爬著、仰面躺著幹活；混合著瓦斯、粉塵的惡劣空氣使人窒息。就是在這樣的工作環境下的艱辛勞動，也換不來最基本的溫飽，即使是最勤

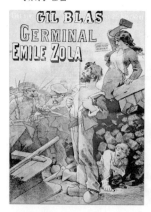
→《萌芽》插圖

勞、最熟練的工人也逃脫不了饑餓的命運。惡劣的生活環境、殘酷的資本剝削，是工人貧困的真正原因，也是罷工爆發的深刻根源。為了抵抗這不公平的現實，為了爭取自身的生存權利，工人們自發地組織起來，勇敢地向資產階級公開挑戰。更重要的是，這場罷工是在國際工人聯合會領導和支持下進行的，有著正確的思想指導。儘管在罷工的初期仍有搗毀機器洩憤的現象，但這次罷工不僅提出了經濟要求，而且還破天荒地觸及到了政治權利——要求廢除鎮壓和束縛工人的里卡多法案。這是一個階級的真正覺醒，這是一曲無產階級同資產階級英勇搏鬥的英雄讚歌，這是無產階級第一次作為整體力量出現在文學作品中。儘管罷工最後以失敗告終，但是無產階級憤怒的力量已經足以使資產階級心驚膽戰。左拉並沒有因為罷工的失敗而悲觀，他相信，工人復仇的大軍正在田野裏慢慢生長，革命力量的稚嫩萌芽，就要衝破厚重的泥土，成長為參天的大樹。

由於左拉在作品中大量地描寫醜惡的社會現實，由於他對當局毫不妥協的對抗態度，更由於他公開地反對資本，歌頌勞動社會化，他被當時的右翼分子視為眼中釘、肉中刺。因此，當1902年9月他在寓所因煤氣中毒逝世後，一直有人懷疑他是被人所害。1906年，法蘭西政府為這位偉大作家補行了國葬，他的骨灰也被轉移到先賢祠。

## 第四節　短篇小說之王：莫泊桑

當資本主義社會以它充滿致命病菌的資本細胞腐蝕著人類，使人類成為金錢和權利的奴隸的時候，西方的藝術家們切實地體會到了人類異化所帶來的巨大痛苦。面對痛苦，很多人選擇了理想主義的回應，塑造出一種超凡脫俗的聖潔氣質作為對醜惡現實的反擊；又有很多人則選擇了現實主義的態度，把蠕動在資本主義社會中的「灰色動物」身上自私而卑怯的特性剖開來給人看。

居伊‧德‧莫泊桑就是這樣一位致力於挖掘小人物的批判現實主

義作家。他於1850年8月5日出生於法國諾曼第的一個破落貴族家庭。母親出身於名門而且有著良好的文學修養，舅父是詩人與小說家，在這種家庭氛圍的薰陶下，莫泊桑幼小的心靈中就已經種下了文學的種子。13歲的時候，莫泊桑進入伊弗托的教會學校學習，卻因為寫詩諷刺束縛身心的教規而被開除教籍。1868年，他到里昂中學學習，並與當時的著名詩人路易‧布耶通信。在這位前輩的鼓勵下，年輕的莫泊桑開始了多種文體的習作。

　　1870年，令法國遭受了奇恥大辱的普法戰爭爆發了。年輕的莫泊

## 寫實主義與自然主義

寫實主義（Realism）和自然主義（Naturalism）用以指19世紀下半葉至20世紀初期發生在歐洲和美國的文學運動。此兩個運動皆發源於法國，強調要忠於真正的生活體驗，不相信唯心論和任何非物質來源的價值。他們都是對19世紀逐漸發展的科學發出的藝術的回應。

雖然這兩種流派表面上有許多相同點，但寫實主義者重視物質世界本身，重視其中發生的事件和值得注意的原因，尤其是客觀地傳達他們的意義深長的責任；而自然主義者則在表達上有哲學傾向，他相信人的生活和行為是由遺傳、環境和自然法則所決定的。基於此，他把作品當作實驗室來檢驗處於控制條件下的生活。

寫實主義源於19世紀30年代在法國出現的與當時具有領導地位的浪漫主義唱反調的文學思潮，他是以物質和真實為基礎。而這一名字的由來則借用了庫爾貝對自己的繪畫藝術的稱呼。巴爾札克是法國第一位偉大的寫實主義作家，後繼者為福樓拜；英國主要的寫實主義作家為莫爾（George Moore）和季辛（George Gissing）、薩克雷（William Makepeace Thackeray）、狄更斯（Charles Dickens）、艾略特（George Eliot）、本涅特（Arnold Bennett）以及高爾斯華綏（John Galsworthy）；托爾斯泰和屠格涅夫為俄國寫實主義大家；在美國，寫實主義為借自法國和俄國的自我意識運動，由豪威爾斯（William Dean Howells）和詹姆士（Henry James）精確表達。

自然主義以左拉的小說和理論文章為首倡，左拉為他論述自然主義的基本主張題名為《實驗小說論》，除此以外，自然主義還包括決定論的唯物論學，它與寫實主義在意識上是截然相反的。左拉的20部長篇連續性小說《盧貢－馬卡爾家族》是整修自然主義小說的縮影；自然主義在英國僅存在表面上的影響；而在德國，戲劇卻相對小說更受自然主義影響，代表人物為霍普特曼（Gerhart Hauptmann）；美國自然主義作家中蜚聲國際文壇的只有德萊賽（Theodore Dreiser），他的《嘉莉妹妹》（1900）表現了兩位主人翁面臨如何適應生存環境的問題。

20世紀末期，存在主義漸漸被一些嚴肅的小說家在摒棄寫實主義與自然主義的經驗形式下塑造出來。存在主義為作家們帶來了自由，使單獨的個體而不是物質對象或自然法則成為生活的中心。

推薦閱讀

《莫泊桑短篇小說選》，趙少侯譯。

**莫泊桑主要作品**

● 短篇小說集
《羊脂球》
《戴家樓》
《菲菲小姐》
《蠢婦》
《月光》
《龍多利姊妹》
《伊韋特》
《哈里厄小姐》
《圖瓦納》
《奧爾拉》
《烏松夫人的玫瑰》
《無益的美》

● 長篇小說
《一生》
《漂亮朋友》
《比埃樂和若望》
《溫泉》
《像死一般堅強》
《我們的心》

桑也應徵入伍，被分配到里昂第二師的後勤處。在這裏他不但親眼目睹了法軍的潰敗，而且自己也險些作了普魯士人的俘虜。戰爭結束後，莫泊桑在巴黎定居下來。從1872年起，他先後在海軍部和教育部供職，前後長達數十年。這段經歷使他對處於社會底層的小職員的生活狀況及精神境界有了深刻的認識，成爲他日後小說創作的重要主題。在此期間，他利用業餘時間進行文學創作，並於1873年做出了對他的人生具有決定意義的選擇——拜福樓拜爲師。福樓拜是莫泊桑舅父及母親的好友，他把現實主義的創作原則深深地印在了莫泊桑的腦海中，那就是仔細觀察生活，保持客觀的寫作風格，揭露和鞭撻資產階級偏見。

《羊脂球》是莫泊桑發表的第一篇小說，但它一出現就形成了一個巔峰——不管是對莫泊桑自己的創作，還是對整個歐洲短篇小說。小說以普法戰爭中被普軍佔領的里昂城爲背景，寫十個市民同乘一輛馬車逃離敵佔區。這十位乘客中，有貴族地主、暴發戶、資本家和他們各自的妻子，還有兩位天主教的修女，一位自稱「革命家」的假愛國者，以及一位外號「羊脂球」的妓女。途經多特鎮時，普軍軍官要求羊脂球陪他過夜，卻遭到了羊脂球的拒絕。爲了使這位女同胞屈從普魯士軍官的無恥要求，從而實現順利過關的目的，這幾位道貌岸然者想盡了陰謀：暴發戶主張把羊脂球捆起來交給敵人，貴族地主則主張用花言巧語使她就範。最後，是兩個修女拿出了趕路救護患了天花的士兵的藉口，並以《聖經》故事說明，只要用

意正當，動機純潔，就算是不好的行爲也會受到上帝的原諒。這種冠冕堂皇的理由和宗教力量的說教打動了善良的羊脂球的心，她爲了全車人的安危，終於犧牲了自己的肉體和尊嚴。然而一旦馬車安全離開，全車的人卻似乎完全忘記了剛才發生的事情。他們各自享用著自己的美味佳餚，沒有一個人關照一下爲了一車人的生命犧牲了貞操，而且在慌忙之中沒有準備食物的羊脂球。在羊脂球悲傷的哭泣和嗚咽聲中，小說畫上了一個令人深思的句號。

從傳統的貴族地主，到新興的暴發戶；從上流社會的資本家，到四處活動的「革命黨」；從披著聖潔外衣的修女，到做著骯髒事業的妓女，這輛小小的馬車包羅了當時法國社會的各個階層。那些看起來道貌岸然的「上等人」，在面對國家的災難、個人的尊嚴的時候，無一例外地都表現出了卑躬屈膝、貪生怕死、虛僞墮落。車中的三位資產者，一個是爲了躲避戰爭的災難，一個是爲了轉移財產，另一個是爲了發國難財而出走的。當他們遇見普魯士軍官時，個個唯唯諾諾地鞠躬致意，暴發戶甚至不失時機地推銷了一批葡萄酒。他們的太太先是覺得與妓女同車受了玷汙，繼而又大嚼妓女的食物而沒有任何嫌棄。出賣羊脂球本來是關係到走與留的大事，可她們說起猥褻下流的話題時竟然忍不住心花怒放，虛僞的本相一下子暴露無遺。清談愛國的「民主黨人」高尼岱也是一路貨色，他一上車就對羊脂球動手動

---

**《梅塘之夜》佳話**

《梅塘之夜》是由六位著名法國作家創作的中篇小說集，於1880年4月15日在巴黎出版。這六篇作品是：左拉的《磨坊之役》、于依斯芒斯的《背上背包》、賽阿爾的《放血》、艾尼克的「大七」事件、阿萊克西的《戰役之後》以及莫泊桑的《羊脂球》。關於《梅塘之夜》的由來，還有一段佳話可言。

梅塘位於巴黎的西郊，是法國作家左拉的別墅，如同這裏的優美景色一般，常於此地聚集的人亦為俊傑。莫泊桑通過福樓拜結識了左拉以及保爾．阿萊克西、萊昂．艾尼克、昂利．賽阿爾和喬治．卡爾．于依斯芒斯。後來，他們六人每周都要在梅塘聚會，這便是在19世紀的法國文壇被傳為佳話的「梅塘集團」。有一年夏天的一個月夜下，左拉提議大家各講一個故事。於是，便有了六個震撼法國文壇的自然主義作家合著的六篇關於普法戰爭的中篇小說集《梅塘之夜》。

腳，結果挨了「結實的一拳」；他義憤填膺地責罵別人出賣羊脂球，是源於他對羊脂球姿色的垂涎；他恨有產者的卑鄙自私，可他自己卻連吃四個雞蛋而看著羊脂球挨餓。這些人自私、卑鄙、下流的行為，讓人自然聯想到在戰場上潰逃的法蘭西將軍們。正是他們懦弱的本性和深入骨髓的自私，才使得法國失去了土地和自由。

而身分最下賤的妓女，卻是這群人裏面精神最高貴的一個。她是因爲不堪忍受普魯士士兵的侮辱而逃，在車上遇到高尼岱的暗中調戲時用拳頭給予了回擊，她好心地把自己的食物分給大家吃，她嚴詞拒絕了普魯士軍官。在一車人中，只有她表現出了國難當頭時，一個眞正的法國人所應該具有的民族氣節和個人尊嚴。莫泊桑的高明之處就在於，他描寫了妓女在精神上的高貴，從反面襯托出了那些「上等人」的娼妓本質——他們是一群道貌岸然的衣冠禽獸，是一群道德淪喪的精神娼妓。小說無情地鞭撻了貴族資產階級的虛僞墮落，表現出了對受凌辱的底層人民的同情和對國家災難的憂思。在小說結尾，高尼岱吹著《馬賽曲》，羊脂球卻在低聲哭泣。這混合了兩種深刻寓意的聲音，實際上是整個法蘭西民族泣血的悲歌。

1892年，長期的疾病折磨使莫泊桑精神失常，自殺未遂，此後一直未能恢復清醒。18個月後，莫泊桑在布朗什大夫的療養院裏去世了。由於他在小說中對於農村題材和普法戰爭題材的開拓，更因爲他在小說中高超的語言技巧和獨具匠心的結構營造，人們獻給他「歐洲短篇小說之王」的桂冠。

→羅曼‧羅蘭

## 第五節　歐洲的良心：羅曼‧羅蘭

在資本主義向壟斷資本主義過渡的19世紀末，原本就多災多難的人類世界更呈現出一派陰霾密布的氣氛，整個世界籠罩

在戰爭的濃霧裏，到處都可以嗅到
硝煙的氣息。在這樣的時代，「個
人自由」與「精神獨立」的口號被
許多作家提了出來，以表達對不可
復返的資本主義自由競爭時代的懷
念與眷戀。《約翰‧克利斯朵夫》
就是這個時代的貧瘠土地上結出的耀眼奇葩。

> 真正的光明絕不是永沒有黑暗的時間，只
> 是永不被黑暗所掩蔽罷了；真正的英雄絕
> 不是永沒有卑下的情操，只是永不被卑下
> 的情操所屈服罷了。
>
> ——《約翰‧克利斯朵夫》

　　羅曼‧羅蘭（1866～1944）出生於法國中部高原上的小鎮克拉
姆西。父親是公證人，母親是個富有音樂修養的天主教徒。羅蘭從小
就受母親的影響酷愛音樂、篤信上帝。貝多芬和莎士比亞，是照耀了
他童年和少年時代的兩顆明星。16歲那年，父母爲了他的前途而舉家
遷到巴黎。1886年，他考入了著名的巴黎高師。在那裏，他如饑似渴
地閱讀著文學作品，並斗膽向文學泰斗托爾斯泰寫信請教。出乎意料
的是，他不久就收到了托爾斯泰給他的回信，信中說：「只有把人們
結合在一起的藝術，才是唯一有價值的藝術」。托爾斯泰的藝術觀和
他的人道主義，給了羅曼‧羅蘭一生的影響，他在大學時代就立下了
「不創作，毋寧死」的錚錚誓言，決心走文學創作的道路。

　　高師畢業後，羅曼‧羅蘭被派往羅馬考察，並於1895年獲得了博
士學位，此後便在他的母校巴黎大學教書。在很長時間裏，羅曼‧羅
蘭在巴黎一幢五層小樓頂層的兩間小屋裏離群索居，默默耕耘，以十
數年如一日的熱情進行創作。1912年，從最初構思到最終完稿共花費
了20多年時間的長篇巨著《約翰‧克利斯朵夫》終於問世了。這部偉
大的作品使他在1915年獲得諾貝爾文學獎，也使得羅曼‧羅蘭爲全世
界所矚目。

　　就在羅曼‧羅蘭成名的那年，第一次世界大戰爆發了。對人類荒
謬的自相殘殺與各國當局可恥地欺騙人民的現象痛恨不已的羅曼‧羅
蘭，公開地發表反對戰爭、主張人道主義的進步言論。在一個普遍被

推薦閱讀

《約翰·克利斯朵夫》，傅雷譯。

《母與子》，羅大同譯。

民族沙文主義漲昏了頭腦的荒謬年代，他馬上成了法國報紙咒罵的中心，國人攻擊的眾矢之的。幸而當時他住在瑞士，如果在法國的話，他很可能被狂熱的「愛國者」所暗殺。二戰期間，在瘋狂的納粹德國的包圍之中，羅曼·羅蘭在淪陷的法國，以年邁多病之身泰然自若地堅持他的寫作，表達他對侵略戰爭的抗議。

1944年8月，巴黎光復，11月7日，羅曼·羅蘭抱病參加了十月革命的紀念活動，不久便在故鄉與世長辭。

《約翰·克利斯朵夫》以貝多芬為原型，寫了一個平民音樂家奮鬥的一生。克利斯朵夫出生在德國萊茵河畔的一個小城的音樂世家，祖父、父親都是宮廷樂師。他從小就顯示出與眾不同的音樂天分，13歲就當了宮廷樂隊的第一提琴手，被稱為「再世的莫札特」。他不滿於德國藝術世界中的欺詐，卻不被人理解。由於搭救被士兵欺負的農民，他打死了一名士兵，不得不亡命法國。他原以為經歷了大革命風暴的法國會是一個自由、幸福的樂園，然而擺在他面前的卻是和德國一樣醜惡的現實。他試圖闖出一條新的道路，然而在資產階級的腐朽文化的面前，在偽藝術氾濫成災的現實面前，他進步的藝術思想總是碰得頭破血流。在一次「五一」節的遊行中，他的好友奧里維為了救人與員警發生了衝突致死，憤怒的克利斯朵夫在打死一名員警後逃到了瑞士避難。在一戰過後，克利斯朵夫已經是享譽歐洲的大音樂家了，然而半生的痛苦與挫折，已經熄滅了他心中反抗的火焰，使他整個人變得溫和、恬靜起來。當他告別了瑞士的隱居生活，重新回到法國時，早期鼓蕩於他血液中的那種狂飆式的反抗精神已經完全消失。晚年的他避居在義大利，潛心於宗教音樂的創作，直至死去。

通過克利斯朵夫的幻想、追求與奮鬥歷程，羅曼·羅蘭以細膩的筆觸展示了在一個動盪的年代裏，小資產階級極度的精神不安，從而譜寫了一部宏大的「現代心靈的道德史詩」。坎坷的遭遇和不公的現

**沙文主義**

沙文主義是指過分的、不合理的愛國主義，與極端愛國主義（jinglism）的意思相近。這個詞源出法國一名士兵Ｎ・沙文的名字。他由於獲得軍功章和一小筆津帖而對拿破崙感恩戴德。於是他就成為1815年後拿破崙軍隊的老兵中對以軍事力量征服其他民族的狂熱崇拜的代表。後來，沙文主義意指一切極端民族主義，並被用來泛指對所屬團體或地區的過分偏愛或忠誠。該詞也可形容對異性所抱的優越態度。

實使克利斯朵夫對現實不滿並進行反抗，然而小資產階級的地位又決定了他不能完全與統治階級決裂而對之抱有一定幻想；受排斥的階級地位使他性格堅強，而個人主義的偏見和一些因襲的思想又使他軟弱無力；日趨沒落的社會經濟地位使他同情人民、接近人民，然而個人英雄主義的意識又使他對人民群眾的力量抱有懷疑態度；正義感和使命感使他與醜惡的社會現實尖銳對立，小資產階級與生俱來的動搖性則使他常常對現實妥協。在帝國主義和無產階級革命的時代，他還幻想用資產階級上升階段的思想武器來對抗瘋狂膨脹的壟斷資本主義，失敗的結局早已經在冥冥之中被上蒼所注定了。克利斯朵夫由一個嫉惡如仇、頑強反抗的藝術界鬥士，蛻變為一個隱忍恬退的舊世界的妥協者，他的悲劇是新的歷史時期一代資產階級知識份子個人奮鬥的悲劇。他的悲劇宣告著資產階級革命時代的結束和無產階級革命的到來。他的形象濃縮了俄國十月革命以前，整整一代具有民主思想的知識份子的思想面貌和精神面貌，因此具有鮮明的時代氣息和典型意義。

在展現克利斯朵夫的艱辛奮鬥的同時，小說入木三分地描寫了資產階級文化和精神的墮落。克利斯朵夫曾把巴黎看作自由的天堂，藝術的樂園，然而他在巴黎親身感受到的，卻是出版商像猛獸等待獵物一樣專門等待藝術家走投無路。文學作品裏充斥著淫蕩和肉欲，瀰漫著精神賣淫的風氣，藝術變成了現代工商業化的一種副產品。議員一心想撈到財產和再次當選，貴婦人精神空虛，只求享樂，文藝界的高級社會場所就像一個農貿市場……壟斷資本主義的文化和精神已經頹廢到了極點，只有等待一個新的世界的出現來終結它。而《約翰・克

利斯朵夫》，正是要在完結一個世界的同時，誕生另一個世界。

　　《約翰‧克利斯朵夫》不只是一部小說，而是人類一部偉大的史詩。它所描繪的不是征服外界，而是征服人類內心世界的戰蹟；它所要歌詠的也不是人類在物質方面，而是在精神方面所經歷的艱險。它是千萬生靈的一面鏡子，是古今中外英雄聖哲的一部歷險記，是貝多芬式的一闋氣勢磅石薄 的交響樂！

→這是諾貝爾文學獎金質獎章的正面（左）與反面（右）。

# 諾貝爾獎

諾貝爾獎（Nobel Prizes）是依據瑞典發明家諾貝爾（Alfred Bernhard Nobel）遺囑中一項920萬美元基金及瑞典中央銀行一筆贈金所提供的每年一系列獎賞。共計有六類獎頒贈予下列對人類福祉有傑出貢獻的人士：（1）生理學或醫學；（2）物理學；（3）文學；（4）化學；（5）和平；（6）經濟學。該獎候選人必須經過適當合格的當局書面推薦，最後由下列機構作裁決：斯德哥爾摩的瑞典科學院（對物理學、化學及經濟學進行裁決）；斯德哥爾摩的卡洛林研究所（對生理學或醫學進行裁決）；斯德哥爾摩的瑞典學院（對文學進行裁決）；挪威國會的一個委員會（對和平進行裁決）。

諾貝爾獎的各個獎項通常於每年12月10日諾貝爾逝世紀念日，由瑞典國王在斯德哥爾摩頒贈。每項獎包括一枚金質獎章、一張受獎證書及一筆獎金。

→1901年，生理醫學獎得主貝林的受獎證書。

# 第二章
# 日月雙懸

從地中海到西伯利亞，從彼得堡到伏爾加河，俄羅斯廣袤而遼遠的黑土地上終於孕育出了蓬勃而鮮活的生命力。在前一編的第七章裏，我們已經感受到了這塊肥沃的土地上所噴薄而出的熹微晨光：普希金、果戈理、屠格涅夫，這些響亮的名字如朝日初升、月華遍灑般出現在俄羅斯文化的上空，似乎就已經預示了，甚至可以說是宣告了一個被後世學者與讀者所驚訝讚歎，甚至不解迷惑，但又不可否認其存在的真理：這個世紀屬於他們，屬於思想和痛苦著的俄羅斯！

更為重要的是，歷史總是喜歡選出自己的代言人來，在給他無與倫比的苦難時，也給他代表一個時代的天賦權力與崇高地位。高爾基曾充滿激情地讚歎道「托爾斯泰和杜斯托耶夫斯基是兩個最偉大的天才，他們以自己的天才的力量震撼了全世界，使整個歐洲驚愕地注視著俄羅斯，他們兩人都足以與莎士比亞、但丁、塞萬提斯、盧梭和歌德這些偉大的人物並列。」的確，一如日月經天，他們君臨於苦難而不幸的俄羅斯上空，也君臨於世界文學的上空。

## 第一節　拷問人類的心靈：杜斯托耶夫斯基

杜斯托耶夫斯基（1821～1881）不但是俄羅斯文學史上，甚至也是世界文學史上最為複雜的作家之一。他的複雜與單純、深刻與片面、矛盾又統一、冷漠而悲憫，無不是那個時代的集中反映，甚至是文學乃至於人類自身的集中反映。

杜斯托耶夫斯基出生在19世紀俄羅斯這樣一個以門閥自矜的時代中。不幸的是，他出生在一個平民家庭，但幸運的是，他在這種環境

這是杜斯托耶夫斯基的未完作品
《卡拉馬佐夫兄弟》的原稿。

中養成了對下層人民異常關注的情感趨向，這也成了他一生文學生命的核心與主軸，並且為其文學創作灌注了更為深厚而感人的內蘊。不過，事情並非如此簡單，他的父親在擔任醫官期間取得了貴族身份，並置有兩處田產。1839年，在杜斯托耶夫斯基剛滿18歲的時候，他的父親因虐待農奴而被激憤的農奴毆打致死，這一猝然變故對他的影響，應當不在後文要提到的被宣判死刑之下。

　　年輕的杜斯托耶夫斯基本來在一所軍事工程學校學習，但他卻對文學產生了濃厚的興趣。1844年，他翻譯巴爾札克的《歐也妮·葛朗台》出版，這給予他以莫大的激勵。而兩年之後，他的成名作《窮人》出版，不僅堅定了他走文學之路的決心與信心，而且也奠定了他在當時文壇上的地位。《窮人》繼承了普希金和果戈理描寫小人物的傳統。別林斯基說過：「許多人可能會認為作者想通過傑符什金這個人物描寫一個智力和能力都受到壓抑、被生活壓扁了的人。」「實際上作者的思想要深刻得多，仁慈得多——他通過瑪卡爾·傑符什金這個人向我們顯示：一個天賦極其有限的人的天性中，有著多麼美好、高尚與神聖的東西。」而真正帶有他獨特的創作個性的作品，卻是那部並不如何成功的小說《雙重人格》。在這部作品中，他精雕細刻地描繪出了病態心理和分裂性格，這種對人性深層世界的挖掘的努力，正

→杜斯托耶夫斯基，俄國小說家，也是歐洲文學史上最具原創力的作家之一。他之所以被視為破除偶像的思想家，主要是因為他在表達方式上的創造力，而非在抽象思想上的創新。其作品的深遠影響不僅遍及現代文學，而且更深植現代人的思想中。

→這是英國藝術家比亞茲萊於1894年為杜斯托耶夫斯基的著作《窮人》英文版所做的封面。一個女人站在陽臺上的花盆旁，正冷漠地望向畫外，下面有一扇門及一個黑色的管道，這些冷冰冰並且缺乏感性的元素難與唯美主義理論相悖，但卻和杜斯托耶夫斯基的作品基調一致。

是他今後成功的輕柔序曲。

　　1847年，杜斯托耶夫斯基與他一向敬愛的別林斯基決裂了，他不能接受別林斯基對文學那種過於富有社會功利色彩的界定，從其接下來的創作情況來看，我們不能不承認，他們的決裂是遲早的、必然的結果。然而，他對別林斯基的敬仰依然如同兒時的經歷一樣無法磨滅。1849年，他因在一個會議上宣讀別林斯基那封致果戈理的反農奴制的信而被捕，並迅即被判處死刑。可就在他從精神上已經熄滅了自己生還的希望之燈的時候，沙皇尼古拉一世卻突然赦免其死罪並改判苦役，這一經歷給了他精神上永遠無法平息的心靈創傷，也深刻地改變了他今後的創作軌跡。

　　1866年，杜斯托耶夫斯基的代表作《罪與罰》問世了。這部作品為作者贏得了廣泛的世界聲譽，同時也被許多學者認為是最能代表他的藝術風格的作品。

　　小說表面是寫了一起謀殺事件，然而，作者那八面玲瓏、無微不至的筆鋒卻時時刺向社會，插到人物的心靈深處，並滲透到社會與道德傳統的底層去。窮大學生拉斯柯爾尼科夫在彼得堡已貧困潦倒，苦難的生活把他逼到了絕境。他整日躑躅街頭，想找到一個活下去的方法。然而在大街上，他卻看到了更多的苦難與悲涼。這個世界彷彿已經到了末日，到處都是罪惡與醜陋，窮困與淒慘。在一個小酒店裏，他又碰到了馬爾美拉陀夫，一個落魄的九品文官，他因為找不到事做，只好任由其長女索尼婭出去賣淫以維持家中難以為繼的日子。馬爾美拉陀夫羞愧難當，卻整日酗酒，藉以忘卻此事，但這樣卻給家人

推薦閱讀

《罪與罰》，朱海觀、王汶譯。

《白癡》，南江譯。

《卡拉馬佐夫兄弟》，耿濟之譯。

帶來更多的痛苦。最後，這個微不足道的小人物在馬路上被車輾死。

《罪與罰》的基本情節極像一個驚險、兇殺的小說。然而在這裏，杜斯托耶夫斯基表現出了他那如椽的筆力與深邃的悲憫：在這些描寫中，他的筆鋒飽含著同情與憂傷。這是一個什麼樣的世界啊，陰森恐怖的現實，掙扎呼喊的人們……此時的拉斯柯爾尼科夫已經處於一種精神恍惚的狀態中了，他偶爾在酒店中聽到有人說一個放高利貸的老太婆如何的爲富不仁，他便決定去殺這個老太婆，他甚至認爲這是一件好事，可以殺富濟貧。就這樣，他用斧頭殺死了老太婆和她的妹妹。在接下來的巨大篇幅裏，作者細緻入微地剖析了犯罪之後拉斯柯爾尼科夫精神上的折磨與分裂，他的個人主義思想在道義的鞭撻和良心的譴責下走向了崩潰，最後，在索尼婭基督精神的感召下，他投案自首，以經受苦難而走向新生。

在發表此書的兩年後，他又寫出了另一部經典性作品《白癡》。在這本書中，他用了全部的筆力寫出了一個近於基督的人物——梅什金公爵。這個人物是杜斯托耶夫斯基全部宗教理想的集中體現，他正直、善良、寬容，更重要的是，他對所有的人都充滿了信任和溫情。而女主人翁娜斯塔霞從小父母雙亡，長大後變得聰慧美麗，卻被收養她的貴族地主托洛茨基所佔有。後來，托洛茨基打算娶將軍之女爲妻，便想把娜斯塔霞推出去。他願意拿出7萬5千盧布的巨款作賠嫁，把娜斯塔霞嫁給將軍的秘書，以此作爲娶其女的條件。將軍也同意此門婚事，一來他可以有一個有錢有勢的女婿，更重要的是，他早就對娜斯塔霞的美貌垂涎三尺，希望以後可以有所沾染。秘書對此也洞若觀火，但他卻貪圖那份巨額陪嫁，因而極力促成這件事情。在這筆骯髒的交易中，誰也沒有考慮到娜斯塔霞，她的美貌與聰慧只是成了這

**「西歐派」領袖別林斯基**

從1825年到1840年，俄國發生了一場知識革命，這在一定程度上受到謝林和黑格爾哲學思想的影響。這場革命形成了一個稱為「知識份子」的階層，該階層對後來俄國政治和社會思想產生了重大的影響。到了1840年，這場運動分化為兩個尖銳對立的派別：斯拉夫派和西歐派。前者具有強烈的民族主義思想，極力主張回歸到古老俄羅斯的優秀傳統中去，並支持東正教的信念和沙皇的專制統治。而西歐派領袖別林斯基（1811～1848）則以文學作品之社會意義及反映現實的程度來評估文學的價值。他認為俄國的出路在於吸收西歐的進步思想。1838年別林斯基的《文學理想》發表，這使他聲名鵲起。他在文中以狂熱筆調評論俄國文學，並反映了謝林的浪漫派國家主義。別林斯基終生主張自由主義，對俄國知識份子深具影響，尤其是杜斯托耶夫斯基及其他19世紀的寫實主義作家。

個骯髒交易的一個不起眼的注腳。然而，這個出淤泥而不染的人並沒有逆來順受，她對這夥骯髒的傢伙進行了反抗甚至挑戰。她深愛著梅什金公爵，但卻覺得自己已經配不上他了，於是，在她的生日宴會上，她表示願意嫁給出錢10萬盧布的商人羅戈任，而後她卻將這10萬盧布投入了火爐，聲稱誰用手取出來就是誰的──她拿這些偽君子們所倚仗、所垂涎的東西嘲笑了他們。然而，在撕下那些人的面具的同時，她也毀掉了自己的幸福。她一次又一次地從羅戈任那裏跑回到梅什金公爵身邊，但卻一次又一次地從公爵那裏再逃出去，最後終於被喪失理智的羅戈任殺死。

梅什金公爵正是書名中所說的「白癡」，然而，正是由於周圍環境目之為白癡，才更彰顯出這個社會與其文化傳統的墮落與腐朽。杜斯托耶夫斯基寫出了自己理想中的基督式人物，但他沒有迴避那個不可能容忍這個人物的社會。正因為如此，這個瘦弱、憂鬱、笨拙而無力的人物的存在，竟使書中所有的一切突然失去了重量，變得如此的不值一提。

梅什金公爵的形象是杜斯托耶夫斯基創作中的一個主軸。在他臨死前一年發表的集大成式的作品《卡拉馬佐夫兄弟》中，阿遼沙成了這一形象的延續與深化。《卡拉馬佐夫兄弟》這本書雖然沒有寫完，但它仍然成了杜氏文學歷程中具有總結意義的作品。以前出現在他作品中的經典性情境在這裏均有極為完整而清晰的反映。杜氏一生的文

學成績與其矛盾及深刻的缺陷也都盡萃於此。

杜斯托耶夫斯基的小說不但繼承了現實主義文學那敏銳而精準的筆力，而且也以其特出的文學才能爲後世現代派文學打開了無盡法門。魯迅先生曾對杜斯托耶夫斯基有過一段深中肯綮的評價，他說：「他把小說中的男男女女，放在萬難忍受的境遇裏，來試煉它們，不但剝去了表面的潔白，拷問出藏在底下的罪惡，而且還要拷問出藏在那罪惡之下的眞正潔白來。」這句話精確地描述出了杜斯托耶夫斯基的一個巨大貢獻，即把文學的探照燈伸入到人類那幽深難辨的心靈世界中去。這是19世紀後半期以來文學發展的大勢，而杜斯托耶夫斯基，則正是肇其端者。

## 第二節　綠木棒——一生的追尋：托爾斯泰

在俄羅斯圖拉省克拉皮文縣有一個安閒靜謐的小田莊，名叫雅斯納雅‧波良納。這裏與其他俄羅斯的小莊園沒有什麼大不了的區別，有親切的樺樹林，有肥沃的黑土地。但是，人們卻常常對這裏充滿了驚訝和好奇，甚至對這裏的一草一木也頗有敬畏。其原因就在於這兒孕育出了一個震驚世界的文學家：列夫‧托爾斯泰（1828～1910）。

與杜斯托耶夫斯基不同的是，托爾斯泰係名門出身，其遠祖在彼得一世時就得到了封爵。他的父親也參加了衛國戰爭，並以中校銜退役。但少年時代的托爾斯泰是不幸的，2歲喪父，9歲喪母，這種遭際給他幼小的心靈世界帶來的是什麼也許是不言而喻的。幼年的貴族家庭教育形成了他對哲學與文學的興趣，而大學所學的外語與法律又與他的個性格格不入，於是，在尚未畢業時，他便退學回到了自己的波良納莊園。此後有一段時間他周旋於上流社會中，但他對這種生活充滿了厭

→《戰爭與和平》電影海報

倦。1851年，23歲的他便以志願兵身分到高加索入軍服役。並自願參加了塞瓦斯托波爾戰役，在最危險的第四號稜堡任炮兵連長。

1855年，27歲的托爾斯泰回到了彼得堡，這時的他已經發表了一些小說，成為新進作家，據說他當時以不喜歡荷馬和莎士比亞而被人們視為怪人。次年，他愛上了鄰居阿爾謝尼耶娃，但他經過了很多痛苦的努力也未能如願。1862年，34歲的他同索菲婭結婚，索菲婭一生為托爾斯泰付出良多，但她並不能完全理解和支持托爾斯泰。二人之不和對托爾斯泰的創作有著極為不良的影響。

結婚的次年，托爾斯泰便全身心地投入到一部巨著的創作中去。直到6年後，他的這部震驚世界的傑作方全部完成：這就是描寫1812年俄羅斯衛國戰爭的巨幅歷史畫卷《戰爭與和平》。這部作品描寫了俄法會戰、波羅金諾會戰、莫斯科大火等重大的歷史事件。但在這樣廣闊而宏偉的背景中，還以包爾康斯基、別竺豪夫、羅斯托夫和庫拉金四大家庭為觸角，從而展現了極為廣闊的社會生活畫面。通過書中的559個人物，托爾斯泰的筆鋒伸向了社會的各個角落，全面表現了社會上存在的各種問題。想要用簡單的語言來描述這部巨著的概貌似乎是不大可能的，她就像生活本身一樣複雜，無數條情節線索交叉並進，又互相衝突、影響、糾正、偏

→列夫·托爾斯泰，俄國小說家、道德哲學家和社會改革家，也是俄國最受人們喜愛的小說家之一。其作品由於卓越的真實性和寫實主義，以及對人物深刻的心理分析而贏得評論家的讚譽。

離。每個事情的產生與發展總有許多的事件為之推動，因與果是如此的複雜以至於我們無法清晰地去把握。我們只能被作者藝術的大潮所包圍並挾裹著，到達其興之所至的任何一個地方去。

宏大的結構與嚴整的布局，迥異的性格與豐富的人物，甚至作者那巨幅的哲理性長篇大論，都成為了19世紀批判現實主義文學的標誌性成果。如果說在《戰爭與和平》發表之前，托爾斯泰在俄羅斯文壇上還只是一個「怪人」，那麼此後，他則無可置辯地成為世界文壇上的巨人。

→日俄戰爭期間，托爾斯泰在祈禱和平。

剛完成這部巨著，他又開始了《安娜‧卡列尼娜》的構思，並在3年後開始動筆。以後的4年中，他原來的構思發生了巨大的變化。本來只是一個上流社會已婚婦女失足的故事，但他那無所不至的筆觸仍然伸進了社會的各個層面，特別是他詳細地描寫了農奴制改革後俄國資本主義發展的災難性後果，給作品勒上了社會與人生深深的不可漫漶的印痕。

小說由兩條幾乎平行的線所組成：一是寫安娜對其丈夫卡列寧空洞而虛偽的生活感到厭倦，愛上了青年軍官伏倫斯基。為此她拋棄了家庭而出走，忍受了上流社會與其親友的鄙棄，與伏倫斯基生活在一起。然而時間不長，她又被伏倫斯基所厭倦，絕望的安娜終於臥軌自殺。而另一邊，托爾斯泰又寫了外省地主列文與貴族小姐吉娣的戀愛與波折。這兩條線索曾被評論家認為並不有機，而托爾斯泰卻曾為此分辯說，這是他寫出的結構最為完美的作品。他說，這兩條線索就像哥德式建築拱門兩側的邊，剛開始它們是不相干的，但它們發展到穹頂時，卻妙合無間，根本找不到二者的接頭在哪裏。由此可見，托爾

斯泰這樣寫是有其良苦之用意的。

安娜所生活的社會充滿了虛偽，安娜那人性的生機便被這個可怕的社會機器吞去了。伏倫斯基第一次見安娜時，就被其臉上那種壓抑不住的生氣所吸引。安娜渾身所洋溢著的生機時時要她衝破那個社會的偽善之網，當她偶遇伏倫斯基時，便以爲找到了沖決羅網的勇氣與理由。然而，她所面對的是整個強大的貴族社會，伏倫斯基也並不例外，她只看到了他風度非凡，卻沒有看到他與她所要逃離的人群是一丘之貉。於是，在安娜被上流社會所鄙棄時，伏倫斯基卻給了她最後同時也是最爲致命的一擊。臨死時，安娜悲涼地說：「這全是謊言，全是虛偽，全是欺騙，全是罪惡！」我們可以想像，此時的這個世界對她而言，該是多麼黑暗而荒蕪，淒清而冰冷！安娜的死是整個文學史上最爲絕望的自殺之一，與福樓拜筆下的愛瑪·包法利之死同樣讓人感受到一個痛苦萬狀、乃至於無法表述的歷程：即人的心靈是怎樣一步步走入到那沒有光的所在的。

而列文則彷彿是另一個世界的人物。他不屬於那個虛偽的階層，而且他也想衝破這令人擔憂的現狀。但不同於安娜的是，他是從思想上，從理智上，而不是從情感上來探索這些。當然，他的思想探索實

→反映托爾斯泰親自耕種的油畫。

推薦閱讀

《戰爭與和平》，劉遼逸譯。

《安娜·卡列尼娜》，周揚、謝素台譯。

《復活》，汝龍譯。

際上正是作者自己現實存在著的痛苦歷程的反映。而列文最後的「皈依上帝」，似乎也正是托爾斯泰的核心思想。

當然，托爾斯泰對哲理與藝術的探索並未至此而止步。在1889到1899年這一段漫長的創作歷程中，他為後世留下了又一部典範性的作品：《復活》。此書的情節來自於真實的案件：貴族青年聶赫留多夫出席法庭陪審時，發現那個被誣為謀財害命的妓女正是他10年前誘騙過的農家少女卡秋莎·瑪絲洛娃。這時他的良心開始覺醒，並極力要為她申冤，失敗後又甘願陪同她一同流放西伯利亞。最後，這個已被骯髒的社會所吞噬的少女與這個碌碌而麻木的貴族同時得到了道德與精神上的雙重「復活」。

1901年，對世界文學影響重大的諾貝爾文學獎開始頒發。當時，人們都認為托爾斯泰是當之無愧的人選，因此提名與推薦絡繹不絕。然而托爾斯泰並沒有獲獎，這件事情成了當年文學界爭論不休的一件大事。於是在第二年，瑞典文學院不得不對此做出一個答覆，他們說托翁之所以未獲獎是因為沒有具備資格的個人或團體推薦。因此，這一年便有了有關托翁的大量的推薦書，瑞典文學院不得不又發表聲明，說這位傑出的作家對社會道德所持的懷疑態度與諾貝爾設此獎的初衷相違，所以絕不會發獎給他。歷史已過去了一個世紀，當我們回首往事的時候，我們發現，諾貝爾獎沒發給托爾斯泰，並沒給他造成什麼損害，其實，受到損害的是諾貝爾獎自己。

晚年的托爾斯泰一直致力於他的「平民化」理想，據說他自己扶犁耕地，持齋茹素，甚至種菜、做鞋，甚至還要放棄他的貴族稱號和私有財產，這與他的夫人發生了嚴重的衝突。1911年11月10日，他

終於衝破了一切限制與顧慮，實現了自己一直以來在藝術世界中反覆表達與描繪過的自由境界：離家出走。而這一年，他已經是82歲高齡的老人了。但他還是和青年時代一樣，為自己內心的思索所激勵、所鼓舞，並最終用實際行動完成了他一生的思索。不過，在途中他卻不幸感冒，並於20日在阿斯塔波沃火車站病逝。

在托爾斯泰幼年時期，他哥哥曾告訴他一個母親講過的故事，說在這個世界的某一個地方，埋有一支綠色的木棒，上面有和平、幸福的字樣，如果誰在一生中找到這支木棒，那他就可以實現這些人類許久以來的嚮往。托爾斯泰的一生正是這樣一個追尋的一生，他一生的全部創作都可以看作是其追尋時那清亮的空谷足音。據他的大女兒記載，他一直對這個故事念念不忘，1906年還曾在一次散步中給她講了這個故事。在他死後，遵照他的遺囑，人們把他葬在了他幼年聽此故事的那個地方，墳上沒有墓碑，也沒有十字架。

那個女人整個臉上現出長期幽幽禁的人們臉上那種特別慘白的顏色，叫人聯想到地窖裏儲藏著的番薯所發的芽。她的眼睛顯得浪黑、浪亮，稍稍有點浮腫，可是非常有生氣，其中一隻眼睛略為帶點斜睨的眼神。
　　　　　　　　　　　　　──《復活》

*天才的十分之一是靈感，十分之九是血汗。*
　　　　　　　　　　　　*── 托爾斯泰*

→托爾斯泰

→進入20世紀，在一些國家出現了用卡車載書從城市下鄉村賣書的情形，這大大方便了知識在普通百姓尤其是鄉村人間的傳播。

## 托爾斯泰主要作品

### 小說

| | |
|---|---|
| 1851 | 《昨天的歷史》 |
| 1853 | 《襲擊》 |
| 1855 | 《伐林》，《彈子記分員傳記》 |
| 1857 | 《琉森》 |
| 1858 | 《亞伯特》 |
| 1859 | 《家庭幸福》、《三死》 |
| 1863 | 《哥薩克人》 |
| 1864～1869 | 《戰爭與和平》 |
| 1875～1877 | 《安娜·卡列尼娜》 |
| 1898 | 《什麼是藝術？》 |
| 1889～1899 | 《復活》 |

### 非小說作品

| | |
|---|---|
| 1882 | 《懺悔錄》 |
| 1884 | 《我的信仰》 |
| 1891 | 《教條神學研究》 |
| 1894 | 《天國在您心中》 |
| 1902 | 《那麼我們該怎麼辦？》 |

### 戲劇

| | |
|---|---|
| 1887 | 《黑暗的力量》 |
| 1889 | 《啟蒙的成果》 |

死現在是促使他恢復對她的愛情，懲罰他，讓他心裏的惡魔在同他搏鬥中取得勝利的唯一手段，這種死的情景生動地出現在她的眼前……「那裏，那裏，倒在正中心，我要懲罰他，擺脫一切人，也擺脫我自己！」
　　　　　　　　　　　──《安娜·卡列尼娜》

## 第三章

# 俄羅斯：苦難土地的黃金時代 3

自從文學的天空中出現了俄羅斯的群星之後，他們那清純如玉的光輝便再也沒有離開過。在普希金、果戈理、屠格涅夫以及「日月雙懸」二位大師外，19世紀末，俄羅斯仍在繼續著他們的光榮，因為他們還擁有著純淨的詩情與深邃的思想，還擁有著那肥沃而又苦難的黑土地。更重要的是，他們已經擁有了那獨特而又厚重的文學傳統。於是，他們在這個時候，不僅繼承了這一傳統，而且，還產生出了傑出的作家來發展這個傳統。

「君子之澤，五世而斬」，然而，俄羅斯的文學精靈卻從此一直吟唱下去，永不停息！

## 第一節　為小人物歌哭的作家：契訶夫

安東‧巴甫洛維奇‧契訶夫（1866～1904），俄國19世紀末期批判現實主義作家，以短篇小說聞名於世。他生於破落小商人家庭。在莫斯科大學畢業後行醫多年，接觸過俄國社會各階層的人物，1890年到過流放犯人的庫頁島，親自體會到人民的一些疾苦。這些對他的創作都有重要意義。

契訶夫的創作生涯始於80年代初。他寫了大量短篇、中篇小說和一些劇本。早期的幽默小說富於社會內容，與當時流行的庸俗逗笑故事迥然不同。隨著對社會觀察的深入，他的作品也日益嚴肅。契訶夫的作品揭露了地主階級殘酷的剝削和資本主義在城鄉造成的災難，同情勞動人民和被侮辱與被損

→契訶夫

契訶夫主要戲劇

《蠢貨》(通俗鬧劇)
《伊凡諾夫》(四幕正劇)
《天鵝之歌》(獨幕劇習作)
《求婚》(獨幕笑劇)
《林神》(四幕喜劇)
《被迫無奈的悲劇角色》(獨幕笑劇)
《結婚》(獨幕笑劇)
《紀念日》(獨幕笑劇)
《海鷗》(四幕喜劇)
《萬尼亞舅舅》(鄉村生活場景四幕劇)
《三姊妹》(四幕正劇)
《關於煙草的害處》(獨幕獨白)
《櫻桃園》(四幕喜劇)

害的「小人物」，譴責知識份子缺乏明確的生活目標。在逝世前不久的作品《新娘》和《櫻桃園》裏，契訶夫發出了與舊生活決裂，「把生活翻一個身」的呼聲。

契訶夫的中短篇小說共470多篇，其中大多數是短篇，作品題材多樣，文筆洗練。他善於以極有限的篇幅容納最大限度的內容，用幾個鮮明的細節勾畫出完整的典型形象，達到高度的藝術概括。他的作品往往取材於日常生活卻不失於瑣碎，沒有曲折的情節而能扣人心弦；讀者從作品平靜、含蓄的敘述中，能感到作家憂鬱而又嚴峻的目光，聽到他渴求新生活的心靈的跳動。

《變色龍》寫於1884年，描寫了警官奧楚蔑洛夫在廣場上處理一個人被狗咬傷手指頭的案件。一開始他擺出架勢，揚言要給狗的主人一點顏色看看。但當有人小聲地說這狗是將軍家的時候，他就急得出汗了，連大衣都穿不住，馬上改變腔調，對狗大加袒護，並且反過來批評被狗咬傷手指頭的人：「把手放下！……怪你自己不好！」可是又有人低聲地說這狗不是將軍家的，他又改變了面孔，說要為那人報仇，讓那些隨便放狗出來的人知道他的厲害，就這樣反覆了幾次。後來將軍家的廚師過來說將軍肯

→契訶夫和《牽狗的小姐》雕塑
契訶夫不僅是短篇小說及喜劇行家，而且還寫一些反映人民淒涼憂鬱生活的故事，《牽狗的小姐》就是其中著名的一篇，其背景是雅爾達，契訶夫曾因肺結核發作而在那裏居住了一段時間。

---

**契訶夫寫作的「六個條件」**

一、不要那種政治、社會、經濟性質的冗長的高談闊論。

二、徹底的客觀態度。

三、人物和事物描寫的真實性。

四、加倍的簡練。

五、大膽和獨創精神，避免陳腔濫調。

六、誠懇。

---

定沒有這樣的狗，奧楚蔑洛夫的態度頓時改變，斷然宣布：「這是條野狗！用不著白費工夫說空話了……弄死它算了。」可是廚師的話並沒說完，他接著說這狗不是將軍家的，而是將軍哥哥家的。他立即就換了副嘴臉，對那條狗讚不絕口，誇它機靈，能一口就咬破人的手指頭。他聲色俱厲地訓斥那人說「我早晚要收拾你」，在眾人的一片哄笑聲中，離開了廣場。作品通過一個極小的片段，真實地再現了奧楚蔑洛夫作為奴才的本性：欺壓百姓、阿諛奉承。

《第六病室》（1892）是契訶夫庫頁島之行的產物。它描寫在外省醫院裏發生的一個小故事，這所醫院裏的第六病室是專住「精神病患者」的病室，陰暗潮濕、混亂不堪，看門人像獄吏一樣肆意地毆打病人，殘酷地克扣病人的食物。「患者」到這裏，得到的根本不是治療，而是非人的虐待。拉京醫生對此極為不滿，但他信奉「不以暴力抗惡」的理論，所以只能不聞不問。當他了解到被關進來的人並不是真正的瘋子時，當局已經將他定性為「瘋子」了，把他也關了起來，並實行了同樣殘酷的虐待。這時他才明白所謂「不以暴力抗惡」理論在當時的荒謬。但這已經晚了，他第二天就含恨離開了這個世界。

小說成功地描寫，使人看到了那間專制、蠻橫、陰森、恐怖的第六病室就是一座人間地獄，彷彿是沙皇俄國的象徵。小說的描寫使人觸目驚心，發人深省，激勵人們起來和反動勢力作鬥爭。由於當時沙皇的統治殘酷而強大，社會過於黑暗和沉重，雖然契訶夫也相信人們會起來反抗這一人間地獄，但他仍然感到沉鬱和壓抑。小說中不時流露出低沉的調子，表現了作家的苦悶和矛盾。小說發表後，立即轟動了整個俄國，當時的有志青年讀了後，對眼前的現實才有了清醒的認識，其中就包括列寧。

《套中人》寫於1898年，契訶夫著重使用藝術誇張的手法，通過具有象徵意義的「套子」，從外表、生活習慣、思想方式乃至婚事突出刻畫了別里科夫這個在當時沙皇專制員警制度下膽小怕事的庸人的典型形象。但別里科夫這個形象，除保守外，還有反動的一面，他不但自己處處生活在套子裏，而且隨時準備著揭發別人，記下他認爲的不規矩行爲和「違法者」的名單，以便向當局告發。他成了小城裏人們生活中的一道精神枷鎖，無論是否與他有關，他都要出面干涉，在他腦子裏，凡是當局沒有明文允許的，就是不可以的。哪怕是自發性的舞會都會引起他的恐慌，「千萬別出什麼亂子」是他的口頭禪，也是他的行爲原則。他的頑固保守，甚至走到了當局的前面。如果當局出人意料地批准成立一個戲劇小組或者閱覽室，或者茶館之類的，他總要搖搖頭說：「當然，行是行的，這固然很好，可是千萬別鬧出什麼亂子。」他像害怕瘟疫一樣害怕新事物，爲了扼殺新生事物，他甚至用盯梢、告密等不可告人的手段來破壞這一切。弄得全城都害怕他：人們不敢大聲說話，不敢寫信，不敢交朋友，不敢看書……別里科夫長期禁錮著這座小城人們的自由，小城的生活因此而死氣沉沉。在專制制度沒落腐朽的年代裏，作者塑造出這樣一個典型並加以鞭撻，是有積極作用的。作者借小說中獵人之口說：「不成，不能再照這樣生活下去啦！」在一定程度上反映人們對壓抑的拒絕和反抗。

但當時的氣氛的確十分沉重，以致作者在最後不得不感歎這一個別里科夫死去後，還會有無數個別里科夫生活在他們周圍，要改變這種沉重的生活，路還很長。

----

「我原來是賠罪的，因爲我在打噴嚏的時候噴了您一身唾沫星子……我從沒想到要開玩笑。我哪敢開玩笑？……」

「滾出去！！」將軍忽然大叫一聲，臉色發青，周身發抖。

「什麼？」切爾維亞科夫低聲問道，嚇得呆若木雞。

「滾出去！！」將軍頓著腳又喊一聲。

《小官員之死》

----

推薦閱讀

《契訶夫短篇小說選》，汝龍譯。

《契訶夫戲劇選》，童道明等譯。

# 第二節 社會大學的高材生：高爾基

　　高爾基（1868～1936），蘇聯無產階級作家，社會主義現實主義文學的奠基人。他出身貧苦，幼年喪父，11歲即為生計在社會上奔波，他在艱難的環境中仍刻苦自學文化知識，並積極投身社會實踐，探求改造現實的途徑。1892年發表處女作《馬卡爾·楚德拉》，登上文壇。他的早期作品，既有現實主義又有浪漫主義的風格。

　　1906年高爾基寫成長篇小說《母親》，這是他最重要的作品，它標誌著高爾基的創作達到了新的高峰。《母親》塑造了世界文學史上第一批自覺為社會主義而鬥爭的無產階級革命者的英雄形象，是社會主義現實主義文學的奠基作。在社會主義文學史上影響極其深遠。

　　十月革命後，高爾基健康不佳，僅寫了回憶錄及自傳體三部曲的最後一部《我的大學》等幾部作品。1921年，他到國外養病，1931年回國之後，開始著手《克里姆·薩姆金的一生》的寫作，這是從1925年起著手創作的長篇巨著，卷帙浩繁而具有史詩氣魄，因為天不

→高爾基（右三）在貝納塔朗誦劇本《陽光之子》　列賓　俄羅斯
高爾基一生共寫了15部劇本，其劇本全都被視為俄國戲劇的經典之作。《陽光之子》是他在1905年完成的劇本。

假年，作品沒有最後完成。但仍以雄健的筆力描繪了十月革命以前40年間俄國社會生活的一幅全景圖，包羅了形形色色的重大歷史事件，展現了當時社會上種種尖銳的鬥爭。塑造了主人翁克里姆·薩姆金這個典型，這個人是個極端的個人主義者，他投身革命卻只是為了逃避懲罰，一旦有所變化，他就露出自己猙獰的面目，倒打一耙，最後落得個慘死的下場。當然，作為一種政治色彩十分明顯的產物，這部作品顯得有些概念化，簡單化，人物的對比人為的跡象太過明顯。

因為身體不佳，1936年，高爾基因病與世長辭。

《母親》是高爾基最重要的作品。這部長篇小說第一次生動地、正確地描寫了工人階級對地主階級和資本家的反抗鬥爭。歌頌了無產階級的革命精神和英雄氣概，塑造了無產階級革命戰士的光輝形象。在世界文學史上，《母親》是一部劃時代的巨著，開闢了無產階級文學的新紀元。在高爾基之前，也有反映工人生活的艱難和痛苦的作品，但在這些作品中從沒出現過馬克思主義政黨的光輝形象，反映不

## 柯羅連科與烏斯賓斯基

**柯**羅連科（1853～1921）（如圖），俄國短篇小說家和新聞工作者，其作品中滲透著他對下層民眾的同情。因參加革命活動，先後被學校開除，並被流放到西伯利亞。在那裏他廣泛接觸流浪漢、乞丐、小偷及被社會遺棄的遊民，這些人在他後來的小說中均能找到影蹤。5年後獲釋，發表著名小說《馬卡爾的夢》（1885），反映了他對雅庫爾農民的同情和深刻了解。在主編《俄羅斯財富》雜誌時，他維護少數民族，曾幫助包括高爾基在內的青年作家。十月革命後，由於不願同布爾什維克政府合作而返回烏克蘭，在那裏寫自傳體小說《我的同時代人的故事》（1905～1921），但終末完成。

格列布·烏斯賓斯基（1843～1902），俄國作家。他對農民生活的現實主義描寫大大糾正了流行一時的美化俄國鄉村的浪漫主義觀點。他雖然參加過民粹派，但他與民粹派人士不同，並不把俄國農民理想化。這反映在他的作品諸如《土地的威力》（1882）中，在這部作品中他以俄國農民的落後狀態為主題。烏斯賓斯基的第一部重要作品《遺失街風習》（1866）是一部講述圖拉城郊貧民區生活的散文集。後來，烏斯賓斯基在精神病院住了將近10年，最後自殺而亡。

出工人運動的歷史過程。《母親》的問世，彌補了這個巨大的空白。

《母親》標誌著高爾基在探索正面人物方面也達到了新的高峰。他大膽創新，結合當時蓬勃發展的工人運動，創造了巴威爾這個工人階級的代表人物，他來自人民群眾，體現了人民群眾的根本利益，當然也得到了人民群眾的大力支持。在這裏，自然也就出現了大量的場面描寫。使得巴威爾這個人物顯得真實可信。由於作者翔實地描繪了人物生活的歷史情景，所以在閱讀這部作品時，就有一種身臨其境的真實感。一系列的重大歷史事件接踵而來，主人翁在這些歷史的浪潮前顯示了真正的英雄本色，他經得起風浪的考驗，經得起歷史的考驗，經得起時代的洗禮，所以才顯得高大、莊重。

作品既有細緻的心理描寫和內心獨白，也有強烈的浪漫主義色彩，這增強了作品的感染力。總之，《母親》以對新的革命現實的真實描寫，以對時代本質的深刻概括，以具有高度思想性和藝術性的英雄人物形象以及新的創作方法，開創了無產階級文學的新時代。

《童年‧在人間‧我的大學》是高爾基的自傳體三部曲。小說真實地記錄了高爾基淒苦的童年，艱苦的青年和自強不息的成長歷程。作者以自己的成長歷程為線索，逼真地描繪了當時社會上形形色色的世態人情。

高爾基原姓彼什科夫，「高爾基」是後改的姓。這個詞在俄文裏是苦的、痛苦的意思。高爾基詳細描述了他的出生和童年生活，5歲喪父，不久後母親也撒手人寰，外祖父把他送進鞋店當學徒。同時也教他認字。可高爾基不想做修鞋匠，終於逃跑了；後來又到繪畫師那裏當學徒，不久後即溜之大吉。他進過畫聖像的作坊，也到輪船上當

→這是一本新聞雜誌的封面，它描繪了高爾基流亡歸來時下決心要用藝術為革命服務的情景。高爾基的這種決心在他於1934年的蘇維埃作家代表大會上的講話中有所體現：「我們作品中首要的英雄人物應當是工人，也就是被勞動工序組織起來的人。」

過伙夫，還幫花匠打過雜。在高爾基當伙夫的那條輪船上有一個人，對他以後的文學道路產生了重要的影響，他就是廚師斯默雷。這位極富同情心的廚師經常幫助高爾基學習文化知識，強迫他閱讀《聖行者傳》以及果戈理、格列布‧烏斯賓斯基、大仲馬等許多共濟會員的作品。在15歲前，高爾基就靠幹這些活兒維持生活。他酷愛書籍，經常讀一些不知名作者的古典作品，如《古阿克——一名無可戰勝的忠誠者》、《安德列‧別斯斯特拉什內》等書。

　　15歲以後，高爾基對學習產生了強烈的願望，便獨身一人前往喀山求學，但卻被學校拒絕，只好在麵包店學做麵包。高爾基求學的嘗試終於失敗。他只好走進下九流社會，同那些淪落的不幸者長久地生活在一起。在高爾基的作品裏，人們可以看到他們在底層苦苦掙扎的縮影。俄羅斯烏斯傑河口碼頭可以為高爾基苦難的青春歲月作證。當

| 高爾基主要作品 |
| --- |
| ●短篇小說 |
| 《馬卡爾‧楚德拉》 |
| 《切爾卡什》 |
| 《二十六個男人和一個女人》 |
| ●長篇小說 |
| 《福瑪‧高爾傑耶夫》 |
| 《三人》 |
| 《懺悔》 |
| 《奧古羅夫鎮》 |
| 《母親》 |
| 《阿爾塔莫諾夫家的事業》 |
| ●戲劇 |
| 《底層》 |
| 《夏季的人們》 |
| 《陽光之子》 |
| 《野蠻原始人》 |
| 《敵手》 |
| 《最後》 |
| 《瓦薩‧熱列茲諾瓦》 |
| 《葉格‧巴厘柯夫》 |
| ●非小說類作品 |
| 《海燕之歌》 |
| 自傳體三部曲《童年》《在人間》《我的大學》 |
| 《回憶托爾斯泰》 |
| 《關於作家們》 |

年高爾基在碼頭上背負沉重貨物和拉大鋸度日的情景被許多畫家描繪過，那場面感人而生動。磨難一度折服過高爾基，他曾企圖自殺，但意志終於佔了主導地位，他戰勝了死神。大病一場之後，他在街頭當蘋果販子，頑強地走著自己的人生之路。

　　人世間的辛酸激起了高爾基奮鬥的決心，他貪婪地閱讀各式各樣的文學作品，書是他在貧困潦倒中最知心的朋友。1892年，他當上了著名律師拉寧的文書。這位律師曾給高爾基很多幫助，高爾基得到了許多平日得不到的東西——做人的深刻內涵和處世的細微洞察力。

# 三部曲

- 古希臘悲劇之父埃斯庫羅斯的《奧瑞斯忒亞》三部曲(《阿伽門農》、《奠酒人》、《復仇神》)、《普羅米修士》三部曲(《被縛的普羅米修士》、《解放了的普羅米修士》、《帶火的普羅米修士》)；
- 法國喜劇作家博馬舍的《費加羅》三部曲；
- 英國著名作家高爾斯華綏的《福爾賽世家》三部曲(《有產業的人》、《騎虎》、《出租》)、《現代喜劇》三部曲(《白猿》、《銀匙》、《天鵝之歌》)、《尾聲》三部曲(《女侍》、《開花的荒野》、《河那邊》)；
- 俄國作家列夫·托爾斯泰的自傳體三部曲(《童年》、《少年》、《青年》)；
- 德國作家亨利希·曼的《帝國》三部曲；
- 美國作家德萊塞的《欲望三部曲》；
- 波蘭作家顯克微支的歷史小說三部曲(《火與劍》、《洪流》、《伏沃迪約夫斯基先生》)；
- 丹麥作家尼克索的紅色三部曲(《征服者貝萊》、《蒂特──人的女兒》、《紅色莫爾頓》)；
- 中國作家郭沫若的《女神》三部曲(《女神之再生》、《湘累》、《棠棣之花》)、自傳體三部曲(《學生時代》、《革命春秋》、《洪波曲》)、《漂流》三部曲(《歧路》、《煉獄》、《十字架》)；茅盾的《蝕》三部曲(《幻滅》、《動搖》、《追求》)、農村三部曲(《春蠶》、《秋收》、《殘冬》)；巴金的愛情三部曲(《霧》、《雨》、《電》)、激流三部曲(《家》、《春》、《秋》)等。

**TRILOGY**

*a group of three related literary or operatic works.*

　　漫長的磨難終於走到了盡頭，高爾基也從苦難的童年、陰暗的人間走到了光明燦爛的大學殿堂，他的處女作被俄國著名作家柯羅連科慧眼看中。柯羅連科把高爾基的處女作推介給俄羅斯文學界的知名人士，高爾基從此踏上了高尚的文學界。

　　這就是高爾基從出生到青年這一段人生中最為坎坷的經歷，他以滿腔的激情和酣暢淋漓的筆墨將這一切藝術地再現於我們眼前，作品中的每一處細節描寫都有著高爾基對人生最深刻的思考和體驗。他要

推薦閱讀

《童年‧在人間‧我的大學》，劉遼逸等譯。

《母親》，夏衍譯。

寫出這些，不是為了炫耀，而是為了將生活的艱難和美好都展示出來，給人以希望，給人以前進的動力，讓讀者在他的苦難歷程中汲取靈魂的力量和勇氣。高爾基的願望實現了，近一個世紀來，一代又一代的青年都從這部小說中獲得了人生動力，他們也都將這部藝術作品視為自己人生中最重要的動力啟蒙書。

## 第三節　永遠的青銅騎士

十月革命的炮聲，為俄羅斯打開了通往社會主義的大門。無產階級推翻了壓迫俄羅斯人民長達數百年的沙皇專制統治，也推翻了一種壓抑人性的腐朽文化。感受著新時代的新鮮氣息，人們紛紛拿起筆來，為俄羅斯歌唱，為新的文化歌唱。

### 一、苦難的歷程：阿‧托爾斯泰

阿‧托爾斯泰（1882～1945）出生於薩馬拉一個貴族家庭。在大學期間醉心於象徵主義詩歌的創作，後來轉向現實主義的散文創作。第一次世界大戰爆發後，曾為戰地記者，對俄羅斯後來的幾次革命持不同意見，曾在沙皇軍隊中任職，十月革命後流亡法國，1921年到柏林，開始《苦難的歷程》的第一部《兩姊妹》。1922年，向來到柏林的高爾基表示了回歸祖國的願望。回到莫斯科之後，進入了新的創作階段，完成了三部曲《苦難的歷程》的後兩部，《一九一八》和《陰暗的早晨》。這是阿‧托爾斯泰最負盛名的作品，曾獲得過史達林獎金。1945年2月，他在莫斯科去世。

《苦難的歷程》這部輝煌的巨著從構思到完成，歷時20年，它是作家本人「良心所經歷的一段痛苦、希望、喜悅、失望、頹廢和振奮的辛酸歷程」的結果。書名取自俄羅斯的古經《聖母的苦難的歷

程》。它通過卡嘉、達莎和她們所愛的人捷列金、羅欣所經歷的彷徨、苦悶、探索、追求，最後走向革命的苦難歷程，揭示了知識份子只有和俄羅斯相結合才會有出路這一眞理。

作家把主人翁放在俄羅斯十月革命前後最重要、最動盪不安的10年，讓他們的命運在這最艱難的歲月裏充分地展現出來。兩姊妹中的姐姐卡嘉追求時髦，沉迷彼得堡的上層生活，那些形形色色的現代派文人是她的座上客，她在其中迷失了自我，以爲自己就是文學女神，直至被姦汙才睜開眼睛看清自己所處的黑暗環境。良知和貞潔使她徹底清醒過來，她逃到了外國以洗清自己的渾渾噩噩。十月革命一聲炮響，更是讓她脫胎換骨，從以前的噩夢中驚醒，她全身心投入了爲蘇維埃服務的事業之中，找回了眞正的自我和幸福。妹妹達莎的經歷更爲曲折，她過於天眞單純，成了革命的敵人，但聽了列寧的話之後，還是能夠猛醒回頭。而捷列金、羅欣這兩位男主人翁也是如此，都經歷了尋找目標和失去目標的痛苦和彷徨。只有經歷了種種曲折的磨難和失敗後，他們才發現俄羅斯才是他們實現自己的歸宿。

→阿·托爾斯泰，俄國小說家和劇作家，其作品在蘇聯位於最受歡迎之列。

小說中的男女主人翁在接近並融合到歷史民族的行列過程中，終於跳出了個人情感和意願的圈子。小說的結尾更是明確點明了主旨，在莫斯科大劇院裏，個人和集體、俄羅斯和蘇維埃、愛國主義和共產主義高度地結合在一起。這顯得有些概念化和模式化，也反映了當時文學創作的一種趨勢。

小說的語言樸素，富有感情，情節生動曲折而符合人物性

推薦閱讀

《苦難的歷程》，
朱雯譯。

《鋼鐵是怎樣煉成
的》，梅益譯。

《青年近衛軍》，
葉水夫譯。

格。作品以細膩的筆觸描寫了達莎少女時期初戀的情感經歷，也深入刻畫了人物內心世界。小說中到處可見生動感人、熱烈逼真的場面描寫，繪聲繪色的人物對話和唯妙唯肖的人物蕭像。這些都證明了作者筆力的老到和功力。另外，小說筆法靈活多變，倒敘、插敘的恰當運用，書信、筆記、日記和歷史資料的合理安排，都使這部小說結構顯得輕鬆自如。這一切，充分顯示了作家從宏觀角度把握歷史、從哲理上把握長篇巨制的高超能力。但由於時代的原因，作品中表現了對史達林的個人崇拜思想，這是不足取的。

## 二、鋼鐵衛士：奧斯特洛夫斯基

有些作家，雖然無意給自己作傳，並且他很可能就會默默地走完自己的人生旅程，但他的一部作品往往就會使他聲名大振。尼古拉·奧斯特洛夫斯基（1904～1936）就是如此。他出生在烏克蘭，一個普通的工人、紅軍戰士、共青團基層幹部。《鋼鐵是怎樣煉成的》有大量情節取材於他自身的經歷，他同小說主人翁保爾·柯察金一樣，年幼家貧失學，做過小工，參加紅軍打過仗，負過傷，後來也是雙目失明，全身癱瘓。在身陷絕境的情況下，他不甘心於吃喝、呼吸、等死，於是拿起唯一還能利用的武器——文學語言，用筆甚至通過口述，克服難以想像的困難，歷時三載，創作了這部不朽的傑作，實現了重返戰鬥崗位的理想。

可是他的小說寄給出版社立即就被退了回來。經過朋友們的努力，才被一家雜誌社接受，分3年刊出。而在這3年間，評論界對它不置一詞，但讀者並不理會評論

→奧斯特洛夫斯基

界的冷漠，還在手稿期間，作品便在當地讀者中不脛而走。雜誌連載期間，圖書館裏借閱的人排成了長隊。人們迫不及待地盼望每一期雜誌的出版，信件雪片似的飛向編輯部。

1935年3月17日《眞理報》上發表通訊報導《英勇》，尼・奧斯特洛夫斯基的名字和事蹟第一次出現在全國性大報上，他成了一個傳奇式的英雄人物。同年10月，作者被授予國家級最高榮譽——列寧勳章。作者去世前的兩年間，小說以各種語言重印重版了50次。

作者以自身的經歷爲素材塑造了保爾這一英雄形象：他總是把祖國的利益放在第一位；他從不對困難屈服；在愛情和原則面前，他表現出了崇高的共產主義覺悟；他把自殺看成是對革命和事業的背叛。在經歷了無數的挫折和考驗後，他總結出了自己的名言：

*人最寶貴的是生命。生命每個人只有一次。人的一生應當這樣度過：回首往事，他不會因為虛度年華而悔恨，也不會因為卑鄙庸俗而羞愧；臨終之際，他能夠說：「我的整個生命和全部精力，都獻給了世界上最壯麗的事業——爲解放全人類而鬥爭。」*

這段名言被許多人記入筆記本，掛在床頭，貼在牆上，當作一生的座右銘。保爾的精神至今也沒有過時，我們在拼搏奮鬥時，我們在遇到挫折時，我們在面對人生中最爲嚴峻的考驗時，我們都應該想起這段話；我們也應該爲自己的生存尋找一個終極的目標和座標，這樣才不會在人生的旅途上迷路。

《鋼鐵是怎樣煉成的》問世以來，長盛不衰。除了它眞實而深刻地描繪了十月革命前後烏克蘭地區的廣闊生活畫卷外，它還塑造了以保爾・柯察金爲代表的一代英雄的光輝形象。保爾精神成了時代的旗幟。這個形象從誕生之日起便跨出國門，成爲世界各地進步青年學習的榜樣。

《鋼鐵是怎樣煉成的》並不是完美無缺的，作品的若干段落章節，如在對農民階級、知識份子以至新經濟政策某些側面的描寫上，

不無偏頗之處。這可以說是時代的印跡,如果我們熟悉本書創作的時代背景,那麼,這些瑕疵也就不難理解了。

### 三、共和國的青年近衛軍:法捷耶夫

法捷耶夫(1901～1956)出身革命家庭,幼年在符拉迪沃斯托克商業學校學習時就同布爾什維克接近,18歲入黨,參加過國內戰爭及其他一些革命活動。兩次受傷後,到莫斯科礦業學院學習。後來調去做黨的工作。

→法捷耶夫

1927年發表的描寫遠東游擊鬥爭的長篇小說《毀滅》給他帶來廣泛的聲譽,成為蘇聯革命初期經典性作品之一。法捷耶夫的《青年近衛軍》是一部反映蘇聯人民在反法西斯衛國戰爭時期的英雄業績的傑出作品,具有強烈的藝術感染力。小說於1945年出版後,受到蘇聯國內外廣大讀者的熱烈歡迎,次年獲得蘇聯國家獎。經作者修訂後,歷史的真實與藝術的真實達到了更高的統一。

1942年7月,頓巴斯礦區的小城克拉斯諾頓被德國法西斯軍隊佔領,當地未撤退的青年,以共青團員為核心,在地下區委的領導下,組成了「青年近衛軍」,展開了英勇的鬥爭,給敵人以沉重的打擊,使人民受到巨大的鼓舞。在1943年1月克拉斯諾頓收復的前夕,由於叛徒的出賣,大部分成員不幸被捕,壯烈犧牲。這就是小說《青年近衛軍》所根據的事實基礎。

小說通過「青年近衛軍」組織、克拉斯諾

**無產階級文學**

無產階級文學於19世紀後期的歐洲文壇顯示出旺盛的生命力,它的主要標誌是巴黎公社文學,公社前後近二十年間的文學創作構成了巴黎公社文學最精采的篇章,其最傑出的代表有《國際歌》的作詞者歐仁·鮑狄埃、公社的女英雄及詩人蜜雪兒、公社詩人克萊芒,還有著名的小說家瓦萊斯。而處於早期革命與內戰期間的蘇維埃文學這時逐漸出現明確的發展方向——無產階級文學開始在文化中扮演主要角色。從中又衍生出兩種派別:其一為由部分政府要人和某些被稱為「同路人」的作家支持的溫和派,他們認為靠官方命令不可能開創新的文學局面,而資產階級的藝術文化仍具價值;另一個則是極端分子組成的「守衛」派,他們支持政府對文學實行專政,並號召創作階級文學。

頓地下區委、伏羅希洛夫州游擊隊和紅軍正規部隊的對敵鬥爭，描繪了一幅波瀾壯闊的人民戰爭的畫卷，歌頌了偉大的衛國戰爭，展現了戰爭的宏偉規模和廣泛的群眾基礎，揭露了德國法西斯的兇殘本性，表明了正義戰爭必勝的眞理。

小說以極大的熱情表現了在社會主義社會裏成長的蘇聯青年的愛國主義精神和英雄氣概，塑造了「青年近衛軍」總部領導人奧列格、萬尼亞等青年英雄的光輝形象，同時也著力描寫了地下州委書記普羅慶柯、區委書記劉季柯夫等年長一輩領導人的艱苦卓絕的鬥爭，顯示了他們對祖國、對社會主義事業和共產主義理想的無比忠誠。

在小說中，青年們的形象鮮明突出，個個栩栩如生，呼之欲出。奧列格謙虛謹愼，但考慮問題周密而又果斷，在鬥爭中日臻成熟，迅速成長，是一個出色的組織家。鄔麗亞充滿對美好事物的追求，在戰火即將燒到跟前的時候還在河底摘下百合花插在頭髮上，後來在嚴峻的鬥爭環境中愈來愈深沉、穩重，並且嚴於責己，使同伴們看到她就會產生一種信心。總之，「青年近衛軍」的成員都各有自己的性格。儘管如此，作爲一個集體，這些青年卻有一些共同的性格特徵，喜歡幻想和渴望行動、富於想像和講求實際、酷愛善良和嚴峻無情、胸襟開闊和精明打算、熱愛人間歡樂和自我克制——這些似乎難以結合起來的特點合在一起就創造了這一代人的獨特的面貌。在精心刻畫青年形象的同時，作者也出色地勾勒出年長一輩領導人的形象。

對於德國法西斯，作者則以諷刺的筆法盡情加以嘲弄、揭露。脖子轉動時活像一隻鵝的男爵文采爾將軍，只知道嚴刑拷打蘇聯黨團員的大肚皮憲兵站長勃柳克納，因爲身上藏著掠奪來的各國錢幣乃至從死者嘴裏拔下的金牙而難得洗澡、渾身臭氣的黨衛軍軍士芬龐，就是他們的代表。在法西斯「新秩序」底下，由他們扶植起來的叛徒、俄奸以及形形色色的社會渣滓，也都原形畢露。

# 俄羅斯文化宣傳工具小史

圖像清晰度調整按鈕

有1.18英吋寬的螢幕

開關

音量調整按鈕

擴音器

裝接收線路的大木箱子

俄語是印歐語系斯拉夫諸語中最重要的一支，是俄羅斯聯邦的主要語言和聯合國五種官方語言之一。俄語字母表也即西里爾字母表，它和教堂斯拉夫語使用同樣的字母表，不過在1708年彼得大帝對俄語字母做了簡化，使其更接近較容易的西方拉丁文字母，並因而出現了被稱爲「民用字母表」的流行用法，和被稱爲西里爾字母的教堂斯拉夫語字母表。第一本俄語書於1563年印刷，緊隨其後，又出現了以連環漫畫形式印刷的具有道德說教的故事書。這種書籍形式一直保持到19世紀。進入20世紀，越來越多的人能夠閱讀，報紙開始普遍起來，書籍出版也日益擴大。後來，蘇維埃政府也大力推廣廣播、電視及電影的宣傳媒介的應用。

**→早期的電視機**
這是1931年製造的蘇維埃第一台電視機，它僅僅有一個又小又圓的螢幕。同年，無線電傳送也開通，到了1938年，固定的廣播節目在莫斯科和列寧格勒正式開始，但直到20世紀60年代電視才在全國範圍內普及開來。

## 西里爾字母──俄語形式

| 現代俄語 | 簡化直譯 | 現代俄語 | 簡化直譯 |
|---|---|---|---|
| А | a | Р | r |
| Б | b | С | s |
| В | v | Т | t |
| Г | g or gh | У | u |
| Д | d | Ф | f |
| Е | e or ye | Х | kh |
| Ё | e or yo | Ц | ts |
| Ж | zh | Ч | ch |
| З | z | Ш | sh |
| И | i or y | Щ | shch |
| Й | i or y | Ъ | (*) |
| К | k | Ы | y |
| Л | l | Ь | (*) |
| М | m | Э | e |
| Н | n | Ю | yu |
| О | o | Я | ya or ia |
| П | p | | |

**→亞歷山大二世改革之前的俄羅斯**，人們大都沒有讀寫能力。到了1917年，隨著新學校的開設，40%以上的國民科有了讀寫能力。進入20世紀20年代，蘇維埃政府進行了大規模的社會主義運動，大力推進社會主義文化建設以達到全國無一文盲。這張海報即是這場運動的一個反映。

**→蘇維埃新聞報導**
20世紀初隨著人們閱讀能力的提高，報紙開始迅速普及開來。蘇聯共產黨機關報《真理報》在這一時期開始印刷發行。

**→西里爾印刷體**
西里爾字母表有33個字母，與俄羅斯方言所有的母音和輔音相匹配，這就意味著這種語言讀寫是一致的，而且拼寫和發音均非常容易。

# 第四章
# 美利堅：新的生命

華盛頓・歐文的故事構架與敘述，霍桑的氣氛營造與烘托，愛倫・坡的詭異與奇譎，惠特曼的粗獷與沙啞的柔情……這些作家的個性已經永遠被鑲嵌在美國文學史的開端處。然而，他們的文學個性卻還太過於小家子氣，他們還只能是爲個人，而非爲整個美國文學贏得尊重。

　　眞正爲美國文學贏得尊重的人是馬克・吐溫，這位密西西比河上的水手以他那密西西比河般洶湧澎湃的藝術才力爲世界文學史留下了永存的記憶。而歐・亨利則是一個不期然而出現的小說天才，之所以如此說，倒並非他那揚名世界的小說結尾，而在於他無往而不至的藝術感。就在他們的旗幟下，德萊塞與安德森等人才把美國引向了世界！

## 第一節　美利堅的幽默大師：馬克・吐溫

→暮年的馬克・吐溫

　　馬克・吐溫（1835～1910）本名塞謬爾・朗赫恩・克萊門斯，馬克・吐溫是他的筆名，意思是水深12英寸。出生於密西西比河畔一個鄉村貧窮律師家庭，從小出外拜師學徒。當過排字工人、密西西比河水手、南軍士兵，還經營過木材業、礦業和出版業，後來從事新聞和幽默創作。1865年以《卡拉韋拉斯縣馳名的青蛙》一舉成名，成爲全國有名的幽默大師。

　　馬克・吐溫是美國批判現實主義文學的奠

基人，他的《競選州長》（1870）、《哥爾斯密的朋友再度出洋》（1870）等，以幽默、詼諧的筆法嘲笑美國「民主選舉」的荒謬和「民主天堂」的本質；長篇小說《鍍金時代》（1874，與華納合寫）、代表作長篇小說《哈克貝里‧費恩歷險記》（1886）及《傻瓜威爾遜》（1893）等，則以深沉、辛辣的筆調諷刺和揭露像瘟疫般盛行於美國的投機、拜金狂熱，及暗無天日的社會現實與慘無人道的種族歧視。

《湯姆‧索亞歷險記》是馬克‧吐溫的四大名著之一。小說描寫的是以湯姆為首的一群孩子天真浪漫的生活。他們為了擺脫枯燥無味的功課、虛偽的教義和呆板的生活環境，嘗試了種種冒險經歷。

湯姆是個聰明愛動的孩子，在他身上集中體現了智慧、計謀、正義、勇敢乃至領導才能等諸多優秀品質。他是一個多重角色的集合，足智多謀，富於同情心，對現實環境持反感態度，一心要衝出桎梏，去當綠林好漢，過行俠仗義的生活。小說塑造的湯姆‧索亞是個有理想有抱負同時也有煩惱的形象，他有血有肉，栩栩如生，給讀者留下了深刻的印象。在姨媽眼裏，他是個頑童，調皮搗蛋，可是她卻一次又一次地被他的「足智多謀」給軟化了。

小說第二章中出讓刷牆權的那段描寫，充分展現了湯姆具有傑出的領導才能。本不知不覺地自願成了湯姆的「俘虜」，他不僅替湯姆刷

→《哈克貝里‧費恩歷險記》曾不只一次被美國的一些圖書館扔出來，原因是審定人員認為哈克對「美國文明」不屑一顧、對現存的「社會秩序」提出挑戰，並且膽敢公開嘲弄基督教的教義。最重要的是，他在決定幫助黑人吉姆逃跑後說：「好吧，那麼下地獄就下地獄吧。」這儼然是一份叛逆的宣言。本圖人物就是一心想「全靠打獵釣魚維持生活」而逃脫酒鬼父親的控制的哈克。

牆，而且連自己的蘋果也賠上了。在第二十三章，湯姆經過激烈的心理掙扎，最後勇敢地站出來作證，解救了莫夫‧波特，它再次體現出湯姆不畏強暴、堅持正義的優秀品格。

馬克‧吐溫在描寫以湯姆爲首的一群兒童時並沒有僅停留在人物的一般刻畫上，而是按照兒童的天性發展，對兒童的心理方面也作了較深層次的描述。在第三十五章中，當哈克請求湯姆讓他「入夥」一起當強盜時，湯姆說：「總而言之，強盜比海盜格調要高，在許多國家，強盜算是上流人當中的上流人，都是些公爵之類的人。」儘管這些見解出自兒童之口，但它卻眞實地反映出當時社會給兒童造成的心理印象。它已經遠遠超出了一個兒童所能思考的範圍。從這個意義上講，這部小說雖是爲兒童寫的，但它又是寫給所有人看的高級兒童讀物。馬克‧吐溫在原序中寫道：「寫這本小說，我主要是爲了娛樂孩子們，但我希望大人們不要因爲這是本小孩看的書就將它束之高閣。」這也可以說是夫子自道了。

《哈克貝里‧費恩歷險記》是美國文學史上一部重要的著作，海明威甚至說這部小說是全部美國文學的起源。小說通過白人小孩哈克跟逃亡黑奴吉姆結伴在密西西比河流浪的故事，不僅批判封建家庭結仇械鬥的野蠻，揭露私刑的毫無理性，而且諷刺宗教的虛僞愚昧，譴

→這是《湯姆‧索亞歷險記》中的情景，圖中調皮的湯姆正划著小木筏進行著他神聖的探險。

# 吉姆與湯姆

吉姆是馬克‧吐溫在《哈克貝里‧費恩歷險記》中成功塑造的一個黑人形象，一提到他，人們會不由自主地想起另一個黑人——湯姆，即斯托夫人的《湯姆叔叔的小屋》中的主人翁。

斯托夫人（Harriet Elizabeth Beecher Stowe，1811～1896），美國作家及慈善家，被美國總統林肯稱之為「發動南北戰爭的婦人」。她的反奴隸制小說《湯姆叔叔的小屋》於1851年發表。此書加強了北方反奴隸制思想，但卻受到南方的猛烈抨擊，它被認為是導致美國南北戰爭的因素之一。

→書商做的關於《湯姆叔叔的小屋》的廣告。

然而，吉姆與湯姆在思想上是截然不同的，在同樣面臨被賣的危險時，他倆的反應明顯不同：吉姆決定逃跑，事實上他的確這樣做了；而湯姆卻表現出他的愚忠，拒絕別人催促他逃跑的提議，一種長期以來在壓迫中形成的奴性在他身上體現得淋漓盡致。我們不妨列舉原文以對照：

> 那位老小姐——我說的是瓦岑小姐——她從早到晚地罵我，她待我非常野蠻，可是她老說她絕不會把我賣到奧里安去。不過近來我看見一個黑奴販子，老到咱們家裏來，我就覺得不放心。有一天晚上，我偷偷地溜到門口，那時候已經很晚了，可是門並沒關緊，我聽見老小姐對寡婦說，她打算把我賣到奧里安去，她說她本來不願意這麼做，可是她賣掉我就能得到八百塊錢，那麼一大堆錢叫她不得不賣掉我，寡婦勸她千萬不要那麼做，可是後來說的話，我都沒有等著聽下去。我對她說，我溜得可快啦。

這是吉姆在傑克遜島上碰到哈克時，毫不掩飾地對他說的關於他逃跑的經過。從中，我們可以讀到他的驕傲。不過，我們不能忽略的是當時的社會背景，《哈克貝里‧費恩歷險記》的發表時間比《湯姆叔叔的小屋》晚了三十多年，當時，南北戰爭的戰火已將美國的黑奴制度燃成灰燼，黑人自身已覺醒，他們追求自由平等。這反映在吉姆身上頗具時代特色。

而湯姆這個形象則是被斯托夫人借其悲慘的命運來喚醒黑人的覺醒。湯姆一次一次地被毒打、被轉賣，至死他還以對宗教的虔敬，對虐待他的白人劊子手們表示饒恕和諒解。下文是他臨死前和主人的對話：

> 他的主人說：「……如果你不屈服，我就宰了你！——兩條路任你自己挑！我要算算你身上有多少血，叫它一滴一滴地流，一直到你屈服為止。」湯姆抬起頭來，望著他的東家答道：「老爺，要是你得了病，遇到災，落了難，或是奄奄一息，而我能救你的話，我願意為你而死；要是流盡我這老骨頭的血，來拯救你的寶貴的靈魂，我願毫不吝嗇地把它獻給你，就像救世主為我流血那樣。老爺啊！別讓你的靈魂，背上這麼個大罪名吧！這對你自己的損害比對我的還大呀！隨你怎麼折磨我，我的災難很快就會過去；可是，如果你不懺悔的話，你的災難卻永遠也沒個完啊！」

責蓄奴制的罪惡，並歌頌黑奴的優秀品質，宣傳不分種族地位人人都享有自由權利的進步主張。作品文字清新有力，審視角度自然而獨特，被視為美國文學史上具劃時代意義的現實主義著作。

這也是一部詼諧有趣的幽默小說。哈克和黑人吉姆在密西西比河上的漂流生活中的所見所聞為讀者展示了一幅又一幅生動的社會畫面，也諷刺了落後的生活習慣。作者的高明之處在於借用一個沒有受

推薦閱讀

《湯姆·索亞歷險記》，成時譯。

《哈克貝里·費恩歷險記》，成時譯。

過教育、不諳世事的小孩的眼睛來觀察這個世界，評價社會。哈克是一個十分認真的孩子，喜歡用自己的實踐來檢驗大人所告訴他的「真理」。他虔誠地祈求上帝賜給他魚鉤，也認真地磨擦鐵皮燈和戒指，以看到期望中的精靈。但這一切自然不能實現，而哈克的認真和虔誠就和結果的真實構成了一種對比和反諷，無情地揭露了宗教的荒謬和欺騙性。

哈克同時是一個十分善良的孩子，在和吉姆逃亡的過程中，他們互相關心，互相幫助，而格蘭紀福和謝伯遜這兩個家族的械鬥和仇殺就顯得那樣殘酷野蠻和落後愚昧。最令人啼笑皆非的是冒充貴族的「國王」和「公爵」，這兩個江湖騙子，為了錢財幹了大量欺騙勾當，在他們身上集中了人性的所有弱點：貪婪無恥、唯利是圖和巧取豪奪等。當然，作者給他們安排的結果自然也是十分可悲和可笑的。他們的騙局最終被暴露在光天化日之下，遭到了人們的唾棄和鄙視。

作者並沒有將哈克一開始就寫得形象高大，他曾把黑人吉姆當成嘲笑的對象，也不能理解黑人吉姆對自由的嚮往，還擔心自己幫助他逃跑會招來別人的譏諷。但在和吉姆一起生活的日子裏，他認識到了吉姆也是一個高貴的人，有自己的尊嚴和人格，自由對他來說就像水和魚的關係。因此，他下定決心幫助他從奴隸制下逃離出來。

《哈克貝里·費恩歷險記》在風格上是一部浪漫主義和現實主義相結合的小說，哈克和吉姆漂流的密西西比河是貫穿全書的最重要象徵，他們兩人的關係和流亡的經歷和這條大河一樣曲折迷離。更重要的是大河與陸地形成了強烈的對比：岸上的小鎮及其蓄奴制充滿了愚昧落後，野蠻和貪婪，到處都是爾虞我詐；而河上的生活則平靜而安詳，充滿了天真無私的友情和兄弟之間的友愛。

　　這部小說在語言上也有特點，作者十分恰當地使用了好幾種美國方言，甚至黑人吉姆的方言在作品中也隨處可見。這種口語化的描述方式使文字清新有力，也使故事富於濃郁的生活氣息，爲讀者展開了一幅鄉土氣息甚濃的美國鄉村生活圖景，增強了故事的感染力。

## 第二節　剪亮的燈盞：歐・亨利

　　歐・亨利（1862～1910）出生於美國北卡羅來納州格林斯波羅鎮一個醫師家庭。他的一生富於傳奇色彩，當過藥房學徒、牧牛人、會計員、土地局辦事員、新聞記者、銀行出納員。在他任銀行出納員時，因銀行短缺了一筆現金，爲避免審訊，他離家流亡到中美的洪都拉斯。後因回家探視病危的妻子被捕入獄，在監獄醫務室任藥劑師。他在銀行工作時，曾有過寫作的經歷，擔任監獄醫務室的藥劑師後開始認眞寫作。1901年提前獲釋後，遷居紐約，專門從事寫作。

　　歐・亨利善於描寫美國社會尤其是紐約百姓的生活。他的作品構思新穎，語言詼諧，結局常常出人意外；又因描寫了眾多的人物，富於生活情趣，被譽爲「美國生活的幽默百科全書」。代表作有小說集《四百萬》、《命運之路》、《剪亮的燈盞》等。其中一些名篇如《愛的犧牲》、《員警與讚美詩》、《帶傢俱出租的房間》、《麥琪的禮物》、《最後一片常春藤葉》等使他獲得了世界聲譽。

　　所謂「歐・亨利式結尾」，通常指短篇小說大師們常常在文章情節結尾時突然讓人物的心理情境發生出人意料的變化，或使主人翁命運陡然逆轉，出現意想不到的結果，但又在情理之中，符合生活實際，從而造成獨特的藝術魅力。這種結尾藝術，在歐・亨利的作品中有充分的體現。《麥琪的禮物》寫傑姆與妻子德拉生活困

→歐・亨利

窘，但兩人情深意篤。耶誕節前夕，他們私下爲購買贈送對方的禮物而賣掉了自己最心愛的東西：妻子德拉賣掉了她引以爲榮的美麗長髮，給丈夫買了一條白金鍊，以便讓他能夠在眾人面前自豪地拿出祖傳的金錶；丈夫爲給妻子瀑布一樣的長髮配上相稱的髮梳，賣掉了祖傳三代的金錶。等到他們聖誕夜互相送自己的禮物時，才發現各自爲對方作出了最大的犧牲。故事的結局是出人意料的，但卻感人至深。夫妻之間的相濡以沫，就是體現在這些方面。

爲了突出故事結局的強烈效果，作者在開始時大力描寫兩人各自心愛之物的價值和意義，對他們而言，這些東西已不僅是純粹的物質存在，而是和他們的生命和精神共存的一部分了。但爲了讓心愛的人兒能夠過得更快樂些，更開心些，他們毫不吝嗇地用自己的最愛換來了對方最需要的物品。雖然那個聖誕他們所得到的對他們已經不再有實際的意義，但相信每一位讀者看到這種結局，都會爲這兩位「愚蠢」的聰明人喝采，都會因他們的相互恩愛而心生豔羨。是的，能爲心上人做出最大犧牲的人，才是世界上最幸福的人！

《員警與讚美詩》是歐・亨利的代表作之一，故事中主人翁蘇比

→ 傑克・倫敦的暢銷小說《白牙》的封面。

# 另一位美國小說家

傑克・倫敦（Jack London，1876～1916），美國小說家，以寫作用育空（Yukon）爲背景的冒險故事而聞名。傑克・倫敦自幼境況悲慘，這使他很早就知道：人必須努力奮鬥以求生存。他曾經被人稱爲「牡蠣海盜王子」，並因偷盜牡蠣而被捕入獄，後來又去淘金，直至最後以寫作爲生。他的小說特色便是刺激，敘述詳細、生動。 其筆下的主角──人與狗──在面對大自然力量時的抗爭，象徵原始的力量與動力；這種生生不息的原始力量，使傑克・倫敦的作品具備不朽的文學價值，其作品中最受人矚目的莫過於這幾部：《野性的呼喚》（1903）、《海狼》（1904）、《白牙》（1906），及自傳性小說《馬丁・伊登》（1909）。作家長期以來養成了酗酒的習慣，後因服食嗎啡過量而逝於加州葛蘭艾倫。

→ 傑克・倫敦

推薦閱讀

《歐·亨利短篇小說選》，王永年譯。

瞧瞧窗外吧，親愛的，瞧著牆上的最後一片藤葉。你難道不覺得奇怪，颳風的時候它怎麼不飄不動。呵，親愛的，它是貝爾門的傑作——那天夜裏最後的一片藤葉落下時他將它畫在牆上。

——《最後一片長春藤葉》

為了達到被關進監獄，以度過難熬的冬天的目的，在大街上一連六次惹是生非，去飯店白吃、搶人家的雨傘、砸碎櫥窗玻璃，甚至召妓，但這些故意犯罪行為並沒有將他送入監獄，後來他來到了一座教堂前，聽著教堂裏傳來的音樂，他想起了自己的一生：從小生活在底層社會，已經墮落下去了。優美的聖樂忽然點燃了他的自信和尊嚴，他覺得再也不能那樣窩囊地活著了。就在他準備懸崖勒馬、改邪歸正的時候，員警出現了，認為他行為不軌，將他逮捕送到監獄裏。這種出人意料，卻又在情理之中的結果，意味深長地突出了蘇比的願望與現實的矛盾，從而更深刻地揭露了當時美國社會上一些不合理的現實，使人覺得這個世界是如此的荒謬和不可理喻。

正如蘇聯作家蘇曼諾夫說的：「藝術的打擊力量要放到最後。」這種文章讓人讀後盪氣迴腸，不得不掩卷沉思。

《最後一片長春藤葉》的故事更為深沉感人。瓊西和蘇是來自外省的畫家，住在華盛頓最髒最差的貧民窟，他們的生活十分窮困，卻活得有自己的理想。其中的一位畫家貝爾門總說要創作出最偉大的作品。突然，肺炎像風一樣傳遍了全城，奪走了許多人的生命。瓊西也染病在身，奄奄一息，她一片一片地數著飄落的葉子，對朋友蘇說，當她窗前的那株藤上的最後一片葉子落下的時候，她的生命也就到了終點。秋風一陣緊似一陣，藤上的葉子也一天少似一天。朋友們都為她而擔心。而更重要的是醫生說她的病並非不治之症，只要患者有強烈的生活欲望和對自己的自信，她就能活過來。

但瓊西並不相信，她只是在數窗前的葉子。但無論多天的北風怎樣凜冽，有一片葉子總不會落下來，一天，兩天，三天，那片葉子依然綴在乾枯的常春藤上。這時，瓊西有了生活的勇氣了。在朋友的護理和醫生的治療下，她的病終於恢復了過來。而就在這時，貝爾門卻因肺病不治身亡。當多天最後來到時，人們發現那片葉子也沒有掉下來。大家仔細一看，原來是剛剛去世的貝爾門的傑作。這樣，生與死就在善良和信念的作用下改變了各自的位置。也許，這就是作者要說的奧秘吧。

## 第三節　美國的悲劇：德萊塞

美國文學從19世紀開始，方有了一個嶄新的面貌。而且，大多數作家都是從底層憑藉自己的努力，醞釀著自己的痛苦而寫出美國的一部分真實來的。而德萊塞就是其中極為典型的一個。

希歐多爾·德萊塞（1871～1945）出生於印第安那州特雷霍特鎮，他父親原是德國的紡織工人，為逃避兵役而來到了美國，他母親是一個普通的農家女。他們家本來還開了一個小的紡織工廠，但就在小希歐多爾出生的前一年，工廠失火而被焚毀，全家頓時陷入了困境之中。彷彿上天特意想使他成為一個傑出的現實主義作家似的，他便正在此時出生了——從此，他歷盡了生活的艱辛，當過店員、報童，洗過碟子，當過推銷員，當過洗衣店的夥計。然而，德萊塞並未向生活屈服，他經過卓絕的努力，終於進入了報界。

→德萊塞，小說家，美國著名的自然主義實踐者。他是一場全國文學運動的主要人物。該運動主張堅定地表現現實生活，而不再遵守維多利亞時期的禮儀習俗觀念。

1899年，28歲的時候，他開始寫作他的第一部長篇小說《嘉莉妹妹》，然而，

他明天就去找他要求這份工作。他要在世上
活得像個樣，他要……蘇比覺得有一隻手擱
上他的臂膀。他立即轉過臉，看見一名員警
的闊臉盤。
「你在這幹嘛？」員警問。
「沒幹什麼。」蘇比回答。
「那就跟我走。」員警說。
「到島上去關三個月。」第二天早晨警庭的
長官說。
　　　　　　　　　　　　──《員警與讚美詩》

這部相當有份量的作品卻被出版公司的老闆認爲有傷風化，所以只印了1000冊，而且還只贈閱了很少的一部分，絕大部分都靜靜地躺在庫房中，給灰塵與蠹魚去閱讀。但是，好的東西是掩藏不住的，這部小說衝破國界，在英國得以出版。

　　初次嘗試的打擊使他沉默了10年。1911年，他便又出版了相當於《嘉莉妹妹》姐妹篇性質的第二部長篇小說《珍妮姑娘》。接下來，德萊塞的創作力一發而不可收，連續發表了長篇小說《金融家》、《巨人》、《「天才」》。而在1925年，他終於發表了他的傳世之作《美國的悲劇》。

　　1906年，紐約州赫基默縣發生了一起情殺事件，殺人者名叫契斯特·傑勒特，他爲了另攀高枝，便把已經懷了他孩子的情婦格蕾斯·布朗騙到一個湖中溺死。這起案件深深地觸動了德萊塞，他以藝術家與政治家的敏銳與直感把握到了這起案件裏所蘊含著的重大的社會意義與現實意義。於是，他開始著手搜集有關素材，爲此，他查閱了大量的原始資料，並考察了謀殺現場和監獄。不僅如此，他還研究了15個類似的案件，從而在更高的藝術境界中爲我們留下了這部傑作。

　　主人翁克萊德是一個窮牧師的兒子，但他一直嚮往著奢華的生活。特別是當他在豪華旅館當僕役之後，整天面對著那些吃喝玩樂、揮金如土的富豪們，他的富貴之夢便全面燃燒起來。這時，他被伯父提拔當了內衣工廠的工頭，在這裏，他佔有了青年女工洛蓓塔，不久，洛蓓塔懷孕了。然而在這時，大資本家的女兒桑德拉對他表示了青睞之意，他爲了可以同桑德拉結合，便精心策畫，在與洛蓓塔泛湖時故意使其落水。結果，他以謀殺罪被捕。而這時的民主黨與共和黨

→《珍妮姑娘》的封面 1911年
可以說《珍妮姑娘》的成就不
如《嘉莉妹妹》，因為它的女主
角相對來說缺乏可信性。在德
萊塞對可愛的母親回憶的基礎
上刻畫的珍妮，以一個無人性
弱點的聖人面目出現，這樣，
大多數現代讀者在感情上很難
同她產生共鳴。不過，該書對
社會上的勢利小人以及有偏見
的宗教狂熱者進行了深入的性
格描繪，同時對窮人則懷著深
深的同情心。

的政客們卻趁機大作政治表演，於是，各種人
物便都粉墨登場了。負責此案的共和黨人梅遜
一向是飽食終日而無所事事，但眼看要到大選
年，他又要開始為自己撈取政治資本了。他為
此便竭力誇張案情的離奇與殘忍，甚至不惜製
造偽證來使陪審團就範從而判克萊德以死刑；
而民主黨人為了替克萊德辯護，竟也編造情
節、掩蓋事實、杜撰偽證、開脫罪責，無所不
用其極，可他們的目的並不在於同情克萊德或
還法律以公正，其實只是將此當作一個政治戰
場罷了。最後，終於經過一場表面上手續齊全
而又公正無私的審訊之後，克萊德被莊嚴的法
律剝奪了生命，當
時，他22歲。

　　這部意義重大
的作品用了全部的
藝術力量展示了一

→這是《珍妮姑娘》中的女主人翁珍
妮，與嘉莉不同，她簡直就是個聖
女，然而她的貞潔卻在冷酷無情和沒
有公道的社會中慘遭摧折，由於未婚
先孕，她被頑固的父親趕出了家門，
而她為之付出了一切的情人萊斯特也
殘忍地拋棄了她。

個悲劇，但這不是某一個人的悲劇，而是
像小說名稱所展現的那樣：這是真正的
「美國的悲劇」。因為這個悲劇後面有一雙
無情的大手在支配著這一切，那雙巨大的
手揉碎了一切，無論是青春與熱血，還是
理想與希冀。正是通過這部作品，他揭示
了美國夢的虛妄，在這個金元帝國中，
「貧與富的界限分得清清楚楚，如同刀子劃
過一樣」——德萊塞正是用這樣熾熱的同情
與憐憫和冰冷的語言意境來刺穿這一層虛
飾的幕布。

推薦閱讀

《美國的悲劇》，許汝祉譯。

美國第一個榮獲諾貝爾文學獎的作家路易斯說：「（德萊塞）在美國小說領域內突破了維多利亞時代式的、豪威爾斯式的膽小與高雅傳統，打開了通向忠實、大膽與生活的激情的天地。要是沒有他這個拓荒者的業績，我很懷疑我們有哪一個人能描繪出生活、美與恐怖。」正是德萊塞，把美國的現實主義文學發展深化到了一個前所未有的境界。

## 第四節　畸人志：安德森

美國現實主義文學從馬克·吐溫發展到德萊塞，已經達到了很高的水準。這些巨匠們在現實主義所允許的天地中縱橫馳騁，四處圈佔領地，後來者若不能另闢蹊徑便無法光大他們的文學命脈。就在這個時候，美國文壇出現了舍伍德·安德森（1876～1941），他是在這個關鍵時刻出現的承前啟後者。

正如我們上文所說的，安德森也是出身微寒者。他從小過著幾乎是流浪的生活，14歲時，他的母親便去世了，他只好到中西部去做苦工，後來還當過兵，最後，他通過自己的奮鬥，開了一家小型油漆廠，這樣，他們的家庭生活終於有了起色。然而，1912年，在他36歲時，一個文學史上應該記下的轉折到來了。據說，一天下午，他正在向其秘書口述一封商業信件，突然，他停了下來，他覺得自己所做的都是極為愚蠢的事，他的生命之光不在這裏，他需要去流浪，去尋找自己那失去的或者被蒙蔽已久的心靈之約。於是，他跑到了芝加哥，一頭鑽進了文壇，也進入了我們的文學史。

1919年，43歲的安德森在發表了幾部長篇小說後出版了一部短篇小說集《俄亥俄州溫斯堡鎮》（中譯名為《小城畸人》）。正因為有了這部傑作，所以他被認為不但是美國新的現實主義的創始人，而且，還被認為是美國現代文學的先驅者。

推薦閱讀

《小城畸人》，吳岩譯。

《小城畸人》是一個短篇小說集，但又不完全是。他短短的十四萬字的篇幅裏包含了25個短篇，但這25個短篇又似乎很有些關聯。首先，年輕的記者喬治‧威拉德是一個貫穿全書的人物，書中幾乎所有的人物都與他有著直接或間接的關係。25篇人物故事，每篇都像是一個人物傳記，作者用他傑出的藝術才能和簡潔的筆鋒，刻畫出了這些人物的平凡乃至於平庸，但也描繪出了他們埋藏在心靈最深處的本能、欲望；更重要的是，他還觸摸並探究到了他筆下每個人物的靈魂，寫出了那些單純的牧師、神秘的醫生、年華虛度的女店員、抑鬱的老闆娘、醜陋的電報員……他幾乎要畫出一幅龐大的精神圖景。

在其相當於第一篇作品的《手》裏，他寫了這樣一個人，他叫比德爾鮑姆，但人們給他起了個外號叫「飛翼」，因為他的雙手總是有「無休止的動作，像是被囚的鳥的雙翼的飛動」。他自己也總是很驚奇地望著別人那「安靜而毫無表情的手」。在溫斯堡鎮住了20年的他一直不敢絲毫地解放自己那過於敏感的雙手。這是因為，他那雙神經質的，最能表現他的全部豐富而多彩的內心世界的雙手曾給他帶來了終生難忘的痛苦回憶。這篇作品只有短短的四千多字，但其藝術容量卻

## 另一位傑出的小說家

米契爾（Margaret Mitchell，1900～1949），美國小說家，因其作品《飄》（Gone With the Wind）而聞名。《飄》以女主人翁郝思佳的所見所聞及感情經歷為線索，講述了美國南北戰爭及重建時期的故事。這部作品獲得了普立茲文學獎及國家書籍獎，它也是美國有史以來最成功的暢銷書之一，締造了一天之內銷售出5萬本的紀錄，以及在出版的第一年內賣出了150萬本的成績。它被譯成30多種語言，同時也是盲人點字書籍中最長的一本小說。1939年根據此書改編的電影《亂世佳人》出品，這部影片同時感染了電影觀眾和評論界人士，此片共獲八項奧斯卡獎。本圖即為由克拉克‧蓋博和費雯‧麗主演的《亂世佳人》劇照。

相當巨大，他通過一雙手而呼喚出了一個鮮活的人物，這個人物有著極為豐富的內心世界，但他在這個小鎮上卻只有壓抑這一點。這是一個具有完全意義上的現代性形象，這篇作品也是一個有著完全意義上的現代小說，其藝術世界充溢著那種含混朦朧而又奇特精警的現代氣息。

其書真正的第一篇是《畸人志》，這可以看作是這部小說集的一個引言。他說有一個作家，寫了一部書，名字就叫《畸人志》，那麼到底什麼是畸人呢？這時，作者寫道：

> 起初，世界年輕的時候，有許許多多的思想，但沒有真理這東西。人自己創造真理，而每一個真理都是許多模糊思想的混合物。全世界到處是真理，而真理統統是美麗的。……於是人登場了。每個人出現時抓住一個真理，有些十分強壯的人竟抓住一打真理。
>
> 使人變成畸人的，便是真理。……一個人一旦為自己掌握了一個真理，稱之為他的真理，並且努力依此真理過他的生活時，他便變成畸人，他擁抱的真理便變成虛妄。

這段重要的話是對這部作品的最好的詮釋。通篇看過這部作品，將會發現其二十多篇作品均有一種極相同的東西，從他氤氳而含蓄的文學世界中頑強地表現出來，那就是「畸人」，其中的人物都是畸人，是那種有著獨特的精神世界和生命追求乃至於潛藏著深刻矛盾的人物。

此書中譯本的譯者吳岩說：「縱覽美國文學史，彼時彼地的美國生活，不妨說是在安德森的《小城畸人》裏得到了最早的也是最終的表現。」的確，我們最終會發現，此書的真正的主角不是書中的某幾個人物，而是「溫斯堡」，是「俄亥俄」！是那個時代的世界上，剛剛從歷史迷霧中走出來的美國！

# 第五章
# 英格蘭：不快樂的王子 5

文藝復興以來，英國文學為整個世界文學的復甦與發展作出了傑出的貢獻：莎士比亞那高大而又偉岸的身影一直籠罩著整個的文學界。對於所有的人而言，瓦立克郡埃文河上的斯特拉特福鎮都是一個令人肅然起敬的聖地。而後來，笛福與菲爾丁又成為了西方敘事文學的偉大先行者，他們的《魯濱遜飄流記》與《棄兒湯姆‧鐘斯史》使得這一文學體裁成為了西方文學最有成就的文學樣式。然而，在19世紀後半期，西方文學那璀璨的黃金時代裏，英國文學卻相對地衰落了。因為，從優點來看，英格蘭的文學一如英格蘭的紳士一樣，充溢著克制的流光與睿智的異彩；而另一方面，他們的文學空氣也極易凝固起來，形成一潭死水的架勢。其這一時期的代表人物哈代的文學生涯就是這一傳統的一個最好的說明。

不過，所幸的是，在他們中間，卻有一些人希望能刺開那日益縮小的文學頭箍，從而讓思維的精靈在更為廣闊的藝術空間中飛翔！

## 第一節 唯美的王子：王爾德

→王爾德

王爾德（1856～1900）被譽為「才子和戲劇家」。的確，他是當之無愧的戲劇家，在他事業的頂峰，最具代表的是他的幾部大戲，如《溫夫人的扇子》、《理想丈夫》等，都是一時絕唱。然而他事業的起飛，風格的形成，可以說都源於童話，也正是他的第一部童話集問世之後，人們才真正將他視為有影響的作家。

　　1888年5月，他的第一部童話集《快樂王子及其他》出版了，這本書立刻轟動一時，王爾德也成了人們注目的中心。

早在1880年以前很久美就已經存在，但讓美登臺亮相的卻是王爾德。
　　　── 英國評論家麥克斯·比爾波姆

在這以前不久，王爾德的兩個兒子先後出生，當了父親的王爾德在和兒子們遊戲之中獲得了許多靈感。他有時會趴在育嬰室的地上，輪番裝成獅子、狼、馬，全然沒有了平時的斯文形象。玩累了時，就給兒子們講童話故事，講冒險傳說，他肚子裏有講不完的故事。他極有語言天才，說起故事來娓娓動聽，兩個孩子都被他滔滔不絕的故事迷住了，完全沉浸在他所構築的童話世界之中。

　　童心是童話的源泉，而童話則是兒童天生的精神營養；而童話裏的許多言外之意，卻可以和保有童心、樂於幻想的成年人共鳴。王爾德很追求語言的表達效果，他的童話，講述性的特點很強。看他的童話，猶如聽著琅琅上口的敘述，韻味無窮。看他的童話，每每讓人覺得，這位生活在19世紀維多利亞時代的偉大作家，依然在和我們娓娓交談，而我們被他的談吐折服了、迷惑了，像所有聽過他講話的人一樣。

唯美主義運動（Aestheticism）興起於19世紀後期的歐洲，認為藝術只為本身之美而存在。此運動是為了反對當時功利主義的社會哲學以及工業時代的醜惡和市儈作風而開始的。唯美主義的哲學基礎源於德國哲學家康得的「無目的之合目的性」的美感學說，也即審美的標準應不受道德、功利和快樂觀念的影響。德國的歌德和席勒、英國的柯勒律治和T·卡萊爾、美國的愛倫·坡和愛默生發揮了這一觀點，而法國的斯塔爾夫人和T·戈蒂埃以及哲學家V·庫辛則普及了這個運動。庫辛還在1818年創造了「為藝術而藝術」這句成語，而戈蒂埃為他自己的《莫班夫人》所寫的序言是提出得較早的唯美主義理論。在英格蘭，拉斐爾前派的藝術家們從1848年開始撒下了唯美主義的種子。其中，D·G·羅塞蒂、E·伯恩－鐘斯、A·C·斯溫伯恩的作品通過有意識的中世紀風格表現了對於理想美的熱望，是唯美主義的代表作。王爾德和W·佩特的著作以及A·比亞茲萊的繪畫也表現了對唯美主義運動的態度。王爾德的獨幕劇《莎樂美》、中篇小說《道林·格雷的畫像》和比亞茲萊為《莎樂美》所做的插圖都是19世紀末唯美主義的代表作。畫家J·M·惠斯勒將這一運動培養優美的感受性的理想發展到極致。唯美主義運動注重藝術的形式美，它與法國象徵主義運動關係密切，促進了工藝美術運動，並且通過對20世紀藝術決定性的影響，宣導了新藝術派。

唯美主義運動

→比亞茲萊自畫像

## 《莎樂美》圖說

　　王爾德的獨幕劇《莎樂美》、中篇小說《道林·格雷的畫像》以及比亞茲萊爲《莎樂美》做的插圖均爲19世紀末唯美主義的代表作，它們可被視爲唯美主義和「爲藝術而藝術」思潮在戲劇、小說與繪畫三個方面的三個標本。

　　《莎樂美》（Salome）取材於《聖經·新約·馬可福音》第六章第十七～二十八節：希律王與他兄弟的妻子希羅底結婚，這招致先知約翰在民眾中的抨擊，希律將其捉住。希羅底的女兒莎樂美在希律王的生日宴會上爲他跳舞，這令希律王大喜以致於發誓要給她任何她想要的東西。莎樂美受母親的唆使，向希律王要約翰的頭。希律王無奈只得殺死約翰，並把頭給了莎樂美。然而，王爾德對這個故事進行了改造，使之成爲一個血淋淋的戀愛故事：莎樂美愛上了約翰，要求吻一吻他的嘴唇，但卻遭拒絕，於是她才向希律王要了約翰的頭，吻了他的嘴唇。

　　比亞茲萊（Aubrey Beardsley，1872～1898），這個僅僅活了26歲的繪畫天才、唯美主義大師用最玄秘的黑白兩色以及優美的線條創造了無以復加的唯美意境，甚至，有人將其生活的時代稱爲「比亞茲萊的時代」，即頹廢主義盛行的年代，同時也是現代藝術萌芽的年代。也許他太美了，並且太具個性了，他爲《莎樂美》所做的多幅插圖都和劇本的內容不相關，充分顯示了其追求圖畫的獨立地位的藝術風格。

→孔雀裙子（上圖）

（莎樂美）我愛上了你的身子！你的身子純白，像是從沒人到過的草原上的百合花……讓我摸摸你的身子吧。

（約翰）退開！巴比倫的女兒！人間的邪惡源於婦女。別跟我說話，我不聽。我只聽主上帝的聲音。

……

（莎樂美）我要親你的嘴，約翰。我要親你的嘴。

→高潮（左圖）

（莎樂美的聲音）啊！我吻到了你的嘴唇，約翰，我吻到了你的嘴唇。你的嘴唇上有一種苦味。那是血的滋味嗎？……不，說不定是愛情的滋味……據說愛情有一種苦味……不過，那又有什麼關係？有什麼關係？我已經吻到了你的嘴唇，約翰，我已經吻到了你的嘴唇。

→肚皮舞（左圖）

（莎樂美）我在等我的奴隸給我送來香水和七道面紗，給我脫掉鞋子。

（希律王）啊，你要光了腳跳舞！太好了！太好了！你的小腳會像白鴿子一樣，會像在枝頭上迎風招展的白色花朵一樣……不行，不行，她會踩著血的。這地面上灑著血。不能讓她踩著血跡跳舞。那可不吉利。

……

（希律王）[莎樂美跳七面紗舞。]啊，精采極了！你看，你的女兒給我跳著舞了。過來，莎樂美，過來，我給你賞賜。……你想要什麼？說吧。

（莎樂美）[跪下。]我願有人立即用銀盤給我送上……

（莎樂美）[起立。]約翰的頭。

→柏拉圖式的悲哀（下圖）

這幅畫雖是為《莎樂美》做的插圖，但因為它過於晦澀，且和劇本無關，所以當時沒有收入。直到1907年，魯斯在波士頓重新出版《莎樂美》時才將此圖收錄。「柏拉圖式的」通常是指超越肉體欲望的、一種純精神性的戀愛，它也是一種理想化了的、不切實際的狀態；而在此圖中這種意義則顯得有些曖昧，人物的性別亦難分辨。其中躺著的「男子」或許是約翰，立著的「女子」或許是莎樂美。左下角的怪物頗有一種神秘感，它與圖片右上角的流雲在構圖上相呼應，那流雲被比亞茲萊繪成王爾德的頭髮，突顯畫家超現實主義的超前手法。另外，躺臥的人與直立的樹木構成相交的直角，另畫面亦幻亦真。

→舞者的報酬（右圖）

（莎樂美）……啊，約翰，你不讓我親你的嘴。好呀！我現在要親它了。我要像咬一枚熟透的蘋果一樣咬它。是的，約翰，我要親你的嘴。我說過我要親它，可不嗎？我說過了。啊！我現在就要親它……可是你為什麼不看我，約翰？你那雙剛才還那麼可怕的充滿憤怒和輕蔑的眼睛現在閉上了為什麼閉上了？睜開眼呀！抬起你的眼皮呀，約翰！

王爾德將人性的至美歸於至愛，像《快樂王子》中的王子和燕子，《夜鶯與玫瑰》中的夜鶯。幾乎每一個童話都有一個因為至愛而變得至美的形象，體現了王爾德追求理想藝術的初衷。《快樂王子》是王爾德童話中最真最美的代表。

漂亮高貴的快樂王子站立在城市的中央，成了市民快樂的象徵。但快樂王子並不快樂，因為他看到了世間的辛酸和憂愁。一隻燕子飛過他，從他的眼淚和談話中得知了他憂鬱的原因，並一再延遲自己南歸的日期。幫助快樂王子實現他美麗善良的夢想，將他劍上的紅寶石、眼睛裏的藍寶石、身上的黃金甲都送給了貧窮的人們。「快樂」王子犧牲了自己華麗而貴重的裝飾品；小燕子則犧牲了自己的生命！第二天，一班達官貴人看到了灰色的快樂王子，認為有礙觀瞻而將他拆了。快樂王子被投入了大熔爐，但他的心卻始終不肯熔化，最後和死去的小燕子一起被扔進了現實中的垃圾場，被選為天堂裏最珍貴的珍寶。

在這篇不長的童話中，王爾德用他那一顆純真而善良的心鑄造了另一顆純真的心，為兒童們打開了一個嶄新的世界。快樂王子和美人魚一樣，成了人們津津樂道的美與善的化身。可是有誰會想到，這位英國19世紀最偉大的文學家，在臨死的時候竟會一文不名，連房租都得由朋友代付！時間卻荒謬地發現他的童話《快樂王子》竟然預演了王爾德大起大落的一生。

《道林・格雷的畫

→王爾德的戲劇令所有倫敦人癡迷，人們擠滿了倫敦的劇院以觀看他的《無足輕重的女人》、《溫夫人的扇子》及《不可兒戲》。下圖即為《不可兒戲》的劇照，這部戲是王爾德的高度機智喜劇，於1895年2月14日在倫敦首演，其機智百年如新。有些批評家認為它是現代最偉大的喜劇。

**推薦閱讀**

《快樂王子》，巴金譯。

《道林·格雷的畫像》，榮如德譯。

> 光是他的外形（啊！我不知道你是否明白這一切的含意）已在無意中為我勾勒出了一個嶄新的學派，一個將囊括所有的浪漫熱情、整個希臘精神的學派。那是靈與肉的和諧 —— 多麼美妙的和諧！我們是因為發了狂才把靈和肉分開的，於是發明了一種庸俗的現實主義和空洞的理想主義。
>
> ——《道林·格雷的畫像》

像》是王爾德在唯美主義創作上的代表作，發表於1891年。小說的情節有些荒誕，畫家霍爾伍德傾慕少年貴族道林·格雷的美貌，為他精心繪製了一幅蕭像，將自己全部的靈魂和心血都傾注在其中。另一貴族青年亨利結識道林後，將他引入了玩世不恭、享樂至上的人生道路，道林從此開始追逐新奇和刺激，聲色和美酒。他對演員西比爾始亂終棄，在她演出失敗時拋棄了她，西比爾憤而自殺。這時，道林發現自己美麗的蕭像竟然發生了變化：漂亮的嘴角浮起了殘忍的冷笑。道林在陰暗的道路上越陷越深，他的蕭像也越來越蒼老和冷酷。霍爾伍德勸他懸崖勒馬，可是道林根本聽不進去。他反而對霍爾伍德和自己日益醜陋的畫像充滿了仇視和敵意。在謀殺了畫家後，他拿起刀，狠狠地朝畫中人的心臟刺去，但刺中的卻是自己的心房。他大叫一聲，倒地而亡，死後的他滿臉皺紋，醜陋不堪，而畫中的道林卻又恢復了原來的靚麗，閃爍著青春的光輝。

這部小說真正體現了王爾德「為藝術而藝術」的主張，故事十分現實，人物及其相互關係都是生活中最為常見的，但中間卻又鍍上了一層神秘主義的光澤。那幅畫像的神奇變化和道林的生命軌跡如此吻合，其中包含了作者極深的用意：小說中畫裏畫外的道林，其實也就是表層和深層的道林。現實中的道林一味地追求感官上的刺激，無視道德的存在，他以為沒有什麼會在意或能證明這一切罪惡。但事實上，那幅畫記錄了他所有的劣跡，在另一個世界冷漠地記錄並審判著

這一切。道林去看畫，其實也就是作爲個人在窺視自己的內心深處時的一種良知發現和反省。但道林無法克服現實的誘惑，他在犯罪的道路上越走越遠，因此對記錄了自己道德的畫像，進行了最後的報復——也就是對自己人性中與生俱來的良知進行清算。於是他的滅亡也就成了無法避免的事實，現實中的道林死了，死得那麼醜陋不堪，而精神上的道林卻又恢復了原來的善良和純眞。

　　無數後來的學者試圖評價王爾德的功過，這部作品雖然不是巨著，但至今仍擁有著廣泛的讀者，他的價值在於它探討了現代人性的一個重要方面：我們如何評價自己的行爲？我們是不是在爲自己創造一個純粹建立在主觀經驗之上的生活模式？這些問題深刻而尖銳，在文學史上，這個問題乃至這部小說起了承上啓下的作用。

## 第二節　威塞克斯的篝火：哈代

　　作爲橫跨兩個世紀的作家，哈代前後的創作表現出了明顯不同的特點。他的前期創作主要集中於小說，在進入20世紀前寫作了15部長篇小說和4個短篇小說集；但就在他的兩部傑出的作品《德伯家的苔絲》和《無名的裘德》發表後，他遇到了許多的攻擊與譏刺，於是，便憤然地放棄了小說創作，而轉向了詩歌。而小說在哈代的文學創作中所佔的位置，應該比詩歌高得多。

　　哈代（1840～1928）出生於英國西南部的一個小村莊，這裏的自然環境成了他後來小說中的背景。在父親的影響下，他從小對音樂文學等藝術產生了濃厚的興趣，大學期間就開始了文學創作。哈代的成名作是長篇小說《遠離塵囂》，而代表作則是《德伯家的苔絲》。

→哈代

推薦閱讀

《德伯家的苔絲》，張谷若譯。

《德伯家的苔絲》發表於1891年，是他最優秀的代表作。它通過女主人翁苔絲短暫一生的悲慘遭遇，展現了一場人間悲劇，並向資產階級的法律、道德和宗教等精神層面提出了猛烈的批判。苔絲是作者全力塑造的一個人物，在這位女性身上，作者傾注了全部的精力和深情，小說以「一個純潔的女人」為副標題，也就點明了作品的主旨。苔絲在17歲時被亞雷強姦，後來和克萊結婚，因向他吐露了真情而被拋棄，再與亞雷同居，在世人鄙視的目光中屈辱地生活。但作者並不認為苔絲存在道德上的汙點。相反，在作者的筆下，苔絲被強姦、被拋棄，都不是她的錯，所有的過錯都來源於那個無能而荒謬的社會。苔絲對自己的丈夫愛得真誠而專一，經歷了許多的挫折後，她對丈夫安璣·克萊仍然忠貞不二，但在生活的巨浪中，她身不由己。苔絲是一個在資本主義社會中被欺騙、被毀滅了的農家姑娘的典型形象。作品通過塑造這個人物，反映了當時廣闊的社會場景和複雜的人際關係，具有強烈的藝術感染力。

作品中有兩個人物基本是處於對立面的，這就是苔絲的丈夫安璣·克萊和中產階級的公子哥兒亞雷。安璣·克萊是一個悲劇的形象，他不願違心地只為上帝服務，一心希望做些真正能造福人類的事，他為人正直，不迷信宗教和偏見，敢於和一個農村姑娘結婚。但現實的殘酷並不認可他的善良，在頑固的傳統一次又一次的進攻之下，他不得不屈從現實的壓力，拋棄了苔絲這個可憐的女孩，從而使得苔絲落入一種悲慘的「棄婦」的局面。雖然他最後也懺悔了，但這並不能改變他和苔絲都成了舊制度和禮教的犧

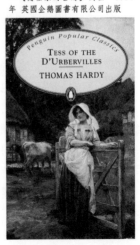

→《德伯家的苔絲》封面 1994年 英國企鵝圖書有限公司出版

牲品這一悲劇性的結果。

亞雷身上則集中了所有的邪惡和兇殘，雖然披上牧師的外衣，但仍掩飾不住他的本質。他對被自己強暴的苔絲不但沒有一絲歉意，反而繼續糾纏她，在她家裏遭到災難的時候趁火打劫，想誘逼苔絲入彀，最後終於被苔絲親手殺死。總算結束了他罪惡的一生，而弱小的苔絲則不得不為這個禽獸不如的傢伙付出生命的代價。這其實就是對當時荒唐而可悲的社會現實的一種控訴：善良人遭到傷害時，法律成了啞巴和聾子，人們所有的呼聲和努力都成了徒勞無功的枉然；而一旦被害者被迫奮起還擊並取得勝利時，虛偽的法律和道德卻露出了它醜陋的面目。惡人惡死，善人也惡死，這往往是一個社會畸形的表現和特徵。苔絲不明白這一點，她到死也不明白自己的復仇為什麼就會得到這樣一個結果。也許她會想：自己受害時，這些人和法律都到哪裏去了？他們究竟是為誰服務的？

這樣的問題是不需要回答的，因為答案已經清楚得就像白紙上的黑點，誰都明白，可就是不能說出來。

當然，作品之所以產生了巨大的影響，它的藝術成就是一個重要因素。《德伯家的苔絲》有著複雜曲折的故事情節和鮮明生動的人物形象，它的結構布局也十分新奇別致。雖然小說也只是一個傳統的愛情故事，但在作者筆下，寫得波瀾起伏，引人入勝。苔絲對亞雷的恨，對克萊的愛，都顯得那麼黑白分明。尤其是在作品的最後，她忍無可忍，將復仇的利刃插進亞雷的身體的時候，相信每一位讀者都產生了一種痛快淋漓的感覺；而讀到苔絲被判處絞刑，又會對當時荒謬的社會和法律投以怎樣的輕蔑和鄙視！

《德伯家的苔絲》問世後，社會上的正統文人都向哈代發出了責

你唇上的微笑充滿死的滋味／它的活力剛剛夠赴死之用／其中掠過了枯澀的影踪／像一隻不祥之鳥在飛……
辛酸的一課啊：愛情善欺善毀／這一課從此為我畫出你的面目／畫出上帝詛咒的太陽，一棵樹／以及灰色落葉旁邊的一池水。
—— 節選自表達哈代對亡妻愛瑪之眷戀的詩歌《灰色調》

難，說他傷風敗俗，甚至批評他的小說會引起道德的墮落，但事實上，道德正是敗壞在這些正人君子手裏。哈代只不過是一個天眞而正直的孩子，堅持說出事情的眞相，揭露了社會的陰暗面，分析了苔絲悲劇形成的原因，其實也就是社會上僅存的善良人的悲劇產生的原因。

## 第三節　文明的荒原：艾略特

「因爲他對當代詩歌作出的卓越貢獻和所發揮的先鋒作用」，這24個字是1948年瑞典皇家文學院給當年獲得諾貝爾文學獎作家的獲獎評語，而這個作家正是對20世紀詩歌的發展具有里程碑意義的偉大詩人：艾略特（1888～1965）。他的創作深刻地改變了傳統詩歌的藝術面貌，爲現代派詩歌藝術的生成與發展描摹了最爲基礎的藝術圖景。

艾略特出生在一個純粹的英格蘭家庭。其祖上是英國東科克地方的鞋匠，1670年移居波士頓。其祖父遷家至聖路易斯，並在該城創立了華盛頓大學；其父是個經營水磚公司的商人；母親卻是一個詩人；而且，他的家庭也一直保持著新英格蘭加爾文教派的傳統。這些都形成了他最初的文化背景。

18歲的時候，艾略特進入哈佛大學攻讀現代語言和比較文學；4年後，他到巴黎大學去聽哲學和文學課，並充分領略了巴黎這個浪漫之都的文化魅力；1911年他又回到哈佛開始學習印度哲學和梵文；1914年，他又獲得了獎學金並進入了德國馬爾堡大學學習；歐戰爆發後，他又進入了牛津大學。就在此時，他認識了旅居倫敦的美國意象派詩人龐德，在龐德的鼓舞下，他於1917年出版了早年詩作的結集《普魯弗洛克及其他的考察》，這部詩集既植根於傳統，又極富現代意

→艾略特，英裔美籍詩人、劇作家及評論家，他主導了兩次世界大戰間詩的方向與概念，以至於20世紀以英文寫作的詩人在聲名及影響方面均難以望其項背。

推薦閱讀

《四個四重奏》，裘小龍譯。

識，並以現代的藝術手法展示了對現代文明的思索，所以，這部作品的出版為他打開了通向現代詩歌藝術高峰的大門。

1922年10月，不但是艾略特一生中最重要的時間，同時，也毫無疑問地成為詩歌藝術的現代化歷程中的一個轉捩點。因為，在他自己主辦的文學季刊《標準》的創刊號上發表了那篇史詩性的西方寫照：《荒原》。

在艾略特最先將此詩的手稿首先送給龐德看時，龐德大為稱賞，說這是他看過的美國詩歌中的最傑出的作品。當然，他也提出了一些修改意見，艾略特聽從他的意見對詩作進行了大幅度的刪改，改稿比初稿少了近400行。因此，艾略特在出版此詩時，曾寫了「獻給龐德，更高明的匠人」的獻詞。這首434行的長詩出版後，學術界與讀

## 龐德

> 人群中浮現的這幾張臉，
> 黑濕枝丫上的花瓣。
> ——龐德典型的意象派詩

龐德（Ezra Pound，1885～1972），美國詩人、評論家，20世紀爭議最大的文學巨人，常因其對英語文學的深刻影響而被稱為「詩宗」。他曾下決心在30歲以前要了解世界各地詩歌的結構成分，為此，他進入賓州大學和漢密爾頓學院，為日後教授羅曼語言學作準備。後來，他又翻譯過義大利詩歌和普羅旺斯詩歌，並選譯中國古詩。而且，他的《詩章》題材廣泛，從美學、經濟學到古代中國和現代美國的文明及傳統無所不包。龐德對於20世紀文學發展的影響非常深遠，他主要以個人的力量，比任何人都更努力地指明和決定文學發展的方向。1912年龐德系統地提出了意象主義（Imagism）的文學主張，此主張源於20世紀初英美一些強調用確切的視覺意象寫詩的詩人，它是法國象徵主義運動的繼承者，但與象徵主義和音樂有關不同的是，意象主義則力求和雕塑相聯繫。意象主義作家拒絕教條式和裝飾性的文風，並堅持詩歌須精練、用語生活化、詩意絕對清晰及題材選擇完全不受限制的原則。在龐德於1914年轉向旋渦主義後，該派主要由洛威爾領導。艾略特就受到了意象主義詩歌的影響。可以說，從意象主義到旋渦主義，似乎沒有哪個重要的文學運動未受到龐德的影響，也幾乎沒有哪個作家不是他的朋友或未受過他的鼓勵，海明威、艾略特和喬伊絲都曾受到龐德的鼓勵與支持。

者對此均褒貶不一：有人認爲他毫無詩的味道，只是在說一些玄理，而又有些人卻從中看到了大戰後歐洲的「荒原」世界和文化傳統與人類心靈的「荒原」。後來，出版此詩的單行本時，艾略特又爲其加上了五十多條注釋，如此，則詩意更爲顯豁了。

在此詩的影響下，甚至出現了一批所謂的「荒原派」詩人。

在英國人類學家弗雷澤的人類學巨著《金枝》中，他認爲文學當源於原始初民的祭神儀式，古老的先人們把四季的循環當作是神的輪迴，於是便每年要舉行相應的儀式；而西方的傳奇文學是由勇士追尋聖杯而來的。《荒原》正是建立在這個文化認知上的，全詩共分五章：第一章是《死者葬儀》，他以荒原象徵歐洲文明，它需要水的滋潤，需要春天和生命，而現實卻充滿了低級的欲念的庸俗的事物，說明

> **艾略特主要作品**
> ●詩歌
> 《J・阿爾弗烈德・普魯弗洛克的情歌》
> 《序曲組詩》
> 《一位夫人的畫像》
> 《小老頭》
> 《荒原》
> 《灰色星期三》
> 《四個四重奏》
> ●戲劇
> 《鬥士斯威尼》
> 《大教堂兇殺案》
> 《闔家團圓》
> 《雞尾酒會》
> 《政界元老》
> ●文學批評論文
> 《傳統與個人才能》
> 《玄學詩人》
> 《安德魯・馬韋爾》
> 《蘭貝斯之後有所思》
> 《關於文化的定義的手記》
> 《美國文學和美國語言》

愛情、人類文明、生活等等都是空虛的，既不生也不死，沒有生的希望；而第二章《對弈》則寫了一個上流社會的婦女陳設富麗的房間和她百無聊賴的心情，又以對比的手法寫了兩個勞動婦女邊喝酒邊談墮胎的事，體現了同樣低級而無意義的現實生活；第三章《火誡》，以火來象徵情欲，其寫了壯麗的女王出遊，寫了三個女人被蹂躪後的哀歌來強調這一點；第四章《水裏的死亡》暗示了死的不可避免，同時，在傳說中，溺死的人是不可再生的，所以，其也象徵了死後的不可再生；第五章《雷霆的話》先說明四處都是乾旱與枯竭，一片荒原景象，而這時一陣雷聲滾過，傳來了東方哲理：「給予、同情、克制」。

　　從上面的簡介我們可以看出，《荒原》是一部非常晦澀難懂的作品，不過，幸好艾略特爲其加上了許多注釋，但就這樣，人們仍然看不懂，他們希望作者能再詳盡地加上注釋。這首詩的藝術魅力卻正產生在其晦澀的藝術圖景之中。一個著名的詩人兼評論家說，他第一次讀此詩時，一個字也看不懂，但他意識到，自己所面對的將是一部異常偉大而不朽的傑作。

　　其實，我們人類的歷史就很清晰明瞭嗎——晦澀正是歷史銀幕上永久的圖景，第一次世界大戰更讓人類產生了對理性的質疑，對大戰的恐懼，對道德與法律的失望以及對自身價值的重新審視。在一戰主戰場的歐洲人看來，整個世界已被火藥所焚毀，被血跡所玷汙。人類的世界只剩下了一片廢棄的荒原。

　　在這首長詩的引言中，作者以西比爾來闡明了詩的主題。西比爾是古希臘神話中的女告知，她向日神要求得到與沙子一樣多的年華，但卻忘了要「年輕」，於是，她就一直活了下去，老年的痛苦已經用極爲漫長的歲月來折磨她，但她依然無法死去，所以，當孩子們問她需要什麼時，她說：「我要死。」這個西比爾就正是艾略特爲此詩找到的最佳意象。

　　艾略特用他詩人的敏感爲整個人類的文明世界描繪了一個可怕的荒原，這個景象的可怕就在於它也許正潛伏在人類發展的某個路口，窺伺著我們。這一景象震撼了整個世界。

## 水裡的死亡
T.S.艾略特

腓尼基人弗萊巴斯，死了已兩星期，
忘記了水鷗的鳴叫，深海的浪濤
利潤與虧損。

海下一潮流

在悄聲剔淨他的屍骨。在他浮上又沉下時
他經歷了他老年和青年的階段
進入漩渦。

外邦人還是猶太人

啊你轉著舵輪朝著風的方向看的，
回顧一下弗萊巴斯，他曾經是和你一樣漂亮，高大的。
——趙蘿蕤 譯）

◆賞析◆

《荒原》發表於1922年，為艾略特贏
得了國際聲譽。它由5篇詩歌依照
「文氣斷續」原則組成，此斷續反映
了西方現代大城市的20世紀感受中
支離破碎的體驗。《荒原》雖不是
艾略特最偉大的詩作，但卻是最為
知名的。「水裏的死亡」是該詩的
第四部分，這個名字有兩層含義：
一，死後不復再生；二，死是再生
的前奏。水能毀滅生命，同時也能
淨化再生。「水裏的死亡」以腓尼
基商人弗萊巴斯於海中溺死為背
景，來暗示古腓尼基物質文明的衰
亡，這令人聯想起古埃及人對水的
不同於其他民族的獨特運用及理
解，他們將神浸入水中祈禱河水氾
濫，以沖積淤泥、灌溉萬物；同
時，作者也借此對現代文明產生影
射——人類靈魂也將於最終溺死於
繁榮的物質文明中。

## DEATH BY WATER

T.S.Eliot

as the Phoenician，a fortnight dead，
Forgot the cry of gulls，and the deep sea swell
And the profit and loss.

A current under sea

Picked his bones in whispers. As he rose and fell
He passed the stages of his age and youth
Entering the whirlpool.

Gentile or Jew

O you who turn the wheel and look to windward，
Consider Phlebas，who was once handsome and tall as you.

# 第六章
# 孤寂的星光

十九世紀世界文學的風景區實際上就是歐美文學馳騁的疆場，而所謂的歐美文學其巍峨的主峰卻不過是有著悠久文學傳統的老牌法蘭西和異軍突起的新貴俄羅斯。在這兩座巨峰的旁邊，連英格蘭與德意志也顯得萎縮了起來，更不用提其他的民族了。然而，不可否認的是，雖然沒有眾星雲集的大家氣象，但正如晴朗的夜空中一樣，除了星漢燦爛的銀河系以外，也總會有一些孤獨但卻又明亮的星長久地散發著清冷而奇幻的光。只有群星薈萃的星空才是美麗的，每一顆堅持的星都有他無可取代的意義，也只有這樣，19世紀的文學夜空才會因交相輝映而豐富，而完整。

## 第一節　「盡頭的書」：湯瑪斯‧曼

文學史中經常有父子、姐妹、兄弟並駕齊驅的動人景象，如仲馬父子，勃朗特姐妹，格林兄弟。他們的存在為經緯萬端的文壇又增加了許多新的話題，而且也在似與不似之間向後人演繹、詮釋著文學的奇妙與神秘。在20世紀的德國文學中就有這樣兩位傑出的小說作家，他們就是哥哥亨利希‧曼和弟弟湯瑪斯‧曼。他們兩人在德國文學中均有著極為重要的地位。亨利希‧曼一生創作了19部長篇小說，其中，出版於1918年的《臣僕》是他最為傑出的作品，其主人翁赫斯林怯懦而又殘

→湯瑪斯‧曼，20世紀少數具有國際重要性的德國作家。他用有滲透力的諷刺將受憎交織的矛盾情感引入其散文敘事中，造形成湯瑪斯‧曼整個文學生涯的特色。

推薦閱讀

《布登勃洛克一家》，傅惟慈譯。

《魔山》，錢鴻嘉譯。

忍，小說通過對他向上爬的記錄，讓讀者看到了德意志帝國的發展歷程。而弟弟湯瑪斯·曼（1875～1955）卻有著真正的世界意義與影響。

湯瑪斯·曼生於德國北部的盧卑克市，他的父親是一個經營穀物的大商人，而且是本市稅收事務的參議員；母親有葡萄牙血統，敏感並富於幻想；並且，其父母均很喜歡文學。然而，無憂無慮且優渥寬鬆的童年生活被打斷了：他的父親1891年逝世，這樣，他們一家便遷居於慕尼克。他在這裏完成了青年的教育。據說，湯瑪斯·曼的文學事業是一帆風順的，他從未遭受到過退稿。的確，他於19歲時便發表了其處女作《墮胎》，這部中篇小說一發表便受到了當時的著名作家戴墨爾的讚賞；1901年，他出版了他的代表性長篇巨著《布登勃洛克一家》，而此時他才剛剛26歲！

《布登勃洛克一家》是一部巴爾札克式的現實主義長篇傑作。他的副標題是「一個家庭的沒落」，從這裏我們可以看出，他寫這部作品的宏大的目標與深厚的命意。故事就發生在他的家鄉，19世紀30年代到70年代的商業城市盧卑克。全書用史詩般的氣魄寫了布登勃洛克一家四代人的人生與事業那壯麗澎湃而又不可避免走向衰落的巨幅圖景，從而展示了德國社會這部龐大的日耳曼老爺車怎樣在崎嶇而顛簸的歷史之路上艱難行進之一斑，並以此而預示了整個西方社會即將來臨的巨大變化。

第一代的老約翰·布登勃洛克，在

→亨利希·曼，德國作家，以《垃圾教授》一書知名。

**戴墨爾**

戴墨爾(Richard Dehmel，1863
～1920)，德國詩人，因其在形式
和內容上的革新，對當時的青年
作家產生過重大影響。早期作品
選擇自然主義的社會題材，是描
寫勞動階級悲慘生活的第一位主
要作家。後來受到尼朵的影響，
開始頌揚個人主義和放縱本能與
情欲的生活，同時又感到自我犧
牲性和追求和諧的倫理思想的吸引
力，這一衝突形成他波瀾激盪的
個人生活及作品的內容和風格，
但不足之處則是有意煽情。他的
這一思想在他的第一本詩集《解
救》(1891)及主要小說《兩個人》
(1903)中均有所體現，前者主要
表現縱欲和禁欲兩相矛盾之中的
衝突；後者則展示了他發現這種
衝突的解決辦法：他相信愛和性
的神秘力量，最終把男女間的肉
體關係看作人的個性的充分發展
和更高級的精神生活。

拿破崙戰爭之時，他駕著馬車跑遍了整個德意志，為普魯士軍隊供應糧食，從而大發糧食財，也由此奠定了這個家庭最初的經濟基礎；第二代小約翰·布登勃洛克比父親更為精明，也更堅決、果斷，他獲得了尼德蘭政府贈給的參議員頭銜，如此，布登勃洛克一家走向了家道的最高峰；而就在此時，他們有了一個非常有力的競爭者哈根施特羅姆，這是一個暴發戶，其實也是壟斷資本主義的代表人物。為了確保自己的家庭產業，他們需要盟友，於是，小約翰強迫女兒安多妮中斷了與醫科大學生莫爾頓的戀愛關係，嫁給了他所認識的一個漢堡富商格侖利希。然而，格侖利希其實卻只是個投機份子，他的生意早已入不敷出了，而安多妮那8萬馬克的陪嫁正是他垂涎三尺的目標，結婚不久，格侖利希就破產了，安多妮也便與之離異；她又嫁了一個漢堡商人佩爾曼內德，然而這個懶漢卻整日依靠安多妮陪嫁費的利息度日，一無所成，而且還與女僕關係曖昧，最後，安多妮又一次離了婚，帶著女兒回到了娘家。

第三代就是本書的中心人物湯瑪斯，他還在呀呀學語的時候就已被大家認為是作商人的材料了，在小約翰死後，他也的確表現出了商人的稟賦來。雖然他挑上擔子的時候才16歲，而這時正是布登勃洛克一家盛衰轉易的關鍵時刻，但他卻有著積極的進取精神、圓滑的處世技巧，在商業方面也極有魄力。他在社會事業和市政建設上表現出了很高的熱情，因而在競選議員時擊敗了自己家庭的最大勁敵哈根施特羅姆；此外，他還娶了一個外鄉富豪的女兒蓋爾達——一切都表現出

一種欣欣向榮的美好景象，然而，日薄西山的大趨勢不是他一個人能
夠改變的，這個家庭的其他成員都已成為了他奮發有為的阻力：妹妹
克拉拉婚後不久即病故，他母親瞞著他把大筆財產轉給克拉拉的丈
夫；安多妮的女兒也陷入了婚姻的淖泥中去；弟弟克利斯帝安更是不
務正業、揮霍無度……湯瑪斯左支右絀、身心俱疲，在此種情勢下，
為了挽救家庭，他又聽從妹妹的慫恿去作投機生意，而後事犯，商業
聲譽一落千丈。就在他銳氣盡失的時候，布登勃洛克一家的第四代出
生了，這就是小漢諾，他們又重新燃起了希望的火焰，但是，小漢諾
從小就體弱多病，多愁善感，根本就不適合於商業那種戰爭一般的生
活；更令湯瑪斯失望的是，小漢諾也對商業極為反感，在學校受到哈
根施特羅姆家的孩子欺侮，他就逃避到家裏，不再去學校，這個弱小
的孩子最後又合乎邏輯地夭折了——布登勃洛克一家的最後希望也破
滅了。

　　這部作品的許多人物是取自湯瑪斯·曼的家庭或族人，作者是抱
著一種無可奈何的悲傷與哀婉的心緒來寫的，因此全書滲透出一種深
深的哀傷與嘆惜。

　　1924年，正值創作力最為旺盛時期的湯瑪斯·曼又寫出了他的另
一部代表作品《魔山》。這部作品對20世紀的小說有很大的影響，許
多歐洲知名作家對他這部作品非常推崇。小說描寫了一個青年工程師

---

**教育小說**

教育小說，有時也稱「性格發展小說」，它是德國小說的一種，專門描寫一個人的性格形成時
期的生活。教育小說的典範當數歌德的《威廉·邁斯特的學徒時代》（1795～1796），這部小
說同時也是教育小說的開山之作。另外還有施蒂弗特的《晚來的夏日》（1857）和凱勒的《綠
衣亨利》（1854～1855）均為同類佳作。儘管教育小說可能摻著著無奈與懷舊的情緒，但其結
尾總是蘊含著積極的調子。一般的模式是這樣的：主人翁年輕時代的宏偉夢幻結束的時候，許
多荒謬的錯誤和痛苦的失望也隨之結束，展現在面前的是一種能夠有所作為的生活。教育小說
的常見變體是藝術家小說，它描繪一個人的青年時期和他的成長過程，他成為或即將成為一個
畫家、音樂家或詩人。不同於許多教育小說裏主人翁最後僅僅是一個有用的普通公民的是，藝
術家小說卻通常以拒絕過平凡生活的傲慢語調結束，雖然兩者的主人翁都夢想成為一名偉大的
藝術家。

在療養院裏長達7年的生活歷程，充分展現了療養院中心態各異的病人：有理性主義者，有禁欲主義者，有享樂主義者。主人翁漢斯·卡斯托普正是在這裏完成他對生命的痛苦思考的，這是德國特有的「教育小說」所孕育出來的一個碩果。在這所病院裏，各種各樣的思想都在交鋒、在影響、在偏轉。卡斯托普最後終於擺脫了自己那暗淡的生活前景，擺脫了對死亡的等待，並確認了「生活之愛」才是最有價值的。這部作品擁有著豐富而貼切的象徵意義，在藝術上有了極爲重要的突破。

1929年，湯瑪斯·曼獲得了諾貝爾文學獎，他是當之無愧的獲獎者之一。許多獲獎者在獲獎後都再無建樹了，以至於此獎被世人認爲是一項吃掉作家創作潛力的獎項。但是，獲獎之後的湯瑪斯·曼並沒有停步，他於1930年發表了著名的反法西斯中篇小說《馬里奧和魔術師》，又於1933年至1938年在瑞士流亡期間完成了另一長篇巨作《約瑟和他的兄弟們》，最後，在他去世前一年，發表了最後的長篇小說作品《大騙子菲利克斯·克魯爾的自白》。這些作品都有著廣泛而持久的世界影響。

湯瑪斯·曼說自己的小說是「盡頭的書」，「沒落」是他的所有作品中共同的主人翁，也是他對整個歷史所發出的深沉慨歎。

## 第二節　好兵帥克：哈謝克

捷克是一個極富有文學傳統的民族，而哈謝克就是其中極爲特出的一個。

哈謝克（1883～1923）出生於布拉格的一個窮苦教員家庭，童年生活極爲困頓，13歲時父親去世，他同母親和弟弟妹妹們靠施捨與乞討度日，這種生活經歷對他的生活與創作造成巨大的影響。在中學時，他因參加反對統治者的遊行示威，因而屢遭逮捕，高中畢業後，他如同自己作品中的帥克一樣，幾乎步行走遍了奧匈帝國與德國的大

部分地方，對社會與生活有了更深的認識。第一次世界大戰爆發後，他被征入伍，編入奧匈帝國之捷克兵團開赴俄國作戰。而後，十月革命爆發，他又在俄國參加了革命，後又參加了蘇聯紅軍，不久入了布爾什維克黨。1920年，他返回捷克並定居布拉格，也正是在此時，他開始了他的傳世巨作《好兵帥克》的創作，兩年多的時間裏，他寫出了這部作品的前三卷和第四卷的一部分。1923年1月3日，還不到40歲的天才作家便去世了，只留下了這部尚未最後完成的作品。他的朋友卡爾·萬尼克曾續完全書，但由於文筆差異太大，所以絕大部分本子都沒用這一結尾。

→《好兵帥克》於1958年出版時的封面。

　　在此之前，哈謝克曾以帥克爲主人翁寫過5篇短篇小說，但大都沒有更爲深刻的內容。不過，從此也可以看出，這一形象在他的心目中應該說已醞釀了很久，直到這部作品，才眞正把這個無與倫比的形象貢獻出來。

　　作品以極端殘暴而腐敗透頂的奧匈帝國在歐洲爭奪霸權爲背景，描寫了在奧匈帝國的武力奴役下捷克人民的反抗。作品剛開始，第一次世界大戰便在帥克的眼前展開了。奧匈帝國的鷹犬和暗探四處偵察，企圖鉗制捷克人民的輿論，而帥克便是被其用誘騙的手段而抓去當了這個帝國的「炮灰」。但我們偉大的好兵帥克，以及以這個無與倫比的人物爲代表的捷克民族，表面上對帝國唯唯諾諾，屈從效忠，甚至口呼「萬歲」，內心卻充滿了鄙夷和憎恨，從而採取種種使反動統治者哭笑不得的方式進行頑強的抵抗；帥克總是完全地去執行奧匈帝國的當權者的命令，而這種執行卻產生相反的結果。作者以笑罵的筆鋒對這個色屬內荏的帝國內部的強橫暴虐、昏憒無能加以無情的暴露與控訴——這就是《好兵帥克》這部傑出的諷刺小說的基本內容。

**推薦閱讀**

《好兵帥克歷險記》，星燦譯。

《好兵帥克》（節縮本），蕭乾譯。

捷克著名作家和革命者伏契克曾經對帥克這個人物所產生的影響作出這樣高度的評價，說他「彷彿是一條蟲子，在蛀蝕（奧匈帝國）那個反動制度時是很起勁的，儘管並不是始終都很自覺的；在摧毀這座壓迫與暴政的大廈上，他是起了作用的」。「蟲子」二字很具有概括力，讓我們驚異的是，這隻「蟲子」充滿了無與倫比的智慧。

雖然，這部作品是從帥克的經歷來寫的，但在某種意義上，《好兵帥克》也可以說是一部歷史小說，因爲它從內部描寫了歐洲近代史

## 兩部關於一次大戰的著作

《西線無戰事》（All Quiet on the Western Front）是德裔美籍作家雷馬克（Erich Maria Remarque，1898～1970）的一部傑出的反戰小說，它強有力而寫實地描繪了第一次世界大戰，生動地展現了戰爭給人們帶來的在心理、精神及物質上的恐怖。作者安排年輕的德國志願兵包默的眼睛來引導讀者去見識一戰的各種慘酷狀況。包默不論在前線或是返鄉休假都要出生入死，在他歷劫餘生之後，還是於停火休戰前數周失去性命。另外，作者還寫到了他的戰友們與他同樣平凡的際遇，例如魁梧的魏瑟一心惦念著農場和妻子；資優生穆勒連做夢都在考試，在一次轟炸中還喃喃念著物理考題。正如雷馬克自己所言「(此書) 既非控拆，也非告解，更不是冒險；那些面對死亡的人絕非是在冒險。本書只是訴說某一世代的人即使能避開炮彈的摧殘，也無法逃離戰爭的毀滅。」這部小說的德文原版「Im Westen Nichts Neues」於1929年1月出版，惠恩的英譯本在同年稍晚於美國問世。在20世紀30年代納粹得勢之時的焚書行動中，此書被首先燒毀。1930年此書被改拍成電影，贏得1929～1930年度的美國影藝學院獎（Academy Award，即奧斯卡獎）的最佳影片獎。左圖即爲《西線無戰事》的插畫。

《戰火，班隊的日誌》（Le feu，journal d'une escouade）英文版名爲《戰火下》（Under Fire），法國作家巴布斯（Henri Barbusse，1873～1935）的作品，小說描寫了在一戰炮火紛飛的戰場上，一個班的士兵兄弟般的友情。此部小說於1916年獲得「龔古爾」文學獎。右圖即爲此部小說的封面。

上一個最古老的王朝──奧匈帝國崩潰的過程。作品幾乎是嚴格按照第一次世界大戰編年順序寫的，從第二卷（帥克入伍後由布拉格開拔前方）起，戰局、事件、路線，都與當年的奧匈軍隊作戰史基本吻合，甚至帥克所在的聯隊番號以及作品中有些人物（盧卡施、萬尼克、杜布等）也都並非虛構的。然而此書的價值並不在於它如何忠於史實，而在於作者哈謝克以卓絕的漫畫式手法，準確、深刻地剖析了奧匈帝國的政府、軍隊、法院、員警機關以至醫院、教會的反動而又虛弱的本質。通過手裏拿著「叛國者」帽子到處尋找拘捕對象的特務布里契奈德，以及那草菅人命的軍醫，我們可以看到奧匈帝國是怎樣一座黑暗、殘暴的監獄。爲了揭露所謂「神職人員」這種寄生蟲，作者在卡茲和拉辛兩個神甫的形象上著墨較多。這個帝國的一切殘酷、骯髒、荒謬與醜惡，都沒能逃脫哈謝克那支鋒利、辛辣的筆，他無情地揭露了這個龐大帝國所加於捷克民族的種種災難，並塑造出帥克這個平凡而又極富於機智的不朽形象──這是全部的捷克民族智慧的結晶和藝術昇華。

最令人感到好笑而又啓人深思的是奧匈帝國那外強中乾的軍隊。他們爲了製造一些炮灰，不得不製造一些虛僞的「軍人榮譽感」所謂的「愛國」思想，還有宗教麻醉、政治欺騙來達到目的；甚至是用特務和集中營來把幾乎所有的人們推上火線。作者形象地描寫了那個軍隊中主權式的官兵關係和掠奪者與被掠奪者之間的軍民關係，揭示出臨陣拼湊起來的「友」軍之間互相傾軋，以至職業軍官對後備軍官和自願軍官的輕蔑。這樣的軍隊既談不上效率、紀律，更沒有「士氣」可言。軍官們以彼此貽誤對方的公事來報私仇，士兵比賽著怠工；列車開走了，軍官還躲在車站後面同妓女講著價錢。這樣的軍隊對「自己人」是那樣殘酷，對待俘虜和敵方老百姓更不如禽獸。

據說，哈謝克本人也是一個帥克式的人物，在現實生活中也做過不少令奧匈帝國當局氣極敗壞而又無可奈何的妙舉。1911年，當奧匈帝國大搞議會選舉時，哈謝克組織了一個所謂「在合法範圍內主張溫

和及和平的政黨」，並在一家下等酒館裏發表「競選」演說，對奧匈帝國的政治社會制度進行了猛烈抨擊。事後他告訴人說，這是爲了替那家酒館招徠主顧。另一回發生在第一次世界大戰初期。他住進布拉格一家旅館，在旅客登記簿「國籍」欄塡上與奧匈帝國相敵對的「俄羅斯」，又在「來此何事」欄塡上「窺探奧地利參謀部的活動」。於是，蠢豬般的警察局立即派人把該旅館密密匝匝地包圍起來，以爲這下可抓到了一名重要間諜。及至眞相大白後，員警嚴厲責問他爲什麼在戰爭期間開這種玩笑，哈謝克帶著一副眞誠神情回答說，他對奧地利員警的效率不大放心，是想考驗一下他們警惕性如何。警方哭笑不得，罰他坐了5天牢。這些奇思妙想在他的短篇作品中也多有體現。

> **維爾哈侖**
>
> 維爾哈侖（E. Verhaeren，1855～1916），用法語寫作的比利時詩壇泰斗。其第一本書《佛蘭芒女人》曾引起轟動，那是一本極端自然主義的詩歌集，詩中有不少內容涉及到繪畫，這也有力地說明了維爾哈侖不僅是個詩人，而且還是個藝術評論家，事實上他的確如此。維爾哈侖的30餘卷詩作以三大主題鋪展開來，即佛蘭德故土、人的生命力（表現於渴望進步、人類的兄弟情誼和工人階級的解放），還有對妻子的柔情和愛。它們以其活力和視野開闊最爲人稱道，且語言清新脫俗、不加修飾、靈活有力。

## 第三節　情爲何物：褚威格

→褚威格

　　1942年2月23日，巴西首都里約熱內盧附近的彼特羅波利斯，奧地利著名作家褚威格與伴他8年之久的妻子一同服毒自殺——10年前，納粹份子便查禁了褚威格的作品，並對他進行迫害，使之不得不流亡異國他鄉；1936年，他訪問巴西，受到熱烈歡迎——而這一天，他剛剛聽到新加坡失守的消息，這位和平主義者、人道主義者，便用他的死表達了對法西斯勢力蔓延的深深憂慮，對世道淪替、人性摧殘的無限絕望。但他留下來的

**推薦閱讀**

《斯·褚威格小說選》，張玉書選譯。

作品卻依然在向人們昭示著什麼是同情與憐憫，什麼是人性與愛！

斯台芬·褚威格（1881～1942）出生於維也納一個富裕的猶太商人家庭。青年時期的褚威格非常崇拜里爾克與尼采，上了大學之後，他又攻讀了哲學與文學，大量閱讀了經典的文學作品。1904年，23歲的他便成為了《新自由報》的編輯，後又去世界各地遊歷，並在法國結識了維爾哈侖、羅曼·羅蘭和羅丹。在一戰前，他便翻譯了許多法國作家的作品。然而，此後，他便經歷了人類的兩次浩劫，這兩次世界大戰都令他深惡痛絕。1919年後，他長期隱居於薩爾茨堡，埋頭創作；1923年，與高爾基建立了通信關係，持續到高爾基去世為止；1928年應邀赴蘇聯參加托爾斯泰誕辰一百周年紀念，並會見了高爾基；1941年，他再到巴西，並寫下最後一部傑出的中篇小說《象棋的故事》，然而，誰也沒有想到，他會為那個世界所遭受的厄運而萬分痛苦，從而以死來作為一個沉痛的告別。

### 里爾克

里爾克（Rainer Maria Rilke，1875～1926），著名的德裔奧地利詩人，以《杜伊諾哀歌》和《致俄爾浦斯的十四行詩》享譽全世界。他曾在俄羅斯結識後來的情婦魯·安德莉亞斯－莎樂美，由此便有了他獻給她的由三部分構成的長組詩《祈禱書》。詩人以「我」的形式出現，圍繞著他的上帝作禱告，其實此上帝就是「人生」的化身；而此詩作的語言和題材大多為19世紀90年代的歐洲的語言和題材。後來，他前往巴黎寫一本關於雕刻家羅丹的書。通過和羅丹的交往，他逐漸意識到走向藝術和創造的一條新路，他發展了一種新的抒情詩風格，即所謂「詠物詩」，此類詩力圖捕捉某一實物的形象化本質。其中最成功的作品是某些視覺藝術作品的想像的語言翻譯。

他一生的作品極為廣泛，有大量的傳記文學作品和劇本。而代表他個人藝術風格與貢獻的作品還是他的中短篇小說中，這包括在他的幾個短篇小說集如《最初的經歷》、《馬來狂人》、《感覺的混亂》等，其中最為傑出的作品是《看不見的收藏》、《月光胡同》、《一個女人一生中的二十四小時》等，但最為人所熟知的還是他那篇情感真摯深純且感人至深的作品《一位陌生女子的來信》。

　　作品寫了一個作家剛剛度假回來，便看到了一封信，他剛開始還
是漫不經心地把它打開，但接下來他與讀者一樣，出乎意外地看到了
一份執著到近乎執妄的情感宣洩與心靈剖白，每一個人都會震動於這
份發自生命深處的情感。更為令人驚異的是，這個女人與作家從未結
識過，她只是在暗中用火一樣的情感去愛這位作家。她是從小就認識
了這個作家的，她也是從小就愛上了他，隨著她的成長，這份情感竟
越來越強烈而深沉，難於自拔。她今後的一生似乎都是為了作家而生
活的，但她卻一直牢固地保守著這個秘密，從未向人，特別是向這位
作家透露過，她一直暗中跟隨著作家，看著他生活中的所有細節，為
他的快樂而歡欣、為他的挫折而悲哀。後來，她曾裝扮成一個妓女來
到作家的房間，然後，她懷了作家的孩子，她感覺自己的一生又有了
寄託，於是，忍受著旁人的冷眼與鄙視，毅然把孩子生下來。但是，
這一天，她這唯一的寄託也已離她而去，她正是在她兒子已逐漸冷卻
的屍體旁邊寫下給作家的這封信的。而當作家讀這封信的時候，她也
已經帶著她驚天動地的深情，帶著滿足與遺憾，離開了這個醜惡的世
界……

　　這部作品寫的迴腸盪氣，令人執手扼腕，不能自已。這也正是源
於褚威格對世界、對人生那熱切而深沉的依戀與寄託，源於他豐富而
細膩的情感世界。他的幾乎所有作品都是在寫人類的某種情感的一種
狀態與體驗，熾熱甚至壯麗。他最後的死，也正是源於對這一狀態與
體驗的絕望──在其遺書中，他說：自從操我自己語言的世界對我來
說已沉淪，而我的精神故鄉歐羅巴也已自我毀滅之後……我認為還不
如及時地、不失尊嚴地結束我自己的生命為好。對我來說，腦力勞動
是最純粹的快樂，個人自由是這個世界上最崇高的財富。

# 第七章
# 衝破藩籬的戲劇

7

戲劇是最爲悠久的文學形式之一，特別是在西方，從古希臘的悲劇始，便已有了極爲成熟的戲劇。而整個文學史上也有許多響亮的名字爲這一文學樣式增添了更爲輝煌的色澤，同時也爲其拓展了更爲廣闊的藝術發展空間：包括文藝復興的標誌性人物莎士比亞、法國古典戲劇的集大成者莫里哀、德國的偉大代表歌德與席勒；當然，還有像雨果、果戈理、托爾斯泰和高爾基這樣風華絕代的「散兵游勇」爲其規畫藝術的大廈。而19世紀以來，當批判現實主義文學取得輝煌成就的時候，戲劇領域也湧現出了許多專業的優秀劇作家，正是他們，對莎士比亞以來的傳統戲劇進行了革命性的轉換。易卜生、蕭伯納與皮蘭德婁就是其中最具有代表性的三位大師。

## 第一節　問題劇大師：易卜生

托爾斯泰是諾貝爾文學獎歷史上永遠無法彌補的遺憾，而事實上這種遺憾還有很多，其中也包括在戲劇文學界有著崇高聲望的大師易卜生。

亨利克·易卜生（1828～1906）出生於挪威東南部的海濱小城希恩。他的父親是一個木材商人，6歲的時候，父親破產，寬裕的生活從此結束了。而他也在16歲的時候被父親送到附近的一個鎮上的藥店當學徒。在這裏，他備嘗了生活的艱辛與人情的淡薄。但在工作的餘暇，他仍堅持讀許多的文學作品，從莎士比亞、歌德、拜

→易卜生

倫等人的作品中，領略到了文學那
神奇而不朽的魅力。於是，6年的
學徒生涯不但沒有消磨他的生命熱
情，反而磨礪了他的精神，激發了
他奮鬥的巨大潛力。在這期間，他
發表了許多詩歌以及兩部戲劇。

> 不管法津是不是這樣，我現在把你對我的義
> 務全部解除。你不受我拘束，我也不受你的
> 拘束，雙方都是絕對自由。拿去，這是你的
> 戒指，把我的也還我。
>
> ——《玩偶之家》

　　1850年，22歲的易卜生告別了家鄉，來到了首都奧斯陸，本來
準備投考奧斯陸醫科大學，但卻未被錄取，然而，他的才幹卻得到貝
根劇院創辦人奧萊·布爾的賞識。次年，他被聘為編導。他在此後的
6年期間自己創作了5部劇作，而且，有他參加編導的劇本不少於145
部，數量可謂驚人。在這樣大量的實踐中，他積累了許多珍貴無比的
戲劇舞臺經驗。這一點，在戲劇史上能與之相比的只有莎士比亞和莫
里哀了。

　　1864年，易卜生對挪威政府不出兵幫助丹麥來反抗普魯士的作法
非常生氣，於是，憤而出國。這一年，他36歲，誰也沒有想到，今後
那漫長的42年歲月中，他只有兩次回祖國小住，其他時間便一直住在
德、義等國。雖然他遠離了挪威，但故國的一切都仍是他永遠不變的
文學風景。就在1867年，詩劇《培爾·金特》出版，此劇為他帶來了
巨大的聲譽。

→左圖為愛德華·蒙克所繪的
1906年上演的易卜生戲劇《群
鬼》的背景。《群鬼》(1881)
以特殊諷刺的手法說明個人毫
無疑問地依附社會的理想所帶
來的不悅後果，除含有攻訐婚
姻之不可違背與父系結構的家
庭生活外，並暗指性病遺傳的
影響，這在當時嚴守禮教的氛
圍中是不可原諒的，所以此劇
引發了驚人的反對浪潮，也使
易卜生的戲劇創作轉向了不露
任何確定的社會傾向的方向。

推薦閱讀

《易卜生戲劇四種》，潘家洵譯。

《培爾·金特》，蕭乾譯。

據說，這部五幕三十八場的長劇在易卜生的心中醞釀了9年。此劇取材於挪威的民間故事，但卻寫得精靈古怪，充滿了奇思異想，但更值得稱道的是，他同時又充滿了哲理的探索，展示了作者對人性的長期思考。也正是從這部劇作中，我們看到了易卜生把想像力發揮到了什麼地步。

劇情大致是這樣的。山村青年培爾·金特是一個懶散而又富於幻想的人。他的母親奧絲對他既溺愛又嫌其不爭氣，而他卻還要媽媽相信他一定會幹出一番事業來。在同村一對青年的婚禮上，他遇到了一個文靜而美麗的姑娘索爾薇格，他想邀她跳舞，但她卻不敢答應。這時，新郎請他設法找到藏起來的新娘英格麗德，培爾找到新娘後便把她拐跑了。其實，他並不想和她結婚，只是一個惡作劇而已。在山中流浪的日子裏，他一直在想念索爾薇格。這時，他遇到了山妖的綠衣公主，她把他帶到了山妖國，山妖招他為駙馬，並灌輸給他山妖的處

**比昂遜** 您在寫作方面廣大的、令人振奮的成就，落實於群眾生活和個人生命的體認，再加上道德意識與健康、新鮮的特質，使作品顯得非常崇高……
——1903年被授予諾貝爾文學獎時的頒獎辭

比昂遜（1832～1910），挪威詩人、劇作家、小說家、新聞工作者、編輯、演說家、戲劇導演，當時挪威家喻戶曉的文化名人之一。1903年獲諾貝爾文學獎。與易卜生、謝朗和約納斯·李常被稱為19世紀挪威文壇四傑。詩作《是的，我們永遠愛此鄉土》被用作挪威國歌歌詞。比昂遜最初15年的文學創作主要採用他所戲稱的「輪作制」，即用英雄傳說材料寫劇本，用當代題材寫長篇小說或描寫農民生活的短篇小說。兩者均強調那些聯繫新舊挪威的紐帶，目的是長他的國民的志氣，從而激發人們對挪威歷史及其成就的民族自豪感。這一時期的著名作品有《陽光明媚的山丘》、獨幕劇《戰役之間》等。而令比昂遜獲得國際聲譽的是《破產》（1875）和《編輯》兩個劇本，它們實現了當時對文學的要求：提出問題，展開爭論。後期亦有兩部長篇小說為人所難忘：《海港街道上的旗子》（1884）及《追隨上帝行事》（1889）。

→1894年在巴黎公演易卜生第一部戲劇《布蘭德》時的節目單。

世哲學,即泯滅人性的「自我中心主義」哲學。他因媽媽與索爾薇格的幫助而逃離山妖國後,見到了索爾薇格,他要求索爾薇格不要忘記他,然後卻又走進了森林;在他媽媽生命垂危的時候,他探望了她,他讓媽媽坐在椅子上,然後自己坐在床腳,說是趕著馬車帶媽媽去赴國王的宴會,奧絲在兒子所製造的幻想的幸福中走向了另一個世界。

很快,我們看到了中年的培爾,他已在海外靠販賣黑奴與偶像而成為大資本家。他依然奉行著自己的生活哲學,表現著一種「金特式的自我」;然而,他的黃金卻沉入了海底;此後,他又先後成為先知、學者,甚至到最後他又進入了開羅的瘋人院,而這時的培爾已到了晚年。他終於回到了家鄉,在森林中的一座茅屋前,他摘到一個野蔥頭,在剝開蔥頭的過程中,他感受到了生命的無常。就在這時,一個鑄鈕扣的人卻要用鑄勺收他「回爐」,他費盡心機也無法逃脫,最後,他終於回到了索爾薇格的身邊,而這時,這個自覺自願地等候培爾的人已經在這裏等了一生。培爾急切地問她:「我完了——除非你能破一個謎!……你能說說自從你上回見到培爾‧金特以後,他到哪兒去了嗎?……要是你說不出,那我就得回到陰暗幽谷裏去。」索爾薇格微笑著說:「你這個謎好破。……你一直在我的信念裏,在我的希望裏,在我的愛情裏。」這時,痛哭的培爾緊緊地偎依在她的膝下,索爾薇格為他唱起了歌謠,而鑄鈕扣的人也便走開了。

全劇詩意盎然而又深富哲理,從語言到情節、從形象到意蘊,無不精絕。此劇一出,立刻產生了巨大的迴響。與易卜生堪稱挪威文壇雙璧的另一著名劇作家比昂遜對此劇極為稱讚,認為這是一部「輝煌

偉大」的傑作；易卜生自己也對此劇頗有自信，他曾自豪地說：「挪威將以我這個戲來確立詩的概念。」

然而，易卜生並沒有停下來。1879年，他完成了舉世矚目的傑作《玩偶之家》，這也是他幾部社會問題劇中最有代表性的一部。這部劇作的故事情節人們已經耳熟能詳了，女主人翁娜拉的名字已成為日常用語中的一個「共名」。其實，這部作品的精采之處並不只是它的思想性的深刻與精闢，而更為突出的是這部作品的藝術上的成就：其結構異常精巧而富有戲劇性；全劇矛盾衝突不斷，高潮迭起；而且情節也是峰迴路轉，柳暗花明。不愧是19世紀戲劇的典範之作。

## 第二節 「通過火焰，到達心底」：蕭伯納

在世界文學史上，有一些作家的創作生涯非常漫長，他們的文學圖卷簡直是一幅宏偉壯闊的「清明上河圖」，其中，極為知名者如法國的雨果，俄國的托爾斯泰，我國的巴金，而在劇壇上卻要屬愛爾蘭的蕭伯納（1856～1950）了。

蕭伯納全名叫喬治·伯納德·蕭，我國的翻譯家把他的姓按中國的習慣放在了名的前邊，於是，便約定俗成地成為了蕭伯納。他出生於愛爾蘭首都都柏林一個沒落貴族家庭，父親因經商失敗而鬱鬱終生，家庭重擔便落在母親的肩上。20歲的時候，蕭伯納也如母親一樣來到了倫敦，在這裏，他寫了許多的音樂與文藝評論，還嘗試著寫了些小說，但均未成功。後來，他發現，只有戲劇更能表達自己的思想與藝術追求，於是，他便投身於戲劇創作，並用漫長的一生寫下了51個劇本。他是一個極為複雜的人，其實，在很早的時候，他就已經接受了社會主義思想，後來，他又參加了剛成立的費邊社——列寧說他是「墮入費邊主義者中間的一個好人」。20世紀30年代，蕭伯納曾作環球旅行，並到過正處於水深火熱中的中國，而且也受到了熱烈的歡迎，並在中國產生了巨大的影響。

1892年，這位大師的創作了7年的處女作誕生了，那就是《鰥夫的房產》。劇中的年輕醫生屈蘭奇愛上了資本家薩托里阿斯的女兒勃朗琪，但

在此之前，我們聽到正主題在高聲部中，現移到低聲部中，小提琴原先僅僅演奏第一部分的伴奏音型，但現在演奏正主題的新的對位。然後這兩個部分相互顛倒，小提琴演奏主題，低音樂器演奏對位音型，如此反覆進行直到在近關係調d小調屬和絃上結束，在下面一段中我們又回到在原形原調中出現的第一主題上。

——蕭伯納對莫札特的交響樂進行的生動評論

他突然發現未來的岳父是靠在貧民窟收房租而致富的，便激憤地表示不願與剝削窮人的人攀親，他請求勃朗琪與其父斷絕關係，遭到拒絕後便打算中止婚約。薩托里阿斯卻向他證實，那貧民窟的房產恰是屈蘭奇家抵押給他的，從而證明了屈蘭奇也並不能置身事外，於是，兩個青年便又和好如初。這部劇作是他「不愉快的戲劇」中的一部，其實，從傳統的戲劇體式來看，這部作品應當算是喜劇，全劇的結構也非常傳統，先是有情人遭受到了挫折，然後又出現了轉機，最後大團圓，皆大歡喜。但看過此劇，感覺卻並非如此，其閱讀感受非常奇特，遠非「喜劇」、「悲劇」的概念所能框範。劇中的大團圓其實給讀者所留下的倒更多是苦澀與慨歎，因為我們看到了生活中更為殘酷的真實，正是這個大團圓才為我們揭示出了這個真實，這個嘲笑一切溫情與浪漫的人道主義幻想的真實。

他的另兩部作表性作品《華倫夫人的職業》和《巴巴拉少校》都是與這部處女作血脈貫通的，它們是這一系列作品之鏈上幾顆不分軒輊的明珠。

1923年，他創作了他的劇作生

→蕭伯納

你以為社會上的人真像他們外表裝出的那個樣；你以為學校教給你的那些正經道理就是世界的真面目。實際上不是那回事，那只是一套裝點門面的幌子。

　　　　　　　　　——《華倫夫人的職業》

你們點火吧，你們以為火更讓我害怕嗎？那些聲音說得對！要我遠離明朗的天空，看不見鮮花和田野，雙腳遭要被鎖住，聽任你們惡意和愚蠢的引誘，去憎恨上帝。這一切比《聖經》中的爐火加熱七次還要難以忍受。你們的勸告來自魔鬼，我的觀點來自上帝。

　　　　　　　　　——《聖女貞德》

→《聖女貞德》是蕭伯納最優秀和最受歡迎的一部戲劇作品，創作並上演於1923年。不同於以往貞德系列作品的是，蕭伯納並沒有把她描寫成聖人，在他筆下，她是一個十七八歲、體格健壯的農村姑娘；她的聲音很平常，熱誠而親切；她不同尋常處在於充滿自信，性格堅強。她頭上並沒有「光環」，雖然她聲稱根據「上帝」的啟示，要為皇太子查理加冕，要把英國人趕出法國，為奧爾良解圍。在她被英國人俘虜後，始終堅貞不屈，直到最後被處以火刑。最反映蕭伯納風格之不同傳統的是本劇的收場白，當貞德知道她被迫認為聖徒時，她卻說：「人人讚美我，我就要受難了！現在告訴我，我可以重新復活，作為一個活生生的女人回到你們中間嗎？」由此蕭伯納要告訴我們的他的看法便更加明瞭：貞德確實是個為民族殉難的「聖女」，但她始終是人民的一員，一個平凡的牧羊女。下圖為貞德率軍奔赴戰場的情景。

推薦閱讀

《蕭伯納戲劇集》，申慧輝等譯。

涯中唯一的悲劇《聖女貞德》。貞德是歷史上真實存在過的人物，在英法百年戰爭中，她本來只是一個出身微寒的農村姑娘，但她卻領導農民群眾擊退了英軍對奧爾良的圍攻；但在貢比涅之戰中，她被勃艮第人所俘，並被賣給英國佔領軍，然後被宣布為女巫，並在盧昂廣場被燒死。這部劇作對貞德的英雄事蹟進行了現代闡釋，並以其玲瓏而犀利的筆寫出了其悲劇的背景與根源。

1929年，74歲高齡的蕭伯納發表了他晚年的一部重要作品《蘋果車》，這是一部政治幻想劇。劇情主要展示了國王馬格納斯與首相卜羅塔斯之間的較量，卜羅塔斯為爭奪權力，便拉攏內閣使其聽從於自己，並向國王發出了挑戰，然而，國王也是老謀深算的人，他在如此風雨飄搖的時候仍然非常清楚，他以退為進，而又步步為營，結果使得卜羅塔斯不得不宣布所謂的危機已經過去，於是，一切都又照舊。這部作品一如他的其他作品一樣，人物對話充滿了機智與豐富的潛臺詞，極具戲劇性，把作者對英國議會政治的嘲諷與戲謔表露無遺。

蕭伯納的劇作有著極為鮮明的藝術特色。首先，便是他那種無所不至的機智與幽默。這是一種愛爾蘭人特有的幽默，那機敏詼諧的對白、尖酸卻又得體的俏皮話、信手拈來的典故、聯類而引喻的借題發揮，真可謂嬉笑怒罵，皆成文章。在這些閃爍著智慧光彩的語言中，他使之承載了那麼多的哲理與思索，卻並不沉悶，那麼多的批評與揭露也並不使人難堪。這不能不說是他對戲劇語言作出的一個巨大的貢獻。蕭伯納自己也認為，只有語言技巧才是戲劇舞臺上亙古常新的藝術。

1926年，年已71歲的蕭伯納眾望所歸地榮膺了上一年的諾貝爾文學獎。本來，在1911年他就已成為熱門的候選人之一了，但他有一

個怪僻，即不接受任何形式的榮譽，無論誰授予他學位、爵位，他都加以拒絕，所以這也應當是瑞典皇家文學院所要考慮的因素之一。但在其《聖女貞德》上演之後，獲得了世界性的影響，甚至當時的厄普沙拉大主教也表示支持。雖然，現在的富翁蕭伯納已不是當年的窮光蛋了，但他還是接受了這筆獎金。瑞典皇家文學院公告中給他的獲獎評語是：

*因為其作品具有理想主義和人道精神，其令人激動的諷刺性往往浸潤著獨特的詩意之美！*

在《聖女貞德》中，貞德有這樣一句臺詞，「如果我遭到火刑，我將通過火焰，到達人民心底」，蕭伯納的劇作也正是這樣的火焰，它將到達並永存於人們的心底。

## 第三節　尋找自我：皮蘭德婁

就在蕭伯納發現自己並不適宜於小說這一文體從而轉向戲劇的時候，歐洲另一個偉大的戲劇家卻正開始寫給他帶來卓越聲名的小說作品，這就是義大利著名作家路易吉‧皮蘭德婁（1867～1936）。

皮蘭德婁出生於西西里島阿格里琴托城，他的父親開有一家硫礦，所以家境富有。他剛開始進入技術學校學習，但他卻對文學發生了極大的興趣，後來便先後進入帕勒莫大學和羅馬大學學習文學藝術。21歲的時候他又在德國的波昂大學研究文學和語言學。1892年，他回國並執教於羅馬高等師範學校，教修辭學和美學。在此期間，他發表了許多的短篇小說，其中，《西西里檸檬》是一篇藝術上達到很高造詣的作品，也是皮蘭德婁本人極為喜歡的作

→皮蘭德婁

品，後來，他又把這篇小說
改編爲劇本。

> 生活是一場十分悲哀的插科打諢，因爲我們在內
> 心裏總是需要創造一個現實以欺騙自己（各人有
> 各人的現實，彼此泫不相同）……我的藝術對於
> 欺騙自己的人充滿著辛酸的同情，但是又必定會
> 隨之而對逼人去欺騙的命運加以狠狠的嘲諷。
> ── 皮蘭德婁

此時，他的家庭發生了
巨大的變故，他父親的硫礦
被洪水淹沒，因爲是與妻子
家合股，所以，兩家的經濟
都受到了嚴重的打擊。妻子的精神病便頻繁發作，並陷入猜忌與妄想
之中，時常懷疑丈夫別有所愛。這一點讓皮蘭德婁疲憊不堪，也深刻
地改變了他對生活與世界的看法，並深深地影響了他的藝術面貌。
1904年，給他帶來世界性聲譽的長篇小說《已故的巴斯卡》出版了，
這部作品便是他這一經歷的藝術反映—— 而且，是這一「蚌病成珠」
歷程中的第一粒明珠。

作品的主人翁是鄉村的圖書管理員馬蒂亞‧巴斯卡，他因與妻子
爭吵而憤然出走，但由於偶然原因，人們以爲他溺水而死，他便再也
無法回到自己的身分中去了。於是，他便改名爲梅司，從而失去了自
我而變成了另一個人，但是，在現實生活中，他處處感受到失去自我
戴上假面的痛苦與失落，無可奈何的他便又製造了梅司投河身亡的假
像，企圖恢復自己的眞實，然而，他已永遠無法回去了。

我們之所以在這裏特別詳細地介紹他的這部小說作品，不僅因爲
這部作品的確達到了極高的藝術水準，也不僅因爲它甚至對托爾斯泰
也產生了影響（托翁的劇本《活屍》就是受這部作品的影響而創作
的），而在於他後來那些精美絕倫的戲劇正是沿著這部作品所開闢的
道路，奔逸絕塵的；於是，「尋找自我」就成爲皮蘭德婁一生的藝術
命脈。

在這部長篇創作出來的十多年間，他依然以小說爲主要的創作形
式，然而，一戰爆發了。迷亂的現實，動盪的世界，醜惡的戰爭，給
他的世界觀帶來了新的危機；而他的兒子也被捲入了戰爭，並負了

繼女（跑到女孩面前，蹲下來用雙手捧住她的小臉蛋）我可憐的小
寶貝，我們是在舞臺上！現在我們就在演戲。認真地演，你懂嗎？
你也是……（摟住她，把她抱在胸前輕輕地搖晃）給你安排的結局
多可怕！（花園、水池……唉）都是假的，你知道嗎？這裏的一切
都是假的，多麼可恨哪！不行，對於別人，這是遊戲，但對你卻不
是，對你是真的，寶貝，你確實在真的水池裏，美麗的綠色水池，
許多翠竹倒映在水裏，一些鴨子在上面戲水，攪亂了倒影。

——《六個尋找作者的劇中人》

傷，進了戰俘營，妻子的精神病嚴重惡化，並最終被送進了瘋人院……這些都給身心憔悴的他以無情的打擊。此時的皮蘭德婁清醒地看到，小說已無法表達他在生活中淤積的痛楚體驗與沉鬱的思索，於是，他毅然轉向了戲劇創作。此後，他那石破天驚的劇本便刷新了戲劇文學的傳統面貌，爲後世的戲劇創作打開無限法門。

1921年，他的代表作之一的《六個尋找作者的劇中人》發表。其情節極爲離奇。有六個人物，闖進一家正在排演的劇團，他們說自己是被一個劇作家所拋棄的六個人物，希望這個導演能把他們的戲排演出來。於是，他們自己便在舞臺上訴說起自己的命運與遭際來，戲中戲與戲外戲融爲一體，劇中人那虛構的遭遇卻變成了舞臺上的眞實，人的自我的追尋也被虛化在那虛無縹緲、無法捉摸的幻影之中。

此時的皮蘭德婁正充溢著岩漿一般的天才創造力，次年，他便又發表了另一部更令人歎爲觀止的傑作《亨利四世》。其主人翁是一位紳士，在青年時代的一次化裝舞會上，他扮演羅馬皇帝亨利四世，而他的情敵卻暗算了他，使他從馬上摔了下來，腦部受到了損傷。清醒後，他卻失去了現實感，以亨利四世自居，他的家人也只好爲他布置

推薦閱讀

《皮蘭德婁戲劇二種》，呂同六、蕭天佑譯。

《高山巨人》，呂同六主編。

了所謂的宮殿，並雇了一些僕人來充當羅馬皇帝的大臣或侍臣。就這樣，他在他的幻想中渡過了12年。然而，幸運而又不幸的是，12年後，他卻又恢復了理智，這時，他12年前的情人（在他的感覺中，或許還等於是昨天的情人）卻早已成為他情敵的妻子；現實生活的車輪已經運轉了12年，而只有他卻還停留在12年前——現實中已經沒有了他的位置，他只能再次選擇遁入到亨利四世這張假面中的可怕生活：第一次是無意識的，這一次卻是有意識，以最清醒的意識，安度最瘋狂的生活，這成為了他無法逃避的命運。

　　他依然與雇來的僕人一起繼續著亨利四世的宮庭生活，唯一不同的是，以前是僕人們小心翼翼地陪他裝演，而現在卻是他陪著僕人和他的家人在表演。在如此痛苦的生活中，時間又過去了許多年。可他的情敵卻總懷疑他並非真的精神失常，於是，他們又安排了一個精心策畫的場景來試探他，果然，出其不意的他一下子暴露了他隱瞞多年的真相，而他們所安排的場景也深深地刺痛了他，使他這積聚了20年的憤怒爆發了出來。在無法遏制的憤怒中，他揮劍刺死了情敵。……這時，舞臺上一片混亂，而只有他卻突然清醒地看到了自己的命運：或者還自己清醒的本來面目而去接受審判；或者就第三次，也將是最後一次地遁入到亨利四世的生活中去。他其實也已經別無選擇。

→本圖左下角是義大利為紀念獲得諾貝爾文學獎的皮蘭德婁而發行的郵票。

　　他的怪誕戲劇完全突破了傳統戲劇的規範：他抹去了眞實與虛幻、過去與現在那本來壁壘分明的界限；在這個界限被打破以後，他便可以創造出離奇荒唐但又合乎邏輯的戲劇環境，並演繹出誇張而詭異的情節來。而在這些奇奇怪怪的藝術風貌底下，卻是他那痛苦的理性思考在迴旋、在奔湧；它幻變爲「自我意識」的鋒利手術刀，把現實世界與精神世界的危機赤裸裸地暴露出來。

　　1934年，他獲得了諾貝爾文學獎，獲獎評語是「由於他果敢而機智地復興了戲劇與舞臺藝術」──這是對他戲劇創作的最高褒獎！

# 第八章
## 投向西方的東方目光

**最**年輕的諾貝爾文學獎獲得者、英國著名作家吉卜林說：「西方是西方，東方是東方，它們永遠不會相遇。」然而，文學卻是人類最為美麗的一種力量，它永遠可以沖決一切羅網與人為的阻礙，從而給人類留下最為刻骨銘心的相遇。西方與東方的確不會相遇，但它們各自的文學卻可以超越時空、超越意識形態，為人類傳遞我們共同創造與擁有的財富。

18世紀以來，東方文學相比而言的確是衰落了，所以，先進的東方人便開始了向西方學習的歷程。那時，這幾瞥投向西方的目光是如此的睿智而又空靈，安詳而又孤寂。在他們中間，終於產生了東方乃至於世界文學史中不可多得的文學大師！

> **吉卜林**
> ------------------
> 吉卜林（Rudyard Kipling，1865～1936），英國小說家、詩人。其戲劇式的民謠保留了生動的口語──幽默、通俗且饒富民風；抒情詩則以闡揚道德和洞察歷史過程見長；尤其擅長短篇故事，故事多數揭露西方機械文明社會的面紗，傑出的作品回溯永恆的印度之謎並顯示文化差異所產生的對比與諷刺。1907年吉卜林獲諾貝爾文學獎。其主要作品有《山中的平凡故事》、《營房歌謠》、《林莽之書》、《吉姆》等。

## 第一節　貓眼裏的世界：夏目漱石

→夏目漱石

夏目漱石（1867～1916）日本作家。原名夏目金之助。生於江戶城（現東京）一個多子女的街道小吏家庭。兩歲時被送給姓鹽原的街道小吏當養子。因養父母離婚，10歲時又回到生父身邊。21歲恢復原姓。漱石成名後，養父的無理糾纏給他造成巨大的精神痛苦，構成他自傳體小說《道草》（1915）的基本內容。漱石中小學時代學

習漢語，熟誦唐宋詩詞，擅長寫漢詩。後又改學英文，在第一高等學校本科學習期間，與學友正岡子規常談詩論文，1889年評論正岡子規《七草集》的文章中首次使用筆名漱石，這個名字來源於中國古代著名志人小說集《世說新語》。1890年進東京帝國大學攻讀英國文學，寫有《英國詩人的天地山川觀念》等文章。1900年起在英國留學3年。回國後轉到東京第一高等學校東京大學任教，並開始業餘創作，相繼發表《我是貓》（1905）、《哥兒》（1906）和《旅宿》（1906）等傑作。1907年辭去教職，進《朝日新聞》社當專業作家，在該報發表了一系列作品。

→夏目漱石所繪水墨畫《蔡和黑貓圖》。

《我是貓》（1905）是夏目漱石的成名作，也是他的代表作。作者以一隻貓為主人翁，從它的角度來揭示社會的種種弊端。整篇小說想像豐富，語言獨特，善於把西方最新的科學成就、著名作家的名言和中國古代思想家的語言和思想，恰到好處地滲入到作品的每一部分。

夏目漱石在寫這部處女作時，已到不惑之年，而且他剛從英國回來，在帝國大學擔任英文系講師，前途已然是一片光明，可是，他卻放棄了這個一帆風順的人生道路，走向了創作的艱辛旅途。這不是一時的心血來潮，而是有其必然性的。早年在英國留學時，他就對西洋文明產生了懷疑與批判的情緒，在那裏，他感覺自己是「與狼群為伍的一條狗」；然而，回國後，日本的許多東西也讓他極為失望與憤慨，所以，他要用筆把這一切寫出來。

作者巧妙設計了金田家和苦沙彌家兩個舞

**正岡子規**

正岡子規（1867～
1902），原名正岡常
規，日本詩人，隨筆作
家，評論家，他使日本
的傳統詩歌即俳句和短
歌得以復興。1900年，
他在《日本新聞》上發
表一篇名為《敘事文》
的隨筆，介紹「寫生」
一詞，藉以闡述他的論
點。他認為詩人應該如
實地反映事物，並且應
該使用當代的語言。他
通過自己的文章促使人
們再度興起對8世紀的
詩集《萬葉集》和俳句
詩人蕪村的興趣。雖然
他一直被病魔纏身，但
他的作品風格完全沒有
自憐的氣息，這可從他
的詩作及《病床六尺》
等散文作品中得知。

**推薦閱讀**

《我是貓》，尤
炳圻、胡雪
譯。

臺，前者是為富不仁的資本家；後者是貧困
潦倒的教員。作者通過金田家為富子擇偶的
情節和貓的自由往來，將兩個獨立的舞臺連
接起來，構成整體。向讀者展示了明治維新
時期日本社會上的種種矛盾，批判了盲目模
仿西方的人，也對那些脫離實際的知識份子
發出了揶揄和嘲諷。

作者善於採用對比和象徵的手法，通過
貓對苦沙彌日常生活的觀察和批評，透露出
它的主人平時不易被人發現的一面。這借鑒
了表現主義的手法，通過一個獨特的角度來
反映平常人所看不到或不留心的角度或方
面，從而顯出獨特的視角和創意。同時也更
為多角度地反映了生活的側面。這部小說中
也充滿了異想天開的想像：百年前死去的貓
因為好奇而變成幽靈，從冥土來到人間；苦
沙彌家的貓喝醉酒後，竟然幻想和月亮姐姐
攀談。而在本質意義的層面上，貓的遭遇和
內心活動，可以說是日本社會中無權無勢的
底層人們生活的象徵。

這部作品的情節非常簡單，沒有什麼驚
心動魄的故事，都是些平平淡淡的日常瑣
事，作者自己也說：「這部作品既無情節，也無結構，像海參一樣無
頭無尾。」所以後世評論家都稱此作品的結構為海參式的結構。的
確，其作品的敘述進程沒有刻意去雕琢，只是如同生活本身一樣寫了
出來。但正是在這種情況下，他才寫出了當時日本知識份子中的那些
多餘人的形象：他們不求榮顯，但又頗為清高；對現實生活極為不
滿，但又不願意主動行動；他們鄙夷現實生活中為名為利的所謂的

「俗物」，但事實上他們自己也是這些俗物中的一員……這一切都不過給這位偉大的觀察家貓提供了無窮無盡的笑料而已。當然，苦沙彌先生與迷亭先生直到小說結尾依然是老樣子，而這隻貓卻在偷喝啤酒時掉在酒缸裏淹死了。

《我是貓》的確是夏目漱石的代表性作品，雖然他後來又寫了一些被某些評論家認爲是更爲傑出的作品，但還是這一部深受廣大讀者的喜愛，也成爲了日本文學史上最有號召力的小說作品之一。

→左圖是明治38年10月大倉書店刊行的《我是貓》的上編封面。右圖是中村不折為《我是貓》繪的插圖。

## 第二節　詩的宗教：泰戈爾

羅賓德羅那特·泰戈爾（1861～1941）是印度著名的詩人、小說家、藝術家和社會活動家。他生於西孟加拉邦加爾各答市的一個貴族家庭，是家裏最小的兒子。他的祖父德瓦爾格納特·泰戈爾是最早去英國訪問的印度人之一；而他的父親又是一個哲學家與宗教改革家；大哥是詩人，又是介紹西方哲學的哲學家；五哥是音樂家和劇作家；他的姐姐是第一個用孟加拉語寫長篇小說的女作家；與他年齡差不多的許多同族的人也都在印度文化復興中作出了巨大的貢獻。他就出生在這樣一個家族之中。所以，他從小所受到的教育遠非一般人可比：系統而又正規，豐富而又深切。泰戈爾8歲時寫了他的第一首詩，以後經常在一個筆記本上寫些詩句，總要朗誦給長輩們聽。1878

年，泰戈爾赴英國學習，兩年後奉父命輟學回家，專門從事文學創作
活動。1901年，他在聖諦尼克坦創辦了一所學校，想以此來實現他改
造農村的教育理想，後來，這所學校成爲了一所國際性的知名大學。
1913年獲得諾貝爾文學獎。1919年發生阿姆利則慘案，泰戈爾憤而
放棄英國政府封他的「爵士」稱號。1941年，他寫下《文明的危
機》，控訴英國在印度的殖民統治，深信祖國必將獲得民族獨立。同
年，泰戈爾在加爾各答去世。

　　泰戈爾多才多藝，作品豐富。一生創作了五十多部詩集，十二部
中、長篇小說，一百多篇短篇小說，二十多個劇本，以及大量的歌曲
和文學、哲學、政治方面的論著。從總體看來，他首先是個詩人。他
一生的詩歌創作大致可分爲三個階段。第一個階段以他的《故事詩》
爲代表。在這裏，他從古代的一些傳說或宗教故事中引用一些富有啓
發意義的素材，並用詩歌的形式表現出來。泰戈爾在這些詩裏，歌頌

→泰戈爾和甘地在一起
泰戈爾深受甘地精神的鼓勵，但他並不是全盤接受甘地的觀點，他對甘地是否在無意之中助燃了不合作運動的
火焰表示質疑。

了民族英雄，宣揚了愛國主義，當然，也表現了他的人道主義思想。這些作品都有極為高超的技巧。第二階段是與他的隱退生活相適應的。在此期間，他更注重了對詩歌藝術本身特點的追索，其這一階段的作品便有些神秘乃至於晦澀，不過，這一時期的詩畢竟還是他為文學史所貢獻出來的最美禮物。第三階段是在他重新又介入了現實的政治社會生活後的詩歌創作。這一時期的他幾乎成為了反對暴力與強權的鬥士。

→泰戈爾

他的詩歌代表作很多，如《飛鳥集》與《新月集》等等，但最為成功的卻是《吉檀迦利》。這部詩集共有詩103首，是1912年春夏之間他從自己的孟加拉語作品中編選翻譯的一部英文散文詩集。這部詩集在英國出版之後，立刻引起了歐洲文壇的轟動，並因此而獲得了次年的諾貝爾文學獎。

「吉檀迦利」在孟加拉文裏是「獻詩」的意思，即獻給神明的頌歌。但這裏的神是無所不在的人格之神，象徵著泛神論和人道主義的思想。詩集的主題就是謳歌人和神的合一，人性與神性的統一。這些詩反映了作者的人本主義宗教觀，更寄託了作者對祖國的真摯之愛和對崇高的熱切嚮往。

全詩由以下幾部分組成：理想頌、追求頌、歡樂頌、死亡頌和尾聲。整個詩集具有樸素、單純與優美的藝術特徵。中國著名的文學家冰心非常喜愛泰戈爾的詩歌，她親自翻譯了這部傑出的作品集。她

一篇最具有特色和最富有獨創精神的作品。在感情的承受
力方面，在主題思想的逐步發展方面，這首詩都是他的創
造天才的一種非凡的產物。
　　　——印度評論家聖笈多對《園丁集》第十二首的評析

如果你想發狂而投入死亡，來吧，到我的湖上來吧。
它是清涼的，深至無底。
它沉黑得像無夢的睡眠。
在它的深處黑夜就是白天，歌曲就是靜默。
來吧，如果你想投入死亡，到我的湖上來吧。
　　　　　　　　　　　　——《園丁集》，12

對兒童心理的深刻的理解和善於用兒童無邪的眼睛和心靈
來觀察自然，感受生活的特點，充滿童稚的想像和純真的
感情。
　　　——克里巴拉尼在《泰戈爾傳》中關於《新月集》的評論

我願我能在我孩子自己的世界的中心，佔一角清淨地。
我知道有星星同他說話，天空也在他面前垂下，用它呆是
的雲朵和彩虹來娛悅他。
那些大家以爲他是啞的人，那些看去像是永不會走動的
人，都帶了他們的故事，捧了滿裝著五顏六色的玩具的籃
子，匍匐地來到他的窗前。
我願我能在橫過孩子心中的道路上遊行，解脫了一切束
縛；
在那兒，使者奉了無所謂的使命奔走於無史的諸王的王國
間；
在那兒，理智以它的法律造爲紙鳶而飛放，眞理也使事實
從桎梏中自由了。
　　　　　　　　　　——《新月集》「孩子的世界」

摘下這朵小花，拿走吧。別遷延時日了！我擔心花會凋謝，落入塵土裏。

也許這小花不配放進你的花環，但還是摘下它，以你的手的採摘之勞動給它以光榮吧。我擔心在我不知不覺間白晝已盡，供獻的時辰已經過去了。

雖然這小花顏色不深，香氣也是淡淡的，還是及早採摘，用它來禮拜吧。《吉檀迦利》，6）

你來時我沒聽到你的足音。你那落在我身上的眼神是悲哀的；你低低說話的聲音是疲倦的，——「啊，我是個口渴的旅人。」我從我的白日夢中驚醒過來，把我罐裏的水倒在你掬著的手掌裏。樹葉在頭上歃歃地響，杜鵑在看不見的幽暗裏啼鳴，從大路彎曲處傳來巴勃拉花的芳香。《吉檀迦利》，54）

從今以後，我在這世界上將無畏懼，而你亦將在我的一切鬥爭中獲得勝利。你留下死亡和我作伴，我將以我的生命為他加冕。我帶著你的劍斬斷我的鐐銬，我在這世界上將無所畏懼。《吉檀迦利》，52）

富於高貴、深遠的靈感，以英語的形式發揮其詩才，並糅和了西歐文學的美麗與清新。
——諾貝爾獎獲獎評語

神在農民翻耕堅硬泥土的地方，在築路工人敲碎石子的地方，炎陽下，陣雨裏，神都和他們同在，神的袍子上蒙著塵土。脫下你的聖袍，甚至像神一樣到塵埃飛揚的泥土裏來吧！

解脫？哪兒找得到這種解脫？我們的主親自歡歡喜喜地承擔了創造世界的責任，他就得永遠和我們大家在一起。《吉檀迦利》，11）

這些抒情詩……以其思想展示了一個我生平夢想已久的世界。一個高度文化的藝術作品，然而又顯得極像是普通土壤中生長出來的植物，汸沸是青草或燈芯草一般。
——愛爾蘭抒情詩人、劇作家葉慈評價《吉檀迦利》

在那兒，心靈是無畏的，頭是昂得高高的；
在那兒，知識是自由自在的；
在那兒，世界不曾被狹小家宅的牆垣分割成一塊塊的；
在那兒，語言文字來自真理深處；
在那兒，不倦的努力把胳膊伸向完美；
在那兒，理智的清流不曾迷失在積習的荒涼沙漠裏；
在那兒，心靈受你指引，走向日益開闊的思想和行動——
我的父啊，讓我的國家覺醒，進入那自由的天堂吧！
《吉檀迦利》，35）

→泰戈爾是獲得諾貝爾文學獎的第一個東方作家，被尊為印度「詩聖」。然而，除了抒情詩和戲劇創作外，泰戈爾還譜寫了兩千多首歌曲。

推薦閱讀

《泰戈爾詩選》，謝冰心、鄭振鐸等譯。

《沉船》，黃雨石譯。

《戈拉》，劉壽康譯。

說，從這些詩中，我們看見了提燈頂罐、巾帔飄揚的印度婦女；田間路上流汗辛苦的印度工人和農民；園中渡口彈琴吹笛的印度音樂家；海邊岸上和波濤一同跳躍喧笑的印度孩子，以及熱帶地方的鬱雷急雨，叢樹繁花……他把人民那生動樸素的語言，精煉成為最清新而又流利的詩歌，用她來唱出印度廣大人民的悲哀與快樂，失意與希望，懷疑與信仰。

作者讓樸素的情感自然流露，信手捕捉生活中隨處可見的生活形象：姑娘尋找花瓣，僕人等待主人，旅客急赴歸路，這些都是企望與神結合的那顆心的形象；而花朵、河流、大雨、海螺等形象，則象徵了那顆心的純樸和虔誠。作者的描寫是那樣平易流暢，比喻是那樣質樸生動，再加上口語運用的自然貼切，節奏之如行雲流水，都使整個詩集瀰漫著一種恬淡、飄逸、深邃的意境，給人以享受，給人以啟迪。

除詩歌以外，他還有一些極為成功的小說。

1906年所發表的長篇小說《沉船》是他第一部成功的作品，也標誌著孟加拉文學中現實主義創作方法的成熟。《沉船》主要寫了剛剛大學畢業的青年知識份子羅梅西那富有傳奇色彩的婚姻故事。這裏不僅表現了對封建婚姻缺席的批判，而且也對動搖與軟弱的知識份子進行了批評。而其小說的代表作則公認為是他創作於1910年的作品《戈拉》，它被認為是泰戈爾小說創作的頂峰。其強烈的時代意識與鮮明的愛國主義激情，還有其反映社會生活的廣度與深度，都使其具有了史詩色彩，無怪乎有評論者認為它是「現代印度的《摩訶婆羅多》」。

## 第三節　智慧與美：紀伯倫

　　阿拉伯是《一千零一夜》的故鄉，這個民族也擁有著極為豐富的文學遺產。在西元8到10世紀的幾百年間，他們的文學盛極一時，一度成為世界文化的中心與樞紐，有著極為輝煌燦爛的歷史記憶。然而，從西元13到18世紀以來，異族的入侵與暴虐統治扼殺了他們生生不息的文學命脈。歷史終於到了19世紀末20世紀初了，這是亞非拉民族在政治上走向自主與獨立的時期，也是在文學上走向復興的時期。在阿拉伯國家，湧現出了許多優秀的作家，他們的作品為阿拉伯文學的復興都作出了巨大的貢獻，但其中最為傑出的，還要數黎巴嫩詩人紀伯倫・哈利勒・紀伯倫（1883～1931）。

　　紀伯倫是20世紀阿拉伯文學的一座高峰，是阿拉伯現代文學復興的先驅之一，也是阿拉伯小說和散文的主要奠基者。

　　紀伯倫出生於一個美麗的山村，從小家庭生活貧困，在一場意外的官司之後，他的家裏變得一貧如洗。他的母親只好帶了四個孩子來到美國波士頓最窮的華人區居住，不久15歲的紀伯倫回到祖國學習。當紀伯倫再來到美國時，他的家庭已經被命運的巨手徹底破壞：妹妹、哥哥和母親在一年中相繼去世，留下了一大筆債務。為了生存和還債，他不得不整天賣畫撰文。1906年前後，紀伯倫相繼發表了兩個短篇小說集《草原新娘》、《叛逆的靈魂》，小說揭露了教會與世俗政權相勾結，對百姓實行愚民政策。幾年後，紀伯倫發表了中篇小說《折斷的翅膀》，作品對母愛進行了熱情的謳歌，在社會上和文壇上引起了強烈的迴響。

　　紀伯倫的小說具有豐富的社會性和深刻的東方精神，他不以故事情節取勝，不描寫複雜的人物關係，而著重表達人物的內心感受，抒發內心的豐富情感。作者往往以「我」作為主人翁之一出現，直接介入故事，增強了故事的真實性。而瀰漫在小說中的悲劇意味和批判意識，把哀怨和憤怒結合起來，更能引出對社會中醜惡現實的痛恨和深

推薦閱讀

《紀伯倫全集》
（五卷本），韓
家瑞等譯。

思。

從20世紀20年代起，紀伯倫的創作重心從小說轉向散文詩。這些作品中最為出名的是抒情散文詩集《先知》和箴言集《沙與沫》。

《先知》是紀伯倫最深刻和最優美的作品，其中所收的作品內涵豐富，風格獨特，意境深邃，具有教諭性和啟示性，是現代東方「先知文學」的典範。《先知》雖然不是小說，作者卻為它安排了一個小說式的故事框架：主人翁艾勒穆斯塔法，是一個受人愛戴的東方智者，長期滯留在外，一直盼望回到祖國。機會終於來了，城裏的人們都來送行，他回答了他們提出的所有問題，如愛與美、生與死、善與惡、罪與罰、理性與熱情、婚姻與友誼、歡樂與痛苦、法律與自由等等。這些問題雖然都很抽象，但紀伯倫卻以清新雋永的句子，將這些理念一一表述出來，讓人們細細地品味，反覆地思考。作者力圖站在歷史的高度來俯瞰世界，他認為，「真我」應該是一種神性，一種像海洋、像太陽的無窮性，人類的目標是實現這種目標，成為巨人。

*愛與美是《先知》的主旋律：*
*當愛揮手召喚你們時，*
*跟隨著他，*
*儘管他的道路艱難而險峻。*

雖然只有短短的三句話，但卻說出了一條真理：通往愛的道路是艱難而險峻的，但一旦我們看到了愛的身影，聽到了愛的召喚，我們能不跟隨著她嗎？在紀伯倫眼裏，美就是上帝，而愛就是通向美的道路。同時，紀伯倫又將人的身體看成美的體現。因此，紀伯倫所讚美的愛是給予他人的愛；而他所頌揚的美則是生命的美。

在回答有關「工作」的問題時，紀伯倫寫到：

*我說生命的確是黑暗的，除非有激勵；*
*一切的激勵都是盲目的，除非有知識；*
*一切的知識都是徒然的，除非有工作；*
*一切的工作都是空虛的，除非有了愛。*

　　這裏面有一種無與倫比的美與智慧，她使人如飲瓊漿玉液，怡心清神。其深深的藝術震撼力將令所有讀者刻骨銘心。

　　《先知》的語言獨具特色，既嚴肅又溫馨；既富有啓示性又有著濃濃的感染力，把嚴肅的訓示、誠摯的關懷、冷靜的啓迪和熱烈的希望完美地結合起來，讓人能夠在一種溫情脈脈中毫無阻力地接受它。新奇的比喻也是這部散文詩的一大特點，如「思想是一隻屬於天空的鳥，在語言的牢籠中它或許能展翅，卻不能飛翔」；「美是凝視自己鏡中身影的永恆。但你們就是永恆，你們也是明鏡。」這些比喻新鮮而又貼切，形象鮮明，內涵豐富，顯示了作者思考的深度。與此同時，象徵也構成了《先知》的一大特色，作品中的主人翁、小島、小城等，都有它自己特定的內涵，這些隱晦的意義是要通過反覆咀摸才能讀出來的。

→紀伯倫自畫像（右上角圖）及《先知》插圖
紀伯倫是黎巴嫩裔美國哲理散文家、小說家、神秘主義詩人、藝術家，其浪漫詩集《先知》融合了東西方的信仰，充滿令人著迷的抒情色彩，是愛的典範和讚歌。

　　《先知》在東方和西方都受到了相當高的評價，甚至有人稱它爲「小聖經」，文學家和政治家都對它讚不絕口。作爲一種思想上的高雅之作，《先知》是很值得一讀的。

20世紀初　　　　20世紀20年代　　　　1928年　　　　20世紀50~60年代　　　　1965年

存在主義興起　　　　超現實主義　　　　「垮掉的一代」　　　　海明威逝世
　　　　　　　　　　流派誕生　　　　流行於美國

意識流、達達主義、　「迷惘的一代」　　魔幻現實主義　　新小說派、荒誕派　　「黑色幽默」
表現主義出現　　　　集於巴黎　　　　併入拉美文藝　　歌劇誕生　　　　　始定其名

1918~1939年　　　　20世紀20~30年代　　　　20世紀50年代　　　　1961年

# 茫茫九派
## （19到20世紀的現代派文學）

第四編

19世紀末20世紀初，我們所謂的現代派文學如同熱帶雨林中的植物一樣，蓬勃甚至是瘋狂地成長起來，他們不但成為那個時代的主流，而且，他們那寶貴的藝術經驗也將澤被萬世。

現代派文學的發展也造成了文學流派的繁多。在傳統的文學時代，雖然也有不同的流派，但他們的面貌都是大同小異的，因為他們的世界觀與藝術觀是相同的。而現代派文學則不同，其中幾乎每一個派別都有自己對世界、對藝術那種獨特的認識，那種認識也許是片面的，但它也絕對是深刻的。他們代表了從某一種角度來把握世界所能達到的無可比擬的深度。

# 第一章
# 時間在心中流淌 *1*

意識流小說幾乎可以說是真正意義上的現代派文學那第一枝賦予大地色彩的報春花。在它之前，本來還有一個象徵主義，但其領域太過於狹窄，僅僅局限於詩歌，而且也與傳統的文學有著非常密切的聯繫，所以，現代派文學直到意識流小說才真正地宣告了它的到來，並昭示了它今後那千江匯流的偉大圖景。

「意識流」本來是心理學的名詞。美國心理學家威廉·詹姆斯用它來說明人的意識如同水一樣，是流動的。後來，法國哲學家柏格森又提出了「心理時間」的概念，他認為，真實的時間只存在於人的心理之中。以普魯斯特為代表的意識流小說家們便把這一理論成果引入到小說創作中來。傳統的小說本已把人類的社會領域挖掘殆盡，但人類的意識幾乎還是一塊處女地，這樣，在借鑒了傳統文學中「心理分析」與「內心獨白」甚或是托爾斯泰的「心靈辯證法」之後，形成了以意識來控制作品結構並開展藝術華翎的新傳統。

## 第一節 「快樂只存在於回憶之中」：普魯斯特

長久以來，我們一直認為，文學那永久的，取之不盡、用之不竭的源泉是生活，是現實的、火熱的社會生活。其實，這種看法過於機

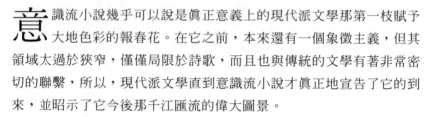

**意識流**

意識流（Stream of Consciousness）是20世紀小說中廣泛運用的一種非戲劇性小說的敘事技巧，它產生無數連續不斷的印象，有視覺的、聽覺的、觸覺的、聯想的和潛意識的，這些印象影響個人的意識，並與其合理的思想傾向一起形成他的認識的一部分。作者可以不顧及傳統句法和標點符號；一段意思也無需全然清楚，因為這種技巧預設人們對某個人物頭腦中的思想是全知的。隨著繼續閱讀，讀者對該人物的人格越加了解，原先的晦澀也就豁然開朗了。隨著心理小說在20世紀發展起來，有些作家試圖去捕捉其作品中人物意識的全部流動過程，並且為了表現運轉中的頭腦的豐富、速度和微妙，作家將不連貫的思想片段、不合語法的句子結構以及對各種念頭、意象和對於說話前的詞語的自由聯想混合起來。意識流小說通常使用內心獨白（interior monologue）的敘述技巧。喬伊絲的《尤利西斯》（1922）是最著名的例子。而意識流這一術語首先出現在美國心理學家W·詹姆斯的《心理學原理》（1890）一書中。

**推薦閱讀**

《追憶逝水年華》（全七卷），李恆基等譯。

械，有一個作家就以他一生的創作實踐，證明了文學的源泉也在於人的心靈，那片豐盈而無際的廣袤世界。這位作家就是意識流的開山大師馬塞爾·普魯斯特（1871～1922）。

　　普魯斯特出生於文學藝術的浪漫之都巴黎，父親是位醫生，母親是猶太富商的女兒，家境富有。然而，馬塞爾卻從小體弱多病，到9歲時，他得了哮喘病，這種病深刻地改變了他的一生。他從小酷愛文學，本來父母都期望他能進入外交界當一名外交官，但他本人認為，除了文學與哲學外，其他一切對他而言都是浪費時間。後來，他終於與家庭達成一致，到巴黎大學學習文學，並獲得文學學士文憑。也就是在這個時候，他旁聽了柏格森的課，並接受了柏格森的「心理時間」的思想。

　　青少年時代的普魯斯特經常出入上流社會的沙龍，混跡於貴婦人之間，逐漸成為了上流社會的寵兒。而就在這時，他的哮喘病也越來越嚴重了，開始威脅到了他的生命。於是，從1897年開始，他不得不改變自己的生活習慣，白天休息，夜晚工作。而且，由於感覺器官越來越敏感，哮喘的發作也越來越頻繁，他又不得不用極厚的毯子把自己的生活空間包裹起來。他一生的最後十多年時間，便全是在這種環境下渡過的。也正是在這種環境下，他寫出了自己的傳世之作《追憶逝水年華》。

→普魯斯特

　　《追憶逝水年華》的中文版大約二百七十萬字，這是一部名符其實的長篇巨制。全書7部，15卷。第一部《斯萬

家那邊》出版於1913年，當時，還
沒有人意識到文學史上出現了一部驚
人的傑作，反而由於其與傳統小說相
去甚遠，故而沒有出版社願意出版
它。作者只好找了一個小出版商並自
費出版。而當時法國的著名作家紀德
卻對此作大爲賞識，他認爲未出版此
書是他所負責的《新法蘭西評論》出
版社所犯的最爲嚴重的錯誤，也是他
自己的終身憾事。這樣一來，後幾部

→普魯斯特的筆記本，其中有《追憶逝水年華》
的部份原稿。

的出版問題便順利解決了。1919年出版的第二部《在少女們身邊》榮
獲了法國文學最高獎龔古爾獎，這使得普魯斯特獲得了世界性的聲
譽。接下來，又出版了第三部《在蓋爾芒特家那邊》、第四部《索多
姆和戈摩爾》。這時的普魯斯特已被他的哮喘病拖到了生命的最後時
刻。1922年病魔終於奪去了他那正處於創造力旺盛時期的寶貴生命，
所幸的是，他的巨作至此已全部完成。在他死後的5年裏，這部作品
的後三部《女囚》、《女逃亡者》、《重現的時光》依次出版，他用他
羸弱的一生，爲洪波迭起的文學大海，爲千千萬萬的後世讀者奉獻了
一部眞正的傳世巨著。

　　《追憶逝水年華》是一部無法概括出內容提要的作品。小說以
「我」爲主線，運用回憶的方式，寫出了一部像巴爾札克的《人間喜
劇》一樣宏闊而壯觀的藝術圖卷，但《人間喜劇》是對法國社會進行
了窮形盡相之描摹的，而《追憶逝水年華》則用了同樣的藝術力量寫
出了一個人生活的全息圖像。在這裏，一個人的生活圖像與整個社會
的景觀並無高下之分，對人類而言，認識自己，這是一個絲毫不比認
識自然、認識社會更不重要的事。

　　小說的主人翁是一個叫馬塞爾·普魯斯特的青年人，他和作者一
樣家境富有而又體弱多病，從小對書籍、繪畫有特殊的愛好。他經常

出入巴黎的上流社會，頻繁來往於各種沙龍之間。他本來在追求一個猶太富商斯萬的女兒吉伯特，但不久他便失戀了。他回到故鄉貢布雷，在一處海濱療養的時候，認識了一名少女阿爾貝蒂娜，並愛上了她，但他發現她有同性戀的習慣，他決定娶她為妻，並糾正她的這一傾向，但她卻總是若即若離，並最終逃離了他，他尋找了很久，才知道阿爾貝蒂娜在一次騎馬時摔死了。他深感絕望，最後決定用文學把他逝去的時光都重現出來，並固定下來。

　　這是一個非常不完備的故事梗概，因為事實上在小說中，「我」的這一經歷只是若隱若現，並非全書的主要內容。而全書的真正的主要篇幅同時也是精華所在處，是他無處不在的意識圖景，他那藝術感極強的筆鋒把回憶中的色塊斑斑駁駁地安插進來，並以自己的感受與思索與之互相映發、互相充實。如他想到參加蓋爾芒特家的晚宴，使他長期以來對貴族所持的種種敬意均蕩然無存，他意識到了以前使他入迷的只是名稱，而非真實；又如在全書的開頭，他通過一塊點心，想到了小時候在姑媽家所吃到的「瑪德萊娜」點心的味道，這種味道在他心中瀰漫開來，那幼時的全部生活氛圍與氣息一下子便全部復活了。總之，小說中的每一個場景都被他寫得充滿了惆悵的詩意與油畫的質感，而且，這些畫面全都具有非常神秘的魅力，使每一個讀者都會深切地感受到他每一個生活細節與意識的顫動。

→這是一幅描繪諾曼海濱消夏的畫作。普魯斯特自9歲時得了哮喘病，這影響了他的正常生活。其病使一家人不得不帶他去諾曼海濱療養。後來，此地出現在普魯斯特的《追憶逝水年華》中，只不過其名字已改為拜爾貝克（Balbec）。

# 紀德

**紀**德（Andre Gide，1869〜1951），法國作家、人道主義者、倫理學家，20世紀前半葉歐洲文壇領袖。1947年獲諾貝爾文學獎。

紀德的作品涵蓋約60種文類——小說、戲劇、評論、自傳、日記、遊記、譯著及許多相關作品。他引進20世紀盛行的文學主題——生命本質的不定性、混濁人性的紅塵之中如何追尋生命價值與生活方式，以及社會規範與渴望自由的衝突。通過這些主題，紀德揭露了當時中產階層社會為傳統禁忌與教條所蒙蔽而僵化的道德觀，特別是宗教與性別之歧視。在這方面，他是一位先驅一位要求權利的「打擾者」（紀德如此形容自己）。

紀德在青年時期深受象徵主義美學理論的影響，他於1891年曾參加過詩人馬拉美的著名「星期二晚會」——這是法國象徵主義運動的中心，這可從他當時的作品《那咯索斯》等看出象徵主義的印跡。20世紀初他成為《新法蘭西評論》的創辦人之一，也是最出色的一個，《新法蘭西評論》是在第二次世界大戰以前將所有的法國進步作家團結起來的一份雜誌。《梵蒂岡的地窖》（1914）這部被紀德稱作「傻劇」的作品標著他第二次偉大創作時期的轉捩點，

這也是他第一部被猛烈攻擊為反教權主義的作品。傻劇（sotie）是一種創新的文風，以建立客觀的敘述架構，摒棄小說固有的形式，並搭配鬧劇人物與場景為特色。另一種當時的小說形式是敘述小說，即以第一人稱透過小說人物倒敘其人生經歷，提出主觀敘述法的限制與相關的重大問題，並借此將讀者引入人生的謬誤、自欺與真理的情境。紀德的《天堂窄門》（1909）、《田園交響曲》（1919）等皆為敘述小說佳作。而紀德的傑作《偽幣犯》（1926）則是他文學生涯的新的里程碑，更是傳統小說模式的最新典範，這反映了紀德的小說理念：小說應透過既定的架構，具體地表達完整的人生觀。

　　在全書的最後，普魯斯特終於亮出了他痛苦的生活經歷與艱難的創作歷程中磨礪出來的珍珠，他說「真正的樂園是已經失去了的樂園」，並認為「快樂只存在於回憶之中」，這也正是他這部鴻篇巨制的「底牌」。這種微妙的感覺是他一生的結晶，也是每一個讀者所體驗過但卻總是忽視了的生活真理。

　　《追憶逝水年華》不是一部好懂的書，更不是一部消遣性的書，但它絕對是一部能令你重新發現生活的魅力與底蘊的書。法國著名作家瓦萊里曾評價說：「普魯斯特這部小說，你隨便翻到哪一頁，都覺得精采至極，因為他的每一段文字的生命力都不依賴前後的段落，這種生命力完全來自於它本身作筋絡的活力。」

**龔古爾獎**

龔古爾獎（Prix Goncourt）是由法國龔古爾學會一年一度頒發給「年度最佳法文散文作品」創作者的文學獎。頒獎儀式是在一項正式的午餐會上舉行，但事實上獎額非常低（僅數美元而已），可是一旦獲獎，保證作品會成為暢銷書。大部分獲獎的作品屬於小說類，不管是在形式或內容上皆千變萬化。

龔古爾獎是由法國著名的兄弟作家「龔古爾兄弟」中的哥哥艾德蒙(1822～1896)捐贈成立的。「龔古爾兄弟」（弟弟為茹爾‧龔古爾，1830～1870）猶如一個單一個體，他們屬於由左拉及其跟隨者創立的文學寫實主義派，既是唯美論者又是歷史學家。

## 第二節　都柏林的史詩：喬伊絲

　　1904年6月16日早晨8點到次日凌晨兩點這18個小時，在人類歷史上，也許確如白駒過隙，可以忽略不計；但在文學史上，它卻是如此重要而顯赫，舉足輕重到誰也無法繞開，漫長到足以籠罩許許多多的世紀。這就是詹姆斯‧喬伊絲（1882～1941）那近百萬言的長篇巨制《尤利西斯》所描繪、所佔據的那一天。

　　喬伊絲出生於愛爾蘭首都都柏林一個天主教徒的家庭，父親是個窮公務員，一家人生活頗為困窘。父母與學校都希望把成績出眾的他培養成為神父，而他在中學畢業前即已對宗教信仰產生了懷疑，16歲時，他就進入了都柏林學院學習哲學與語言。大學期間，為了讀易卜生的原作，他自學了挪威語，1900年，18歲的他便以一篇評論易卜生劇作的文章而在文壇嶄露頭角。後來，他決定與宗教信仰及都柏林庸俗無聊的社會生活決裂，獻身於文學，並且「自願流亡」，從此便長期旅居國外。1920年，他接受了龐德的建議而定居巴黎，二戰爆發後，不得不遷居蘇黎世，並病逝於此。

　　晦澀難懂的文學作品從文學產生之日就有，但每個作品晦澀的作家大都竭力地宣稱

→手持放大鏡的喬伊絲
喬伊絲在1917年患青光眼，這令他大為苦惱，而且直接影響到了他最後一部作品《為芬尼根守靈》的創作。不過，他仍於1938年完成了這部著作，並於1939年5月出版。

自己的作品並不晦澀，似乎還從來沒有過哪一個作家宣稱他的作品就是要讓人看不懂。而詹姆斯・喬伊絲卻是一個極其驕傲的例外。他一生只創作了4部作品，但都如迷宮一樣，難於索解。而他本人也公然宣稱自己的作品並不是寫給一般讀者看的，而是寫給專門窮其一生來研究他的作品的研究者看的。

1904年，22歲的他出版了他的處女作：短篇小說集《都柏林人》。他說：「我的宗旨是要為我國的道德和精神歷史譜寫一個篇章。我之所以選擇都柏林為背景，是因為我覺得這個城市是癱瘓的中心。」這句話雖然是針對《都柏林人》所說的，但也正是他後來的三部長篇小說的核心。

喬伊絲最大的貢獻是他用了8年時間寫出的傳世之作《尤利西斯》。這部作品的名字源於荷馬史詩中的《奧德賽》，即其主人翁奧德修斯，這個希臘人名在拉丁文中即稱為「尤利西斯」。剛開始，這部作品由於所謂的「晦淫」嫌疑而無法在英美等國出版，1922年2月2日，在他40歲生日的時候，法國巴黎的莎士比亞書屋接受並出版了這部具有史詩風格的現代派小說經典的法文版。直到1933年，美國法官沃爾西宣布解除那個無理的禁令後，它才以自己的母語在英美出版。

小說共分三部，18章。描繪了三個人物在都柏林一天的生活。第一部共3章，以斯蒂芬・迪達勒斯為核心：他因母親病危而返回都柏林，母親在臨終時要他跪下祈禱，而他沒有聽從，所以他一直非常內疚；而且，在流亡之後，他在精神上沒有寄託，正渴望再重新找到自

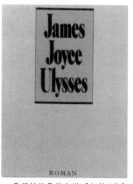

→喬伊絲的長篇小說《尤利西斯》的封面
此書寫成於1922年初，佔去了喬伊絲8年的時間，但正是它使喬伊絲聞名於世，並且奠定了喬伊絲意識流派中心人物的地位。

舉止高貴、體態肥胖的布克・馬利根從樓梯上走下，手裏端著盛滿肥皂沫的杯子，上面又放著一個鏡子和一把剃鬍刀。
——《尤利西斯》開頭

己精神上的父親。這個人物其實就是作者的第一部長篇小說《青年藝術家的畫像》的主人翁，經歷也與作者相近。

第二部是全書的主體，共14章，佔全書近十分之九的篇幅。主要寫一個猶太人布盧姆，他在都柏林一家報社當廣告經紀人。但他終日忙碌，卻似乎總是勞而無功。更重要的是，他在精神上也是極其孤獨的，他的小兒子的夭折給了他很大的打擊；而他自己又失去了性功能，妻子莫莉也有了外遇，並且就在這一天在家中與情人幽會，所以，對此已有察覺的布盧姆當然痛苦萬分。他一天都在都柏林的街頭遊蕩，並在晚上，偶遇了喝得大醉的斯蒂芬，又帶他回到自己家。二人彼此同病相憐，又都從對方身上找到了精神上的歸依感。

第三部只有1章，寫布盧姆的妻子莫莉在入睡前的種種內心活動。這一章長達40頁，但卻不分段落，而且沒有標點，充分地展示了潛意識的自由流動與跳躍，也在更深的層次上捕捉了莫莉那豐富而又複雜的內心世界。

→喬伊絲（左）和A‧莫尼埃（右）、S‧比奇（中）在比奇的「莎士比亞圖書公司」。
1920年，喬伊絲經龐德的遊說而遷居巴黎，在那裏，他結識了「莎士比亞圖書公司」的創立者比奇（Sylvia Beach）。後來，他告訴她沒有任何英國或美國出版商願意出版《尤利西斯》，因為他們害怕此書會被批評為一本淫穢的書。比奇乃提議他在巴黎出版。由此，該書得以在喬伊絲40歲生日之時，即1922年2月2日，出版問世，伴之而來的是評論家與讀者間激起的毀譽參半的極大反應。

推薦閱讀

《尤利西斯》，蕭乾、文潔若譯。

《尤利西斯》，金隄譯。

這部作品之所以名爲《尤利西斯》，就是因爲作者爲它精心設計了一個神話模式，在整體的結構甚至在情節發展與細節的處理上，他都有意地套用了《奧德賽》的框架。最初，喬伊絲爲他的傑作設計了每部和每章的名稱，均是從《奧德賽》而來。雖然在後來，他刪去了這些標題，但這種對應關係則已被文學史家和讀者所普遍知曉並接受。這個神話模式使得作品的闡釋維度更爲複雜而深廣：作者用現代都市中一個普通乃至於有些凡庸的人的18個小時來比附英雄史詩中奧德修斯在特洛伊戰後的10年漂泊，於是，平庸、無味、骯髒、猥瑣的現代都市生活在這裏突然顯示了非比尋常的意義。喬伊絲是在用這樣的藝術手法把布盧姆三人的生活無限放大使其具有了代表全愛爾蘭乃至於整個西方社會人們所面臨的共同的困境與危機。

小說的主人翁布盧姆是文學史上刻畫得非常出色的一個普通人形象。他忠厚而善良，但又懦弱而猥瑣。在現實中，他幾乎一無所能，而在幻想中，他卻成了「皇帝總統兼國王主席」，於是，他便設想著他的各種政治主張與自以爲是的措施，這似乎也正是一種補償。他的性無能似乎也象徵了現代都市中卑微而平庸的人的眞實處境。

總之，《尤利西斯》已不能用傳統的小說要求去權限了，它已完全呈現出現代派小說的氣息。而他自覺的文體試驗又給這部本來就難於索解的作品增加了新的障礙。全書的敘述總是根據所要表達的內容來寫，這樣，其文體風格就極爲龐雜。最典型的就是第十四章，它分爲九大部分，並依次模仿了各種英語文體與風格，其意在用英國散文文體的發展來象徵胎兒從胚胎到分娩的全過程。他的文體試驗是文學史上最爲先鋒的試驗，也甚至是迄今爲止最爲大膽的創新。但是，大部分評論家們都認爲，他的試驗是一種高不可及的天才顯現，更重要

的是，他是一個死胡同，這條藝術之路以此爲起點，但也不得不以此
爲終點。

## 第三節　「布盧姆斯伯里」的女才子：伍爾夫

在意識流小說的百花園裏，竟有另一位大
師與喬伊絲同年生同年死，這倒是一個頗有
意思的巧合，這位作家就是英國著名女作
家弗尼吉亞·伍爾夫（1882～1941）。

不過，喬伊絲的出身與伍爾夫不可同
日而語。伍爾夫出身於一個文學世家。其
父親萊斯利·斯蒂芬是《國家名人傳記大辭
典》的編者，也是有名的學者和文學批評
家；母親也極富文學素養。伍爾夫從小並未
上過正規的學校，但卻從父母那裏得到了極
爲豐富而良好的文學薰陶。不但如此，她還

→伍爾夫，英國小說家、
短篇故事作家兼評論家。

閱讀了父親大量的藏書，自學了拉丁語和音樂；還有與她父母交往的
人全是文藝界的名流，這也給了她非常好的影響。1907年，25歲的她
移居倫敦文化區布盧姆斯伯里，這裏立即成爲了文學的中心，這就是
後來被稱之爲「布盧姆斯伯里團體」的文藝圈子，其在英國現代文學
史上也產生了相當大的影響。

1917年，她的一個試探性的短篇小說《牆上的斑點》問世。小說
寫了一個女人看到牆上有一斑點，並產生了各種各樣的聯想，如人生
的偶然、莎士比亞、法庭的審判等，但最後才發現那個斑點只是牆上
的一隻蝸牛。雖然在此之前，她已經出版過了幾部長篇小說，但眞正
形成自己的風格與特色的還要算這部短篇小說。因爲在這篇作品裏，
她已經嫻熟地使用那使她在文學史上佔有一席之地的意識流手法了。

1925年，她成熟的代表作《達洛衛夫人》發表。這部作品也受到

---

### 三一律

三一律（unities）是規定劇本時間、地點、情節的三項戲劇創作原則。嚴格遵守三一律意味著一齣戲要以一個情節為限，它發生在一個地點並於一天之內完成。1570年義大利人文主義者L·卡斯特爾韋特羅在對亞里斯多德的《詩學》進行了闡釋後，從中重新規定了三一律，此後便通常被看作戲劇結構的「亞里斯多德規則」。到了17世紀，三一律在法國的新古典主義戲劇中得以嚴格遵守，且一直持續到浪漫主義時期，由雨果的《歐那尼》開始，三一律被打破。在英國，劇作家們經常在一個戲裏寫進兩個或更多的情節，他們將喜劇和悲劇混合起來，且不受拘束地把場景轉換到「樹林的另一部分」，三一律在理論上雖受到尊重，但在實踐中卻被束之高閣。

---

了《尤利西斯》的影響。小說的結構如同古典三一律一樣規範，只寫了一天中發生的事。國會議員理查·達洛衛的夫人在這一天中的心理活動，正濃縮了自己一生的經歷。這天，她久病初癒，要上街去買花以便晚上舉辦宴會時用，她走在車水馬龍的大街上，思緒卻流向了不可知的遠方。她想到了自己年輕時的戀人彼得·沃爾什，他們當時由於性格不合而分手，後來彼得遠赴印度，而現在又回到倫敦來辦事，這引起達洛衛夫人心中的圈圈漣漪；她便又在設想，如果當初嫁給了彼得，那麼結果又會如何呢。於是在對生活偶然性的思考中又引發出了更多的慨歎。她還想到了自己的女兒伊莉莎白與其家庭教師，而回到家後她又對自己這30年來的家庭生活產生了一些疑惑與恍惚，而這種如夢如煙的惆悵心情又被重新來訪的彼得所擴大。最後，小說與其晚宴一同結束。然而，小說還不只這一條線索，達洛衛夫人在花店裏聽到門外有汽車輪胎爆炸的巨響，這時，作者就巧妙地接入了另一條線索，這一聲巨響也被一個退伍老兵史密斯聽到了，史密斯在一次戰爭中受到過精神刺激，現在雖然戰爭已經結束，他的後遺症卻並沒有好，在恍惚狀態下，他一直說要自殺，而到了最後，他終於無法忍受精神上的折磨，跳樓自殺了。

這是小說史上頗為奇怪的手法，因為史密斯的線索與達洛衛夫人的線索並沒有什麼聯繫，二者簡直是各自獨立的情節塊，而伍爾夫把他們如同蒙太奇一樣地組合在一起，便產生了新的意義。伍爾夫在日記中也說過，她如此是為了表現這樣一個世界，即在神智清醒的人與

精神錯亂的人的觀察下的世界。

《達洛衛夫人・到燈塔去》，孫梁、瞿世鏡譯。

伍爾夫不但在小說創作中取得了重大的成就，而且在文學評論與散文創作甚至在女權運動中都作出了巨大的貢獻。

第二次世界大戰爆發後，身體贏弱而心靈敏感的伍爾夫情緒極為不安，後來，戰爭也捲進了綏靖的英國，她便更為恐懼。倫敦遭到轟炸，她的住所也遭到了轟炸。正如她在《達洛衛夫人》中所描繪與刻畫過的士兵史密斯一樣，她也再無法忍受這種恐懼，於1941年3月28日，在其家附近的烏斯河投水自盡。

## 第四節　心靈創造的樹：福克納

據說在美國密西西比河北部有一個縣，名叫約克納帕塔法，其縣城所在地為傑弗遜鎮，面積大約2400平方英里，人口的精確數字是15611個，包括黑人和白人。這個縣城有大街，有銀行，有商店，有警察局，有種植園，更重要的是，它還有詳盡的世代恩仇與歷史淵源。然而，這個縣事實上卻並不存在於真實的美國地圖之中，它只存在於美國的文學版圖裏，當然，在這裏，它會比真實的山巒與河谷獲得更為持久的生命力。這就是威廉・福克納（1897～1962）用他傑出的文學天才創造出來的世界。

福克納也正出生於密西西比洲的北部一個叫新阿爾巴尼的小

→福克納的作品超越美國南方背景架構，對人類共同的命運、苦難和尊嚴做了全盤審視；且文體強烈、扭曲、複雜、注重修辭，呈現出堪與希臘悲劇相比擬的人類觀。然而，他直到晚年才獲殊榮，1949年獲諾貝爾文學獎、1951年獲全美國書獎及1955、1963年兩屆普立茲獎。

鎮，他的家庭原是莊園主世家，在他5歲的時候，全家移居到距此不遠的奧克斯富鎮—— 從他到這兒，一直到他逝世，偉大的小說家幾乎從未離開過這個地方。

幼小的福克納天資極好，在小學中成績極爲優秀，接連跳級。但他似乎並不習慣於學校這樣的教育方式，於是，翹課在他便成爲了家常便飯，終於在讀十一年級的時候，他輟學了。這時的福克納已對文學產生了濃厚的興趣，輟學之後，他便大量地模仿前人嘗試寫作。十五六歲的時候，他愛上了鄰家的一個女孩，於是便把自己寫的東西拿給她看，後來，這個女孩嫁給了一個律師，他非常痛苦。1921年，他24歲的時候，他的第一部詩集《春天的幻景》出版，他把這部詩集獻給那個女孩，這個女孩的名字叫艾斯德爾。

在一戰爆發時，他曾報名參軍，但因體重不夠而未能如願，他只好參加了加拿大皇家空軍，不過他還未上戰場，戰爭就結束了。他本來以學生身分被遣散，而他卻總以二等榮譽中尉的樣子出現，這也是他後來在小說中總要描述到的人物。

1925年，富於幻想的福克納打算去歐洲遊歷，他先去了新奧爾良，在那兒卻遇到了當時正享盛譽的著名作家舍伍德·安德森，並於次年在安德森的幫助下發表了第一部長篇小說《士兵的報酬》，雖然它並不成功。

1929年，在歐洲遊歷歸來並閉門創作的福克納終於迎來了他一生中的巔峰時刻。這一年，對於普通人福克納與作家福克納都極爲重要。對於普通人福克納而言，他結婚了，而妻子正是11年前棄他而去的艾斯德爾，福克納竟實現了他的初戀之夢，雖然，這樁婚事後來證明其並不美滿，因爲艾斯德爾對她的丈夫並不了解，直到福克納摘取諾貝爾獎桂冠的時候，她仍然不相信她的丈夫是一個世界級的偉大作家。而對於作家福克納而言，這更是一個值得大書特書的年頭：他不但在本年初發表了其第一部以「約克納帕塔法」爲背景的小說《沙多

推薦閱讀

《喧嘩與騷動》，
李文俊譯。

《我彌留之際》，
陶潔譯。

里斯》，這部作品使他真正成為獨具一格的作家；而且，他又發表了另一部更令人歎為觀止的傑作《喧嘩與騷動》，正是這部作品才真正地奠定了福克納經典作家的地位，而且，也成為文學史上不可多得的傑作之一。此外，這一年，他還完成了他的另一部代表作《我彌留之際》，並於次年出版。

《喧嘩與騷動》的書名出自莎士比亞的著名悲劇《馬克白》第五幕第五場，在那裏，馬克白說「人生如癡人說夢，充滿著喧嘩與騷動，卻沒有任何意義」。福克納正是通過這句著名的臺詞，把自己對這部作品的藝術旨歸烘托了出來。

小說主要描寫了傑弗遜鎮上康普生家的事。這一家祖上非常顯赫，而現在卻衰落了下來。家長康普生也如這個家庭一樣衰敗，他幾乎無所事事；而康普生太太卻總在哀歎自己的命不好，說自己受氣，而事實上倒是她在消耗這個家庭已然不多的力量；大兒子昆丁也受其父影響成為了一個悲觀絕望的人；第二個孩子是凱蒂，她是一個很漂亮的姑娘，但她的命運卻極為悲慘；二兒子傑生已經成為了一個市儈，他是作家筆下著名的惡棍之一；三兒子班吉是一個白癡，智力只及3歲的兒童。全書共分四章，第一章題為《1928年4月7日》，是以班吉的意識流動來寫的，主要是寫凱蒂的童年生活。第二章題為《1910年6月2日》，是以昆丁的意識來寫的，主要敘述了凱蒂的墮落。這一墮落給了昆丁以極大的打擊，這一章的敘述是沒有結尾的，因為昆丁的悲觀失望與凱蒂的墮落給他的打擊合在一起，他終於跳河自殺了。第三章《1928年4月6日》，是傑生的自我敘述，其實也是他的自我暴露。第四章是《1928年4月8日》，這一章是傳統的全知全能性敘述，不過，其主要視角來自於家中的黑人女傭迪爾西，所以如前三章一樣被稱為「迪爾西的部分」，迪爾西是福克納所創造出來的一個非常經典的形象，她就出生在這個家庭裏，這個家庭走向沒落的趨

勢正是在她的目光裏進行的。

　　在一篇文章裏，福克納曾半眞半假地說，這部作品他是先用一個白癡的視角來寫了一遍，寫完後發現還不完全，於是又不得不用另一個人的視角寫了一遍，但仍達不到自己的要求。第三次又換了一個市儈的視角，還是不滿意。最後便只好用全知全能的手法再寫一遍了。這還不算，在15年後，他還爲這部作品寫過一個所謂的附錄，並對情節有所補充。其實，正是這種多視角的寫法給這部作品帶來了更爲複雜而迷幻的光彩。對於同一個家庭，同一個世界，四個不同的敘述者卻看到了不同的景象，這些「不同」的景象不但更爲眞實地反映出了這個家庭與世界的更爲複雜因而也更爲內在、更爲本質的眞實，而且，也正好反映出來作家所想要塑造的那幾個人物。這樣，立體的人物與含混的境遇合而爲一，並生發出極爲強烈的藝術感染力。

　　當然，意識流動更是這篇作品的主要藝術面貌了。在第一章中，由於班吉大致上是個白癡，所以他的意識流動更是無跡可尋，跳躍性非常大，而且層次也較爲混亂；昆丁也處於精神崩潰的邊緣，傑生又頗有顚狂的表徵，所以，他們的意識也充滿了「喧嘩與騷動」。

　　凱蒂是全書所圍繞的核心，但作者沒有給她單獨的章節。對此，福克納說「間接的敘述往往更飽含激情，最高明的辦法莫若表現『樹枝的陰影』，而讓心靈去創造那棵樹」。他的所有作品都是他那豐富而蒼茫的心靈所創造的參天巨樹！

# 第二章
# 表現主義：變形的世界

2

就在意識流小說逐漸興起的時候，另一個澤被深遠的文學流派也應運而生，這就是表現主義。事實上，追根溯源，表現主義的歷史更爲悠久，因爲文學本身就是一個表現的世界，所以，「表現」幾乎是與文學同步而生的。但作爲一個現代主義文學流派，卻是從20世紀初開始的。

　　表現主義最早出現於繪畫藝術中，後來在音樂、戲劇、電影等領域都有極大的發展。表現主義文學首先是在德國掀起第一個高潮的。他們多追求強有力地表現主觀精神和內心激情，用荒唐無稽的情節與絕對眞實的細節來表現「現代人的困惑」，反映時代危機的某些重大徵兆。

　　第一次世界大戰是人類面臨的一次重大危機，在這次危機之後，表現主義作爲一種文學流派也就趨於衰落了。然而，它積累的藝術經驗卻仍然是一筆巨大的財富。

## 第一節　困在城堡裏的思想者：卡夫卡

　　文學是寂寞者的事業，杜甫就曾慨歎說「千秋萬載名，寂寞身後事」，而在世界文學史上，生前的寂寞與身後的光輝落差如此巨大的莫過於卡夫卡（1883～1924）了。

　　卡夫卡出生於奧匈帝國統治下的布拉格一個猶太商人家庭。他的父親是一個白手起家的人，有著極爲堅強的性格，而且，對於兒子，他也一直使用家長制作風，這對卡夫卡憂鬱、悲觀性格的形成有著極爲重大的影響。1901年，18歲的卡夫卡進入布拉格大學學習德國文

→卡夫卡
在卡夫卡的小說中，他從未偏離過小人物的立場，他的作品整體含義令人費解，雖然他以簡短而明確的語言做了現實的描述。可以說，他的作品是他個人困惑的寫照。

學，但後來卻迫於父命而改修法律，並在5年後獲得了法學博士學位。畢業後，他進入了工傷事故保險公司任職。1922年，因患肺病而辭職。他一生中曾先後三次戀愛，但都沒有成功，這對作家的心靈產生巨大的壓力和影響。1923年遷往柏林，一位名叫朵拉荻曼特的姑娘成了他生活的伴侶，但次年卡夫卡就去世了，只活了41歲。

卡夫卡從小對文學有濃厚而廣泛的興趣，大學時代就開始了文學創作，並和一些文學名家交往。從1912年進入了創作的旺盛期，他的名作如《審判》和《城堡》均未寫完，但已在文壇上產生了轟動性的效應。也正在這時期，德國表現主義文學運動達到了高潮，這使得他的作品也打上了深刻的時代烙印。另一方面，卡夫卡作品的獨特性，也對德國表現主義文學運動作出了重要的貢獻，並對20世紀歐美文學產生了深遠的影響。

卡夫卡是現代主義小說的鼻祖，《變形記》是其短篇小說的代表作。小說通過旅行推銷員格里高爾變成大甲蟲的荒誕故事，把現實主義表現手法置於荒誕的框架之中，把現實與非現實、合理與悖理、常人與非人並列在一起，淡化了時間、地點和社會背景，是運用現代派文學表現手法的開山之作。

《變形記》是表現主義的典型之作，它並不是真實地反映現實，而是運用大膽的想像和奇特的誇張，將現實生活中不可能發生的事情寫得逼真入微。小說的主人翁格里高爾一天早晨起來後發現自己竟然成了一隻大甲蟲，除了人的思想之外，他基本上不再保留人的任何特點：一個大而扁的身軀，無數隻亂動的長腳，無法站立行走，卻能在地上甚至天花板上爬行。因為無法站立行走，他也就無法外出，無法

完成公司所交給的任務。而一旦失去了勞動能力，他眞正的悲劇就降臨了。家裏人開始不承認他的合法存在，最後甚至連最關心他的妹妹也厭煩他了，他成天只能待在房間裏。即便如此，他還是成了家人厭棄和攻擊的對象。

　　在這裏，格里高爾所患的「絕症」，其實也就是人們在當時社會中的一種共同的感受──人與人之間的關係開始異化。人與人、人和物之間靠著某種利益維繫。公司之所以需要他，是因爲他能爲公司上班；而一旦失去這種能力，他立即就會成爲公司的棄兒；對他家庭來說，他的存在也是因爲他能夠掙來工資，養活家人。如果他不再具備這種能力，曾經的溫情脈脈就會換成冰冷的歧視甚至敵視。

　　作者讓格里高爾變成一隻大甲蟲，就是將他置於一種和人保持較遠的距離來反思人與人之間的關係的。這種手法取得了巨大的成功，而且對後來荒誕派的文學作品也產生了長久的影響。

　　《美國》、《審判》和《城堡》是組成卡夫卡「孤獨三部曲」的三部長篇小說，並沒有完成，而且發表於卡夫卡死後，但卻體現了他在小說創作方面的高度成就。《美國》是卡夫卡剛剛從事文學創作時期的作品，反映的社會現象比較表面；而《審判》是他獨特的藝術方法開始的標誌，是一部象徵色彩極濃的作品，小說通過銀行小職員無端遭到法庭逮捕和判決的經歷，揭露了帶有封建專制特徵的資本主義司法制度的腐敗及其殘酷。作品情節荒謬卻又眞實可信；而《城堡》則標誌著卡夫卡在創作藝術上的最終成熟。主人翁K來到了城堡附近的小村後，卻怎麼也進不了小城堡的荒誕情節，反映了小人物與國家統治機器之間的對立與隔閡。這三部作品的主人翁都是在敵對環境中苦苦掙扎的孤獨的小人物，他們開創了近代小說中「非英雄」或「反英雄」的先例，對西方現代主義文學產生了相當深遠的影響。

　　1924年，偉大而孤獨的卡夫卡終因肺病惡化而逝世。他雖然摯愛文學創作，而且，把能夠創作當作生命中最爲重要的事，但他並不想

推薦閱讀

《卡夫卡小説選》，孫坤榮等譯。

成名，也沒怎麼發表過作品。更重要的是，他對自己的作品都不滿意，所以，在逝世前，他把自己的後事託付給大學時期即認識的好友馬克斯・布洛德，讓他把自己的作品「毫無例外地予以焚毀」，但所幸的是，布洛德沒有遵守朋友的遺願，而是把他的所有作品予以整理出版，他為我們這個世界保留了一個文學巨人。

卡夫卡的一生是孤獨而寂寞的一生，正如有評論家所說的，他「作為猶太人，在基督徒中不是自己人。作為不入幫會的猶太人，他在猶太人中也不是自己人。作為說德語的人，他不完全屬於奧地利人。作為勞動保險公司的職員，他不完全屬於資產者。而作為資產者的兒子，他又不完全屬於勞動者。但他也不是公務員，因為他覺得自己是作家。但他也並非作家，因為他把精力花在家族方面。而他又說『在自己的家庭裏，我比陌生人還要陌生』」。正是如此痛苦的一生，玉成了他在文學史中的地位，使之成為了在現代文學中具有崇高地位的文學巨人。在他去世大半個世紀以來，文學研究中已經形成了一門專門的學科：「卡夫卡學」，文學史家也總是把他與但丁、莎士比亞、歌德等人並列。

## 第二節　進入黑夜的漫長旅程：奧尼爾

在美國，普立茲文學獎是文學的最高獎項，然而有一個作家在其並不漫長的一生中卻以其傑出的戲劇創作榮膺四次普立茲獎：這已足夠石破天驚的了。然而，他的神奇之處還不僅在此，他還在1936年榮獲當年的諾貝爾文學獎，其獲獎評語是「由於他的劇作中所表現的力量、熱忱與深摯的感情──完全體現了悲劇的原始觀念」，一般而論，得到諾貝爾獎的作家在此後是不會有什麼超越其自我的大作問世了，這個獎似乎成為了作家創造力的殺手與墳墓，可這位作家卻在其獲獎後又寫出了許多甚至更為傑出的作品，其中，就包括他本人最具

→這是西德尼‧呂梅導演的根據奧尼爾《進入黑夜的漫長旅程》改編的電影劇照。《進入黑夜的漫長旅程》是一部美國最偉大的戲劇傑作，它被翻譯和演出的次數遠遠高於除莎士比亞和蕭伯納之外的所有劇作家的作品，其最引人入勝的地方當數作品源於希臘式悲劇的憐憫心、心理洞察力和激動人心的感染力。

藝術震撼力的代表作。這位創作力旺盛的劇作家就是尤金‧奧尼爾（1888～1953）。

奧尼爾出生在美國紐約的百老匯，這似乎就正預示著他日後為世所矚目的劇作生涯，更何況他的父親詹姆斯‧奧尼爾是當時頗負盛名的演員，曾以演基督山伯爵而著稱。小奧尼爾自幼就混跡於父親所在的劇團，跑遍了美國的各個城鎮，所以，他對舞臺的熟悉是無人能及的。可是他的家庭生活卻相當不幸，母親吸毒，哥哥酗酒，這樣的家庭環境使他變得憂鬱而古怪。

→奧尼爾，美國最傑出的劇作家，亦為一向極其主觀的劇作家。其作品包括惡夢式的表現主義作品、化妝劇、斯特林堡式尖酸的婚姻、聖經式的寓言故事、多幕劇，甚至大型多幕劇及對希臘悲劇的重新改寫詮釋，總共有30部長篇劇作、12篇短劇及其他許多未上演的作品。並且，他的作品幾乎應用戲劇史上一切可以運用的非語言資源，例如音樂、面具、舞蹈、默劇以及不常見的場景道具和新奇的音效。

1906年，18歲的他考上普林斯頓大學，但旋以飲酒滋事而被勒令退學，此後，他獨立地開始了他的冒險生活：在宏都拉斯淘過金，又當了水手流浪於世界各地。這一段日子的結果是在24歲的時候，他患上了肺結核並住進了療養院，這時他開始思考人生的許多問題，最終決定以戲劇創作為其終生的事業。於是從1914年進入哈佛大學貝克教授的47戲劇工作室開始，到1920年，他連續寫了十多個劇本，這是他的練習階段。而在1920年，他的第一部成功劇作《天邊外》上演，

標誌著他創作道路的成熟與自己風格的形成，而且，他也以此劇首次獲得了普立茲獎。

《天邊外》是一部三幕劇，它主要通過三個年輕人的愛情故事展現了理想與現實之間那不可避免而又令人痛苦的衝突。主人翁羅伯特身上富有詩人氣質，他總夢想著去遠方漂泊並尋找一種美；而他的哥哥安德魯則願意如父輩們一樣老老實實地務農。二人同時愛上了露茜，露茜以自己浪漫的標準而選擇了羅伯特，於是榮幸的羅伯特便留下來當了農場的主人；痛苦的安德魯則遠離家鄉，開始了航海的流浪生涯。然而，羅伯特在生活實務上其實是一無所能。露茜也終於發現，自己應該選擇的是安德魯。這時的羅伯特已病入膏肓，死前，他爬上山坡，眺望著無限遠處，幻想著那美麗而自由的「天邊外」。

1921年，他的另一作品《安娜·克利斯蒂》上演，這作品使他再次榮獲普立茲獎。此後的幾年中，他又接連創作了《鐘斯皇》、《毛猿》及《榆樹下的欲望》等極為傑出的劇作。其中，《鐘斯皇》是他表現主義的代表作。作品以原始森林為背景，重在表現逃跑中的鐘斯那種恐懼與緊張、錯亂與恍惚的心理真實。而《毛猿》也被許多學者認為是作者的最好的作品。

1928年，他因其新作《奇妙的插曲》而第三次問鼎普立茲獎，此劇採用了意識流手法，並成功地在戲劇中運用了心理分析，使話劇的藝術面貌有了新的發展。

在1936年獲獎時，奧尼爾才48歲，是不多的幾位50歲以下的獲獎者之一。然而，獲獎之後的他卻沉默了很久，在這段時期中，他的藝術風格與面貌發生了巨大的發展與變化，他的後期作

→這是1973年美國為獲諾貝爾文學獎的奧尼爾製作的獲獎者紀念郵票及明信片。

## 普立茲獎

普立茲獎（Pulitzer Prizes）是普立茲逝世後立遺囑將財產捐贈給哥倫比亞大學而設的獎項，該獎獎勵新聞界、文學界和音樂界的卓越人士，自1917年以來每年頒發一次。1947年起普立茲獎每年春天由大學理事會頒發，歸哥倫比亞大學新聞研究學院掌管。獎金由按普立茲遺願設置的普立茲獎顧問董事會的14名董事推薦決定。大學從14個學術領域中各挑選出一名代表，組成評獎團，顧問董事會按評獎團的裁決行事。普立茲獎的獎金的數額和類別逐年不同。

正式的文學獎項有：在這一年中由美國作家創作的最佳長篇小說，其主題是以美國生活為佳，獎金1000美元；最佳美國劇作，尤以原材料創作，美國生活為佳，要求用顯著的風格體現教育意義和舞臺效果，獎金1000美元；年度最佳美國歷史著作，獎金1000美元；採用典型事例、以愛國主義和熱心公益為主題的最佳美國人自傳或傳記作品，獎金1000美元；在該年度內出版，由美國人創作的最佳詩集，獎金1000美元。

普立茲（Joseph Pulitzer，1847～1911），美國報紙編輯和發行人，他促成了現代報業模式的形成，是當時美國最有實力的新聞工作者之一。普立茲將體育項目、婦女版、插圖及連環畫頁集合在一起，使之成為我們熟悉的今之美國報的特徵。他還採用專門描述噱頭與各種競賽項目的推銷運動。

品無不表現出他這一成果：即淡化情節，並融入多種手法，早期那單薄因而略嫌造作的象徵手法已達爐火純青之境，更重要的是，後期的作品多注意表現人物的內心世界，在平淡的情節裏表現出靈魂世界的巨大風暴。所以，他的代表作不能不首推《進入黑夜的漫長旅程》，這部完全可以與古希臘大悲劇相頡頏的巨作創作於1941年，而演出則已在他去世的3年以後了，而且，它就在1956年，為已去世的戲劇大師摘得了第四次的普立茲獎的桂冠。

全劇主要寫蒂龍一家某一天從早晨到子夜的生活片段，但是就在這平凡的一天之中，奧尼爾卻發掘出了前所未有的悲劇力量。劇中之主人翁蒂龍是一個為家庭幸福而努力的人，但他卻非常吝嗇，視錢如命，為了省錢，他曾給正要分娩的妻子請來了庸醫，卻使妻子染上了吸毒的禍根；此後，他又讓妻子到一個劣等的療養院去戒毒，所以幾乎沒有什麼效果。妻子瑪麗表面上是附和丈夫說她已經好了，事實上卻偷偷地躲起來吸毒，弄得一家幾口都很痛苦。長子傑米放蕩不羈，一無所成，而且，由於嫉妒，故意將天花傳給小弟弟，使其夭折，他還故意教染上肺病的弟弟艾德蒙喝酒，想讓他與自己一樣的不成器；次子艾德蒙身患肺病，面臨死亡，而蒂龍亦為了省錢，只送他去最廉

推薦閱讀

《天邊外》（戲劇集），荒蕪、汪義群等譯。

表彰他的富有生命力的、誠摯的、感情強烈的、烙有原始悲劇概念印記的戲劇作品。
——諾貝爾獎獲獎評語

價的療養院。一家四口都想逃避現實，營造溫情的假像，但嚴酷的生活總是暴露出那鉛灰色的痛苦來。他們先是互相為了希望而欺騙，為了和睦而自己隱忍；但當生活的瑣碎痛苦來臨時，他們卻邊互相責怪，邊自慚自悔。四人就在愛與恨、生與死；責難與寬恕、厭惡與同情；自憐與自憎、夢幻與清醒的交織中從清晨走向孤寂而又寒冷的漫漫黑夜之中……

這是一部無法用「偉大」與「震撼」之類簡單的語言來描述和揄揚的作品，他從平凡的生活中挖掘出了令人難以置信的悲劇力量，這種力量正因為並非從戰爭或愛情等永恆的文學母題中拾來，正因為它恰恰是從最為平凡而普通的生活中來，所以，其藝術爆發力就更為巨大，也更具哲理意義。正是他，用神奇的筆寫出了每個平凡人的平凡生活中不得不面臨著的最為深刻的悲劇，而且，他不只是寫出了這一悲劇，他還寫出了生活中的全部要素，包括所有的殘酷與溫情！

# 第三章
# 存在主義：他人即地獄 *3*

人類的自我覺醒是從認識到自己的存在開始的。然而，也正因為認識到了自己的存在，所以也突然發現了存在中那令人無法言說的困境以及人類永遠無法擺脫的悲哀。文學正是要揭示這個困境與悲哀，揭示這種我們只能接受而無法控制的存在是怎樣在影響著我們的一切。我們每個人從這種揭示以及描摹中，都應該更為清醒地看到我們真正的自我。

在一戰與二戰的幕間，在法國，興起了一股規模空前的文學流派，它不但席捲了法國，而且也波及到了西歐和南北美，成為當時西方現代派文學中最具有影響力的一個，甚至有人說它已經像大氣壓那樣無處不在了。這就是以探討與表現人類的存在境遇為藝術旨歸的存在主義。

存在主義最早是一個哲學概念，然而，經過存在主義文學大師們的努力，它與文學的界限被打通了。在它那瑰奇的世界裏，把因為將傳統文學當作無可爭議的事實而遭到漠視的「存在」重新加以審視，並由此而走向了更高的哲學境界。

非但如此，他還對以後的文學發展產生了巨大而又深遠的影響。

## 第一節　20世紀的良心：沙特

1964年10月，諾貝爾文學獎決定將本年度的大獎授予法國的存在主義大師沙特，獲獎評語是「由於他那富於思想和自由氣息及探求真

> 人類必須首先意識到他只能依靠自己而不是別人，否則他將一事無成。
> 　　　　讓－保羅・沙特的《存在與虛無》

理精神的作品已對我們時代發生了深遠的影響」。然而，這個為世界文學界所矚目的頒獎晚會卻無法舉行，原因是本年的大獎得主拒絕接受諾貝爾獎，這在當時諾貝爾獎六十多年的歷史中，尚屬石破天驚的首例，而且，直到現在，諾貝爾獎已發展了一個多世紀，這也仍然是其唯一的特例。1915年時的羅曼·羅蘭曾想要拒絕該獎，但最後他卻改變了主意；1958年帕斯捷爾納克的拒絕卻並非自願，而是當時蘇聯高壓政治的結果。這裏只有沙特是自覺自願而且堅決地拒領此獎。當然，他的拒絕並非對諾貝爾獎本身有什麼看法，這有其極為複雜的原因，這個原因就存在於他的生平與創作歷程之中。

　　讓－保爾·沙特（1905～1980）出生於巴黎的一個中產階級家庭，他的父親是海軍軍官，但他在小沙特兩歲的時候就去世了，幼小的沙特只好跟隨母親住到巴黎的郊區其外祖父家裏。他的外祖父是一個德語教師，非常喜歡他，並在他4歲時就教他讀書。據他的自傳體作品《詞語》記載，他於7歲時已讀了拉伯雷、高乃依、伏爾泰、福樓拜和雨果的作品。1916年，在他11歲的時候，他的母親再嫁，他跟隨母親又遷居於拉羅榭。1924年，他考入了著名的巴黎高等師範學院哲學系，5年後，在哲學老師資格會考中，他名列第一，正是在這時，他結識了名列第二的西蒙娜·德·波伏娃，這位傑出的女性後來不但成為了沙特的終身伴侶（他們從未舉行過婚禮），而且也成為了存在主義的中堅作家。

→沙特，法國作家，他以作為二次大戰後風靡歐洲的哲學——存在主義的知識界和文學界領袖而聞名。在小說、劇本、雜文及哲學著作中，他詳細闡釋了他的理論，他認為，人們意識到自身的自由，產生了焦慮，並試圖以「壞的信仰」來逃避焦慮。他對自己拒領1964年的諾貝爾獎作出的解釋是：對作家語言的感染力增加這樣的外部影響，對讀者來說是不公平的。

　　1934年，沙特赴柏林的法蘭西學院，受業於現象學大師胡塞爾，並在弗萊堡大學研究海德格爾的存在主義哲學。1940年，沙特應徵入伍，但旋即在帕杜被德軍俘虜，然而

他卻因視力欠佳而於次年獲釋。此後，他便投身
於世界和平運動。他曾一度參加過法國共產黨，
但接下來又因爲「匈牙利事件」而宣布退黨；
5、60年代，他極力反對法國在阿爾及利亞的戰
爭；1965年，他又強烈譴責美國的侵越戰爭；
1968年他積極支持法國學生的「五月風暴」造反
運動；同年，他又強烈抨擊蘇聯入侵捷克，並從
此與蘇聯交惡。總之，他的一生是一個自由者的

一生，是一個人道主義者的一生。他之所以拒領
諾貝爾獎正是他保持自己獨立人格的表現——絕
不接受任何形式的官方榮譽從而使自己擁有發言
的權利。也正因爲此，在他生活著的20世紀裏，

→這是沙特在勒阿弗爾當
教師時寫的第一本成功的
中篇小說《噁心》，這是一
部日記體的書，敘述了主
人翁面對物質世界和自己
的身體時，體驗到了噁
心。

幾乎所有的重大事件都有他獨特而充滿人道關懷的聲音；他也從不把
自己局限在某一個政治派別中去，而總是站在人道主義的高度去裁
判。所以，他被人們認爲是「20世紀的良心」。

　　1939年，沙特第一部典型的存在主義作品，短篇小說《牆》問
世。小說以西班牙內戰爲背景，寫了三個革命者被判處槍決後的恐懼
狀態。面對即將臨近的死亡，每個人都突然意識到了自己的存在：朱
安只是一個孩子，他的表現最爲激烈，驚恐萬狀甚至渾身癱軟；主人
翁伊比埃塔與另一戰士湯姆則寧死不屈，在主觀上也對死亡坦然接
受，然而，人類的本能也使他們各自表現出了從心底滲出的恐懼與寒
意。這時，敵人要找到其戰友雷蒙·格里，便提出誰供出此人下落，
誰就可以獲釋，三人都經受住了這一考驗。後來，伊比埃塔爲了戲弄
敵人，便謊稱他躲在墓地裏。第二天敵人突然把他釋放了出去，他不
明所以，後來才知道敵人果然在墓地裏找到了雷蒙·格里。事實上，
伊比埃塔知道雷蒙·格里在一個同志家裏，根本不會在什麼墓地，但
哪裏知道雷蒙·格里卻怕連累別人而恰恰躲入了墓地，於是被抓獲並
當場處決。這個情節顯示出了這個世界的荒誕來：存在取決於個人的

我們只是三個沒有血肉的影子，不再感覺到
自己的身體了。我感到疲倦、緊張，不願再
去想即將面臨的死亡。但我只要試想任何別
的事情，就覺得有一排來福槍口對準了我。
瞬間，我覺得我的全部生活都湧現在我的眼
前，失黨、饑餓，追求幸福，追求自由，解
放西班牙……我想這是一個神聖的謊言，它
一文不值，因為它已經完結了……原來，蒿
里斯同他表兄發生了爭論，解進了墓地。
我感到天昏地轉，我坐倒在地上，我放聲大
笑起來，眼淚都笑出來了。
　　　　　　　　　　　　　　　──《牆》

選擇，選擇是自由的，但這種自由卻面臨著整個世界的複雜的不可知因素。

除《牆》以外，沙特還有中篇小說《噁心》與長篇小說《自由之路》等，但真正能代表他的藝術成就的是他的戲劇創作。他的戲劇創作數量很少，總數只有11部，但品質卻都極高。

《間隔》（中譯或為《密室》，或為《禁閉》）是他於1944年發表的一部傑作。劇並不長，場景也很簡單，只有三個人物。場景說明是在一個「第二帝國時期的客廳」裏，但事實上是在地獄裏，因為裏面的三個人物都已是死去的鬼魂了：逃兵加爾森、同性戀女人伊內絲和色情狂艾斯黛爾。加爾森心中總覺得陽間的世界都認為自己是個怯懦的逃兵，他心中希望能找出證據來證明自己並非膽小鬼；但是艾斯黛爾卻一直向他調情，艾斯黛爾是因為親手摔死自己與情夫所生的孩子而進入地獄的，她心中也承受了這可怕的罪孽，便企圖以與加爾森調情而忘掉這一切；伊內絲在世間時因與人搞同性戀而逼死了情人的丈夫，因此她也需要遺忘，為此她便去追求艾斯黛爾。這樣別有目的的艾斯黛爾便說加爾森是個英雄，而伊內絲卻冷酷地揭穿加爾森的怯懦者面目。加爾森難以忍受，卻又無可奈何，因為這是地獄，他只能待在這裏，別無選擇；而艾斯黛爾覺得伊內絲壞了自己的事，便用刀捅進了伊內絲的心臟，但這無法解決這個不可擺脫的命運，因為他們已經死過了，無法再死一次了。最後，痛苦萬狀的加爾森哀歎說：「原來這就是地獄，……提起地獄，你們便會想到硫磺、火刑、烙鐵……，哈，真是天大的笑話！何必用烙鐵呢，他人就是地獄。」這個劇本集中地表現了他對人生、對社會的深刻思考，也代表了他對人類存在的悲觀看法。正因為這樣，有學者認為這部作品簡直就是一篇精采

推薦閱讀

《沙特文集》（八卷本），沈志明、艾珉主編。

的文學化的哲學論文。

除此而外，1948年發表的《骯髒的手》也是一部非常傑出的作品，但是由於各種意識形態對這一作品所作出的非文學評判掩蓋了它那璀璨的藝術光芒。

1980年4月15日，這顆人類的良心之燈終於熄滅了，法蘭西爲他舉行了極爲盛大的國葬，其規模可與100年前爲雨果所舉行的國葬相比。

## 第二節　女性的存在：波伏娃

在文學史上，一提到沙特便不能不提西蒙娜・德・波伏娃(1908～1986)，她既是存在主義文學的主將之一，也是沙特的終身伴侶。

波伏娃也出生在巴黎，她的父親是一個律師。童年的她即接受母親的宗教薰陶，且於6歲就進入了教會學校。但後來受父親的影響而對宗教產生了懷疑。1929年，她21歲的時候，即以第二名的成績通過了在法國以嚴格著稱的教師資格考試，她是通過此項考試的最年輕的女學生。也就是在這次考試後，她認識了比她考得更好的沙特，後來她在其自傳中寫到：「沙特完全符合我15歲時的嚮往，他是另一個我，在他身上我感到我所有的愛好昇華到了熾熱的程度。……我知道他再也不會走出我的生活了。」就這樣，二人結合在了一起，但他們卻並不舉行任何傳統的儀式，所以，她的姓依然是「波伏娃」。

→波伏娃

1943年，她發表了其第一部成功的作品《女賓》。據說這部作品就取材於他們夫妻二人與沙特的一個女學生三個的

推薦閱讀

《人都是要死的》，馬振騁譯。

試驗性經歷。小說寫了一對情人皮埃爾與弗朗索瓦絲接濟了一個姑娘薩維埃爾，三人決定打破一夫一妻制的常規，想要試驗新的生活方式。但是這位「女賓」的生活方式與處世態度均與傳統背離，這些都使得女主人弗朗索瓦絲既嚮往，又排斥，終於排他的愛情與嫉妒心又反彈出來。在男主人入伍之後，「三位一體」破裂了，女主人甚至想要殺死這位「女賓」。這裏，三位一體的嘗試與破產反映了存在主義自由選擇原則在現實生活中是無法實行的。

1947年，她出版了她另一部奇特的作品《人都是要死的》。故事寫的是20世紀的巴黎，一個戲劇演員雷吉娜的愛情歷程，然而，她的愛情對象卻是生於1279年的雷蒙‧福斯卡，他到現在為止，已活了六百多歲。這位主角本來是13世紀義大利城邦的一個君主，他有非常大的雄心去建立一個強大的城邦，然而，他又覺得一生太過於短暫，還不足以完成這樣的大事。而在一次偶然的機會裏，他得到了來自埃及的神秘的長生藥，服下之後，他便永遠不死了。此後，他經歷了義大利各城邦的互相兼併，經歷了高盧人的入侵，看到了日耳曼神聖羅馬帝國的分崩離析，還有歐洲的殖民擴張，古代文明中心的消失，甚至於法國大革命，然而，歷史的發展並沒有因為他的長生不老而改變，他數百年的心血都滲進歷史那乾燥的沙漠之中，了無痕跡。長生的福斯卡早已經厭倦了這種無法死去的日子，他現在才明白，不死是一種可怕的天罰。只有死亡才使得人類的生命變得如此璀璨而美好，也只有死亡才使得人類的一切都變得有了意義。不死的他已經熟悉了人類的一切，他就好像劇院的工作人員一樣，同樣一場戲，他看了無數遍，早已深悉底裏，他便只能看著別的一批又一批的觀眾來到這裏，獲得同樣的，卻也是無法取代的樂趣。

然而，可憐的雷吉娜卻因對他的不死經歷產生了興趣，並愛上了他。愛情也讓他厭倦了。但雷吉娜卻執意要激發起他的熱情，於是，

他便接受了她：而這從一開始就是一個悲劇。

這部作品用了神奇的情節來演繹了存在主義的諸多哲理，因而被認為可以當作沙特《存在主義是一種人道主義》的藝術性注解。

除了文學創作之外，波伏娃還有一部異常重要的作品，即《第二性》。這部論文集寫於1949年，半個世紀以來，它已成為了西方女權主義運動的「聖經」，其中的著名論斷「女性不是天生的，而是自己變成的」也成為了人們的信條，並深刻地影響著世界婦女解放的發展與深化。

## 第三節 局外人：卡繆

有的作家明確地宣揚自己是某一流派的追隨者與實踐者，而根據他們的創作實際，人們並不一定認定他屬於這一流派；又有的作家一直不承認自己從屬於某一流派，但在文學史中，人們卻總是把他歸於這一流派。這一有趣而頗為尷尬的現象在許多作家身上都發生過，而法國存在主義著名作家阿爾貝‧卡繆（1913～1960）正是後一種類型的典型代表。

→阿爾貝‧卡繆，法國小說家、劇作家、理論家。卡繆的作品透徹闡明了當代人的良心所面臨的問題，正因為這樣，他獲得了1957年的諾貝爾文學獎。

與沙特及波伏娃相比，卡繆的生活是非常不幸的。他出生在阿爾及利亞的一個農業工人家庭，母親是西班牙人，當過女僕。父親是法國人，然而在1914年，卡繆還不到一歲時，他就死於歐洲戰場。卡繆與母親在貧民窟相依為命，艱難度日。卡繆靠獎學金上完了中學，隨即又半工半讀地上完了大學，並獲得哲學學士學位。1934年，他加入了阿爾及利亞共產黨，然而，由於法共改變了

對阿拉伯人的政策而於次年退黨。從1935年開始，他便從事戲劇活動了，他一生都熱愛戲劇，但在戲劇上，他卻並沒有留下什麼傑出的作品，反而是他的小說創作，爲存在主義文學大振聲威。

1942年，他的成名作中篇小說《局外人》發表。其主人翁莫爾索是一家法國公司的小職員，故事一開始他便接到了母親逝世的電報。3年前，他由於無力贍養她而把她送進了養老院。第二天他趕回去時，母親已經入殮，他並不想打開棺材見母親最後一面。守靈時他似乎也無動於衷。第二天他碰到了曾經的女友，並發生關係。他有個鄰居叫雷蒙，他曾幫其寫過一封信，雷蒙便認爲莫爾索是他的朋友，其實，莫爾索是無所謂的人。後來，雷蒙打自己的情婦，二人告到了法庭，莫爾索去爲雷蒙作證。雷蒙情婦的弟弟叫了一幫阿拉伯人來打架，他們拿著刀子，莫爾索便拿了雷蒙的手槍對一阿拉伯人連開五槍。事後，法庭因其這一連續的表現而認爲他有一顆罪惡的靈魂，他

→下圖爲卡繆領取諾貝爾文學獎的情景。正如他的「致答辭」的首句——「就我自己來說，沒有藝術，我便無法生活」，他的確是這樣的。

推薦閱讀

《卡繆文集》，郭宏安等譯。

的殺人是預謀殺人，所以最後判處他死刑，而他依然很淡然，覺得無所謂。

莫爾索形象是一個極為荒謬的形象，他莫名其妙地來到這個世界上，又更莫名其妙地消失，生活中的一切對他而言都無所謂。這是一個不可思議的冷漠者。然而，事實上他所面對的世界也是一個極為荒謬的世界。卡繆用「局外人」的藝術形象來概括了3、40年代那個混亂而又絕望的世界以及那個世界裏的人們。他是20世紀畸零人的一個象徵。

《局外人》的語言極其簡單，並且也似乎有一種無所謂的味道。如其小說開篇：

*母親今天死了。也許是昨天死的，我不清楚。我收到養老院一封電報，電文是：「母死。明日葬。專此通知。」從電報上看不出什麼來。很可能昨天已經死了。*

這種深深浸潤了作品的全部藝術密碼的語言不是可以偶然寫出來的，它需要有同樣痛苦可怕的思想經歷。

5年後，他又發表了另一部代表作《鼠疫》。這部作品是一個大寓言。小說的情節是說在阿爾及利亞的奧蘭城發生了可怕的鼠疫，主人翁里厄醫生堅持留在這個時時刻刻都有死神威脅的地方與鼠疫鬥爭。巴黎過來的記者朗貝爾發現這個城市已經成為了死亡之城，便想方設法要出去，可是這時已經封了城，他後來知道了里厄醫生重病的妻子在外地，但里厄醫生仍堅持在這裏，受到了感動，也決定留下來。就這樣，他們終於戰勝了鼠疫。

整部作品其實是以「鼠疫」來象徵當時肆虐歐洲的法西斯勢力，不僅如此，這部作品還塑造了一個英雄人物里厄醫生，他是作為一個為拯救人類生命而與「惡」進行頑強鬥爭的形象來塑造的。在小說的結尾，里厄醫生登上了高處，鳥瞰全城，不禁感慨萬千，他清楚地知道，「威脅著歡樂的東西始終存在」，「也許有朝一日，人們又遭厄運，或是再來上一次教訓，瘟神會再度發動它的鼠群，驅使它們選中

某一座幸福的城市作爲它們的葬身之地」。這深刻地表現了卡繆對於法西斯或其他惡性勢力的警惕與對人類命運的關懷。

1957年，44歲的卡繆榮獲了諾貝爾獎，其獲獎評語是「由於他在他的重要文學作品中，以明晰的觀察和無比的熱情闡明了當代人的良心所面臨的各種問題」。他是歷年獲獎者中僅次於吉卜林的年輕作家。

3年後，他在一次偶然的車禍中喪生。

# 第四章
# 從「迷惘」到「垮掉」

兩次世界大戰是人類歷史上最為慘痛的兩次浩劫，它對人類的社會歷史與文化傳統發生了不可估量的影響：在政治上，它形成了我們現在所賴以生存的世界體系；而在文化上，在人類精神的歷史上，它卻造成了永難拭去的隱痛乃至於恐懼，它甚至部分地消解了從文藝復興以來逐步樹立起來的人類自信而且自尊的文明傳統，使人們對人類的許多所謂的優秀品質產生了懷疑，人的自我認識與信仰產生了危機，這是一條無法彌補的裂隙，它就橫亙在人類的心靈之中。面對兩次災難，美國人民與世界其他各國人民一樣，受到了深深的刺痛與傷害，而這些清楚而集中地反映在美國兩次大戰後所形成的兩個現代文學流派之中，那就是以海明威為代表的「迷惘的一代」與以凱魯亞克為代表的「垮掉的一代」。

## 第一節　和大海搏鬥的人：海明威

在文壇上，他是才華橫溢的作家；在戰場上，他是出生入死的英雄；在叢林裏，他是勇猛剽悍的獵人；在擂臺上，他是不屈不撓的拳擊手；在大海裏，他是沉著堅韌的漁夫。而最重要的是，無論在哪個領域，只要海明威涉足的，勝利者不會是別人，而只能是海明威。也許，這就是海明威給自己的定位。「人生下來不為失敗。人可以被摧毀，但是不可以被打敗。」——這是《老人與海》的主人翁聖地牙哥的話，也正是海明威自己的人生準則。

厄納特斯・海明威（1899～1961）他不僅以自己特立獨行的作品風格在美國現當代文壇上叱吒風雲，而且以自己傳奇的一生為作家們樹立了另一個極為罕見的「異端」形象。

---

### 迷惘的一代

迷惘的一代（Lost Generation）泛指第一次世界大戰後的一代人，又特指一批美國作家，他們之所以「迷惘」，是因為他們這一代的傳統價值觀念已不再適合戰後的世界，他們被戰爭的粗暴奪去了歸屬感，對自身成長環境的理想與傳統感到失望，從而他們在精神上與美國疏遠起來，而移居與藝術的誘惑只是為了補償他們所放棄的價值觀。「迷惘的一代」出自斯泰因（Gertrude Stein）向海明威說的一句話：「所有服役打仗的年輕人，你們都是迷惘的一代。」海明威遂把這句話作為他的《太陽照樣升起》一書的題詞。這部小說生動地描繪了戰後亡命國外幻想破滅的青年在巴黎酗酒和生活放蕩的情景。

「迷惘的一代」包括海明威、菲茨傑拉德、多斯·帕索斯、肯明斯、H·克萊恩等許多其他作家。在20年代他們把巴黎作為他們的文學活動中心，但他們從來沒有形成一個文學流派。到30年代，這些作家各奔東西，他們的作品也失去了那種特有的戰後傷感情調。而其中最具諷刺意味的人物是海明威，他令此術語流行起來，而本身卻從一開始就加以反對，並且認為這是一句「華麗的誇大言詞」。然而無論如何，20世紀20年代是美國文學最繁盛的一個時期。

---

但事實上，在長達三十多年的寫作生涯中，海明威也有過類似江郎才盡的遭遇，那是在他寫完《喪鐘為誰而鳴》後很長一段時間裏，他都沒有拿出成功的作品來證明自己。於是有人發出了不屑一顧的譏誚，說他的寫作到了盡頭。這對高傲自負的海明威來說是不能容忍的。而創作於這一時期的《老人與海》則有力地證明海明威在文學上的巨大能量。

海明威只活了62歲，在並不漫長的一生裏，他給世人留下了豐厚的精神財富，他的主要作品有：《在我們的時代》、《太陽照樣升起》、《沒有女人的男人》、《永別了，武器》、《午後之死》、《勝利者一無所獲》、《乞力馬札羅的雪》、《喪鐘為誰而鳴》、《過河入林》、《老人與海》。雖然這些作品風格不盡相同，但我們還是不難看出強者形象在這些作品中一貫的顯現，而其中最能代表海明威本人審美風格並使他獲得諾貝爾文學獎的，就是《老人與海》。

《太陽照樣升起》通過僑居巴黎的一群美國青年的生活透視了一代人精神世界的深刻變化，揭示

→海明威，美國小說、短篇故事作家，他一直被認為是20世紀最傑出的作家之一。我們不難發現的是，其現實生活與其虛構作品中同樣充滿著戰爭、運動、鬥爭、飲酒、旅遊及愛情，然而這些活動並未掩蓋其寫作的技巧。

了戰爭給人生理上、心理上造成的巨大創傷，具有一定的反戰色彩。小說的主人翁傑克·巴尼斯是一個美國記者，戰爭中的一次事故毀掉了他的性能力，他愛上了英國女護士布萊特·艾什莉，但由於他喪失了性能力而無法完美。傑克和艾什莉以及他們的朋友成了戰後的流浪者，他們浪跡歐洲，整日酗酒，無所事事，或為了三角關係而大打出手。戰後的他們沉入到一片無際的精神荒原之中，他們的生活失去了目的和意義，他們所能感受到的只有巨大的空虛和無邊的迷惘。斯坦因為本書題詞為：「你

→《老人與海》的美國首版防塵封面

們都是迷惘的一代！」恰如其分地道出這部小說的實質。

《永別了，武器》是海明威的代表作之一。小說通過美國青年弗德里克·亨利參加第一次世界大戰前後的變化，以主人翁和英國女護士凱薩琳·柏克萊的戀愛悲劇為主線，生動地描繪了一幅戰火紛飛的生活畫面，這幅畫面到處是陰暗、冷落、破敗、毀滅和死亡。作品真實地反映了不正義戰爭的殘酷和罪惡，揭示了戰爭對人類物質和精神文明的嚴重摧殘，它給整整一代人造成了無法癒合的心理創傷，對這種戰爭給予了強烈的抨擊。

亨利和凱薩琳這一代青年都天真爛漫，他們相信了當時國家機器所宣揚的「光榮、愛國、神聖」的東西，義不容辭地參加了第一次世界大戰，他們盼望戰爭的勝利，以為這樣就能維護自己和家人的安全，能夠保衛和平美好的生活。但戰爭本身改變了他們對戰爭的看法，他們開始認識到這從頭到尾就是一場騙局。戰爭把他們的家鄉變成了一片廢墟，把他們的親人變成了一堆炮灰，把他們的青春變成了一場噩夢。在戰爭中，這一代青年人的心靈受到了嚴重的傷害，他們從「自願」參戰到全體反戰，這也是當時人們思想的巨大轉變。

**推薦閱讀**

《永別了，武器》，林疑今譯。

《喪鐘爲誰而鳴》，程中瑞譯。

《老人與海》，吳勞譯。

海明威習慣於把戰爭的殘酷和個人的幸福對比起來寫，他大力描寫亨利和凱薩琳的愛情生活，他以冷靜、客觀、簡練的筆觸描寫他們之間關係的發展，從邂逅相遇時的玩世不恭到後來的心心相印，建立起了深厚而眞摯的感情。而這種美好幸福的感情又如何被戰爭一步步地破壞和毀滅。這就給人一種極爲眞實而痛苦的感受：戰爭是一架能毀滅一切的機器。它能把人間所有美好的東西都徹底破壞，人們一旦陷入戰爭的漩渦，就無法再看到美好的明天。

《永別了，武器》把季節氣候的交換和戰事的勝敗、主人翁心情的變化有機地結合起來。語言上多採用電報式的短句，顯得乾淨、洗練而雋永清新。體現了海明威獨特的風格，有著較高的藝術水準。

→《永別了，武器》的美國首版防塵封面 1929年

《喪鐘爲誰而鳴》是海明威根據自己對西班牙近二十年的了解而寫成的，小說的主題也是反對戰爭。主人翁喬丹對戰爭充滿了厭惡與痛恨，在暴力和死亡的籠罩下，他整日被恐懼、惡夢所困擾。但他開始擺脫了對戰爭的迷惘和悲觀，他正式認識到了爲什麼而戰，認識到了自己所從事的戰爭的正義性，因而保持了自己從精神到肉體的戰鬥力。

《老人與海》的情節十分簡單，它寫一個漁夫聖地牙哥獨自一人出海捕魚的故事。老人在海上漂流了84天，可仍一無所獲。後來在經過了兩天的生死搏鬥後，他捕獲了一條巨大的馬林魚，但在歸航的途

中被一群鯊魚圍了上來，儘管老人奮力
拼搏，但還是擋不住群鯊的兇猛攻擊，
等他回到海岸時，馬林魚只剩下一副巨
大的骨架了。

→《喪鐘為誰而鳴》劇照

　　作家以滿腔熱情，奮筆疾書，只用
了幾周的時間就把這個故事寫成了一部
短篇小說，而這部小說一問世，立即引
起空前的迴響。用「洛陽紙貴」來形容
絕對不過分。該書1952年問世之前刊登
在《生活》雜誌上，該期雜誌在兩天內
賣了五百多萬本，這部小說在當時產生
的轟動效應，可以說得上是空前絕後
了。當然，這也和當時美國的具體社會環境有關。當時二戰剛剛結
束，國內的經濟不怎麼景氣，大量失業工人流離失所，人們對整個社
會的信心處於崩潰的邊緣。這部小說的出現，正好為美國人找回了一
種自信自強、敢於和命運拼搏的勇氣，人們從老人身上，似乎又看到
了當年西部牛仔剽悍勇敢、一往無前的精神。所以，《老人與海》一
問世，就引起了人們的廣泛關注和讚不絕口的好評。有人以此作為在
教堂佈道的內容；每天有來自全國各地的信件如雪花般飛到海明威的
辦公室；一位義大利翻譯者在翻譯這部作品的時候，熱淚盈眶，情不
能已。而最能說明問題的是他因此獲得了普立茲獎和1954年的諾貝爾
文學獎，重新鞏固了自己在世界文壇上的聲望與地位。

## 第二節　「在路上」的人：凱魯亞克

　　2001年5月22日，在美國的一次文稿拍賣會上，有一部文稿以
243萬美元的天價被一個足球隊的老闆買走，這一價格打破了由卡夫
卡的傑作《審判》手稿在1989年創下的190萬美元的最高紀錄。一時
間，引起了極大的轟動，這就是凱魯亞克的代表作《在路上》，那是

**地下文化**

美國20世紀50年代的地下文化是一批詩人、民歌手、避世運動成員、神秘主義者和怪人搞起來的，其中有A‧金斯堡、G‧柯爾索、W‧巴羅斯、J‧C‧霍姆斯、P‧奧洛夫斯基、G‧斯奈德以及P‧惠倫，他們都是「垮掉的一代」的重要作者。巴羅斯（William Seward Burroughs，1914～1997），美國實驗小說家。這種小說在故意渲染的色情文字中喚起一種噩夢般、有時粗野幽默的世界。

他花了三個星期在一張長達三十餘公尺長的滾筒紙上寫出來的文不加點之作。

傑克‧凱魯亞克（1922～1969）生於麻塞諸塞州的洛厄爾城，父母都是加拿大人。他曾就學於哥倫比亞大學，但卻對學習充滿了厭倦，因而不久就退學了。二戰時，他曾在美國海軍中服役，但又因患有精神分裂症而去職。在他20到30歲之間，曾在一家商船上當水手，從而遊歷了美國與墨西哥的許多地方，這段生活經歷也成為了他那部傑作《在路上》的生活底稿。戰後，他還從事過許多的工作，如鐵路職工、看林員、裝卸工、事務員甚至體育記者。

在哥倫比亞大學學習的時候，他就認識了「垮掉的一代」的兩個代表：金斯堡和巴羅斯。並接受了所謂的地下文化的薰陶，這也成為影響他後來文學道路的重要因素之一。

在他的一生中，曾創作了18部小說，大都帶有自傳性質，其中的12部作者稱之為《杜魯士傳奇》，《在路上》就是其中的一部。據說，他自言在文學上有過很大的抱負，但評論界卻不肯嚴肅地對待他的作品，故而十分憤懣，終於在1969年，因酗酒過度死於弗羅里達州。

《在路上》不但是他的代表作，同時也是「垮掉的一代」的代表作。「垮掉的一代」的名字是凱魯亞克所命名，而其出處正在這部小說之中。這個「垮掉」原文是「beat」，凱魯亞克說這是指「爵士音樂的節拍和宗教境界」，並進一步說就是指那些「徹底垮掉而又滿懷信心的流浪漢和無業遊民」。有人將此音譯兼意譯地翻譯為「疲塌派」或「鄙德派」。而這一派的特點就集中地表現在這部作品中。

　　小說以主人翁薩爾·帕拉迪斯作爲敘述者，他與一群青年男女在一起驅車遊蕩。一路上，他們興之所至，爲所欲爲，甚至偷雞摸狗、吸毒酗酒、搞同性戀、玩弄女人。薩爾說：「……我與之交往的人只是那些瘋狂的人，他們爲瘋狂而生活，爲瘋狂而交談，也瘋狂地尋求得到拯救；他們渴望同時擁有一切東西。這些人從不抱怨，出語驚人，總是燃燒、燃燒、燃燒，就像傳說中那些閃著藍色幽光的羅馬蠟燭一樣……」

　　他們是如此的放浪形骸，卻又懼怕與社會建立任何關係，他們像是社會的旁觀者或局外人。小說在敘述主人翁的時候說「他把自己的時間分成三份：一份花在監獄裏；一份花在賭場上；還有一份花在圖書館裏。有人常看到他，光著頭，抱著大堆的書，走過嚴寒的街道，匆匆地趕往賭場，或者爬上一棵大樹鑽進某個朋友的窩棚，整天躲在裏面看書，或者說藉以逃避法網。」這正是對這一派青年的典型寫照。然而，我們又應該看到，薩爾是怎樣變成這樣的。他的身世非常悲慘，從小就失去了母親，而窮困潦倒的父親卻整天只知道喝酒，並因酗酒而多次被員警拘捕，6歲的薩爾就不得不去法庭哀求法官釋放

## 垮掉的一代

**垮**掉的一代（Beat Generation），又稱「披頭世代」，20世紀50年代中期，美國流行的語彙，意指13到20歲的青少年愛好疏離、解脫與孤立於社會，他們以探索新的生活方式及反傳統的價值觀來標榜其舉止，其心態在早先的詩，及後來的散文形式、劇場、電影，以及繪畫、雕塑和其他非訴諸語言的藝術中均有所反映。他們一律衣衫襤褸，模仿下流舉止，並採用從爵士樂師那裏學來的頹廢的「嬉皮派」辭彙，以示他們與傳統的和「古板的」社會相決裂，並提倡通過爵士、性放縱、吸毒或佛教禪宗教規來引起感覺意識的提高。

披頭詩展現高度的即興詩形式，以戲謔達到引人注目的效果，並且把詩「帶回到街頭」。他們在爵士樂的伴奏下朗誦他們的詩，詩句常具有情欲取向，且常為不關連之意象並列雜陳。但有些，如金斯堡（Allen Ginsberg）的《嚎叫》（1956），卻強勁有力，極富感染力。金斯堡與凱魯亞克等這一派的作家提倡一種自由的無確定格式的文體，作家可以在既無預先計畫、又無事後改動的情況下，把他的思想和感情記載下來。

→凱魯亞克，美國詩人、小說家，「垮掉的一代」的領袖和發言人。其作品大都帶有自傳性質，且常以「垮掉的一代」的其他著名作家為角色。

推薦閱讀

《在路上》，
文楚安譯。

他的父親。他還去沿街乞討，把討到的一點東西趕快拿去給父親。這樣的童年造就了他接下來的青年時代，長大後的他開始偷盜，後來，他竟在偷汽車上創造了丹佛市的最高紀錄。在他與父親失散以後，他便更爲孤寂，常常在一家旅館的澡盆裏過夜。所以，他的這種性格是有極爲複雜的社會背景爲底色的。

不過，我們還要看到他那心靈深處的善良與溫柔。在他思念他的父親與他的妹妹的時候，在他抱了大堆的書讀的時候，他的人性是閃亮的，只不過，從社會這臺巨型的機器中分泌出來的厭世與絕望，懷疑與抗拒，侵入了他的心靈世界——他，一個本來有自己的追求與抱負的人，就這樣被社會所選中，從而成爲了它悲劇性圖景的反光鏡。

這部作品成爲了6、70年代青年生活的教科書，在美國，它的發行量已超過350萬冊，在國外也有許多的譯本。總之，這部邊緣作品正日益成爲我們文學傳統中的一部經典。

# 第五章
# 新小說派：敘事文學的革命
5

異彩紛呈的文學傳統既是後世作家的寶貴財富，也是他們所必須超越的目標。巴爾札克是傳統小說中眾所公認的一座高峰，他對後世法國的同行們產生了巨大的壓力。雖然創新是文學永遠的生命，但他遮住了他們創新的陽光！

新小說派正是要徹底打破傳統小說模式、全面革新小說藝術的文學流派，它合乎時宜地產生並發達於巴爾札克的故鄉。在20世紀5、60年代，他們的代表性作品紛紛出籠，並均在巴黎午夜出版社出版。

雖然，其四五位代表人物的藝術主張並不一致，對於如何反傳統也各有高招，但他們卻有著共同的特點，那就是反對傳統小說的表現模式，反對在小說中加入所謂的社會意義與道德功能，竭力探索全新的敘述方式，革新對於小說藝術的思維定式。這些探索對於現代小說藝術的全面發展與走向多元化有著極為重要的理論意義與藝術實踐意義。

## 第一節　精確的物質世界：羅伯－格里耶

阿蘭・羅伯－格里耶是新小說派的一面旗幟。1922年，羅伯－格里耶生於法國布勒斯特市。30歲之前，他與文學似乎是無緣的：青年時代的他在巴黎農學院學習，畢業後便以農藝師的身分在國家統計院工作，其後還進行了一段時期的生物學研究，後又在殖民地蔬菜水果研究院擔任農藝師，並先後到摩洛哥、幾內亞和中美洲去研究熱帶水果。轉變出現在1951年，而這個轉變是以他得的一場大病開始的，那時，

→羅伯－格里耶，法國作家，最著名的新小說派作家及電影劇作家之一。

他在非洲。這場病的成果就是他在回國途中於船上完成的成名作《橡皮》。

→《橡皮》封面　1953年

表面上看，《橡皮》很像一部偵探小說，它只寫了一天內所發生的事，情節也並不複雜。杜邦是一個對全國的政治與經濟均有舉足輕重的影響力的經濟學家，有一個恐怖組織爲了打擊政府，便企圖把一些極爲重要的人物暗殺，他們已經成功地殺死了8個人，而且都是在晚上七點半時作案，第九個對象就是杜邦。然而，由於一些偶然因素的影響，杜邦只是受了一些輕傷，然後，他逃走了。在醫院裏，他讓醫生謊稱他已被暗殺身亡，並說這是與自己關係密切的內政部長羅雅－都澤的意思。然而，殺手知道他並沒有死，便計畫著第二次的暗殺。而內政部卻派來了青年密探瓦拉斯以查清此案，因爲瓦拉斯與殺手長得相像故而他收到了一封給殺手的信，從信中他知道兇手要在今天晚上執行其第二次的謀殺。於是，他埋伏在杜邦的家中，然而，杜邦卻正在此時回家去取他的檔，瓦拉斯便果斷地開了槍，他仔

---

### 新小說

新小說（法語爲Nouveau Roman），又稱反小說（Antinovel），20世紀中葉的先鋒派小說，標誌著徹底背離傳統小說的常規。反小說家的前提是：在小說中一切都已完成——整個社會已被全面描繪，人的心理已被細密地探討。因此，他們力求探索出篇小說的新路子。　他們有意識地破壞傳統文學所期望的東西，完全避免表達作者的愛好或準則以及個性，唾棄傳統的特徵、娛樂、戲劇性進展，以及揭示特徵或下一步情節的對話等因素，以此來克服一些文學描寫習慣，並且向讀者的期望提出挑戰。反小說這一辭彙首先出現在沙特爲薩羅特的《無名氏的畫像》（1948）所寫的引言裏。

反小說通常與20世紀50年代和60年代的法語詞nouveau roman(新小說)相聯繫，但是其他作家的作品，如德國小說家約翰松的《對雅各的種種揣測》（1959）也模糊地揭示了同樣的特點：對事件的隨便安排和含意的不確定性。

到了60年代，羅伯－格里耶已被公認爲自己命名的新小說流派的代言人。這時，一個組織鬆散的新小說家運動開始初具規模，其中有蜜雪兒·布托爾、克勞德·莫里亞克、瑪格麗特·杜拉斯、納塔莉·薩羅特以及史勞德·西蒙等知名作家，他們只通過成員們探索感知本質和最大限度地試驗各種敘事方法的決心把此組織結成了整體。羅伯－格里耶這樣形容他們的組織：每一部小說必須創造它自己的形式。後來，新小說在法國的重要性因拉丁美洲新崛起的「魔幻現實主義」而漸趨式微。

推薦閱讀

《橡皮》，林青譯。

《窺視者》，鄭永慧譯。

細檢查了這個死者，然後給警察局長打了電話，而警察局長卻正在找他，並高興地告訴他，他剛剛知道一個消息，杜邦並沒有死。小說到此戛然而止。

這部作品之所以叫「橡皮」只是因爲瓦拉斯在來到這個城市後，去了幾個文具店買橡皮，但其還有更深的寓意，其故事的邏輯關係被作者像用橡皮擦去一樣，顯得模糊不清，許多線索也都是若有若無，若斷若連。所有的空白部分必須讀者自己運用想像來篩選並爲之彌補。

兩年後，羅伯－格里耶的另一部代表作《窺視者》發表。這部作品寫了一樁殺人案，但是，作者始終沒有確切地告訴我們案件的眞相。主人翁馬弟雅思是一個旅行推銷員，他來到一個海島推銷產品，這是他兒時的故鄉。他在船上就聽見一個水手說他的姐姐就帶著三個女兒住在這裏，而其最小的女兒13歲的雅克蓮十分令人煩惱。他決定先去這家推銷他的手錶。在這家的鏡框裏，他看到雅克蓮的照片，很像他以前的女友維奧萊。出來後，他到他一個老相識馬力克家裏去，然而，其家卻沒有人，他在返回時，遇到馬力克老太太，她爲她17歲的孫子于連買了一只手錶。他又走向海邊，在那裏，以前是他的女友牧羊的地方，現在，他看到了雅克蓮正在牧羊。下午，他飛快地賣東西，然後便向碼頭跑去，但他錯過了船，又只好回來。第二天早上，人們發現小雅克蓮死了。從種種跡象推斷，這是馬弟雅思幹的，而且，于連看到了一切，但是，于連卻保持了沉默。最後，推銷員離開了這個海島。

這部作品成爲了新小說派的代表作品之一，甚至有學者因此而稱新小說派爲「窺視者派」。也正是這部作品榮獲了1955年度的「批評家獎」。

自60年代起，羅伯－格里耶就把更多的精力投入到電影事業中

去，並於1961年完成電影文學劇本《去年在馬里安巴》，這部劇本由
著名導演阿蘭‧萊斯尼拍成影片，在第二十二屆威尼斯電影節上獲
獎，此後，羅伯－格里耶又創作了其他的電影文學劇本。

　　羅伯－格里耶在新小說派中的貢獻並不止於奉獻出了幾部傑出的
作品，而是他在此的理論建樹。他在1956年發表的論文《未來小說的
道路》被認為是新小說派的理論宣言。他把傳統的以表現人為中心的
小說觀念概括為「神聖化了的心理分析」，他認為正是這一點，使得
小說藝術陷入了停滯的泥坑中去。因此，他認為作家應當不動感情地
去觀察並描寫事物的「既無虛偽的光彩也不透明的表層」，並且要注
意事物的物理屬性，甚至為了強調其客觀性特點，他連對物體的色彩
也不加以描述，因為他認為色彩也會隨著光線與背景的不同而不同。
這就是他有名的「物本主義」理論。

## 第二節　小說的詩學：布托爾

　　蜜雪兒‧布托爾出生於1926年，父母是鐵路職工。學生時期曾在
巴黎索爾本學院哲學家巴什拉爾門下學哲學。後又長期在埃及、英
國、希臘、瑞士等國當法語老師。布托爾曾獲得過文學博士學位，但
由於沒有正統學歷，雖然多次在美國與德國的大學任客座教授，但仍
長期受到法國文學研究界的漠視，直到1968年法國大學教育改革之
後，才被文桑大學與尼斯學院聘任。

　　1957年，他的代表作《變》出版，並立刻榮膺勒諾多文學獎。這
部作品也標誌著他在探索時間與空間的歷程中有了新的斬獲。全書的
故事發生在從巴黎去往羅馬的火車車廂裏。小說的主人翁萊昂‧台爾
蒙是義大利某公司巴黎分公司的經理。他的妻子住在巴黎，還有他的
四個孩子；而他的情婦塞西爾住在羅馬。他已決定與妻子分居，並想
把情婦接到巴黎來住。此時，他又回想了與妻子昂麗埃特這25年的共
同生活，還有這兩年來，他每次找藉口去羅馬與情婦幽會的情景。他

設想著怎樣可以把情婦接到巴黎來住，但這時他忽
然想到，如果他這樣做了，結果並不會像他想像的
那樣美妙：他的情婦是與羅馬這座迷人的城市緊密
聯繫在一起的，一旦把她接過來，她將與這個讓他
厭惡的巴黎聯繫在一起，那樣，她的魅力還會存在
嗎，她是否也會像自己的妻子那樣令他厭倦？終
於，在火車快到羅馬時，他決定不把情婦帶回巴黎
了。

→布托爾，法國小說
家、散文家，20世紀50
年代出現的法國小說的
先鋒派「新小說」的領
導人物之一。他認為小
說是哲學與詩歌的綜
合，受喬伊絲影響頗
深。

　　這部小說的結構異常精巧，小說開始時，萊
昂・台爾蒙剛踏上火車車廂，而在故事結束時，他
又恰恰走出車廂，這是一個圓形的，首尾呼應的21
個小時。不僅如此，全書還分為3卷，每卷又分3
章，首尾的兩卷篇幅相當，而中間一卷則較長。而且，甚至在每章的
開頭與結尾也恰是主人翁回到或走出車廂的時刻。這裏的時間與地點

# 新浪潮席捲電影業

電影在經歷了德國表現主義、蘇聯社會寫實主義、法國超現實主義、義大利新寫實主義幾個主要的電影運動後，又自20世紀50年代末期開始接受法國新浪潮運動的洗禮。
自20世紀中葉起，有一群年輕的法國影評家及記者在電影理論家馬贊的領導下開始嶄露頭角，此團體包括楚浮、高達、夏布洛（Claude Chabrol，1959年導《表兄妹》）、雷斯內（Alain Resnais，1959年導《廣島之戀》），以及雷默（Eric Rohmer，1970年導《克蕾兒的膝蓋》）。這批新導演抨擊法國電影的文學主導性，以及視覺風格與導演手法常淪為劇本的附庸。
他們把美國的導演們作為榜樣，他們沒有統一的風格，但其影片均帶有「個人」特性。他們的大部分影片是在實景中完成的，所以具有真實的氣氛。並且，他們主張導演是電影創作最重要的靈魂人物，凡是他們欣賞的導演即封之為「作者」，也就是「藝術家」之意。
左圖為國際知名導演、「新浪潮」運動中心人物弗朗索瓦・特呂弗的愛情影片《朱爾和吉姆》劇照。
這部作品顯示了他獨特的導演手法，以及他對陷入愛情糾葛中的人們的獨到視角。它講述兩個熟識的男人愛上了同一個女人，但她只能選擇其中之一，雖然他倆都令她迷戀。最後，為了逃避感情衝突，自殺成了唯一的出路。儘管如此，特呂弗卻在影片中成功地把握了輕鬆、諷刺和悲劇之間的關係，而不流於多愁善感。

推薦閱讀

《變》，桂裕芳譯。

也是極為精確的，這與最為傳統的古典三一律一樣規範，因為他局限在一個特定的時間與一個特定的地點裏。然而，事實上並非如此，空間與時間在這裏都被作者的藝術力量拓展了。

在時間上，主人翁不斷想起他從前的旅行，從三天前的，到一周前的，一年前的，甚至兩年，三年，還有二十年前的從巴黎到羅馬的旅程。這以前的九次旅行縱橫交錯地鑲嵌在這次的旅程中，使得時間上下勾連，突破了這個狹小的時間界限，把時間的延展性充分地顯示在小說的藝術世界的圖景上。而他的空間雖然是局限在車廂裏，但隨著火車的運行，這個空間其實也在被無窮地拓展。而且，據作者說，這裏的十次旅行是他照著代數的方程式來排列組合的，由此可見，他是對此作了精心安排的，同時，這也體現了他的藝術匠心。也正因為此，主人翁的這次旅行，被認為是兩種意義上的旅行，除了實際的旅行之外，還有一種精神上的旅行，即主人翁的心理歷程。

而且，其最為明顯的另一個特色，是他的敘述人稱，他全篇自始至終用第二人稱來寫，而傳統小說幾乎認為只有第一與第三人稱才可以作為小說的敘述角度。這種敘述角度的改變使得作品既非第一人稱的自述，也並非第三者的全知全能性的敘述。這種對話式的人稱的確是一個大膽的試驗與創新，這裏的度非常不好把握，但他卻寫得相當成功。布托爾曾解釋說「由於這裏描述的是意識的覺醒，所以人物不能自稱『我』，用『你』既可以描述人物的處境，又可以描述語言是如何逐漸在他身上形成的」。這個「你」是一種主動的邀請姿態，他使得讀者更易於進入情節，更能體貼入微地理解作品中的藝術情境。

第二人稱的寫法在布托爾筆下的確得到了確立乃至於成熟。後來，他在1960年發表的作品《度》中也使用了這一手法。

此外，布托爾對物體的刻鏤也達到了極為精細的地步，他將主人

翁的眼睛當作了一架攝影機，所有的物體，都被他詳盡地描述出來，這種細緻簡直如同電影中的慢鏡頭與特寫鏡頭。而且，整部作品的敘述也以內容爲主帥，甚至使語言的形式也儘量符合內容的需要：如在小說開頭時，主人翁還有著明確的目的與堅定的想法，所以最初幾章的語言便清晰明瞭，簡潔而爽利；但慢慢地，主人翁的思緒開始出現搖擺，其身體狀況也有些疲乏，這時的敘述便開始晦澀與模糊，思緒的碎片也使得這些更爲零亂。這些都是他非常成功的探索與試驗。

其實，在布托爾看來，小說本身就是一種探索，而他的探索是追求一種「小說的詩學」，他說：「從今以後，小說應當能夠繼承全部的舊詩學的遺產」。

# 第六章
# 荒誕派戲劇：永遠的等待

6

法蘭西永遠是文學藝術最爲先鋒與前衛的試驗地。在現代派文學中最具有影響力的幾個，都是從這兒發源並壯大的，如意識流小說、存在主義文學以及新小說派，而荒誕派戲劇也正是從這兒走向世界的。

　　荒誕派戲劇的藝術核心就在於它的「荒誕」性。荒誕性在文學中的表現是由來已久的了，20世紀的現代派文學大多都帶有荒誕色彩，

## 與荒誕劇有關的兩個主義

荒誕派戲劇和果戈理、布萊克特（Bertolt Brecht）的作品及達達主義和超現實主義藝術之技巧和哲學有關。

達達主義是20世紀初在蘇黎世、紐約、柏林、科倫、漢諾威和巴黎等城市興起的一種虛無主義藝術及文學運動，該運動反理性，反對一切藝術及社會上既定的格式。達達（dada）一詞是法文兒語的「木馬」之意，據說該名字是由命名者隨意翻開字典而為此運動確定的。法國畫家M·杜尚是達達運動的先驅和領導人。1917年蘇黎世小組的首創者之一、德國作家許爾森貝克（Richard Huelsenbeck）將達達主義帶到柏林，在柏林染上更濃厚的政治色彩。在巴黎，達達主義運動的重點是文學，在其大量小冊子和評論中，最值得注意的是《文學》雜誌（1919～1924發行）。1922年後，達達主義開始失去影響並逐漸匿跡，然而，達達的一些精神，比如反理性主義等被另一個運動超現實主義所吸收。

超現實主義（Surrealism）是20世紀20年代和30年代發生於法國的主要文學運動。超現實主義者試圖創造一個超現實世界，把無意識經驗與現象界的外部現實融合起來，以對抗已確立的美學傳統及乏味貪瘠的達達主義。

「超現實主義」一詞是由詩人阿波里耐（Guillaume Apollinaire）所創造。他的自傳體中篇小說《被殺害的詩人》（1916）極受超現實主義者的歡迎。勃勒東（Andre Breton，右圖）是該運動的領袖人物，他的《超現實主義宣言》（1924）正式宣告運動的開始。超現實主義者希望創造一種撇開所有「美學的或道德成見」的藝術，他們經常把熟知的事物放在新的或不合邏輯的關係中，來強調用傳統眼光看待現實的膚淺性。他們的作品充斥著怪誕的主題、幻覺、夢境及潛意識。到了20世紀30年代，畫家成了這一運動的主導力量。而到了1940年左右，超現實主義已失去其權威地位，不過，此運動為藝術家開闢了豐富的潛意識思想領域，並且超越打破了傳統規範和形式，這些現象成為現代思想的特質。

但是，真正把這種荒誕感渲染到這種境地的，還是荒誕派戲劇，在這個藝術世界裏，人類的理性與世界的秩序都被強大的荒誕所湮沒，所銷蝕。荒誕無處不在，甚至它就是人類的存在形式。

荒誕派戲劇從存在主義文學那裏得到了極為豐富的文學與哲學營養，並繼承了其對人類存在狀態的揭示，從而形成了一批面目獨具的作家與其作品。

## 第一節　人與犀牛：尤涅斯庫

1950年5月11日夜晚，巴黎夢遊人劇院上演了一個獨幕劇《禿頭歌女》，當時在場僅有三個觀眾，而這部劇作也一反傳統戲劇的常規，使得觀看的人都愕然不解，所以它只迎來了眾口一致的噓聲。但誰也沒想到，正是它，成為了荒誕派戲劇向傳統宣戰的第一聲嘹亮而又經久不息的號角。這就是法國荒誕派戲劇大師歐仁‧尤涅斯庫（1912～1994）的第一部作品。

尤涅斯庫出生於羅馬尼亞的斯拉丁納市，父親是羅馬尼亞人，而母親則是法國人。他1歲時即與父母遷居法國，幾年後，他的父親回國，他與母親一起在法國度過了他的童年。13歲的時候父母離異，他則又回到羅馬尼亞跟隨父親，並在羅馬尼亞上了中學和大學。1938年，他25歲的時候，羅馬尼亞的法西斯勢力頗為猖獗，他又回到了法國，並在巴黎一家出版法律書籍的公司作校對工作。

尤涅斯庫從小就極喜歡戲劇，在他13歲的時候就曾寫過一個劇本。但是，後來他卻突然對傳統戲劇產生了厭倦。他覺得，所有的傳統戲劇一經搬上舞臺就會變成虛偽表演的犧牲品，哪怕是最優秀的作品也是如此。並且認為，戲劇應當表現「純粹的思想危機

法國劇作家尤涅斯庫所做的滑稽喜劇劇本《二人瘋癲記》（Delirio a due）的一頁。

→尤涅斯庫，法國劇作家，其作品主要描寫人類經驗和希望的荒謬，禮貌對話的空洞，以及藝術家和觀眾的無法溝通。對於他來說，只有荒謬、反寫實的劇本才能確切反映出現代文明的機械化，和人類大部分行為的徒勞無功。

和根本的現實危機」；認為只有無法解決的事物才具有深刻的悲劇性；認為戲劇情節必須進行必要的變形等等。由此，他形成了自己獨特的所謂「反戲劇」理論。《禿頭歌女》也正是貫徹他這些探索的第一部劇作。據說，作者是在自學英語時，在一本《英語會話手冊》中發現了那些語無倫次的語言碎片中竟然包含著許多令人吃驚的普通道理，從而得到創作靈感的。於是，他剛開始叫這個劇為《簡易英語》，而在一次排演時，一個演員把「金髮女教師」念成了「禿頭歌女」，尤涅斯庫突然感受到了另一種由荒誕而來的藝術效果，於是，改此劇名為「禿頭歌女」了。

這個劇幾乎沒什麼情節，而且說來也荒誕不經。先是史密斯夫婦在其倫敦郊區的家裏聊天，東拉西扯、漫無邊際，前言不搭後語，不知所云。第二場中，馬丁先生與馬丁夫人應約前來吃飯，二人本來似乎互不相識，但經過交談才知道，他們是從同一個地方來的，而且同乘一輛車，同在一個車廂，坐鄰座，後來又發現他們原來住同一個城市，同一條街道，同一棟樓，同一間房，甚至還同睡一張床，有著同一個女兒，這時他們才恍然大悟，原來他們是夫妻。但是，後來他們又發現，馬丁先生所說的女兒左眼是紅的，而馬丁夫人所說的卻右眼是紅的，他們到底是不是夫妻又付之闕如了。

這兩對夫婦見了面，卻忘了他們曾經約定吃飯的事；門鈴響了三次，開了門外邊卻沒有人，第四次門鈴響時大家以為會同樣沒人，但卻進來了消防隊長，他想看看這裏有沒有火災，然後又因兩對夫婦的請求而講了一個故事，說一頭小公牛吃下了玻璃並生下了一頭母牛，然後又同人結婚；講完這個語無倫次而又荒謬的故事之後，他又匆匆

離去；剩下的兩對夫婦又開始說一些不合常理、不合邏輯乃至於根本就毫無意義的話；最後在眾口喧囂的時候，突然靜場，馬丁夫婦又如開始時的史密斯夫婦一樣坐著，一成不變地念著同樣的臺詞。

全劇就是這樣，根本無法找到確切的可以尋繹的意義。劇名「禿頭歌女」也不知所指，全劇並沒有出現與此有關的形象，只有消防隊長在下場時嘟囔了一句：「倒忘了，那禿頭歌女呢？」可以說是驢唇不對馬嘴。然而，作品恰恰在排除了確切的意義呈現的同時，卻展示出了更為複雜的意義可能性：無論是對平庸生活的厭倦，還是對人與人彼此間的隔膜與孤獨展示，甚或是對人類生活意義的懷疑與消解，都是從某一方面所得到的正解。

1959年，尤涅斯庫的另一代表作三幕劇《犀牛》，在德國的杜塞爾夫上演，並連演一千多場。次年，巴黎國立奧戴翁劇院也上演了這部作品，這是法國國家劇院上演的第一部荒誕派戲劇。

其主要內容是說在外省的一個小城裏，出現了人異化成為犀牛的現象，而且越來越多。主人翁貝蘭吉與他的好友讓對此看法不同。然而，接下來，讓也變成了犀牛。幾天後，貝蘭吉突然病了，他十分害怕，怕自己也會變成犀牛。這時，他的同事狄達爾與他的情人苔絲來看他，他們帶來消息說許多社會名流都變成了犀牛，甚至紅衣主教也變成了犀牛。後來，狄達爾也堅持不住了，他說「我的責任是追隨我的上司和同事們」，然後他跑到街上去，加入了犀牛群；而苔絲居然也開始動搖，並最終離開了他。全城的人都已變成了犀牛，只剩下貝蘭吉孤身一人了，他也想變成犀牛，但他卻不能，這令他既悔恨，又痛苦，最後，他絕望地喊叫：「我是最後一個人，我將堅持到底！我絕不投降！」

這部傑作讓我們不由得想起了現代派文學的經典作品《變形記》。不過，饒有趣味的是，在卡夫卡的筆下，只有主人翁格里高爾‧薩姆沙異化成為了一隻大甲蟲；而在這部劇作中，卻是只有主人

《荒誕派戲劇選》，高行健、蕭曼譯。

推薦閱讀

翁貝蘭吉一人無法變成犀牛。在前者中，人還沒有心甘情願地走向墮落，而在後者中，人已被外界所淹沒，對世界也已經失去了控制。而且，就藝術表現而言，如果說，卡夫卡用以反映社會對人的重壓與異化的文學手段還算在傳統與現代之間徘徊的話，那麼尤涅斯庫則以全新的反叛姿態來經營他的藝術世界了。

1970年，58歲的尤涅斯庫當選為法蘭西學士院院士，成為了法國文化傳統中真正的「不朽者」。

## 第二節　改變了當代戲劇走向的文學巨匠：貝克特

荒誕派戲劇的開山者是尤涅斯庫，而且，他有著非常傑出文學貢獻，但是，這一文學流派的代表人物卻是薩繆爾·貝克特（1906～1989），提到荒誕派戲劇，人們自然就會想起貝克特以及他的傑作《等待戈多》。

貝克特出生於愛爾蘭首都都柏林，他的父親是一位建築工程估價員，母親是法國人，虔信新教。他先入託於德國人辦的幼稚園，又就學於法國人在都柏林辦的預備學校，還就讀於著名的波朵拉皇家學校。後來，他進入都柏林三一學院，學習法語文學。畢業後，21歲的他赴法任巴黎高等師範學校教師，就在此時，他結識了當時已經發表了巨著《尤利西斯》的同鄉作家喬伊絲，並成為當時已然失明的喬伊絲的助手和朋友。當然，他的文學道路自然也受到這位大師的深刻影響。

1933年，他的父親去世，他得到了一筆不多的年金從而辭去了教職，開始專職寫作。1937年，因不滿愛爾蘭的「神權政治，書籍檢查」制度，遂定居於巴黎。二戰時，他曾積極參加法國的反納粹運動，後遭到通緝，便躲到法國南部的一個小村莊以務農為生。

在他開始創作的初期，他曾立志要做一個喬伊絲那樣的作家，於是，在他的早期，便是以小說創作為主，但他的小說作品卻並沒有引起人們的注意。直到1952年，他發表了他的戲劇代表作《等待戈多》後，他才如一顆新星，突然閃現在當代的文學夜空之中。

→貝克特，愛爾蘭小說家兼劇作家。1969年獲得諾貝爾文學獎。

1953年，《等待戈多》在巴黎巴比倫劇院首演，當時爭議極大；而在倫敦演出時則頗受嘲弄；1956年，在美國百老匯演出，只演了不到六十場就停演了。

→這是柏林德意志劇院的三名演員正在演出貝克特的《等待戈多》的情景。文中述及此的內容為：
〔波卓（這時已經成瞎子）和幸運兒上。
〔幸運兒摔倒，手裏的東西全部掉在地上，連波卓也跟著摔倒。他們一動不動，直挺挺地躺在散了一地的行李中間。

| 弗 | 可憐的波卓！ |
| 愛 | 我早就知道是他。 |
| 弗 | 誰？ |
| 愛 | 戈多。 |
| 弗 | 可他不是戈多。 |
| 愛 | 咱們走吧。 |
| 弗 | 咱們不能。 |
| 愛 | 為什麼不能？ |
| 弗 | 咱們在等待戈多。 |

……

弗　　　咱們昨天見過面。（沉默）你不記得了嗎？
波卓　　我不記得昨天遇見過什麼人了。可是到明天，我也不會記得今天遇見過什麼人。

……

波卓　　（勃然大怒）你幹嘛老是要用你那混帳的時間來折磨我？這是十分卑鄙的。什麼時候！有一天，任何一天。有一天他成了啞巴，有一天我成了瞎子，有一天我們會變成聾子，有一天我們誕生，有一天我們死去，同樣的一天，同樣的一秒鐘，難道這還不能滿足你的要求？（平靜一些）他們讓新的生命誕生在墳墓上，光明只閃現了一霎那，跟著又是黑夜。（他抖動繩子）走！

推薦閱讀

《等待戈多》，
施咸榮譯。

《等待戈多》是一個兩幕劇，劇情極為簡單，寫兩個老流浪漢愛斯特拉岡（戈戈）與弗拉基米爾（狄狄）在一個荒郊野外無奈地等候一個叫「戈多」的人，但是這位「戈多」究竟是什麼人，自己為什麼要等他，二人則一無所知。他們一邊說著語無倫次的話，一邊做著毫無意義與莫名其妙的動作來消磨時間。這時，奴隸主波卓與其小奴隸幸運兒登場了，他們驚喜萬分，以為是戈多來了，然而卻不是。後來，一個小男孩上場，告訴他們今天戈多不來，明天一定來。接下來就是第二幕，這也已是第二天了，在同一時間，同一地點，兩個老流浪漢又來到了老地方，再次等待，他們談起昨天的事，還有波卓與幸運兒，還有他們昨天所談到的靴子和胡蘿蔔。這時，波卓主僕二人又上場了，但波卓已然成了瞎子，幸運兒也已氣息奄奄。然後，小男孩再次出場，又說戈多今晚不會來了，明晚會來。兩個老流浪漢絕望了，他們決定去上吊，可是沒有帶繩子，而褲帶又太短了，於是他們只好繼續等下去。

這部戲的主題就是等待，永久的等待。貝克特告訴了一個我們本來應該都知道但卻又不是很清楚的真理：人類的生活其實就是一場漫長而不知結果的等待。而我們到底在等待什麼，戈多到底是誰，或者是什麼，也沒誰能說清楚。有人問貝克特，戈多究竟意味著什麼，貝克特說：「我要是知道，早在戲裏說出來了。」在這裏「戈多」的確是一個無法確指的意象，他代表了所有人類那種充滿希望或無望的等待。現在，「戈多」一詞已成為現代文學中的一個有著獨特內涵的固定辭彙，並進入了日常語言。

愛斯特拉岡和弗拉基米爾兩個人是在類似「荒原」的現代世界中苦苦守候的人類縮影。他們不知道自己究竟在等什麼，也不知道要等多久，但是，他們不敢走開，他們只能在無聊中用等待來消耗自己的生命。

　　波卓與幸運兒也是劇中的一對奇特的人物，他們從另一個方面渲染了人生的痛苦。他們彼此依賴，又彼此折磨，彼此厭倦，又彼此討好。在這個「等待」的藝術世界裏，他們似乎並不等待什麼，但是，他們在第一幕中與在第二幕中對比，似乎走了一個毫無意義的圈子，又轉了回來。要說變化，那也只能是每況愈下。他們的循環其實不過是另一種形式的等待罷了。

　　1969年的諾貝爾文學獎競爭空前激烈，然而，諾貝爾獎委員會卻十分屬意於貝克特。不過，貝克特是一個很奇怪的人，瑞典皇家文學院擔心他亦如沙特那樣拒絕，便想先與他通一下聲氣。後來，記者們找到了他，他雖不大情願，但還是答應接受，只是不願去斯德哥爾摩領獎。由於他使用英法兩種語言寫作而非愛爾蘭語，所以，愛爾蘭拒絕承認他是愛爾蘭人，他的獎便請出版商代領了。這位傑出的作家的獲獎評語是：「由於他那具有新奇形式的小說和戲劇使現代人從精神貧困中得到振奮。」

# 第七章
# 黑色幽默：永在的困境 7

幽默是文學藝術中最為可貴的一種質素，它正如菜肴中的鹽，即便別的調料全都具備了，但若沒有它，那麼，別的一切都只能隱匿在意義的黑暗中，無法發出任何光芒。而它就是一束白光，或是一種顯影劑，只有在它的作用下，才會煥發出其他因素那原有的光彩。

然而，在現代主義文學時代，幽默也擁有了現代主義的獨特面貌。他們把幽默進一步地擴展與深化了，於是，在向更深層次挺進時，它也理所當然地走向了哲學，甚至走向了悲劇的範疇。美國的黑色幽默正是這樣的一個賦予幽默現代色彩的文學流派。

與荒誕派戲劇一樣，黑色幽默也深受存在主義文學的影響，它們被認為是存在主義文學在大西洋兩岸所留下的一對孿生子。1965年3月，美國當代作家弗里德曼選擇了美國當代一些作家的小說片段，編成一個小書，就以黑色幽默為名出版，經過一段時間的爭論，大家一致認為，這是一個較為貼切的名稱，於是，這個流派便被確定下來。

所謂「黑色幽默」是指用幽默的形式來表現可怕的，陰暗的，淒涼的，乃至於悲觀絕望的情感。這一派的作家都看到了社會的畸形與弊病，看到了現實生活中的荒誕乃至於瘋狂。而且，這種力量又非常強大，人類的反抗幾乎沒有什麼可能。他們便只好以笑聲來掩蓋自己的恐懼與悲涼，甚至來對抗社會的荒誕。

在《第二十二條軍規》裏，我也並不對戰爭感興趣，我感興趣的是官僚權力結構中的個人關係。……（第二十二條軍規）並不存在，這一點可以肯定，但這也無濟於事。問題是每個人都認為它存在。這就更加糟糕，因為這樣就沒有具體的對象和條文，可以任人對它嘲弄、駁斥、控告、批評、攻擊、修正、憎恨、辱罵、唾棄、踐踏或者燒掉。
——約瑟夫·海勒

## 第一節　第二十二條軍規：海勒

「Catch 22」這個詞現在已經進入了美國的日常語言，它代表了一種無法控制的神秘力量，一種近乎於圈套式的羅網，及其對人類命運的捉弄，並顯示現實生活的荒唐可笑。而這個詞就來自於美國黑色幽默的代表作家海勒的同名巨作。

約瑟夫·海勒於1923年5月1日出生於紐約市，他的父親是為逃避沙皇迫害而移居美國的俄國猶太人。在小海勒5歲時，他的父親去世了，全家立即陷入了困頓之中。他的媽媽與姐姐全力做工來供他上學，才好不容易讓他中學畢業。這時，13歲的海勒便當了郵差。二戰爆發後，19歲的海勒應徵入伍，在美軍第十二飛行大隊當轟炸員，在整個戰爭期間，他完成了約六十次轟炸任務，並晉升為中尉。戰後，他根據美國軍人教育法而進入紐約大學學習，然後又在哥倫比亞大學獲得碩士學位；後又獲得一個獎學金而到英國牛津大學進修英國文學。回國後，在賓夕法尼亞大學講授英語寫作課。

他在戰前便想以寫作為生，但他總是遭到退稿。終於，在1952年後，他進入報刊界，開始以業餘時間寫作。自1954年起，他便開始寫他的傳世巨著《第二十二條軍規》，每週五天，每天寫三頁。就這樣，他堅持寫了7年。1961年，這部作品終於出版，但當時卻並未引起人們的注意，雖然它受到了一些評論家的激賞。然而，隨著越南戰爭的爆發與美國國內反戰運動的蓬勃興起，這部小說才引起了巨大的迴響。

這部作品以第二次世界大戰為背景，描寫了一支駐紮在義大利附近的皮亞諾札島的

→約瑟夫·海勒，美國作家，他的長篇小說《第二十二條軍規》是第二次世界大戰後出現的「黑色幽默小說」最重要的作品之一。這部諷刺小說受到評論界和讀者的歡迎，於1970年被拍成電影。

推薦閱讀

《第二十二條軍規》，南文、趙守垠、王德明譯。

《第二十二條軍規》，揚恝等譯。

美國空軍。主人翁尤索林是這個飛行大隊所屬中隊的一個上尉轟炸手。他本來是抱著所謂的愛國熱情來到戰鬥前線的，然而，這兒的一切只讓他看到了混亂與瘋狂，看到了所謂的正義戰爭其實只是在為一部分人謀利而已。每當他完成自己的飛行任務後，他便慶幸自己可以復員回國了，但卻總是驚恐地發現規定任務又增加了，這樣，他對自己的處境感到極為不安，不斷發生的飛機墜毀與被擊落事件也讓他更為恐懼，每次輪到他執行任務，他就急急地亂投一氣然後逃回基地。他決定不再把自己的生命當作炮灰了，於是，在小說開始，他便已經裝病而躲進了醫院裏。在整個一部書中，尤索林唯一想做的事就是怎樣當一個逃兵，來保全自己的性命。最後，他終於逃向了當時的中立國瑞典。

本來完成了轟炸任務後是可以回國的，但是他們的這個大隊的隊長卡思卡特上校則為了自己升官便隨意地增加飛行次數，一次一次地加，從25次加到40次，再到60、80。這個人「衝勁十足，同時又容易垂頭喪氣；神態自若，同時又會懊惱不已」，他很自負，因為不過36歲就成了一名上校；他又感到沮喪，因為已經36歲，還不過是名上校而已。他的最大目標就是想當將軍，為此，不管有什麼轟炸任務，總是毫不猶豫地主動要求他的部下去執行。而且，他公開宣稱，他對損失的人和飛機根本無所謂。

還有謝司科普夫少尉，他本只是一個預備軍官訓練隊的畢業生，戰爭爆發令他十分高興，因為他可以有機會整天穿軍官制服了。後來，他為了在檢閱中拿第一名，便把設計好的鎳合金的釘子釘進每個士兵的股骨，並用鋼絲把他們的手腕也連起來，這樣看上去就會更整齊，因為這個偉大的發明，他竟被晉升為中尉，最後還成為了司令。

而這一戰區的兩位最高統帥佩克姆將軍和德里德爾將軍也都是一丘之貉。他們只知道互相拆臺，玩弄各種小把戲來搞鬼。佩克姆將軍對德里德爾將軍一直不滿，有一次他得意地想，他將要超過德里德爾

「他們沒有拿出來給你們看嗎？」尤索林問，一面又氣又惱地跺著腳。「你們沒有必要給我們看第二十二條軍規。」老婆子回答，「法律規定他們不需要這麼做。」
「什麼法律規定他們不需要這麼做？」
「第二十二條軍規。」
——《第二十二條軍規》

將軍了，因為他的手下已經有了三個上校了，而德里德爾將軍才只有八個而已。此人之野心與愚蠢於此一處，即盡覽無餘。

而梅傑少校又是另一種類型。他從小就很悲慘：他的爸爸在他出生後就設計了一個巨大的惡作劇，他表面上答應妻子給孩子起的名字，但暗中他在其戶口上又給孩子取名為「梅傑‧梅傑‧梅傑」，最後，在梅傑已從學校畢業時，他才得意地宣布這一事實，這樣一來，梅傑的世界全變了，他現在才發現自己以前多少年都一直在頂著另一個人的名字生活。現在，他法定的名字對他卻是如此的陌生，而且，他以前所有的朋友都離他而去，因為他們都不相信他了。他終於跑到軍隊裏來，並由於電腦出錯而成為了少校指揮官，可他卻不願過問任何事情，他的辦公室只有在他不在裏面的時候可以允許有人進去，而他則一般不在這裏，他總是極為膽怯地躲進叢林。

這裏最有趣的人是飛行大隊食堂管理員邁洛，他在大隊中搞了一個聯營機構，從將軍到士兵每人都是這個機構的股東。他把交戰國雙方都拉了來入股。這個「M＆M」跨國公司一面和美國當局訂立合同，承包轟炸德軍橋樑的任務，從中獲利6%；一面又與德軍簽訂合同，承包射擊美國飛機，也從中獲利6%，他立即成為全世界最受歡迎的人物。

小說中還有許多非常荒誕甚至於可笑的情節，但正如我們所說的，這個幽默是「黑色」的，他讓人笑過後卻感受到了恐懼。如在尤索林帳篷裏的剛來的小戰士，他還沒有登記便被派去執行任務去了，

就在這一次，他死了，屍體一直放在帳篷裏，但全隊的人誰也不承認他的死；而更爲可笑的是軍醫丹

> 我要是一個第一流的評論家，我會感到十分榮幸地撰寫一篇關於《第二十二條軍規》的重頭評論。寫它個千把字，或許再多些。因爲海勒比他之前的任何一位美國作家都更切實地帶領讀者遊歷了地獄。
>
> ——美國作家諾曼·梅勒

尼卡，他爲了冒領飛行津貼，便一直掛名在麥克沃斯的飛機上，但他從來不眞的去飛行，當麥克沃斯墜機自殺後，他的名字也被列入了犧牲名單，他到處去證明他還活著，可是，沒有人理他，再辯解也沒有用，他已被確鑿地證明了死亡。後來，連他自己也確信自己是死亡了。

小說的語言也是冷嘲熱諷，舉重若輕。雖然，作者表現的十分客觀而又冷靜，但我們從他充滿藝術感的筆鋒中，更是強烈地感受到了其中那強大的藝術張力。如他寫尤索林看到一個窮孩子，他對他的窮困深表同情，以至於恨不得一拳把他那蒼白憂傷，帶有病容的面孔揍個稀巴爛，把他打死，免得使人聯想起這天晚上的、憂傷、面帶病容的孩子。在這種幽默中，我們無疑都讀出了凄然、無奈與辛酸！

而全書最讓人記憶猶新的就是所謂的「第二十二條軍規」了，這條軍規簡直無所不在。本來，按這條軍規的規定，每個士兵完成自己的飛行任務後都可以申請回國，但是他又規定，每個人又必須聽從上級的命令。它還規定只有神經出了毛病的士兵可以停止飛行任務，但這必須自己提出申請，而一旦提出申請，則認爲你對自己的安危極爲關心，那就是說，你的精神是健全的，所以不能停飛。在這條雖然荒謬但仍然如銅牆鐵壁一樣的「第二十二條軍規」面前，誰都無法脫身，這是一個無可逃避的天羅地網。

《第二十二條軍規》毫無疑問是現代派文學所結出的最爲豐碩的果實之一，它與馬爾克斯的《百年孤獨》一起代表了現代派文學所能達到的最高境界。

## 第二節 「就是那麼回事」：庫爾特·馮尼格

庫爾特·馮尼格於1922年出生於印第安那州首府印第安那波利斯，曾就學於康乃爾大學。他也與海勒一樣在二戰中為美國空軍服役，但他曾被俘，並被關入納粹戰俘營。戰後，他獲得了紫心勳章，並到芝加哥大學攻讀人類學，畢業後當了芝加哥新聞處記者。40年代後期開始創作小說，50年代後成為了專業作家。

馮尼格目前為止寫過8部長篇小說，兩個短篇小說集和6個劇本。1952年，他的第一部長篇小說《自動鋼琴》出版，1964年發表長篇小說《上帝保佑你，羅斯沃特先生》，還有《貓的搖籃》等，這些早期作品借用科幻的形式，表達了對現實的針砭與諷刺，大都新穎而獨特，有很高的藝術性與很強的可讀性，但也有人以此將之視為科幻作家甚至是通俗作家，這都是不公平的。

1969年，他終於出版了自己的代表性長篇小說《五號屠場》，這才真正奠定他在美國文學史乃至於世界文學史中的地位。

《五號屠場》是一部半自傳體的作品，因為在第二次世界大戰時，他被俘虜之後，曾一度關押於德雷斯頓市的一個集中營裏作苦役，但就在1945年6月，勝利的曙光已然在望的時候，美軍突然對這座城市進行了狂轟濫炸，這座不設防的美麗城市一夜之間就被夷為平地。而在這次轟炸中喪生的無辜者總數達到了13萬人，甚至超過了原子彈在廣島奪去的生命。而作者由於與其他戰俘一起被關在地下室幸而逃過此劫，但這一遭遇卻深深地震撼著馮尼格的心靈，使他無法不時時刻刻被這樣一個問題所煎熬、所糾纏，甚至所拷問，那就是究竟什麼是戰爭，進一步而言，什麼是正義的戰爭，什麼又是非正義

→庫爾特·馮尼格，美國作家，其小說反映強大的制度和頑固的舊觀念影響下的非人性（非人道）現象。他對傳統的批判、想像力、幽默而通俗、悲喜結合的文體，令其作品流傳甚廣。

推薦閱讀

《五號屠場》，
雲彩、紫芹譯。

的，人類究竟爲了什麼而互相殺戮。而他苦苦追索的結果就是這部傑出的作品。

其主人翁叫畢利‧皮爾格林，他和作者一樣，是經歷過了德雷斯頓那場大屠殺的倖存者。戰爭結束後，他成爲了一個眼鏡師。但就在1967年他44歲的時候（這一點也與作者相似），他忽然被外星人用飛碟綁架並帶回了一個名叫特拉弗瑪多爾的星球。這個星球上的人與地球上的人類不同，他們不用嘴來說話，而是通過所謂的「思維波」來交流。他們把畢利赤身裸體地關進了動物園，並讓特拉弗瑪多爾星球的人來參觀；後來還迫使他與另一個地球女明星交配而生子。在這裏，畢利學會了一種「時間旅行」的本領。一會兒，他回到了童年，又體驗了自己遊覽美國的大峽谷和一個山洞時的恐懼心理，而那裏他才12歲；後來，他又突然到了22歲，那時，他正在德雷斯頓當戰俘。於是，他又一次經歷了那一回可怕的空襲。他又看到了他的一個難友，在那場巨大的災難中也活了下來，但戰後卻因偷了一隻茶壺而被槍決。

在特拉弗瑪多爾星球裏，畢利重新經歷了自己整個的一生，同時，他也發現了人類的許多問題，後來，他決心回到人間來，來改造人類，使他們變得美好起來，然而，他終於發現，自己的一切努力都是勞而無功，因爲人類簡直就是一群小孩，他們無法改變自己的好鬥與爭權奪利的劣根性，所以，他們也只能永遠掙扎於苦難之中。

在這部作品中，馮尼格打破了小說時空的有序性。本來，這一點在意識流小說那裏就已初露端倪了，但那裏場景與時間的任意轉換還只是頂著意識流動的帽子，只是在精神世界裏可以隨意漫遊，還並不是真正地把物質世界打亂而重組。然而，在馮尼格的藝術世界裏，這些都徹底地被打破了：畢利問題從時間的一個岔路口走進去，卻又從另一個意想不到的路口走出來。所以，在他上床睡覺時還是個老傢

伙，但早上醒來卻突然回到了自己22歲時的新婚之夜。在這種時間旅行的設計中，他可以多次看到自己的出生和死亡。

在外星球中，畢利還學會在四維空間中來看問題的本領，在這裏，他們無死無生，所以他們看透了一切，世間所有的紛爭與生死在他們的眼裏都失去了意義，因為在四維空間裏，這些都已泯滅了他的在三維空間裏的本來意義，所以，畢利有一個標誌性的口頭語：「就是那麼回事！」這句話代表了作者對人類盲目無序而又多是徒然之舉的痛惜而又無奈。

→上圖為馮尼格的小說《五號屠場》的封面，它於1969年由德拉科特出版社出版。

正因為這部作品的成功，庫爾特‧馮尼格成為了與海勒並駕齊驅的「黑色幽默」派大師，並以其豐富而奇異的想像力而別開生面。

# 第八章
# 魔幻現實主義：神奇的現實 8

傳統的現實主義文學是波瀾壯闊的長江大河，無數現實主義大師已把其表現力發揮到了極致；他們的如椽大筆也已深入到了現實生活的每一個角落和層面。然而現在他們也應該有所改變了，因為在文學已完全現代化之後，他已不可能獨守自己那已被挖掘過無數遍的領地了。但是，現實主義文學經歷了幾百年的努力與成長，它積累了許多珍貴的藝術經驗，若完全拋棄了這些，那麼，現代派文學也只能走向羸弱乃至於死亡。而魔幻現實主義就正是將二者結合的極為有機的一個。

雖然大多數魔幻現實主義作家對此的定義與創作規範的理解均有很大不同，甚至有作家根本就否認自己屬於這一流派甚或否認有過這樣一個流派，但他們的作品卻的確有其共同的特點：即以神奇或魔幻的手法來反映社會現實，並設計一些神奇而怪誕的人物與幾乎不可能的情節。在這個藝術世界裏，即有嚴格的現實，也有徜恍迷離的幻覺，甚至真假難分，人鬼莫辨；他們的創作也堅持「變現實為幻想而又不失其真」的原則。在這裏，「魔幻」只是表現現實的一種手段，正是在這種藝術手段的透視下，我們發現了傳統現實主義所不可能發現的真實，那是生活本質的真實，也是更高的真實。

## 第一節　人間與鬼域：魯爾福

魔幻現實主義這個概念雖是德國文藝批評家弗朗茨·羅在1925年首先提出來的，但它卻

> 對於胡安·魯爾福作品的深入了解，終於使我找到了為繼續寫我的書而需要尋找的道路。
>
> —— 加西亞·馬爾克斯

產生並發達於拉丁美洲這塊神奇的土地上，這有著極爲複雜的社會與文學傳統的根源在。在社會的政治與經濟上，拉美本來就十分落後貧窮，而世界的殖民主義者仍在此處大肆掠奪與剝削，所以，拉美人民的生活環境與品質毫無保證，他們的境遇非常可怕，這種深重的苦難也成爲了他們的文學營養；另一方面，拉美的各個政權爲了維持他們的這種可怕的剝削，所以又極端地殘暴，整個拉美幾乎就是軍事獨裁的大本營，這種獨裁也造成了整個社會的畸形發展，這一點不但成爲了魔幻現實主義作家們所賴以取資的生活源泉，而且，也是大部分作家進行創作與鬥爭的驅動力。

就文學傳統而言，他們也是得天獨厚，歐美那紛紜萬狀的現代派文學已爲後來者開闢了無數的道路，而拉美印第安人那古老而又神秘的神話與習俗又成爲了他們取之不盡的巨大寶庫。如此，這一流派盛行於此也算適得其宜。

魔幻現實主義文學流派的形成經過了一個很長的階段。最早把「魔幻現實主義」這個概念引入拉美文壇的人是委內瑞拉著名作家烏斯拉爾·彼特里，他於1928年所寫的短篇小說《雨》被公認爲是魔幻現實主義發軔之作。其後，瓜地馬拉作家阿斯圖里亞斯爲魔幻現實主義的成長與發展作出了巨大的貢獻，他於1936年完成的長篇小說《總統先生》被認爲是魔幻現實主義的代表作之一，也正式宣告了這一文學流派的形成；1949年，他又發表了另一代表作《玉米人》，並於1967年「由於其出色的文學成就，他的作品深深植根於拉丁美洲印第安人的民族氣質和傳統之中」而榮獲了諾貝爾文學獎，他的成功進一步擴大了魔幻現實主義的陣營。而古巴作家阿萊霍·卡彭鐵爾則不但在創作上爲這一流派增加重量級的砝碼，而且也從理論上來對魔幻現實主義的標準進行了清理，從而使這一流派眞正地走向了成熟，並成爲在現代派中對當時與後世影響最大的一派。

然而，眞正地創作出來極爲典型的魔幻現實主義作品的是墨西哥

小說家胡安‧魯爾福，他於1955年發表的中篇小說《佩德羅‧帕拉莫》（又譯為《人鬼之間》）第一次展示了魔幻現實主義文學的實績。

魯爾福（1918～1986）生於墨西哥哈利斯科州的一個莊園主家庭，在他出生前大革命的時候，他的家道便已中落了，而他出生不久又父母雙亡，他便被寄養在瓜達拉哈拉的一個親戚家。小學畢業後，他為了謀生，便當了會計；同時，也在大學旁聽文學課，並閱讀了大量的文學書籍。15歲時到墨西哥城上大學，攻讀法律與人文科學。17歲時到國家移民局工作，還曾與朋友一同創辦過雜誌，從1962年起，便到墨西哥全國印第安人研究所出版部工作，直到去世。

→阿斯圖里亞斯，瓜地馬拉作家、外交官。在其文學生涯中，初時以詩見長，後以小說馳名，小說多以抨擊祖國現狀為題材。1966年獲列寧和平文學獎，1967年獲諾貝爾文學獎。

1942年出版第一部短篇小說集《生活本身並非那麼嚴肅》，1953年又出版了另一個短篇小說集《平原上的烈火》。而1955年，他終於發表了他的代表作《佩德羅‧帕拉莫》。

這部作品的主人翁便是佩德羅‧帕拉莫，小說是以他的兒子胡安‧普雷西多到科馬拉村去尋找這位父親為主線而展開的。在與科馬拉村人的對話中，他逐漸知道了這位父親是一個怎樣的人物了。他從小出生於此，雖是個地主家庭，但早已敗落，他也只好作學徒。他從小與一個老礦工的女兒蘇珊娜非常要好，青梅竹馬，兩小無猜，但由於生活所迫，蘇珊娜與父親一起逃荒出去，後來，她嫁給了弗洛倫西奧。而長大後的佩德羅卻通過許多無恥與狡詐的手段而成為了大地主。就在這些對話、獨白、回憶與夢境中，一個兇殘的莊園主形象暴露在讀者面前，他行兇殺人、巧取豪奪、姦淫婦女、誘騙錢財，簡直無惡不作。在作者那八面玲瓏的筆下，他就是一個惡的化身，也是拉美獨裁者與莊園主的集中代表。

　　比如，他為了奪取一份財產，便向最大的債權人多洛莉絲・普雷西多亞求婚，在騙得女方的愛情與錢財後，他便將其遺棄，使其最終遠走他鄉並含恨而死；他的兒子米蓋爾在尋歡作樂時摔死在馬下，他殺死了那匹馬後仍不解恨，便用最惡毒的剝削來扼殺全村的人；同時他也是一個大淫棍，在他的一生中，曾霸佔了無數的女人，他的私生子也多得無法數清。

　　然而，就這樣一個窮兇極惡的人，也有自己孤獨而痛苦的內心世界。那就是蘇珊娜，這是他心中永遠的痛。他們小的時候在一起玩耍的情景就是他對童年最為美好的記憶，所以，蘇珊娜就代表了他那已被自己弄得蕩然無存的純真的東西的象徵。然而，這時候的他已不是以前的他，而此時的蘇珊娜也已不是那個天真而幸福的小女孩，她經歷了巨大的痛苦和心靈創傷。等佩德羅・帕拉莫為了把她弄到手而先用陰謀殺死她的父親後，她已經瘋了，而且，不久就離開了人世。他一生中所追求的人死了，他的幻想也破滅了，他便也就等死了。

　　在這篇短短的作品中，他通過這一個藝術形象，準確地概括了墨西哥乃至於拉美那黑暗而殘酷的現實。

　　而作為魔幻現實主義的一部典範性的作品，它的藝術上的特點更是對後世文學產生了巨大的影響。胡安・普雷西多是按照多洛莉絲・普雷西多亞的遺囑來到科馬拉村的，他本來希望看到母親記憶中的那美麗而快樂的故鄉，但他看到的卻只是一個死亡的，充滿了幽靈的村莊。在與許多人交談之後才知道，原來這裏的人都已經死了，這兒早已是一個鬼域世界了，而胡安卻並不知道。在這裏，他可以與那些已然死去的靈魂交流而絲毫感覺不到異樣。但還不僅如此，在小說過去一半以後，卻又異峰突起：原來胡安・普雷西多也是一個已經死了的人，他忍受不了科馬拉村的陰森恐怖，最後也死在了這兒，是村中僅有的三個活人把他埋在了這裏，所有他的這些經歷都是他死後與同墓的一個老乞丐多羅特阿的對話。所以作品其實從頭到尾都是在寫鬼域

推薦閱讀

《胡安·魯爾福全集》，屠孟超、趙振江譯。

世界，這種既神奇又執著於反映社會現實的藝術特點正是魔幻現實主義的典型標誌。

1991年，爲紀念這位已故文學巨匠，墨西哥政府設立了「胡安·魯爾福文學獎」，這也成爲當今拉美及加勒比地區最重要的文學獎項之一。

## 第二節　百年孤獨：馬爾克斯

1961 年7 月2 日，一個33歲的哥倫比亞人來到了墨西哥，來到了胡安·魯爾福所居住的城市。在此之前，他也發表了不少作品，希望可以成爲一個作家，他的作品也還不錯，但是他總覺得還沒有找到完全屬於自己的表達方式，還沒有找到突破口。來到這裏之前，他四處飄蕩，去過巴黎，到過紐約，但他還並不知道，這裏有一個作家叫胡安·魯爾福。一個偶然的機會，他看到了魯爾福的作品，特別是《佩德羅·帕拉莫》，就在那一刹那間，他天才的光芒終於被點亮了，他找到了自己一生的文學座標，同時，也爲世界文學高懸起最明亮的一盞明燈！而這個年輕的哥倫比亞人就是加夫列爾·加西亞·馬爾克斯。

馬爾克斯於1928年3月6日生於哥倫比亞馬格達萊省的阿拉卡塔卡鎮，他的父親是一個報務員，還曾開過藥店。但8歲以前的他卻與外祖父母生活在一起，外祖父曾當過上校，性格剛直，思想激進；而外祖母則特別會講故事，他從小便聽她講述各種各樣的神奇鬼怪的民間故事，在她的影響下，他7歲時就能讀《一千零一夜》了，這些對他日後的文學創作都產生了極爲重要的影響。

12歲的時候，他到巴蘭基利亞的一家學校

他在小說中運用豐富的想像能力，把幻想和現實融爲一體，勾畫一個豐富多彩的想像中的世界，反映拉丁美洲大陸的生活和鬥爭。

——諾貝爾獎獲獎評語

讀書，就在那裏，他閱讀了大量的世界名著。1947年，19歲的他考入波哥大大學法律系。次年，哥倫比亞發生內亂，他只好中途輟學，不久後又轉到卡塔納大學讀新聞，並開始了新聞工作，並且，這個職業伴隨了他很久，也給了他認識社會與人生的機會。1954年，他任《觀察家報》的記者，並被派往歐洲，也就在這一年，他的第一部短篇小說集《週末後的第一天》出版，也正是在這部集子裏，首次出現了後來又出現在《百年孤獨》中的馬貢多鎮。次年，他的第一部長篇小說《枯枝敗葉》出版。31歲時，他回到了哥倫比亞，其實，這個時候，他的巨著《百年孤獨》

→加西亞・馬爾克斯，哥倫比亞著名的長、短篇小說作家，拉丁美洲文學中魔幻現實主義文學運動的主要人物。1982年獲諾貝爾文學獎。

已經醞釀了10年了，但他仍沒有找到感覺，甚至連小說開頭的第一句話都抓不到。然而，從1961年遷居墨西哥，他遇到了胡安・魯爾福，於是，他一下子打開了通向魔幻聖境的光明大道。

就在這一年，他的中篇小說《沒有人給他寫信的上校》出版，這是一部非常重要的作品，作者自己甚至認為，這是他平生最為得意的作品，在藝術成就上遠遠地超過了《百年孤獨》。作品寫了一位曾經功勳卓著的老上校，退休後無人問津，過著貧困與淒慘的生活，他每天都盼望著郵差能帶來信件和退休金，但15年過去了，他所有的仍然只是等待！在作品的結尾，當上校夫婦已到了無法堅持的時候，上校甚至把希望寄託在鬥雞上，當他的妻子很惱火地問他「我們吃什麼」時，作者寫到：

*上校經歷了七十五年—— 一生中一分鐘一分鐘地度過的七十五年—— 才達到了這個時刻。他感到自己是個純潔、直率而又不可戰勝的人，回答說：「屎！」*

這裏那種震撼人心的藝術力量不是可以用語言來描述的。

1966年，他為之奮鬥了18年的長篇巨作終於問世，那就是《百

**馬爾克斯主要作品**

●長篇小說
《枯枝敗葉》
《百年孤獨》
《家長的沒落》
《霍亂時期的愛情》
●中篇小說
《惡時辰》
《沒有人給他寫信的上校》
《一個事先張揚的兇殺案》
●短篇小說集
《藍寶石般的眼睛》
《格蘭德大媽的葬禮》
●電影文學劇本
《綁架》
●文學談話錄
《芭樂飄香》
●報告文學集
《米格爾‧利廷歷險記》

年孤獨》。這部作品一經出版，世界文壇為之側目，多年以來，它一直暢行不衰，發行量已超過了1000萬冊，並日益成為文學世界的聖典。

小說以他所虛構的小鎮馬貢多為背景，全面地描述了布恩地亞家族七代人一百多年的興亡史，並因此而折射出哥倫比亞甚至整個拉丁美洲這一百年來的風雨歷程，從多個方面和多個層次上對拉丁美洲地區積貧積弱的現實進行了描繪與反思。作者用他那八面玲瓏的如椽大筆舉重若輕地勾勒了拉丁美洲這片神奇而原始的大陸上奇異的面貌與風情，並反映了複雜而多變的社會與文化生活，更進一步觸摸到了這個偉大的大陸與其偉大的人們的精神氣質和內核，因而，它可以說是一部充沛豐盈的宏大史詩。

這個家族的第一代霍塞‧阿卡迪奧‧布恩地亞與他的表妹烏蘇拉結為夫妻，但烏蘇拉怕他們會和他們以前的叔叔一樣，近親結婚而生下了一個長了豬尾巴的小孩，所以拒不與他同房。他受人嘲笑，一氣之下，用長矛刺死了對方，從此，那個死者阿基拉爾的鬼魂就一直在其家出沒，他們只有遠走高飛，正是這樣，才如創世者一樣開拓出了馬貢多。後來馬貢多也逐漸地繁榮了起來，成了一個小鎮。

這時，吉卜賽人每年來一次，其中的墨爾基阿德斯是一個極為重要的角色，他為馬貢多帶來了磁鐵、望遠鏡和放大鏡等科學儀器，但布恩地亞就沉溺於所謂的煉金之中而逐漸老去。這時，他們的第二代已經長大了，老大阿卡迪奧是個放蕩粗疏且為情慾所控的人，他早年就跟了吉卜賽人跑了。而老二奧雷良諾是本書的主人翁，他又是一個憂鬱而深思的人，後來，他對政治有了認識，並組織起了自己的軍

推薦閱讀

《百年孤獨》，黃錦炎、沈國正、陳泉譯。

《百年孤獨》，吳健恒譯。

《馬爾克斯中短篇小說選》，趙德明、劉瑛等譯。

隊，他的一生經歷了32次起義，17次謀殺，73次埋伏，還有一次槍決，一次自殺，然而他都沒有死。但是，在勝利的果實被別人竊取之後，他又拒絕了總統頒發的勳章而又一次南北征戰，但最後，他終於在放棄革命的紙上簽字。他帶著厚厚的詩稿回來了，開始每天製作小金魚，白天作，晚上再熔掉，就這樣，把剩下的生命都如此消磨掉。

接下來，他們的第三代兩弟兄也在孤獨之中死去。第四代阿卡迪奧第二與奧雷良諾第二從小就長得一模一樣，就連他們的母親也無法區分他們，為了區分，便給他們掛了小名牌，但他們卻喜歡換著玩，最後，他們自己也弄不清楚到底是誰了。在這個家族中，凡叫阿卡迪奧的與叫奧雷良諾的個性均極為不同，而這兩個長大後才發現，他們的個性與他們的名字並不相合，可見，他們小時候的確是換錯了。後來，二人在入葬時，又被喝醉的人們放錯了棺材，所以，最後，他們依然是各得其所了。第五代是霍塞·阿卡迪奧與其妹妹雷納塔·雷梅苔絲。前者總是對其姑媽阿瑪蘭塔有著一種刻骨銘心的思念，後來，他被人溺死了；而後者與一工匠私通，後被送到修道院了此殘生，而她所生下的孩子就是第六代人小奧雷良諾。

早在其第一代人時，那個神秘的吉卜賽人墨爾基阿德斯便留下了一個羊皮書，說其中有著這個家族的所有未來，但沒有人能看懂，那個神秘的吉卜賽人墨爾基阿德斯曾死了，又活過來，好多次。這次，他又來教小奧雷良諾學習那些神秘的文字。然而，小奧雷良諾沒有逃過布恩地亞家族的人的痛苦，他還是愛上了姑媽阿瑪蘭塔，他經過努力，最終竟然得到了她，然而，他們最後終於生下了一個長著豬尾巴的小孩，而且，全世界的螞蟻都爬了出來，把這個孩子吃掉了，阿瑪蘭塔也因產後血崩而死。這時的小奧雷良諾突然對那個羊皮書有了透

徹而清晰的認識，他忙
回去看這本書，果然，
他們家族的所有一切都
記在上面，鉅細無遺，

> 這個家庭的歷史是一架周而復始無法停息的機器，是一個轉動著的輪子，這只齒輪要不是軸會逐漸不可避免地磨損的話，會永遠旋轉下去。
>
> ——《百年孤獨》

這是早在100年前就已寫好了的百年預言，而他已來不及詳細地看他們父祖輩的往事了。他翻到有關自己的一頁，這時他知道了這個阿瑪蘭塔果然就是自己的姑媽，再翻到最後時，他才發現，就在布恩地亞家族的最後一個人被螞蟻拖走時，就在自己坐在閣樓裏翻書時，整個馬貢多卻已被一陣颶風捲走，「命中注定孤獨百年的家庭，永遠不可能有在地球上出現的第二次機會了」！

全書氣勢恢宏，意蘊豐富。它建立了一個把過去、現在和未來扭結在一起並重覆循環的象徵性框架，這已儼然一個現代神話了，而時間的輪迴重覆，又使小說隱含了無數大大小小的怪圈，所有的人與事就鑲嵌於這些怪圈中，組成了如此光怪陸離的魔幻世界。

小說開首的第一句正是他尋找了多年靈光閃現籠罩全書的句子：「許多年之後，面對行刑隊，奧雷良諾・布恩地亞上校將會回想起，他父親帶他去見識冰塊的那個遙遠的下午。」這個句子是那樣精采，以至於我們一提到《百年孤獨》，便無不想到這一句開場白。它在如此短的句子裏，容納了全書所有的時間維度，從過去到現在，並延伸到將來。這個敘述句的時間起點是上校面對行刑隊的「多年以前」，然而，通過這個句子，我們知道，一切還沒發生，就已經結束了，所有的悲歡、生死，所有的愛憎與追索，都在這一句話裏被定格了，而且，無可更改。

《百年孤獨》的魔幻色彩應該說代表了人類想像力所能達到的最高境界，在沒有看到這部作品之前，沒人知道小說還可以這樣寫。吉卜賽人墨爾基阿德斯是一個不受生死所禁錮的人物，他多次死去，但又多次復活；第一代的烏蘇拉與庇拉・特內拉都活了一百多歲，她們

看到了布恩地亞家族的百年興衰史；那美得不像生自人間的俏姑娘雷梅苔絲竟然在晾被單時冉冉升天；他們收養的孤女雷蓓卡竟以土為食；布恩地亞家族共有四個阿卡迪奧，四個奧雷良諾，三個雷梅苔絲，三個阿瑪蘭塔，這些重覆出現的名字都有著不同的個性與相似的命運的比照；馬貢多人那突然而來的健忘症，他們幾乎忘了所有日常用品的用途，便不得不貼上標籤來提醒自己；阿卡迪奧被人槍殺時，他的血竟流過大街小巷，到其母親的老家，穿越了幾個房間，而且為了不弄髒地毯還拐了幾個彎，北挨著牆壁而走；一場大雨下了四年十一個月零兩天……

偉大的馬爾克斯以他短短30萬字的《百年孤獨》深刻地改變了文學史的比重，並完整而豐富地表達了一個大陸的生活與鬥爭、夢想與追求！

## 拉丁美洲文學

　　拉丁美洲文學通常只指生於或定居於美洲國家的人以葡萄牙語或西班牙語所創作的作品，其中包括西班牙征服者接觸到的已開化的印第安文明所產生的詩歌、戲劇及神話歷史著作。然而，此一定義應擴展至早期修現、征服這一新大陸並參加該地區殖民事業的人的軍事性報導和史學著作。其中較有價值的如 H‧科爾特斯頗為生動的公文急報和迪亞斯不事修飾而活潑有趣的征服墨西哥的編年史。

## 殖民地時期

　　16 至 17 世紀間，拉丁美洲殖民地社會趨於穩定，其文學受到歐洲文學潮流的深刻影響，比如，中世紀晚期、文藝復興、巴洛克、新古典主義，這些文學形式和風格在 20 至 50 年後均在新世界出現。由此，拉丁美洲文學形式多為諷刺詩文、抒情詩及受法國習俗、文風和法國大革命的影響而出現的愛國頌歌與英雄詩，而小說則聲勢較弱。總體來說，拉美文學創作活力及水準方面遠不如同時期的西班牙和葡萄牙。

→墨西哥殖民時期頂尖的女作家克魯斯修女，她樸實的關於宗教及世俗之愛的詩歌是 16 至 17 世紀風行於拉美的抒情詩中真正具有文學價值的少數作品。

HISTORIA
VERDADERA
DE LA CONQVISTA
DE LA
NUEVA‧ESPAÑA
ESCRITA
Por el Capitan Bernal Diaz del Caſtillo,
vno de ſus Conquiſtadores.

SACADA A LVZ
Por el P.M.Fr. Alonſo Remon, Pre-
dicador, y Coroniſta General del
Orden de Nueſtra Señora de la
Merced Redempcion de
Cautivos.

ALACATHOLICA MAGESTAD
DEL MAYOR MONARCA
DON FELIPE QVARTO,
Rey de las Eſpañas,y Nuevo
Mundo, N.Señor.

CON PRIVILEGIO.

En Madrid en la Imprenta del Reyno. Año de 1632.

怪石壘起的高城，
終於成了住地，
大地不曾在昏睡的衣裳中將它的主人藏匿。
在你的身上，閃電的和人的搖籃
宛似兩條平行的直線在刺骨的寒風中搖曳。
—— 節選自聶魯達《漫歌集》的第二章《馬克丘‧皮克丘》

→這是殖民地時期的文學作品之一《新西班牙征服正史》，由科爾特斯遠征軍中的士兵卡斯蒂略所編纂。

## 獨立時期

　　19世紀初期，浪漫主義運動傳播至拉丁美洲各新興共和國。在體裁方面，小說得到復興，與兩世紀前舊世界所創作的浪蕩故事體裁相呼應，但以批評社會為主；詩歌則至19世紀30年代止還沿襲著新古典主義的體式，但獨立的夢想和事實已先入為主地影響了詩文內容；戲劇在這時卻落在後面。在題材方面，浪漫主義者多採用鄉土場景和當地人物類型，這類題材於後來的文學中仍受重視，且孕育了普拉特河流域加烏喬文學與巴西的印第安小說這些具有鮮明拉丁美洲色彩的文學種類。到了19世紀70年代末期，外部世界的生活和文學對於大部分拉丁美洲來說已不再陌生，現代主義文學運動應運而生，此運動標榜「為藝術而藝術」，以美、異國情調、高雅為理想，將本土與歐洲的各種流派融為一體，在尼加拉瓜詩人R‧達里奧領導下趨於頂點。也正是從現代主義文學起，拉美文學開始掙脫歐洲影響而呈現鮮明的民族特色。

　　自現代主義文學思潮後，拉美這片神秘的土地上又先後有以下幾個主要文學思潮出現：先鋒派、新小說派、魔幻現實主義、文學爆炸。

　　拉美的先鋒派文學大體可分成三派：一是智利的維森特‧維多夫羅的創造主義，一是以墨西哥的馬普萊斯‧阿克雷為領袖的尖嘯主義，另一派是由博爾赫斯為代表的極端主義與馬丁菲耶羅主義。此先鋒派文學以從本土的獨裁統治下爭取自由的抗議鬥爭為創作背景，與初時重形式、輕現實轉而堅實且莊重的現代主義文學相徑庭，它展現了作家對人民生活困苦以及國家和民族安危的憂慮與關切，同時，它也為拉美文學今後在創作技法及表達方式上進一步創新奠定了堅實的基礎。

　　先鋒派思潮過後，新小說派及魔幻現實主義繼起於拉美文學界，它們反對傳統現實主義文學，注重對人類內心情感的描繪，創作形式上也出現了打破時間界限、採用夢魘與幽默的方式等。也是從此時，拉美小說無論在內容主題上還是形式手法上都開始了獨特的自由發展階段。這一時期的著名作品有：瓜地馬拉作家阿斯圖里亞斯的魔幻現實主義經典之作《玉米人》、秘魯作家阿格達斯的展現價值觀巨變和對自我認知的《深沉的河流》、秘魯作家巴爾加斯‧略薩的描寫人性墮落與毀滅的《綠房子》、墨西哥作家魯爾福的表現宿命的《平原上的烈火》及表現人類遭受肉體及精神雙重折磨的《佩德羅‧帕拉莫》等等。

　　進入20世紀60年代，拉美文學迎來令歐美文學界不得不刮目相看的「文學爆炸」時期，其中，「文學爆炸」四大先鋒堪為代表，他們是：卡洛斯‧富恩特斯、科塔薩爾、加西亞‧馬爾克斯、巴爾加斯‧略薩。

　　「文學爆炸」時期尤以小說創作最為人矚目，在內容題材上，它們融入了神話的魅力，神話與現實、真實與虛幻、心靈與外界巧妙融合；在語言上，引入了方言；而在小說敘述結構上，作者嘗試了對傳統小說的正常時間順序進行了變換，出現了「魔幻時間」、「螺旋時間」、「迷宮時間」、「戰爭時間」等形式，這樣就增加了人物事件出現的靈活性，令人讀來耳目一新。

→智利外交家兼詩人巴勃羅‧聶魯達（左圖右四）是繼現代主義的核心人物達里奧之後的又一位偉大的詩人，其詩作或可說明拉美詩壇從達里奧死後的走向。聶魯達的作品既有情欲的愛戀又有對社會的關懷，洋溢著主觀、哀愁的氣息。後轉向詭異費解的超寫實主義風格而至最終的充滿自然之愛的簡明風格。1971年他因「用詩一般的語言生動地記敘了世界上一個地區人們的命運和夢想」而獲得諾貝爾文學獎。左圖即為1969年他和他的崇拜者們在一起的情景。

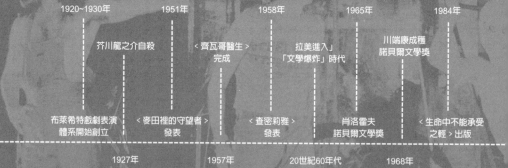

1920~1930年　　　1951年　　　　　1958年　　　　　1965年　　　　　1984年

布萊希特戲劇表演　　　　　芥川龍之介自殺　　　〈齊瓦哥醫生〉　　　拉美進入」　　　川端康成種
體系開始創立　　　　　　　　　　　　　　　完成　　　　　「文學爆炸」時代　　諾貝爾文學獎

　　　　　　　〈麥田裡的守望者〉　　　　　　〈查密莉雅〉　　　　肖洛霍夫　　　　〈生命中不能承受
　　　　　　　發表　　　　　　　　　　　　發表　　　　　　　諾貝爾文學獎　　　之輕〉出版

1927年　　　　　　1957年　　　　20世紀60年代　　　　1968年

# 深幽世界的萬象崢嶸
## （20世紀文學的融合與超越）

第五編

西方現代派文學在上個世紀裏，呈現出一副萬馬奔騰的壯麗景觀，流派紛呈，各展異彩且獨具新面。但那一個世紀還產生了無數無法歸類的文學大師，他們每一個人都是把文學世界的風景從自己那獨一無二的角度加以闡釋與感發的。也正是這種多層次的挖掘，使得現代文學對人類境遇與本質的揭示更為全面與深刻。

但是，這些大師雖不屬於上一編中的各門各派，但他們卻與之有極大的相似性。比如說，與傳統文學比較起來，他們更著重於挖掘人類心靈這個深幽世界的方方面面。在他們的探索之下，我們才發現，原來在這個方寸之地，竟然也有著崢嶸的萬象！

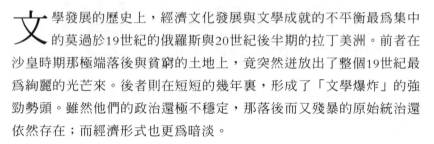

# 第一章
# 拉美：瑰奇的文學新大陸

文學發展的歷史上，經濟文化發展與文學成就的不平衡最爲集中的莫過於19世紀的俄羅斯與20世紀後半期的拉丁美洲。前者在沙皇時期那極端落後與貧窮的土地上，竟突然迸放出了整個19世紀最爲絢麗的光芒來。後者則在短短的幾年裏，形成了「文學爆炸」的強勁勢頭。雖然他們的政治還極不穩定，那落後而又殘暴的原始統治還依然存在；而經濟形式也更爲暗淡。

正是通過他們的文學作品，我們認識到了拉丁美洲，認識到了他們原來竟是一片極爲神奇的土地。在這個「文學爆炸」的「硝煙」中，他們不但誕生了許許多多偉大的作品，而且，他們所領先的不僅是文學作品的強大藝術力量，甚至在文學技法上，他們也遠遠地走在了世界的前列。拉丁美洲文學的崛起吸引了全世界的目光，人們紛紛給其以崇高而公正的評價。英國著名作家格雷厄姆·格林說：「毫無疑問，拉丁美洲文學是當今最重要的文學。」西班牙作家米蓋爾·德里維斯說：「拉丁美洲文學已經居於世界的首位。」

## 第一節　爲作家寫作的作家：博爾赫斯

短篇小說被許多人認爲是最富有藝術性的文學體裁，但正因如此，它也最難寫好。縱觀整個世界文學史，的確很少有人僅以短篇小說聞名，我們知道梅里美、莫泊桑，還有契訶夫和歐·亨利，而這，幾乎都已是傳統的現實主義文學時期的往事了。在現代派文學已發展成爲洶湧澎湃的大潮時，當得起大師的短篇小說家還眞不多。但是，就在拉美文學爆炸前夕，在這塊文學的熱土上，卻產生了一位大師級的作家，那就是阿根廷著名作家豪爾赫·路易士·博爾赫斯（1899～

推薦閱讀

《巴比倫彩票》（博爾赫斯小說集），王永年譯。

《博爾赫斯文集》（三卷本），王永年等譯。

1986）。正是他那機智而穎悟、奇異又深邃的短篇小說創作爲現代派文學在短篇小說這一領域贏得了尊嚴，也爲拉美的文學爆炸奏響了嘹亮的序曲。

博爾赫斯出生於阿根廷首都布宜諾斯艾利斯繁華的市中心。他在童年時期就跟他的家庭女教師學會了英語，而事實上他當時還並不十分熟練他的母語—— 西班牙語。在6歲這個許多兒童還不知文字爲何物的時候，他卻已用英語寫出了一個希臘神話手冊，還有一個短篇故事集。正如我們上一節所說的馬爾克斯一樣（當然，他要比馬爾克斯早30年），也是從小就看了那部民間故事的集大成之作《一千零一夜》：在它那神秘而奇幻的世界中，幼小的博爾赫斯知道了幻想世界那永恆並永在的美。可以說，這個世界成爲了他自己所建構的藝術世界的一個浩瀚無邊的背景。

1914年，爲了躲避戰火，還是少年的博爾赫斯與家人一同去歐洲遊歷，後來，到了秀麗明淨的北歐名城日內瓦，於是他們便定居於此，他也在此讀完了中學。在這裏，他又學會了德語與法語。此時的博爾赫斯已經可以幾無語言障礙地飽覽人類那浩瀚而又多彩的文學經典了。1919年，完成了基本教育的博爾赫斯遷往西班牙的首都馬德里，在那裏，他參加了詩歌界的極端主義運動；並且，在兩年後，他回到了故鄉布宜諾斯艾利斯，並開始投入到眞正的詩歌創作中去。於是，兩年後，他的第一部詩集，也是第一部出版的作品《布宜諾斯艾利斯的激情》發表了；而又

→博爾赫斯，阿根廷詩人及小說家，擅長寫艱深無結局、介於虛構與眞實之間的故事，其最受喜愛的主題是人類精神體系與宇宙社會奧秘的悲喜衝突，因此「博爾赫斯式」如同「卡夫卡式」一樣流行。

一個兩年過去後，他又出版了兩部詩集。

　　然而，正當人們爲這幾本詩集所隱藏的極可挖掘的巨大潛力而有所期待時，他卻突然轉向了短篇小說創作。據說在1938年耶誕節前夕，他的頭撞在敞開的窗戶上，竟受傷暈倒在地上，而且，住院長達三個星期，出院後，他便突然有了這樣的決定。

　　1937年，他成爲布宜諾斯艾利斯市立圖書館的館員，從此，在所剩下的那漫長的半個世紀歲月中，他基本上一直都在圖書館裏工作，只有在1946到1955年，獨裁者庇隆執政期間，他因在反對庇隆的宣言上簽了字，所以被免去當時的市立圖書館的館長職務並被荒謬地任命爲市場雞兔檢查員，他當然拒絕任職，並發表公開信以示抗議。而在庇隆政權結束後，他又被任命爲國立圖書館館長。與書爲伍成了他的一種生存方式，更成爲他精神創造的重要源泉。在40年代，他出版了他最好的幾個短篇小說集。因此，他曾先後榮獲過英國的布克文學獎和西班牙的塞萬提斯文學獎。

## 梅里美

梅里美（Prosper Merimee，1803～1870）（右圖），法國戲劇家、歷史學家、考古學家和短篇小說大師。他的作品題材浪漫、文體古典而有節制，是浪漫主義時期對古典主義的創新。梅里美出生於一個有教養的諾曼人中產階級家庭，原來攻讀法律，但從未開業，相反卻對希臘語、英語、西班牙語、俄語及這些語種的文學更感興趣。

19歲時受密友司湯達的鼓勵，他創作了第一個劇本《克倫威爾》。後來又相繼推出了《克拉拉·加蘇爾戲劇集》（1825）、《居士拉》（1827）。1828年他又創作了《雅克團》這部以36個戲劇式場面來反映封建時代農民起義的歷史小說，這源於當時司各特（Sir Walter Scott，1771～1832，蘇格蘭小說家、詩人、歷史學家、傳記作者，常被認為是歷史小說的首創者和最偉大的實踐者）所開創的十分流行的歷史小說的啓發。其短篇小說是他豐富的想像力和陰沉氣質的最充分反映，其中許多作品帶有神秘色彩，既有異國情調，又有地方色彩。梅里美最為後人所知的中篇小說是《哥倫巴》（1841）及《卡門》（1845）。前者講述一個年輕的科西嘉姑娘迫使她的兄長為報家仇而殺人；後者則描述一個在愛情上朝三暮四的吉卜賽姑娘被一個深愛她的士兵殺死的故事。比才所作歌劇《卡門》即根據後者改編而成。1843年梅里美進入法蘭西學院。

→《卡門》封面

　　1955年，56歲的他便已開始雙目失明，他曾說：「上帝賜給我80萬冊藏書，同時卻又讓我失明，這眞是妙不可言的嘲弄。」自此以後，他便永遠生活在了黑暗之中，雖然，在他的心底，有著晶瑩而璀璨的光明。1986年6月14日，他在日內瓦，因肝癌醫治無效而逝世。日內瓦，他的第二故鄉，又一次接納了他。墨西哥著名詩人，後來的諾貝爾文學獎獲得者奧克塔維奧・帕斯說：「偉大的博爾赫斯之死令人悲痛欲絕。它是對充滿著陰影、充斥著暴力的拉丁美洲大陸的一次極爲強烈的責難。作家使我們驚服的是他堅韌不拔和澄澈如水的崇高品格。令人惋惜的是，博爾赫斯再也不會給我們寫他那精美絕倫的詩歌和小說了。但他的不朽作品又使人寬慰。他的作品將永遠賦予我們以生命之光。」

　　《小徑分岔的花園》是他極具代表性的短篇作品，這部同名的短篇小說集出版於1941年。其情節倒極爲簡單。一個叫俞琛的中國博士在一戰中充當德國的間諜，他發現了一處英國炮兵陣地，但這時，反間諜的英國軍官理查・馬登上尉卻追蹤而來，俞琛連忙逃走，他坐火車到阿希格羅夫鎭，躲到一個叫史蒂芬・阿爾貝博士的家裏。而這時，馬登上尉已經趕到，他得趕緊想辦法把所得到的軍事機密通知德國當局。後來，馬登上尉逮捕了他，但他卻已成功地把這一機密傳送出去了，德國間諜頭子得到這個機密後，便依之對這一炮兵陣地進行了轟炸。那麼，這個機密是怎麼傳送出去的呢，他的辦法竟然就是殺死這一家的主人阿爾貝博士，因爲那個炮兵陣地也叫阿爾貝，所以，這一消息通過公開的媒體大搖大擺地被傳遞出去。不過，這只是小說的情節，其藝術的注意力卻並不在於此，而在於博爾赫斯那永恆的主題：時間與空間。這部作品事實上就是他所設置的一個迷

→奧克塔維奧・帕斯，墨西哥詩人和散文家，其作品緊扣人生的基本體驗，著重表達現代社會中的孤獨與死亡。1990年，他因「充滿激情的文學作品視野廣闊，是完整的人道主義和富於情感的聰明才智的結晶」而榮獲諾貝爾文學獎。

宮，有事實上的「小徑分岔的花園」，有混亂的可以無限制地讀下去
的小說，也有那「擴展、變化、分散、集中、平行」的時間網。

偉大的博爾赫斯使得傳統的文學觀發生了巨大的變化，同時，他
也爲拉丁美洲新的文學提供了理論依據和現實的典範，甚至也對歐美
的現代派文學產生了影響，所以，人們稱他是「爲作家寫作的作
家」。

## 第二節　敞開小說之門：科塔薩爾

巴黎，一個文學與藝術那永遠的浪漫之都，正是她，伴隨了一位
文學怪才的成長及他那驚世駭俗的傑作的誕生，這位怪才就是喬伊
絲。然而，在拉丁美洲「文學爆炸」中，也有一個作家被稱之爲「拉
丁美洲的喬伊絲」，而他也一如喬伊絲一樣，感受過了埃菲爾鐵塔那
靈動的斜影，也被塞納河水沖滌過靈魂。他就是拉丁美洲文學爆炸的
先驅之一，阿根廷著名作家胡利奧·科塔薩爾（1914～1984）。

科塔薩爾出生在布魯塞爾，因爲他的父親是阿根廷政府的外交
官，當時正在比利時。在他5歲的時候，他又隨家遷回阿根廷首府布
宜諾斯艾利斯，然而不久，他的父親便棄家出走了，且一去不返，他
只能與母親相依爲命。這一事件對科塔薩爾的打擊極大，也由此了形
成了他內向並憂鬱的性格。他的母親精通法語而且極喜愛文學，科塔
薩爾在她的影響下讀了大量的世界名著，並自幼能講一口流利的法
語。

1934年，在他20歲的時候，他考上了阿科斯塔師範學院文學
系，並幸運地在路易士·博爾赫斯指導下專修歐美文學，並在這一時
期裏，大量地閱讀文學作品，亦開始了業餘創作。但一年後因生活拮
据而輟學，並在一鄉村中學教書。1938年，他受聘於門多薩省的庫約
大學，講授法國文學，這一個工作保持了5年。隨著這一職位的丟
失，他開始了近乎流浪的生活。1951年，他終於前往巴黎進修文學，

並從此僑居巴黎。也正是在巴黎，他正式開始了自己的文學生涯。1984年，70歲的科塔薩爾在巴黎逝世。

《中獎彩票》是他的第一部長篇小說，發表於他到巴黎的9年以後。在寫作這部作品之前，他已經經過了漫長的文學探索。早在1941年，他就已出版了文字優美、韻律講究的詩集，而且，此後又發表了許多在藝術上進行探索的短篇小說，但直到《中獎彩票》，才標誌著他的小說藝術的成熟。

這部小說的主要內容是記錄了一群彩票中獎者的一次奇特而荒誕的海上旅行。他們因為獲獎而被邀請去乘遠洋巨輪旅行，於是，來自不同階層的人被這一偶然事件聚集到了一起。在剛一開始時，這次旅行就帶有一種極為神秘的東西：中獎者先到「倫敦酒吧」，準備乘船，可從此時開始，就有些無法解釋的麻煩了：他們好不容易上了船，經過了一夜的航行，第二天早上才發現，他們仍停在距布宜諾斯艾利斯不遠的吉爾梅斯對面。這時候大家都有些納悶，但沒有人知道船長是誰，也不知道要到哪裏去，要走多長時間。忽然，他們發現船員們不讓他們去船尾，幾個遊客四處尋找通往船尾的路，但幾乎所有通向後邊的門全被封閉或把守著。後來，拉烏爾與費利佩在尋找途徑時，卻意外地找到了幾支手槍和一些子彈，他們用這些武器方衝進船尾，但是，誰也沒想到，船尾卻是一片空曠，什麼也沒有。

這裏的整個故事都是荒誕的，然而，它的寓意卻異常深刻。這艘遊船其實就是一個社會的縮影，這個小社會一樣有著大社會裏所有複雜而難以

→科塔薩爾，阿根廷小說家及短篇小說作家，係拉丁美洲新一代崛起的受到超現實主義和存在主義影響的傑出作家之一。

推薦閱讀

《中獎彩票》，胡真才譯。

《跳房子》，孫家孟譯。

捉摸的矛盾。

洛佩斯是一個教員，他對自己的生活還是感到滿意的。然而，他的內心卻總在恐懼之中，因為他總是夢見自己的一個朋友當上了部長，這讓夢中的他極為痛苦，使他覺得人人都可以當部長，唯獨他不可以。所以，他的內心事實上極為脆弱而且深藏隱憂。梅德拉諾的生活是百無聊賴的，他不知道自己到底該做些什麼，雖然他極願意去做一些事情。他似乎有些渾渾噩噩。克勞迪婭是一個離過婚的女人，她為了擺脫丈夫的束縛終於走出了這一步，這樣，她便可以保持自己的獨立人格了。然而，她對自己的生活也有不滿，因為她的生活中只是為了兒子而活，別的時間也只有聽聽音樂，看看書。她並不想如此，她還想追尋與探索，甚至是冒險。而佩西奧則是一個奇怪的人，他幾乎不與別的旅客接觸，只在自己的思維與想像中尋找與跋涉。在全書中，佩西奧共有九次獨白，這九次都用大寫字母表示，並不算作全書的任何章節，而且用另一種字體排印，這九次獨白有機地鑲嵌在全書的45章之中，對全書的故事情節與情感烘托起了藝術啟動的作用。

科塔薩爾之所以被稱為「拉丁美洲的喬伊絲」是由於他的另一部作品——《跳房子》。它與《尤利西斯》一樣，既有極高的藝術成就，又對小說的藝術發展增添了無數的藝術經驗，但同時卻又極為晦澀，使一般讀者望而卻步。

小說描寫了阿根廷青年奧里維拉及其朋友的追求與探索。奧里維拉為了尋求祖國的出路，他放棄了自己舒適的生活，與作者本人一樣到了歐洲的心臟巴黎，在這兒，他遇到了烏拉圭女青年瑪佳並相愛而且同居。奧里維拉與許多聚集在巴黎的朋友組成了一個俱樂部，時常聚會來探討人生的真諦，然而，他們卻陷入到思辨之中，並不能得出

什麼有助益的結論。
這時，巴黎社會的汙
濁現實開始令奧里維
拉幻滅了，所以，他
拋開了與瑪佳的愛
情，又回到了阿根
廷，繼續追索他理想

> 我越來越缺乏自信，但是我很高興。從美學的角度說，我
> 是越寫越糟，而我之所以高興，是因為我越來越接近我認
> 爲在這個時代我們應該描寫的對象。從某種意義上看，這
> 似乎很像自殺，但是自殺總比它當活僵屍要好。也許有人
> 會想，一個作家竟然要拆毀他的寫作工具，這豈不是荒
> 唐。可是要知道這樣的工具已經顯得陳舊啦。所以我願意
> 從零開始重新武裝自己。
>
> ——胡利奧‧科塔薩爾

中的眞諦。然而，最後卻失去了理智，從樓上跳了下去。

　　故事大致就是這樣，然而，其作品的藝術畫卷卻絕不僅僅是這些
粗略的線條，它還有更爲豐富而絢麗的色彩。全書共155章，分爲三
部分：第一是「在那邊」（巴黎）；第二是「在這邊」（布宜諾斯艾利
斯）；第三部是「其他地方」（可以省略的章節）。作品之所以叫作
「跳房子」是因爲它的結構是對一種「跳房子」遊戲的吸納與借鑒。
三個部分分別指遊戲中的天堂、人間與其他的房子，而讀者的閱讀也
可以像遊戲者一樣，跳躍著前進。作者在書前的「閱讀指南」中告訴
讀者，有兩種讀法：一是對於「陰性讀者」而言的讀法，即傳統的讀
法，就是從頭至尾逐頁逐章地去讀，並且第三部分可以省略；而第二
種則是針對「陽性讀者」的，這種讀法要按照作者的指南，先從第七
十三章開始讀起，然後回到第一、二章，再又跳到第一百一十六章，
一直到第一百三十一章而結束。這樣，就把第三部分有機地鑲嵌進
去，讀者也就像一個跳房子的高手，在這個藝術的遊戲中充分領略她
的迷人的魅力。這種奇異的閱讀設計顯然對於所有讀者而言都是一種
全新的閱讀體驗，而其在文學史上也將是一種空前的突破。

　　在這部作品的結束語中，科塔薩爾說：「應該將小說之門敞開，
以便透進大街上的空氣，甚至透進宇宙空間的純淨光線。」他傑出的
創作爲我們的小說藝術又打開了一扇大門，他也因此而成爲了拉丁美
洲文學爆炸的四位大師之一。

## 第三節 結構革命的大師：巴爾加斯‧略薩

在拉丁美洲爆炸文學的四位大師中，有一位以奇幻新鮮而又極富藝術感召力的小說結構而著稱於世，並且，他將自己一種極富特色的結構方法命名爲「中國套盒」式結構。這位小說結構革命的大師就是秘魯作家巴爾加斯‧略薩。

略薩於1936年3月28日出生於秘魯第二大城市阿列基帕，不幸的是，在他還未出生時，他的父母就已經離異了，而他在1歲時也隨同母親遷居玻利維亞的柯恰潘帕，當時，他的外祖父正在此地當秘魯駐玻利維亞的領事。在這兒，他是家中的寶貝，備受寵愛，據他自己回憶，那是他一生中最爲幸福的歲月。而在他10歲的時候，他的父母又重歸於好，略薩便又隨母返回秘魯，定居皮烏拉。次年，全家又遷居秘魯首都利馬。14歲的時候，他迫於父命，進入半軍事性質的萊昂西奧‧普拉多軍事學校學習。在這所學校的3年生活中，他看到了獨裁與黑暗，看到了人生的許多眞相，而這也給他留下了永難忘懷的痛苦記憶。中學畢業後，他考入了聖馬可大學，並爲生活所迫，做過廣播員、記者、秘書，甚至爲公墓抄過死人名單。

1958年，他大學畢業。這年，他以一篇短篇小說《挑戰》參加了一家法國的《法蘭西雜誌》舉行的徵文比賽，因獲獎而得到了免費去法國旅行15天的機會。而這一年，他又考取了西班牙馬德里大學的獎學金，並在此獲得了哲學文學博士學位。1959年，他再次去巴黎求學，並四處謀職，以自力更生。正是在這一期間，他大量地閱讀世界文學名著，特別是對法國文學傳統有著特別深透的認識。也是在這時，他在巴黎認識了許多拉美的作家，這些名字在現在看來都極爲炫目，如阿斯圖里亞斯、博爾赫斯、卡彭鐵爾和科塔薩爾，他對這些大師們心儀已久，當時，他便曾要以科塔薩爾爲榜樣。

從1960年開始，他便以自己在普拉多軍事學校學習的經歷爲素材來創作，這部作品終於在1962年出版，這就是年僅26歲的巴爾加斯‧

略薩發表的其第一部長篇小說《城市與狗》，這部作品一發表，便立即獲得了西班牙「簡明叢書」文學獎。

《城市與狗》是一部在藝術上極為成功的作品，他以無微不至的筆觸將這所學校的士官生們那種黑色的生活一一凸現出來。就在這個學校中，人與人的關係是怎樣變成了爾虞我詐、弱肉強食的，從而，把那冷冷的藝術筆鋒伸向這個社會最不可聞問的地方。這部作品在西班牙出版之後，觸怒了秘魯的軍事當局，他們不但把該書的第一版的1000冊放在普拉多軍事學校內當眾焚毀，而且還說作者是秘魯的敵人，並宣揚要剝奪他的國籍。然而，這種強權只可以維持一時，而這部作品卻永遠地留存在文學史中。

→巴爾加斯·略薩，秘魯著名小說家，結構現實主義的一位重要代表。其與卡洛斯·富恩特斯、科塔薩爾、加西亞·馬爾克斯並稱為拉美「文學爆炸」四大先鋒。

1964年，巴爾加斯·略薩回到秘魯，在大森林進行了一次有目的的旅行，收集了大量的材料，1966年，他的另一部名作《綠房子》便問世了。這部作品問世後立刻獲得了「批評」獎，而次年又獲得了委內瑞拉的「羅慕洛·加列戈斯文學獎」，這是僅次於諾貝爾文學獎的世界第二大獎。

這部作品幾乎涉及到了秘魯社會生活的方方面面。他描寫了皮烏拉城，這是一個由落後的小鎮經過畸形的發展而變成的現代化城市，而其周邊卻還有極為原始的森林地區，那是國內外冒險家們活動的舞臺。而且，作品描繪了形形色色的人物：從政客到地痞流氓，從妓女到修女，從士兵到軍官，從神父到老鴇，從國外冒險家到鋌而走險的當地印第安人。時間前進了，但那些人仍然在黑暗與壓迫中忍受，這不僅是皮烏拉城，也是秘魯的現實縮影，甚至是整個拉丁美洲的悲劇

性現實的寫照。

《綠房子》的結構即被作家稱之為「中國套盒」式的結構。其全書由五個故事組成：一是孤女鮑妮法西婭的故事，她怎樣從一個孤女變成了一個妓女；二是日本的冒險家伏屋的故事，這個故事不是直接寫的，而是通過阿基里諾的談話敘述出來的；三是樂師安塞爾莫的一生及皮烏拉城的妓院綠房子的興衰史；四是印第安人胡姆的反抗與鬥爭；五是皮烏拉城四個二流子的故事。這五個故事分別在幾個不同的地方展開，而作者就運用他的「中國套盒」式結構，把其所發生的每一個細小的切片巧妙地安排在各個章節之間。全書也恰如其分地分為五個部分。第一與第三部分都各有五章，也就恰好是前面所說的那五個故事。第二與第四部則各有四章，各包括四個故事：因為在第二章

# 拉丁美洲第一個獲得諾貝爾文學獎的婦女

米 斯特拉爾（Gabriela Mistral，1889～1957）是拉丁美洲第一個獲得諾貝爾文學獎的婦女（1945）。她是智利女詩人，原名Lucila Godoy Alcayaga，此名取自兩位詩人的名字——義大利的鄧南遮（Gabriele D' Annunzio）和法國的米斯特拉爾（Frederic Mistral）。

米斯特拉爾的一生，除了寫作以外，還是一位教育家、文化官員和外交官。在教書期間，她仍不忘寫作。1914年，她的3首《死的十四行詩》在聖地牙哥的「花節詩歌比賽會」中一舉奪冠，確立了她的詩人聲譽。縱觀米斯特拉爾的詩作，可以發現其思想感情和創作主題的演變歷程。她早期作品《孤寂》（1922）中有一首詩《痛苦》，表現了她的情人自殺的戀愛事件，也正因此，她終生未嫁，在其早期作品中也籠罩著一種受挫的母性柔情的愁悶情調。她的第一、第二部詩集《絕望》、《柔情》中收集的主要是此種風格的作品。但隨著時間的推移，她的詩作風格開始趨於表達她那寬廣的胸懷和真摯的母愛，她寫下了眾多兒歌和童謠，深得兒童的喜愛。處於後期創作的米斯特拉爾，越來越多地為印第安人祈福，為遭受壓迫的人們吶喊疾呼，向保衛世界和平、反對法西斯的戰士轉變，其詩作無論從寫作範圍還是創作靈感都得到了昇華，更加重了美洲主義色彩，其中洋溢的火熱激情及深沉的博愛之情感染著美洲人民的心靈。這些精神上的轉變在《大樹之歌》中有充分表現。1955年發表的詩集《葡萄壓榨機》亦表達了對祖國、人民和世界和平的熱愛。

啊，大樹，我的兄弟，
棕褐色的根子深深地伸到地裏，
仰著潔淨的額頭
熱切地嚮往著高高的天際。

孤獨地棲居在這貧瘠之地
吸吮著微薄微薄的養分，是泥土把我哺育，
但願我永遠保持著記憶
莫要忘記土地就是我的母親。
——節選自《大樹之歌》

推薦閱讀

《城市與狗》,趙紹天譯。

《綠房子》,孫家孟譯。

《酒吧長談》,孫家孟譯。

《世界末日之戰》,趙德明、段玉然、趙振江譯。

裏,胡姆的故事消失了;而在第四章裏,鮑妮法西婭與二流子利杜馬結婚了,所以,她的故事與二流子的故事合而爲一了。而第五部分則是尾聲,是上述五個故事最後的結局。這種情節的安排使得每一個故事的懸念都被巧妙地醞釀起來,從而增加讀者的審美濃度。還有,他的鏡頭之間的轉換極其巧妙而又富於藝術美感,他幾乎每次轉換都有其內在的某些相關性,如本來是寫在北星旅館中安塞爾莫與歐塞比奧搶著付錢,這時作者的筆鋒突然一轉,又敘述歐塞比奧在綠房子嫖過後付錢的情景。除此之外,作者在對話上也精心安排,巧妙穿插。如在一些對話中,又插入其他幾處毫不相干的對話,或者是幾組對話同時進行,而有時候後面本不相干的對話卻反而對這裏的對話有其或是解釋、或是嘲諷的效果。

小說的語言充分吸收了現代派文學的探索成果,其對白與獨白,對話與敘述,便失去了明顯的界限;而且,甚至有時不分直接引語與間接引語,人稱也相互變換。這樣,便最大限度地開發了語言的表現力,使之在渲染與烘托氣氛上表現出極爲強大的力量。

巴爾加斯・略薩的創作力極其旺盛,他從1962年始,幾乎每隔三年就會有一部長篇小說發表,而且,每一部都會有新的探索與斬獲。如其於1969年又發表了反對獨裁的長篇巨制《酒吧長談》,據說這是作者自己「生平最喜愛、最得意的作品」,美國一著名文學史家說,這部作品不但標誌著巴爾加斯・略薩本人已臻成熟,而且也標誌著本世紀60年代湧現的一大批拉丁美洲作家已達爐火純青的境界。1973年,他的新作《潘達雷翁上尉與勞軍女郎》,把多種文體運用到了小說之中。1977年發表的《胡利婭姨媽與作家》是根據他自己與他姨媽

的真實情感經歷寫成的，當時，他們已經離婚，但這部作品卻絕不是單純的自傳，他用奇數章節寫作家、姨媽的結婚歷程，而其偶數章節卻是一個一個獨立的短篇小說，這種結構把當時的社會像串珠一樣

> 巴爾加斯‧略薩把作為自由的戰壕決死地加以保護，他是隨筆、小說、戲劇、傳記和文學批評的罕見的耕耘者。
>
> ——第十三屆梅嫩德斯‧佩拉約國際文學獎獲獎評語

聯結起來了。而他於1981年發表的另一長篇《世界末日之戰》則被素以嚴厲著稱的拉美文學評論家桑切斯評為他的最佳之作。總之，在拉美四位文學大師裏，他是全面開花的一個。

# 第二章
# 日本：領跑東方的現代腳步

就在整個歐美文學湧動出異彩紛呈的全新風景時，就在拉丁美洲醞釀並騷動著巨大的文學能量時，就在蠻荒的非洲也以自己詭異多姿的民族風貌爲旗幟而走向文學的近代轉型時，東方，這個曾經孕育過無數輝煌的古老土地卻驚愕地注視著歐風美雨的奇幻多彩而無能爲力，他們似乎已止步於文學近代化那高聳的門檻之外。西方已經浪費了從古希臘的悲劇到文藝復興整整20個風雨如晦的世紀，而這時我們卻創造出了偉大而光輝的文學傳統，但從18世紀中葉曹雪芹的《紅樓夢》之後，直到20世紀初，這一百多年，除了上文提到的泰戈爾、夏目漱石、紀伯倫這幾瞥投向西方的目光之外，毫不誇張地說：我們幾乎一無所有。一百多年，相對於我們兩千年的巨幅畫卷而言當然算不了什麼，但是，就在這一百多年裏，西方卻創造出了並不遜色於我們的壯麗景觀——深邃而濃烈，豐富而精純！

東方，泥濘中的巨龍，它的起步該是多麼艱難！

然而，明治維新後的日本面對紛紜萬狀的西方文學現象，卻表現出了空前的熱情，他們用了七八十年的時間，卻走過了西方文藝復興

**黑人文學**

指美國黑人創作的有關黑人的文學作品。美國黑人文學起源於黑人奴隸歌曲，這些歌曲中，不論是悲歌還是民歌，都傾吐了黑人背井離鄉、淪爲奴隸的痛苦心情。書寫文學最早出現在18世紀，19世紀以後陸續增多。表現形式先是詩歌，再是小說。作者多數是已經獲得自由的黑人，傾吐黑人奴隸的苦難，控訴蓄奴制的罪惡。南北戰爭前後，以道格拉斯爲首的黑人作家提出廢除蓄奴制、爭取黑人人權的要求。黑人文學的戰鬥性增強。之後，黑人文學在藝術上更為成熟，拉爾夫·埃利遜的小說《看不見的人》和鮑德溫的散文，均已達到第一流文學的水準。他們對種族不平等的抗議採取了更細膩、更深刻的表達方式，希望人們認識到黑人是具有全部人性的人。新一代的黑人詩人勒魯伊·鍾斯，則給自己另外起了一個穆斯林名字，表示他對美國文化的鄙棄。

以來幾個世紀的文學歷程。日本文壇成了一個試驗場：各種文學思潮此起彼伏，呈現出一派勃勃生機。

他們，在全身心的膜拜與模仿之後，終於獲得了自己獨特的文學精神。

## 第一節　東方鬼才——時代不安的象徵：芥川龍之介

在進入文學的近代化視野之後，第一幅展現在我們面前的風景，無疑是日本大正時期的著名短篇小說巨匠芥川龍之介的藝術畫卷。

芥川龍之介（1892～1927）出生於東京，從小就浸潤於纖細敏銳的日本俳句、優美而鏗鏘的唐詩宋詞、奇幻多姿的明清小說之中。1913年，他又考入了東京帝國大學英文系，從而更加自由地徜徉於西方文學那無際的海洋，這形成了他東西兼融的文學大背景。在他還是大學生的時候，夏目漱石已經是名滿天下的大作家了，他經人介紹認識了這位日本近代文學的先行者並參加了夏目漱石的「週四聚會」，成為了漱石的門生，後來又成為了新思潮派的中堅作家。

→這是東京的主要街道。明治維新令日本開始步入強國之列，如同西方國家一樣，日本隨著一戰的結束，在19世紀時代確信無疑的事實於戰後都潰敗了。明治維新時期的作家——意即明治時代（1868～1912）結束以前已開始寫作生涯的人——可能會不安而失望，但他們認為知道自己需要什麼。可是此認識對於像芥川龍之介這樣的作家來說是無法想像的，因為他的世界原本就是殘缺不全的、對立的。

　　然而，他本人卻有著非常不幸的生活經歷——雖然這也同時玉成
了他的文學生涯——在他還需要母親唱著搖籃曲才能入睡的時候，他
母親卻發了瘋，他便過繼給了舅父當養子。這一遭遇爲芥川今後的人
生軌跡埋下了極爲危險的伏筆，形成了他孤僻而又敏感的氣質。而讓
他眞正開始對人生投以懷疑的目光的，是他初戀的失敗。在22歲的時
候，他愛上了生父家的小保姆吉村千代，但是其父母的激烈反對又使
這一段情感消於無形，這給年輕的芥川龍之介沉重的打擊，這種打擊
對於芥川的巨大影響僅從其翌年便開始的文學創作中就可以很明顯地
感受到。

　　1915年，23歲的芥川龍之介帶著濃重而灰暗的心理陰影走上了
文壇——他的第一篇成功的短篇小說《羅生門》發表了。這篇小說雖
然情節簡單，篇幅短小，但卻集中了芥川一生的藝術特點。它取材於
日本古典故事集《今昔物語》，寫的是古代平安朝末期的事。一個被
解雇的僕人在羅生門下避雨，他這時已經走投無路了，於是便一直在
思考一個問題：是當強盜還是餓死。然而他忽然發現樓上的死屍堆中
有一個老太婆正在拔死人的頭髮，他非常憤慨，這時，他不但否定了
自己剛才那個當強盜的想法，而且「對一切罪惡引起的反感愈來愈強
烈」。然而，老太婆卻說，拔死人頭髮是爲了生存，要不也得餓死。
這一番辯解卻讓他突然下定了決心，他心安理得地剝去了老太婆的衣
服，揚長而去。小說的結尾說「昏死過去的老太婆從屍體中爬起來。
她一邊發出既像嘟囔又像呻吟的聲音，一邊借著還在燃燒的火光，爬
到樓梯口，在那兒倒垂著短短的白髮，向羅生門下邊望著。外邊是黑
漆漆的夜。僕人的去向誰也不知道。」但人們都明白，僕人已泯滅了
他最後一點良知，消失在惡的無底深淵了。

　　巴爾札克在《高老頭》的結尾是這樣寫拉斯蒂涅的，「他埋葬了
自己最後一滴眼淚，赤目炎炎地望著巴黎說：『現在咱們倆來拼一下
吧！』」巴爾札克用其雄深剛健的筆力，細緻入微地書寫了拉斯蒂涅
走入罪惡的全過程，其現實主義的力度是無與倫比的。而在《羅生門》

中，讀者卻感受到了這一過程那令人毛骨悚然的陰森氛圍。如果說，巴爾札克的世界正如同資本主義上升階段一樣，罪惡中也帶有令人激動的東西，那麼，芥川龍之介的世界就只有絕望與陰冷！

這裏，僕人那個「當強盜還是餓死」的問題也與莎翁的《哈姆雷特》有相似之處，但是，芥川把這一問題從對人類的終極困惑內化為人性的自我設計，從而取消了社會與人生的關係，並把人性暴露在被審視的前臺。於是，其作品中那陰冷的世界也便成為了芥川對人的本性的一種象徵性描繪。

《羅生門》的發表並未給他帶來應有的好評，而其翌年發表的《鼻子》才真正令他一舉成名。當時，夏目漱石也對此作大為讚賞，並寫信鼓勵他說：「如果再寫上二三十篇這樣的作品，那定會成為文壇上無與倫比的大作家！」小說寫一個叫禪智的內供（僧人）長了一條五六寸長的鼻子，連吃飯都得一個徒弟用木棍掀著，而內供又是一個非常敏感的人，所以他千方百計想把它弄短。終於，有人說可以先用熱水燙，然後讓人用腳踩的辦法來使其變短。他依之而行，果然成功了。但是，「鼻子短了反倒讓內供後悔不迭」，因為，他身邊的人見他沒了長鼻子反而更為露骨地嘲笑他。正當他不知如何是好的時候，他卻突然發現，他的鼻子在不知不覺間又恢復為過去的樣子了，他便又恢復了往日的平靜。

這部奇異的作品不能不讓我們想到剛在一年前發表的現代派文學的先鋒號角：卡夫卡的《變形記》。二者均是借了對人物變形的怪誕手法來表現作者對這個世界的心靈感受。但是，卡夫卡創造出格里高爾·薩姆沙變成一隻大甲蟲的情節是為了闡明這樣的一個命題：作為個體的人在龐大的社會機器下是怎樣被異化的，而芥川顯然並非如此，他的關注點仍然在於人性。他不但表現了內供周圍人那種陰暗的利己主義心理，而且作家似乎也承認了這就是人的本性。因而，在由這些人組成的社會裏，自我是脆弱的，突出而強烈的個性往往不能被

社會認同，而社會評價卻以其外在的異已力量扭曲了人們的心理。在其冷峻和幽默的外表下，作者在痛楚地向人們昭示著個體意識在求同心理的抑制下不得不缺失的文化悲劇！

　　這部幽默而冷峻、簡潔而豐厚的作品與《變形記》的發表僅僅相差一年，也正說明了芥川文學的確已走到了近現代文學的前沿。

　　終於，在1921年，芥川發表了使其文學生涯達到頂峰的傑作：《竹林中》。這部作品僅有七千字的篇幅，但卻撲朔迷離，有著無限的闡釋可能性。全篇7段，分別是七個有關的人對一個殺人案所作的「證詞」。然而，他們的證詞卻相互矛盾。最明顯的是三個當事人。強盜多襄丸在被捕以後招認說是他殺了那個武士，因為他看到那武士的妻子便動了邪念，於是謊稱竹林中有他埋下的寶貝，騙得二人隨他入林，然後他把武士綁了起來，並姦汙了女人。而那女人卻突然要求這兩個男人必須死一個，於是，他為武士鬆了綁，二人決鬥，最後他殺了武士，而女人卻也不知去向。而眞砂（武士的妻子）在去清水寺懺悔時說她被姦汙後，卻發現丈夫眼中有一種蔑視的光，於是，她昏倒在地，醒來時強盜已不見了。她對丈夫說她願意一死了之，但他已看到她的恥辱，所以，也必須死去。然後就用自己的小刀殺了他，但現在她又沒有骨氣去死了。最後更出人意外的是，那個死去的武士竟也借了巫女之口說出了自己的證詞，妻子的確要求強盜殺了自己，但強盜聽了以後卻反而要殺死她，她立即逃跑了，強盜也追了過去。他自己拾起妻子的那把小刀自殺了。

　　這裏每個人都說出了一部分的實情，但又都有所隱瞞。其

→芥川龍之介，筆名澄江堂主人，俳號我鬼。日本多產作家，著有短篇小說、戲劇及詩歌，以風格特異、技巧精湛著稱，且懂得古典文學也善於利用古典文學。芥川是日本所有作家中作品被最廣泛翻譯的作家之一，他的一些短篇小說被拍成了電影。

推薦閱讀

《芥川龍之介小說集》，文潔若等譯。

《芥川龍之介作品集》（兩卷本），葉渭渠主編。

最大的疑問就是，殺人者究竟是誰？三個人中，每個人都說是自己所殺，這究竟是爲什麼？每一個研究者都對此作出了自己的詮釋，但又相去甚遠。其實，我們在追索眞相的時候卻忘記了，這並非一篇偵探小說，其目的也並不在於寫一個謀殺的故事。如果說在前兩部小說中芥川把人性中的惡暴露出來正是由於他還存有使之惕勵的希望的話，那麼，在本篇中，他已經絕望了。按通常的解讀策略，我們可以認爲私欲是這篇小說中唯一的兇手——正是私欲導致了幾個證人對事實加以歪曲的，但是，我們應該看到，作者並沒有這樣明確的藝術指向，可以明確的倒恰恰是芥川已經對人生的所謂「眞相」產生了懷疑，並從這種懷疑走向了對人生與社會的懷疑。有學者說「竹林中」象徵著糾葛紛繁的現實社會，這是相當精闢的看法，但是，我們還可以再補充一句：在芥川看來，這個社會已經變得那麼不可理解、神秘莫測，而又充滿惡意。

於是，1927年，素有鬼才之譽的芥川龍之介，留下了一百四十餘篇個個不重覆別人也不重覆自己的精短小說，帶著對人性與人生的懷疑與失望，對社會與時代的困惑與不安服毒自殺。他的死，被認爲是日本近代文學的終結。

## 第二節　美的悲哀與幻滅：川端康成

1968年，瑞典諾貝爾皇家文學院的頒獎大廳裏，第一次迴盪著一種對於西方人而言極爲神秘莫測的語言，它通過媒體，迅速地傳遍了全世界，並且，它也將永久地縈繞在那氤氳縹緲的文學世界之中。因爲，在這裏發言的，是第一次眞正登上這個領獎臺的東方人。世界上第一個榮獲諾貝爾文學獎的東方作家是泰戈爾，他在1913年就已問鼎了；然而，他卻並非第一個站在這個極富象徵意味的獎臺上。而這一

令所有東方人如釋重負的登臺卻還要推遲55年，直到這一時刻，才由一個身穿黑色鑲紫的絲製和服，腳跋一雙白色拖鞋的70歲老人在此曼聲吟誦，這個老人就是日本著名作家川端康成（1899～1972）。

川端康成生於日本大阪一個醫生家庭，然而，極為不幸的是，在他兩歲的時候，他的父親便因患肺病而去世；次年，他的母親也因病去世了，

→川端康成，日本小説家，1968年獲得諾貝爾文學獎，評語恰如其分：以敏銳的感受，高超的敍事技巧，表現了日本人的精神實質。上圖即為他接受諾貝爾文學獎時的情景，前面右一即為川端康成。小圖為1999年日本發行的帶有川端康成頭像的郵票。

他便與祖父母共同生活。但不幸並沒有放過他，在他7歲的時候，他又失去了祖母，而他那又聾又瞎的祖父也只多陪了他9年；而在此期間，他還失去了他的姐姐。於是，在他16歲的時候，他真的變成了舉目無親的孤兒了。這種連續失去親人的痛苦經歷給他幼小的心靈抹上了極為濃重的陰影，並且，影響到了他對世界以及對人生與社會的看法，也影響到了他藝術世界的建構。

成為孤兒的川端康成只好背井離鄉，寄人籬下。次年，他考上了東京一高的英文專業。1918年秋天，他獨自出去到伊豆半島旅行；1920年，他又考入了東京帝國大學英文系。兩年後，他開始以他去伊豆半島旅行經歷寫他的第一篇引起巨大迴響的短篇小說《伊豆舞孃》。1926年，這部作品終於發表了。小說以第一人稱來寫「我」在20歲時到伊豆旅行的經歷。在這個旅程中，他偶遇了一夥江湖藝人，彼此結伴同行。他們都心地善良，情感純樸而且待人熱誠；尤其是那個舞孃，天真未鑿，純潔，憂鬱而哀傷。此作的結構與技巧雖還不成熟，但川端康成那種淡淡的哀愁與憂傷已滲透在字裏行間了。

1924年，25歲的川端康成大學畢業，卻並不去謀職，而與橫光利一等同窗好友一同創辦了一個刊物《文藝時代》，他們肩負著一種

神聖的使命感，要使日本的舊文學在歐風美雨的洗禮下脫胎換骨。這也就是日本文學史上極有影響力的「新感覺」派的誕生。此後的川端康成便在自己獨特的文學道路上進行著孜孜不倦的探索與耕耘，並營建出了極具美感的文學世界。

川端康成最為傑出的代表作是《雪國》。這部中篇小說先是寫於1935年，並分章發表於雜誌上，兩年後被彙輯出版。然而，其創作歷程並未至此而結束，因為其後作者仍在不停地修改，直到1947年方才完全定稿，前後竟延續了12年。

小說寫了一個舞蹈藝術研究家島村，在3年中曾三次去北方的「雪國」，與當地的藝妓駒子相遇並產生了愛意，而對另一少女葉子也有愛慕之情。他一面迷戀駒子那美麗的肉體，而另一方面，又陶醉於葉子那種超凡脫俗的美。然而後來，島村與駒子的愛情終於以中斷而告終，葉子也竟死於一場大火。

全書幾乎沒有什麼情節，但其文字與意境卻精美絕倫，這也充分地體現了新感覺派的成果來。在小說剛一開始時，寫了島村第二次去雪國在火車上看到葉子的情景，這一節已成為了世界文學中的經典情境了。當時，已夜幕降臨，島村正在無意中看到火車玻璃中映出了斜對面的一個乘客，那就是葉子，這時，作家這樣寫到：

*鏡面的映像與鏡底的景物，恰似電影上的疊印一樣，不斷地變換。……人物是透明的幻影，背景則是朦朧逝去的日暮野景，兩者融合在一起，構成一幅不似人間的象徵世界。尤其是姑娘的臉龐上，疊現出寒山燈火的一刹那，真是美得無可形容。島村的心靈都為之震顫。*

這一節的純美與與輕靈正是這部作品的一個典型的樣品。然而，也正是這一情境，透露出了這部作品乃至於川端康成幾乎所有作品的精華與核心：那就是美的虛幻與悲哀。因為在這裏，島村本來可以毫無顧忌地轉過頭去看正忙於照顧病人的葉子的，但他卻並不，他只執著於看車窗玻璃裏映出的那個虛幻的幻影。

其實，就作品所結撰的情節而言，這一點就更為明顯。駒子是在島村的情感世界中，標誌著現實的美，也是島村官能性感受中所純化過濾了的美；而葉子則不是，她有意識地被寫得朦朦朧朧，恍惚而縹緲。這可以說是島村理想中的美，而這種美與駒子所代表的那種感官上的美在其作品中並不相互簡單排斥或否定，而是相互映襯，甚至相互闡發。

但是，這又很快涉及到了川端康成文學世界中的另一個主題：美的幻滅。無論是野性的、肉感的美的代表駒子，還是輕靈虛幻的美的代表葉子，最後卻都被現實所吞噬，沉向無底的、不可知的深淵中去了。甚至在葉子在火中死亡的時候，作者還安排了島村從村外高處靜觀熊熊大火的場景，他似乎在看一種極致的美的幻滅，並從這種幻滅中得到昇華。這就是川端康成所認為的所有美的特質（悲哀）與歸宿（幻滅）。

此後，川端康成又發表了《千羽鶴》、《古都》等傑出的中篇小說作品。後期發表的《山音》、《睡美人》則以老年人的變態戀愛心

→1924年，川端康成與橫光利一等同窗好友創辦了刊物《文藝時代》，他們欲使日本的舊文學走上全新的道路，這標誌著日本文學史上著名的「新感覺」派的誕生。下圖為1927年6月刊社骨幹人員在各地召開「文藝春秋」動員演講會而聚首時的情景。左二為川端康成，中倚坐者為橫光利一。

437

推薦閱讀

《川端康成小說選》，葉渭渠譯。

《川端康成文集》（十卷本），葉渭渠主編。

理為主要藝術載體來表現他對生命與美的感受與慨歎。特別是《睡美人》，描寫一家妓院，把美女先麻醉了，然後讓一些老年人去滿足他們的心理需求，通過這一怪誕的情節設計，他寫出了對於生命與美的悲劇性思索與深深的恐懼！

　　1968年，他「由於他的小說藝術以充滿高超技巧的敏銳表達了日本的民族精神」而榮獲諾貝爾文學獎。而4年後，他卻在自己的寓所裏，打開煤氣，靜靜地結束了自己的生命。

## 第三節　日本的卡夫卡：安部公房

　　1994年，諾貝爾文學獎授予了日本作家大江健三郎，但在聽到這個消息後，大江卻說：「如果安部公房先生健在，這個殊榮非他莫屬，而不會是我。」這當然一方面反映了大江的謙虛與不掩人之善的品質，但事實上卻也正說明了安部公房在日本文學中的大師地位。

　　安部公房（1924～1993）出生於東京的一個醫生家庭，他們原籍北海道，在安部公房出生的次年，其父在中國瀋陽的滿洲醫科大學任教，舉家遷瀋。他的小學與中學就是在瀋陽就讀的。1940年，16歲的安部公房中學畢業，便考入東京成城高校，攻讀理科。但不久卻得了肺病，只好又回到瀋陽的父母身邊，休養了一年。到1942年春，他再次回國復學。而這時的日本已經烏雲密布，四處宣揚所謂的大東亞共榮，為其侵略大造聲勢。安部公房極為反感。次年，他考上了東京帝國大學醫學系，然而當時的政治形式卻不允許他安靜讀書，1944年，二戰的局勢已極為緊張，日本政府全面徵兵，但他卻偽造了診斷書，休學又回到了瀋陽。就在日本投降的時候，他的父親卻感染了傷寒而逝世。他與他的母親被遣返回自己的故鄉北海道。

　　這時的安部公房又回到了東京帝國大學醫學系繼續學業，但他只能半工半讀，甚至靠賣鹹菜和煤球為生。然而，也就在這種困難的時候，他開始了他的文學創作，因此，在他剛畢業後就棄醫從文，並寫出了第一部長篇小說《終道標》。這部作品標誌著安部公房走上了文壇，所以有的文學史家認為，這部作品是戰後文學中，劃時代的事件。

→安部公房，日本小說家、戲劇家，以使用離奇的寓意手法，著意描繪個人的孤獨感著稱。

　　然而，真正畫出安部公房的文學山脈的卻是他在1951年發表的中篇小說《牆壁——卡爾瑪氏的罪行》，這部作品獲得了第二十五屆芥川文學獎，這也標誌著他正式並真正地確立了自己在日本文學史上的地位；而同年發表的短篇小說《闖入者》與1962年發表的中篇小說《砂女》也是其表現主義文學的典範之作。且後者在發表的次年就獲得了第十四次讀賣新聞獎，又在5年後榮獲了法國最佳外國文學獎。

　　《牆壁——卡爾瑪氏的罪行》的情節是這樣的，主人翁一天早上醒來才發現，他已經忘了自己的名字了，這給他造成了極大的困難與尷尬。他開始四處尋找自己的名字，然而，不可思議的是，在任何寫過名字的地方，都已變成了一片空白，於是，他的苦難之旅就開始了。這個支撐整部作品構架的大結構是異常荒誕的，但是，其中卻寓有極深刻的意義：人在現代社會的龐大的非人力可以控制的生活中，逐漸失去了自我，甚至被社會無情地吞噬了自己可以辨別的個性，成為社會機器上毫無自主力的部分。

　　後來，他發現自己的名字是被盜了，而盜竊者竟是他的名片。這不能不讓人感歎其為神來之筆了。名片偷走了主人的姓名，便越俎代庖地代替了主人的一切活動與權益，並且鼓勵主人的衣帽鞋襪等各種物品也來造反。而失去了姓名的主人翁卻只好與其名片妥協。後來，

他到醫院去就診，聽到醫院裏叫他十五號時，竟有一種幸福痛快的感覺。這時，他發現自己在看雜誌上的一幅風景畫時，那幅畫卻被他吸入到胸腔中去了，而雜誌彩頁上卻成了一片空白，而在醫生的透視鏡下，卻可以看到他的胸腔中那廣袤的曠野。後來，他到動物園中去尋找同樣無名的動物來安慰自己，但這裏的獅子、斑馬等等都親切而溫柔地看著他，「懷著一種悔恨與屈辱的心情」來看他，原來，它們看到了他胸腔中那片曠野。就在他差點兒把動物也吸到胸腔中去時，他被捕了，而審判他的法庭卻設在白熊館裏，法官是一個普通護士「金魚眼」。在這場荒謬絕倫的審判過後，他又經歷了種種苦難與幻滅，甚至他唯一的希望：女友丫子也變成了一個櫥窗裏的假人。最後，他終於變成了一堵牆，一堵不斷成長的牆。

## 大江健三郎

*通過詩意的想像力，創造出一個把現實與神話緊密凝縮在一起的想像世界，描繪出現代的芸芸眾生相，給人們帶來了衝擊。*
*—— 諾貝爾獎獲獎評語*

→道是日本於2000年發行的帶有大江健三郎（左）與川端康成的郵票。

大江健三郎（1935～ ）日本小說家，被權威的《戰後日本文學史》稱為日本「新時代文學的旗手」。其作品表現了第二次世界大戰後一代人的醒悟和叛逆精神。1994年獲諾貝爾文學獎，同年拒絕日本政府擬頒發的文化勳章，以示他的平民情趣與立場。1957年，大江在《文學界》雜誌上發表小說《死者的奢華》，成為日本文學最重要的獎項「芥川文學獎」的候選作品，同時川端康成稱讚此小說顯露了作者「異常的才能」。1958年，大江發表了他早期最具代表性的作品《飼育》，獲得了第三十九屆「芥川文學獎」。

大江初期的作品被其同時代人認為極其關心社會與政治評論，而其本人也深深地捲進新左派的政治中去。這反映在其1961年所做短篇小說《十七歲》及《政治少年之死》中。70年代初，大江的作品尤其是散文，反映出他日益關心核子時代的強權政治以及有關第三世界的問題。主要作品有《核時代的想像力》（1970）。

大江的作品具有著超越國界的影響。1989年，大江獲歐洲共同體設立的狷羅伯利文學獎，評委會認為，大江對歐洲文學也給予了相當的影響，他創造了能夠表現個人體驗與普遍性經驗相結合的文體。1993年，他創作的長篇三部曲《燃燒的綠樹》榮獲義大利蒙特羅文學獎。另外，其重要作品還有長篇小說《個人的體驗》（1964）、《洪水湧上我的靈魂》（1973）、《M/T與森林裏奇異的故事》（1986），系列短篇《新人呵，醒來吧》（1982）。

　　這部作品描寫了一個人在當代這個陌生的沒有知音的社會中，被異化、被物化的可怕經歷。這種奇異的寫法不能不讓人想到卡夫卡的《變形記》，但他沒有後者那麼純淨，因而也就更能折射多層次、多角度的不同光線。而在醫院門口，一個畫家在對著畫布等待什麼，當有人問他在等待什麼時，他說：「我也不知道要等什麼，要知道早就不等了！」這句話讓人想到了貝克特在《等待戈多》中所營造的經典人類寫照，然而，《牆壁——卡爾瑪氏的罪行》創作於1951年，比《等待戈多》恰早一年，可見，這是兩位偉大的作家以自己的穎悟對這個社會所作出的藝術總括。

　　而其另一作品《砂女》則被認爲是他的代表作。小說描寫了一名到砂丘地帶採集昆蟲標本的教師仁木順平，被人誘騙從而落入到如同螞蟻穴一般的砂洞裏，並與一名寡婦生活在一起。在一次又一次地逃亡都失敗之後，他反而逐漸意識到了一個全新的自我，當最後逃亡那勝利的曙光來臨時，他卻留了下來，在這裏，他感到可以在孤獨封閉的狀態中超越現實，找到自我的生存意義。這部作品涉及了他文學生涯中最爲核心的主題：那就是現代人的孤獨與恐懼，以及反覆無限地進行自我生存的探索。

　　安部公房的每部作品都極有新意且極爲新奇。在其《闖入者》中，他寫了一個人的住宅無端被一群陌生人無理霸佔的故事，從而寫出了現代人所面對的所有的異己力量對人類的侵害；而其短篇《神奇的粉筆》更爲奇妙，它寫一個窮困的畫家阿根先生在畫室中幻想，忽然發現自己的一小截粉筆極爲神奇，可以把畫出的東西變爲現實。饑餓的他自然先畫了豐盛的飯菜；而接著疲乏了的畫家又畫了舒適的床；接下來住房擁擠的他再畫了寬敞的居所，甚至畫出了一片大海；最後，他的本能起作用了，他畫了一個美麗的女人。但這個女人並不理解畫家，她要出去過她自由而揮霍的生活。畫家告訴她，她只是他創造出來的，並不可以出畫室去見陽光，如果那樣，就會還原成爲一

推薦閱讀

《安部公房文集》（三卷本），葉渭渠、唐月梅主編。

張畫。女人不信，後來用她畫的拙劣的手槍打死了畫家，她急切地去拉開了厚厚的窗簾，頓時，陽光讓她飄浮了起來，她還原成了一幅美麗的圖畫。我們不得不承認，這是一篇藝術性極高的傑作，而它的價值卻尚未被充分注意到。

## 第四節 純真年代的愛情物語：村上春樹

在古往今來的日本作家中，有一個名字顯得特殊而重要。他的作品有著暢銷書般的驚人銷量，但嚴肅的文學性又使他與那些暢銷小說家有著判若雲泥的區別；他還沒有在文學史上留下自己的名字，然而他的作品卻已經為整個世界的讀者所接受、喜愛；他生活在大江健三郎和川端康成之後，卻沒有被他們的光芒所籠罩，而是走出了一條迴異於以前任何一位日本作家的道路。這就是村上春樹，一個世界性的日本作家。他的作品寫的是日本人，卻傳達出了全人類對於現實的那種不確定的感覺。

1949年1月12日，村上春樹誕生於日本京都市伏見區，在他12歲的時候，就隨家搬到兵庫縣西宮市夙川定居。他的父親是京都和尚的兒子，母親則是船場商家的女兒。由於父親是國語老師，而且很喜歡看書，因此除了漫畫書和週刊雜誌外，村上春樹從小時候起就可以買自己愛看的書來讀。在讀中學的時候，他家每月訂一冊《世界文學全集》和《世界文學》，村上春樹就在這些書的陪伴下度過了中學時代。這給村上日後從事文學創作打下了堅實的基礎。

高中畢業之後，村上春樹當了一年浪人——重考生。第二年他考上了早稻田大學第一文學部的演劇科。但他幾乎不到學校去上課，他在新宿打工，空閒時就到歌舞伎町的爵士咖啡廳去。22歲時，當時還是大學生的村上春樹就和夫人陽子結婚了。3年後，夫妻兩人以日幣

500萬元的資金，開了一家以村上的貓的名字命名的「PETER CAT」爵士咖啡廳，之後他們將店面遷移到千馱谷去。

大學畢業後的村上白天經營爵士咖啡廳，晚上則在廚房的桌上點著蠟燭寫作，準備參加由《群像》雜誌所舉辦的群像新人文學大賽。結果村上初試啼聲的《聽風的歌》一舉摘下桂冠，村上春樹從此登上日本文壇，一舉成為當今日本文壇最耀眼的星辰。為了能更專心於寫作，他賣掉了苦心經營7年之久的爵士咖啡廳，並搬到千葉去住。

《挪威的森林》是村上春樹最富有盛名的作品，僅在日本就銷出了450萬冊。書名「挪威的森林」（NORWEGIAN WOOD）是60年代風靡全球的甲殼蟲樂隊的一支「靜謐、憂傷，而又令人莫名地沉醉」的樂曲名稱。小說以主人翁渡邊同兩個女孩間的愛情糾葛，把一段傷感的青春往事呈現在讀者面前。渡邊的第一個戀人直子原是他高中好同學木月的女友，然而木月卻令人意外地自殺了，這給了渡邊很大的打擊。一年後，渡邊同直子不期而遇並開始交往。直子20歲生日的晚上兩人發生了性關係，不料第二天直子便不知去向。幾個月後渡邊才知道，直子患有嚴重的抑鬱症，住進了一家遠在深山裏的精神療養院。處於苦悶和彷徨中的渡邊，對直子纏綿的病情與柔情念念不忘。而此時他卻偶遇了活潑開朗的綠子，對她大膽的表白和迷人的活力難以抗拒。在煎熬與掙扎中，傳來了直子自殺的消息。渡邊失魂落魄地四處徒步旅行。最後，在直子同房病友玲子的鼓勵下，開始摸索新的人生。

小說情節很簡單，只是對往昔歲月的安撫和生命的詠歎；筆調很緩慢，彷彿一泓泉水在山間輕輕地流淌；語氣也很平淡，就像一杯已

**村上春樹主要作品**
- 長篇小說
《世界末日與冷酷異境》
《國境之南、太陽之西》
《聽風的歌》
《1973年的彈珠玩具》
《尋羊冒險記》
《發條島年代記》（一、二、三）
《舞、舞、舞》（上、下）
《挪威的森林》
《人造衛星戀人》
《電視人》
- 短篇小說
《回轉木馬的終端》
《螢火蟲》
《麵包店再襲擊》
《神的孩子都在跳舞》

經沖過多次的茶，只是在唇齒間留著淡淡的香氣。然而透過這些寧靜的現象，我們卻能捕捉到字裏行間鼓湧著的一股無可抑制的衝擊波，激起我們強烈的心靈震顫與共鳴。只是一種情緒，一種對青春往事的追憶與感傷，然而這種情緒足以使我們每個人都沉浸在感傷青春的回憶中，彷彿整個人都奔波於風雪交加的旅途中，浸泡在漫無邊際的冰水裏；彷彿感受著暴風雨過後的沉寂、大醉初醒後的虛脫。每個人都有青春，都有一些深藏在心中的塵封往事。

很多往事讓我們心痛得無法回味，幸好我們還有《挪威的森林》，它帶我們回到了那個傷感的時代，給了我們一次重新剖開傷口的機會。

《挪威的森林》似乎有一種神奇的破譯功能，它解開了我們心靈的密碼，撬開了我們心頭厚厚的硬殼，喚醒了我們深層意識那部分沉睡未醒的憧憬，使我們沉重的靈魂獲得釋放，獲得在長久的黑暗中突然進入光明天地的驚喜。這種功能就是糅合著田園情結的永恆的青春之夢：

→下圖描繪1970年12月，一群當時的流行作家在日本東京商業區中的娛樂場所銀座的包廂內聚會的情景。第二次世界大戰結束和國家的民主化產生了一股文學的新浪潮，詩歌、戲劇、小說和「私小說」的力作紛紛出現。「私小說」大多為自傳性質，其中以志賀直哉的此類作品最具特色。

推薦閱讀

《挪威的森林》，林少化譯。

《村上春樹作品集》。

即使在經歷過十八載滄桑的今天，我仍可真切地記起那片草地的風景。連日溫馨的霏霏細雨，將夏日的塵埃沖洗無餘。片片山坡疊青瀉翠，抽穗的荒草在10月金風的吹拂下蜿蜒起伏，逶迤的薄雲彷彿凍僵似的緊貼著湛藍的天壁。

這美得讓人心碎的田園風景，輕輕撩撥著每個人潛意識中的田園情結，為在嘈雜的都市中辛苦奔走的人奏響了一支舒緩的鄉村牧歌。即便是在最繁華的都市，也不見五光十色的繁華，不聞車流人湧的喧囂，無邊的寂寥和莫名的空虛彌漫在城市的上空，使人迷惘而不知所措。然而那些蹉跎的歲月，死去或離去的人，以及無可追回的懊惱，卻那般歷歷在目，勾起人們沉痛的青春追憶。這種純而又純的唯美境界，是《挪威的森林》引人入迷的原因所在，也是村上春樹的典型風格。

相比於《挪威的森林》的傷感，村上春樹的另一部作品《世界盡頭與冷酷仙境》則顯得色彩斑斕，像夢境一樣奇幻。是的，村上的小說就紮根於他個人的夢想世界，有時甚至就是他年輕時夢幻世界的再現。在這部小說裏，村上春樹身上所固有的那份自由、穿梭於世界兩側的瀟灑從容，彷彿已經隨著時光流走，剩下的只有歷盡繁華之後的安然了。作者通過兩個極富寓言和象徵色彩的平行發展的故事形象地告訴人們：在後工業時代的高科技和政治體制等強大的外在力量面前，人被抽去了他賴以成為人的最本質的東西，成了瘋狂運轉的都市裏一顆微不足道的塵埃，成了漫漫的歷史長河中茫然四顧而不知所措的傀儡。而那些生活在基層，喝著啤酒、紅茶，聽著爵士樂和外國唱片，看著外國小說、外國電影長大的小人物，整個人從肉體到靈魂都已經被這孤獨、空虛和無奈的夜幕所吞沒了。作者以那種近乎洞幽燭微的智者的平靜、安詳和感悟，超然而又切近地諦視這個競相奔走物欲橫流的醜惡而富足的世界，以其富有個性但又與人相通的視角洗印著時代的氛圍圖和眾生的「心電圖」。

# 第三章
# 蘇聯時期的宏闊史詩 *3*

俄羅斯這塊苦難的土地，自從18世紀以來，它總是被太多的東西所包圍，不管是政治的，還是精神的。然而，正是在這種嚴酷的自然環境與世界環境之下，這個偉大的民族卻煥發出其最爲強大的藝術力量，同時也形成了其極爲豐厚與深刻的人文傳統。歷史的巨輪終於駛進了20世紀，而苦難的俄羅斯也迎來了新的時代，革命的大風暴使這兒在一夜之間成爲了鐮刀與斧頭的天下，然而，他們那文化的血脈卻依然貫通，俄羅斯的目光依然帶著深思與悲憫，文學那永遠的精靈依然就駐紮在他們那肥沃的黑土地上。

然而，紅色的蘇聯的確已產生了紅色的文學經典。《鋼鐵是怎樣煉成的》、《鐵流》、《青年近衛軍》、《苦難的歷程》、《恰巴耶夫》……這是一連串熟悉而激動人心的名字。這，只代表了在革命激情下的人類傾斜狀態中的藝術圖景，而在這一大潮流中，仍不乏冷靜而飽含睿智的目光，這幾束微弱但卻純淨的目光穿透了厚厚的歷史鐵幕，一直投射到人類無限的遠方。

→肖洛霍夫，蘇聯作家。1965年「由於在描繪頓河農村的史詩式作品中，作家以真正的品格和藝術感染力，反映了俄羅斯人民某個歷史階段的生活面貌」而獲諾貝爾文學獎。

## 第一節　頓河的史詩：肖洛霍夫

肖洛霍夫是第一個，也是唯一一個以來自紅色陣營的身分而獲得諾貝爾文學獎的作家。諾貝爾文學獎的意識形態偏見曾是許多人議論紛紛的話題，但是，1965年，肖洛霍夫被諾貝爾文學獎的彩球砸到了，這一選擇受到了歐美與蘇聯兩個世界的一致贊成。這

倒是一個皆大歡喜的結果，不像1958年的帕斯捷爾納克獲獎，蘇聯當局聲嘶力竭地反對與壓制。同時，也不像上一屆的沙特那樣，一點也不給諾貝爾獎面子而拒不領獎，弄得諾貝爾獎委員會很尷尬。據說，接到獲獎電報時，肖洛霍夫正在西伯利亞邊境的烏拉爾斯克森林打獵，他後來得意地對記者說，當時，他開了兩槍，天上掉下來兩隻大雁，還意外地掉下來了諾貝爾文學獎。

　　米哈伊爾·亞歷山大羅維奇·肖洛霍夫（1905～1984）出生於頓河地區的維申斯卡亞鎮附近一個哥薩克農莊。他們家是從梁贊省遷居而來的外來戶。父親做過村裏商店的店員，租種過哥薩克的土地，還當過磨坊管理員和貨郎，生活極為窘迫。但只受過小學教育的他卻極喜歡讀書，並收藏一些文藝書籍。正是父親首先培養起來他對於文學的摯愛。他從6歲便開始讀書了，但1918年國內戰爭爆發的時候，他剛剛讀完了四年級，這樣，他便永遠地結束了他的學生生活；但他的學習生涯才剛剛開始。

　　1920年，頓河地區建立了蘇維埃政權，他也開始了獨立的勞動生活。1921年，肖洛霍夫做了頓河糧食委員會的採購辦事處辦事員，在這項工作中，他時常與糧隊一起在草原上走，有時便會遇上匪幫。有一次，他還作了匪幫的俘虜，後來，卻因為他看起來比實際年齡小而幸運地被放出來。

→下圖明信片上的郵票為1985年蘇聯為紀念肖洛霍夫而發行。

　　1922年，他來到莫斯科，一面工作，一面學習寫作。這時，他通過朋友介紹，參加了共青團的作家團體「青年近衛軍」，在這裏，他受到了重要的文學訓練。1924年，他終於覺得，要回

到自己的頓河故鄉去，只有那裏，才有他藝術世界的天空。在回到故鄉兩年以後，他便發表了二十餘篇有關頓河的短篇小說。這時，他感

> 他站在自家的大門口，手裏抱著兒子……這就是他這一生僅剩的東西，有了這東西，他還感到大地，感到這廣闊的、在寒冷的陽光下閃閃發光的世界是親切的。
>
> ──《靜靜的頓河》

到有必要為自己的故鄉寫一部宏偉的長篇巨著了。經過艱苦的創作，在1927年，他就完成了這部傑作的第一部，這就是《靜靜的頓河》。

這部傑作在1928年發表了第一、二部後，立刻成為了世界文壇的焦點。這個只完成了一半的作品在一兩年內便有了多種的外文譯本。而這部傑作的完整面貌卻得等到1940年方可見到。

《靜靜的頓河》是一部偉大的作品，是一部蘇聯時期的《戰爭與和平》。它生動地描繪了從一戰前到十月革命後這一戰亂與動盪年代的頓河哥薩克的生活與鬥爭。哥薩克是一個極為特殊的階層，他們長期以來成為沙皇政府的一把鋒利的屠刀，然而，在十月革命前後這個翻天覆地的變化中，他們也經歷了煉獄的痛苦。小說的主線是麥列霍夫一家。葛利高里·麥列霍夫是這一家的小兒子，他的父親與哥哥都是普通的哥薩克人。父親想讓他與本村首富柯爾叔諾夫的女兒娜塔利亞結婚，但他卻與一個有夫之婦阿克西妮亞偷情，被其丈夫所發現，便只好與娜塔利亞結婚，但婚後他卻帶著阿克西妮亞私奔，並生了一個女兒。這時，第一次世界大戰開始了，他成為了沙皇政府兵的一員，並因作戰勇敢而獲得了勳章。在他負傷回家後卻發現阿克西妮亞與當地一個地主有了私情，一氣之下，便回到了自己的娜塔利亞身邊。而這時，革命的風暴已經鋪天蓋地而來，葛利高里也已覺悟並投奔了紅軍，但在一次戰爭中，他看到一個紅軍指揮員槍斃俘虜，心中產生了反感，便又參加了叛亂，並當了叛軍的團長乃至於師長。但最後白軍終於失敗，他只有帶著阿克西妮亞回到了故鄉，而這時父母已死，娜塔利亞也死於難產。他的妹夫讓他去自首，但自首後他卻又誤信匪首佛明的謠言，怕自首後會遭逮捕，便又帶著阿克西妮亞隨佛明逃走了，在途中，阿克西妮亞中彈身亡，他抱著阿克西妮亞的屍體，

推薦閱讀

《靜靜的頓河》，
金人譯。

《肖洛霍夫文
集》，草嬰、金人
等譯。

發現自己頭頂上是「一片黑色的天空和一輪耀眼的黑色太陽」，在悲痛與絕望中，又回到村子裏來，這時，除了他的小兒子在門口迎接他以外，他已經一無所有了。

葛利高里是所有哥薩克人乃至於當時普通的俄羅斯人的集中反映與典型代表。在革命的歲月裏，不是每一個人都能看到歷史那煙水迷茫的前景的，所以，他們在白軍與紅軍之間左右搖擺，幾經反覆。而每次逆歷史之潮的反覆都是悲劇性的，因為，這總要付出極大的代價。作者說他是一個「搖擺不定的人物」，這一點其實是帶有必然性在其中的。首先在愛情上他就搖擺不定，他傾心地愛著阿克西妮亞，但他卻又不敢違背家族的設計，仍與他並不喜歡的娜塔利亞結了婚，從而在妻子與情婦之間反覆無常，給這兩個女人帶來了痛苦與悲哀。而在革命問題上他就更為搖擺。當然，我們依然要看到，他在白軍與紅軍之間的左右搖擺，並非完全出於盲目，而是他以一個「人」的思維來自我選擇的結果。他是一個在革命浪潮中仍保持著人的理智與對人類悲憫及同情的少數人之一。正因為他堅持了這種溫情的人道思想，所以，他才會顯得那麼不合時宜；正是在這種搖擺不定的選擇中，我們看到了他那光彩熠熠的人的內涵，同時也感受到了人性與歷史在不可避免發生衝突時所產生的沉重而悲愴的巨大藝術力量；也正是在葛利高里的痛苦中，我們看到了那個時代的痛苦。這種震撼人心的悲劇力量正是這部傑作最為偉大的收穫。

## 第二節　塵封的大師：布爾加科夫

就在肖洛霍夫開始發表自己《靜靜的頓河》前兩部的1928年，另一位傑出的蘇聯作家的一

→布爾加科夫，蘇聯劇作家、小說家和短篇小說家，以其幽默和辛辣的諷刺著稱。

部巨作也正式動工；在《靜靜的頓河》全部發表的1940年，這一部在敵意與謾罵中悄然進行的長篇巨著也已完稿；而在肖洛霍夫因《靜靜的頓河》而榮獲1965年的諾貝爾文學獎的次年，這部命運多舛的作品才掙脫禁錮而得以出版。雖然這部巨作出版後也獲得了它應有的崇高聲譽，但它的作者卻早已於完成這部作品的時候溘然長逝。這位作者就是布爾加科夫（1891～1940）。

布爾加科夫出生於烏克蘭基輔市一個教授家庭。自幼喜愛文學、音樂、戲劇，深受果戈理、歌德等的影響。1916年基輔大學醫療系畢業後被派往農村醫院，後轉至縣城，十月革命時期，回到基輔開業行醫，經歷了多次政權更迭，後被鄧尼金份子裹脅到北高加索。1920年棄醫從文，開始了他磨難重重的寫作生涯。1921年輾轉來到莫斯科。1920年開始在《汽笛報》工作，發表一系列短篇、特寫、小品文，揭露並諷刺不良社會現象，以幽默和辛辣的文風著稱。1924到1928年期間發表中篇小說《不祥的雞蛋》（1925）、《魔障》（1925），劇本《卓伊金的住宅》（1926）、《紫紅色的島嶼》（1928）。1925年發表的長篇小說《白衛軍》，描寫1918年基輔的一部分反對布爾什維克的白衛軍軍官的思想行動。1926年小說改編為劇本《屠爾賓一家的命運》，上演獲得成功，但也引起爭論。1927年他的作品實際上已被禁止發表。1930年，在史達林的親自干預下他被莫斯科藝術劇院錄用為助理導演，業餘堅持文學創作，並重新開始寫他一生最重要的長篇小說《大師和瑪格麗特》（1966）直到逝世。其他著作有劇本《莫里哀》（1936）、傳記體小說《莫里哀》（1962）等。

《大師和瑪格麗特》是一部奇特的小說。20年代現實的莫斯科，魔王撒旦卻不期而至。他帶領了幾個奇怪的隨從把莫斯科攪得烏煙瘴氣然後揚長而去。然而，小說卻並不因為有了撒旦的加入而塗上神幻色彩，恰恰相反，在這位曾見證甚至參與過一切歷史動盪的魔王觀照下，我們看到的是一幅更真實、更入骨三分的莫斯科風俗畫卷。恰如作者極為推崇的其前輩大師果戈理在《死魂靈》中，用荒唐的情節為

推薦閱讀

《大師和瑪格麗特》，錢誠譯。

19世紀的俄國留下一部諷刺典範一樣，布爾加科夫用荒誕的構思與筆法爲當代的蘇聯精雕細刻了一部寓言。

小說的手法在當時的世界文壇無疑是具有開拓意義的。當然，我們並不否認歌德的《浮士德》對他的影響，但二者實質上已截然不同。後者是利用魔鬼將主人翁從凡俗中拉出去，去經歷所有的人生滋味，從而探求人生形而上的普遍意義；而前者則是用撒旦的目光與尺度來識別現實，其藝術生命的根系仍深深地紮在現實的土壤裏。荒誕的形式恰成爲分析現實癥結的手術臺。在這把冰冷的手術刀下，現實的外衣豁然而落。於是，我們看到沃蘭德（撒旦）在劇院贈送衣物時，所有的女士都放下了溫文爾雅的面孔，扔掉自己的寒衣爭搶著換上了魔術變出的華服，甚至有男士要爲自己未到場的妻子代領。第二天，大街上便有許多趾高氣昂的女人突然一絲不掛；我們還看到了辦公室主任人身已不知去向，而他的西裝卻照樣可以筆挺地坐在椅子上批閱文件；一個行政單位的所有成員突然之間異口同聲地唱起同一支歌，誰也停不下來……這種種的情形在現實生活中是不可能發生的。但誰也無法否認，它恰恰概括了一類現實生活，並融入了更深刻的針砭。

當然，書中的主人翁是大師和瑪格麗特，小說近半時他們才出場。「大師」是一位自稱爲大師的作家，而瑪格麗特則是他的崇拜者與秘密情人。大師的一部關於猶太總督本丟·彼拉多如何處死耶穌的小說不僅被拒絕出版，而且爲他招來了災禍。於是《大師和瑪格麗特》便在這位大師的小說中展開了。這部關於耶穌的小說全是一種沉鬱頓挫的筆調，不僅具有沉重的歷史感，而且也對整個人類作了形而上的分析。在耶穌宣告「人類最大的缺陷是怯懦」之後，我們看到了大師終於焚燒了稿件，躲入瘋人院，連深愛著他的瑪格麗特也再無法找到他。雖然後來撒旦幫助了他們，可大師依然選擇了逃避式的永安，而這也正是一種怯懦。

這部傑出的作品被塵封了幾十年，終於在1966年面世，當時便立刻引起巨大的迴響，法國一著名的文學史家所開列的《理想藏書》中的俄羅斯部分，把這部傑作與托爾斯泰和杜斯托耶夫斯基等人的傳世巨作同列為前十部傑作之一。

## 第三節　小說家中的詩人：帕斯捷爾納克

1910年冬，一位畫家為臨終前的文學巨匠列夫·托爾斯泰畫了畫像，這位畫家以前曾為托爾斯泰的《戰爭與和平》及《復活》做過插圖，所以與托爾斯泰很熟悉，也是好友。然而，在他為托爾斯泰留下最後的面影時，他20歲的兒子卻正在一旁萬分驚訝、惶惑而又崇敬地凝視著這位震撼世界的偉人。他明白，他面前這盞即將熄滅的燈卻是文學世界中永恆的太陽，就在這時，他暗下決心，要獻身於文學。這就是日後成為俄蘇第二位諾貝爾文學獎獲得者的伯里斯·列昂尼德維奇·帕斯捷爾納克（1890～1960）。

帕斯捷爾納克出生於莫斯科的一個猶太人家庭，不但父親是著名畫家、教授，而且，母親也曾是奧德薩音樂學院的教授，他們都是革命前俄羅斯知識界的優秀人物，來往於他們家的人也全是作家、詩人或音樂家。這使他從小就養成了對藝術的敏感與熱愛。在他8歲的時候，托爾斯泰曾到他家去參加音樂會，他便已見過了托爾斯泰；10歲的時候，他又見到了前來訪問托爾斯泰的奧地利詩人里爾克。這些都直接地影響了他今後的人生道路與藝術道路。

→帕斯捷爾納克，俄羅斯著名詩人，其著名長篇小說《齊瓦哥醫生》為他贏得1958年諾貝爾文學獎，其文學成就恰如其獲獎評語：「由於他在現代抒情詩和俄羅斯偉大敘事詩傳統方面所取得的重大成果。」

19歲的時候，他考入了莫斯科大學學習法律，1912年，他又遠赴德國，學習馬爾堡派的哲學。次年，他終於還是放棄了哲學與音樂，還有法律，而投身於文學創作了。據說這

有一部分原因是他在個人感情上受到了打擊，但毫無疑問，更爲重要的是他發現了自己更應當去爲之拼搏、奮鬥的目標。

> 我一直想寫這樣一部長篇小說，它要像一次爆炸，我可以在爆炸中把我在這個世界上看到的和懂得的所有奇妙的東西都噴發出來。
>
> —— 帕斯捷爾納克

　　剛一開始時的帕斯捷爾納克是作爲一個詩人登上文壇的。他在2、30歲之間出版了多部受到好評的詩集。在他40歲的時候，他已成爲當時蘇聯詩歌界的一位旗手。不過，在30年代與40年代，他由於受到批判而不能進行創作時，也曾埋頭於對西歐文學名著的翻譯，他的譯本是俄羅斯文學界享有盛譽的譯文之一。但他最爲傑出的作品還是開始於1948年，直到1957年方告完成的長篇小說《齊瓦哥醫生》。

　　這部作品中的主人翁尤里·齊瓦哥從小跟著舅舅長大，讀完醫學院後成爲了一名醫生，並與少年時的朋友托尼婭結了婚，一家人生活美滿而又幸福。在戰爭時期，他被征入伍當了軍醫。這時，他偶遇了女主人翁拉拉。拉拉的母親被律師科馬羅夫斯基霸佔與糾纏，而後，科馬羅夫斯基又把她也據爲己有，拉拉的身心受到了極大的傷害。而這時，安季波夫向她表示了愛意，她便成爲了安季波夫的妻子，接下來安季波夫被征入伍，不久傳來了他陣亡的消息，痛苦的拉拉便上前線當了護士。這次遇到齊瓦哥醫生，他們互相都有一種極爲異樣的感覺，但雙方都克制著，不讓它流露出來。

　　終於，十月革命爆發了。齊瓦哥醫生意識到了這是一個偉大的時代到來的序曲，他激動萬分。可是，後來革命的暴力手段讓他又陷入矛盾與痛苦之中。莫斯科由於食物短缺已經過不下去了，他決定遷往遙遠的瓦雷金諾。在路上，他遭到了化名爲斯特列爾尼科夫的安季波夫的無理盤查，原來，安季波夫並未死，而是被俘了，他聽說國內發生了革命，便又逃了回來。

　　在瓦雷金諾圖書館裏，齊瓦哥醫生再次邂逅了拉拉，那心中神秘

而清晰的情感之弦被奏響了。然而，這個樂園只維持了幾個月，有一次，他被游擊隊俘虜了。他千辛萬苦，終於又逃了出來，來到了拉拉的家，接著他就大病了一場，在拉拉的精心護理下，他又復原了。一天，他收到了妻子的一封來信，說她與孩子還有父親都要被驅逐出境。在這個時候，科馬羅夫斯基又來到了這裏，他又帶走了拉拉和她的女兒。痛苦萬分的齊瓦哥醫生整天喝酒，並以寫詩給拉拉來打發時光。而安季波夫卻突然來到了這裏，他是來尋找他的妻女的，其實，他心中一直摯愛著她們，但他現在才發現。第二天，齊瓦哥醫生看到，安季波夫自殺了。

齊瓦哥醫生的心臟病越來越嚴重。後來，他到莫斯科去，並在一家醫院得到了新職。就在他去上班的第一天，他剛擠下電車，就突然栽倒在路上，他死了。火化時，拉拉來與他告別。

這部作品與《靜靜的頓河》的藝術個性的差異是明顯的，雖然都是悲劇性的，但後者是悲愴的，宏闊深沉而又不乏剛健；而前者則偏重於陰柔的一面，細膩貼切而又浪漫敏銳。此外，他們又有著極其相似的藝術旨歸：那就是，從人的角度來觀照社會，觀照戰爭；來揭露與批判一切非人性的東西；而齊瓦哥醫生也與葛利高里一樣，一生中遭受了極多的不公正待遇，在新舊勢力中，他成了一個多餘的人，但也是在這一點上，他顯示出比葛利高里更多的自覺性來，他用自己的一生，乃至於生命來捍衛自己獨立的人格與尊嚴！

這部小說在藝術上也極為成功，生長於音樂之家的帕斯捷爾納克使這部作品吸收了奏鳴曲的結構特點，其幾個部分既相互獨立，又互有影響，使作品產生了一種共鳴的效果，也展示出其史詩的韻度來。著名詩人評價他是「詩人中的詩人」，但他的小說也滲透著詩的靈慧，說他是「小說家中的詩人」也應當是適得其宜。

但這作品在當時的蘇聯卻不允許出版，後來，在作家並不知情的情況下，有人把它拿到義大利並出版，隨即便引起了轟動，作品立刻

推薦閱讀

《齊瓦哥醫生》，
藍英年、張秉衡
譯。

有了二十多種國外譯本。次年，瑞典皇家文學院便立即決定授予他諾貝爾文學獎。剛得知這個消息後，帕斯捷爾納克激動地發電報說，他向諾貝爾文學獎委員會表示「無限的謝意、感動、安慰、慚愧」。然而，當時的蘇聯官方對此事極為惱怒，他們通知帕斯捷爾納克，將剝奪他的國籍，並把他驅逐出境，帕斯捷爾納克立刻致函赫魯雪夫表示不願離開自己的祖國；同時他立即再次致電瑞典，聲明拒絕這份獎項。在全世界的各種聲援聲中，蘇聯當局並未採取進一步的行動，但帕斯捷爾納克日後的處境卻極為艱難，終於，他在孤獨與寂寞中於兩年後抑鬱死去。

# 另一位獲諾貝爾文學獎的蘇聯作家

索忍尼辛（Aleksandr Isayevich Solzhenitsyn，1918～　），蘇聯小說家和歷史學家。1970年獲得諾貝爾文學獎，1974年被逐出蘇聯。

索忍尼辛1941年畢業於羅斯托夫大學，同年應徵入伍，二戰中任炮兵上尉。1945年內務部以「進行反蘇宣傳和陰謀建立反蘇組織」的罪名將其逮捕並判刑，1953年獲釋。他的小說《伊凡‧傑尼索維奇的一天》（1962）即取材於他自己在史達林勞動營中的經歷，記敘了史達林時代一座勞改營中一名犯人典型的一天生活。1963年他成為職業作家。1964年索爾仁尼琴的小說受到公開批判，並於1969年被蘇聯「作協」開除。這其間他的小說《第一圈》（1968）及《癌症病房》（1968）得以在國外出版，使他在國際文壇上獲得了聲譽。1970年，索忍尼辛獲得諾貝爾文學獎，但因害怕政府拒絕他重返蘇聯而婉謝了前往斯德哥爾摩領獎的邀請。其主要作品還有小說《古拉格群島》（1973）。80年代末實行「公開性」政策後，索忍尼辛的作品在蘇聯重新受到關注。1989年蘇聯文學刊物《新世界》發表了首批官方認可的《古拉格群島》的摘錄。他的其他作品也相繼出版。1990年索忍尼辛的蘇聯國籍得以正式恢復。

# 第四章
# 舞臺上的玄幻燈光

現代派文學對藝術極境的開拓是人類思維所能結出的最爲美麗的花朵，而且，這些藝術成果都已成爲各種藝術門類所共有的財富。而話劇又是對現代派文學藝術容納力最強的一種，因爲它需要綜合多種藝術手段，所以它的藝術面貌也是最爲豐富與多彩的。

　　傳統戲劇走到易卜生和蕭伯納都已經到達了極致，但易卜生已有了《培爾·金特》這樣的怪異之作。而瑞典戲劇家斯特林堡又把戲劇拉進了表現主義的汪洋大海；比利時劇作家梅特林克又以其傑出的戲劇創作使象徵主義與表現主義在戲劇中得到最爲完美的運用；再到皮蘭德婁就已全部走向了全面的改革，到其後期所創作的《高山巨人》已爲後世的戲劇創作開了無限法門。然而，布萊希特卻從另一個角度對現代戲劇作出了卓越的貢獻，他雖依然是現實主義的範疇，但他提出的史詩劇理論卻在一個更深的層次上把話劇的領域拓展了。而現代戲劇，無論是現代主義還是現實主義的，都在這個大背景下發生了深刻的變異。

## 第一節　推翻第四堵牆：布萊希特

　　在我國戲劇界，一直流傳著這樣的說法，即戲劇表演共可分爲三大表演體系：傳統的斯坦尼斯拉夫斯基體系，布萊希特體系與梅蘭芳體系。事實上梅蘭芳體系在話劇舞臺上能否成功應用現在還不敢斷言；斯坦尼斯拉夫斯基體系已經傳統舞臺藝術的反覆實踐，也早已取得了經典地位；而只有布萊希特體系，給現代那萬花筒式的戲劇創作帶來了全新的表演理念。

　　貝托爾特·布萊希特（1898～1956）出生於德國巴伐利亞州的

奧格斯堡城，父親是一家造紙廠的廠長，所以家境還是頗富裕。1917年，在家鄉上完中學的布萊希特進入慕尼黑大學哲學系，次年又改修醫科，後曾被派往奧格斯堡戰地醫院去看護傷患。在戰地，他以激進的政治態度與多才多藝贏得了士兵的信賴與尊敬。在德國十一月革命時，他被醫院的士兵們推舉爲士兵委員會成員，但不久革命就遭到了鎮壓。革命後，他又重新進入了慕尼黑大學學習，但這回在學校裏便很少聽課了，而是多與文藝界的人士來往。

→布萊希特，德國詩人、劇作家和戲劇改革家，其敘事劇告別了傳統劇使人感到親臨其境的舞臺幻景，並使戲劇發展成爲左翼份子的社會和意識形態講壇。

　　1922年，他的一個話劇《夜半鼓聲》在慕尼黑話劇院上演，並於同年獲得了「克萊斯特獎」。次年，他就被聘爲慕尼黑話劇院導演兼藝術顧問，1924年又因另一著名導演之請任柏林德國話劇院藝術顧問。1926年，布萊希特開始研究馬克思的《資

→20世紀20年代在文學史上被稱爲「黃金20年代」，此一時期孕育出了普魯斯特、湯瑪斯‧曼、高爾斯華綏、喬伊絲、布萊希特、讓‧科克托等大家，堪稱蔚爲壯觀。而此時期戲劇創作的中心在柏林。下圖爲法國作家、藝術家和製片家讓‧科克托（坐在鋼琴邊）和法國當時著名的作曲家團體「六人團」成員在一起。

---

### 斯坦尼斯拉夫斯基表演法

斯坦尼斯拉夫斯基表演法（Stanislavsky method），又稱斯坦尼斯拉夫斯基表演體系，是由俄國演員、導演和表演藝術理論家康斯坦丁‧斯坦尼斯拉夫斯基經過多年的反覆實驗而發展起來的具有重要影響的話劇訓練體系。此表演法要求演員除運用一些方法外，還要運用情緒記憶，即對他過去經歷和情緒的回憶。演員走上舞臺不是作為一個人物去開始一種行動或生活，而是作為他先前經歷情境的規定性延續。演員曾經進行過精神集中和感覺判斷的訓練，因而能對整個舞臺環境自如地作出反應。透過在許多不同場合對人的移情作用的觀察，他力圖發展一種廣泛的情感領域，從而使演員在舞臺上的行動和反應顯得是真實世界的一部分，而不顯出在作假或做戲。

斯坦尼斯拉夫斯基（Konstantin S. Stanislavsky，1863～1938），原名康斯坦丁‧謝爾蓋耶維奇‧阿列克謝耶夫。俄國演員、導演及表演藝術理論家，莫斯科藝術劇院創始人。他因創立「斯坦尼斯拉夫斯基表演體系或表演法」而聞名於世。

---

本論》，並進入柏林馬克思主義工人學校，開始學習科學社會主義的學說。

　　1933年，希特勒上臺並開始了對進步人士的迫害，布萊希特被迫離開德國而避難異鄉。從此以後的6年裏，他都居住在丹麥斯文堡附近的一個農莊裏。6年後，他又被迫離開丹麥去了瑞典，又去芬蘭，再到美國，住於聖莫尼卡。1947年，他擺脫非美活動委員會的迫害返回歐洲，次年回到柏林。晚年與他的夫人海倫娜‧韋格爾一起領導了「柏林劇團」的活動。

　　在20年代末30年代初，他開始創立自己獨特的敘事劇理論。在他的這種理論中，他把戲劇分為兩種類型：一種是傳統的戲劇，他稱之為「亞里斯多德式戲劇」，這類戲劇在結構上包括了萌生、發展、高潮、結局幾個階段；另一種即他所謂的「非亞里斯多德式戲劇」，這種戲劇每場劇各自獨立，沒有高潮，只有整體的相關。其前者是訴諸於觀眾的感情，借恐懼與憐憫引起淨化，把觀眾吸引到劇情中去，猶如身臨其境，從而發生共鳴。而後者則多訴諸於觀眾的理性，以使其在觀看與思考中判斷戲中的一切。

　　從30年代開始，他的敘事劇理論已臻成熟，而他的創作也遍地開花。其1928年的《三角錢歌劇》是他第一部為自己奠定世界性聲譽的劇作，它通過歌劇的形式把乞丐、員警與小偷放在一起，從而指出這

三種人其實是一樣的，都是剝削人的寄生者。這部作品成為布萊希特上演次數最多的一部劇作。1939年發表的《大膽媽媽和她的孩子》是他極為重要的歷史劇。這個劇作取材於17世紀小說家格里美豪森的小說《女騙子和流浪者大膽媽媽》，劇中的主人翁安娜‧菲爾琳是17世紀德國宗教戰爭時期的一個隨軍小販，她綽號叫「大膽媽媽」，她帶著三個子女，拖著貨車隨軍叫賣，把戰爭當作了謀生的工具，結果三個子女或死或散，最後只剩下他孤身一人了。作者借大膽媽媽的遭遇要告訴人們，想在戰爭中撈取利益的人，最後必將毀於戰爭。這也是給當時蠢蠢欲動的法西斯勢力所提出的警告。

1947年的《伽利略傳》是他最為經典的作品，還一度被譽為20世紀的「哈姆雷特」式劇作。此劇以義大利17世紀偉大的物理學家、天文學家伽利略的一生為題材，探索了科學與政治、真理與謬誤、執著與變通的衝突以及個人與歷史的關係，思想深邃，極富哲理意味。在伽利略的時代，托勒密的「地心說」正佔統治地位，而且，它與教權神權是一體的，也是基督教維護其宗教體系的基礎。但哥白尼卻提出了與之相對的「日心說」，這雖然還不完全正確，但已把上帝存在的可能給取消了。伽利略正是用他的科學試驗證實了哥白尼「日心說」，而這一證實給教會帶來了巨大的恐慌，所以包括還信奉一些科學真理的一個紅衣主教也不得不對伽利略進行勸阻，在各種辦法都不能使伽利略停止他的論證並宣揚他的發現時，迫害便開始了。

據說，這個劇本的第一稿完成於1938到1939年間，原本是想借在愚昧黑暗的宗教勢力下，依然堅持自己的科學使命，從而給德國的反法西斯戰士樹立一個榜樣。但在1945年，美軍在日本廣島和長崎投下了原子彈，這使作者大為震動，他便又修改了劇本，突出了伽利略從事科學研究的盲目性，以此提出科學要對社會負責這一深刻的哲學理念。這個改變可以引證作者的另一個小說的情節來做佐證：暴力的代理人來找考依納先生，問他是否願意為暴力服務，考依納沒有回答，只是俯首貼耳地為他做事去了，7年後，代理人死了，考依納立

推薦閱讀 《布萊希特戲劇選》（全二冊），高士彥等譯。

刻說，不。作者對這種「持保留態度的服務」的可怕影響是有充分的估計的。

布萊希特對中國一直抱有好感，他直接取材於中國的就有兩部極爲重要的劇作，一是取材自中國元代雜劇作家李潛夫《包待制智勘灰闌記》的《高加索灰闌記》；一是以中國四川爲背景創作的著名寓意劇《四川好人》。而且，他還特別熱衷於中國的老莊思想，對中國古典詩詞也很感興趣。1935年，我國戲曲表演藝術大師梅蘭芳先後出訪美國與蘇聯，布萊希特在莫斯科看了梅蘭芳的表演之後大爲震驚，這種中國傳統的表演體制對他有很大啓發。

總而言之，他的戲劇創作與理論在全世界都有極爲重要的地位與巨大的影響，正是他推翻了舞臺上的第四堵牆，從而深刻地改變了當代戲劇的面貌。

## 第二節　破滅的美國夢：亞瑟・米勒

美國的戲劇界與電影界有著很有意思的關係：戲劇大師尤金・奧尼爾的小女兒不顧父親反對，嫁給了已多次離婚，在感情生活上飽受創痛的電影表演大師卓別林；而在1956年，好萊塢著名影星瑪麗蓮・夢露也與一位戲劇作家結爲夫妻。此事當時轟動一時，不過，5年後，在夢露主演了她丈夫所編的電影劇本《不合時宜的人》之後，二人便黯然分手了。而這位劇作家正是在美國戲劇界被認爲可與尤金・奧尼爾比肩的亞瑟・米勒。

米勒於1915年出生於紐約一個時裝商人的家庭。在他十幾歲的時候，正值美國的經濟大蕭條，他的父親從此破產。所以中學畢業後，16歲的他便到一家汽車零件批發公司工作。兩年後，他又考入了密執安大學新聞專業學習，業餘時間，他又選修了戲劇創作課，並進行了大膽的創作嘗試。在此期間，他寫過四個劇本，並兩次獲獎。然而，

推薦閱讀

《米勒劇作選》（《外國當代劇作選》之四），梅紹武譯。

其後，他還是又當過卡車司機、侍者和技術工人。

1947年，他的第一部成名劇作《全是我的兒子》在百老匯上演，獲得巨大成功，並因此而獲得紐約劇評家獎。這部劇作的主人翁是一家工廠的老闆，在二戰中，爲了牟取暴利，他向軍方提供了極不合格的飛機零件，使得飛機墜毀，機上21名飛行員全部遇難身亡，其中還包括他的小兒子。他雖然逃脫了法律的制裁，但卻無法逃脫良心的譴責，最後，他意識到，那些喪生的人「全是我的兒子」，從而自殺身亡。這部作品雖然沒有他後來的成熟，但已經涉及了他所有劇作的核心主題。

1949年，他的代表作問世，那就是《推銷員之死》，這部作品不但爲他又一次拿回了紐約劇評家獎，還爲他奪得了普立茲獎，而更重要的是爲他贏得了廣泛的世界聲譽，奠定了他在戲劇史上的大師地位。

劇本主要是講述了推銷員威利·洛曼因年老力衰而被辭退，他黯然地回到家中，但他的妻子與兒子卻無法與之溝通，不能給他帶來安慰，禁不住打擊的他駕車外出，終於因神經錯亂而車毀人亡。這部作品徹底粉碎了那個人人都能發大財的美國夢，揭示了社會底層小人物的生存境遇與孤獨無力。

這部劇作由於其對社會問題深刻的揭露而被認爲是「一枚巧妙地埋藏在美國精神大廈下的定時炸彈」。甚至有人因此劇說他是「一個被悲劇所迷惑的馬克思主義者」，更有甚者是有人認爲這齣劇作是一個「共產黨的宣傳」。這些雖然都是些臆測的中傷之詞，但的確與此劇那強大而深刻的社會性內容有關。而且，作者的確是一個思想比較激進而且堅定的人。在50年代美國麥卡錫主義囂張的時候，他因早年曾參與一些左翼文藝活動而一再受到眾議院非美活動調查委員會的傳

訊。1956年，他因拒絕說出10年前與他一起開會的左派作家和共產黨人的姓名而被判處「藐視國會罪」，處以罰金並判處一年徒刑。這一判決直到兩年後才由最高法院撤銷。由此可見，他的這一劇作不是偶然成為這樣的，而是有著必然的因素在其中的。

→上圖為亞瑟‧米勒與其第一任妻子瑪麗蓮‧夢露在一起時的情景。亞瑟‧米勒，美國劇作家，被譽為第二次世界大戰之後美國重要的劇作家之一。

而就在麥卡錫主義最為猖獗的時候，米勒卻寫出了一部傑出的作品《煉獄》，這是根據北美殖民地時代一樁「逐巫案」而創作的歷史劇。在薩勒姆地方，有幾個女孩子偶然在森林中嬉戲，這一情景被帕里斯牧師看到了，帕里斯的女兒怕受到責罰，便裝做病倒了。這時，有人說她中了妖邪，於是，小鎮謠言四起、人人自危。帕里斯為了保住牧師的位子，便請來了貝芙麗的牧師黑爾來說明捉巫，黑奴蒂圖巴被帕里斯的

→戲劇形式是在不斷發展著的，紐約的「生活戲劇」走了另一條道路，其作品開創了與傳統戲劇不同的獨特的風格。自1961年起，他們定期在歐洲巡迴演出，演出中也有時事問題探討，重點是讓人們意識到社會的現狀。下圖即為生活劇團的演出場面。

外甥女艾比蓋爾指控爲魔鬼的使者，在嚴厲的威逼下，她承認了這一荒謬的指控。艾比蓋爾原來是約翰·普羅托克家的女僕，她愛上了普羅托克，並與之有了私情，因而被普羅托克的妻子伊莉莎白辭退了。而普羅托克也爲自己以前的不愼行爲極爲懊悔，也不再對艾比蓋爾假以辭色。艾比蓋爾便利用指控

→這是1954年在紐約演出的亞瑟·米勒的社會四幕劇《政治迫害》劇照。此劇是米勒1953年創作來還擊麥卡錫主義的。

女巫的機會說伊莉莎白是女巫，並牽連了小鎮上許多的無辜者。普羅托克爲救妻子的生命，說服了女僕瑪麗來法庭戳穿這個謊言。然而，在艾比蓋爾等人死咬住瑪麗就是魔鬼時，瑪麗爲了自己，便立刻翻供，並反誣普羅托克也是魔鬼。法官誘逼普羅托克在懺悔書上簽字，承認自己受到了魔鬼的蠱惑，這樣便可以免於處罰。然而，在良心與謊言、生與死之間，普羅托克終於選擇了絞架。

這部劇作不僅對當時非美活動調查委員會對許多無辜人士的迫害有所影射，而且，其藝術力量已經突破這種對具體事件的感發局限，從而有了更爲廣闊的藝術生發空間。

## 第三節　怪誕的世界戲劇：狄倫馬特

1921年，在亞平寧半島那溫煦的陽光下，皮蘭德婁寫出了他怪誕劇的第一個代表作《六個尋找作者的劇中人》，而這時，在風景如畫的瑞士伯爾尼，有一個孩子出生了，誰也沒有想到，日後，這個孩子會在怪誕劇這個領域拓展皮蘭德婁開創出來的道路，並創作出更爲完美與深邃的怪誕劇來。這個與《六個尋找作者的劇中人》同齡的孩子就是瑞士大作家弗里德里希·狄倫馬特（1921～1990）。

狄倫馬特生於伯爾尼市附近的科諾豐根，他的父親是牧師。在他

14歲的時候，他們舉家遷至伯爾尼市，他也就在此讀完了中學。其後，在蘇黎世與伯爾尼等地學習哲學、文學與自然科學。1947年，他的第一部劇作《寫在書上》上演，他也正是從這年起，正式走上了專業的寫作道路。1951年到1953年，他在蘇黎世擔任《世界週報》的戲劇與美術評論編輯，1968年到1969年任巴塞爾劇院經理，1970年任蘇黎世話劇院藝術顧問。他的一生獲得過極多重要的文學獎金。1990年12月14日因心肌梗塞而猝然去世。

他本來是作為一個戲劇家被人所熟知的，但他還是一個極有成就的小說家。1950年，他發表了短篇小說《隧道》，小說寫一列火車滿載旅客而進入隧道，但卻越來越快，就是鑽不出隧道，後來，恐慌的人們才發現，這列火車正在無可挽回地向地心駛去。這篇作品以其怪誕的形式與深刻的寓意引起了人們的注意，甚至形成了所謂的「隧道文學」。

他的犯罪小說也獨樹一幟，包括《拋錨》、《諾言》等。而最有代表性的是他1952年的中篇小說《法官和他的劊子手》。小說描述了公正而機智的伯爾尼老探長貝爾拉赫的一個故事。他在年輕時就認識一個人叫加斯特曼，此人作惡多端卻屢屢逃脫其應有的懲罰。當時他就一心想將其繩之於法，但卻一直抓不住有力的證據，而他有一次嘲笑法律的無能，竟當著貝爾拉赫的面殺死了一個無辜的人，但由於沒有證據，也仍然逍遙法外。多年以來，加斯特曼從無惡不作中發了家，政府的官員們也都成了他的幫手，想捕獲他就更不容易了。但老探長一直沒有放棄，一直在搜尋他的罪證。然而，在作品開始時，幫助他搜索罪證的得力助手施密特少尉卻被人暗殺了。他的另一個助手錢茨來幫他查這樁案子，他所得到的證據都指向了加斯特曼，他們二人便到加斯特曼家去做了調查，之後，當錢茨再一次去加斯特曼家的

時候，貝爾拉赫提前給加斯特曼打了電話，說我無法用法律來宣判你，但我派來的劊子手將在下午去殺你，於是，在錢茨去的時候，加斯特曼荷槍實彈，並且向他舉起了槍，他便先開槍打死了加斯特曼。就在錢茨到老探長家慶賀時，老探長卻擺出了鐵的證據證明施密特少尉並非加斯特曼所殺，但他卻利用了這個兇手急欲嫁禍於人的心理，讓他去殺死了加斯特曼，也算是審判了一個。錢茨最後也服罪自殺。這是一部極為傑出的作品，它那冷冰冰的敘事語言裏潛藏著巨大的激情。

→狄倫馬特，瑞士劇作家兼小說家，其著作帶有極度憂鬱和荒謬劇的氣息，但他獨特的風格卻在於井然有序而諷刺性的方言。狄倫馬特開啓了幻想與現實、滑稽與怪誕的細膩融合。

　　他的成名作是1949年發表的「非歷史的四幕歷史喜劇」《羅慕路斯大帝》，但這一作品他經過了四次修改，直到1964年才完全定稿。劇本的主人翁羅慕路斯・奧古斯都是西羅馬帝國的末代皇帝，但他在大兵壓境的時候卻毫不關心戰事，只是在一座鄉村別墅裏飽食終日，並專心致志飼養一群母雞，城市失守的消息頻頻飛報，而他仍無動於衷，大臣和他的妻子女兒以及未來的女婿愛彌良都心急如焚。這時，一個有錢的大商人魯普夫說他願意出一千萬金幣幫皇帝挽回被敵人所佔領的義大利領土，皇后和愛彌良為了拯救國家，都願忍痛割愛，但皇帝卻堅決不同意。大家本都以為他是個英明的皇帝，但這時都覺得他是個昏庸無能的皇帝。這時，他才義正辭嚴地告訴大家，羅馬已經成為了一個罪孽深重的帝國，他當一個吃喝玩樂的皇帝，正是充當了「羅馬的法官」來宣判這個帝國以死刑的。不久，日耳曼人便破城而入了，羅慕路斯要求其首領鄂多亞克將他殺死，因為他應該隨著整個羅馬的覆滅而死去。但鄂多亞克說，他們是來歸順他的，因為他知道，這是一個真正的人，一個正直的人。但羅慕路斯不接受他的歸順，他只好登位，成為新的義大利國王。

推薦閱讀

《老婦還鄉》（狄倫馬特戲劇集），葉廷芳等譯。

《狄倫馬特小說集》，張佩芬譯。

作者在其後記中說，這四幕各有一個主調，第一幕是騎兵隊長在要求皇帝出兵而遭到拒絕時所說的「羅馬有一個可恥的皇帝」；第二幕愛彌良說「這個皇帝必須滾蛋」；第三幕是羅慕路斯審判世界；第四幕是世界審判羅慕路斯。在這四幕中，剛開始主人翁是個昏庸的廢物，但逐漸的，人們對他由厭惡到同情再到尊敬。人們發現，他歷史性地成為了悲劇的主角，但令人尊敬的是，他明確地知道了自己在歷史中的地位，並主動地承擔了自己的悲劇性命運。

1956年，他的代表作品《老婦還鄉》問世，轟動了世界劇壇。在中歐一個叫居倫的小城，經濟蕭條使人們面臨了生死危機。這時，一個出生於本地的女億萬富翁回鄉來了，這人叫克雷爾·察哈納西安。她要捐給居倫10億鉅款，但有一個條件，要他們弄死一個人，這人叫伊爾，是45年前她在這兒的情人，但當時她有了他的孩子後，他卻拋棄了她，使她流落異鄉，所以她要復仇。剛開始，市長還「以人道的名義拒絕接受」，但後來，市長與市民們都一致舉手（包括伊爾的妻子兒女）答應了克雷爾的要求，並聲稱這是在主持公道。最後，克雷爾終於用棺材帶走了伊爾的屍體。

這是一部典型的悲喜劇。一方面居倫人經不起金錢的誘惑而被收買，這展示了一個道德下降的軌跡；而另一方面，伊爾卻在這種恐怖氣氛中逐漸意識到了自己的罪孽，這又是一個道德復活的過程。前者是喜劇的面孔，後者展示了悲劇的內涵。在這悲與喜之間，狄倫馬特用他傑出的戲劇天才為我們展示了藝術極致的無限風光。

1962年，他的又一部代表作問世了，那就是被認為是布萊希特《伽利略傳》的逆轉的二幕喜劇《物理學家》。一個物理學家默比烏斯發明了一種可以製造一切的萬能體系，但他怕被用於軍事而導致人類

的毀滅，便裝瘋進了瘋人院。但東西方的情報機構已經知道了此事，便各派了一名物理學家，一個自稱「牛頓」，一個自稱「愛因斯坦」，混進瘋人院，以期爭奪這個發明。有三個護理他們的護士分別識破並愛上了他們，爲了保密，他們不得不勒死了三位護士。後來，三個人終於攤牌，但默比烏斯卻說服了另二人，「今天的物理學家的唯一出路就是瘋人院」。但瘋人院的女院長早已竊取了默比烏斯的發明，並要統治全世界。而這三個人，則已被她終身監禁。

　　這也是一部悲喜劇的傑作，構思巧妙，戲劇效果強烈。劇中人的瘋言瘋語既有滑稽的笑料，又有嚴肅的哲理，時時閃耀著那智慧的絢爛光影。

→下圖是音樂劇《貓》的劇照。《貓》是作曲家勞埃德‧韋伯於1981年根據湯瑪斯‧艾略特的詩集《老負鼠的實用貓書》創作的音樂劇。
音樂劇，又稱音樂喜劇，一種戲劇表演形式，它具有激發情感、給人樂趣的特點，情節簡單但不落窠臼，伴有音樂、舞蹈和對白。它起源於19世紀的許多娛樂形式，如雜耍表演、喜歌劇、滑稽諷刺劇、歌舞雜耍表演、童話劇和黑臉歌唱團表演。長久以來，音樂劇經歷了由早期的集法國芭蕾、雜技、戲劇間奏於一體的形式，至20世紀20和30年代的使音樂與故事有機結合的首創，再到20世紀60年代末期音樂劇形式的包羅萬象，並加入了搖滾樂、歌劇風格、奢華的燈光和布景、社會評論、戀舊懷鄉情緒、單純的壯觀奇景的發展歷程。

## 第五章
# 敘事文學的無限可能 5

敘事文學是傳統文學中的霸主，他佔據了文學世界的絕大部分領地。而且，商品社會越發達，敘事文學的土壤也就越肥沃，它所結出的果實也自然就越豐碩。20世紀基本上可以說是現代派文學開花結果的時代，而這一盛況的風流代表則無疑當屬敘事文學了。但是，這種文體與藝術試驗卻越來越遠，直到最後，漸漸地湮漫了敘事文學的那本來就已犬牙參差的崖岸。這種現狀使得許多人憂慮起來，他們擔心敘事文學慢慢地會在沉不住氣的摸石過河途中被河水捲走。他們的擔心絕不是杞人憂天。

現代派的敘事探險者們之所以要衝出敘事本身的框範，其最主要的原因就是傳統敘事似乎已經走到了極致，生活中所能遇到的一切都在這些文學史上的巨人筆下得到了窮形盡相的刻畫與描摹，整個藝術空間裏到處都充塞著大師們的藝術精靈。創新，這條藝術的必由之路已被他們墊得如此之高，而這條路的走法也被他們設計的如此之難！

→塞林格，美國作家，其所著小說《麥田裏的守望者》贏得評論界的讚揚和讀者，尤其是第二次世界大戰後的大學生的推崇。正如有的評論家說的那樣，它「幾乎大大地影響了好幾代美國青年」。

所以，現代的敘事者們別無選擇──只是他們不該漠視了敘事文學所特有、所應有的絕代風華！

在充分地尊重乃至於吸收了現代派的藝術經驗之後，20世紀後半期的敘事文學突然衝出一條嶄新的藝術之路，他們在一個更高的層次上回歸了傳統文學對敘事主體的弘揚。所以在卡爾維諾自豪地宣稱「小說存在無限的可能」

的時候，我們看到了敘事文學那可
以無限延伸的康莊大道！

## 第一節　荒誕英雄與精神天使：塞林格

　　出名對於成功的作家而言，確
乎是不可避免的事情，甚至有些作
家之所以寫作，就是為了出名；然
而，並非所有的作家均如此。在當代美國，就有一個家喻戶曉的作
家，他的代表作已發行了上千萬冊，而且被當作大學生的指定閱讀書
目，但他卻極力地遁於世外，躲在一個小山村，深居簡出，從不接待
來訪者。據說，他還特地為自己造了一個只有一扇天窗的小房子為書
房，每天就窩在裏邊，誰也不許進去。這個奇怪的人就是傑羅姆・大
衛・塞林格。

　　塞林格於1919年1月1日出生於紐約市，父親是做乾酪和火腿生
意的猶太商人，家境很好。15歲時，他被父親送到賓夕法尼亞州的一
所軍事學校讀書，1936年畢業，並取得了他一生中唯一的文憑。然
後，被父親又送到波蘭學習製火腿，但在他宰了兩個月豬後，未經父
親同意便又回美國讀書了，並先後進了三所大學，都沒有畢業。1943
年，他入伍參軍，受了一年多反間諜訓練，然後到歐洲做反間諜工
作。1946年復員回國，並開始了文學創作。

　　他的作品極少，只有十幾個短篇小說與那部傑作《麥田裏的守望
者》。這部作品發表於1951年。小說主要講了一個16歲的中學生霍爾
頓・考爾菲爾德，他在第四次被學校開除時，有些不大敢回家了，他
倒不在乎開除，只是怕見到他母親生氣，所以他決定暫時不回家，先
在旅館住著玩幾天，等父母火氣過去了再說。近二十萬字的小說主要
就是講他這一天兩夜的心理歷程。

> 有那麼一群小孩子在一大塊麥地裏玩遊戲。幾千萬個小孩子，附近沒有一個人—— 沒有一個大人，我是說—— 除了我。我呢，就站在那混賬的懸崖邊，我的職務是在那守望，要是有哪個孩子注懸崖邊奔來，我就把他捉住—— 我是說孩子們都在狂奔，也不知道自己是在注哪兒跑，我得從什麼地方出來，把他們捉住。我整天就做這樣的事。我只想當個麥田裏的守望者。
>
> ——《麥田裏的守望者》

推薦閱讀

《麥田裏的守望者》，施咸榮譯。

霍爾頓是個對成人世界懷有深深敵意的人，他的感情也比較脆弱。他之所以被開除，一是因爲他不肯學習，更重要的原因是，他無法與虛僞的成人世界同流合汙。在看到成人世界的所作所爲時，他總覺得那是一種「假模假式」——這是他的慣用口語，即指那種裝模作樣、虛僞的事情。而他周圍的同學與朋友也似乎都是些假模假式者。他到他以前最喜歡的老師家去借宿，卻覺得那人對他有同性戀企圖；他又去見了以前的學生輔導員，也只是聽到了各種自私自利的話。在這些時間中，他竟也抽煙、喝酒、看電影、叫妓女……，但這只是在掩蓋他自己內心的失望與痛苦。在這個成人世界中，他要竭力地保持自己的童心，不被外界的喧囂所汙染，但又不知該如何去做。後來，他終於決定到西部去，裝成又聾又啞的人。但當他把自己的想法告訴他純眞的小妹妹菲芘時，沒想到菲芘在他約好的時間裏竟然拖了一個大箱子來了，原來，她也要陪著霍爾頓同去。而霍爾頓卻希望她能當一個好學生，能在學校的一齣戲劇中扮演一個角色，能成爲他所保護的對象，而不是像他一樣去流浪。最後，他只好放棄這個出走計畫，與妹妹一起回家，並接受心理治療。

《麥田裏的守望者》的語言藝術取得了巨大的成就，那就是用青少年的口氣來敘述，透出一種特別的幽默與風趣來。霍爾頓是個滿口粗話的孩子，「他媽的」、「混賬」、「婊子」之類的話幾乎是不離口的。特別是「混賬」二字。他幾乎給所有的東西加上這兩個字的評語：如混賬地板、混賬門、混賬走廊、混賬電影、混賬指甲、混賬目的、混賬榮譽、混賬燈、混賬氣氛、那套混賬梳妝用具、我的混賬懷裏等等。這兩個字其實代表了他對他所面對著的這個社會的看法與評價。但是，他並非眞的一個地痞式的孩子，因爲這些髒話只是對他所認爲的那些假模假式的人所發，而對於琴・迦拉格、艾里、菲芘，甚至那兩個修女，還有湖上的鴨子等等，他都不曾用過髒話，不但如

# 影響《麥田裏的守望者》的作品

在兩次世界大戰之間，美國文學史上出現了被稱為「迷惘的一代」的作家，其主要代表是海明威，此外，還有寫《大亨小傳》（1925）的斯科特·菲茨傑拉德等人。這些青年作家參加過大戰，他們不滿戰爭，普遍有一種被欺騙的感覺。他們不再相信虛偽的說教，對前途感到迷惘，以玩世不恭的態度對沉悶的現實表示消極的抗議。在藝術上，《麥田裏的守望者》顯然受到了他們的影響。

《大亨小傳》是「爵士時代」的代言人和「迷惘的一代」的代表作家美國作家菲茨傑拉德（F.S.Fitzgerald，1896～1940）的最優秀小說。小說以美國理想為主題，講述蓋茨比戰後靠非法經營致富，想和已嫁人的舊日戀人苔西重溫舊夢。可是，卻被苔西的丈夫陷害致死。小說通過蓋茨比的悲劇，表現了「美國夢」的幻滅和對上層特權階級的譴責。右圖為1928年改編自此小說的美國無聲電影劇照。

此，在談到這些的時候，他還充滿了詩人般的溫情。

他把誇張的藝術也發展到了頂峰。霍爾頓在形容琴·迦拉格時說「她一講話，加上心情激動，嘴唇就會向五十個方向扯」；「休息室裏空蕩蕩的，發出一股像五千萬支熄滅了的雪茄的氣味」；「許多學校都已放假了，這兒總有一百萬個姑娘或坐或立，在等她們的男友」；「電影故事講的是一對夫婦一生中約莫五十萬年裏的事」。

這部作品的名字來源於霍爾頓的一個幻想：他老想像在一塊麥田裏，有許多孩子在玩耍，他要整天守在懸崖邊，謹防那些孩子們會不小心摔下來。這事實上也正是他這部作品的主旨。所以美國著名評論家大衛·蓋洛威說霍爾頓是一個「荒誕英雄」，而美國女作家弗吉麗亞·彼得森說他是精神世界完好的天使。

## 第二節　幻想與現實的兩重世界：卡爾維諾

伊大洛·卡爾維諾（1923～1985）出生於古巴，但他的父母均是義大利人，母親為了他不忘故土，便給他名叫伊大洛，即與義大利同音，而他們家也自他兩歲時就返回了義大利。1942年，他就讀於都

靈大學的農學系，但他卻對文學一往情
深。當抵抗運動興起時，他與弟弟一起參
加了當地游擊隊，而戰爭結束後，他又回
到了都靈大學，進入了文學系，並走上了
文學道路。1947年，他大學畢業，並任一
家出版社的文學顧問，並於同年加入了共
產黨。10年後，匈牙利事件爆發，他宣布
退黨。

1947年，他的成名作《通向蛛巢的小
徑》發表。作品寫了少年皮恩加入了一支
游擊隊，但其隊員卻都是一些流氓無產

→卡爾維諾，義大利當代著名小說家，
他以遊戲似的新穎的結構和變化不定的
視角來考察各種機遇、巧合和變化。

者，他們幾乎等同於街上的小混混，沾染了一身的惡習，但卻還並非
墮落者，他們的身上還有善良與人性的光彩。於是，在抵抗運動的大
潮中，皮恩與這些隊友們都逐漸地被改變，被陶鑄，於是也便不斷地
成熟起來。這部作品當然還是遵循了現實主義的路子，而且是作家24
歲時的作品，但作品卻極有藝術容括力，其情節、對話與人物個性都
達到了一定的高度。

1952年到1959年，他連續寫了三個中篇小說，後來組成了《我
們的祖先》三部曲。這是他中期的代表作，也是50年代世界文壇最美
的收穫之一。

第一部《分成兩半的子爵》發表於1952年，主人翁是一個名叫梅
達爾多·特拉巴爾的子爵，在土奧戰爭中，他被炮彈劈成了兩半，卻
恰好成了兩個人：一個是善良的子爵，集中了他本身所有的善良品
質，並四處行善；而另一半則完全代表了本身全部的惡的特徵，充滿
了邪惡，專門做壞事。直到後來，那個邪惡者對善良者極為不滿，便
派衛兵來殺死他，衛兵卻反戈一擊，他們便只好刀兵相見了，後來，
他們各自砍開了對方的創傷，於是，二人又合為一個，才又恢復了本

來的秩序。作者別有深意地用荒誕的情節來象徵現代人的分裂及其善惡並存的人性觀。

第二部是1957年發表的《樹上的男爵》。寫幼小的科西摩男爵反叛了自己的貴族家庭，並逃到樹上去居住與生活。在樹上，他竟可以打到野味來維持生活，還與一隻母山羊成為了朋友，從而有了羊奶喝，還與一隻母雞達成一致，它會每隔一天給他下一個雞蛋。他在樹上發現了許多事情，還愛上了一個姑娘維奧拉。65年後，他終於衰老了，但他仍不肯下來，最後，他看見一個熱氣球，並抓住了放下來的繩索，便飄然而去了。看來，正是在逃離了人類的社會後，在一個象徵意味極強的地方，他找到了自己的立足點，並從而找回了自我。

第三部《不存在的騎士》發表於1959年，這一部的情節就更為離奇了。它主要寫一個騎士阿吉盧爾福，他是查理大帝手下極為驍勇的戰將。當查理大帝檢閱座下騎士時，就對威武而莊嚴的阿吉盧爾福大為喜歡，他走到這位騎士面前，請他揭開雪白而且鋥亮的面罩，他不肯，查理大帝定要如此，他便從命了，但當他把面罩掀起來時，查理大帝才發現，他的頭盔裏空空如也──原來，他本來就不存在，在那一身鋥亮而威武的鎧甲裏面，沒有面容，沒有血肉，什麼也沒有。他

# 50年代德國小說的巔峰之作

1959年，長篇小說《鐵皮鼓》問世，這使德國的文學作品再次獲得世界聲譽，也是德國20世紀50年代小說藝術的一個高峰。此小說作者即為德國詩人、小說家、劇作家、雕刻家和版畫家格拉斯（G.W.Grass，1927～ ），也正是由於他的這第一部小說，格拉斯成為納粹時代長大、戰後倖存的一代德國人在文學上的代言人。

《鐵皮鼓》這部誇張而富於傳奇色彩的小說混用了各種不同的風格，憑想像隨意更改和誇大作者個人的經歷、波蘭和德國在其家鄉但澤的二元體制、普通家庭的緩慢納粹化、戰爭年代的消耗、俄國人的到來、由西德戰後「經濟奇蹟」產生的自鳴得意的氣氛。而這一切都是通過小說主人翁侏儒奧斯卡·馬策拉特來告訴讀者，並且達到鞭撻希特勒暴政與其引起的後果的目的。左圖即為1979年被福爾克爾·施倫多夫拍成電影的《鐵皮鼓》的劇照。

### 後現代主義

這個概念至今沒有明確的界定，一般認為這是一場發生於歐美20世紀60年代，並於70與80年代流行於西方的藝術、社會文化與哲學思潮。其要旨在於放棄現代性的基本前提及其規範內容。在後現代主義藝術中，這種放棄表現在拒絕現代主義藝術作為一個分化了文化領域的自主價值，並且拒絕現代主義的形式限定原則與黨派原則。其本質是一種知性上的反理性主義、道德上的犬儒主義和感性上的快樂主義。後現代主義並不是一個文學流派或團體，它甚至沒有統一的觀念和指導原則。更多的是作為一個包容性極強的概念使用，指稱隨著全球化進程出現了一種多元化的思潮。有論者以為後現代主義文學的特徵有主體消失、深度消失、歷史消失等。總而言之，表現了現代社會人們的焦灼感和危機感等心緒。

其實就只是一副空空的鎧甲。更奇特的是，有一個女騎士，雖然知道他是不存在的，但還是狂熱地愛上了他。她一直在追逐著他，而他則只有逃避。

這三部曲在藝術上有極高的成就，它亦真亦幻，既像童話一樣想落天外，但又總把其尖利的藝術之光投射到現實中來。正是在這種真真假假之間，既把藝術的鏡子打磨得更為璀璨而澄澈，也使得這種在寫實性小說中很難展示的對人類異化生存狀態的描摹顯得那麼的輕而易舉。

1965年，他發表了洋溢著童話情趣但又展示了對人類命運的終極關懷的作品《宇宙奇趣》，這是一個短篇小說集，共有12篇小說。其主人翁是一個名叫Qfwfq的生物，這個名字只不過是作者的戲謔罷了，因為誰也讀不出它的讀音來，反正反著正著都一樣——而它的進化似乎也是如此：剛開始，它是個軟體動物，後來成為恐龍，最後又變成了人。而它卻認為，人類終將滅絕。這其實包含了作者對人類命運的深深憂慮。

發表於1979年的《寒冬夜行人》是卡爾維諾後現代派的代表作。小說在形式與藝術上的創新令人耳目一新。故事的主人翁就是這部小說的讀者。他正在全神貫注地閱讀卡爾維諾的新作《寒冬夜行人》。剛讀了三十多頁，「讀者」突然發現小說的頁碼錯亂，他看過的三十來頁又重覆出現，於是去書店換書。書店老闆翻閱之後，深表歉意地

推薦閱讀

《卡爾維諾文集》（六卷本），呂同六、張潔主編。

解釋說，小說裝訂時出了差錯，把卡爾維諾的小說跟波蘭作家巴察克巴爾的小說《馬爾堡市郊外》裝訂混了。這樣，小說的第二章不再是前一章故事的繼續，卻是另一篇小說的開頭。

出版社居然出現如此嚴重的差錯，當然得給退換，不過「讀者」卻又不想換回一本完好的《寒冬夜行人》，而是想換那個波蘭作家的小說看下去。因同樣原因來書店換書的還有一位名叫柳德米拉的「女讀者」。

但是同樣的事情竟然發生了很多次。10篇小說就在這兩位男女「讀者」不斷尋求確切答案的過程中一環套一環地依次展開了，他們倆人也在苦苦的尋覓中，在不斷地閱讀這10篇小說的過程中成為了知己，對文學的篤信溝通了他們的思想感情，使他們在尋書的風波中萌生了愛情，最後還喜結了良緣。在洞房花燭之夜，當「女讀者」提出要熄燈就寢時，「讀者」卻說：「稍等一會兒，我馬上就讀完伊大洛·卡爾維諾的《寒冬夜行人》了。」

這部作品立意極為巧妙，由這麼兩位讀者把十個毫無關聯的沒頭沒尾的小說片段聯在一起，然而，它們每一篇的結尾都與另一篇的開頭卻緊密勾連，在這種蒙太奇式的剪接手法中，它們便呈現出另一種意義來。

有人評論說，卡爾維諾是「一隻腳跨進幻想世界，另一隻腳留存客觀現實之中」，的確如此，也正因為如此，他的作品才獲得了穩固而崇高的地位。

## 第三節　草原的歌手：艾特瑪托夫

有一個300萬人口的小國，卻孕育出了一個偉大的作家，這位作家的作品在世界上有一百二十多種語言的譯本，在世界廣為流傳。據說，在德國，他的作品幾乎每家必有。這位作家就是吉爾吉斯坦的欽

吉斯・艾特瑪托夫。

1928年12月12日，艾特瑪托夫生於吉爾吉斯基洛夫區舍克爾村的一個牧民家裏，父親靠地方政府的資助，進了學

> 可以說，神話的力量在於，它為當代文學提供了人類精神、勇敢和希望的宏偉的原始詩意。
> ——艾特瑪托夫

校，在十月革命後成為了最早的共產黨員之一；他的母親也是一個有文化的吉爾吉斯婦女。還有他的祖母，那簡直是一座童話的寶庫，這位老人的故事成為了艾特瑪托夫那神奇而芬芳的文學世界的背景。但就在他10歲的時候，任州委書記的父親遭受了不白之冤，並遭到了清

→這是一幅由蘇聯著名油畫家安・安・梅利尼科夫畫的名為《告別》的油畫，取材於蘇聯衛國戰爭題材，描繪一位母親正在送別即將上前線的兒子。母親深情地注視著兒子，早已被歲月刻蝕的臉及雙手上盡現滄桑，而目光卻異常堅定，從中可見她盼望兒子早日歸來的心情；而兒子雖只有一個側影，但從他的身影中不難看出其決心及忠誠。這些均被畫家置在滾滾硝煙下，這就點出了本畫的意旨——表現母愛及強烈的愛國主義精神。然而，畫家採用的是象徵性手法，母親是兩千萬沒有從前線歸來的英雄兒女的母親的典型；而兒子則是兩千萬為國捐軀的士兵的代表。

總體來說，此畫道出了蘇聯衛國戰爭期間人民的生活狀況，也可以作為我們閱讀艾特瑪托夫的《查蜜莉雅》的一個時代背景的寫照。

洗與鎮壓，並隨即死去。幼小的他便與母親回到家鄉。此後，他曾經當過村蘇維埃秘書、區財政局稅收員和拖拉機站統計員。衛國戰爭結束，他進入吉爾吉斯農學院學習，1953年畢業後到畜牧研究所實驗場工作。而在1956年，他進入了莫斯科高級文學進修班學習，兩年後畢業，曾任編輯、記者等職，後又任蘇聯作協書記。1983年，當選為歐洲文學院院士。

　其實，艾特瑪托夫並非一個早年得志的幸運兒，他的處女作《面對面》發表於1957年，當時，他已30歲了。然而，他的創作起點卻極高。在次年，他便發表了令全世界為之傾倒的中篇小說《查蜜莉雅》。這部作品以第一人稱的口吻來寫了一個女性愛情覺醒的故事。「我」的哥哥薩特克參軍打仗去了，他的妻子查蜜莉雅在家裏，當時村裏要派人去給前線運糧食，但已沒有男勞力了，便想讓查蜜莉雅去，「我」也陪同，後又加了一個傷兵丹尼亞爾。查蜜莉雅是一個天真活潑的人，更重要的是，她還是一個極有操持的人。然而，在與傷兵丹尼亞爾在一起幹活的日子裏，他們互相吸引了。從常理來看，這是對前線打仗的戰士的一種背叛，但是，作者把這次的愛情的萌生寫得極為真切而純潔，優美而又意味深長，甚至這個「我」，原本是專門派來保護或者說看守嫂子的，但最後竟也成為了他們愛情的禮讚者。由此也可以看到，這其中包含了多麼巨大的人性的力量。

　1970年，艾特瑪托夫發表了他中篇小說的代表性傑作《白輪船》。這部小說的故事很簡單，寫了一個偏僻的護林所三戶人家之間善與惡的隱性較量，以及這一切在一個純潔的童心世界裏所產生的巨大影響。最後，善良的莫蒙老爺爺與這個大腦袋的7歲小男孩便被惡所淹沒。他們的心靈世界都已被這些惡行所擊碎，不同的是，莫蒙老爺爺只好屈從；而小男孩卻無法忍受並饒恕這一罪惡，於是他最後跨進水中，幻想能變成一條魚，游進那夢寐以求的伊塞克湖中去，尋找自己理想中的白輪船。整部作品不但有現實世界中這個善惡的衝突，還有小男孩童心世界中那個白輪船的故事，還有莫蒙老爺爺給他講的

**推薦閱讀**

《查蜜莉雅》，力岡、馮加譯。

《艾特瑪托夫小說集》（共三卷），力岡、馮加等譯。

《斷頭臺》，馮加譯。

他們的祖先長角鹿母的故事。善惡的交鋒在這種神話與象徵的故事框架與背景中展開，使得它更富於了形而上的哲理意味與更震撼人心的藝術力量。

在整個70年代，他還有一些重要的中篇小說，如發表於1975年的《早來的鶴》與1977年的《花狗崖》，這些作品在藝術性與哲理性上都取得了極高的成就。

1980年，他發表了自己第一部長篇小說《一日長於百年》，這部作品在歷史、現在與未來的立體框架內，對人類的前景進行了史詩般的反思與觀照。

1986年，他完成了一部迄今為止依然存在較大爭議的長篇小說《斷頭臺》，但可以毫不誇張地說，這部作品已成為了20世紀世界文學史上最為偉大的作品之一。

全書共分為三個部分，但前兩個部分講的是神學院學生阿夫季精神道德探索的命運悲劇，而第三部分卻講了與前文毫不相關的鮑士頓的人生悲劇。二者若說有聯繫的話，那就是母狼阿克巴拉與公狼塔什柴納爾一家了。這一對狼從開頭到結尾一脈貫穿。但事實上，他們有更為深層而且有機的內在聯繫。

在小說剛一開始，就為讀者展現了這一對狼的生活歷程，它們本來在中亞那廣闊的草原上過著自由自在的生活，但被為了完成肉類生產計畫的人所圍獵，死裏逃生地跑到阿爾達什湖的狼又被開發礦藏的人們逼走，它們後來來到了伊塞克湖邊，但又落入命運的悲劇設計之中。

這是全書的線索，而前兩部則主要是阿夫季的故事，他本來是共青團週報的編外人員，靠寫些文章為生。而為了引起全社會對販毒與吸毒狀況的重視，他便親自到了大麻的生產地中亞，並混入到販毒團

夥中去。在他與販毒份子同採大麻的時候，他首次與母狼阿克巴拉相遇；後來在偷運的火車上，他幻想能勸阻毒販，從而遭到毒打並被扔到飛馳的火車外去。而這時昏迷的他卻來到了兩千年前的耶路撒冷，經歷了耶穌與羅馬總督彼拉多的對

> 我的查睿莉雅，你走了，穿過遼闊的草原，頭也不回的走了。也許你疲倦了，也許你對自己失掉了信心？你就依依到丹尼亞爾的身上吧。讓他為你唱起他那歌唱愛情，歌唱大地，歌唱生活的歌！……朝前走吧，查睿莉雅，不要後悔，你已經找到了你那來之不易的幸福！
>
> ——《查睿莉雅》

話。而後他被救出，這時他認識了科技人員英加，並相愛而且準備結婚，但英加因前夫作梗而被迫離去。孤獨的阿夫季參加了對草原羚羊的圍獵，但目睹這一慘景，他又要求停止，結果又被捆打，並被吊在一株鹽木上。在所有的人都已走後，在他彌留的最後時刻，他又見到了那頭母狼。

接下來的第三部分是鮑士頓的了。一個酒鬼巴札爾拜從這窩歷盡苦難的狼窩裏掏走了小狼崽，並躲藏到鮑士頓家，後來又把小狼賣掉換酒喝。從此，那對老狼便夜夜在鮑士頓家哀鳴，鮑士頓請求巴札爾拜送回小狼，但未能如願，他只好誘殺了公狼。但終於有一天，母狼叼走了鮑士頓的小兒子，為救兒子，鮑士頓向狼開了槍，但卻打死了兒子。他悲痛萬分，便提了槍，去殺巴札爾拜……

《斷頭臺》以其巨大的藝術容量和奇異的寫作技法而對現實主義文學有了巨大而深刻的突破，這種創造與開拓不僅使這一部作品成為一部新的典範，而更重要的是，它的出現為現實主義文學的發展提供了極為成功的一種可能性。

## 第四節　生活在別處：米蘭·昆德拉

據說，有一個捷克人，要申請移民簽證，移民局的官員問他到哪裏去，他說哪兒都行。官員給了他一個地球儀，讓他自己挑。他把地球儀緩緩地轉了幾圈，然後對那個官員說：「你們還有沒有別的地球

→這是米蘭·昆德拉在他巴黎的書屋裏的情景。米蘭·昆德拉，捷克小說家，劇作家，詩人，他創作的各種作品溶色情喜劇和政治批評於一爐。

> 如果上帝已經走了，人不再是主人，誰是主人呢？地球沒有任何主人，在空無中前進。這就是存在的不可承受之輕。
> —— 米蘭·昆德拉《小說的藝術》

儀？」這個幽默而又痛楚的捷克人就是米蘭·昆德拉。

米蘭·昆德拉出生於1929年，他的父親是著名的鋼琴家，並任伯爾諾音樂學院院長，這一點對他的文學創作具有重大的影響，並形成了他獨一無二的文學風貌。1948年，他進入查理大學學習哲學，但並未完成學業。但他後來卻進入了藝術學院電影專業學習，並在畢業後留校任教。在此期間，他帶領學生對捷克電影進行新的探索。1968年，蘇聯突然閃電般地佔領了捷克，並扣押了捷克的黨政領導人，從此，昆德拉的作品便也遭到了查禁。1975年，他不得不離開捷克，移居法國，1979年，他被取消捷克國籍，從此，他成了一個永遠生活在別處的人。

1967年，他的成名作《玩笑》問世了，並獲得了巨大的成功，當時連印了三版，仍舊在幾天內便銷售一空，這奠定了他在捷克文學史上的大家地位。

這部小說的主人翁路德維克是一個年輕而活躍的共產黨員，他所熱戀的一個姑娘瑪格塔是一個天真而嚴肅的人，特別對政治更是看得很重。假期時，她參加了政治學習集訓，並似乎對他的愛有所忽略，路德維克便想與她開一個玩笑，便給她寫了一張明信片，上面寫了三句話：「樂觀主義是人民的鴉片，健康的空氣發出惡臭，托洛斯基萬

推薦閱讀

《玩笑》，景凱旋譯。

《生命中不能承受之輕》，韓少功、韓剛譯。

《不朽》，寧敏譯。

歲！」然而，在那個高度政治化的國度與時代裏，沒有人欣賞他的玩笑，僵硬的政治體制與意識形態已經麻木了人們的幽默神經，於是，他受到了組織的審訊，並被送進了軍隊裏的勞改營裏服刑。痛苦的15年後，他在一個偶然的機會裏遇到了當時整他的那個人的妻子海倫娜，為了復仇，他決定去勾引他，在他終於如願以償的時候，他才知道，那個整他的人早已拋棄了海倫娜而另有新歡。本想再用玩笑的方式來復仇的他卻又掉進了另一個更大的玩笑中去。這種悖論其實就是生活的悖論，是人類存在的悖論。

1976年，他發表了長篇小說《為了告別的聚會》，這部作品獲得了義大利的蒙德洛文學獎。小說共五章，分別寫了五天裏所發生的事情。克利馬是布拉格有名的小號手，在一次礦泉療養地的演出結束後，他與剛在舞會上認識的護士茹澤娜結下了露水之情，但不久後，他接到茹澤娜的電話，說她已懷了孕。他十分驚恐，就瞞了妻子來到療養地，企圖讓她墮胎，而茹澤娜卻想以此使克利馬與她結婚。而在本地，茹澤娜還有一個青年追求者弗朗特，他無時無刻不對克利馬進行監視。克利馬的朋友，美國闊佬巴特里弗給他介紹了一個婦科醫生斯克雷托，這時，斯克雷托的朋友雅庫布也來到了療養地，他在史達林時期蹲過監獄，當時，為防萬一，他曾向斯克雷托要了一片毒藥。現在，他已獲准出國了，他想把這片藥還給他。在飯館等候朋友的雅庫布看到了茹澤娜和克利馬二人，在二人走後，他把茹澤娜忘在桌上的鎮靜藥拿來，發現與自己的毒藥一樣都是藍色的，他把毒藥也放在藥管中對比，看到它們的色澤有深淺的不同。而這時，茹澤娜竟回來了，她要拿走藥管，雅庫布尷尬地說能否把上邊那一粒藥給他，但茹澤娜很生氣地拒絕了，並不容分說，奪過藥就走了。巴特里弗遇到了茹澤娜，並向她表白了愛意，二人又是春風一度。第二天，茹澤娜同

意去墮胎。但他們遇到了弗朗特，他大吵大鬧，茹澤娜在心緒不寧中，誤服了毒藥，當場死去。

1984年，昆德拉發表了至今評價都極高的代表作《生命中不能承受之輕》。作品描寫了在「布拉格之春」左右的故事。醫生湯瑪斯到一個小鎮上去給人看病，認識了那裏的女招待特麗莎。在他回到布拉格10天後，她便來看他，並發生了關係。這時，湯瑪斯便感受到了一種莫名其妙的愛，最後，他們便結婚了。10年前，他與妻子離婚，他像別人慶賀訂婚一樣高興，因爲他明白自己天生就不能與任何女人朝夕相處，甚至他也不習慣有人睡在他旁邊。但在特麗莎身邊，他卻能安然入睡。這樣，他便請求自己的另一個情人畫家薩賓娜爲特麗莎找一個工作。於是，就在他們幾個之間發生了錯綜複雜的情感經歷。與此同時，他們還經歷了「布拉格之春」與蘇軍的進駐，正是這個社會與時代的背景才使得這部作品獲得了超越個人情感糾葛的哲理深度。總之，這部作品有些像哲理作品，因爲他在行文中隨時隨地都透露出一種對生命、對政治、對強權的反思與觀照。

> 我們常常痛感生活的艱辛與沉重，無數次目睹了生命在各種重壓下的扭曲與變形，「平凡」一時間成了人們最殷切的渴望。但是，我們卻在不經意間遺漏了另外一種恐懼——沒有期待、無需付出的平靜，其實是在消耗生命的活力與精神。
> ——《生命中不能承受之輕》

這部作品的中文譯者韓少功在其《前言》中說：「昆德拉由政治走向了哲學，由強權批判走向了人性批判，從捷克走向了人類，從現時走向了永恆。」這句評論非常精采，不但可以作爲對《生命中不能承受之輕》的評價，而且也可以算是對米蘭·昆德拉全部創作的一個高度概括。

他有部小說叫《生活在別處》，這個名字彷彿是一個預言，它籠罩著米蘭·昆德拉一生的生活軌跡，包括現實的物質生活與抽象的精神生活。甚至在小說藝術世界上，他也勇敢地成爲了一個「永遠生活在別處」的偉大的探險者！

# 諾貝爾文學講獲獎列表

# 諾貝爾文學講獲獎列表

海明威（Ernest Miller Hemingway）
（美國）小說家......................................1954

拉克斯内斯（HalldYr Kiljan Laxness）
（冰島）小說家......................................1955

希梅内斯（Juan RamYn JimRnez）
（西班牙）詩人......................................1956

卡繆（Albert Camus）
（法國）小說家、劇作家......................... 1957

帕斯捷爾納克（Boris Leonidovich Pasternak）
（蘇聯）小說家、詩人（拒絕受獎）..................1958

誇齊莫多（Savlatore Quasimodo）
（義大利）詩人...1959

佩爾斯（Saint-John Perse）（法國）詩人............1960

安德里奇（Ivo Andric）（南斯拉夫）小說家.....1961

斯坦貝克（John Ernst Steinbeck）
（美國）小說家......................................1962

塞菲里斯（George Seferis）（希臘）詩人............1963

沙特（Jean-Paul Sartre）
（法國）哲學家、劇作家（拒絕受獎）...............1964

肖洛霍夫（Mikhail Aleksandrovich Sholokhov）
（蘇聯）小說家......................................1965

阿格農（Shmuel Yosef Agnon）
（以色列）小說家...................................1966

薩克斯（Nelly Sachs）（德裔瑞典籍）詩人

阿斯圖里亞斯（Miguel Angel Asturias）（瓜地馬拉）
小說家................................................1967

川端康成（Kawabata Yasunari）
（日本）小說家...................................... 1968

貝克特（Samuel Beckett）
（愛爾蘭裔法國籍）小說家、劇作家..................1969

索忍尼辛（Aleksandr Isayevich Solzhenitsyn）
（蘇聯）小說家......................................1970

聶魯達（Pablo Neruda）（智利）詩人..................1971

伯爾（Heinrich Boll）（德國）小說家................ 1972

懷特（Patrick White）（澳大利亞）小說家........ 1973

雍松（Eyvind Johnson）（瑞典）小說家......1974

馬丁松（Harry Martinson）
（瑞典）小說家、詩人蒙塔萊（Eugenio Montale）
（義大利）詩人...................................... 1975

貝洛（Saul Bellow）（美國）小說家............1976

阿萊克桑德雷（Vicente Aleixandre）

（西班牙）詩人......................................1977

辛格（Isaac Bashevis Singer）（美國）小說家....1978

埃利蒂斯（Odysseus Elytis）（希臘）詩人.........1979

米沃什（Czeslaw Milosz）（美國）詩人.............1980

康内蒂（Elias Canetti）
（比利時）小說家、小品文作家....................1981

加西亞·馬爾克斯（Gabriel Garcla MWrquez）
（哥倫比亞）小說家、新聞工作者、
社會批評家...........................................1982

戈爾丁（William G. Golding）（英國）小說家....1983

塞費爾特（Jaroslav Seifert）（捷克）詩人.........1984

西蒙（Claude Simon）（法國）小說家.............1985

索因卡（Wole Soyinka）
（尼日利亞）劇作家、詩人.........................1986

布羅茨基（Joseph Brodsky）
（美國）詩人、小品文作家.........................1987

馬哈福茲（Naguib Mahfouz）（埃及）小說家... 1988

塞拉（Camilo JosR Cela）（西班牙）小說家......1989

帕斯（Octavio Paz）（墨西哥）詩人、小品文作
家.....................................................1990

戈迪默（Nadine Gordimer）（南非）小說家....1991

沃爾科特（Derek Walcott）（聖盧西亞）詩人....1992

莫里森（Toni Morrison）（美國）小說家.........1993

大江健三郎（Te KenzaburT）（日本）小說家....1994

希尼（Seamus Heaney）（愛爾蘭）作家.........1995

申博爾斯卡（Wislawa Szymborska）
（波蘭）詩人........................................1996

福（Dario Fo）（義大利）著名作品是
《一個無政府主義者的意外之死》.......................1997

若澤·薩拉馬戈（Jose Saramago）
（葡萄牙）記者，小說家...........................1998

君特·格拉斯（Gunter Grass）
（德國）小說家......................................1999

高行健（Xingjian Gao）（華裔法籍）
小說家、詩人、劇作家.............................2000

維·蘇·奈保爾（Sir V. S. Naipaul）
（印度裔英籍）小說家.............................. 2001

凱爾泰斯·伊姆雷（KertRsz Imre）
（匈牙利）小說家.................................. 2002

庫切（John Maxwell Coetzee）
（南非）大學英國文學教授、小說家................. 2003

# 參考書目

Bolle, Kees W., ed., Mythology Series, 39 vols. (Ayer 1978).

Campbell, Joseph, The Masks of God : Creative Mythology (Penguin 1970).

Beye, Charles R., The Iliad, the Odyssey, and the Epic Tradition (1966; reprint, P. Smith 1976).

Finley, John H., Homer? Odyssey (Harvard Univ. Press 1978).

Kirk, Geoffrey S., ed., The Iliad : A Commentary, vol. I (Cambridge 1985).

Davis, Charles T., Dante? Italy and Other Essays (Univ. of Pa. Press 1984).

Grayson, Cecil, The World of Dante (Oxford 1980).

Ciardi, John, tr., The Divine Comedy (Norton 1977).

Bradley, A.C., Shakespearian Tragedy, 1905, reprinted 1977.

Gurr, Andrew, The Shakespearian Stage, 1574-1642, 1970.

Righter, Anne, Shakespeare and the Idea of the Play, 1962.

Bleznick, Donald W., Studies on Don Quixote and Other Cervantine Works (Spanish Literature Pub. 1984).

Allen, John J., Don Quixote : Hero or Fool, 2 vols. (Univ. Presses of Fla. 1969, 1979).

Calvert, Albert F., The Life of Cervantes (1905; reprint, Folcroft 1976).

Sill, Geoffrey M., Defoe and the Idea of Fiction, 1713-1719 (Univ. of Del. Press 1983).

Bates, Paul A., ed., Faust: Sources, Works, Criticism (Harcourt 1969).

Garland, Henry B., Schiller (1949; reprint, Greenwood Press 1977).

Prudhoe, John, The Theatre of Goethe and Schiller (Beekman House 1973).

The Works of Lord Byron, Poetry was edited by Ernest H, Coleridge, 7 vols. (1898-1904; reprint, Humanities Press 1972).

Galt, John, The Life of Lord Byron (1830; reprint, R. West 1980).

Bloom, Harold, ed., Percy Bysshe Shelley (Chelsea House 1985).

Chernaik, Judith, The Lyrics of Shelley (Case Western Reserve Univ. Press 1972).

Dickens, Charles, Speeches, ed. by Kenneth J. Fielding (Oxford 1965).

House, Arthur Humphrey, The Dickens World, 2d ed. (Oxford 1960).

Miller, Joseph H., Jr., Charles Dickens : The World of His Novels (Harvard Univ. Press 1959).

Strickland, Geoffrey, Stendhal: The Education of a Novelist (Cambridge 1974).

Alexander, Ian W., French Literature and the Philosophy of Consciousness: Phenomenological Essays (St. Martin? Press 1985).

Freeborn, R. H., and others, Russian Literary Attitudes from Pushkin to Solzhenitsyn (Harper 1976).

Allen, Gay Wilson, The New Walt Whitman Handbook (N. Y. Univ. Press 1975).

Bazalgette, Leon, Walt Whitman : The Man and His Work (1920; reprint, Cooper Sq. 1971).

Brombert, Victor, The Novels of Flaubert : A Study of Themes and Techniques (Princeton Univ. Press 1967).

Schor, Naomi, and Majewski, Henry F., eds., Flaubert and Postmodernism (Univ. of Neb. Press 1984).

Steegmuller, Francis, Flaubert and Madame Bovary : A Double Portrait (Univ. of Chicago Press 1977).

Baudelaire, Charles, Baudelaire: Complete Verse, tr. by Francis Scarf (Longwood 1985).

Eliot, T. S., Selected Essays (1932; reprint, Folcroft 1971).

Standard English Translations of Dostoyevsky? works include those by Constance Garnett and David Magarshack.

Peace, Richard Arthur, Chekhov : A Study of Four Major Plays (Yale Univ. Press 1983).

Chiari, Joseph, T. S. Eliot, Poet and Dramatist (Barnes & Noble 1972).

Chesterton, G. K., George Bernard Shaw (1909; reprint, Folcroft 1978).

Translations of Proust? Works include Remembrance of Things Past, 3 vols., tr. by C. Scott Moncrieff and Terence Kilmartin (Random House 1982), etc.

Baker, Carlos, Ernest Hemingway : A Life Story (Scribner 1969).

Young, Philip, and Mann, Charles W., The Hemingway Manuscripts : An Inventory (Penn. State Univ. Press 1969).

《吉爾伽美什》，趙樂甡，遼寧人民出版社，1981年版；1999年又收入譯林出版社《世界史詩叢書》再版。

《臘瑪延那・瑪哈帕臘達》，採用譯，人民文學出版社，1978年版。

《羅摩衍那》（全七卷），季羨林譯，人民文學出版社，1980～1984。

《摩訶婆羅多著名插話選》，金克木等譯，人民文學出版社，1987。

《埃斯庫羅斯悲劇二種》，羅念生譯，人民文學出版社，1961。

《埃斯庫羅斯悲劇集》，陳中梅譯，遼寧教育出版社，1999。

《索福克勒斯悲劇二種》，羅念生譯，人民文學出版社，1979。

《歐裏庇得斯悲劇二種》，羅念生譯，人民文學出版社，1979。

《歐裏庇得斯悲劇集》，周作人譯，中國對外翻譯出版公司，2003。

《佛本生故事選》，郭良、黃寶生譯，人民文學出版社，1985年初版，2001年再版。

《百喻經》，僧伽斯那撰，求那毗地譯，太白文藝出版社，1998。

《五卷書》，季羨林譯，人民文學出版社，1980年初版，2001年再版。

《一千零一夜》（全六卷），納訓譯，人民文學出版社，1982～1984。

《源氏物語》，豐子愷譯，人民文學出版社，2003。

《十日談》，方平、王科一譯，上海譯文出版社，2000。

《巨人傳》，鮑文蔚譯，人民文學出版社，1983。

《喜劇六種》，李健吾譯，上海譯文出版社，1978。

《魯濱遜飄流記》，徐霞村譯，人民文學出版社，2003。

《少年維特的煩惱》，楊武能譯，人民文學出版社，1999。

《海涅詩選》，張玉書編選，人民文學出版社，1997。

《傲慢與偏見》，英聞・奧斯丁著，張玲譯，人民文學出版社，1996。

《簡愛》，英夏洛蒂・勃朗特著，祝慶英譯，上海譯文出版社，1995。

《咆哮山莊》，英艾米莉・勃朗特著，方平譯，上海譯文出版社，1998。

《大衛・科波菲爾》，張谷若譯，上海譯文出版社，2003。

《雙城記》，石永禮、趙文娟譯，人民文學出版社，2001。

《紅與黑》，聞家駟譯，人民文學出版社，1998。

《歐也妮・高老頭》、《高老頭》，傅雷譯，人民文學出版社，1998。

《人間喜劇》，傅雷、袁樹仁等譯，人民文學出版社，1994。

《巴黎聖母院》，陳敬容譯，人民文學出版社，1999。

《悲慘世界》，李丹譯，人民文學出版社，1998。

《普希金詩選》，高莽等譯，人民文學出版社，2003。

《葉甫根尼・奧涅金》，智量譯，人民文學出版社，1995。

《果戈理選集》，滿濤、許慶道譯，人民文學出版社，1983。

《死魂靈》，魯迅譯，人民文學出版社，1977。

《羅亭・貴族之家》，戴驄譯，上海譯文出版社，2000。

《前夜・父與子》，巴金、麗尼譯，人民文學出版社，1999。

《愛倫・坡短篇小說集》，陳良廷、徐汝椿譯，人民文學出版社，2003。

《紅字》，侍桁譯，人民文學出版社，2002。

《格林童話全集》，魏以新譯，人民文學出版社，1997。

《安徒生童話全集》，葉君健譯，上海譯文出版社，1995。

《三個火槍手》，李青崖譯，上海譯文出版社，1978。

《基督山恩仇記》，韓滬麟譯，上海譯文出版社，2001。

《茶花女》，王振孫譯，人民文學出版社，2003。

《凡爾納選集》，中國青年出版社，1997。

《娜娜》，鄭永慧譯，人民文學出版社，1996。

《萌芽》，黎利譯，人民文學出版社，2001。

《莫泊桑短篇小說選》，趙少侯等，人民文學出版社，2001。

《約翰・克利斯朵夫》，傅雷譯，人民文學出版社，1996。

《母與子》，羅大岡譯，外國文學出版社，1993。

《戰爭與和平》，劉遼逸譯，人民文學出版社，1992。

《安娜・卡列尼娜》，周揚、謝素台譯，人民文學出版社，1991。

《復活》，汝龍譯，人民文學出版社，1992。

《契訶夫短篇小說選》，汝龍譯，人民文學出版社，1998。

《童年・在人間・我的大學》，劉遼逸等譯，人民文學出版社，1994。

《母親》，夏衍譯，人民文學出版社，1997。

《小城畸人》，吳岩譯，上海譯文出版社，1999。

《道林・格雷的畫像》，榮如德譯，外國文學出版社，1982。

《斯・褚威格小說選》，張玉書選譯，人民文學出版社，1994。

《易卜生戲劇四種》，潘家洵譯，人民文學出版社，1978。

《我是貓》，尤炳圻、胡雪譯，人民文學出版社，1997。

《泰戈爾詩選》，謝冰心、鄭振鐸等譯，人民文學出版社，1997。

《紀伯倫全集》（五卷本），韓家瑞等譯，人民文學出版社，2000。

《尤利西斯》，蕭乾、文潔若譯，譯林出版社，1995。

《喧嘩與騷動》，李文俊譯，上海譯文出版社，1998。

《卡夫卡小說選》，孫坤榮等譯，人民文學出版社，1995。

《沙特文集》（八卷本），沈志明、艾珉主編，人民文學出版社，2001。

《人都是要死的》，馬振騁譯，外國文學出版社，1985。

《在路上》，文楚安譯，外國文學出版社，2001。

《橡皮》，林青譯，上海譯文出版社，1981。

《荒誕派戲劇集》，高行健、蕭曼譯，外國文學出版社，1983。

《等待戈多》，施咸榮譯，人民文學出版社，2002。

《第二十二條軍規》，南文、趙守垠、王德明譯，上海譯文出版社，1981。

《百年孤獨》，黃錦炎、沈國正、陳泉譯，上海譯文出版社，1989。

《跳房子》，孫家孟譯，人民文學出版社，1996。

《芥川龍之介小說集》，文潔若等譯，人民文學出版社，1981年。

《川端康成文集》（十卷本），葉渭渠主編，中國社會科學出版社，1996。

《村上春樹作品集》，灕江出版社，1995～2003。

《肖洛霍夫文集》，草嬰、金人等譯，人民文學出版社，2000。

《大師和瑪格麗特》，錢誠譯，外國文學出版社，1999。

《齊瓦哥醫生》，藍英年、張秉衡譯，外國文學出版社，1987。

《布萊希特戲劇集》（全二冊），高士彥等譯，人民文學出版社，1980。

《米勒劇作集》（《外國當代劇作選》之四）梅紹武譯，上海戲劇出版社，1992。

《狄倫馬特小說集》，張佩芬譯，人民文學出版社，1985。

《麥田裏的守望者》，施咸榮譯，浙江文藝出版社，1992。

《卡爾維諾文集》，呂同六、張潔主編，譯林出版社，2001。

《查密莉雅》，力岡、馮加譯，外國文學出版社，1998。

《艾特瑪托夫小說集》（共三卷），力岡、馮加等譯，人民文學出版社，1999。

《玩笑》，景凱旋譯，作家出版社，1992。

《生命中不能承受之輕》，韓少功、韓剛譯，作家出版社，1989。

《不朽》，寧敏譯，作家出版社，1992。

# 後記

　　在本書的出版過程中，得到了中國文史出版社和北京師範大學中文系師生的大力支持與幫助，在此鳴謝。同時，我們還得到有關專家、學者的幫助和指導，吸取了他們很多好的建議；此外，圖文製作由馬躍完成，段冶負責文稿的終審。這本賞心悅目的文學史中，同樣凝結著他們的心血和智慧，在此一併表示誠摯的謝意。

編　者

2004年5月

# 大地 HISTORY 叢書介紹

## 中國文學史

編著：李小龍・楊仲裁・楊飛

定價：300元

---

◎ 創新體例

主體文字多角度，全方位解構中國文學史，文中包含精采篇章、名言警句、名家導讀等輔助欄目，功能全面，方便實用。

◎ 宏博內容

200餘位重要人物，300多篇傳世佳作，全面展示中國5000年文學發展歷史。

◎ 豐富圖片

600餘幅精美圖片，包括名著書影、作家小像、名家墨寶、歷史文物照片等，資料豐富可觀性強，配以說明圖注文字，充分拓展讀者視野與想像空間。

◎ 全新視角

新穎的觀點，獨特的視角，淺顯的文字，避免一般文學史學術味過重的導向，是一部好讀、好看、好用的文學史。

◎ 理想讀本

圖文搭配的編排方式，曉暢易懂的敘述語言，新穎獨到的版式設計，徹底打破文學史類書籍的沉悶，提供有效、快速學習和閱讀，是一本中國文學史的理想讀本。

國家圖書館出版品預行編目資料

世界文學史 History of the world literature
／徐峙、曾雙餘、馬躍作
－一版－臺北市；大地　2006〔民95〕
　面；　公分. --（History；17）
　　ISBN 986-7480-49-X（平裝）
1.文學 - 歷史

810.9　　　　　　　　　　　　　95004040

# 世界文學史

| | | |
|---|---|---|
| 作　　者 | 徐峙、曾雙餘、馬躍 | History 17 |
| 發 行 人 | 吳錫清 | |
| 主　　編 | 陳玟玟 | |
| 出 版 者 | 大地出版社 | |
| 社　　址 | 114台北市內湖區內湖路2段103巷104號 | |
| 劃撥帳號 | 0019252-9（戶名：大地出版社） | |
| 電　　話 | 02-26277749 | |
| 傳　　眞 | 02-26270895 | |
| E - m a i l | vastplai@ms45.hinet.net | |
| 美術設計 | 洸譜創意設計股份有限公司 | |
| 封面設計 | 洸譜創意設計股份有限公司 | |
| 印 刷 者 | 普林特斯資訊有限公司 | |
| 一版一刷 | 2006年4月 | |

大地

定　　價：300元

版權所有・翻印必究　　　Printed in Taiwan